KNAUR

TORKIL DAMHAUG

DER KREIS ALLER SÜNDEN

Thriller

Aus dem Norwegischen von
Knut Krüger

KNAUR

Die norwegische Originalausgabe erschien 2016 unter dem Titel »En femte årstid« bei Cappelen Damm, Oslo.

Diese Übersetzung wurde von NORLA, Oslo, gefördert.
Der Verlag bedankt sich dafür.

NORLA
NORWEGIAN LITERATURE ABROAD

Besuchen Sie uns im Internet:
www.knaur.de

FSC
www.fsc.org
MIX
Papier aus verantwortungsvollen Quellen
FSC® C014496

Deutsche Erstausgabe September 2019

Redaktion: Friederike Arnold
Covergestaltung: ZERO Werbeagentur, München
Coverabbildung: © Valentino Sani
Satz: Adobe InDesign im Verlag
Druck und Bindung: GGP Media GmbH, Pößneck
ISBN 978-3-426-52411-4

2 4 5 3 1

Für Bente Damhaug (1952-2014)

25. Juni 1978

Der General saß in gespannter Erwartung hoch oben auf der Tribüne.
Diejenigen, die in die Schlacht ziehen sollten, standen unten auf dem Rasen. Einige blickten zu ihm hinauf, andere hatten den Blick gesenkt.
Der General trug einen dunklen Anzug, darunter ein weißes Hemd und eine blaue Krawatte. Sein Gesicht so unbeweglich, als trüge er seine Uniform. Der Mund war unter dem buschigen schwarzen Schnurrbart verborgen, die Augen groß und dunkel und ein wenig geschwollen, als plagten ihn Sorgen, oder als hätte er seit Tagen schlecht geschlafen.
»Wenn sie gewinnen …«, sagte Rafael Munoz und strich sich mit seiner ölverschmierten Hand durch die dünnen Haare. »Wenn die Banditen gewinnen, wird ihnen der General den Pokal überreichen.«
»Wen interessiert das schon?«
Die Nationalhymnen waren beendet. Rafael Munoz hielt es nicht mehr länger auf seiner Kiste aus, als könne er den Gedanken, was geschehen würde, wenn die Banditen gewannen, nur im Stehen nachgehen.
»Das verstehst du nicht«, entgegnete er in seinem gebrochenen Norwegisch. »Wenn er ihnen den Pokal überreicht, werden ihm alle zujubeln, auf der ganzen Welt. Und was er getan hat, werden alle vergessen. Er hat so viel Blut an den Händen.«
»Davon sehe ich nichts.«
»Du kapierst wirklich gar nichts.«
Rafael Munoz ging zum Asphaltbehälter und wandte sich an den Zigeuner. »Du verstehst doch wohl, was hier gespielt wird. Der Verbrecher wäscht seine Hände in Unschuld, und die ganze Welt schaut zu.«
Der Zigeuner lächelte, sagte jedoch kein Wort. So machte er es seit Jahren, er schwieg und lächelte.
»Komm her und setz dich hin, Rafael«, sagte Johnny Lindbekk.

»Alle wissen, dass der General ein Verbrecher ist. Aber jetzt geht's um Fußball.«

Sie hatten einen kleinen Fernseher auf ein paar Paletten gestellt. Das Bild war ziemlich grobkörnig, doch die Spieler auf dem viel zu grünen Rasen waren deutlich zu erkennen. Die Kamera zoomte ein weiteres Mal den General in Schlips und Kragen heran.

»Was schmiert der sich bloß in die Haare?«, fragte Bergmann.

»Bestimmt Schuhcreme«, mutmaßte er selbst mit einem Grinsen, da offenbar keiner der anderen Lust hatte, darüber zu spekulieren, mit was der General seine schwarz glänzenden Haare einölte. »Shoe polish«, fügte er hinzu, weil die Pointe so gut war, dass er sie getrost vor einem internationalen Publikum wiederholen konnte.

Johnny Lindbekk zwang sich zu einem verhaltenen Lächeln.

»Mach dir mal keine Sorgen wegen des Pokals, Rafael. Die Holländer werden bestimmt gewinnen, und die ganze Welt wird sehen, wie blöd der Juntaboss dann aus der Wäsche schaut.«

»Kann schon sein«, murmelte Rafael Munoz und setzte sich wieder hin.

»Die Gauchos hätten nie und nimmer ins Finale kommen dürfen«, ereiferte sich Bergmann. »Die haben die Peruaner bestochen, damit sie sechs Tore von ihnen kassieren.«

»Gauchos?« Rafael Munoz sprang so heftig auf, dass die Kiste umkippte. »Wer ist hier ein Gaucho?«

Obwohl er einen Kopf kleiner als Bergmann war, konnte er jeden Moment explodieren. Eine tickende Zeitbombe.

Bergmann hob die Hände. »Ist ja gut«, sagte er mit einem beschwichtigenden Lächeln. »Du bist doch gar nicht gemeint. Ich dachte, du hasst die Argentinier.«

Rafael Munoz drehte ihm abrupt den Rücken zu und machte sich an der Fernsehantenne zu schaffen.

»Das bringt doch nix!«, rief Bergmann. »Du machst mich nur nervös mit deinem Gefummel!«

Murmelnd fügte er hinzu: »Der Typ sollte lieber mal seinen Verstand einschalten …«

Er griff nach unten, holte eine Flasche mit durchsichtigem Inhalt

hervor, zog den Korken heraus und nahm einen kräftigen Schluck. »Der Gaucho sollte sich auch mal einen Schluck gönnen, ehe hier noch was passiert«, sagte er mit gedämpfter Stimme und gab die Flasche an Johnny Lindbekk weiter.
Lindbekk nippte an dem selbst gebrannten Schnaps. Er trank nie viel, schon gar nicht, wenn er für die Arbeitsschicht verantwortlich war. Außerdem wartete zu Hause jemand auf ihn, der wieder mit dem Trinken angefangen hatte.
Nuggerud kam von der Mischanlage zu ihnen nach unten.
»Der Mixer ist voll«, verkündete er zufrieden. »Wir können den ersten Durchgang starten.«
»Nein, wir stoppen die Maschine«, entschied Johnny Lindbekk. »Die anderen Jungs wollen auch das Spiel sehen.«
»Hier, Rafael.« Er gab ihm die Flasche. Ein kräftiger Schluck aus der Pulle konnte den Chilenen tatsächlich beruhigen, das hatte er früher schon erlebt. Aus dem Kerl wurde man wirklich nicht schlau. Manchmal sprach er während der gesamten Schicht kein einziges Wort. An anderen Tagen fuhr er wegen jeder Kleinigkeit aus der Haut, so wie jetzt. Natürlich wussten sie, dass es dafür Gründe gab. Und so tolerierten sie sein Benehmen, das sie anderen nicht hätten durchgehen lassen. Rafael Munoz hatte in seinem Heimatland im Gefängnis gesessen. War ein hohes Tier in der Gewerkschaft gewesen. War entsetzlich gefoltert worden. Soweit sie verstanden hatten. Er habe niemals jemanden verpfiffen, sagte er. Die norwegische Botschaft hatte ihm bei seiner Flucht geholfen. Jetzt befand er sich auf der anderen Seite des Planeten in Hammerdal und produzierte Dachpappe, die in die ganze Welt, vielleicht auch in sein Heimatland, exportiert wurde. Obwohl die Auftragsbücher nicht gerade gut gefüllt waren.
Johnny Lindbekk ging zu den Presswalzen hinüber. WM-Finale hin oder her, sie konnten ja nicht für Stunden den Betrieb einstellen. Sie arbeiteten im Akkord, bekamen jede Rolle Dachpappe bezahlt, die sie fertigstellten, und es wäre ein teures Vergnügen, vor dem Fernseher zu hocken und Fußball zu gucken. Doch eine Dreiviertelstunde konnten sie sich schon gönnen. Dann produzierten sie eben ein

paar Rollen in der Pause und machten nach dem Spiel mit Volldampf bis in die Nacht weiter.

»Komm und setz dich ein bisschen zu uns«, sagte er zum Zigeuner, wusste jedoch, dass dieser das Angebot nicht annehmen würde. Der Zigeuner interessierte sich nicht für Fußball. Nur für seine Erlösung. Früher war es der Alkohol gewesen, jetzt der Glaube. Und die Familie. Jedenfalls hatte er fünf Kinder, und im Bauch seiner Frau wuchs schon das sechste heran. Angeblich wohnten sie in einer Hütte mit zwei Räumen. Und vielleicht wurde er deshalb auch als Zigeuner bezeichnet, denn über seine Familie wussten sie so gut wie nichts.

»Und das Spiel läuft!«, verkündete Bergmann mit Kommentatorenstimme, worauf Lindbekk zur Sitzgruppe zurückkehrte, die aus leeren Holzkisten bestand. Als Betriebsobmann hätte er sich am Abend des WM-Finales freinehmen können, sprang jedoch ein, nachdem einer der Arbeiter krank geworden war. Viele waren an diesem Abend krank geworden und schafften es mit Mühe und Not, zu Hause vor dem Fernseher zu sitzen.

Und das Spiel rechtfertigte die Krankmeldungen voll und ganz. Als Argentinien in Führung ging und sich das Gesicht des Generals auf der Tribüne zu einem breiten Lächeln verzog, musste Johnny Lindbekk Rafael Munoz beruhigen. Er ließ ihn einen kräftigen Schluck trinken, behielt den Flüssigkeitspegel der Flasche aber genau im Auge. Die Fabrik war ein Ort für standfeste Männer – im buchstäblichen Sinn. Ab und zu kam es vor, dass einer von ihnen auf die »Brücke« musste, wie einer der alten Jungs den Absatz entlang des Asphaltbehälters getauft hatte, von wo aus sie Papprollen wieder herausfischten. Sie hatten die Geschäftsleitung gebeten, ein höheres Geländer anzubringen, aber dazu war derzeit kein Geld vorhanden.

Als die Niederländer ausglichen, riss Bergmann so enthusiastisch seine Arme nach oben, dass ein Bierregen auf seine Kollegen niederging.

»Was hab ich gesagt!«, brüllte er. »Oder etwa nicht, Johnny? Die Holländer machen die Gauchos platt. Da kann der General auch

nichts dran ändern.« Er guckte zum Chilenen hinüber. »Hey, Raffa, freust du dich nicht?« Rafael Munoz trank einen weiteren Schluck. »Heute ist dein Glückstag. An den wirst du dich dein ganzes Leben lang erinnern.«

Damit hatte er recht.

Nicht nur Rafael Munoz, auch er selbst und Johnny Lindbekk würden diesen Tag, den 25. Juni 1978, ihr Leben lang im Gedächtnis behalten. Aber nicht wegen des WM-Finales, obwohl es sich zu einem der besten Endspiele aller Zeiten entwickeln sollte – samt der unvergesslichen Szene, die sich nach vierzehn Sekunden der Nachspielzeit ereignete. Zu diesem Zeitpunkt stand es immer noch unentschieden. Der Schiedsrichter hat die Pfeife bereits im Mund, um das Spiel abzupfeifen. Da ist Rensenbrink nach einem langen Pass plötzlich frei im Strafraum, spitzelt den Ball am argentinischen Keeper vorbei, doch der Ball prallt gegen den Pfosten statt ins leere Tor. Alle schreien auf: die über siebzigtausend im Stadion, fast eine Milliarde Fernsehzuschauer und vier Arbeiter einer Fabrik in Hammerdal.

In diesem Moment hätte alles zu Ende sein können. In diesem Moment hätte alles einen anderen Verlauf nehmen können.

Rafael Munoz stieß eine lange Tirade auf Spanisch aus. »Un centímetro«, wiederholte er ein ums andere Mal, als der Pfiff des Schiedsrichters ertönte.

»Puta madre«, murmelte er düster. Und als die erste Halbzeit der Verlängerung angepfiffen wurde: »Am Ende wird der General jubeln. Dieser Tag ist verflucht.«

Der nächste argentinische Treffer bestätigte seine Voraussage. Und als der dritte folgte, sprang Rafael Munoz auf und trat gegen die Holzkiste, auf der er gesessen hatte, sodass sie fast gegen die Garderobentür krachte.

»Das will ich mir nicht ansehen!«

»Okay, wir machen weiter«, sagte Johnny Lindbekk und schickte Nuggerud los.

»Pappe gerissen«, meldete Nuggerud, als er an der Hebebühne vorbeiging und auf der Treppe zur Mischanlage verschwand.

Johnny Lindbekk drehte sich zu Bergmann um und nahm ihm die halb leere Flasche aus der Hand.
»Genug für heute.«
Sein Kollege krümmte sich ein wenig nach vorne, wie er es immer tat, wenn er zu viel getrunken hatte.
»Rafael, geh mit dem Zigeuner auf die Brücke und kontrollier die Pappe«, befahl Lindbekk. »Jetzt müssen wir richtig Gas geben.«
»Ich bin nicht dein Sklave«, gab Rafael Munoz zurück, und es folgte eine weitere Tirade auf Spanisch. Irgendetwas von Mördern und Faschisten. Schwer zu sagen, wen er damit meinte. Er verschwand nach draußen und knallte die Tür hinter sich zu.
Bergmann wollte ihm nachsetzen, doch Johnny Lindbekk hielt ihn zurück. »Lass ihn. Er wird bald wieder da sein.«
Er hatte schon einige Wutausbrüche von Rafael Munoz erlebt. War ihm in den Umkleideraum gefolgt, wohin der Chilene sich dann immer verzog und die Wand anglotzte. Mehrere Minuten konnte das dauern. Oder eine volle Stunde. Doch er war stets zurückgekehrt.
»Guck auf der Brücke, ob alles in Ordnung ist!«, rief er dem Zigeuner zu, ehe er sich daranmachte, die Presswalzen wieder in Gang zu setzen.
Der Zigeuner warf ihm einen fragenden Blick zu. »Wir müssen aber zu zweit da oben sein.«
Womit er zweifellos recht hatte. Der Behälter mit dem kochenden Asphalt befand sich in drei Metern Tiefe. Nach dem letzten Treffen mit Direktor Meyer hatte der Vorarbeiter das Thema zur Sprache gebracht. Es ging um die Sicherheitsvorkehrungen. Von nun an sollte ein Arbeiter zur Absicherung stets einen Kollegen bei sich haben. Bis das neue Geländer angebracht werden würde. Irgendwann im nächsten Jahrhundert.
Johnny Lindbekk überlegte, ob er Rafael Munoz holen sollte. Bergmann war nicht mehr sicher genug auf den Beinen, um die Brücke zu betreten. Fertige Rollen zu verpacken und zu stapeln, war in seinem Zustand schon schwer genug.
»Ich muss den Kühlschlauch kontrollieren, du musst also diesmal

allein nach oben gehen«, entschied Johnny Lindbekk, und der Zigeuner gehörte nicht zu jenen, die in solch einem Fall protestiert hätten.
25. Juni 1978. Ein kalter Winternachmittag in Buenos Aires. Der Sommerabend in Hammerdal – draußen vor den kleinen Fenstern unmittelbar unter der Decke der im Untergeschoss liegenden Produktionshalle war es hell und warm.
Johnny Lindbekk ging zu den Presswalzen und kontrollierte den Kühlschlauch. Er gab dem Zigeuner ein Zeichen, der sich nach vorne beugte und mit zwei Stöcken im großen Behälter mit kochendem Asphalt stocherte. Offenbar bekam er das lose Ende der Papprolle nicht zu fassen.
»Ganz ruhig, da oben.« Johnny Lindbekk blieb stehen und betrachtete die dampfende Flüssigkeit. In so etwas werden Heiden und Sünder nach ihrem Tod geworfen, dachte er schaudernd. Doch um das Seelenheil des Zigeuners musste er sich ja keine Sorgen machen. Der hatte trotz allem vorgesorgt, damit er nicht dereinst in der Hölle landete.
Er zuckte zusammen, starrte nach oben.
»Nicht so weit an die Kante!«, rief er, doch sein Ruf verfehlte die Wirkung. Die Brücke war offenbar ein bisschen rutschig geworden, und ein Mann, der ausrutscht, kann durch einen Ruf nicht zurückgehalten werden. Der Zigeuner ließ die Stöcke los, schwankte an der Kante vor und zurück und ruderte mit den Armen, als wäre er ein Turmspringer, der es sich im letzten Moment anders überlegt hatte. Das passiert nicht, schoss es Johnny Lindbekk durch den Kopf, ehe er im Eiltempo die Leiter hinaufkletterte und mit einem Brüllen, das den Lärm der Maschine übertönte, auf die Brücke sprang.

TEIL I

Ich bin Ann
Version 21.2.1

Ich werde sterben.

Ich gehe den Pfad am Fluss entlang und weiß, wie es geschehen wird.

Wie kannst du das wissen?

Ich habe es schon immer gewusst. Seit ich vier oder fünf Jahre alt war. Damals hatte ich die ersten Anfälle. Sie nannten es falschen Krupp. Echter Krupp ist schlimmer, aber den gibt es fast nicht mehr. Wenn du falschen Krupp hast, schnürt sich deine Kehle zu, und du kriegst keine Luft mehr. Große Hände quetschen deinen Hals zusammen.

So begann der erste Anfall. Ich habe geschlafen und geträumt, dass ich auf einer Schaukel sitze. Dann wurde mein Hals zusammengeschnürt, und ich konnte nicht mehr atmen. Die Dunkelheit kriecht in mein Kinderzimmer hinein und ergreift von mir Besitz. Ich stehe auf und gehe zu Mama und Papa. Ja, es stimmt, ich *gehe,* denn plötzlich fühle ich mich vollkommen ruhig. Es kann nichts Schlimmeres passieren, als dass ich sterbe und verschwinde.

Papa, ich sterbe, sage ich mit der wenigen Luft, die ich noch habe. Er hebt mich hoch. So wird es sein, wenn ich sterbe. Ich werde hoch in die Luft gehoben.

Aber das mit dem falschen Krupp ist doch schon über zehn Jahre her. Und jetzt gehst du am Fluss entlang.

Das mache ich jeden Sommer, da ist es hell, egal, wie spät es ist.

Jetzt ist kein Sommer.

Es ist November. Auf der anderen Seite des Flusses kann man die Umrisse der Fabrik erahnen. Sie zeichnen sich ab und lösen sich wieder auf, wie ein Schloss in einem Märchenfilm. Die Mauern sind aus rotem Backstein. Doch wenn es so dunkel ist wie jetzt, sehen sie schwarz aus.

Ich hätte den Gehweg nehmen können, der an der Hauptstraße entlangführt. Eigentlich hätte ich längst zu Hause sein sollen. Am Fluss entlang geht's zehn Minuten schneller. Nicht, dass Mama das merken würde. Sie fragt nie, warum ich zu spät komme. Sie erinnert sich auch nicht, wann wir verabredet sind. Manchmal ruft sie an, aber der Akku von meinem Handy ist leer.

Es ist November, es ist dunkel, und du bist auf dem Heimweg.

Ich mag den Herbst, allein in der Dunkelheit unterwegs zu sein. Die Dunkelheit umhüllt mich wie eine Decke, in der ich mich verstecken kann. Manchmal schließt sie sich etwas zu eng um mich, dann kriege ich Atemprobleme, als hätte ich wieder falschen Krupp.

Der Turm der Fabrik ragt in den dunkelgrauen Himmel. Ein Finger, der senkrecht nach oben zeigt, sagt Papa immer, aber auch er weiß nicht, auf was er uns aufmerksam machen will. Vielleicht auf die Dunkelheit. Oder das Nichts.

Ich komme zur Fußgängerbrücke, die zum Fabrikgelände hinüberführt. Diesen Weg nahmen früher die Arbeiter von den Baracken, die unten entlang des Flusses errichtet worden waren.

Ich sollte doch lieber umkehren und an der Hauptstraße entlanggehen. Sie ist nur ein paar Minuten entfernt.

Hast du vielleicht Angst?

Glaub nicht. Aber die Luft hier erschwert mir das Atmen.

Du drehst also um?

An der Brücke bleibe ich stehen. Dort ist ein Tor mit einem Betreten-verboten-Schild. Wahrscheinlich gab es das Schild schon, bevor die Fabrik geschlossen wurde. Ich hab Fotos in einem alten Buch von Papa gesehen. Den Rauch aus dem Schornstein. Die Arbeiter, die draußen auf der Rampe saßen, auch von ihnen stieg Rauch auf.

Ich rüttle am Tor. Die rostigen Ketten rasseln. Ich sehe schon vor mir, wie ich über das Tor klettere, die Brücke überquere und auf der anderen Seite im Dunst verschwinde. Ich probiere oft Dinge aus, vor denen ich mich fürchte. Zum Beispiel an diesem dunklen Herbstabend am Fluss entlangzugehen. Wenn ich nach Hause komme, werde ich Mama davon erzählen. Im Dunklen am Fluss entlangzugehen, ist überhaupt nicht gefährlich. Vielleicht hat dann auch Mama weniger Angst, wenn sie weiß, dass ich mich nicht fürchte.

Und während ich das denke, höre ich es.

Was hörst du?

Einen Schrei. Er kommt vom Fabrikgelände. Es ist ein seltsames Geräusch, als wenn man sich selbst die Ohren zuhält und einen Schrei ausstößt.

Es klingt wie dein eigener Schrei?

Am Anfang schon. Aber dann wird er leiser, klingt mehr wie ein Schluchzen. Vielleicht eine eingesperrte Katze. Plötzlich sehe ich einen Lichtschein in einem Fenster. Und ich habe nicht gezwinkert, da bin ich ganz sicher. Da war ein Licht, aber nicht so eins, das man sieht, wenn man sich die Hände hart auf die Augen drückt, sondern ein Aufblitzen im Dunkeln, dann war es wieder verschwunden. Und der Schrei wurde von dem Dunkel verschluckt, wenn du verstehst, was ich meine.

Ich bleibe stehen und blicke zum Gebäude hinüber. In der Ferne höre ich einen dumpfen Knall, als schlage eine schwere Tür zu. Danach Schritte auf dem Kies. Ich drehe mich um, kann aber meine Füße nicht bewegen, als wären sie festgefroren.

Ich werde sterben. Ich weiß, wie es sich anfühlen wird.

Ann, sage ich, und als ich meinen Namen höre, ist es, als würde ich meinen Körper verlassen und mich ansehen.

Komm, Ann, wir gehen, sage ich.

Ja, antwortet Ann, gehen wir. Und ich sehe, wie sich meine Beine in Bewegung setzen, erst sehr langsam, die Stiefel fühlen sich wie Betonklötze an, dann schneller.

Jetzt laufen wir, sage ich zu Ann. Und sie rennt los, stolpert über etwas, vielleicht eine Wurzel, denn sie prallt gegen einen Baum. Stell dir vor, du bist woanders, sage ich. Du sitzt zu Hause auf dem Sofa und redest mit Mama. Sie hat eine Kerze angezündet, auf dem Tisch steht ein Becher mit Kakao.

Ich laufe weiter. Auf einmal höre ich hinter mir ein Geräusch. Als würde jemand im Dunkeln über das Tor klettern.

Zwischen den Bäumen erkenne ich den beleuchteten Weg. Die Laternen tragen graue Mützen aus Dunst, die in der Mitte orange schimmern. Jetzt brauchst du nicht mehr zu laufen, sage ich mit meiner gewohnten Stimme. Wenn die Stimme so klingt, bin ich im Ann-Raum.

Ist das ein Ort, an dem du ganz du selbst bist?

Ich nenne ihn Ann-Raum.

Ich laufe weiter.

»Hey, hast du etwa Schiss?«

Die Stimme kommt mir bekannt vor, aber ich brauche ein paar Sekunden, um sie zuzuordnen. Ich bleibe stehen und drehe mich um. Vor Streuner muss man jedenfalls keine Angst haben. Eigentlich ist es gut, dass er auftaucht, denn mit einem Mal hat mein Atem sich beruhigt. Das, was mir die Luft abgedrückt hat, verschwindet.

»Ich hab keinen Schiss.«

Er grinst, ist aber genauso kurzatmig wie ich. »Warum rennst du dann, wenn du keine Angst hast?«

»Ich trainiere.«

Aus irgendeinem Grund will mich Streuner in ein Gespräch verwickeln. In der Schule sagt er nie ein Wort zu mir – wenn er denn mal auftaucht.

Auf der Straße nähert sich ein Auto. Die Scheinwerfer gleiten durch die Kurve. Sie sind grell und blenden mich. Streuner steht dicht neben mir.

»Läufst du mir etwa nach?«

Er schüttelt den Kopf. »Muss nach Hause.«

Was vermutlich stimmt. Seine Pflegefamilie wohnt auch am Trollfaret, nicht weit von uns entfernt. Aber deswegen muss ich noch lange nicht mit ihm reden.

»Hast du auch den Trampelpfad genommen?«, frage ich und ärgere mich sofort darüber, dass ich ein Gespräch beginne.

»Welchen Trampelpfad?«

»Den am Fluss entlang.«

Er hat seinen Kapuzenpullover tief in die Stirn gezogen und antwortet nicht.

»Bist du auf der Brücke zur Fabrik gewesen?«

»Was interessiert dich das?«

Soll ich Streuner fragen, ob er den Schrei auch gehört hat? Es gibt niemanden, mit dem ich jetzt weniger Lust hätte zu reden. Ich weiche ein paar Schritte zurück. Er ist kleiner als ich, hat einen krummen Rücken und trägt einen Rucksack, der ihn noch kleiner macht. Sein Körper sieht aus, als hätte man ein paar dünne Zweige notdürftig miteinander verbunden. Als er klein war, ist seine Mutter getötet worden. Sein Vater hat das getan. Als Streuner in unsere Klasse kam, wurde er schräg hinter mich gesetzt. Die ganze Zeit spüre ich seinen Blick in meinem Nacken. Wenn ich mich umwende, dreht er sich weg.

»Warst du mit Helene zusammen?«

Eigentlich geht ihn das nichts an, aber er tut mir auch leid, also nicke ich zur Antwort. Ich weiß, dass er die ganze Zeit an Helene denkt. Worum ich sie nicht gerade beneide.

»Wollt ihr am Wochenende was zusammen machen?«

Jetzt geht er echt zu weit. Schon mal was von Privatleben gehört?

»Vergiss es«, sage ich, aber nicht so, dass es fies klingt. Er tut mir wirklich leid, und das ist ganz schön anstrengend. Ich jogge hinüber zu den Häusern auf der Kuppe des Hügels, als würde ich tatsächlich trainieren, obwohl ich Jeans und eine Hollister-Jacke anhabe.

Würde meine Mutter zu denen gehören, die merken, dass ihre Tochter zu spät nach Hause kommt, würde ich sagen: »Ja, ich war bei Helene, und ja, der Akku entlädt sich ständig, ich brauche ein neues iPhone, und ja, ich weiß, wie spät es ist, und ja, ich hab schon Hausaufgaben gemacht – es ist Freitag, da kriegen wir sowieso keine auf –, und ja, ich hab bei Helene gegessen.«

Doch Mama sitzt stumm am Küchentisch und tippt auf ihrem Laptop rum. Sie schaut kaum auf, als ich reinkomme.

»Willst du nicht wissen, wo ich gewesen bin?«, frage ich und höre mich vielleicht ein bisschen frech an.

Sie merkt es nicht. »Warst du nicht bei Helene?«

»Wir waren auf dem Spielplatz.«

»Schön.« Sie tippt weiter.

»Du und Helene?«, fragt sie zerstreut.

»Und Nicolai.«

»Welcher Nicolai?«

»Nicolai Meyer.«

Auf einmal hebt Mama den Kopf und hört auf zu tippen. Sie reißt die Augen auf. »Nicolai Meyer? Sind er und Helene …?«

Sie hat also gehört, was ich gesagt habe, hat es irgendwie mitbekommen, obwohl sie hundert Kilometer weit entfernt scheint.

»Stell dir vor, er wäre an mir interessiert.«

»An dir? Das meinst du doch nicht im Ernst.«

»Ich meine gar nichts. Hör endlich auf, so viele Fragen zu stellen. Ich hab doch wohl das Recht auf ein wenig Privatleben.«

Ich höre mich furchtbar zickig an.

»Ich bin einfach neugierig.«

Das stimmt. Dass Nicolai Meyer mit uns auf dem Spielplatz war, sorgt dafür, dass sie den Deckel ihres Laptops zuklappt, das Fenster öffnet und sich eine Zigarette anzündet. Und deswegen habe ich ihr es wohl auch erzählt. Mama hat sich immer für Nicolai interessiert, seit wir zusammen in der Grundschule waren. Und dann stellt sie mehrere Fragen über ihn und bildet sich ein, dass er und Helene ein Paar sind. Mama ist mit seinem Vater zur Schule gegangen, oder mit dem Onkel oder mit beiden. Und war sicher mit einem von ihnen zusammen. Ich glaube, mit dem Vater, aber darüber will sie nicht reden. Jeden Herbst checkt sie die öffentlichen Steuerlisten, um sich zu vergewissern, dass sie immer noch die Reichsten in Hammerdal sind.

Als sie keine Fragen mehr hat, bläst sie weiterhin Rauch aus dem Fenster und sieht zu, wie die Schwaden sich auflösen. Ich hebe im Vorbeigehen den Tetrapak mit Wein an. Ein bisschen leichter als heute Morgen, aber nicht sehr. Auch die Küche ist sauber und aufgeräumt, nur auf dem Herd sind noch die Spuren vom gestrigen Essen.

»Hast du eine Zigarette für mich?«

Mit schläfrigem Blick dreht sie sich um, will mir zeigen, dass sie meine Frage nicht ernst nimmt.

»Träum weiter, meine Kleine.«

»Warum denn nicht?«

Sie nimmt die Schachtel vom Tisch und zeigt auf den fetten schwarzen Warnhinweis. »Deshalb.«

»Na und?«

Sie klappt ihren PC wieder auf. »Du bist fünfzehn Jahre alt und musst lernen, Verantwortung für dich selbst zu übernehmen. Es ist dein Leben, Ann-Spatz.«

Sie späht provozierend über ihren Brillenrand hinweg. Sie weiß, dass ich es hasse, so genannt zu werden. Auf so einen blöden Namen kann auch nur sie kommen.

Ich nehme die Frühstücksflocken aus dem Küchenschrank und fülle eine Schale bis zur Hälfte. Habe plötzlich unheimlich Lust, ihr Dinge zu erzählen, die sie hätte wissen sollen. Mama hat keine Ahnung, dass es Victor gibt, und ahnt nicht, dass Helene und ich schon auf seinem Motorrad mitgefahren sind, sogar in einem Höllentempo. Ich überlege mir wirklich, ihr alles zu erzählen. Dass wir mit einem älteren Jungen von einer anderen Schule die Zeit verbringen. Mit jemandem, der alles Mögliche vertickt und konsumiert. Die Zigaretten sind noch das Ungefährlichste.

So sieht mein Leben aus.

Ich liege im Bett und sehe durch die dünne Gardine. Das orangefarbene Licht der Straßenlaternen macht mich ein bisschen traurig. Oh-my-God-Dagny hat ein Foto auf Instagram von sich und Helene gepostet. Sie will unbedingt zeigen, dass sie beste Freundinnen sind. Dabei hat sie keine Ahnung, dass Helene enger mit mir ist. Ich eigentlich auch nicht.

Zwei Freundschaftsanfragen auf Facebook. Die eine stammt von Streuner und versetzt mich nicht gerade in Ekstase. Die andere kommt von jemandem, der sich Roman Warzinsky nennt. Ich klicke das Profil an. Fotograf. Auf dem Profilbild guckt er direkt in die Kamera. Keine weiteren Informationen. In diesem Moment kommt eine Meldung von Helene. *Wach? Ruf mich an.*

Bestimmt will sie über Victor reden. Sie denkt die ganze Zeit an ihn. Spricht von nichts anderem mehr. Und sie will, dass ich zuhöre. Ich bin gut darin, ein Geheimnis zu bewahren. Neulich hat sie gesagt, sie hätte noch nie eine so gute Freundin gehabt. Und in dem Moment, als ich sie anrufe, ist meine Traurigkeit verflogen.

»Meine Mutter ist total ausgeflippt«, stöhnt sie, »wollte wissen, ob ich irgendwas genommen habe. Ich musste was erfinden.«

»Und was hast du gesagt?«

»Ich hab von dir und Nicolai erzählt. Dass ihr ein Paar seid und Unsinn gemacht habt und ich mich einschalten musste.«

Jetzt bin ich es, die stöhnt. »Musste das sein?«

»Etwas anderes ist mir nicht eingefallen.«

»Hat sie dir geglaubt?«

»Sie wollte deine Mutter anrufen.«

Ich muss lachen. »Und ich hab ihr erzählt, dass *du* mit Nico zusammen bist.«

»Echt?« Sie lacht auch. »Du hast doch nichts von ihm erzählt?«

»Warum sollte ich?«

»Ich dachte, du erzählst deiner Mutter alles.«

»Sie glaubt, dass ich ihr alles erzähle. Deshalb stellt sie auch keine Fragen mehr.«

Was nicht ganz der Wahrheit entspricht, aber das muss Helene nicht wissen.

»Clever.«

Wir reden noch eine Weile miteinander. Vereinbaren, was genau wir sagen werden, damit keine Mutter auf der Welt uns nachweisen kann, dass unsere Versionen nicht übereinstimmen.

Dann geht es um Victor. Vielleicht bin *ich* es, die sie zum Erzählen bringt. Sie fantasiert davon, dass Victor kommt und sie abholt. Sie nimmt nichts mit, steigt einfach auf sein Motorrad. Sie fahren die ganze Nacht. Richtung Süden, über die schwedische Grenze. Sie kann Victor nichts abschlagen, ganz gleich, worum er sie bittet.

Hört sich ziemlich cool an, finde ich. Und ich lache nicht, obwohl der Gedanke, dass Helene abhaut, etwas Lächerliches hat. Kein Mathe mehr. Doch zum nächsten Schwimmtraining müsste sie natürlich wieder da sein.

Übrigens hat sie tatsächlich am Mittwoch die Schule geschwänzt. Ich dachte, sie sei krank gewesen.

»War Victor bei dir zu Hause?«

Sie antwortet nicht. Will, dass ich ihr alles aus der Nase ziehe.

»Die Zwillinge hatten einen langen Tag. Wir hatten das ganze Haus für uns.«

»Und dann?«

»Victor hat gefragt, ob wir es im Wohnzimmer tun.«

»Echt?«

»Aber das wollte ich nicht. Meine Geschwister hätten doch jederzeit nach Hause kommen können.«

»Was habt ihr dann gemacht?«

»Wir sind rauf in mein Zimmer gegangen.«

Ich warte und warte. Endlich redet sie weiter.

»Ich hab die Vorhänge vorgezogen.«

»Klar.«

Wieder verstummt sie.

»Du hast also die Vorhänge vorgezogen. Und Victor …«

Schweigen. Eigentlich total unnötig.

»Er hat sich aufs Bett gelegt. Und ich stand am Fenster und hab ihn angesehen.«

Ich sehe die beiden vor mir. Aber nicht ganz. Höre an ihrem Atem, dass sie wieder alles vor sich sieht.

»›Zieh dich aus‹, hat er gesagt.«

»Sonst nichts?«

»Nein, sonst nichts. Es klang gar nicht fordernd, aber irgendwie war es unmöglich, ihm zu widerstehen.«

»Und dann hast du …«

»Ich glaube, ich muss jetzt schlafen.«

Nein, warte, hätte ich fast gerufen. Nahm mich im letzten Moment zusammen und sagte: »Auf dem Heimweg ist was Unheimliches passiert.«

»Was denn?«

Jetzt habe ich Helenes volle Aufmerksamkeit und genieße es. Laut Helene bin ich eine gute Geschichtenerzählerin. Ich erzähle ihr von dem Schrei auf dem Fabrikgelände, vom Lichtblitz, den Schritten auf dem Kies. Von Streuner, der plötzlich vor mir stand.

Helene liebt alles Unheimliche. Sie lacht und gruselt sich gleichzeitig. Und als sie lacht, stelle ich mir vor, sie läge neben mir im Bett, so nah, dass ich nur meine Hand auszustrecken bräuchte, um ihre Haut zu berühren. Sie ist weich und sehr glatt, nicht ein einziger Pickel, alles makellos und perfekt.

Ich schlafe. Ich träume, dass ich schlafe. Wenn ich träume, bin ich im Ann-Raum. Höre, wie draußen jemand schreit. Eine Katze, die schreit und schreit. Im Traum werde ich wach und stehe auf. Der Tag ist angebrochen, doch richtig hell ist es noch nicht. Graues Licht dringt überall ein, auch in mich. Ich betrachte meinen Arm. Er ist durchsichtig. Doch ich habe keine Angst. Ich gehe raus, um die Katze zu suchen, eile die Straße hinunter. Mama ruft mich, aber ich darf mich auf keinen Fall umdrehen. Ich gehe am Fluss entlang bis zum verriegelten Tor, und plötzlich stehe ich auf dem Vorplatz des Fabrikgebäudes. Mama ruft immer noch. Geh nicht dorthin, Ann. Du musst bei uns bleiben. Ich versuche, ihr zu antworten: Ich komme wieder. Eines Tages werde ich wiederkommen. Doch die Wörter stecken in meiner Kehle fest, und plötzlich spüre ich einen Schmerz, der immer mehr anwächst, bis er mich in Stücke zu reißen droht. So ist es also, zu sterben.

* * *

Dass Mama allen Ernstes glaubt, dass Helene mit Nicolai Meyer zusammen ist, zeigt nur, wie realitätsfremd sie geworden ist. Helene! Das hübscheste Mädchen der ganzen Schule. Ihre dichten braunen Haare glänzen so wie die von Vivian Carter auf dem Cover der aktuellen Vogue – und das ohne Photoshop. Helenes Beine sind ungefähr fünfundzwanzig Zentimeter länger als meine, jedenfalls zusammen, und ihre Beine unheimlich schlank. Mama will mich immer damit trösten, dass ich ihre Oberschenkel geerbt hätte. Hallo? Soll das etwa ein Trost sein? So streut man Salz in die Wunde. Helene hat Hüften und Brüste, über denen jedes Kleidungsstück perfekt sitzt. Mit ihr zusammen in der Umkleide zu sein, löst Depressionen hoch zehn aus. Andererseits ist das der Beweis, dass sie das mit bester Freundin ernst meint. Alle Mädchen auf der Schule wollen ihre beste Freundin sein. Aber es sind wir beide, die zusammen abhängen, seit sie hierhergezogen ist. Doch ich weigere mich, dieselben Klamotten anzuprobieren.

Nachher sind wir im Einkaufszentrum und kaufen bei Smutthullet einen Frappé. Mit fettarmer Milch für Helene. Ich pfeif auf so was, zähle keine Kalorien, obwohl ich es tun sollte. Helene zeigt mir die Fotos. Sie und Victor. Bei ihr zu Hause. Sie sind nackt und stehen in ihrem Zimmer am Fenster. Er hat seinen Arm um ihre Taille gelegt und mit der freien Hand das Selfie gemacht. Ich versuche, nicht so genau hinzugucken. Als wären solche Fotos das Normalste der Welt. Als könnte genauso gut ich diejenige sein, die Nacktbilder mit ihrem Freund rumschickt. In diesem Moment taucht Nicolai auf, und wir tun so, als müssten wir dringend weiter. Er setzt sich zu uns und zieht seine Ohrstöpsel raus, aus denen die Musik dröhnt, damit wir mitkriegen, dass er Lethal Oxügen oder so was hört.

»Bist du allein?«, fragt Helene, tippt weiter auf ihrem Handy rum und benimmt sich, als wäre ihr das alles total gleichgültig. Dabei hat sie den ganzen Tag auf diesen Augenblick gewartet. Dass wir im Smutthullet sitzen, wenn er auftaucht. Dass er von hinten die Arme um sie legt und sie in den Nacken küsst, wie gestern Abend auf dem Spielplatz. Aber *er* ist nicht Nicolai Meyer. Nico ist nur irgendwie sein Kumpel, der sie miteinander verkuppelt hat, wenn man das so sagen kann.

»Wieso?«, fragt Nicolai und schaut auf seine TAG-Heuer-Uhr. Er hält eine nicht angezündete Zigarette zwischen Daumen und Zeigefinger und will so gerne cool aussehen in seiner brandneuen schwarzen Parajumper-Jacke. Auf seinen Schultern sind lauter Härchen, er kommt direkt vom Friseur, Undercut, schwarz gefärbter Scheitel. Das ganze Jahr lang ist er als Emo rumgelaufen,

Vampirschminke, nur schwarze Klamotten. Jetzt ist er halb Emo, halb irgendwas anderes, aber eigentlich stinkt er nur so vor Geld. Und natürlich könnten wir etwas Anerkennendes sagen, lassen es aber bleiben.

»Er kommt schon noch«, fügt Nicolai mit einem Grinsen in Helenes Richtung hinzu. Er ist seit Anfang an bis über beide Ohren in sie verknallt.

»Von wem redest du?«, fragt Helene und trinkt aus dem leeren Frappé-Glas.

»Alles *smooth*«, antwortet Nicolai, dessen Grinsen breiter wird. Seit zwei Wochen ist er seine Zahnspange los, und ich muss zugeben, dass sie geholfen hat. Vielleicht sollte ich mir auch eine zulegen. Mama behauptet, schiefe Zähne hätten einen gewissen Charme, gäben einem eine besondere *Note*. Dass ja nicht alle gleich aussehen müssten und so weiter. Manche müssen eben wie Hexen aussehen, oder wie?

»Tja, auf wen warten wir wohl?«, sagt Nicolai mit überlegenem Lächeln und steckt sich die Zigarette zwischen die Lippen. »Vielleicht auf Obama? Oder auf Justin Bieber?«

Helene verdreht die Augen. Bereits vor mindestens vier Jahren hat sie alle Justin-Bieber-Plakate in ihrem Zimmer abgehängt, aber Nicolai reitet immer noch darauf herum. Wahrscheinlich will er uns weismachen, dass er schon im Kindergarten Indie-Rock gehört hat.

Und plötzlich taucht Victor auf. Ich sehe ihn zuerst, Helene muss sich umdrehen. Sie zuckt zusammen und wirft das Glas um, es rollt über die Tischkante. Victor fängt es in der Luft auf und stellt es zurück.

»Etwas früh für einen Whisky, deine Hand fängt schon an zu zittern«, sagt er und wirft einen besorgten Blick auf die Wanduhr.

»Doch nicht Helene«, sagt Nicolai und schaltet seine Musik aus. »Die kann echt was wegstecken.«

Sie wirft ihm einen tödlichen Blick zu, öffnet den Mund, um etwas zu sagen, tötet ihn noch einmal. Sie kann eine ziemliche

Bitch sein, wenn sie es auf jemanden abgesehen hat. Dann funkeln ihre Augen wie dunkelblaue Edelsteine, und sie sieht noch schöner aus – wie die Eisprinzessin in *Die Chroniken von Narnia*. Zu gern würde ich ihre Wangen und ihren langen Hals berühren.

»Was geht ab?«, fragt Victor. »Oder hängt ihr hier nur rum?«

»Ann doch nicht«, versichert Helene und versucht, ihren Zorn runterzuschlucken. »Die erlebt immer spannende Sachen, vor allem, wenn sie alleine ist.«

Und dann plaudert sie alles aus, was ich ihr gestern Abend am Telefon erzählt habe. Mir gefällt die Art nicht, wie sie redet. Sie will mich zwar nicht lächerlich machen, aber sie muss die Jungs mit meiner Geschichte ja auch nicht zum Lachen bringen. Mit dem Schrei in der Fabrik, dem Lichtblitz, den Schritten auf dem Kies und dem verriegelten Tor. Aus ihrem Mund hört sich das total kindisch an, und ich lächle, als wäre alles, was ich ihr gestern erzählt habe, nur ein Spaß gewesen.

»Wie klang dieser Schrei noch mal?«

Ich lache mich krumm und schief, doch Victor wiederholt seine Frage und scheint es wirklich wissen zu wollen. Ich weiß nicht, ob ich ihm eine ernste Antwort geben und riskieren soll, mich noch lächerlicher zu machen.

»Gequält«, antworte ich in einem Ton, der halb ernst, halb ironisch ist. Ich glaube, das funktioniert. »So, als würde jemand gefoltert.«

»Gefoltert?«

»Wer weiß.«

Das Nicolai-Grinsen auf der anderen Seite des Tisches. »Da werden nachts Gefangene verhört, *Bro*. Echt unheimlich!« Ein gurgelnder Laut dringt aus seiner Kehle, und er verdreht die Augen, sodass man nur das Weiße sieht. »Wahrscheinlich die Russen-Mafia.«

Er gibt sein dämliches Lachen von sich, doch Helene bleibt ernst, weil sie merkt, dass Victor wirklich an der Sache interessiert ist. »Die Fabrik hat Nicos Familie gehört, ehe sie stillgelegt wurde«, erklärt sie.

»Ich weiß.« Er wendet sich wieder an mich. »Ein Mann hat also geschrien. Oder eine Frau?«

Ich bemühe mich, mir den Schrei ins Gedächtnis zu rufen.

»Bin mir nicht sicher, hörte sich mehr wie ein Tier an.«

Wie der Schrei einer Katze. Aber das behalte ich für mich.

»Vielleicht ein Werwolf«, schlägt Nicolai vor, legt den Kopf in den Nacken und stößt ein Heulen aus. Doch Victor schlägt ihm mit der Faust ziemlich hart gegen die Schulter.

»Los, wir fahren dorthin.«

Helene beugt sich zu Victor. »Können wir auch mitkommen?«

»Meinetwegen«, antwortet Nicolai und hustet, um zu überspielen, dass er eigentlich dagegen ist. Er hat dafür gesorgt, dass Victor und Helene sich kennengelernt haben. Das hat er nun davon.

»Ich muss bald nach Hause«, sagt Helene. »Meine Ma ist gestern total ausgerastet.«

Victor zieht sie an sich. »Wir bleiben nicht lange. Sehen uns nur ein bisschen um. Danach fahre ich dich nach Hause.«

Helene errötet leicht und fühlt sich zu einer Erklärung genötigt. Heute Morgen Schwimmtraining, am Sonntag um sieben Uhr aufgestanden. Als ob wir das nicht alles wüssten. Helene trainiert acht Mal in der Woche. Zwei Mal, ehe die Schule beginnt. Brauche ich noch zu sagen, dass sie die Beste ist?

Am alten Sägewerk überqueren wir den Riksveien. Victor auf dem Motorrad, Helene schmiegt sich an ihn. Langsam fahren sie neben uns her. Victor parkt auf dem Gelände des Sägewerks. Wir entdecken einen Pfad, der durch den Wald zum Fluss führt. Nicolai faselt immer noch von Mafia und Folter. Unbeeindruckt sagt Victor zu ihm, er solle die Klappe halten. Von diesen Dingen verstehe er nichts.

»Aber *du* natürlich!«, provoziert ihn Nicolai.

»Wovon redest du, verdammt?«

»Du hast natürlich Ahnung von so was.«

Victor sieht ihn schweigend an, sein Pony fällt ihm über die Augen. Seine schulterlangen Haare sind rabenschwarz. Gestern, als er auf der Schaukel saß und Helene und ich ihn gemeinsam angeschubst haben, kam ich mit ihnen in Berührung. Sie waren so weich wie das Fell einer Katze oder wie die Federn eines Vogels.

»Da, wo meine Familie herkommt, herrschen andere Regeln«, sagt er schließlich. Er zieht eine platt gedrückte Zigarettenschachtel aus der Tasche und reicht sie herum. Alle nehmen sich eine. Auch Helene.

»Ich wurde nach jemandem genannt, dem die Finger abgeschnitten wurden«, fährt er fort und gibt uns Feuer.

»Von der Mafia?«

»Von Soldaten.«

Er bläst den Rauch nach oben zwischen die Zweige. Ich behalte ihn im Mund. Er fühlt sich an wie glühende Wolle. Aber ich huste nicht.

»Die haben mehrere Tausend Leute in einem Fußballstadion gefangen gehalten«, sagt Victor mit ruhiger Stimme, doch hinter dieser Ruhe verbergen sich schreckliche Dinge. Das erinnert mich an meinen Vater, wenn er ausnahmsweise von seinem Job erzählt. »Der, dessen Namen ich trage, hat den anderen Gefangenen was vorgesungen. Die Soldaten haben ihm gesagt, dass er die Schnauze halten soll, aber er hat einfach weitergesungen. Da haben sie ihn gepackt und ihm die Finger abgeschnitten, einen nach dem anderen.«

»Das ist doch nicht wahr …?«

»Mein Großvater war dabei. Er hat versucht, die Soldaten davon abzuhalten, aber sie haben ihn niedergeschlagen.«

Victor legt den Kopf in den Nacken und beobachtet, wie sich der Rauch zwischen den Zweigen auflöst. Er hat Helene erzählt, dass durch seine Adern Indianerblut fließt.

»Nachdem sie ihm alle Finger abgeschnitten und alle Zähne eingeschlagen hatten, spuckte der Oberst ihm ins Gesicht und sagte: ›Jetzt kannst du singen, du Dreckskerl.‹«

»Oh nein«, stöhnt Helene und legt ihm den Arm um die Hüften.

»Und das hat er wirklich getan. Er ist aufgestanden und hat weitergesungen. Der Oberst wurde fuchsteufelswild und hat ihn in den Kopf geschossen. Drei Mal.« Victor hält sich den Zeigefinger an die Schläfe und drückt drei Mal ab.

»Und dein Opa hat das gesehen?«

»Vier, fünf Soldatenschweine haben ihn zu Boden gedrückt, er konnte nichts machen.«

»Er konnte dir nur den Namen des singenden Mannes geben«, sage ich. Victor dreht sich zu mir um und sieht mir tief in die Augen. Er hat rabenschwarze, unglaublich lange Wimpern und im Weißen seines einen Auges etwas, das wie eine Narbe aussieht.

»Du hast es verstanden«, entgegnet er. Ich kann nicht anders und wende mich von ihm ab und gehe weiter den Pfad entlang.

Die anderen folgen mir. Wir gehen am Fluss entlang bis zur Fußgängerbrücke.

»Hier hast du gestanden?« Victor legt seine Hände an das Tor. »Wie lange braucht man von hier bis zum Haupteingang?«

»Dazu müssen wir über die neue Brücke auf der anderen Seite«, antwortet Nicolai. »Das dauert bestimmt zehn, fünfzehn Minuten.«

»Dann nehmen wir diesen Weg«, entscheidet Victor. Er klettert das Tor hinauf, setzt den Fuß zwischen die spitzen Enden des Stacheldrahts und springt auf die andere Seite.

»Ich muss nach Hause«, sagt Helene, aber ich höre ihrer Stimme an, dass sie mitkommen wird. Schließlich ist sie Victors Freundin. Glaubt sie zumindest.

Die Dämmerung hat eingesetzt. Victor richtet die Taschenlampe seines Handys auf uns.

»Traut sich sonst keiner? Nico, du sagst doch immer, dass die Fabrik heute dir gehören könnte.«

Nicolai spuckt seinen Snus auf die Böschung, die zum Fluss hinunterführt, und klettert ebenfalls über den Zaun.

»Ich muss nach Hause«, wiederholt Helene, doch ich habe mich entschieden und nehme das Tor in Angriff, reiße mir am Stacheldraht die Haut auf. Aber ich sage nichts, schwinge meine Beine auf die andere Seite und lasse los. Victor fängt mich auf und hält mich lange fest, und ich denke, dass Helene vielleicht doch nach Hause geht, aber ein paar Sekunden später steht sie neben uns.

Victor überquert zuerst die Brücke, Nicolai ist direkt hinter ihm, danach folgen Helene und ich. Ich weiß nicht, wie oft ich schon auf der anderen Seite des Flusses hier vorbeigegangen bin, doch auf dem Fabrikgelände war ich noch nie. Die dunklen Backsteinmauern scheinen uns entgegenzukommen, vor einer bleiben wir stehen. Hoch oben sind mehrere, teils kaputte Fenster.

»Jetzt erzähle ich euch, warum wir hier sind«, sagt Victor.

»Na, um ein bisschen Spaß zu haben«, erwidert Nicolai grinsend.

»Spaß? Mit dir?« Victor stößt ihn leicht vor die Brust. Nicolai lacht, versucht es jedenfalls, und schiebt sich ein Stück Snus unter die Lippe.

»Mein Großvater hat hier gearbeitet, bevor die Fabrik geschlossen wurde.«

Nicolai verzieht das Gesicht. »Fängst du schon wieder mit deinem Großvater an?«

»Halt die Klappe und hör mir zu«, knurrt Victor. »Oder soll ich lieber von deinem Großvater erzählen, dem die Fabrik gehört hat? Das würde dich bestimmt sehr stolz machen.«

»Ich will es hören«, sagt Helene, »wenn die Geschichte nicht zu schlimm ist.«

»Ist sie aber. Soll Nico dich lieber nach Hause bringen?«

»Haha.«

Sicher will er das nicht, doch ich stelle mir vor, wie das wäre. Nicolai und Helene auf dem Heimweg, Victor und ich hier allein.

»Jetzt erzähl schon«, drängt Helene, die allmählich die Geduld verliert. Ihre Stimme klingt hoch und gepresst. Victor legt nicht den Arm um sie, wie er es sonst oft tut, wenn wir alle zusammen sind.

»Das war sein erster Job hier in Norwegen«, sagt er und schaut mich an. Ich bin es, der er die Geschichte erzählt. »Damals wurde hier Teerpappe hergestellt, oder, Nico?«

»Ja, glaub schon.«

»Die langen Pappbahnen wurden in riesige Behälter mit kochendem Teer getaucht, um sie wasserdicht zu machen. Mein Großvater war dafür verantwortlich, dass nichts festklebte, weil dann die ganze Produktion gestoppt werden musste. Die Maschinen bediente er nur, wenn andere eine Pause machten oder eine rauchen wollten oder so. Es war nämlich lebensgefährlich, da drinnen zu rauchen. Eines Abends hat er einen Mann abgelöst, der aufs Klo musste. Der Mann trug Holzschuhe und lief an der Wanne mit dem kochenden Teer entlang.«

Er macht eine Pause, ohne den Blick von mir abzuwenden.

»Ist das so wichtig, was für Schuhe er anhatte?«, will Nicolai wissen.

»Ist doch wohl klar«, antwortet Helene. »Aber du brauchst nicht weiterzuerzählen.« Sie zupft Victor hinten an seiner Jacke.

»Ich will aber den Rest hören«, sage ich.

Victor lächelt im Zwielicht. Seine Augen unter dem Pony sind nur noch zwei dunkle Schatten.

»Der Mann ist gestolpert.«

Das haben sich schon alle gedacht. »Und ist in die Wanne mit dem kochenden Teer gefallen«, fahre ich fort.

Victor nickt. »Mein Großvater lief zu ihm und packte ihn an der Jacke, aber es war zu spät.«

Plötzlich sehe ich alles vor mir. Ein Mann im Arbeitsanzug, vielleicht dunkelblau, er rudert mit den Armen und versinkt in der kochenden zähen Flüssigkeit.

»Ach du Scheiße«, sagt Nicolai. »Er ist echt in der Ölwanne gelandet?«

»Teer«, verbessert Victor ihn. »Kochender Teer.«

»Aber das kann nicht sein. Davon hätte ich bestimmt schon mal gehört. Mein Vater hat mir alles über die Fabrik erzählt. Mein Urgroßvater hat sie gegründet.«

Victor spuckt auf den Kies. »Dein Urgroßvater war nicht dabei.

Mit Eisenstangen mussten sie den armen Kerl wieder herausfischen, besser gesagt, das, was von ihm noch übrig war. Die Haut war völlig weg, man sah nur noch Muskeln und Eingeweide.«

»Ach du Scheiße«, wiederholt Nico.

»Kein schöner Anblick.«

»Ist er gestorben?«

Erst jetzt legt Victor den Arm um Helene. »Was glaubst du wohl?«

»So ein Bad in kochendem Öl kann man nicht überleben.«

»Teer.«

»Da ist man sofort tot. Garantiert.«

»Schon möglich.«

»Wie meinst du das?«

Victor lässt Helene los, überquert den Platz und geht zu einer Treppe an der Mauer.

»Wer kommt mit rein?«

»Lass gut sein, Vic«, sagt Nicolai mit belegter Stimme.

»Hast du etwa Angst?«

Nicolai holt tief Luft. »Wovor sollte ich Angst haben?«

»Genau das ist die Frage. Gibt es irgendetwas, vor dem du Angst haben musst?«

»Vor einer stillgelegten Fabrik jedenfalls nicht.«

»Die Geschichte ist noch nicht zu Ende«, fügt Victor mit dramatischer Stimme hinzu, als wir zu ihm gehen. Er bückt sich unter einer Kette hindurch und steigt die Stufen hinauf.

»Meinst du damit, dass der Mann überlebt hat?«

»Ich sage nur, dass die Geschichte noch nicht zu Ende ist. Ein paar Wochen nach dem Unglück hat mein Großvater immer noch hier gearbeitet. Und eines Nachts, als er die Tür zum Umkleideraum abgeschlossen hat, hörte er einen Schrei, der aus dem Fabrikgebäude kam.«

»Echt?«

»Er hat diesen Schrei an mehreren Abenden nacheinander gehört, nachdem alle anderen schon nach Hause gegangen waren.«

»Gruselig!« Nicolai legt den Kopf in den Nacken und heult wie ein Wolf.

Victor zuckt mit den Schultern. »Wer will einen kostenlosen Rundgang mitmachen?«

Ich folge ihm die Stufen hinauf. Die anderen auch. Am Ende der Treppe hängt eine Tür lose an einem Scharnier. Victor hebt sie an und schwenkt sie zur Seite.

Wir betreten einen Gang. Im Lichtschein der Handys blitzen Glasscherben auf dem Boden. Es riecht nach Schimmel und altem Lack oder so was.

Victor drückt die Klinke einer Tür herunter. Abgeschlossen. Bei der nächsten hat er mehr Glück. Wir drängen uns auf einem Treppenabsatz zusammen und blicken in eine große Halle. Hoch oben an einer Wand ein paar Fenster, ein schwaches dunkelgelbes Licht vom Himmel draußen.

»Okay, jetzt haben wir's ja gesehen«, sagt Helene und will wieder gehen. Doch Victor geht die Stufen der Wendeltreppe nach unten. Am Geländer blättert der Rost ab, und das Metall quietscht, als protestiere es dagegen, nach so langer Zeit berührt zu werden.

»Verdammt dunkel hier.« Nicolai lässt das Licht seines Handys umherwandern. Plötzlich trifft es auf etwas Großes, Schwarzes. »Mann!« Mit einem Schrei springt er zurück und hätte mich fast umgeworfen. Helene schreit auch.

»Was ist?« Victors Stimme von weiter unten.

»Weiß nicht. Sieht aus wie ein Kopf oder so.«

Victor kommt wieder zu uns nach oben. »Was redest du da?«

Nicolai zeigt es ihm mit der Lampe seines Handys. Victor leuchtet in dieselbe Richtung und geht näher heran. Fängt an zu lachen. »Davor hast du Angst? Eine Papprolle und ein Müllsack.«

Jetzt erkennen wir es auch. Jemand hat den Müllsack über die Rolle gestreift. Im Dunkeln sieht es so aus, als würde uns ein kräftiger Mann mit schwarzem Kopf auflauern. Victor zerrt an dem Sack und schiebt ihn über das Geländer. Wie ein riesiger Vogel schwebt er nach unten.

In der Halle übernimmt Nicolai die Führung. Will zeigen, dass er sich nicht ins Bockshorn jagen lässt. Plötzlich dreht er sich um, das Handy beleuchtet von unten sein Gesicht, aus seiner Kehle dringen gurgelnde Laute.

»Du solltest in der Geisterbahn arbeiten«, sagt Helene lässig. Ich mache übertriebene Geräusche, als würde ich mich gruseln, und Victor nimmt mich mit großer Beschützergeste in die Arme.

Überall türmt sich Gerümpel, ein Haufen mit Autoreifen und Plastikschläuchen, die Victor und Nicolai hin und her schwenken. An manchen Stellen liegen die Scherben zersplitterter Flaschen.

»Hier hat jemand Feuer gemacht.« Victor leuchtet zur hintersten Wand hinüber, wo ein paar halb verkohlte Holzscheite liegen, die Reste einer Zeitung, eine Decke, eine Kiste mit Limonade und zahlreiche Zigarettenkippen. Außerdem zwei Spritzennadeln und eine leere Flasche. Victor hebt sie auf und riecht daran.

Nicolai lässt sein Feuerzeug aufflammen. »Los, wir zünden es an. Dann wird's echt romantisch hier.«

»Vielleicht kommen die Leute zurück, die hier waren«, protestiert Helene.

»Na und? Denen gehört dieser Ort ja nicht. Wir haben genauso das Recht, hier zu sein. Schließlich hat die Fabrik mal Nicos Großvater gehört. Stimmt's, Nico? Also gehört sie jetzt fast dir.«

»Hör jetzt auf damit, Victor.«

Victor hebt die Reste der Zeitung auf. »10. März 2003.« Im Licht des Handys studiert er die Überschrift. »Könnte sich um den Irakkrieg drehen.«

Plötzlich höre ich nur wenige Meter entfernt ein Geräusch. »Was ist das?«

»Wo?«

»Da drüben raschelt was.«

Alle drehen den Kopf.

»Vielleicht eine Ratte«, sagt Nicolai.

»Könnte sein«, stimmt Victor zu. »Hier ist sowieso jede Menge Rattendreck.«

»Eigentlich haben wir jetzt genug gesehen«, meint Helene.

»Wir machen jetzt Feuer«, sagt Nico, der das Kommando übernommen hat. »Wir bleiben ein bisschen hier und wärmen uns auf. Dann gehen wir zu mir nach Hause.«

Er nimmt ein langes Holzbrett, lehnt es gegen die Wand und springt mit Anlauf darauf, sodass es in der Mitte entzweibricht.

»Das ist doch nicht dein Ernst?« Helenes Stimme klingt ziemlich dünn.

»Und ob das mein Ernst ist. War schließlich anstrengend genug, hierherzukommen. Was meinst du, Vic?«

»Frag die Mädchen.«

»Ich sollte längst zu Hause sein«, jammert Helene.

»Ann?«

Ich lasse meinen Blick durch den dunklen Raum schweifen. Spüre keine Angst. Oder es gefällt mir eben, Angst zu haben. »Ist schon okay für mich.«

»Dann ist die Sache entschieden«, erwidert Victor, und ich mag die Art, wie er das sagt. Wie er mir die Entscheidung überlässt.

Er tritt das Brett in kleine Teile und reißt die Zeitung auseinander. »Wie bei den Pfadfindern.« Er zündet das Papier an. Sein Lachen im Dunkeln bringt mich zum Schmunzeln.

Das Holz will kein Feuer fangen. Eine schwache zitternde Flamme, die jeden Moment ausgehen kann, doch Nicolai kniet sich hin, bläst in die Flamme, und sie wird größer.

»Alles klar zum Grillen«, sagt er. »Holt die Würstchen und Marshmallows raus.«

Helene setzt sich auf die Getränkekiste und streckt ihre Hände zum Feuer hin.

»Ist es hier passiert?«, frage ich plötzlich. »Mit dem Mann, der in den Teerbehälter gefallen ist?« Wenn ich die Augen schließe, sehe ich ihn fast vor mir. Der Mann im Arbeitsanzug kommt im Dunkeln auf mich zu. Wo das Gesicht war, ist nur noch ein schwarzes Loch.

»Nein«, antwortet Victor. Er hilft Helene auf die Beine, setzt sich auf die Kiste und zieht sie auf seinen Schoß. Sie legt ihre

Arme um seinen Hals. Nicolai zieht seine Parajumper-Jacke aus, breitet sie auf dem Boden aus und schaut zu mir herüber. »Setz dich da drauf, dann frierst du nicht so.«

So eine Jacke kostet über zehntausend Kronen, vielleicht zwölftausend. Ich setze mich darauf.

Victor zieht etwas aus der Innentasche seiner Jacke, ein kleines Tütchen, und wirft es zu uns rüber. »Aber jeder nur eine.« Es folgt eine Dose mit etwas zu trinken.

Nicolai nimmt eine Pille, steckt sie sich in den Mund, öffnet die Dose und trinkt. »Du weißt ja wohl, dass Anns Vater Drogenbulle ist«, sagt er und wirft das Tütchen über das Feuer zurück.

»Willst du mich verarschen?«, fragt Victor. »Stimmt das, Ann?«

»Das war er früher mal, vor seiner Beförderung.«

»Der hat damals Vorträge über Drogen an Schulen gehalten«, sagt Nicolai. »Dass das Teufelszeug ist und alle in die Hölle kommen, die so was nehmen.«

»Cool«, meint Victor. »Willst du auch eine, Ann?«

Helenes Blick ruht auf mir. Wir waren uns einig, dass wir niemals Drogen nehmen. Ich strecke ihm meine geöffnete Hand entgegen. Er legt eine kleine Pille hinein. Ich spüle sie mit Cola runter. Nichts passiert.

Nicolai lässt sich neben mich auf den Boden sinken, sitzt dicht neben mir. Sein Deo hat einen scheußlichen Geruch. Rhabarber und Rippchenfett.

»Der Behälter stand im Keller unter uns«, sagt Victor und steckt sich eine Zigarette an. »Dort haben sie die Pappen durch den flüssigen Teer gezogen. Hier oben wurden sie gerollt und gelagert.«

»Woher weißt du das?«

»Die Schreie, die mein Großvater hörte, kamen jedenfalls aus dem Keller. Als er das Licht in der Halle ausmachen und den Umkleideraum abschließen wollte.«

»Müssen wir schon wieder darüber reden?«, fragt Helene und steckt ihre Nase unter Victors Jackenkragen. Seine Haut ist bestimmt so weich wie ihre.

»Das muss die Tür da drüben sein«, fährt Victor fort und richtet sein Licht auf die gegenüberliegende Wand. »Hat jemand Lust auf eine kleine Kellerbesichtigung?«

»Nein danke«, murmelt Helene, »mir geht's gut hier.« Sie schlingt auch den anderen Arm um Victor. »Sehr gut sogar.«

Und plötzlich liegt Nicolais Hand auf meiner. Ich wusste längst, dass er so was vorhatte, erschrecke aber trotzdem. Ich bin der Ersatz für Helene, die er nicht haben kann. Bringe es nicht fertig, die Hand wegzuschieben. Vor hundert Jahren hätte ich ihm einen Brief geschrieben. *Lieber Nicolai Meyer. Ich bedauere außerordentlich, Ihnen mitteilen zu müssen, dass ich die Gefühle, die Sie für mich hegen mögen (denn ich bin nicht eingebildet), nicht vollständig erwidern kann. Vollständig* sollte ich lieber streichen, damit er sich keine falschen Hoffnungen macht. *Bitte versuchen Sie, mich zu verstehen. Hochachtungsvoll, Ihre (nicht in diesem Sinne, denn ich liebe einen anderen) Ann.* Den Brief schicke ich mit der Postkutsche, die von zwei Schimmeln gezogen wird. Die Antwort erhalte ich einen Monat später. *Liebste, verehrteste Ann! Ich bin tief unglücklich und werde Sie immer lieben, doch natürlich respektiere ich Ihren Wunsch, mich nicht wiedersehen zu wollen. Pflanzen Sie eine Rose auf mein Grab.* Ach nein, den letzten Satz lassen wir weg. Er wird schon eine andere finden, für die er jedoch nie dasselbe empfinden wird wie für die erste und einzige Frau, die er je geliebt hat.

Victor und Helene küssen sich. Ich sehe zwar ihre Münder nicht, doch Helene dreht ihren Kopf hin und her, um ihre Leidenschaft zu demonstrieren.

Auf einmal höre ich ein Geräusch.

Anders als das Rascheln vorhin, das vielleicht von einer Ratte stammte. Als käme jemand die Wendeltreppe hinunter.

»Hörst du das?«, flüstere ich Nicolai zu und nutze die Gelegenheit, um meine Hand wegzuziehen. Doch plötzlich geschieht etwas in mir, mein Herz beginnt zu rasen. Ich springe auf.

»Wo willst du hin?«

Abrupt wende ich mich um und sehe zur Wendeltreppe. Auch Victor steht auf und blickt zur Treppe, weil er anscheinend dasselbe gehört hat wie ich. Er macht ein paar Schritte zur Seite, wird fast von der Dunkelheit verschluckt. Ich erahne seine Umrisse, als er zur Treppe geht. Plötzlich richtet er die Lampe seines Handys auf jemanden. Eine Gestalt dreht sich um und will die Stufen wieder hinaufrennen. Victor läuft ihr nach, packt sie und zerrt sie zu uns nach unten.

»Verdammter Spanner!«, ruft er.

Nicolai ist sofort bei ihnen. »Ist doch nur Streuner«, stellt er erleichtert fest.

Victor zieht Streuner zum Feuer.

»Lass los!«, fleht Streuner, doch Victor drückt den schmächtigen Körper zu Boden.

»Was tust du hier?«, knurrt er.

»Weiß nicht.«

»Was soll das heißen? Dass wir total verblödet sind? Ein Haufen Mongos?«

Streuner hat einen Rucksack auf dem Rücken. Victor reißt ihn herunter.

»Lass mich los, du Arschloch!«

Doch Victor setzt ihm einen Fuß auf den Nacken und wirft Nicolai den Rucksack zu. »Check mal, was da drin ist.«

»Der wird ja wohl kaum hierherkommen, um seine Hausaufgaben zu machen«, gibt Nicolai zurück und steckt seine Hand hinein. »Leer.«

Victor nimmt den Fuß weg, Streuner dreht sich herum, wird jetzt aber von Nicolai auf den Boden gedrückt. Auf einmal blickt Streuner zu mir hoch. So wie manchmal in der Schule, wenn er ausnahmsweise anwesend ist. Als wollte er irgendetwas von mir. Seine Augen sind weit aufgerissen, Schnodder hängt ihm aus der Nase.

»Bist du allein hier?«, will Victor wissen.

Streuner nickt.

»Natürlich ist er allein«, ätzt Nicolai. »Wer will schon mit so einem Tier etwas zu tun haben?«

Streuner versucht, aufzustehen.

»Verdammte Ratte!« Nicolai drückt ihn wieder zu Boden. »Du kannst froh sein, wenn wir dich nicht umbringen.«

Plötzlich ist Helene zur Stelle und zieht Nicolai weg. »Lass ihn gehen. Er hat nichts Schlimmes getan.«

»Nichts getan?«

»Auf jeden Fall nichts Schlimmeres als wir.«

»Ach nein? Er hat uns verfolgt und belauscht. Du hast keine Ahnung, wozu solche Typen fähig sind.«

Nicolai dreht immer mehr auf, was wahrscheinlich an den Pillen liegt. Auch ich spüre, dass ich immer wütender werde. Gar nicht unbedingt auf Streuner, doch habe ich große Lust, ihn heftig zu treten.

Victor beobachtet uns schweigend. Lässt uns gewähren, ohne sich einzumischen. Doch plötzlich wendet er sich an mich.

»Was meinst du, Ann? Sollen wir ihn gehen lassen?«

Als sollte ich alles entscheiden. Streuner ist ein Schwachkopf, aber er kann einem leidtun. Er kommt und geht, wann es ihm passt und ohne dass sich jemand darum kümmert. Im Klassenzimmer starrt er die anderen an. Vor allem Helene. Ich hasse es, wenn er so dasitzt. Alle wissen, dass sein Vater seine Mutter getötet hat. Manche sagen, Streuner hat zugesehen.

Tut er dir wirklich leid?

Sollte er das? Im Ann-Raum vielleicht. Ich glaub schon. Falls ich in diesem Raum wäre und Anns Gefühlen auf den Grund gehen könnte.

Ich schaue Helene an. Sie hat ihre Arme um Victor geschlungen, als gehörten sie beide zusammen und als wolle sie ihn nie wieder loslassen.

»Nein«, antworte ich.

»Wie nein?«

»Wir können ihn nicht einfach gehen lassen. So leicht darf er nicht davonkommen.«

Ich merke, dass Helene mich ansieht.

»Wir sperren ihn in den Keller«, sage ich. Sicher lachen die anderen über meinen Vorschlag.

»Gute Idee.« Victor nickt.

Nur für ein paar Minuten, will ich eigentlich hinzufügen, doch irgendwie kommen mir die Wörter nicht über die Lippen. Und jetzt denke ich, dass es gar nicht Ann war, die vorgeschlagen hat, Streuner einzusperren. Dazu ist sie eigentlich zu gutmütig. Sie will es nicht. Wenn wir ihn nicht einsperren, wird auch alles andere nicht geschehen.

Was geschehen wird, kann niemand beeinflussen.

Victor und Nicolai packen Streuner jeweils an einem Arm und schleifen ihn über den Betonboden.

»Lasst los!«, brüllt Streuner und windet sich wie ein kleiner dünner Wurm.

»Scheiße, der beißt!« Nicolai packt ihn an den Haaren.

»Dann halt ihn doch richtig fest!« Victor richtet seine Lampe auf eine Tür. Sie macht ein knarrendes Geräusch, als er sie ein Stück weit aufzieht. »Hab ich doch recht gehabt. Hier geht's in den Keller.«

Nicolai hält die Tür mit dem Fuß auf. »Du wirst da unten nicht allein sein. Der Typ, der im Teer gebadet hat, wird dich bestimmt bald finden.«

Noch nie habe ich ihn so sprechen gehört. Seine Stimme ist vor Wut verzerrt. Das, was passieren wird, macht ihn so wütend, auch wenn er noch nichts davon weiß.

»Der Teermann wird dich töten!«, rufe ich, und ich klinge genauso aggressiv wie Nico. »Der frisst unheimlich gerne Leute wie dich auf!«

Nicolai lacht hysterisch, und ich lache auch.

Streuner wird durch die offene Tür gestoßen. »Victor, du Arschloch!«, schreit er. Ich wusste nicht mal, dass er Victor überhaupt kennt. »Jørgen wird dir einen Finger nach dem anderen abschneiden.«

»Hast du gehört, worüber wir vorhin geredet haben?«, ruft Victor durch den Türspalt.

»Ich hab gar nichts gehört.«

»Du hast das mit dem Fingerabschneiden gehört.«

»Hab ich nicht. Ich wusste nicht, dass jemand hier ist.«

Victor drückt die Tür zu. Streuner ruft etwas und hämmert gegen die Tür. Nicolai stemmt sich dagegen, schwenkt ein Handy durch die Luft – das von Streuner, er hat es ihm aus der Hand gerissen – und lässt es auf den Boden fallen. »Der soll bloß nicht auf die Idee kommen, jemanden anzurufen.«

Ich will gerade sagen, dass es jetzt reicht, doch Helene kommt mir zuvor.

»Hört jetzt auf!«, ruft sie.

Victor hält seinen Zeigefinger an ihre Lippen. »Nur noch ein bisschen«, entgegnet er mit leiser Stimme. »Damit es ihm eine Lehre ist.« Er leuchtet mit seinem Handy ins Dunkel. »Jeder muss die Chance kriegen, etwas fürs Leben zu lernen.«

Das Licht fängt einen großen Gegenstand ein, ein gezahntes Rad aus rostigem Metall. Er dreht daran. »Nico, fass mal mit an!«

Nicolai zeigt auf die Tür. Ich soll sie zuhalten, damit der Gefangene nicht entkommt. Gemeinsam schaffen sie es, das Metallrad aufzustellen. Streuner gelingt es, die Tür einen Spaltbreit aufzudrücken. Doch im nächsten Moment rollen Victor und Nicolai das Rad vor die Tür und drücken sie wieder zu.

»Da mache ich nicht mehr mit«, sagt Helene und geht zur Treppe.

Victor folgt ihr. »Nur eine halbe Stunde«, höre ich ihn sagen. »Ist doch eine passende Strafe, oder was meinst du, Ann?«

Gemeinsam überqueren wir die Fußgängerbrücke, Helene klettert als Erste über das Tor.

»Das war echt daneben«, ereifert sie sich immer noch, benutzt plötzlich wieder ihren seltsamen Dialekt, als wäre sie gerade erst hierhergezogen. »Und eine riesige Dummheit.«

»Jetzt komm mal runter«, versucht Victor, sie zu beruhigen. »Ein wenig Zeit zum Nachdenken hat noch niemandem geschadet. Wer ist eigentlich Jørgen?«

»Sein Bruder, der alte Kiffer«, antwortet Nicolai.

»Dann habt ihr ja ein gemeinsames Hobby.«

»Sehr witzig.« Nicolai schwingt sich über das Tor. »Streuner droht immer mit seinem Bruder, aber der Typ hat sich nie blicken lassen. Solange sein Vater nicht kommt, haben wir nichts zu befürchten.«

»Sein Vater?«

»Wusstest du nicht, dass sein Vater seine Mutter getötet und Streuner alles mit angesehen hat?«

»Das hast du dir ausgedacht«, entgegnet Victor.

»Nein, es ist wahr«, schalte ich mich ein. »Der hat zwanzig Jahre lang im Gefängnis gesessen.«

»Häh? Streuner ist doch erst fünfzehn. Vielleicht solltest du besser in Mathe aufpassen.«

»Dann eben zehn Jahre. Der hat sie an einem Kran aufgehängt … auf dem Hof, wo sie gewohnt haben.«

Endlich haben wir eine Geschichte zu bieten, die sich mit seiner messen kann, aber Victor dreht sich einfach um und stellt keine Fragen mehr.

»Wollten wir nicht zu mir gehen?«, fragt Nicolai. »Die Party hat doch gerade erst angefangen.«

»Geht schon mal voraus«, sagt Victor und nimmt Helene am Arm. »Ich fahr dich nach Hause.«

Sie wendet den Blick ab.

»Auf dem Weg zu Nico fahre ich hier vorbei und lass Streuner frei. Dauert höchstens zwanzig Minuten. Zufrieden?«

Helene schüttelt den Kopf. Doch sie lässt Victor nicht los, während sie den Pfad hinuntergehen und im Dunkeln verschwinden.

* * *

»Scheiße, mein Vater ist zu Hause«, sagt Nicolai ärgerlich. »Die wollten doch längst weg sein.« Er stellt sich vor mich. »Sehe ich okay aus?«

»Tust du nie.«

»Mach keine Witze und schau mich genau an.«

Im Schein der Lampe über der Haustür betrachte ich sein Gesicht. Selbst hier draußen sehen seine Pupillen ziemlich groß aus.

»Jedenfalls riechst du okay«, sage ich und muss lachen. »Nur ein bisschen nach Rauch.«

»Okay, darauf achtet mein Vater nicht. Der merkt überhaupt nichts.«

Es hört sich so an, als wolle er sich selbst überzeugen. Wie oft kommt er wohl zugedröhnt von Victors Pillen nach Hause?

»Dein Vater hat bestimmt einen Röntgenblick«, sagt er zu mir. »Was würde er machen, wenn du total bekifft nach Hause kämst? Dich festnehmen?«

»Er wohnt nicht mehr bei uns zu Hause, das weißt du doch.«

»Und wenn du bei ihm vorbeigehen würdest?«

»Würde ich einfach nicht machen«, antworte ich und hab keine Lust, über das Thema zu reden.

Nicolais Plan ist, ungesehen ins Untergeschoss zu gelangen, wo sich seine Eltern nie aufhalten. Doch wenn man das Haus der Familie Meyer betritt, kommt man zunächst in eine große Eingangshalle, die bestimmt doppelt so groß wie unser Wohnzimmer ist. An zwei Wänden hängen riesige Spiegel, die anderen sind voller Gemälde mit Farbklecksen und wilden Pinselstrichen, die irgendwie darstellen sollen, dass sie nichts Bestimmtes darstellen. Das hat Nicolai mal gesagt, als er besonders geistreich sein wollte.

Und ja, sein Vater ist tatsächlich zu Hause.

Er steht vor einem offenen Garderobenschrank und zieht einen Anorak an, der aus einem schwarzen glänzenden Stoff besteht. Nicolais Vater sieht auf eine Weise gut aus, wie Väter das manchmal tun. Er hat leicht schräge Augen wie der Leadsänger von a-ha, auf den meine Mutter immer noch abfährt. Er steht neben einem Mann in einem langen braunen Pelzmantel. Anscheinend wollen sie gerade das Haus verlassen, was gut ist, weil sie uns dann nicht so genau unter die Lupe nehmen werden. Wahrscheinlich sehe ich aus wie immer, obwohl mein Herz sich noch nicht richtig von der Pille erholt hat, die ich in der Fabrik geschluckt habe.

Doch im selben Moment, in dem ich die Tür hinter mir zumache, drehen sich die beiden Männer zu uns um.

»Da bist du ja«, sagt der Vater zu Nicolai. »Du solltest schon vor einer halben Stunde zu Hause sein.«

»Tut mir leid«, murmelt Nicolai.

»Du solltest den ganzen Abend auf Tille aufpassen.«

»Jetzt bin ich ja da.«

Nicolais Schwester hat irgendeine Behinderung und kann nicht alleine zu Hause sein. Er will nie darüber reden.

»Und eine richtige Begrüßung …«

»Müssen erst mal die Schuhe ausziehen.«

Nicolais Stimme ist ungewöhnlich hell. Als wäre er auf frischer Tat ertappt worden. Was ja auch stimmt.

»Hei, Ann«, sagt Nicolais Vater, und ich weiß nicht, ob es mir gefällt, dass er sich an meinen Namen erinnert. In meiner Brust beginnt es zu hämmern.

Weil er deinen Namen sagt?

Ich weiß nicht, warum, aber ich fühle mich äußerst unwohl. Ich habe ihn erst wenige Male gesehen. Er heißt Johan Christian oder so ähnlich. Mama redet manchmal von ihm. Ich bereue es, dass ich mitgekommen bin.

»Hei«, antworte ich und gucke woandershin.

»Ann ist die Tochter von May-Britt, die mit dir in einer Klasse war, Klaus.«

Der Mann im Pelzmantel ist kleiner als Nicolais Vater und weniger gut aussehend. Er tritt einen Schritt näher und mustert mich. Ich glaube, ich werde ziemlich rot, aber das ist mir egal.

»So eine Überraschung!«, sagt er. Seine Haare stehen senkrecht nach oben und sind bestimmt gebleicht, außerdem trägt er eine große, schwarze Hipsterbrille.

»Klaus.« Er streckt seine Hand aus, als wolle er uns zeigen, wie man sich anständig begrüßt. »Ich bin Nicolais Onkel.«

Ich höre, wie Victors Motorrad auf den Vorplatz einbiegt.

Der Onkel lässt meine Hand nicht los. »Nicolais Vater hat damals ein Auge auf deine Mutter geworfen, Ann. Ist vielleicht etwas peinlich, aber die Wahrheit muss schließlich ans Tageslicht, nicht wahr, Johan?«

Nicolais Vater hat halblange dunkle Haare, die über den Schläfen leicht gewellt sind. Sein Lächeln ist ein bisschen schief, so wie bei Nicolai.

»Ja, die Wahrheit lässt sich nicht leugnen«, bestätigt er. »Doch soweit ich mich erinnere, warst du es doch, der ständig versucht hat, sie zu beeindrucken.«

Nicolai windet sich. Das Gespräch ist ihm noch viel peinlicher als mir. Ich bin ruhiger geworden und vor allem neugierig, glaube ich. Ich weiß nicht genau.

»Waren Sie mit meiner Mutter zusammen?«, frage ich Nicolais Onkel.

»Wenn, dann nur für kurze Zeit.« Er schüttelt den Kopf und schiebt seine Unterlippe vor, tut so, als mache die Erinnerung ihn traurig. »Sie war unerreichbar. Wie eine Prinzessin.«

»An Söhnen aus reichen Familien hatte sie kein Interesse«, fügt Nicolais Vater grinsend hinzu. »So hat sie sich für den späteren Polizisten entschieden. So ist das eben. Außerdem war dein Vater der Star des Eishockeyteams.« Er legt Nicolai die Hand auf die Schulter. »Vielleicht hat die nächste Generation ja mehr Glück als wir.«

»Hör schon auf«, protestiert Nicolai, fängt aber plötzlich an zu lachen. Es ist ein Lachen, das schnell außer Kontrolle gerät. Ich hab dieses Lachen schon früher gehört, wenn er was genommen hatte. *Lass uns in den Keller gehen,* signalisiere ich ihm mit den Augen. Mit einem Mal klingelt es an der Haustür. Doch ehe er sie erreichen kann, hat sein Vater sie schon geöffnet.

»Und du bist …?«

»Das ist Victor«, erklärt Nicolai, der sich nun einigermaßen zusammennimmt. »Komm rein«, sagt sein Vater. »Heute ist *open house.*« Er stößt die Tür weit auf. »Obwohl die Bar schon geschlossen hat.«

»Das würde ich lieber nicht so laut sagen«, wirft Nicos Onkel ein. »Ehe du dichs versiehst, haben die deine Vorräte geleert.«

»Du darfst nicht von uns auf andere schließen, Klaus. Die jungen Leute haben heute anderes im Sinn.«

»Und das wäre?«

»Ach, ich weiß auch nicht. Aber ich habe erst neulich wieder in einer Studie gelesen, dass die meisten Jugendlichen zuverlässig ihre Hausaufgaben machen und früh ins Bett gehen.«

»Hörst du, was dein Vater sagt, Nico? Du sollst mal richtig die Sau rauslassen, wie wir das gemacht haben. Das ist ein Befehl!« Er lacht grob.

Auf dem Weg zum Untergeschoss dreht sich Nicolai plötzlich um. »Habt ihr von einem Fabrikarbeiter gehört, der früher mal in den Teerbehälter gefallen ist?«

Er spricht viel zu laut und hätte sich längst in Sicherheit bringen sollen. Stattdessen bettelt er förmlich darum, dass man ihn verhört und eine Urinprobe von ihm verlangt.

»Er wurde gekocht«, fährt er fort und macht eine Bewegung, als würde er sich die Gesichtshaut abziehen.

Vater und Onkel wechseln Blicke. Wie blöd kann man eigentlich sein, denke ich. Nico hat sich schon fast in Sicherheit gebracht, und dann fängt er mit dieser dramatischen Geschichte an.

»Ja, ich hab mal von so was gehört. Warum?«

Ich sehe Nicolai an, dass er sich nicht unter Kontrolle hat. Würde ihn am liebsten sofort in den Keller zerren, aber das würde alles noch schlimmer machen.

»Victors Großvater hat versucht, den Mann zu retten.«

Nicos Vater, der schon auf dem Weg zur Haustür war, macht ein paar Schritte auf Victor zu und schaut ihn durchdringend an.

»Ist das wahr?«

Neben ihm wirkt Victor ziemlich schmächtig.

»Wie heißt dein Großvater?«

»Er ist nicht mehr am Leben.«

»Nein? Und wie war sein Name?«

»Rafael Munoz.«

Nicos Vater scheint kurz nachzudenken. »Ich kann mich an niemanden mit diesem Namen erinnern.«

Victor wendet den Blick nicht von ihm ab. Irgendwie scheint ihm dieser Mann leidzutun, der so wenig von der Welt weiß.

»Damals gab es in der Fabrik mehrere Hundert Angestellte«, sagt Nicos Vater. »Auch dein Großvater gehörte dazu, Ann.«

»Bitte?«

»Hast du das nicht gewusst?«

»Johnny Lindbekk bleibt für uns alle unvergessen«, fügt Onkel Klaus hinzu. »Ich glaube, er hat die Dachpappen-Abteilung geleitet, als die Fabrik geschlossen wurde. Das war lange, bevor er Bürgermeister wurde.«

Das höre ich zum ersten Mal. Danach muss ich unbedingt meinen Papa fragen. Doch fürs Erste muss ich mich ganz darauf konzentrieren, nüchtern zu wirken. Es kommt mir nur so unwirklich vor, in dieser Eingangshalle zu stehen und andere über meinen Großvater reden zu hören.

»Es hat tatsächlich ein Unglück gegeben«, sagt Nicos Vater. »Ende der 70er-Jahre. Ich war damals neun oder zehn Jahre alt. Deinem Großvater hat dieser Unfall schwer zugesetzt, Nico. Warum reden wir jetzt eigentlich darüber?«

Ich sehe, dass Nico etwas antworten will. Vielleicht will er ja erzählen, dass der verunglückte Arbeiter durch das leere Fabrikgebäude geistert, doch Victor starrt ihn so lange an, bis er sich schließlich umdreht und die Tür zur Kellertreppe öffnet.

»Ach, nur so«, sagt er.

»Hast du etwa geglaubt, dass ich Märchen erzähle?«, fragt Victor und lässt sich auf das Sofa fallen.

Nicolai fummelt an der Fernbedienung des Fernsehers herum. Der Bildschirm ist der größte, den man kaufen kann. Sechzig Zoll oder so was.

»Wollte nur checken, ob mein Vater davon gehört hat.«

»Da haben alle Zeitungen drüber berichtet.«

»Aber er war ja höchstens zehn und Klaus zwei Jahre jünger.«

»Aber sie wussten davon.«

Nicolai geht ins Internet, gibt YouTube ein und klickt einen Konzertmitschnitt von Lethal Oxügen an.

»Hast du noch eine Pastille?«

Nicos Bezeichnung für Victors Pillen.

»Hier? Und dein Vater eine Etage drüber?«

»Hast doch selbst gesehen, dass sie gerade wegwollten.«

»Und deine Mutter?«

»Ist übers Wochenende nicht da.«

Victor zieht das Tütchen aus seiner Innentasche. »Das ist aber die letzte für heute. Was ist mit dir, Ann?«

Ich spüre seinen Blick auf mir und nicke. Sollte es lieber nicht tun. Aber die Musik hämmert mir irgendwas ins Hirn. Und Victor hat Helene nach Hause gefahren und sitzt so nah auf dem Sofa, dass sein Geruch überall ist. Intensiv, aber nicht zu sehr und nicht zu süß – genau wie sein Geruch sein soll. Er nimmt eine Pille für jeden heraus und lässt das Tütchen wieder in der Tasche verschwinden.

»Vorsicht mit Ann«, sagt Nicolai von der Bar aus. Er holt drei Pepsi aus dem Kühlschrank. »Wenn ihr Vater rauskriegt, was du ihr gibst, dann …«

»Ann ist cool.«

»Was hat Streuner gesagt?«, frage ich rasch.

»Was er gesagt hat? Hast du doch selbst gehört.«

»Ich meine, als du ihn freigelassen hast.«

»Ups!« Victor schlägt sich an die Stirn, als wäre ihm in diesem Augenblick etwas eingefallen.

»Sag jetzt nicht, dass du nicht da warst!«

Er schaut auf sein Handy. »Ist ja noch nicht mal eine Stunde um. Ein bisschen hält er es schon noch aus.«

»Das kann doch nicht dein Ernst sein! Wir müssen sofort zu ihm.«

Ich will aufstehen, doch Victor legt mir die Hand auf die Schulter. »Später.« Ich wehre mich nicht.

Nico dreht die Musik auf, eine Mischung aus *progressive* und *electronic*, und guckt zu uns rüber.

»Was hättest *du* gesagt, wenn dein Vater deine Mutter mit einer Axt erschlagen hätte, und du hättest zugesehen?«

Ich schüttele den Kopf. »Er hat sie erschossen.«

Nico weiß mal wieder mehr als alle anderen. »Er hat sie mit einem Schrotgewehr erschossen und erst danach mit der Axt zerhackt.« Er muss die ganze Zeit reden. Bestimmt, weil Victor seinen Arm um mich gelegt hat. »Die einzelnen Teile soll er in einen Fjord geworfen haben, aber man hat sie nie gefunden.«

Davon hab ich schon mal gehört. Und jetzt denke ich, dass ich alles weiß, was geschehen wird, dass auch ich sterben werde, dass ich nicht davonkomme, egal, was ich tue. Das Hämmern in mir wird stärker. Aber das macht mir keine Angst. Nicht solange Victor mich im Arm hält.

»Dieser Arbeiter, der in den Teerbehälter gefallen ist«, sagt er über die Musik hinweg, und es ist mir recht, dass er lieber darüber reden will. Wir müssten auch gar nicht die ganze Zeit reden. »Das war der Grund, warum sie die Fabrik deines Großvaters geschlossen haben.«

»So ein Quatsch!«, protestiert Nicolai.

»Sondern?«

»Die schließen doch wegen eines Unglücks nicht gleich die ganze Fabrik.«

»Und warum haben sie es dann getan?«

»Weil sie die Produktion wahrscheinlich nach Polen oder Portugal verlegt haben. Außerdem hatte mein Großvater eine andere Geschäftsidee. Medizinische Ausstattung und so was. Das war ziemlich clever.«

»Und das wirst du mal übernehmen.«

Nicolai lächelt schief, sein Blick hetzt durch das Zimmer.

»Sieht ganz so aus.«

Aufgedreht und unruhig. Eigentlich immer unruhig. Deshalb muss er auch ständig neue Sachen ausprobieren. Zum Glück hat er aufgehört, sich zu schminken und wie ein Emo rumzulaufen. Doch jetzt weiß er nicht mehr, was er ist. Er will so sein wie Victor.

»Dann kommst du viel rum und wohnst in Fünf-Sterne-Hotels.«

»Ja, ein paar Reisen werde ich bestimmt machen … wenn ich will.«

Ich setze mich auf und spüre sofort wieder Victors Hand. Seine Finger streichen mir über die Schulter. Ich muss pinkeln, bleibe aber regungslos sitzen.

»Kennst du ein Ford-Modell, das Pinto heißt?«, fragt Victor.

»Glaub nicht«, antwortet Nico. »Muss mich das interessieren?«

»Eines Tages wird dich das schon interessieren.« Victor nimmt einen Schluck Pepsi. »Oder auch nicht. Kommt ganz drauf an, wer du mal sein wirst.«

»Was hat das mit Ford zu tun?«

»Ford Pinto. Alles hat damit zu tun.«

Nicolai lehnt sich mit lautem Lachen zurück. »Du redest wie ein Pfarrer.«

»Hör mir zu!«, sagt Victor irritiert. »Wenn es eine Sache gibt, die du für den Rest deines Lebens wissen musst, dann die mit dem Ford Pinto.«

Nico scheint sich zu amüsieren. »Schieß los! Ich bin ganz Ohr!«

Victor beugt sich vor, nimmt die Fernbedienung, stellt die Musik leiser, lässt mich jedoch nicht los. Ich muss dringend aufs Klo.

»In den 70er-Jahren hat Ford ein neues Modell auf den Markt gebracht, doch bei mehreren Fahrzeugen kam es zu Explosionen.«

»Wie, die sind einfach so explodiert?«

»Nein, du Dumpfbacke, nicht einfach so, sondern nachdem sie in einen Unfall verwickelt waren. Der ganze Wagen ging dabei in Flammen auf, und die Leute verbrannten bei lebendigem Leib oder mussten als Krüppel weiterleben.«

»Und was hat das mit meiner Familie zu tun?«

»Dazu komme ich gleich. Denn die Opfer prozessierten natürlich, es gab jede Menge Schadensersatzklagen, und schließlich gelangte ein Dokument an die Öffentlichkeit, das die Leute von Ford geheim halten wollten.«

»Beeil dich, ehe ich aufs Klo muss.«

Ich muss zuerst, hätte ich fast gesagt, als Victor fortfährt: »Es stellte sich heraus, dass die Ford-Leute schon die ganze Zeit gewusst haben, dass am Pinto was nicht in Ordnung war. Der Benzintank saß an der falschen Stelle und war auch noch schlecht befestigt. Darum fing er bei einem Unfall so schnell Feuer.«

»Das gibt's doch nicht, dass sie das vorher wussten?«

»So steht es aber im Untersuchungsbericht. Den kannst du im Internet googeln. Sie haben eine einfache Rechnung aufgestellt. Alle Autos zurückzurufen und den Fehler zu beheben, hätte hundertzwanzig Millionen Dollar gekostet. Die Opfer zu entschädigen dagegen nur fünfzig Millionen. Daher lohnte es sich für Ford, die Leute verbrennen zu lassen.«

»Das ist aber echt ein Sonderfall.«

Victor wedelt mit dem Zeigefinger. »Das ist kein Sonderfall, sondern typisch. Typisch für das, was du später mal tun willst. Du wirst dafür sorgen müssen, dass deine Firma möglichst viel Geld verdient. Das werden alle von dir verlangen. Alles andere ist zweitrangig.«

Nico hat die Hände hinter dem Kopf verschränkt und starrt an die Decke. Sein Lächeln wirkt wie festgefroren.

Victor zieht seine Jacke aus, und endlich kann ich aufstehen.

Das Bad ist dritte Tür rechts. Badewanne und weiße Fliesen. Es riecht nach Zimt. Vielleicht ist es auch Muskat. Und Chlor. Ich werde das Gefühl nicht los, das alles schon mal erlebt zu haben. Und denke, dass ich die Pillen einfach nicht vertrage. Außerdem denke ich an Papa. Einmal bin ich zu ihm gegangen und wusste, dass ich sterben würde. Da hat er mich hochgehoben und mit hinaus in die kalte Nacht genommen, und schon konnte ich wieder atmen. Traurig schließe ich die Augen. Höre jemanden schreien. *Etwas* schreit. Es ist ein jammernder Laut wie von einer eingesperrten Katze. Denselben Schrei habe ich schon einmal im Ann-Raum oder in einem Traum gehört. Und wenn ich noch länger in dem weißen Bad bleibe, werde ich verrückt.

Als ich wieder in den Kellerraum komme, starrt Nicolai immer noch lächelnd an die Decke. Das Lethal-Oxügen-Konzert dröhnt wieder in voller Lautstärke, und Victor wirft mir einen Blick zu, als erwarte er, dass ich mich wieder dicht neben ihn setze.

»Wollen wir schwimmen?«, ruft Nico plötzlich. Er springt auf, scheint seine Energie wiedergefunden zu haben.

»Habt ihr ein Schwimmbecken?« Victor sieht überrascht aus, weiß offenbar nicht, dass es sowohl draußen als auch im Untergeschoss einen Pool gibt. Er hat auch bestimmt noch nichts davon gehört, dass die Familie Meyer ein Ferienhaus in Italien, eine Hütte in Drøbak und noch irgendein Eigenheim in den Bergen hat.

Nicolai leert seine Pepsi und wirft die Flasche auf den Boden. »Ich hole ein paar Schwimmsachen.« Er verschwindet aus dem Zimmer.

Victor dreht sich zu mir um. »Wann musst du nach Hause?«

»Bald.«

»Ich fahre dich.«

»Kannst du noch fahren?« Ich berühre mit dem Finger seine Brusttasche, in die er das Tütchen mit den kleinen weißen Pillen gesteckt hat.

»Klar, damit geht das sogar noch besser. Man ist wacher und konzentrierter. Piloten werfen die ständig ein. Und Elitesoldaten, die tagelang wach sein müssen. Sieh her.«

Er legt etwas in meine Hand. Es ist Nicolais TAG-Heuer-Uhr, die er sicherlich nicht auf dem Flohmarkt gekauft hat.

»Was soll ich mit der?«

»Nimm sie mit. Ist nur ein Test.«

»Was für ein Test?«

»Wart's ab.« Er steckt die Uhr in meine Tasche.

In diesem Moment kommt Nicolai zurück, Schwimmsachen in einer, Handtücher in der anderen Hand.

Er hält einen Bikini hoch. »Gehört meiner Ma.«

Ich schüttele entschieden den Kopf. »Hab keine Lust auf Schwimmen.«

Wenn ich mir vorstelle, ich müsste im Bikini von Nicolais Mutter vor ihnen stehen. Oder überhaupt einen Bikini anziehen. Victors Blick und mein Körper gehören irgendwie nicht zusammen. Nicht nur wegen der Narbe.

Victor zieht sich schon aus. Er wendet sich nicht einmal ab. Ich nehme mein Handy und schreibe eine SMS an irgendjemanden. Schaue aus dem schmalen Fenster. Sein Körper spiegelt sich in der Scheibe. Plötzlich ist er splitternackt. Steht da und zerrt die Badehose hoch. Nicolai zieht sich hinter der Bar um. Ich tippe weiter. Registriere alles. Zum Beispiel, dass Nico Victor heimlich ansieht. Nico ist scharf auf ihn. Das wird mir erst jetzt klar.

Der Pool ist groß, und an einem Ende steht eine Art Gehwagen, wie ihn alte Leute benutzen. Nicos Schwester hat kein Down-Syndrom, sondern etwas anderes. Ich hab sie noch nie gesehen. Auch Helene nicht. Niemand hat sie je zu Gesicht bekommen.

Große Fenster gehen zum Wald hinter dem Haus hinaus. Ich werfe mich auf einen Liegestuhl. Hier drin ist es warm, ich ziehe die Jacke aus, habe nur noch mein Hemd an, versichere mich, dass es bis zum Hals zugeknöpft ist, damit man die Narbe nicht sieht.

Victor springt als Erster hinein und macht einen Kopfsprung, gleitet mit vorgestreckten Armen durch das Wasser bis zum anderen Ende. Ich versuche, entspannt auszusehen, wie am Strand, die Pepsi in einer Hand. Er schwimmt hin und her, kämpft mit Nico um einen Plastikball, taucht ihn unter. Eigentlich wirklich cool, hier zu liegen, wäre nicht Streuner im Keller einer Fabrik eingesperrt und würde frieren. Der Gedanke geht mir nicht mehr aus dem Kopf. Als würde jemand mit mir darüber reden und wollen, dass ich permanent darüber nachdenke. Ich verstehe das alles nicht. Aber das muss ich, wenn die Sache gut ausgehen soll.

Ich muss alles verstehen.

Später passiert Folgendes: Victor lässt sich in den Stuhl neben mir sinken, er hat sich ein weißes Handtuch um den Hals geschlungen. Nicolai schwimmt hin und her, findet keine Ruhe.

»Schwimmst du gern?«, fragt Victor.

»Geht so.«

»Angst, dich auszuziehen?«

Ich schüttele den Kopf, schreibe weiter eine SMS, die ich niemandem schicken werde.

»Was dann?«

»Hab eben gerade keine Lust, okay?«

Meine Stimme hört sich seltsam und scharf an, doch Victor wendet den Blick nicht von mir ab.

»Schüchternheit ist eine dumme Angewohnheit.«

»Was weißt *du* schon davon?«

»Ziemlich viel.«

Er steht auf und bleibt vor meinem Liegestuhl stehen. Ein Wassertropfen löst sich aus seinem Haar und fällt auf meinen Oberschenkel, genauer gesagt, auf meine Hose. Ich bin gezwungen, von meinem Handy aufzublicken. Wie kann ein Junge nur so lange Wimpern haben.

»Zeig es mir.«

Für ein paar Sekunden halte ich die Luft an. »Wovon redest du?«

»Zeig mir, was dir am meisten peinlich ist.«

Als wüsste er über die Narbe Bescheid. Aber das kann nicht sein. Es sei denn, Helene hätte ihm davon erzählt. Meine beste Freundin.

Ich sollte aufstehen, von hier verschwinden, ehe noch mehr passiert. Da öffnet er den obersten Knopf meiner Bluse.

»Ann«, sagt er. Ich bin unfähig, mich zu bewegen. Er öffnet einen weiteren Knopf, schiebt die Bluse zur Seite wie einen leichten Vorhang. Es fühlt sich so an, als würde die Narbe aufflammen, ihm knotig und rot entgegenleuchten. Jetzt ist es zu spät. Jetzt wird sich sein Gesicht voller Ekel verziehen, oder er wird in schallendes Gelächter ausbrechen. Ich weiß nicht, was schlimmer wäre.

»Es sieht aus wie ein Herz.«

Genau das sind seine Worte. Dasselbe sagt meine Mutter immer. Aber sie muss ja schließlich etwas Tröstliches sagen, vor allem zu sich selbst, da sie die Narbe verschuldet hat. Victor geht es nicht darum, jemanden zu trösten.

»Das hässlichste Herz der Welt«, sage ich oder versuche es zumindest.

Victor schüttelt den Kopf. Dann beugt er sich vor und drückt seinen Mund auf die Narbe. Als er sich wieder aufrichtet, meine ich, den Abdruck seiner Lippen immer noch auf der zerstörten Haut zu spüren. Der Geruch des Chlors dringt in mich ein.

Er dreht den Schlüssel, der Motor springt mit einem tiefen Knurren an, wie ein Tier, das gerade gezähmt wurde. Doch es fragt sich, wie gut es gezähmt wurde.

»Nicos Uhr«, fällt mir ein. Ich will zum Haus zurücklaufen.

»Warte bis morgen. Darum geht's ja. Er hat verschiedene Uhren. Ich wette, er merkt nicht mal, dass sie verschwunden ist.«

Ich schwinge mich hinter ihm aufs Motorrad, er dreht sich um, zieht die Handschuhe aus, macht den Gurt unter meinem Kinn enger. Sag irgendetwas, worauf ich nicke, obwohl ich ihn nicht verstanden habe.

Die Straße windet sich durch die engen Kurven des Villenviertels Granåsen. Er fährt ziemlich langsam. Als wir am Stichweg zum Fabrikgelände vorbeifahren, tippe ich ihm auf die Schulter. Er dreht den Kopf, und ich zeige auf die Fabrik, rufe, dass wir ihn freilassen müssen. Er gibt mir ein Zeichen. Nachher, soll das wohl bedeuten. Und ich kann das Motorrad nicht anhalten. Victor schaltet einen Gang höher und gibt Gas. Ich werde nach hinten gesaugt und schlinge beide Arme um seinen Bauch. Sehe in diesem Moment einen Fußgänger, der von der Fabrik kommt. Drehe den Kopf, soweit ich kann, und meine, eine dünne, gekrümmte Gestalt zu erkennen. Vermutlich hat Streuner sich selbst befreit. Vielleicht hat er es geschafft, das Rad vor der Tür wegzuschieben.

Auf der Nybroa drosselt Victor die Geschwindigkeit, doch auf dem Riksveien gibt er wieder Vollgas. Ein Ruck geht durch das halb gezähmte Tier, auf dem wir reiten, und ich muss mich noch besser festhalten. Stelle mir vor, wie wir abheben und ein paar Meter durch die Luft fliegen. Am Sägewerk legt er sich tief in die Kurve, und ich weiß, dass ich genau das will. Halt dich fest, Ann, lass ihn nicht los. Du hast vor nichts Angst. Wenn das Motorrad von der Fahrbahn abkommt und auf den Fluss zuschießt, halt dich an ihm fest.

Ich werde sterben. Habe das Gefühl zu weinen, ohne eine Träne zu vergießen.

Nitter

Niemand kommt als böser Mensch auf die Welt.

Das hatte ihm der Krankenhauspfarrer gesagt. Als ob *er* das wüsste.

Der Pfarrer war ein klein gewachsener Mann mit dünnen fettigen Haaren. Er trug eine Brille und ein Jeanshemd unter dem Sakko. Gelegentlich fluchte er, ganz gleich, ob es passte oder nicht. Man sollte ja nicht glauben, dass er von gestern war, jemand, der Moral und solche Sachen predigte.

Stattdessen redete er vom Bösen. Das war sein Job. Das Böse entstehe durch die Einflüsse, denen wir im Leben ausgesetzt seien. Zum Beispiel wenn wir als Kind vernachlässigt und als Jugendliche zu Außenseitern gemacht würden. Doch alle hätten ein Bedürfnis nach Fürsorge, Güte und Geborgenheit. Und so weiter.

Vier Jahre lang hatte er zweimal pro Woche mit dem Pfarrer reden müssen, damit sie ihm glaubten, dass er bereit war, sich zu verändern.

Verändern wollte er sich nie.

Niemand handele aus Bösartigkeit, sagte der Pfarrer. Wer vorsätzlich etwas Schlechtes tue, sei mit Blindheit geschlagen.

Doch Liebe mache nicht blind. Die Liebe mache uns zu Sehenden.

War er blind gewesen?

Vor Gericht hatte der Verteidiger behauptet, dass er sich nicht erinnern könne, einen Zusammenbruch erlitten zu haben, betrunken, zum Tatzeitpunkt nicht zurechnungsfähig gewesen zu sein. Doch in den Gesprächen mit dem Pfarrer räumte er ein, blind gewesen zu sein, wenn es nun mal das war, was der Pfarrer hören wollte.

Doch er hatte alles mit voller Absicht getan. Er hatte es so gewollt. Und er würde alles genauso wieder und wieder machen.

Wenn er Lust dazu hatte, sah er die ganze Szenerie vor sich, alles, was er mit ihr angestellt hatte.

Nachdem er sie an den Haken gehängt und nach oben gezogen hatte, hatte der Tod eine Stunde und vierzig Minuten gebraucht, um sie zu sich zu holen. Nach all dem Flehen und Jammern wollte sie nur noch eines – das, was *er* wollte. Sie wollte so lange bei ihm bleiben, wie es ihm gefiel. Ihr Blick war unablässig auf ihn gerichtet. Erst als er sie gehen ließ, erstarrten ihre Augen, wurden trüb und milchig grau. Zwei große Perlen, die immer noch an ihm hingen, schöner als je zuvor. In diesem Moment wusste er, dass er gut auf sie aufpassen musste. Er schnitt sie heraus und hielt sie tagelang in der Hand, erst das eine, dann das andere. Sie vertrockneten und schrumpften. Er legte sie in ein Glas mit Alkohol, das er am Waldrand, auf der anderen Seite des Grundstücks, vergrub.

Da wusste er, dass er nicht nur die Augen, sondern den ganzen Kopf bewahren musste. Den Rest ihres Körpers. In seinen Händen würde sie unsterblich sein.

Nachdem alles erledigt war, drehte er auf dem Hof immer noch seine Kreise. Es hatte geschneit in der Nacht. Den ersten Schneefall fand sie unvergleichlich schön. Sie konnte stundenlang am Fenster sitzen und beobachten, wie er sich auf ihre Felder legte. Und in diesem Schnee, den sie nun nicht mehr sehen konnte, stapfte er umher, den milden Winterwind in den Haaren, im Licht der Sonne, die sich nicht traute, im Osten über die Hügel zu lugen. Er trug ihren neuen engen Rock und die grüne Bluse, war geschminkt mit Lippenstift und Blut und hatte ihren Skalp auf dem Kopf. Sie hatte dichtes Haar gehabt.

Keine einzige Sekunde war er mit Blindheit geschlagen gewesen.

Das sei nicht das Böse, sagte der Pfarrer, weil er doch einen Grund dafür gehabt haben müsse. Hangele man sich zurück von Grund zu Grund, begegne man schließlich dem unschuldigen Kind.

Vor anderthalb Jahren hatte er zuletzt mit dem Pfarrer gesprochen. Was wirklich zum Lachen war, denn das kleine, blasse Männlein hatte eine Todesangst davor, nicht ernst genommen zu werden, und dennoch redete er so, als kenne er das Leben und den Tod und könne den richtigen Weg weisen.

Wenn man ihn jedoch fragte, wie es denn möglich sei, dass Gott in seiner unendlichen Güte das absolut Böse zulasse, flackerte sein Blick, und er verfing sich in einem Netz aus Widersprüchen.

Der Oberarzt war da anderer Meinung. In seiner weißen Kutte sah er aus wie ein fetter Mönch. Er glaubte offenbar an die Existenz des Bösen. Und der Grund bestand in einer neuronalen Fehlschaltung, die dafür sorgte, dass Teile des Gehirns weniger aktiv waren. Welche genau, wollte er nicht sagen. Doch hatte es wohl mit der fehlerhaften Struktur gewisser Moleküle zu tun.

Gab es also böse Moleküle?

Angesichts dieses Vorschlags hielt sich der Oberarzt vor Lachen den Bauch, doch er gefiel ihm so gut, dass er später darauf zurückkam, den Gedanken weiterentwickelte und ihm Folgendes einreden wollte: dass eine »böse Chemie« verantwortlich für ihren Tod gewesen sei. Diese böse Chemie sei teils angeboren, teils von außen zugeführt worden in Form von bösen Molekülen, die auch als halluzinogene Rauschmittel bezeichnet würden. So sei es zu einem Kampf mit der guten Chemie gekommen, deren Moleküle im Gehirn gegen das Böse ankämpften.

Auf diese Sichtweise hatten sie sich geeinigt. Was bedeutete, dass die guten Waffen niedergelegt werden konnten, wenn das Böse besiegt war.

Inzwischen nahm er keine Medikamente mehr. Der Oberarzt hatte sich überzeugen lassen, dass er sie nicht mehr brauchte.

Auch der Pfarrer war nützlich gewesen, das musste man ihm lassen. Die Gespräche über einen Zeitraum von gut vier Jahren hinweg hatten dazu beigetragen, dass er vor achtzehn Monaten aus dem Krankenhaus entlassen worden war. Ein freier Mann, Behandlung beendet, sozusagen geheilt. Keine Gefahr für die Allgemeinheit mehr. Der Pfarrer war einer derjenigen gewesen, die sich für ihn eingesetzt hatten. Im Abschlussbericht, den er selbst gelesen hatte, war betont worden, er habe durch die Gespräche Einsicht in sein eigenes Verhalten gewonnen, was auch immer das heißen sollte. Er habe keine Schwierigkeiten, zwischen Richtig und Falsch zu unterscheiden, und verstehe den Unterschied. Nun sei er vollkommen in der Lage, die richtigen Entscheidungen zu treffen, die ihm selbst und anderen Menschen zugutekamen.

So was konnte auch nur einem Pfarrer einfallen.

Aber dass er mit seinem Sohn zusammen war, das wollte der Pfarrer nicht. Der Oberarzt auch nicht. In diesem Punkt hatten sich die beiden verbündet, eine unheilige Allianz geschmiedet. Sie verlangten, dass er sich von seinem Sohn fernhielt. Für immer. Nicht einmal besuchen durfte er ihn oder sich auch nur in der Nähe des Hauses blicken lassen, das sie als sein neues Zuhause bezeichneten.

Es geschehen viele böse Dinge in dieser Welt. Man muss lernen, mit ihnen zu leben. Doch der Junge gehörte zu ihm. Als sie noch zusammen auf dem Hof lebten, war er ihm kaum von der Seite gewichen. Ganz gleich, ob er an den Autos oder dem Fahrrad schraubte, die Hunde fütterte, das Haus anstrich oder im Garten saß und Gedichte schrieb – der Junge wollte immer bei ihm sein. Er sprach nur wenig, was ihm recht war. Seinen großen Bruder hatten sie schon vor Jahren geholt, der durfte nicht bei ihnen aufwachsen, was keinen großen Unterschied machte. Der große Bruder war ein anderer Typ, der keinen Beitrag für die Welt leistete, sondern stets eine Bürde darstellte, die sie mitgeschleppt hatten.

Nicht so der Junge. Der war ein Samenkorn.

Der Junge war in die Scheune gekommen, als er sie aufhängte. Er kam, weil er fror. Der Junge hatte schon immer gefroren.

Sie hatte aufgehört zu schreien, war aber immer noch bei Bewusstsein und hatte ihren Blick plötzlich auf etwas hinter ihm gerichtet. Als er sich umdrehte, stand der Junge ruhig in der Tür und beobachtete, was mit seiner Mutter geschah.

Er wurde fuchsteufelswild. Doch die Wut richtete sich nicht gegen den Jungen. Er krümmte ihm kein einziges Haar. Denn wenn das Samenkorn starb, musste auch er sterben. So war das eben.

Das Böse existiert. Es gibt böse Orte. Hammerdal ist ein solcher Ort. Sie hatten ihm verboten, sich dort blicken zu lassen, ihm untersagt, den Jungen zu sehen. Was allmächtige Kräfte verbunden hatten, sollte getrennt werden.

Dass es Orte gab, die von sich aus böse waren, konnte der Pfarrer nicht begreifen. Ausgerechnet er, der jahrelang alles studiert hatte, was mit Sodom und Gomorrha zusammenhing.

Sie müssen akzeptieren, Nitter, dass Sie Ihren Sohn nicht sehen dürfen. Das ist nur zu seinem Besten. Und Sie wollen doch nur sein Bestes, oder?

Als hätte der scheiß Pfarrer auch nur die geringste Ahnung, was das Beste für den Jungen war. Dass Hammerdal ein böser Ort war, davon wollte er nichts mehr hören.

Man hatte ihm den Sohn genommen, damit er ein behütetes Zuhause bekam. Ausgerechnet in Hammerdal!

Sie haben ihn in einen Keller gesperrt, mitten im November.

Doch den Kräften des Bösen wird es nicht gelingen, Vater und Sohn zu trennen. Sie dürfen dem Sämann nicht das Samenkorn nehmen.

Er schnitt den Zaun zum Fabrikgelände auf. Ein feuchtkalter Novemberabend. Unter dem Mantel trug er nur ein Unterhemd, seine nackten Füße steckten in Gummistiefeln, aber er fror nicht, fror niemals. Er überquerte den Fabrikhof, auf dem das Unkraut wucherte. »Hätte man längst abreißen sollen«, murmelte er. Die ganze verdammte Anlage sollte abgefackelt und dem Erdboden gleichgemacht werden.

Er entdeckte eine Treppe an der Außenseite der alten Dachpappenabteilung, drang in die obere Werkshalle ein und ging hinunter in den Keller, wo sie den Jungen eingesperrt hatten. Neben dem großen Behälter, zwischen Schrotthaufen und alten Pappresten, rostigem Gerümpel und Rattendreck. Sogar über eine tote Taube war er im Halbdunkel gestolpert.

Was hätte der Pfarrer wohl dazu gesagt? Vier Jugendliche aus besten Familien, die alle Möglichkeiten hatten, eine gute Ausbildung zu bekommen und einen positiven Beitrag für die Welt zu leisten. Diese Jugendlichen haben seinen Sohn als Geisel genommen.

Sie hatten nicht den geringsten Grund dazu.

Ist das nicht reine Bösartigkeit?

Die Jugendlichen hatten ihn bespuckt und verspottet, bevor sie die Tür schlossen und mit einem verrosteten Antriebsrad blockierten. Danach haben sie sich aus dem Staub gemacht.

Wohin? Zu ihren Familien, um sich am Esstisch niederzulassen und ihre Hausaufgaben zu machen.

Sein Zorn ist groß. Der Zorn ist nicht das Böse. Der Zorn hat immer einen Grund. Und dieser Zorn war ein guter Zorn. Er sorgte dafür, dass er jetzt im Untergeschoss der Fabrik stand und den Beschluss fasste, sich diese vier Bastarde aus Hammerdal vorzuknöpfen. Einen nach dem anderen. Er würde ihnen klarmachen, dass sie seinen Sohn nicht in der Dunkelheit und Kälte zurücklassen durften.

Nicht ohne dafür zur Rechenschaft gezogen zu werden.

Er stieg ins Auto, ließ den Motor an. Ein Keilriemen quietschte. Den würde er am Abend oder in der Nacht austauschen. Nachts konnte er am besten arbeiten. Doch zuerst musste er den vier Bastarden eine Lektion erteilen.

Er hat sich alles notiert, was er brauchte, Namen und Adressen, wer die Eltern waren, welche Berufe sie hatten. Danach hatte er die Liste verbrannt. Er würde in alphabetischer Reihenfolge vorgehen und mit dem fünfzehnjährigen Mädchen anfangen. Genau das hatte der Pfarrer auch von ihm verlangt – er sollte selbst die Erfahrung machen, wie es war, um sein eigenes Leben zu fürchten.

Erst als er in den Trollfaret einbog, begriff er, dass dort auch sein eigener Sohn bei der Pflegefamilie wohnte. Hier durfte er sich nicht aufhalten, nicht einmal in der Nähe. Und er tat gut daran, sich an die Vorschriften zu halten, falls er das Samenkorn eines Tages wiederhaben wollte. Falls er die Hoffnung nicht begraben wollte, dass der Junge auf den Hof zurückkehrte und seine alte Gewohnheit wieder aufnahm und ihm nicht von der Seite wich – genau beobachtete, was der Vater tat. Auch im Garten sollte er sitzen und zuhören, wie die Gedichte allmählich Gestalt annahmen und in der Hollywoodschaukel unter den Apfelbäumen deklamiert wurden.

Er stellte das Auto ein Stück weiter am Straßenrand ab. Ging zu Fuß den Hügel hinauf. Fand das Reiheneckhaus. Der Carport war leer. Das Mädchen wohnte alleine mit ihrer Mutter. Die Mutter arbeitete in einem Altersheim und hatte heute Abend Dienst. Eine Fünzehnjährige braucht keinen Babysitter.

Er stellte sich zwischen die beiden Birken auf der gegenüberliegenden Straßenseite und zündete sich eine Zigarette an. Ein paar Fenster im Erdgeschoss waren erleuchtet. Auch eines im ersten Stock.

Dann sah er sie.

Sie stand mitten im Zimmer, bewegte sich langsam hin und her, als würde sie tanzen. Er sah nur den Kopf und die Schultern.

Er hatte sich vorher überlegt, wie es geschehen sollte. Hatte sorgfältig darüber nachgedacht, sich alles genau vorgestellt und sich so darauf gefreut, dass er es kaum erwarten konnte. Doch als er sie jetzt durch die Rauchschwaden hindurch betrachtete, ihre schmale Gestalt hoch oben am Fenster, wurden seine Pläne hinfällig. Er dachte an den Jungen. Damals in der Scheune hatte er Dinge gesehen, die nicht für seine Augen bestimmt gewesen waren. Er war so viel allein. Und das Mädchen dort oben hatte die anderen Bastarde dazu gebracht, ihn einzusperren.

Er trat näher heran. Sie stand still da und hatte ihren Blick auf einen Gegenstand gerichtet, bestimmt auf einen Bildschirm.

Plötzlich drehte sie sich um und sah aus dem Fenster. Blieb kurz stehen und zog dann den Vorhang zu. Sicher hatte sie ihn gesehen.

Schnell zog er sich in den Schatten der Bäume zurück und ließ ein paar Minuten verstreichen, ehe er wieder auf die Straße trat. Er konnte sie oben nicht erkennen, nicht einmal einen Schatten hinter dem Vorhang. Er stieg über den Zaun, blieb im Vorgarten stehen, schaute erneut zu ihrem Zimmer hoch, bevor er zur Haustür ging.

Sie war offen.

Im Flur roch es nach nassen Stiefeln. Jacken hingen an Haken, ein kleiner Spiegel an der Wand. Er sah sich nie im Spiegel an. Er ging weiter. War darauf gefasst, jemandem zu begegnen, einem Erwachsenen.

Von oben hörte er eine Stimme. Vielleicht hatte es das Mädchen mit der Angst bekommen. Vielleicht rief sie gerade jemanden an.

Er stieg die Treppe hinauf. Weder langsam noch schnell, sondern mit Bewegungen, die ihre eigene Geschwindigkeit vorgaben, denn was er jetzt erlebte, war größer als er selbst, und das hätte er auch damals dem Pfarrer sagen können, dass es in ihrem Gespräch um mehr ging als nur um sie beide.

Doch dann wäre er nicht entlassen worden, nicht so früh, vielleicht nie, und hätte nicht an diesem Novemberabend die Stufen hinaufgehen und vor ihrer Tür stehen bleiben können.

Er betrachtete das Namensschild.

Hier wohnt Ann.

Und das Bild einer kleinen Katze, eines grau-weiß getigerten Kätzchens, das eine Schleife um den Hals trug.

Von drinnen drang ihre Stimme an sein Ohr, und er wusste, dass er richtig vermutet hatte. Sie telefonierte mit jemandem.

»Trollfaret!«, sagte sie mit lauter Stimme. »Trollfaret 86!«

Keine dumme Idee, jemanden zu verständigen und ihm ihre Adresse mitzuteilen. Zehn Minuten bräuchten sie, vielleicht zwanzig, und damit viel länger als er.

Er umfasste die Klinke, drückte sie ruhig nach unten. Hielt sie für ein paar Sekunden fest.

Damit sie sah, dass er auf dem Weg zu ihr war.

Ich bin Ann
Version 21.3.1

Ich werde sterben. Ich weiß, wie es geschehen wird. Alles wird still sein. So wie damals, als ich falschen Krupp hatte und Papa mich hochgehoben hat. Mein Hals war wie zugeschnürt, ich bekam keine Luft, war aber ganz ruhig. Mit mir auf dem Arm lief Papa auf die Veranda. Draußen war es dunkel und eiskalt. Er stand barfuß im Schnee und drückte mich an sich. Da löste sich etwas in mir, und ich konnte wieder atmen.

Ich weiß nicht, ob ich schlafe. Von draußen kommen Geräusche, das Brummen der Autos unten auf der Hauptstraße. Schritte auf dem Asphalt. Dann wird ein Briefkasten geöffnet und wieder zugeknallt. Die Schritte gehen zum nächsten Briefkasten. Ich denke daran, dass Sonntag ist, also schlafe ich wohl doch nicht. Aber ich lasse mich in etwas Graues hineingleiten. Springe in ein Boot. Jemand, der mir den Rücken zukehrt, sitzt am Ruder. Es ist Streuner. Ich versuche, mit ihm zu reden, doch er antwortet nicht. Auf der anderen Seite des Flusses gehe ich an Land. Das Boot legt wieder ab, gleitet davon, verschwindet im Dunkeln. Ich stehe alleine vor der Fabrik. Auf einmal höre ich den Schrei. Jammernd und dumpf, als käme er aus dem Keller. Vielleicht eine eingesperrte Katze. Ich muss sie befreien. Plötzlich stehe ich in der

Halle. Es ist dunkel. Ich schaue dorthin, wo das Lagerfeuer war. Die Klagelaute nehmen kein Ende. Es riecht nach Öl. Teer, sagt Victor, es riecht nach Teer. Er wartet dort auf mich. Die Tür zum Keller steht sperrangelweit offen.

Ich bin es, die schreit. Ich zittere am ganzen Körper. Mir ist kalt. Ich stehe auf und schließe das Fenster, ziehe einen Pullover über das Pyjamaoberteil. Lege mich wieder hin.

Wache viel später von Mamas Schritten im Flur auf. Die Badezimmertür wird geschlossen, Wasser rauscht, es gurgelt in den Rohren, das mit dem Wasserdruck muss der Klempner beheben, wenn wir wieder ein bisschen Geld haben. Das heißt, wenn Mama von dem Buch, an dem sie schreibt, ein paar Hunderttausend Exemplare verkauft hat. Dann wollen wir auf die Seychellen. Und ein Pferd kaufen. Als Papa ausgezogen ist, hat sie mir eine Katze versprochen. Aber es ist nie etwas daraus geworden. Mama hat ein paar kleine Magnete über meinen Kopf gehalten.

Sie haben ihr verraten, dass ich allergisch gegen Katzen bin.

Jetzt höre ich, dass sie wieder in ihrem Schlafzimmer ist. Sie setzt sich auf die Kante des großen Betts, das früher angeblich immer zu klein für zwei Personen war. Jedenfalls glaube ich, mich zu erinnern, dass sie das früher gesagt hat, und ich dachte an Papas massigen Körper, der ein ganzes Doppelbett für sich allein gebraucht hätte. Vielleicht hat jemand vor zehn Jahren genau das gesagt. Dass sein Körper zu groß für das Bett sei, das er mit Mama teilen musste. Ich muss darüber lachen, doch damals habe ich es geglaubt. Wahrscheinlich ist ihm das ganze Haus zu klein geworden. Mama ist seitdem irgendwie kleiner geworden, ist dafür in die Breite gegangen.

Lange liege ich so da, ich schlafe nicht, doch wach bin ich auch nicht. Durch das geschlossene Fenster ist ganz schwach das Läuten der Kirchenglocken zu hören. Es ist fünf vor elf. Ich gehe ins Bad und setze mich aufs Klo. Denke an etwas, das ich nach der Sache mit der Fabrik geträumt habe. Dass ich mit in die Kirche sollte, auf eine Beerdigung.

Im Spiegel mein müdes Gesicht. Plötzlich denke ich: Wenn ich es lange genug ansehe, weiß ich genau, was passieren wird.

Willst du deshalb nicht in den Spiegel gucken? Weil du Angst hast?

Angst ist das falsche Wort, aber ich will gar nicht wissen, was passieren wird.

Als ich nach unten komme, sitzt Mama vor dem Computer. Facebook.

»Guten Morgen, Prinzessin.«

Ich grummele etwas in mich hinein, will nicht Prinzessin genannt werden, obwohl das immer noch besser ist als Ann-Spatz.

»Die Fabrik«, sage ich und nehme die Packung mit Frühstücksflocken aus dem Küchenschrank.

»Ja?« Mama schmunzelt über etwas, das sie liest.

»Weißt du etwas darüber?«

»Worüber?«

»Du hörst nie zu, wenn ich mit dir rede.«

Ich klinge sauer, sodass Mama zusammenzuckt und mich ansieht. »Welche Fabrik meinst du?«

»Na, welche schon? Die unten am Fluss.«

»Was ist damit?«

»Weißt du zum Beispiel, wann sie geschlossen wurde?«

Mama schaut aus dem Fenster, grauer Dunst über den Dächern.

»Das ist doch schon lange her. Ich kann mich nicht mehr genau erinnern. Das muss lange vor deiner Geburt gewesen sein.«

»Weißt du, warum sie geschlossen wurde?«

Mama sitzt da in ihrem rosa Pyjama mit den grauen Streifen, ein Loch über dem einen Knie, und wartet darauf, wieder zu Facebook zurückkehren zu können. »Sie war wohl nicht mehr rentabel, das ist doch der übliche Grund.«

»Gibt es überhaupt etwas, das du mit Sicherheit weißt? Du bist doch schließlich hier aufgewachsen.«

Mamas Stirn wellt sich, die Wellen kommen und gehen. »Als die Fabrik zumachte, war ich noch nicht mal in der Schule.«

»Aber du kanntest doch Nicolais Familie ziemlich gut. Warst du nicht mal mit seinem Onkel zusammen?«

Jetzt frieren die Falten auf ihrer Stirn ein. »Wer hat das denn gesagt?«

»Nicos Vater.«

»Behauptet er etwa, ich wäre die Freundin von Klaus Vincent Meyer gewesen?« Den Namen Vincent zieht sie unnatürlich in die Länge. »Der war überhaupt nicht mein Typ, Ann. Wahrscheinlich war er mit den meisten Mädchen in meiner Klasse zusammen, gerne auch gleichzeitig, aber das hätte ich nie mitgemacht.«

Sie schaut erneut aus dem Fenster, ihr Blick geht in die Ferne.

Die Liebe ist nur für eine einzige Person im Leben bestimmt. Das sagt sie mir jedes Mal, wenn ich sie frage, warum sie keinen Mann gefunden hat, nachdem Papa zu groß für unser Haus wurde.

»Warum interessiert dich diese Fabrik so?«

Ich könnte antworten, dass es etwas mit einem Unglück zu tun hat. Dass jemand im Untergeschoss der Fabrik, wo der Teerbehälter stand, gestorben ist. Aber ich sage: »Ist nur wegen einer Schularbeit.« Was nicht einmal gelogen ist. Bis Freitag sollen wir einen Aufsatz schreiben: *Schreibe zwei Seiten über deinen Heimatort.* Ich bin nicht fertig geworden, hab noch nicht mal angefangen, und morgen früh müssen wir abliefern. Jetzt weiß ich zumindest, worüber ich schreiben werde.

Mama streicht mir ein paar Haare aus der Stirn. »Du kannst ja Papa anrufen. Der weiß all solche Sachen.«

Ihre Standardantwort, wenn ich sie etwas frage. Sie sagt das, weil sie durch mich wieder Kontakt mit ihm haben will. Ich bin das Verbindungsglied. Und nachher fragt sie mich dann, was er gesagt hat. Und wenn ich bei ihnen war, gibt es ein ellenlanges Verhör, wie es ihnen geht, ob sie renoviert oder sich neue Dinge angeschafft haben. Sie glaubt immer noch daran, dass er eines Abends vor unserer Tür stehen und fragen wird, ob er wieder einziehen kann. Und das nach zehn Jahren. Deshalb hat sie sich auch nie einen neuen Partner zugelegt, sie wartet immer noch auf den einen, der zu groß für unser Haus wurde.

Ich nehme das Frühstück mit auf mein Zimmer. Schreibe Helene eine Nachricht. Sie ist beim Schwimmtraining und wird nicht gleich antworten. Auf Face meldet sich ein gewisser Roman Warzinsky, der ein Kameraobjektiv als Profilbild hat. *Freunde?*

Ehe ich antworten kann, klopft meine Mutter an und kommt rein. Das macht sie erst seit kurzer Zeit, das mit dem Anklopfen. Als wollte sie sagen, dass hier jetzt zwei Erwachsene wohnen, zwei Freundinnen.

»Ich fahr jetzt«, sagt sie. »Die Alten warten. Die Spaghetti sind fertig.«

»Danke.«

Sie umarmt mich, riecht nach Vanilleseife. Aber die Haare hat sie nicht gewaschen. Saubere Haare findet sie überflüssig, wenn sie Neunzigjährigen eine Windel anzieht und den Hintern abwischt, Speichel und Essensreste aus ihren Mundwinkeln entfernt.

Ich sehe, dass Nicolai eingeloggt ist.

Schon wach?, tippe ich ein.

Sitze auf meinem Bett.

Wie kann man nur so faul sein? Was machst du heute?

Seine Antwort ist so, wie ich gehofft habe.

Hänge mit Victor ab. Was machst du?

Plötzlich fällt mir ein, was ich geträumt habe, von der Fabrik und so.

Hast du ihn nach Streuner gefragt?

Warum sollte ich?

Nur um sicher zu sein, dass er okay ist.

Mehrere Minuten bis zur nächsten Antwort. *Vic sagt, dass du ihn auf dem Weg gesehen hast.*

Ich starre auf das Display. Irgendetwas stimmt nicht. Ich muss anrufen und herausfinden, was los ist.

»Ich bezahl doch nicht deine Telefonrechnung.« Nicolai hört sich nicht besonders wach an.

»Nein, das kannst du dir ja auch nicht leisten«, entgegne ich. »Was soll das heißen, dass ich ihn auf dem Weg gesehen habe?«

»Das hat Vic mir so gesagt.«

»Es kann nicht Streuner gewesen sein, wenn Victor ihn erst später freigelassen hat.«

»Vic hat ihn nicht freigelassen.«

»Mach keine Witze.«

»Das brauchte er doch gar nicht mehr, nachdem du ihn gesehen hast.«

Ich habe die Tür und das schwere Antriebsrad vor Augen.

»War er nicht mehr da, als Victor gekommen ist?«

»Vic ist nicht zur Fabrik gefahren.«

»Aber das musste er doch!« Meine Stimme ist schrill, und ich versuche, sie zu dämpfen. »Er war doch schon auf dem Weg, wollte mich nur kurz zu Hause absetzen.«

»Das hatte er ja auch vor … aber dann hast du Streuner auf der Straße gesehen.«

Mein Gesicht prickelt. Das Gefühl breitet sich über den ganzen Hals aus, als würde sich meine Haut ablösen. »Ich hab gesagt, dass ich jemanden gesehen habe, der so ähnlich aussah wie Streuner. Aber wir sind sehr schnell gefahren, außerdem war es dunkel.«

Nicolai hört sich an, als würde er gähnen.

»Du hast zu Vic gesagt, dass du Streuner auf der Straße gesehen hast«, wiederholt er. »Deshalb ist er nicht noch mal in die Fabrik gegangen.«

»Das ist doch Wahnsinn! Vielleicht war Streuner dort die ganze Nacht eingesperrt.«

»Daran würde ich gar nicht denken. Der ist bestimmt irgendwie rausgekommen.«

»Aber dieses Rad vor der Tür war sauschwer.«

Nicolai gähnt erneut.

»Wir müssen sofort hinfahren«, sage ich mit flehentlicher Stimme.

»Okay. Schick eine Nachricht, wenn du da warst.«

»Ich krieg das Rad ja gar nicht alleine weg!«

Kurze Pause.

»Na gut, dann treffen wir uns später am Tor.«

»Wann später?«

»Muss erst mit Vic reden. Ruf dich an.«

Auch auf der Vorderseite der Fabrik befindet sich ein Tor. Nico ist schon da.

Es hat begonnen zu regnen. Nicht stark, trotzdem kleben die Haare an der Stirn.

»Was glaubst du, wie kalt es letzte Nacht war?«

Nicolai zuckt die Schultern. Er ist kreidebleich, sieht nicht gesund aus. »Knapp unter null.«

Mit einem Mal dringt das Brummen eines Motors von der Straße zu uns herüber. Victor hat sich das Motorrad zum achtzehnten Geburtstag gekauft. Hatte jahrelang darauf gespart. Dann kam das Erbe seines Großvaters.

Er nimmt die Kurve, gibt Gas, hält am Zaun an und schaltet den Motor aus. Als er den Helm abnimmt, fallen ihm seine schwarzen Haare auf die Schultern. Er trägt eine schwarze Lederjacke, schwarze Hose, schwarze Stiefel.

Kurz darauf stehen wir auf der anderen Seite des Zauns. Victor geht zum größten Backsteingebäude, wir folgen ihm. »Warum hast du behauptet, dass du ihn gesehen hast, wenn das nicht stimmt?«

Er dreht sich um, sein Blick ist kalt.

»Das hab ich nicht gesagt.«

»Und was dann?«

Ich schließe die Augen. »Dass ich jemanden gesehen habe, der ihm ähnlich sah.«

»Das hab ich aber nicht gehört.«

Ich wende den Blick ab, betrachte den Fluss. Er sieht aus wie geschmolzenes braunes Plastik.

»Egal. Wir gehen rein und schauen nach. Wenn er noch im Keller ist, lassen wir ihn raus. Ganz einfach.«

Bei Tageslicht sieht die Fabrikhalle anders aus, vor allem größer. Vom Treppenabsatz, auf dem wir stehen, sind es bestimmt zehn Meter bis zur Decke. Ich stecke meinen Zeigefinger in den

Mund und halte ihn in die Luft, während wir die wacklige Wendeltreppe hinabsteigen.

»So kalt ist es ja gar nicht«, sage ich, aber die anderen reagieren nicht. Ich habe versucht, mir vorzustellen, dass die Kellertür geöffnet und das Rad weggeschoben ist.

Es lehnt immer noch an der Tür. Ein paar Meter entfernt liegt Streuners Handy auf dem Boden. Ich hebe es auf. Friere, hab Gänsehaut am ganzen Rücken.

»Er muss immer noch da drin sein.«

»Pack da an«, sagt Victor.

Nicolai entgegnet nichts, steht einfach da und hat die Hände in den Taschen seiner Parajumper-Jacke vergraben.

»Sag mal, schläfst du?«, knurrt Victor.

»Ich mach das«, sage ich, und zu zweit gelingt es uns, das Rad zur Seite zu drehen. Victor öffnet die Tür einen Spaltbreit. »Streuner!«, ruft er durch die Öffnung.

»Er heißt Morten«, sage ich leise. Wenn er noch am Leben ist, werde ich ihn von nun an Morten und nicht mehr Streuner nennen.

»Morten!«, ruft Victor ins Dunkel.

Keine Antwort.

Er zieht die Tür weiter auf, holt sein Handy aus der Tasche, leuchtet hinein, hält die Tür mit seinem Fuß auf.

Ich blicke ihm über die Schulter. Eine Treppe. Keine Wendeltreppe, doch genauso steil, ohne Geländer. Ungefähr in der Mitte macht sie einen Knick. Ein paar Meter von der untersten Stufe entfernt sehe ich eine Tür.

»Wir gehen da runter«, entscheidet Victor.

Er geht voran, dann ich, Nico zum Schluss.

Auf der anderen Seite der Tür befindet sich eine Reihe von Garderobenschränken. Ein Waschbecken an der Wand.

»Morten«, sagt Victor mit lauter Stimme. »Bist du hier?« Er leuchtet zwischen die Schränke.

Wir betreten einen stockdunklen Gang. Ich trete auf etwas und schreie auf. Victor leuchtet nach unten. Auf dem Boden liegt ein großer toter Vogel. Der Kopf ist halb herumgedreht und schaut nach hinten. Victor kickt ihn zur Seite.

»Eine Taube.«

»Jemand hat sie getötet«, sage ich.

Er hockt sich hin, mustert sie im Lichtschein. »Schon möglich.«

Zur Rechten eine schwere Metalltür.

»Hier drin haben sie die Dachpappe angefertigt«, sagt Victor und zieht sie auf.

Wir betreten eine Halle, nicht ganz so groß wie die obere. Tageslicht dringt durch schmale Oberlichten. Mitten im Raum etwas, das wie eine riesige Badewanne aussieht.

»Morten!«, ruft Nico. »Wenn du dich versteckt hast, kannst du jetzt rauskommen. Wir tun dir nichts.«

Ich kriege weiche Knie. Um mich her wird es dunkel. Denn wenn Streuner nicht antwortet, ist er möglicherweise erfroren. Und wenn er tot ist, werde ich diesen Ort nie wieder verlassen.

Er liegt hinter der Wanne. Zusammengerollt wie ein Embryo, den Kopf in der Kapuze verborgen. Er sieht aus wie ein toter Vogel.

Victor bückt sich und berührt ihn leicht.

»Morten.«

Er rüttelt an seiner Schulter. »Du kannst hier nicht liegen bleiben.«

In diesem Moment bewegt sich Streuners Kopf, und ich rufe irgendwas, denn er kann nicht erfroren sein, wenn er sich bewegt.

Sein Gesicht taucht auf, die Augen riesengroß. Wie eine Schlange schnappt er nach Victors Hand.

»Hey!«, ruft Victor und zieht sie zurück.

Streuner kommt auf die Beine. Er steht vor mir, kreidebleich, schwarze Augen. Er riecht nach Pisse. Und Kot.

Ich gebe ihm sein Handy. »Tut mir leid.« Ich will noch mehr sagen, bringe es aber nicht über mich.

Er rührt sich nicht vom Fleck.

»Der hat sie doch nicht alle«, sagt Victor. »Beißt mich in die Hand.«

Streuner starrt mich immer noch an. Dann reißt er mir das Handy aus der Hand, fährt herum und stößt mit Nico zusammen. Geht mit steifen Beinen zur Tür.

»Hey!«, ruft Nico. »Hörst du nicht, dass wir mit dir reden?«

Er ist wütend, und womöglich fängt alles wieder von vorne an, und wir misshandeln Streuner erneut, denn auch in mir kocht der Zorn hoch.

»Der hat sich in die Hose geschissen.« Nico zieht eine Grimasse, hält sich die Nase zu, macht einen Schritt zurück.

»Lasst ihn gehen«, sagt Victor, und Streuner verschwindet aus der Tür und knallt sie hinter sich zu. Es klingt wie ein dröhnender Hammerschlag. Ich habe dieses Dröhnen schon einmal gehört, habe erlebt, wie genau diese Tür zugeschlagen wurde. Erinnere mich nicht mehr, wann das war. Vielleicht ist es noch nicht passiert. Tief in mir drin weiß ich, was geschehen wird, und ich kann nichts dagegen tun.

Du weißt also, dass du sterben wirst?

Ich gehe am Flussufer entlang. Der Himmel ist immer noch schwer und grau, und ich bekomme feuchte Wangen. Es fühlt sich an, als löse sich mein Make-up auf und liefe mir über das Gesicht. Als ich es verreibe, mache ich es nur noch schlimmer, und ich pfeife drauf, weil ich sowieso niemanden sehen will. Nico ist den ganzen Tag allein zu Haus. Victor wollte, dass ich ihn zu Nico begleite. Sie wollen im Pool schwimmen und was einwerfen. Nico will alles probieren, und Victor lässt es zu. An Streuner haben die beiden keinen Gedanken mehr verschwendet. Keine Toten oder Verletzten, alles gut.

Ich muss für mich sein. In der Jackentasche ist Nicos Uhr. Hab vergessen, sie ihm wiederzugeben. Wäre auch ein bisschen peinlich gewesen. Werde sie in seine Schultasche legen, wenn er nicht hinguckt.

Jetzt, da ich nicht mehr sauer bin, macht sich etwas anderes bemerkbar. Es ist dunkel und höhlt mich völlig aus. Ich war es, die vorgeschlagen hat, Streuner im Keller einzusperren. Und ich sage zu Ann: Mich hätten sie einsperren sollen. Ich hätte in der eiskalten Dunkelheit darauf warten sollen, dass mich jemand befreit. Wenn ich die Augen schließe, sehe ich, dass sie nickt. So wird es sein. Und es wird niemand kommen, um dich zu befreien.

Ich setze mich zwischen die Bäume, ein Stück oberhalb des Weges, blicke zum Fluss hinunter, die Fabrik liegt auf der anderen Seite. Die feuchte Erde dringt durch meine Hose und in die Haut. Kalt. Ich will, dass mir kalt ist.

Das Handy klingelt, und ich zucke zusammen. Papa. Ich zögere.

»Hei Ann.«

Er hat Zeit. Ich höre es ihm an. Seine Stimme ist offen und fröhlich. An seinem freien Tag will niemand etwas von ihm. Und er will mit mir reden.

»Du hast angerufen.«

Ach ja. Wenn er nur einmal anrufen könnte, ohne dass ich es vorher probiert habe.

»Ich war in der Eishockeyhalle, konnte nicht rangehen. Ist was Bestimmtes?«

»Nein, nein.«

»Viel zu tun?«

»Geht so.«

Jetzt muss ich mich entscheiden. Entweder erzählen, was passiert ist, oder mir etwas anderes ausdenken.

»Ich wollte dich etwas fragen.«

»Ja?«

Er klingt, als würde er lächeln. Er liebt es, mir Fragen zu beantworten. Aber ich muss genau aufpassen, was ich sage. Mit halben Erklärungen gibt sich Papa nicht zufrieden. Er ist stets neugierig. Falls seine Neugier denn einmal geweckt ist. Dann hört er mir gut zu. Und vielleicht möchte ich genau das. Dass er mich dazu bringt, ihm alles zu erzählen.

»Die Fabrik unten am Fluss …«

»Der Fluss in Hammerdal?«

»Welchen Fluss sollte ich sonst meinen, den Amazonas?«

Er lacht herzhaft. »Du meinst Hammerdal Bruk?«

»Wann haben sie die Fabrik stillgelegt?«

Er denkt kurz nach.

»Zuerst haben sie die Produktion der Dachpappen eingestellt. Das muss fünfzehn bis zwanzig Jahre her sein. Ein paar Jahre später haben sie dann die Kunststoffabteilung dichtgemacht.«

»Aber die Fabrik steht immer noch …«

»Die Gemeinde hat der Familie Meyer das Grundstück mitsamt dem Gebäude abgekauft. Im Laufe der Zeit gab es verschiedene Pläne, was damit geschehen soll, aber du weißt ja, wie das ist. Alles kostet.«

»Warum haben sie die Fabrik zugemacht?«

Das Geräusch, wenn er die Luft durch die Vorderzähne zieht. Ich sehe ihn vor mir. Er legt den Zeigefinger unters Kinn, drückt es nach oben, behauptet, er wirke so klüger.

»Auch da ging es ums Geld. Sie haben keine Gewinne mehr erwirtschaftet und die Produktion ins Ausland verlegt. Warum fragst du?«

»Ach, nur so. Hat mit der Schule zu tun.«

»Sollst du eine Arbeit darüber schreiben?«

Wie er sauge ich die Luft ein und antworte: »Es hat damals einen Unfall gegeben.«

»Einen Unfall?«

»Hast du nicht davon gehört? Einer der Arbeiter ist in eine Wanne mit kochendem Teer gefallen.«

»Wirklich?«

»Du hast doch damals ganz in der Nähe gewohnt. Hast du nichts davon mitgekriegt?«

»Es passieren so viele Arbeitsunfälle, Ann.«

»Aber kann das der Grund gewesen sein, warum sie die Fabrik geschlossen haben?«

»Das bezweifle ich. Wahrscheinlich ist es einfach billiger, die Dachpappe woanders herstellen zu lassen, in Asien oder in Südamerika. Vielleicht findest du was darüber im Internet, dann wird dein Lehrer bestimmt zufrieden mit dir sein.«

»Opa war auch dort angestellt.«

»Stimmt. Er hat die Dachpappenabteilung für eine Weile geleitet.«

»Hat er nichts von dem Unfall erzählt?«

Kurze Pause. Er scheint nachzudenken.

»Ich kann mich nicht erinnern.«

Ich blicke zum Schornstein hinauf, der sich in den grauen Himmel streckt. Fast hätte ich ihn etwas ganz anderes gefragt. Kannst du wieder bei uns wohnen? Aber das wird nicht geschehen. Es hat ein paar Jahre gedauert, bis ich das begriffen habe, und das letzte Mal habe ich so etwas Törichtes vor langer Zeit zu ihm gesagt. Aber warum eigentlich nicht, denke ich. Einfach dasitzen und warten, bis er die richtige Antwort gefunden hat. Ich bin fünfzehn Jahre alt, dann kann er vielleicht endlich die Wahrheit aussprechen.

»Komm doch diese Woche mal vorbei«, schlägt er vor. »Oder du übernachtest am Wochenende.«

Eigentlich sollte ich einfach mit Ja antworten. Aber das geht nicht. Ich bin in diesem Haus nicht erwünscht. Papa möchte wahrscheinlich, dass ich komme, aber nicht sie, mit der er zusammenwohnt. Letzten Sommer sollte ich vierzehn Tage mit ihnen in ihrer superluxuriösen Ferienhütte verbringen. Nach acht Tagen bin ich nach Hause gefahren. Papa wollte wissen, warum. Als hätte er, der alles mitbekommt, nicht verstanden, dass seine Frau mich nicht ausstehen kann und alles tut, um mich auszuschließen. Wenn ich auftauche, verzieht sie das Gesicht. Ist nie mit dem zufrieden, was ich tue. Findet jeden noch so kleinen Fehler. Ein Glas, das falsch in den Küchenschrank einsortiert wurde. Eine angebrochene Limoflasche, die noch nicht hätte geöffnet werden sollen. Ein Teelöffel, der auf dem Esstisch liegen geblieben ist.

»Das kann ich machen«, sage ich und weiß, dass ich zum letzten Mal bei ihnen gewesen bin.

* * *

Auf Facebook: Helene im Kino mit Oh-my-God-Dagny und Thea. Immer noch keine Antwort auf die Nachricht, die ich vor vier Stunden geschrieben habe. Also ist sie sauer. Oder noch schlimmer.

Sehe mir eine Episode von *Die Totenmaske* an, die ich bereits kenne, während ich Spaghetti esse und meinen Aufsatz schreibe. Morgen früh ist der absolut letzte Zeitpunkt, um ihn abzuliefern. Also tippe ich einfach drauflos. *Ganz in der Nähe von meinem Wohnort befindet sich eine Fabrik. Inzwischen ist sie stillgelegt worden. Jemand, der dort gearbeitet hat, wurde in flüssigem Teer gekocht. Wer hatte die Schuld daran?*

Später räume ich die Geschirrspülmaschine aus, obwohl ich gar nicht dran bin, stelle das schmutzige Geschirr hinein und wische die Arbeitsplatte ab. War in letzter Zeit etwas faul. Habe Mama zu viel aufgebürdet. Will mich bessern und ein besserer Mensch werden, der einen positiven Beitrag leistet.

Lege mich aufs Bett. Versammele alle Plüschtiere um mich herum. Vielleicht schlafe ich. Vollständig angezogen. Das hab ich früher manchmal getan, als ich noch klein war.

Endlich macht mein Handy Pling. Aber die Nachricht ist nicht von Helene. Ich öffne und lese sie. Bleibe regungslos liegen und starre die drei Wörter an.

Lese sie immer wieder.

Du wirst sterben.

Victor antwortet nicht, ruft aber wenige Minuten später zurück. Ich: »Wo bist du?« Als ob mich das was angeht.

Doch er: »Bei Nico.«

»Um zwanzig nach elf?«

»Nico ist total stoned. Ich kümmere mich um ihn. Ist niemand zu Hause.«

Und ich: »Stoned?« Obwohl ich weiß, was das bedeutet. Und plötzlich denke ich: Ich bin diejenige, die Nico dazu bringen kann, keine Drogen mehr zu nehmen. Manchmal muss ich über mich selbst grinsen.

Nachdem ich ihm von der SMS erzählt habe, sagt er: »Hunde, die bellen, beißen nicht.« Seine Stimme klingt ruhig. Hört sich nicht so an, als hätte er was genommen.

»Soll ich bei dir vorbeikommen?«

»Nein«, antworte ich viel zu schnell und viel zu laut. »Meine Mutter kommt bald von der Arbeit.«

»Und?«

»Ja, ich …«

»Ruf mich an, wenn du es dir anders überlegst«, unterbricht er mich, »oder wenn du weitere Drohungen bekommst. Du weißt doch bestimmt, wer dir so was schreibt.«

»Streuner.«

»Oder sein Bruder. Denk nicht mehr daran. Ich werde dafür sorgen, dass sie dich in Ruhe lassen.«

Wie, verrät er mir nicht. Aber ich mag seine Worte. Denke darüber nach, ihn doch zu bitten, zu mir zu kommen. Mit mir in meinem Zimmer auf meinem Bett zu liegen. Angezogen. Sich einfach zu umarmen.

Über diesen Gedanken muss ich eingeschlafen sein. Ich werde von meinem eigenen Schrei geweckt und zucke zusammen. Ich sitze auf der Bettkante, halte mir die Ohren zu und schreie. Ich habe von einer eingesperrten Katze geträumt.

Muss aufstehen und mich fertig machen. Ziehe meine Kleider aus und den Pyjama an. Im Haus ist es still. Manchmal muss Mama ein, zwei Stunden länger bei der Arbeit bleiben. Draußen ist der Himmel blauschwarz, die Straßenlaterne spinnt orange Lichtfäden.

Dort unten steht jemand.

Ich ziehe den Vorhang zu und spähe durch einen winzigen Spalt.

Da steht jemand an der Straßenlaterne zwischen den kahlen Bäumen.

Zuerst erkenne ich nur die Glut einer Zigarette.

Dann sehe ich einen Mann. Er trägt eine lange Jacke. Unbeweglich steht er da und betrachtet unser Haus. Manchmal bewegt sich die glühende Zigarette in einem Bogen auf und ab.

Mit einem Mal verschwindet er im Dunkeln.

Ich kann mich nicht hinlegen, weil ich viel zu wach bin. Schalte das Licht aus. Niemand soll mich von draußen sehen. Für eine Weile bewege ich mich nicht vom Fleck. Friere, weil das Fenster gekippt ist. Als ich ein Geräusch im Vorgarten höre, gucke ich wieder raus.

Er steht wieder auf der Straße. Jetzt kann ich ihn deutlicher erkennen. Ein kräftiger Mann. Käppi, grauer Mantel, langer Bart. Er blickt zu mir nach oben.

Ich schnappe mir mein Handy vom Bett. Als ich hinausschaue, klettert er über die Hecke und geht zur Veranda.

Ich wähle Mamas Nummer. Sie nimmt nicht ab. Dann versuche ich es bei Papa, erreiche nur die Mailbox.

Notruf.

Geräusche in unserem Haus, das Klicken einer Tür. Es hämmert in meinem ganzen Körper, das Zimmer füllt sich mit schwarzen Flecken. Schritte auf der Treppe. Klingt wie das Quietschen von Gummistiefeln.

Tippe mit einem Finger die 113.

Die Schritte bleiben stehen. Mein Keuchen ist im ganzen Haus zu hören.

»Medizinischer Notruf.«

Ich will etwas sagen, meine Zunge klebt fest.

Die Schritte erreichen meine Tür.

»Hier ist jemand.«

Ich rufe, kriege aber keine Luft und bin kaum zu verstehen.

»Von wo rufst du an?«

»Trollfaret«, keuche ich. »Trollfaret 86.«

Die Klinke bewegt sich, wird runtergedrückt, verharrt dort. Draußen höre ich Mamas Auto. Es schwenkt in den Carport.

»Sie kommt. Mama ist da.«

»Ist jemand krank?«, fragt die Stimme in der Leitung.

Ich kann nicht antworten. Kriege nicht genug Luft. Starre auf die Klinke, die immer noch unten ist. Dann gleitet die Tür auf.

»Hallo!«, sagt die Stimme in der Leitung. »Bist du noch da?«

Wieder Schritte auf der Treppe, schneller als vorhin.

»Ja«, flüstere ich. Versuche zu atmen.

»Kannst du erklären, was passiert ist?«

Die Verandatür wird aufgeschlossen und geöffnet. Ich spähe durch den Spalt im Vorhang. Er durchquert den Vorgarten. An der Hecke bleibt er stehen und guckt noch einmal zu mir hoch. Macht ein Zeichen mit der Hand, schreibt etwas in die Luft.

Dann ist er weg.

»Du hast Angst«, stellt die Telefonstimme fest. »Kannst du atmen?«

»Geht schon.«

»Wie heißt du?«

»Ann. Ich bin Ann.«

»Ann Edvardsen Lindbekk«, sagt die Stimme. »Trollfaret 86. Kannst du mir sagen, was passiert ist, Ann?«

»Es war jemand hier«, stoße ich hervor.

»Bist du allein zu Hause, Ann?«

Erst schlägt die Außen-, dann die Eingangstür. Mama lässt die Schlüssel auf den Tisch im Flur fallen.

»Nein«, sage ich etwas lauter. »Mama ist zu Hause.«

»Vielleicht kann ich mal mit ihr reden?«

Ich stehe am Fenster. Meine Pyjamahose ist klitschnass. Ich hab mir in die Hose gemacht. Mama darf nichts erfahren, sonst kann sie nicht schlafen. Nicht heute Nacht. Nie mehr. Das alles ist wegen mir passiert.

»Ist alles wieder okay«, sage ich und kann ein wenig freier atmen. »Ich habe nur was Komisches geträumt.«

»Sicher?«, fragt die Stimme. »Vielleicht sollten wir deine Mutter sicherheitshalber anrufen.«

»Nein«, entgegne ich. »Tun Sie das nicht. Es ist schon in Ordnung.«

Ich lege auf. Mamas Schritte auf der Treppe. Ich schließe die Tür ab.

»Ann? Sprichst du mit jemandem?«

»Helene. Hab gerade aufgelegt.«

Sie drückt die Klinke hinunter. »Warum hast du denn abgeschlossen?«

»Ich muss jetzt schlafen«, sage ich, würde sie aber am liebsten zu mir ins Zimmer lassen und mich eng an sie schmiegen.

Sie gibt auf. Eine Weile bleibe ich frierend stehen. Dann ziehe ich die nasse Pyjamahose aus, knülle sie zusammen und mache damit den Fußboden sauber.

Krieche unter die Decke. Ich werde sterben. Aber nicht so, wie ich dachte.

Schöpfung und Tod

Später in der Nacht würde er wieder zu dem Mädchen gehen, wenn die Mutter schlief. Wenn diejenigen, die ihr zu Hilfe eilten, wieder weg waren.

Er stand vor einem anderen Haus am Trollfaret. Dort lag ein Junge im Bett und schlief. Er sah ihn vor sich. Der Junge rollte sich im Schlaf immer zusammen wie eine Katze und faltete sich am Morgen wieder auseinander. Wie Farnkraut in der Morgensonne.

Am Nachmittag hatte er angerufen, was er nur selten tat. Das letzte Mal lag bestimmt ein Jahr zurück. Er war sofort losgefahren, hatte ihn am Riksveien aufgegabelt. Der Junge war Richtung Norden gelaufen. Kalt und durchnässt, die Hosen voll vor Angst. Er hatte ihn mit nach Hause genommen. Hatte ihn gewaschen und ihm trockene Kleider gegeben. Der Junge gehörte zu ihm auf den Hof, er hätte ihn dabehalten können. Doch noch war die Zeit nicht gekommen.

Play the game, boy.

So tröstete er das Samenkorn.

Bald, Junge. Bald werden wir wieder zusammen sein, wir drei.

Der Junge spähte über den Rand der Badewanne. Traute sich

nicht zu fragen, wer die dritte Person ist. Doch eines Tages würde er sie ihm zeigen.

Denn sie ist immer noch da. Sie hatten sie nie gefunden.

Jetzt stand er am Straßenrand und schrieb seinem Sohn, der dort in dem fremden Haus im Dunkeln lag, eine Nachricht.

Es gibt mehr als vier Bastarde in Hammerdal. Doch alles hat einen Anfang. A wie Ann. Und alles hat ein Ende. Bald wirst du in Sicherheit sein, kleines Samenkorn. Ich bin für dich da. Nur für dich. Nur für dich.

Er stand am oberen Ende der Straße zwischen den Bäumen und wartete. Falls der Junge antwortete, würde er zum Haus des Mädchens zurückkehren. Falls nicht, würde er ihr einen weiteren Tag gewähren. Er hatte Zeit. Hauptsache, der Junge wusste, dass er nicht allein war.

Daran dachte er im Auto, als er nach Norden fuhr. Der Junge sollte sich sicher fühlen und wissen, dass ihn nie wieder jemand einsperren würde.

Der große Junge sollte sich um seine eigenen Dinge kümmern. Er hat nur wenige Gedanken an ihn verschwendet, seit sie ihn vor zwanzig Jahren geholt hatten. Ein Samenkorn auf steinigem Grund.

Aber der Junge gehörte ihnen. Diese Saat würde aufgehen. Sturm würde er ernten, Sterne, die nachts vom Himmel fielen, und den Tod. Das Leben war nur ein Lichtblitz.

Der Junge hatte damals mit ansehen müssen, wie seine Mutter in der Scheune am Haken hing.

Erst nach all den Jahren begriff er, warum. Das Samenkorn musste erkennen, dass sie es selbst so, am Ende nichts anderes gewollt hatte.

Das Samenkorn musste in die Welt hinaus.

Und dann sperrten sie ihn in diesen Keller und machten sich davon. Machten sich davon.

Daran muss er denken, als er mit dem Auto nach Norden fährt. Vier Bastarde aus Hammerdal. Sie machten sich davon.

Die Kräfte, die der Junge in sich birgt, Erdbeben, Krieg, Folter und Tod, all das setzt sich in ihm fort. Der Junge soll Gott in der Grabkammer erblicken. Der Junge soll verstehen, wie man durch das Böse Erlösung erlangt.

Das hätte er zu dem Pfarrer sagen sollen.

Allein damit ihm sein dämliches Grinsen verging.

Damit das Samenkorn in die Welt hinausgelangen kann, muss den vier Bastarden aus Hammerdal eine Lektion erteilt werden, hätte er ihm sagen sollen.

Damit das Samenkorn in die Welt hinausgelangen kann, muss er das jäten, was Schatten wirft. Das, was um das Samenkorn herum wächst und ihm jede Möglichkeit zur Entwicklung nimmt. Er, Nitter, muss dafür sorgen.

Er ist der Gärtner.

So verhalte es sich mit der Schöpfung, hatte er zum Pfarrer einmal gesagt. Erde und Sonne, ja, Gott selbst wird immer wieder neu erschaffen. Jedes Mal, wenn er sie aus der Krypta holt. Sie mit auf den Acker nimmt. Der Mond lässt die hautlosen Beine wie Porzellan erscheinen. In diesem Augenblick entsteht alles neu.

»Meinen Sie das im buchstäblichen Sinn?«, fragte der Pfarrer mit verschlagenem Blick, wollte mehr wissen, als gut für ihn war.

»Im buchstäblichen Sinn?«

»Wollen Sie mir mitteilen, dass Sie die Tote irgendwo versteckt haben und herausholen?«

Er musste lachen. Der Pfarrer lachte auch. Wie Pfarrer das eben tun, wenn sie nur Bahnhof verstehen.

Darüber amüsierte er sich, während er mit dem Auto nach Norden fuhr. Denn alles begann wieder von vorn. Alles kehrte stets wieder. Die Todesernte, der Lichtblitz des Lebens, erneuter Tod.

Die Hunde tobten in ihrem Zwinger, als er das Auto abstellte und den Hof überquerte. Schon von Weitem hatte er sie gehört. Trotz des brummenden Motors. Rotas, Opera, Tenet, jeder von ihnen hatte eine eigene Art, mit ihm zu reden.

Sie wussten, was geschehen würde. Sie hatten die Auferstehung der Toten miterlebt. Mit einem Eimer getrocknetem Fisch ging er zum Zwinger. Wachhunde mussten immer fressen, wenn sich die Gelegenheit bot, auch wenn es mitten in der Nacht war.

Alles kehrte wieder, und während sie nach den Fischstücken schnappten, ging er von einem zum anderen und gab ihnen erneut Namen.

Frank Nitter, der Täufer.

Ich bin Ann
Version 21.4.2

Montag ist kein Tag, sondern eine Strafe«, sagt Nico in der ersten Pause. Er steht vor dem Klo und liest etwas auf seinem Handy. Gerötete Augen. Die Nase ebenfalls rot.

»Scheiß Loser«, sagt er, und zuerst glaube ich, dass er mich meint. Aber dann fügt er hinzu: »Streuner schickt mir eine Nachricht nach der anderen.«

»Dass du sterben wirst?«

Nicolai nickt finster. »Ja, solche Sachen. *Schneide dir Finga ab.* Voll der Analphabet!«

»Vielleicht ist er da unten im Keller krank geworden«, mutmaße ich. »Er ist ja nicht zur Schule gekommen.«

»Der ist doch fast nie in der Schule.«

Ich habe ein flaues Gefühl im Bauch. Will Nico erzählen, was bei mir zu Hause passiert ist.

»Gestern Abend«, beginne ich, »da war jemand bei mir.«

Hört sich ziemlich dämlich an. Und ich bin mir nicht mal sicher, ob ich das alles nicht geträumt habe. Ich will noch etwas hinzufügen, doch er hört mir gar nicht richtig zu.

»War bestimmt der Teermann«, entgegnet er. »Der kommt

nachts zu allen Kindern, die was Böses getan haben. Boah, ist mir übel.«

Er ist leichenblass und hält sich die Hand vor den Mund. »Ich muss kotzen.«

Er verschwindet auf der Jungstoilette.

Sieben Stunden in der Schule. Runar will, dass wir superpositiv denken: Montag ist mein Lieblingstag. Am Montag sind wir wie neugeborene Kinder. Die ganze Welt mit all ihren Möglichkeiten liegt vor uns. Sozialkunde: Ein Gemeinschaftsprojekt, zu dem niemand Lust hat. Bio: Der Wasserkreislauf. Eis, Wasser, Wasserdampf, Wasser und wieder Eis.

»Das Einzige, was noch schlimmer als Montagmorgen ist«, sage ich, als ich endlich mit Helene allein bin, »ist der Montagnachmittag.« Solche Kommentare bringen sie immer zum Lachen. Doch jetzt blafft sie mich an: »Musst du immer so negativ sein?«

»Bin ich doch gar nicht.«

Gerade als ich ihr von letzter Nacht erzählen will, sagt sie: »Habt ihr ihn die ganze Nacht da drin gelassen?«

Mir dreht sich der Magen um. Auch ich muss dringend aufs Klo.

»Ich wusste das nicht. Hab versucht, die dazu zu bringen …«

»Ja, klar.«

Sie lässt mich nicht ausreden, macht auf dem Absatz kehrt und geht zur Turnhalle.

Die letzten Minuten der Pause verbringe ich auf der Mädchentoilette. Wasche mir mit eiskaltem Wasser die Hände, massiere mir das Gesicht, obwohl ich das Make-up verwische. Muss mich neu schminken.

Nach der Schulstunde bleibe ich sitzen. Runar sortiert die Aufsätze. Die wenigen, die er bekommen hat, lässt er in seiner Aktentasche verschwinden.

»Ach, Ann, ich wollte sowieso mit dir reden. Anscheinend willst du auch mit mir reden.«

Er mustert mich.

»Nein, ich …«

Er steht auf und setzt sich auf die Kante des Lehrerpults. »Komm doch mal her, dann muss ich nicht so laut sprechen.«

Ich bemühe mich, aus seiner Stimme herauszuhören, was er von mir will. Langsam gehe ich zu ihm nach vorn. Er trägt ein rot kariertes Hemd, zwei Knöpfe am Hals sind geöffnet und entblößen ein wenig seiner haarlosen braunen Brust. Er versucht ein bisschen zu krampfhaft, unser aller Lieblingslehrer zu sein. Trotzdem schneidet er am besten ab, da die Konkurrenz bescheiden ist. Zumindest bei den Mädchen. Helene sagt sogar, dass sie seinen nordnorwegischen Akzent toll findet. Er ist ziemlich durchtrainiert und präsentiert gern seine Muskeln.

Seine Haare muss er gebleicht haben, denn seine Augenbrauen sind dunkel. Doch so lange und dichte Wimpern wie Victor hat er nicht, nicht mal ansatzweise.

»Zwei Dinge«, sagt er, als wäre eine Sache nicht genug. »Der Aufsatz von dir …«

»Sie meinen …«

»Genau, über die Fabrik und den Unfall.«

»Haben Sie ihn schon gelesen? Ich hab ihn doch vorhin erst abgegeben.«

Er nickt. »Hab vorhin reingelesen. Du hast einen sehr guten Stil, das habe ich dir ja früher schon gesagt. Aber das mit dem Mann, der in den Behälter mit flüssigem Teer fällt – wo hast du das her?«

»Das hab ich mal irgendwo gehört.«

»Aber das ist eigentlich keine Geschichte, die gern weitererzählt wird.«

»Von einigen schon«, erwidere ich, habe aber nicht die Absicht, etwas von Victor und seinem Großvater zu sagen.

Er sieht mich eine Weile an.

»Kann ich jetzt gehen?«

»Zuerst will ich dich noch etwas fragen, Ann.«

Seine Stimme hat sich verändert, ist noch heller und heiserer geworden. Mein Magen krampft sich zusammen. Ich muss aufs Klo.

»Findest du, dass ich anders bin als andere?«

»Wie … anders?«

»Genau das ist meine Frage.«

Ich verstehe nicht, was er von mir will. »Sie haben mal erwähnt«, beginne ich, »dass Sie in einem Kinderheim aufgewachsen sind.«

Es war eines der ersten Dinge, die er uns erzählte, als er unsere Klasse nach den Ferien übernommen hat.

»In einer Pflegefamilie. Und weißt du, was das bei mir bewirkt hat?«

Will er wirklich, dass ich darauf antworte?

»Dass ich es heute nicht ertragen kann, wenn jemand, der große Probleme hat, von Leuten gequält wird, denen es zu gut geht.«

Ich merke, dass ich an meinem Zopf ziehe, weil es an der Kopfhaut ziept.

»Es gibt wirklich nichts auf der Welt, was mich so ankotzt. Gar nichts.«

Seine Stimme ist immer noch ruhig, hat aber einen bedrohlichen Unterton bekommen.

»Ich sage das zu dir, weil du zu denjenigen gehörst, die verstehen, wie es ist, wenn andere auf dir herumtrampeln.«

Ich blicke aus dem Fenster zum Fluss. Der Fabrikschornstein in der Ferne.

»Und bei uns in der Klasse gibt es jemanden, der ganz genau weiß, wie es ist, wenn andere auf ihm herumtrampeln. Du weißt, wen ich meine.«

»Streuner«, kommt es mir unwillkürlich über die Lippen. »Ist was mit ihm?«

»Ob etwas *ist?*«

»Ich meine, ob er krank ist oder so was.«

»Du meinst Morten, nicht wahr?«

»Ja.«

»Glaubst du, er mag es, Streuner genannt zu werden?«

»Nein, bestimmt nicht.«

Runar schüttelt den Kopf. »Da fängt der Respekt an. Ich bin sicher, dass du das verstehst, Ann. Du weißt, wie schwer er es hat.«

»Weiß ich das?«

»Ich erzähle dir etwas, was ich eigentlich für mich behalten sollte, aber ich vertraue dir, Ann.«

Ich hefte meinen Blick auf einen Punkt an der Tafel.

»Bei der großen Umfrage habt ihr auch Fragen beantwortet, wie viele Freunde ihr in der Klasse habt, mit wem ihr am liebsten zusammen seid und so weiter.«

Niemand hat diese Fragen ernst genommen.

»Morten hat große Probleme, seinen Platz an der Schule oder auch sonst zu finden. Doch auf die Frage, wen er mag und wem er glaubt, vertrauen zu können, hat er dich genannt.«

Ich kriege kein Wort heraus. Verstehe natürlich, worum es geht. Streuner hat sich in Helene verliebt. Hals über Kopf. Will, dass ich ihm helfe, sie zu treffen. Er ist echt ein Vollidiot. Helene und Streuner ein Paar? Hallo? Da würde Helene ja eher den Glöckner von Notre-Dame nehmen.

»Er vertraut dir, Ann. Niemandem sonst, nur dir. Und ich sage dir auch, warum.«

Tu es nicht, denke ich, aber er redet weiter.

»Du bist ein Mädchen, zu dem man schnell Vertrauen fasst. Du scheinst ein Gefühl dafür zu haben, wie es anderen Menschen geht – was du als Kompliment betrachten kannst.«

Seine Hand löst sich von der Tischkante, und ich habe plötzlich das Gefühl, dass er mich berühren will. Ich will ihm in die Augen sehen, aber es gelingt mir nicht richtig. Ziehe mein Handy aus der Tasche und tue so, als würde ich einen prüfenden Blick auf das Display werfen. Jetzt tut er es, denke ich, als er die Hand ausstreckt. Doch er überlegt es sich anders, kratzt sich im Nacken.

»Ich muss dir eine Frage stellen, Ann. Hast du irgendeine Ahnung, was am Wochenende mit Morten passiert ist?«

Seine Stimme ist wieder ruhiger geworden, klingt nicht mehr

so heiser. Und erneut ist seine Hand da, legt sich auf meine Schulter, gleitet vor und ein Stück nach unten. Seine Finger scheinen genau auf meiner Narbe zu liegen.

»Nein«, kriege ich heraus, »ich weiß nichts.«

»Weißt du, Ann, manchmal möchte ich dich ein bisschen schütteln.«

Plötzlich ein breites Grinsen.

»Also nur, um dich richtig aufzuwecken. Aber das geht nicht, oder?«

Bevor ich den Heimweg antrete, gehe ich aufs Klo. Ich weiß nicht, ob ich muss. Helene ist weg, ohne sich noch einmal nach mir umzudrehen. Nico wurde von jemandem abgeholt, nachdem er in der ersten Stunde nur gekotzt hat.

Auf dem Schulhof ist niemand zu sehen. Ich nehme die Abkürzung an der Turnhalle vorbei und überquere den Fußballplatz. Bleibe auf der kleinen Anhöhe stehen. Vielleicht blicke ich von hier aus zur Hauptstraße, denn mir fällt jemand ins Auge.

Streuner.

Er geht mitten auf der Fahrbahn in meine Richtung. Sein Gang ist unverkennbar. Vornübergebeugt, kleine Trippelschritte wie ein Hund. Neben ihm ein hoch aufgeschossener hagerer Typ, den ich auch kenne. Sein Bruder hat in derselben Pflegefamilie ganz oben am Trollfaret gewohnt.

Erster Gedanke: Sie wollen nicht zu mir.

Ich drehe mich um und gehe zurück zu Block C.

Der nächste Gedanke: Ich werde sterben.

Ich betrete das Gebäude, laufe die Treppe hinauf, schaue hinab auf den Schulhof. Die beiden stehen an der Ecke der Turnhalle. Wenn ich über den Schulhof renne, könnte ich es bis zum Lehrerzimmer schaffen, vielleicht ist Runar noch da. *Weißt du, Ann, manchmal möchte ich dich ein bisschen schütteln.*

Hastig hole ich mein Handy aus der Hosentasche. Papa geht sofort ran. »Hei, Ann, bin gerade sehr beschäftigt. Kannst du in einer Stunde noch mal anrufen?«

»Ja … natürlich.«

»Ist was passiert?«

Jetzt hätte ich alles sagen können. Von der Fabrik und Streuner. Dass sie unten auf dem Schulhof auf mich warten. Von dem Mann, der in unser Haus eindrang, als ich allein war. Aber dann hätte ich von Victor und den Tabletten erzählen müssen, die wir genommen haben. Dass ich auf meinem Weg umkehren und zu etwas zurückkehren wollte, das nicht mehr existiert.

»Nichts Besonderes«, antworte ich.

»Dich scheint etwas zu beschäftigen.«

Papa hört so was sofort.

»Nein, nein, ich ruf später wieder an.«

Einmal in meinem Bett: Ich kriege keine Luft. Spüre immer noch, wie sich Schicht um Schicht um meine Brust legt, wie nasse Teppiche, die mir den Atem abschnüren. Papa, ich sterbe.

Als ich die Augen aufschlage, sind Streuner und sein Bruder nicht mehr zu sehen. Der Bruder heißt Jørgen und ist ständig so breit, dass ihm alles zuzutrauen ist.

Ich schicke Victor eine Nachricht. Wie dumm von mir, warum sollte er sich Sorgen machen? Doch nur vierzig Sekunden später klingelt mein Handy. Ich muss mich ein wenig vorbeugen, um besser atmen zu können, lege die Stirn an die kalte Fensterscheibe. Bringe bloß ein paar Worte über Streuner und seinen Bruder hervor, ehe er mich unterbricht: »Ich hole dich ab.«

Ich warte auf der Rückseite der Turnhalle, wie er mich gebeten hat. Lehne den Rücken an den Geräteschuppen, vor mir steht eine Kiste mit Sand. Hier sieht mich niemand. Zwölf Minuten sind inzwischen vergangen. Auf dem Kiesplatz kicken ein paar Achtklässler. In der Ferne summt der Autoverkehr. Ein Brummen hebt sich ab, kommt näher. Es ist sein Motorrad. Meine, in dem Brummen seine Stimme zu hören. Ich stehe auf, und als ich zur Ecke laufe, sehe ich ihn um die Kurve biegen, schwarze Lederjacke, schwarzer Helm. In diesem Moment tauchen auch Streuner und sein Bruder von der anderen Seite auf.

Victor bremst, auf dem feuchten Untergrund schert sein Hinterrad aus.

»Spring auf!«, ruft er, um den lauten Motor zu übertönen.

Ich schwinge mich hinter ihm auf das Motorrad und schlinge die Arme um seinen Bauch.

Jørgen stellt sich mitten auf den Weg und streckt die Arme aus, als Zeichen, dass wir anhalten sollen. Victor gibt Gas, rammt Jørgen mit seinem Bein, er sinkt zu Boden. Wir kommen ins Rutschen, Matsch spritzt mir ins Gesicht. Im letzten Augenblick springt Streuner zur Seite, seine dünne Stimme in meinem Rücken: »Verdammte Fotze!«

Aber wir sind schon auf dem Parkplatz, und auf der Straße kann uns keiner mehr einholen. Es fühlt sich so an, als würde ich nie wieder in die Schule zurückkehren. Etwas Wehmut ist dabei. Ich blicke auf. Die Wolkendecke, die seit Tagen undurchdringlich gewesen ist, reißt plötzlich auf wie ein riesiger Vorhang. Dahinter ist der Himmel türkis, und wir werden mit Sonnenlicht überströmt.

Victor biegt von der Hauptstraße nach rechts ab, was schon okay ist, denn Mama ist bestimmt zu Hause. Wo fahren wir hin?, könnte ich rufen, aber er würde mich nicht hören, und ich muss es auch nicht wissen. Brauche bloß hinter ihm zu sitzen, meinen Körper an seinen zu schmiegen und mich an einen Ort bringen lassen, den ich vielleicht gar nicht kenne. Er fährt schnell, wechselt auf die linke Spur und überholt in der Sechzig-Kilometer-Zone mehrere Autos. Ich trage keinen Helm, der Wind bläst mir durch den Kopf, und ich muss meine Wange an seine Jacke drücken. Mit noch höherem Tempo schießen wir in den Tunnel, die Luft von Abgasen und Staub geschwängert, mir bleibt fast die Luft weg. Auf der anderen Seite nimmt er die Ausfahrt zur Stadt, was mir sehr recht ist. Ich schließe die Augen, halte mich noch besser an ihm fest, das Zittern des Motors lässt unsere beiden Körper vibrieren.

Als wir die Stadtgrenze erreichen, drosselt er die Geschwindigkeit und hält am Straßenrand. Ich steige ab und sehe mich um. Bin hier früher schon vorbeigefahren, habe aber nie angehalten. Klein Pakistan oder Klein Somalia oder Klein Irgendwas.

Victor nimmt den Helm ab. »Du siehst echt super aus.«

Mir fällt ein, dass mein Gesicht von Dreck gesprenkelt sein muss, mit dem Jackenärmel wische ich es ab.

»Ja, so ist besser.«

Ich beuge mich vor und betrachte mich in dem kleinen Spiegel. Ein Dreckstreifen zieht sich quer über meine Wangen.

Victor klappt den Sitz hoch.

»Komm her.«

Er nimmt einen Lappen und tupft mir das Gesicht ab. Ich spüre seinen Atem an meinem Mund. Dann tut er den Lappen weg.

»Die haben mir auch eine Nachricht geschickt«, sagt er. »Wollen uns Angst machen.«

»Du hast keine Angst«, entgegne ich.

»Bin so was gewohnt.« Er schließt sein Motorrad ab.

»Gestern Abend war jemand bei mir zu Hause.«

»Streuner und sein Bruder?«

Ich schüttele den Kopf. »Ein Mann. Er ist in unser Haus eingedrungen, wollte zu mir ins Zimmer.«

»Echt?« Er schaut mich lange an. Ich weiß nicht, ob er mir glaubt. Mir ist zum Heulen zumute.

»Du brauchst keine Angst zu haben«, sagt er. »Nicht, solange du mit mir zusammen bist.«

Und genau das will ich.

»Komm, lass uns einen Kaffee trinken.« Er deutet mit dem Kopf auf eine Tür, an der *Sonny's Coffee* steht. Sofas und gemütliche Sessel wie in einem altmodischen Wohnzimmer, aus den Lautsprechern quäkt ein Saxofon.

»Ein Mädchen-Frappé?«, fragt er, warum nicht. Jedenfalls möchte ich nichts Starkes. Über uns ist eine Galerie, und ich frage, ob wir nicht oben sitzen wollen.

Er nickt. »Geh rauf und such uns einen freien Tisch.«

Was nicht sehr schwer ist, weil dort niemand sitzt. Ich setze mich so, dass ich beobachten kann, wie er mit dem Mädchen hinter der Theke spricht. Sie hat die Haare an den Seiten wegrasiert und trägt ein hautenges Hemd aus einem Stoff, der aussieht, als wäre er klatschnass. Sie lacht über etwas, das Victor gesagt hat, sicher eine coole Bemerkung.

Er kommt mit einem großen Becher Frappé zurück.

»Willst du nichts trinken?«

Er legt seinen Helm neben mich auf das Sofa. »Muss erst was erledigen. Bin um zehn wieder da.«

»Was denn erledigen?«

Er lächelt.

»Etwas, das ich zu Nico mitnehme. Ich kann es dir meinetwegen verraten, aber dann muss ich dich leider umbringen.«

Allein sitze ich im Café und beobachte die Leute, die sich miteinander unterhalten. Nicht alle, einige sitzen auch vor ihren Laptops und tippen wild drauflos. Nur ich sitze untätig rum. Setze den Kopfhörer auf und höre ein bisschen Lethal Oxügen, obwohl ich die nicht besonders mag. Aber der Frappé ist der beste, den ich je getrunken habe, ich schütte noch mehr Zucker rein und logge mich bei Facebook ein. Helene hat ein Bild von dem Schwimmwettbewerb gepostet, neben ihr stehen Oh-my-God-Dagny, Thea und ein weiteres Mädchen. *Friends 4ever*, steht darunter. Und vier Herzen.

Hab eine Nachricht von jemandem bekommen, der sich Roman Warzinsky nennt. *Ich mag dein Foto. Wollen wir Freunde werden? Vielleicht*, antworte ich und bemerke, als ich nach unten gucke, eine Frau, die das Café betritt. Zwei Dinge gehen mir durch den Kopf: Sie ist besser gekleidet als die anderen Gäste, enger, dunkelblauer Rock, gleichfarbige Jacke, hohe Stiefeletten. Und: Ich kenne sie.

Ich ziehe den Kopf zurück, mache mich unsichtbar. Denn ich bin mir sicher, dass ich gerade Siren gesehen habe. Und wo Siren ist, ist Papa nicht weit. Und wenn die beiden hier raufkommen, muss ich ihnen einiges erklären. Der Motorradhelm auf dem Sofa, Victor und andere Sachen, über die ich auf gar keinen Fall mit ihnen reden möchte. Jedenfalls nicht mit Siren.

Doch dann denke ich, dass es unmöglich *sie* sein kann. In der Stadt gibt es bestimmt tausend Cafés. Da können doch nicht ausgerechnet wir beide an ein und demselben Ort landen.

Aber als ich einen Blick riskiere, sitzt sie fast direkt unter mir, und es gibt keinen Zweifel.

Im nächsten Moment kommt ein Mann zur Tür herein. Er hält ein paar Sekunden inne, macht ein paar Schritte in das Café hinein, sieht sich um und bleibt neben Sirens Tisch stehen. Er trägt Anzug, Mantel und Krawatte. Abermals lässt er seinen Blick durch den Raum schweifen, ehe er sich hinsetzt. Dann legt er seine Hand auf ihre und drückt sie. Nur kurz, doch mir klappt die Kinnlade runter. Ich lehne mich wieder zurück, weil ich den Anblick nicht ertrage. Mir egal, was Siren so treibt. Sie hasst mich. So ist es immer gewesen. Und das ist total okay für mich.

Als Victor kommt, habe ich meinen Frappé ausgetrunken. In der Hand hält er eine Plastiktüte. »Kannst dir ja noch einen kaufen«, sagt er. Ich erkläre ihm, warum das unmöglich ist.

»Ist das wahr? Die Frau deines Vaters?« Er beugt sich vor und betrachtet sie eine Weile. »Ganz sicher, dass *sie* es ist?«

Ich stoße ein unwilliges Stöhnen aus. »Ich wünschte, es wäre anders.«

»Gib mal dein Handy her.«

»Warum denn?«

»Gib mir's einfach.«

Ich tippe die PIN ein. Er nimmt es und macht ein paar Fotos von ihnen. Ich bringe es sogar fertig, darüber zu lachen.

Er setzt sich wieder hin und zeigt sie mir. Auf einem hat der Mann wieder seine Hand auf ihre gelegt. Er ist mindestens so alt wie Papa, versucht aber, unheimlich cool zu wirken. Halblange, zu einem Pferdeschwanz gebundene Haare, Ohrring.

Ich will die Fotos löschen.

»Nein«, sagt Victor.

»Warum nicht?«

Er kratzt sich unter dem Auge. »Wenn du das nächste Mal mit ihr sprichst, erzählst du ihr von den Fotos. Nur um zu testen, wie sie reagiert.«

Ich beuge mich vorsichtig nach vorn, muss mich jedoch sogleich wieder zurückwerfen, weil die beiden gerade aufstehen und das Café offenbar verlassen wollen. Siren glotzt nach oben, wo wir sitzen.

»Ganz ruhig«, sagt Victor. »Du hast ja nichts Falsches gemacht.«

Darüber lässt sich streiten. Ich traue mich jedenfalls nicht mehr aus der Deckung, bis ich sicher bin, dass die beiden auf der Straße sind. Er lacht über mich. »Spionierst wohl deiner Stiefmutter hinterher.«

»Sie ist nicht meine Stiefmutter.«

»Was ist sie dann?«

»Gar nichts. Sie spielt keine Rolle in meinem Leben.«

Es fühlt sich gut an, das zu sagen. Vielleicht zeige ich ihr doch die Bilder, wenn ich sie das nächste Mal sehe.

»Warte.« Er nimmt mein Handy, geht die Treppe runter, folgt ihnen nach draußen. Zwei Minuten später ist er zurück.

»Was machst du denn?«

»Brauchte noch ein paar Fotos. Ich glaube, ich weiß, wer der Typ ist.«

Er legt das Handy auf den Tisch. »Hab ihn im Fernsehen gesehen. Einer der reichsten Männer in Norwegen. Oder er sieht ihm sehr ähnlich.«

Er zieht sein eigenes Handy aus der Tasche. »Schick mir mal die Fotos.«

»Was willst du damit?«

Victor zuckt die Schultern. »Sie ist eine Schlampe, oder? Und du hasst sie.«

»Sie hasst *mich*.«

»Komm, schick sie mir. Ist cool, sie zu haben.«

Als wir wieder in Hammerdal sind, biegt Victor nicht in den Trollfaret ein. Er fährt an der Abzweigung vorbei, und ich bin froh darüber. Ich will für den Rest des Tages mit ihm zusammen sein. Und morgen auch.

Erst am Kirkeveien drosselt er die Geschwindigkeit und biegt ab. Und nicht einmal, als er auf den Parkplatz rollt, frage ich, was er vorhat. Keine Fragen stellen, einfach mit ihm zusammen sein, ganz gleich, was er tut.

Er hängt den Helm an den Lenker und legt plötzlich seine Arme um mich. Ich will etwas sagen, doch er schüttelt den Kopf, streicht mir über das Haar, nimmt meinen viel zu dünnen Zopf in die Hand.

»Helene«, sage ich.

»Was ist mit ihr?«

»Ich meine, sie und du …«

Er zieht die Schultern nach oben, erinnert mich an einen Vogel, der gerade gelandet ist. »Es ist nichts Besonderes zwischen uns.«

»Das denkt sie aber schon.«

»Mag sein. Aber früher oder später wird sie schon merken, dass sie sich irrt.«

Das hört sich ziemlich hart an. Doch will ich vermutlich genau das hören.

»Sie ist meine beste Freundin«, protestiere ich.

Er dreht sich um und geht den Kiesweg entlang, lässt meine Hand nicht los, zieht mich mit sich.

»Will sie deshalb nicht mit dir reden und haut ab, wenn du sie brauchst?«

Ich fühle mich gezwungen, Helene zu verteidigen. »Sie wird schnell sauer, aber das geht auch wieder vorbei.«

»Helene ist hübsch«, sagt Victor, und ich bereue es, damit angefangen zu haben. Doch er spricht weiter: »Hübsch und langweilig. Miss Perfect. Sie passt zu einem Typ wie Nico. Viel Geld, ein sorgenfreies Leben. Drei Kinder und eine Haushaltshilfe.«

Ich sollte sie eigentlich weiterhin in Schutz nehmen. »Was ist, wenn der Bruder von Streuner irgendeinen Blödsinn macht?«, sage ich stattdessen.

»Wird er nicht. Der droht uns ein bisschen und gibt dann auf. Und falls nicht, kümmere ich mich darum.«

Ich verstehe zwar nicht, wie er das anstellen will, habe aber keine Lust mehr, darüber zu reden. Wir gehen zwischen den Rasenflächen hindurch. Halten uns an der Hand. Der Himmel ist leuchtend blau. Über den Hügeln in der Ferne die Novembersonne. Auf der Kuppe einer grasbewachsenen Anhöhe zieht er mich zu den Gräbern. Bleibt vor einem stehen, das ziemlich neu aussieht, jede Menge Blumen und ein brennendes Licht. *Rafael Gabriel Munoz* steht auf dem Grabstein, darunter ein Foto und ein paar Wörter, vermutlich in spanischer Sprache. *Hasta siempre*, spreche ich stumm vor mich hin, weiß aber, dass ich nicht versuchen sollte, es laut zu sagen.

Victor holt eine Tüte aus der Tasche, zündet eine neue Kerze an und stellt sie neben die andere.

»Die brennt zwei Tage lang.«

Auch ich habe hier schon einmal ein Grablicht entzündet, zusammen mit Papa, doch nur am Heiligen Abend. Vielleicht brannte es auch zwei Tage lang. Für den Rest des Jahres bleibt es dunkel.

Victor richtet sich auf. Ich schweige immer noch. Stehe dicht neben ihm. Betrachte den glänzenden schwarzen Stein mit den goldenen Buchstaben, die beiden Lichter, deren Flammen im Wind flackern. Das Foto des Mannes mit dem dichten grauen Bart und dem dunklen Blick, als könnte er uns von dort aus sehen, wo er jetzt ist. Victor nimmt erneut meine Hand. Aus dem Augenwinkel sehe ich, dass er sich mit der anderen Hand über die Wange streicht.

Auf dem Rückweg sage ich: »Sehr alt geworden ist er nicht.«

»Nein.«

»War er krank?«

Victor nickt.

»Willst du nicht darüber reden?«

Hört sich ziemlich dumm an. Könnte von meiner Mutter stammen. »Mein Großvater liegt auch hier«, sage ich. »Er war nur knapp über sechzig.«

»Ich weiß.«

»Du weißt das? Woher?«

»Ich hab dir doch von dem Arbeiter erzählt, der in die Wanne mit flüssigem Teer gefallen ist.«

»Ja, das habe ich nicht vergessen.«

»Da hat alles angefangen.«

»Was hat angefangen?«

Er antwortet nicht. Doch als wir weiter zwischen den Gräbern hindurchgehen, sagt er: »Mein Großvater hat die Schicht geleitet, deshalb wurde er für den Unfall verantwortlich gemacht.«

»Aber er hat doch versucht, den Mann zu retten«, entgegne ich.

»Willkommen in der Realität«, sagt Victor und lacht grob. »Er hat immer wieder bessere Sicherheitsvorkehrungen gefordert. Wollte, dass eine Barriere errichtet wird. Und ständig haben sie ihm gesagt, dass dafür kein Geld da wäre. Als dann der Unfall passierte, haben sie ihm nicht im Nachhinein recht gegeben, sondern ihn einfach entlassen.«

»Echt?«

»Und nachher hatte er keine Chance mehr, noch irgendwo einen Job zu bekommen. Das hat ihn nervös gemacht. Er dachte wieder viel an das, was er durchmachen musste, bevor er nach Norwegen kam. Folter und andere schlimme Sachen.«

Wir gehen am Portal der Kirche vorbei. Von drinnen ertönt eine Orgel. Ich halte ihn fest, muss ihn das einfach fragen: »War Helene schon mal hier?«

»Helene? Woher soll ich das wissen?«

»Ich meine, hast du sie mal hierher mitgenommen?«

Victor wirkt erstaunt. »Warum hätte ich das tun sollen?«

Ich merke, dass er ehrlich ist. Warum gerade ich? Ich blicke ihm in die Augen. Hellbraun im grellen Licht, fast golden, mit dunklen Einsprengseln. Und die längsten Wimpern, die ich je gesehen habe. Ich habe keine weiteren Fragen.

Aber er sagt: »Du und ich, wir sind uns ähnlich. Du willst auch, dass diejenigen, die andere fertigmachen, das bekommen, was sie verdienen.«

Ich weiß nicht, ob ich daran schon einmal gedacht habe, doch mir gefällt seine Formulierung.

Plötzlich geht er zur Kirchentür, zieht sie auf und lässt mir den Vortritt. Ich muss lachen. Mit ihm erlebt man ständig Überraschungen, und dennoch scheint alles unausweichlich zu sein.

Im Kirchenraum braust die Musik wie ein Wasserfall. Für eine Weile stehen wir einfach da und hören zu. Dann beugt er sich zu mir. Seine Augen kommen näher, dann sein Mund. Danach legt er seine Stirn an meine, streicht mir mit dem Finger über die Wange, den Hals hinunter und findet den Weg unter den Kragen meiner Bluse. Er tastet nach der Narbe, was mir nichts ausmacht, weil er sie bereits gesehen hat und weiß, wie hässlich sie ist. Doch als er die oberen beiden Knöpfe öffnet, verändern sich seine Augen, werden größer und dunkler.

Er streicht an der Narbe entlang.

»Was ist passiert?«

»Wie meinst du das?«

»Wie hast du die Narbe bekommen?«

In diesem Moment weiß ich, dass ich ihm davon erzählen werde. Von damals, als meine Mutter mir helfen wollte. Sie wollte mir auf ihre Weise helfen und brachte jedes Mal, wenn ich Atemschwierigkeiten bekam, einen Kessel mit Wasser zum Kochen. Sie wollte mich nicht im Pyjama nach draußen tragen, wenn ich aufwachte, sondern meinte, warmer Dampf sei besser. Als Altenpfleger sollte sie ja eine gewisse Ahnung davon haben.

»Sie hat dir kochendes Wasser über die Brust gegossen?«, fragt Victor erstaunt und streicht mit dem Finger über die Narbe, versucht, sie zu einem richtigen Herz zu formen.

»Sie wollte den Kessel woanders hinstellen, während sie mich darüber hielt, er kippte um, es war ein Unfall.

»Da sieht man mal.«

Jetzt kann ich auch alles erzählen. »Ich hab eine zweite Narbe, die noch viel hässlicher ist.«

»Wo?«

»Hinten an der rechten Schulter.«

Er zieht meine Bluse zur Seite und den Träger meines BHs nach unten, beugt sich vor.

»Sie sieht jedenfalls nicht wie ein Herz aus«, füge ich hinzu und schaffe es kaum, ruhig stehen zu bleiben.

»Eins reicht ja auch.« Er mustert sie eine Weile. »Sieht fast wie Südamerika aus. War das auch kochendes Wasser?«

»Kaffee.«

»Nicht dein Ernst. Wieder deine Mutter?«

Ich strecke mich und drücke meine Lippen auf seine, damit ich nicht antworten muss. Da öffnet er meine Bluse ganz und schiebt den BH nach oben. Von der angelehnten Tür weht ein Luftzug herüber, geht durch mich hindurch, und auf einmal hört die Musik auf.

Draußen auf dem Kiesweg legt er den Arm um mich. »Ich fahr dich nach Hause.«

Ich nicke.

»Ist jemand da?«

»Meine Mutter.«

Er stößt einen Laut aus, klingt enttäuscht.

»Treffen wir uns heute Abend?«, fragt er.

»Ja.«

»Willst du?«

»Ja.«

»Sag es.«

»Was?«

»Dass du willst.«

»Ich will.«

Er nimmt mich fest in den Arm. Drückt mich an sich.

»Wo denn?«, frage ich leise.

Er denkt nach. »Ist deine Mutter den ganzen Abend zu Hause?«

»Bestimmt. Und bei dir zu Hause?«

»Ich wohne bei der neugierigsten Tante der Welt. Und ihrer Familie. Sie würde mich nie alleine mit …«

Er schüttelt den Kopf. »Egal. Wir finden schon einen Ort.«

Mama an ihrem Laptop. Schon im Flur höre ich sie tippen. Sie glaubt wirklich, dass etwas daraus wird. Dass die Verlage jubeln werden, wenn sie ihnen ihre Erzählung zuschickt. Dass sie nur darauf warten, ihr Buch in riesigen Auflagen auf den Markt zu bringen. Das wird aber nicht passieren. Doch solange Mama daran glaubt. So fröhlich war sie ewig nicht mehr. Ich bin auch fröhlicher. Vielleicht ist es das falsche Wort. Ich weiß nicht. Im Halbdunkel ist mein Spiegelbild schemenhaft. Wenn ich mir lange in die Augen blicke, scheint sich das Gesicht aufzulösen. Und wenn es wieder hervortritt, sieht es anders aus. Aber das erschreckt mich nicht. Doch fröhlich bin ich auch nicht.

Im Wohnzimmer bleibe ich hinter meiner Mutter stehen.

»Liest du mit?«, fragt sie und dreht sich um.

»Liest sich gut.«

»Findest du? So langsam wird es was. Alles öffnet sich, wenn ich schreibe. Alles ist möglich.«

»Muss die Figur, über die du schreibst, unbedingt Anna heißen?«

Sie steht auf und geht zur Küchentür. »Ist das zu nah an Ann?«

»Vielleicht.«

Mama aus der Küche: »Heute gibt's Fischstäbchen.«

»Hab keinen Hunger.«

Ihr Gesicht in der Tür. »Aber du musst hungrig sein.« Dann plötzlich: »Lass dich mal ansehen.«

Sie stellt sich dicht vor mich. »Du bist verliebt.«

Ich drehe mich weg. »Unsinn.«

Sie bricht in schallendes Gelächter aus. »Ach, komm! Ich hab's dir schon lange angesehen. Glaubst du, du könntest das vor mir verstecken?«

»Kannst du nicht damit aufhören?«

»Das muss dir doch nicht peinlich sein. Das ist das Natürlichste auf der Welt. Außerdem ist er ein netter Junge.«

»Das kannst du doch gar nicht wissen.«

»Du solltest bedenken, dass deine Mama andere Leute ganz gut einschätzen kann. Außerdem kenne ich seine Familie. Das hilft natürlich auch.«

Erst jetzt verstehe ich, was sie denkt.

»Eigentlich habe ich Nicolais Vater immer gemocht. Er hat mich auf ein paar Abifeiern mitgenommen, obwohl ich zwei Jahre jünger war. Die Mutter kenne ich nur von irgendwelchen Elterntreffen. Spielt die feine Dame, aber was soll's. Nur der Onkel von Nicolai, der war mir noch nie sympathisch. Mit dem ging ich in eine Klasse. Klaus Vincent. Aber vermutlich ist auch er inzwischen erwachsen geworden.«

Sie fährt mit ihrem Bericht über die Familie Meyer fort. Lässt sich darüber aus, was Reichtum mit Menschen anstellt. Dass Liebe nichts mit Geld zu tun und Geld überhaupt keine Bedeutung hat. Ich lasse sie reden. Dann muss ich wenigstens keine Ausreden erfinden oder sie anlügen. Mama hat einen träumerischen Blick bekommen und lässt sich ganz von der Vergangenheit gefangen nehmen. Erzählt von den Abifeiern, an denen sie eigentlich nicht hätte teilnehmen dürfen. Dass sie bei der ersten Begegnung sofort wusste, dass sie den Mann ihres Lebens getroffen hatte. Was sich als richtig herausstellte. Im Buchregal steht immer noch ein Foto von Papa. Natürlich mir zuliebe. Sie hat niemals ein böses Wort über ihn verloren. Nicht einmal damals, als er zu groß für unser Haus wurde. Jedes Mal, wenn er bei uns auftauchte, um etwas zu bringen oder abzuholen, bekam sie feuchte Augen. Doch hat sie nie geweint, im Gegensatz zu mir.

Auf meinem Zimmer checke ich WhatsApp, was ein Fehler ist. Acht Nachrichten. Helene: *Ich hasse dich.* Oh-my-God-Dagny: *Bitch.* Eine ihrer Schwimmkameradinnen: *Du bist eine billige Schlampe. Du verdienst es nicht, zu leben.*

Ich bin nicht in der Lage, alle zu lesen. Es liegt was in der Luft. Habe es schon den ganzen Tag gespürt. Höre, dass ich heftig atme. Helene und die anderen Mädchen werde ich nie mehr treffen. Ich werde auf seinem Motorrad sitzen, immer schneller und schneller, während ich mich an ihm festhalte und im Dunkeln verschwinde.

Bleibe sitzen und sehe hinaus in das Abendlicht, der Himmel

ist kupferblau, ohne dass ich genau weiß, was für eine Farbe das sein soll. Plötzlich habe ich Sehnsucht nach Schnee. Kalt und still. In diesem Augenblick eine Nachricht, ich weiß, von wem sie ist, und habe keine Angst mehr.

Willst du immer noch?

Er darf nicht an mir zweifeln, nicht eine Sekunde.

Ja, tippe ich, füge zwei Smileys und zwei Herzen hinzu. Die Herzen lösche ich wieder, bevor ich die Nachricht abschicke, vielleicht meint er es ja gar nicht so.

Doch was sollte er sonst meinen?

Blicke hinaus, während ich warte. Mein Spiegelbild in der Scheibe, die Konturen des Kopfes, der viel zu dünne Zopf über der Schulter. Ich werfe ihn auf den Rücken.

Weiß jetzt, wo, meldet er sich. Mehr nicht. Er will, dass ich frage. Ich warte genau zwei Minuten.

In der Fabrik, antwortet er. *Wann kannst du dort sein*?

Ein Scherz, oder?, schreibe ich. Fummele eine Weile an meinem Handy rum, drücke aber nicht auf *Senden*. Schließe die Augen, sehe die große dunkle Fabrikhalle vor mir. Der Geruch nach Teer und Schimmel und etwas, das verrottet. Es darf doch nicht dort passieren.

Nimm ein paar Decken mit, schreibt er. *Dann wirst du nicht frieren.*

Nicht in der Fabrik. Wir müssen einen anderen Ort finden. Aber ich habe keinen Gegenvorschlag. Ich könnte einen anderen Abend vorschlagen. Doch es gibt nur diesen einen Abend.

Nachdem meine Mutter sich hingelegt hat.

Um 11?

Zu früh.

Warte dort um 12.

Mitternacht. Werde die ganze Nacht mit ihm zusammen sein.

Ein paar Minuten später die nächste Nachricht: *Wir machen ein Lagerfeuer. Können auch grillen. Bring Würstchen und Marshmallows mit.*

Ha-ha, antworte ich.

Liege auf dem Bett, friere plötzlich, ziehe die Decke enger um mich, ein Teddy und zwei Plüschkatzen fallen auf den Boden. Ich schaffe es nicht, ruhig liegen zu bleiben, stehe auf und hebe sie auf. Dann rufe ich meinen Vater an. Er hat mich ja gebeten, es später noch mal zu probieren, doch erst jetzt melde ich mich. Habe gehofft, dass er mich zurückruft.

Es ist erst zehn nach halb elf, doch er geht nicht ran. Entgegen meiner Gewohnheit versuche ich es mit dem Festnetzanschluss, ich muss noch heute Abend mit ihm reden. Ich kann nicht länger warten, auch wenn ich nicht weiß, was ich sagen werde.

Natürlich geht Siren an den Apparat.

»Höchstwahrscheinlich willst du nicht mit mir reden«, sagt sie, um einen munteren Ton bemüht. Aber diese Munterkeit kenne ich allzu gut. Es ist nur eine dünne Schicht, die verbergen soll, dass sie mich hasst.

»Ist Papa zu Hause?«

»Der ist schon schlafen gegangen.«

Im Hintergrund höre ich den Fernseher und gebe nicht auf. »Schon so früh?«

»Er war total erschöpft heute Abend. Um Viertel vor sechs aus dem Bett, weißt du? Es können schließlich nicht alle bis halb acht oder noch länger liegen bleiben. Hat das nicht bis morgen Zeit?«

Sirens Fragen klingen immer irgendwie wie Befehle. »Ich sag ihm, dass du angerufen hast.«

»Ist nicht nötig.«

Statt aufzulegen, sage ich plötzlich: »Ich hab dich heute in der Stadt gesehen.«

»Ach, wo denn?«

Ich sollte nicht antworten, aber jetzt kann ich es mir nicht mehr anders überlegen. »In einem Café.«

»Warst du auch dort?« Pause. Ich hab genug gesagt. Sie offenbar nicht. »Sag mal, Ann, stellst du mir etwa nach und schickst mir Fotos?«

»Hä?«

Sie spricht weiter, und ich lege einfach auf.

Muss Victor anrufen und ihn fragen, warum er ihr die Fotos geschickt hat. Er reagiert nicht, und als das Handy vibriert, ist es nicht Victor, sondern Siren, die zurückruft. Ich werfe das Handy aufs Bett. Dort kann es so lange liegen bleiben, bis sie aufgibt. Fühle mich dort, wo ich stehe, sehr sichtbar. Ich lösche das Licht und schaue hinaus, als hätte es den bärtigen Mann mit dem Käppi nicht gegeben. Ich stand nicht an dieser Stelle und habe nicht gehört, wie er die Treppe raufging. Es hilft, so zu denken. Fast glaube ich selbst daran.

Nachricht von Nico. *Willst du Vic treffen? Muss erst mit dir reden. Wichtig!*

Tue so, als hätte ich sie nicht gelesen. Innerhalb einer Minute kommt die nächste Nachricht.

Warum hast du Runar davon erzählt?

Ich weiß nicht, was er meint. Mamas Schritte auf der Treppe. Sie klopft an.

»Bist du noch wach, Ann-Spatz?«

Was glaubst du denn?, könnte ich antworten oder etwas noch Provokanteres, aber ich lasse es bleiben und öffne die Tür.

»Bleib nicht zu lange wach.«

Mit einem Mal schlinge ich meine Arme um sie und halte sie lange fest.

»Du musst auch auf dich achtgeben«, sage ich.

Sie tritt einen Schritt zurück und lächelt mich mit einem merkwürdigen Ausdruck an.

»Ja, natürlich …«

Erst eine Weile, nachdem sie im Bad gewesen ist, öffne ich erneut die Tür. Muss aufs Klo, schleiche mich auf den Flur, setze mich auf die Brille, ohne Licht zu machen. Mein Handy leuchtet im Dunkeln auf, neue Nachricht.

Bin auf dem Weg. Kommst du?

Ziehe Jacke und Stiefel an, verlasse lautlos das Haus. Ich folge den orangen Augen der Straßenlaternen. Höre den Wind in den Kiefern. Seit ich mich auf Victors Motorrad geschwungen habe, waren die Wolken verschwunden, doch jetzt sind sie wieder da, eine Decke, die sich vor den Mond schiebt. Es ist Viertel vor zwölf. Die Fenster der Nachbarhäuser sind dunkel. Alles schläft. Mir gefällt dieser Gedanke. Wenn alle schlafen, verlässt niemand das Haus. Alle sind in ihren Träumen gefangen. Dann bleibe ich nicht allein zurück und muss mit ansehen, dass sich alle anderen auf den Weg gemacht haben.

Ich drehe mich um, zucke zusammen. Entdecke eine Gestalt in unserem Wohnzimmer, ein wenig dunkler als die Dunkelheit, die sie umgibt. Sie gleitet zur Seite hinter die Gardine. Doch wäre es Mama gewesen, hätte sie die Verandatür geöffnet und mich gerufen. Und dann wäre ich zurückgegangen und heute Nacht zu Hause geblieben. Und danach wäre es zu spät gewesen, um noch mit Victor zusammen zu sein.

Den Pfad am Fluss kenne ich so gut, dass ich die Lampe meines Handys nicht brauche. Ich weiß, wo es steinig und wo es matschig und glatt ist. Weiß, wo die Wurzeln der Kiefern sich über den Boden winden wie harte Schlangen. Der Himmel klart auf und zieht sich wieder zu. Die Sichel des Mondes wirft ein bläuliches, fahles Licht.

An der Brücke bleibe ich stehen.

Alles um mich herum scheint sich zu verändern. Ein Baum ist mehr als ein Baum. Zwischen den Ästen kriechen lebende Wesen, große Tiere oder riesenhafte Menschen hervor, die mühelos in das zweite Stockwerk der Häuser hineinschauen können.

Noch immer ist es nur ein Gedankenspiel, dorthin zu gehen. Ich kann nach Hause zurückkehren und mich wieder ins Bett legen. Vor langer Zeit habe ich mich in solchen Nächten zu Mama geschlichen und bin zu ihr unter die Decke gekrochen. Und ohne richtig aufzuwachen, hat Mama ihren Arm um mich gelegt und mich an sich gedrückt.

Auf dem Fabrikgelände bleibe ich stehen. Am großen Tor hinter dem Zaun steht ein Motorrad. Im Mondlicht kann ich es deutlich erkennen. Mir wird heiß und kalt, als hätte ich brennendes Eis geschluckt.

Er hat es ernst gemeint. Er wartet auf mich.

Ich glaube, ein Stück entfernt unter den Bäumen steht auch ein Auto. Es ist groß und dunkel, wie das von Papa. Ich wende mich um und betrachte die hohe Backsteinfassade, weil ich mich immer noch nicht entschieden habe, ob ich noch einmal in das Gebäude gehen soll. Auf einmal ein schwaches Licht in einem Fenster. Dann ein seltsamer Schrei, als würde man sich die Ohren zuhalten und einen Heulton ausstoßen. Doch vielleicht habe ich mir ihn nur eingebildet. Denn als ich die Hände wegnehme, höre ich nur den Wind unten am Fluss und das Brummen der Motoren von der Hauptstraße. Ich stehe unbeweglich da und habe dasselbe Gefühl wie damals, als ich nachts aufwachte und keine Luft mehr bekam. Papa hat mich auf den Arm genommen und in die kühle Nachtluft hinausgetragen, die meinen Hals wieder geöffnet hat. Er sprach im Dunkeln mit mir und erzählte mir lustige Dinge und ließ mich vergessen, dass ich sterben würde.

25. Juni 1978

Der Zigeuner hatte sich im Fallen gedreht, lag mit dem Gesicht nach oben in der Teerwanne. Es leuchtete schneeweiß in der siedenden schwarzen Flüssigkeit.

»Kasper!«, rief Johnny Lindbekk, denn so hieß der Mann. »Ich hol dich da raus, Kasper!«

Er griff nach einem Besen und tauchte ihn in das Teerbad. Augen, die ihn anstarrten, ein weit geöffneter Mund, ein Laut, mehr ein Gurgeln als ein Schrei. Dann lief der flüssige Asphalt dem Zigeuner über die Wange und in den Mund.

»Bergmann!«, rief Johnny Lindbekk. Der Kollege stand bereits hinter ihm. »Herr im Himmel«, murmelte er und war sofort stocknüchtern.

»Handschuhe!«, befahl Lindbekk. Bergmann riss sich seine von den Händen, Lindbekk zog sie an. Das Gesicht des Zigeuners war vollständig mit Asphalt bedeckt, nur das Weiße der Augen war noch sichtbar.

»Halt mich an der Jacke fest!«

Bergmann gehorchte. Lindbekk warf sich auf die Knie, streckte sich über die dampfende Wanne, bekam den Kopf des Zigeuners zu fassen, einen zähen Haarschopf, mobilisierte alle Kräfte, zog den schmächtigen Körper zu sich heran.

»Pack mit an!«

»Meine Hände«, stöhnte Bergmann, lief davon und kam mit einem Paar Handschuhe wieder.

Gemeinsam gelang es ihnen, den Körper halb herauszuhieven. Die Finger brannten, Johnny Lindbekk musste loslassen und sie schütteln. Die Handschuhe waren voller Asphalt. Er fasste um die Schultern des Zigeuners. »Zieh!«

Mit zwei heftigen Bewegungen zogen sie den Mann auf die Brücke und drehten ihn auf den Rücken.

Johnny versuchte, mit den Handschuhen den Asphalt vom Gesicht zu reiben, worauf Haut sich in großen Klumpen ablöste. Das Weiße der Augen war verschwunden.

»Wir brauchen Wasser!«, rief er und zeigte auf den Schlauch in der Ecke.

Bergmann reagierte nicht, hockte da und schüttelte den Kopf. »Wie das stinkt …«, murmelte er.

Der Fernseher lief immer noch. Im River-Plate-Stadion von Buenos Aires überreichte der General den Weltmeisterpokal seinem Kapitän, als Johnny Lindbekk von der Brücke sprang. Er knickte um und hinkte zu dem Wasserschlauch, den er bis zu dem Verunglückten herüberzog. Währenddessen ließ Bergmann etwas Schnaps dorthin laufen, wo zuvor der Mund des Zigeuners gewesen war.

»Was machst du da, verdammt?«

»Er hat was zu mir gesagt«, antwortete Bergmann. »Ich glaube, er hat um Hilfe gebeten.«

Johnny ließ ihn gewähren, öffnete den Hahn und spülte den mit Teer bedeckten Körper ab.

»Mach damit weiter«, sagte er zu seinem Kollegen, gab ihm den Schlauch, humpelte über die Brücke und ließ sich hinunter.

»Ich telefoniere.«

Im Umkleideraum saß Rafael Munoz vor seinem Spind und starrte die Wand an, obwohl er den Schrei aus der Halle gehört haben musste.

»Komm und hilf uns!«, sagte Johnny Lindbekk, doch Munoz reagierte nicht.

Johnny humpelte zu ihm und schüttelte ihn. »Der Zigeuner stirbt!«, rief er. »Hörst du, was ich sage?«

Langsam stand Rafael Munoz auf und blickte ihm in die Augen. »Ich lass mich von dir nicht herumkommandieren«, sagte er, ging zum Waschbecken, drehte den Hahn auf und hielt seinen Kopf unter den Strahl.

TEIL II

November 2015

1)

Bjørn Lindbekk erreichte Sørenga, als sich der erste graugoldene Schimmer über die mittelalterlichen Ruinen des Stadtteils legte. Das unmittelbar am Wasser erbaute Opernhaus ließ ihn immer noch an einen riesigen Legoklotz denken, den der Fjord an Land geworfen hatte. Sein Handy klingelte, eine unbekannte Nummer, er legte es zurück zwischen die Sitze. Er hatte sich vorgenommen, dass es ein guter Tag werden sollte.

Was war ein guter Tag?

Ein Tag, an dem er seine Arbeit im Griff hatte – zumindest wollte er nicht mit einem Haufen ungelöster Probleme nach Hause kommen. An einem guten Tag hielt sich die Menge der zu erledigenden Hausarbeit in Grenzen. Von fünf bis sieben trainierte er die Jungenmannschaft des Vålerenga-Eishockey-Vereins, zu der auch seine beiden Söhne gehörten. Danach würde er eine Runde joggen, Igor hechelnd an seiner Seite. Im Bad musste eine Dichtung erneuert werden. Rechnungen waren zu bezahlen. Wenn ein guter Tag zur Neige ging, herrschte im Haus eine entspannte Atmosphäre. Die Jungen kamen rechtzeitig ins Bett. Dann konnten er und Siren auf dem Sofa sitzen, die Nachrichten oder eine Serie schauen, er mit einer Flasche Bier auf dem Tisch, sie mit einem Glas Wein, miteinander reden oder auch nicht. Gemeinsam würden sie ins Bett gehen, noch in der Lage, sich zu lieben, ehe sie einschliefen. Zusammenhang war ein passendes Wort, dachte er, als er aufs Gaspedal trat und die Dronning Eufemias gate bei Gelb überquerte. Der Tag hatte einen Zusammenhang, so wie das ganze Leben. Irgendwie.

Es war zehn vor halb acht, als er seinen Wagen in der Garage abstellte. Im Polizeipräsidium von Oslo arbeiteten mehr als tausendzweihundert Angestellte, und die Garage war eigentlich den Dienstwagen vorbehalten, doch nachdem Bjørn Lindbekk zum Leiter für verdeckte Ermittlungen befördert worden war, benutzte er manchmal einen der Plätze, die für das oberste Führungspersonal reserviert waren.

Als er sein Smartphone nahm, entdeckte er etwas auf dem Boden, halb versteckt unter dem Vordersitz. Es war ein Schminkbeutel aus Leder mit einer kleinen goldenen Schnalle. Er hatte ihn Siren vor ein paar Jahren geschenkt. Auf der Rückreise hatte er ihn in Schiphol oder Kastrup gekauft. Diese Angewohnheit behielt er bei und überraschte sie hin und wieder mit einem kleinen Geschenk, wenn sie am wenigsten damit rechnete. Und da ihm mehr einfiel als Blumen, schien sie sich jedes Mal aufrichtig zu freuen, dass er an sie gedacht hatte.

Als Bjørn Lindbekk aus dem Fahrstuhl trat, begegnete er seinem direkten Vorgesetzten. Polizeidirektor Erik Singsås, Leiter des Dezernats für organisierte Kriminalität, bog um die Ecke und strich eine Falte in seinem Hemd unmittelbar über dem Hosenbund glatt.

»Gutes Timing, Bjørn, wir setzen uns zu mir«, sagte er in seinem breiten Trønderdialekt und schien mit seinem Besuch der Waschräume außerordentlich zufrieden zu sein.

Im Büro des Dezernatsleiters saß der Chef der Kriminalpolizei Halfdan Kristiansen, Bjørn Lindbekks Schwiegervater, was keine große Überraschung war. Er gehörte zu der Sorte von Führungskräften, die sich sehr um eine gute Zusammenarbeit zwischen den Dezernaten bemühten.

Hätte jemand Bjørn Lindbekk gebeten, seinen Schwiegervater mit wenigen Worten zu beschreiben, hätte er etwa Folgendes gesagt: zweiundsechzig Jahre alt, langjährige Erfahrung bei der militärischen Spezialeinheit, so breitschultrig wie ein Eishockeyspieler, allzeit kerzengerader Rücken und irritierenderweise ohne ein einziges graues Haar auf dem Kopf.

»Weiß Bjørn schon Bescheid?«

Bjørn Lindbekk erkannte am Tonfall seines Schwiegervaters, dass er ihnen an diesem Morgen keinen Routinebesuch abstattete.

Singsås ergriff die Thermoskanne und füllte drei Plastikbecher. »Ich hab es dir gegenüber gestern erwähnt, Bjørn, als du dich gerade auf den Heimweg gemacht hast. Das Amtshilfeersuchen aus Deutschland.«

Deshalb also war der Kriminalpolizeichef anwesend.

»Heute Morgen haben wir weitere Details bekommen«, fuhr Singsås fort. »Sie sind dem Transport von Rumänien aus gefolgt und haben ihn nördlich von München angehalten. Heroin …«

Er wartete ein paar Sekunden und blickte an die Decke, als würde dort ein Spickzettel kleben. »Wir reden von über fünfzig Kilo.«

»Fünfzig?« Bjørn musste sich vergewissern, dass er richtig gehört hatte.

Singsås nickte betont langsam. »Den Wert hast du bestimmt schon ausgerechnet. Ich schätze mal, so zwischen siebzig und hundert Millionen.«

Er machte eine rhetorische Pause.

»Die Deutschen lassen den Transport weiterlaufen, als wäre nichts geschehen.«

»Bis zu uns?«

»*Yes, Sir*. Bis zu uns. Alles natürlich unter ständiger Kontrolle.«

Allmählich dämmerte Bjørn das Ausmaß der ganzen Angelegenheit.

»Eine Rekordsumme.«

»Mit satter Gewinnspanne.«

»Und niemand weiß, dass die Deutschen die Ware bereits beschlagnahmt haben?«

»Sieht nicht so aus. Die Kuriere scheinen zur Zusammenarbeit bereit zu sein, falls sich das strafmildernd auswirken sollte.«

»Und das wird ihnen zugesagt?«

Singsås zuckte mit den Schultern. »Wer weiß. Vielleicht bekommen sie am Ende ein Jahr weniger.«

Halfdan Kristiansen hatte die ganze Zeit schweigend zugehört. »In einem Jahr kann man viel bewerkstelligen«, sagte er nun und verzog den Mund zu einer Grimasse, an die sich Bjørn nie gewöhnen konnte.

»Die Kuriere aus Mazedonien hätten sowieso nur ein Taschengeld gekriegt.«

Singsås holte ein Taschentuch hervor und putzte sich mit entschlossenem Schnauben die Nase.

»Ehe wir in Aktion treten, müssen wir ein paar Hausaufgaben erledigen«, sagte er.

Bjørn Lindbekk warf ihm einen Blick zu. In Gedanken war er bereits die Dinge durchgegangen, die anstanden.

»Jemand sollte mal eine Studie über solche Operationen erstellen«, sagte Halfdan Kristiansen. »Mit jedem Mann, der involviert ist, steigt das Risiko, dass Informationen durchsickern, wahrscheinlich um ein bis zwei Prozent.«

»Und bei Frauen reden wir von ganz anderen Zahlen«, sagte Singsås augenzwinkernd.

Da er ein konfliktscheuer Mensch war, widersprach Singsås dem Kriminalpolizeichef nie. Doch wenn es um Frauen ging, riskierte er schon mal eine kesse Lippe.

Er ließ seinen Blick durch das Büro schweifen. »Kannst du mir garantieren, Halfdan, dass wir nicht abgehört werden? Solche Bemerkungen sind in unserem *neuen* Norwegen wohl nicht mehr zulässig.«

Halfdan Kristiansen wandte den Blick ab. Eine Kollegin aus der Führungsetage beklagte sich schon lange über Singsås' Altherrenhumor, und Kristiansen legte keinen Wert darauf, mit diesem Humor in Verbindung gebracht zu werden.

Doch Singsås amüsierte sich königlich über seine eigene Bemerkung und entblößte dabei seine Zähne, die von Kaffee und Nikotin so mitgenommen waren, dass jede Zahnreinigung vergebene Liebesmüh gewesen wäre. Lindbekk hatte er anvertraut, dass seine Frau dennoch auf eine gründliche Fassadenrenovierung bestehe. Vielleicht hatte er es seiner Fähigkeit zur Selbstironie zu verdanken, dass er sich seit nunmehr fast zehn Jahren in seiner Position behauptet hatte. Singsås war neunundfünfzig Jahre alt und nur noch ein Jahr von seinem ersehnten Rentnerdasein entfernt. Und diejenigen, die auf Bjørn als seinen Nachfolger setzten, würden bei jeder Lotterie nur einen minimalen Gewinn einstreichen.

»Wir haben nur wenig Zeit«, stellte Halfdan Kristiansen fest und hob das Kinn. »Innerhalb von zwei Tagen müssen die Vorbereitungen abgeschlossen sein.«

»Der Transport wird am Freitag am Svinesund erwartet.« Singsås malte mit seinem halb leeren Kaffeebecher ein paar Kreise in die Luft. »Am Samstag soll die Ware offenbar geliefert werden.«

»Und wo?«, wollte Bjørn Lindbekk wissen.

»Das wissen wir nicht. Die Kuriere angeblich auch nicht. Noch nicht. Was vermutlich auch stimmt. Die Hintermänner kommen sowieso nicht aus der Deckung.«

Singsås blickte auf das Dokument, das vor ihm auf dem Tisch lag.

»Wir müssen drei Grenzstationen anweisen, dass sie die Ladung nicht kontrollieren. Wir werden ihnen auf den Fersen bleiben, ohne dass sie Verdacht schöpfen. Die werden auch ihre eigenen Leute auf der Strecke haben. Zum richtigen Zeitpunkt zieht sich dann das Netz um die Kuriere und Empfänger zusammen.«

Erneut machte er eine schnelle kreisende Bewegung, ohne dass er auch nur einen Tropfen seines Kaffees verschüttete.

»Wir führen einen der größten Zugriffe aller Zeiten durch«, fuhr er fort. »Vielleicht ziehen wir die Spezialeinheit hinzu, ich berate mich in einer halben Stunde mit den zuständigen Leuten. Bjørn?«

Bjørn Lindbekk streckte seine langen Beine neben dem Tisch aus und gab darauf acht, die blank geputzten braunen Schuhe des Kriminalpolizeichefs nicht zu berühren.

»Es gibt ein paar ungeklärte Fragen, aber die lassen sich schnell beantworten. Budget?«

Singsås wies auf Halfdan Kristiansen. Der Kriminalpolizeichef hob das Kinn und blinzelte – eine Bewegung, die, was niemand wusste, von einer unmerklichen Ausstülpung der Halsschlagader herrührte, die eines Tages fatale Folgen haben konnte.

»Die Runde geht auf mich«, entgegnete er mit der seltsamen Grimasse, die jetzt unverkennbar einem Lächeln glich.

Als Bjørn Lindbekk sein Büro aufschloss, war die Sonne über den Hügeln bei Ekeberg aufgegangen. Der Grønlands Park badete im Novemberlicht. Er fuhr den Computer hoch, ließ seinen Blick über die Hinterhöfe auf der anderen Seite des Parks schweifen und dachte bereits einen Schritt weiter, über ihre Aktion hinaus, an die Möglichkeit, eines der Netzwerke auszuschalten, die den Heroinhandel kontrollierten.

Er erstellte eine Liste von Einsatzkräften für den Auftrag. Filterte noch einmal die zuverlässigsten V-Leute heraus, die nicht einmal im Schlaf geheime Informationen preisgeben würden.

Wenige Minuten später hatte er ein Team von dreizehn Leuten aufgestellt, mit denen er schon seit Jahren zusammenarbeitete. Sein Handy vibrierte. Auf dem Display erschien der Name *May-Britt*. Sie rief nur selten an. Er wies den Anruf ab, wollte sie lieber in der Mittagspause persönlich sprechen. In diesem Moment dachte er an den unbeantworteten Anruf, den er unmittelbar nach dem Aufwachen auf seiner Anrufliste entdeckt hatte. Ann hatte ihn am gestrigen Abend um halb elf angerufen, nachdem er bereits eingeschlafen war. Früher hatte er vor allem wegen Ann sein Handy in der Nacht nicht auf lautlos gestellt. Er war es ihr schuldig, ständig erreichbar zu sein. War ihr noch viel mehr schuldig. Erst seit etwa einem Jahr schaltete er sein Handy zwischendurch stumm.

Sobald er May-Britts Stimme hörte, wusste er, dass irgendetwas Schwerwiegendes passiert sein musste.

»Sie war nicht gerade joggen?«, erkundigte er sich, nachdem ihn May-Britt ins Bild gesetzt hatte.

Konnte er sich Ann schon vor Sonnenaufgang beim Joggen vorstellen? Nein.

»Ihr Bett ist unberührt.«

»Wahrscheinlich hat sie bei einer Freundin übernachtet.«

May-Britt seufzte. »Ohne Bescheid zu sagen? Ich habe ihre beste Freundin angerufen, aber da war sie nicht. Angeblich hat sie jetzt einen Freund.«

»Wie schön«, entgegnete er spontan, obwohl er skeptisch war, dass hierin die Erklärung lag.

»Nicolai Meyer, der Sohn von Johan Christian.«

»Was? Ist sie bei *ihnen?*«

»Nein, niemand hat sie gesehen.«

»Verdammt!«

Er hätte nicht fluchen sollen, weil sie sich dann nur noch größere Sorgen machte.

»Soll ich die Polizei alarmieren?«

»Hast du gerade getan.«

»Ich meine, soll ich eine andere Dienststelle anrufen?«

»Ich kümmere mich darum«, erwiderte Bjørn. Und nachdem er kurz nachgedacht hatte: »Bin gleich bei dir.«

Hinter der zweiten Kurve nach dem Tunnel breitete sich Hammerdal unter ihm aus. Die Sonne stand jetzt hoch über dem Hügelkamm und ließ den Fluss, der sich durch das Tal schlängelte, metallisch glitzern.

Inmitten der Ortschaft streckte sich der Turm der Fabrik wie ein rostiger Finger in den Himmel. In seiner Kindheit hatte es hier stets säuerlich nach Asphalt gerochen. Ein Geruch, den er nicht vermisste.

Er bog zum Wohngebiet am Trollfaret ab. Bjørn war seit über einem Jahr nicht mehr hier gewesen. Mit Ann verabredete er sich woanders, irgendwo in der Stadt, oder sie kam zu ihnen und nahm später den Bus zurück.

Das Haus in der Reihenhaussiedlung hätte einen neuen Anstrich vertragen können. Er hatte damals beim Bau geholfen, die Grundmauer hochgezogen und die Verschalung besorgt. Sieben Jahre lang hatte er dort gewohnt, das Haus zweimal neu gestrichen, was nur jeweils eine knappe Woche in Anspruch genommen hatte. Doch seit seinem Auszug schien sich niemand mehr um so etwas zu kümmern.

Ehe er klingeln konnte, öffnete ihm May-Britt die Tür. Im hellen Licht erkannte er, dass sie ihre Haare, ein Mischmasch aus Grau und Blond, schon lange nicht mehr gefärbt hatte. Sie lächelte ihn an, doch er sah die Angst in ihren Augen. Was all seine

Entschlossenheit mobilisierte. Er war es, der sich der Sache annehmen würde. Singsås hatte ihn gebeten, sich so lange freizunehmen wie nötig, auch wenn sie bei der Polizei unter Hochdruck die wichtigste Aktion der letzten zehn Jahre vorbereiteten. Der Dezernatsleiter wusste genau, dass Bjørn diese Sache aus der Welt schaffen musste, ehe er sich wieder dem Tagesgeschäft widmen konnte.

»Sie sind schon da«, sagte May-Britt und ließ ihn ins Haus, berührte seinen Arm, als er an ihr vorbeiging.

Sie, das war ein lokaler Polizeibeamter, der kaum älter als fünfundzwanzig sein mochte, mit dünnem Kinnbart und großen braunen Augen. Als Bjørn auf dem Revier in Lillestrøm angerufen hatte, hatten sie ihm jemanden mit Erfahrung versprochen.

Der Beamte hieß Burdak. Bjørn entschied sich, dem Kerl eine Chance zu geben, ganz gleich, aus welchem Kaff am Ende der Welt er kam. Er trat ans Fenster und blickte hinaus, hatte dort schon so oft gestanden und seinen Blick über Hammerdal wandern lassen, entdeckte sein eigenes Elternhaus auf der anderen Seite des Flusses in Rabben. Das Viertel war seit damals gewachsen.

»Und du hast gar nichts bemerkt?«

May-Britt lächelte immer noch, doch ihre Unterlippe zitterte ein wenig, und Bjørn sah, dass sie jeden Moment zusammenbrechen konnte.

»Ich hab was gehört, nachdem ich eingeschlafen war«, antwortete sie.

»Was denn?«

Sie antwortete nicht, dachte vielleicht nach.

»Was hast du gehört?«, wiederholte Bjørn und gab sich Mühe, nicht ungeduldig zu klingen.

»Ich hab hier unten ein Geräusch gehört … und als ich nach unten gegangen bin, stand die Verandatür offen.«

Sie zeigte auf die Tür. »Manchmal vergessen wir schon mal, sie abzuschließen, wenn wir gelüftet haben, vor allem Ann. Sie ist in letzter Zeit ziemlich vergesslich.«

»Sie haben sich also keine Sorgen gemacht, als Sie die offene Tür bemerkt haben?«, wollte Burdak wissen.

Sie schüttelte den Kopf. »Nein, ich habe mich wieder schlafen gelegt. Ich war spät von der Arbeit gekommen und völlig erschöpft. Vielleicht hätte ich …«

Bjørn machte eine abwiegelnde Handbewegung. »Daran darfst du nicht denken.«

Sie warf ihm einen jener Blicke zu, die sein Gewissen quasi in höchste Alarmbereitschaft versetzten. »Willst du auch einen Kaffee?«, fragte sie, und den brauchte er jetzt, wenn ihm auch ihr Kaffee eigentlich zu stark war.

»Sie scheint also die ganze Nacht nicht zu Hause gewesen zu sein«, fasste Burdak zusammen, »und bei Freunden ist sie auch nicht lokalisiert worden.«

Das Wort *lokalisiert* hing in der Luft und erforderte einen Kommentar. Sprechen Sie von einem Koffer oder von einer vermissten Person? Bjørn verkniff sich die Bemerkung, obwohl der junge Beamte noch lernen musste, wie man mit Angehörigen sprach.

May-Britt kam mit dem Kaffee zurück, gab ihm einen Becher, den er früher jeden Morgen benutzt hatte. Ein Geschenk von ihr. Mit dem Bild eines reitenden Ritters. Wenn man den Becher umdrehte, erblickte man einen Halbmond über einem See. Ihm wäre es lieber gewesen, wenn sie solche Dinge nicht aufheben würde.

Er stellte den Becher auf den Couchtisch. »Ich schau mich mal eben in ihrem Zimmer um.«

An ihrer Tür hing immer noch das kleine Porzellanschild mit dem grauen und weißen Kätzchen: *Hier wohnt Ann.* Und als er eintrat, traf es ihn wie ein Blitz. Er hatte es auf Distanz gehalten und es mit einem Zaun aus Argumenten umgeben. All das, was einer Fünfzehnjährigen einfallen konnte, ohne Bescheid zu sagen. Und wenn die Vernunft nicht ausreichte, so konnte zumindest die Statistik einen solchen Zaun rechtfertigen. Sie wohnte in Hammerdal, einem kleinen Ort im friedlichsten Land der Welt. Doch jetzt in dieses Zimmer zu kommen; die dünne weiße Gardine vor der hellroten Wand; das Bett, auf dem immer noch zahlreiche Kuscheltiere lagen; an der Wand das Poster des Jungen mit den Rehaugen, der ein Mikrofon in der Hand hielt … Und dann die Gerüche. Das Parfum, das er auf dem Flughafen in Heathrow gekauft hatte. Er hatte sich Zeit gelassen, an vielen Duftproben geschnuppert, bis er den Geruch fand, der am besten zu ihr passte – sie benutzte das Parfum jedes Mal, wenn sie zu Besuch kam. Und darin vermischt ihr eigener Geruch, immer noch ein bisschen der eines Kindes, der zugleich schon all das enthielt, was sie einmal sein würde. Und plötzlich brach der Zaun aus Argumenten und Statistiken zusammen. Für ein, zwei Sekunden musste er sich gegen die Wand lehnen. Auf einmal tauchte die Erinnerung auf: Ann im Dunkeln in ihrem Schlafzimmer. Er setzt sich im Bett auf, knipst das Licht an, fragt sie, was los sei. *Ich glaube, ich sterbe, Papa.* Sie schnappt nach Luft, hat eine dunkle Gesichtsfarbe. Rasch nimmt er sie auf den Arm, schnappt sich sein Handy vom Nachttisch und läuft auf den Flur hinaus. Unter dem gelben Pyjama ist sie glühend heiß, und im nächsten Moment reißt er die Verandatür auf und steht mit nackten Füßen im Schnee. Sie schaut ihn an, immer noch keuchend, bekommt aber offenbar besser Luft. Als er den ärztlichen Notdienst erreicht, sagen sie, er habe richtig gehandelt, sie brauche kalte Luft, und bitten ihn, draußen zu bleiben, bis der Notarzt eintrifft.

»Siehst du? Sie hat nicht in ihrem Bett gelegen.«

May-Britt war zu ihm nach oben gekommen und berührte seinen Arm, so wie Igor es sonst mit seiner Schnauze tat. Bjørn tätschelte ihr leicht die Schulter. Mit einem Mal tauchte Burdak auf, und als er einfach in Anns Zimmer marschierte, war Bjørn kurz davor, seiner aufgestauten Frustration Luft zu machen. Am liebsten hätte er den Polizisten aufgefordert, aus dem Zimmer seiner Tochter zu verschwinden. Aber er riss sich zusammen und drückte eine Taste des Laptops, der sich im Ruhezustand befand.

»Kennst du das Passwort?«

May-Britt schüttelte den Kopf. »Glaubst du, das kann uns helfen?«

»Alles kann uns helfen.«

Alles oder nichts. Er versuchte, alle Gedanken an die Vergangenheit zu verdrängen, das Zimmer mit dem Blick eines Ermittlers zu betrachten. Er schaute unter das Bett und öffnete den Kleiderschrank, in dem alles kreuz und quer durcheinanderlag.

»Den nehme ich mit«, sagte er und ergriff den Laptop. »Ich kenne jemanden, der uns Zugang verschaffen kann.«

»Aha«, entgegnete der Polizist. »Sollten wir damit nicht warten?«

Bjørn, der auf dem Weg zur Tür war, drehte sich abrupt um. »Auf wen?«

»Wir haben ja noch nicht mal eine Vermisstenmeldung herausgegeben.«

»Wann hätten wir das auch tun sollen«, knurrte er, beherrschte sich jedoch einmal mehr. Dass jemand als vermisst gemeldet wurde, kam ziemlich häufig vor, und in der Regel tauchte die vermisste Person schon nach wenigen Stunden wieder auf. Oft waren Missverständnisse die Ursache. Oder Rebellion und der Freiheitsdrang von Teenagern. Sie konnten den ganzen Apparat nur in Bewegung setzen, wenn sie weitere Nachforschungen anstellten.

»Was wollen Sie jetzt tun?«, fragte er in einem versöhnlichen Tonfall und rechnete mit einer vagen Antwort. Doch Burdak antwortete so entschieden, als hätte er sich alles genau überlegt.

»Ich gebe telefonisch einen vorläufigen Bericht durch. Vermutlich werde ich mit ersten Ermittlungen beauftragt, Nachbarschaft, Schule und so weiter. Sie können ganz beruhigt sein«, fügte er hinzu und blickte Bjørn unverwandt an. »Wir werden keine Zeit verstreichen lassen.«

Bjørn nickte, ging die Treppe hinunter, leerte seinen Becher mit lauwarmem Kaffee. May-Britt hatte stets guten und starken Kaffee gekocht und fertigte ihre eigene Mischung an. Verwendete verschiedene Sorten, beispielsweise aus Java oder Kenia. Selbst jetzt hatte sie ihm eine eigene Mischung serviert, wie er mit einem Anflug schlechten Gewissens registrierte.

2)

Die Schule war in den 70er-Jahren erbaut worden. Zu Bjørns Schulzeit war sie ziemlich neu gewesen. Heute litt sie unter mangelnder finanzieller Ausstattung und einer schlechten Leitung. Die Flure bettelten förmlich um eine Renovierung, die Holzleiste mit den Garderobenhaken war lose. Doch die Gerüche hatten sich nicht verändert, feuchte Kleider, jugendlicher Schweiß, saure Milch. Obwohl heutzutage wohl kaum noch Milch in der Schule getrunken wurde.

Vor dem Klassenzimmer blieb er stehen. Von drinnen hörte er laute Stimmen, als würde sich jemand heftig streiten. Er klopfte an und öffnete, ohne auf eine Antwort zu warten, war sich auf einmal sicher, dass Ann dort sitzen und ihn anstrahlen würde, überrascht oder ein wenig verlegen über sein plötzliches Erscheinen.

Doch als er über die Reihen der Tische blickte, wusste er, dass er sich getäuscht hatte. Etwa zwanzig Augenpaare schauten ihn an. Sofort kehrte Ruhe ein. Der Lehrer stand am Fenster und sprach gerade mit einem Schüler in der ersten Reihe. Als er Bjørn sah, ging er auf ihn zu. Ein großer, kräftiger Kerl. Helle Haare, vielleicht gebleicht.

Draußen auf dem Gang gab Bjørn ihm die Hand und stellte sich vor. Das Gesicht des Mannes nahm einen besorgten Ausdruck an.

»Es wird doch hoffentlich nichts passiert sein.«

Der Lehrer hieß Runar Isaksen und mochte etwa dreißig Jahre alt sein. Dem Akzent nach stammte er aus dem hohen Norden, vielleicht aus Tromsø. Bjørn fiel ein, dass Ann ihn im Herbst ein paarmal erwähnt hatte. Er konnte verstehen, dass die Schüler ihn cool fanden. Sein eng anliegendes gestreiftes Hemd trug er über der Hose. Die Haare hatte er wie einige Jungs aus der Klasse nach vorne gekämmt. Und seine Haare waren tatsächlich gebleicht, das sah Bjørn jetzt deutlich.

»Ann ist nicht nach Hause gekommen. Sie war die ganze Nacht nicht da.«

Runar Isaksens Augenbrauen schossen nach oben. »Was …?«

Bjørn erklärte ihm in zwei, drei Sätzen die Lage. »Ich musste zuerst überprüfen, ob sie vielleicht hier ist.«

Der Lehrer schaute den Gang hinunter. »Das tut mir sehr leid.« Als wäre es seine Schuld. Doch er hörte sich aufrichtig an.

»Fühlt sich Ann wohl in der Schule?«, fragte Bjørn und wusste, dass er diese Frage auch in den Lehrersprechstunden hätte stellen können, zu denen er nie erschienen war. In den ersten Jahren war er noch gemeinsam mit May-Britt zu den Elternabenden gegangen. Doch nachdem die Jungs auf die Welt gekommen waren, hatte er mit ihnen alle Hände voll zu tun gehabt. Was sie absolut verstanden und ihm niemals vorgeworfen hatte.

»Ann ist ein nettes Mädchen«, antwortete Isaksen. »Es gab nie irgendwelche Probleme mit ihr. Hin und wieder hätte sie sich vielleicht etwas mehr anstrengen können.«

Doch es waren nicht ihre schulischen Leistungen, nach denen sich Bjørn erkundigen wollte.

Er brummte, um seine Unruhe in Schach zu halten.

»Wie gut kennen Sie Anns Klasse?«

Der Lehrer dachte kurz nach. »Ich habe sie im Herbst übernommen und behalte sie auf jeden Fall bis Weihnachten. Die Klassenlehrerin ist im Mutterschutz.«

»Ist Ihnen in letzter Zeit etwas Ungewöhnliches aufgefallen?«

Über das Gesicht des Lehrers huschte ein Lächeln. Möglicherweise wusste er, welchen Beruf Anns Vater hatte.

»Wir reden hier ja von Teenagern, und in deren Leben spielen sich immer irgendwelche Dramen ab. Die Hormone. Wir Erwachsenen kriegen von alldem nur einen Bruchteil mit, die Spitze des Eisbergs sozusagen.«

»Denken Sie an was Bestimmtes?«

Runar Isaksen überlegte kurz. »Eigentlich nicht. Zumindest nichts, was etwas damit zu tun haben könnte, dass sie …«

Bjørn studierte sein Gesicht, wie er es sich auch außerhalb des Dienstes angewöhnt hatte. Die blauen Augen des Lehrers wirkten etwas blass, eine tiefe Spalte im glatt rasierten Kinn, ein unebenes Muttermal auf der linken Wange.

»Geht auch Nicolai Meyer in Ihre Klasse?«, fragte er schließlich.

»Ja. Er und Ann hatten in letzter Zeit ziemlich engen Kontakt.«

»Ja, das habe ich mitgekriegt. Ist er heute da?«

Der Lehrer runzelte die Stirn. »Wollen Sie, dass ich ihn hole?«

»Ja, tun Sie das.«

Der Junge, der eine halbe Minute später auf dem Gang erschien, ging seit der Grundschule mit Ann in eine Klasse, doch Bjørn hatte ihn seit vielen Jahren nicht mehr gesehen. Er war groß und schmächtig und machte einen ungelenken Eindruck. Sein Gesicht war sehr blass, was im Kontrast zu seinen schwarz gefärbten Haaren stand, die auf der einen Seite kurz geschnitten waren. Der Pony fiel ihm in die Stirn.

»Hei, Nicolai«, sagte Bjørn freundlich.

»Hei.« Der Junge sah ihm kurz in die Augen, ehe sein Blick zu flackern begann und er zur Seite blickte.

»Sie haben sicher alle Hände voll zu tun«, sagte Bjørn zu dem Lehrer, der immer noch neben ihnen stand, und wies mit dem Kopf in Richtung Klassenzimmer.

»Das hier ist wichtiger«, entgegnete Runar Isaksen.

»Ich möchte dieses Gespräch lieber allein führen«, sagte er.

Der Lehrer zögerte einen Augenblick und ging dann ins Klassenzimmer zurück.

Bjørn betrachtete den Jungen, der sich halb abgewandt hatte und auf der anderen Seite des Flurs aus dem Fenster starrte. Die Pupillen waren groß, und er konnte seine Hände nicht stillhalten. Sein Blick ging ins Leere.

»Ich weiß nicht, ob du dich an mich erinnerst«, begann Bjørn. Erneut begegnete er für den Bruchteil einer Sekunde den flackernden Augen des Jungen.

»Doch …«

»Aber du weißt nicht, warum ich hier herumstehe.«

»Wahrscheinlich weil es keinen Stuhl gibt.« Ein Lächeln huschte über sein Gesicht.

Bjørn hatte das Gefühl, dass das Gespräch wichtig war. Am

liebsten hätte er den Jungen im Auto mitgenommen, weil der Flur sich nicht für so ein Gespräch eignete.

»Wann hast du Ann das letzte Mal gesehen, Nicolai?«

Er stellte die Frage so beiläufig wie möglich, doch die Pupillen des Jungen wurden noch größer, fast unnatürlich groß.

»Gestern. In der Schule.«

»Nach dem Unterricht?«

Nicolai Meyer schüttelte den Kopf. »Ich bin etwas früher nach Hause gefahren. Mein Vater hat mich abgeholt. Mir war ein bisschen übel.«

»Und jetzt geht es dir wieder besser?«

Der Junge zuckte die Schultern. »Ja.«

»Und seitdem hattest du keinen Kontakt mehr zu Ann?«

»Hab ihr am Abend ein, zwei Nachrichten geschickt.«

»Und hast du eine Antwort bekommen?«

»Glaub schon.«

»Kann ich mir die Nachrichten mal ansehen?«

»Die hab ich gelöscht«, antwortete Nicolai rasch. »Ich lösche alle Nachrichten, die ich kriege.«

Etwas war merkwürdig an seiner Art zu sprechen. Als würde er krampfhaft versuchen, die Ruhe zu bewahren. Unablässig kratzte er sich den Handrücken, was auf seiner Haut rote Streifen hinterließ. Bjørn war sich seiner Sache immer sicherer. Seit fast fünfzehn Jahren arbeitete er im Drogenmilieu. Und der Gedanke drängte sich auf: Wenn Anns Freund selbst in der Schule unter Drogeneinfluss stand, wie war es dann um sie bestellt?

»Ich will dir meine Frage von vorhin beantworten, warum ich hier bin«, sagte er. »Ann ist heute Nacht nicht nach Hause gekommen. Wir wissen nicht, wo sie ist.«

Nicolais Kopf fuhr herum. Er starrte ihn an. »Im Ernst?«

Bjørn sah ihm ins Gesicht. Ein Muskel am Kinn zuckte.

»Hast du das nicht gewusst?«

»Woher sollte ich das wissen?«

»Anns Mutter hat heute Morgen bei euch angerufen und sich nach ihr erkundigt.«

Der Junge schüttelte den Kopf. »Da war ich wohl schon weg.«

Kann sein, dachte Bjørn und bohrte nicht weiter nach.

»Seid ihr zusammen?«

»Hä?« Nicolai verzog seinen Mund. »Wie meinen Sie das, zusammen?«

»Seid ihr ein Paar?«

»Dream on.«

Bjørn fragte sich, was Nicolai damit meinte, jedenfalls hatte er die Frage verneint.

»Okay, ich hab so was gehört. Dann war das wohl ein Irrtum. Aber ich weiß, dass ihr viel Zeit miteinander verbringt.«

»Das heißt ja nicht, dass wir zusammen sind.«

»Nein, natürlich nicht. Aber jetzt stelle ich dir eine sehr wichtige Frage. Und bitte denk gut nach, ehe du antwortest.«

Der Junge stieß einen unwilligen Laut aus.

»Kannst du dich an irgendein Ereignis in der letzten Zeit erinnern, das dazu beigetragen haben kann, dass Ann nicht nach Hause gekommen ist?«

Er rechnete nicht mit einer Antwort, eher wieder mit nervösem Herumgehampel, deshalb zuckte er fast zusammen, als Nicolai sofort antwortete:

»Ja, allerdings.«

»Worum geht es da?«

Auch die nächste Antwort kam wie aus der Pistole geschossen. »Wir haben etwas sehr Dummes mit einem Jungen aus unserer Klasse gemacht und ihn in einen Keller eingesperrt.«

Mit einem Mal wirkte Nicolai konzentrierter und ruhiger als zuvor, doch seine Pupillen waren immer noch ungewöhnlich groß.

»Wer war außer dir und Ann noch dabei?«

»Das spielt doch keine Rolle.«

»Hör mal, Nicolai. Ann ist verschwunden. Kann sein, dass sie jeden Moment nach Hause kommt. Kann aber auch nicht sein, verstehst du? Vielleicht ist ihr etwas Ernstes zugestoßen.«

Nicolai nickte unmerklich und sah wieder aus dem Fenster. »Wer die anderen sind, spielt keine Rolle«, wiederholte er mit

Entschiedenheit und wollte wieder ins Klassenzimmer zurückkehren.

»Nimmst du Amphetamine? Meth?«

Nicolai erstarrte, die Hand auf der Klinke. Plötzlich sah er wütend aus. »Sie müssen Ihre Nase nicht in alles stecken.«

»Ich werde es sowieso herausfinden, Nicolai. Dazu bin ich verpflichtet. Und ich rechne mit deinem Verständnis.«

»Nur ein paar Medikamente«, sagte der Junge und öffnete die Tür. »Damit ich heute zur Schule gehen konnte.«

»Haben Sie etwas herausgefunden?«, fragte Runar Isaksen, als er wieder auf den Gang trat.

»Sie haben doch einen Jungen namens Morten in der Klasse«, sagte Bjørn. »Manche seiner Mitschüler nennen ihn Streuner.«

»Das stimmt. Morten Brennås.«

»Ist er heute da?«

Runar Isaksen schüttelte den Kopf. »Er kommt nur sehr unregelmäßig. Hat spezielle Bedürfnisse. Schwieriger familiärer Hintergrund. Wohnt bei Pflegeeltern.«

»Wussten Sie, dass Ann und Nicolai und noch ein paar andere ihn in einen Keller gesperrt haben? Er musste dort die Nacht von Samstag auf Sonntag verbringen.«

Der Lehrer riss die Augen auf. »War Ann auch dabei? Das hätte ich nicht für möglich gehalten.«

»Können Sie mir noch ein paar Informationen geben? Ist Brennås der Name seiner Pflegeeltern?«

»Ja.«

»Und sie wohnen in Hammerdal?«

Der Lehrer zögerte. »Darüber sollte ich wohl besser mit der Polizei reden.«

»Das tun Sie schon«, entgegnete Bjørn.

In diesem Moment läutete es zur Pause, die Tür des Klassenzimmers wurde aufgerissen.

»Ich habe die Klasse gefragt, ob jemand weiß, wo Ann ist. Aber keiner wusste es.«

»Haben Sie vielen Dank.«

»Rufen Sie mich an, wenn Sie noch etwas wissen wollen.«

Bjørn ergriff die ausgestreckte Hand und drückte sie. Sie war kalt und feucht.

Als er das Schulgebäude gerade verlassen wollte, hörte er hinter sich eine Stimme.

»Hallo, Entschuldigung!«

Er drehte sich um. Der Gang wimmelte von Schülern. Ein langbeiniges Mädchen lief mit wehenden braunen Haaren auf ihn zu. »Sie sind doch der Vater von Ann, oder?«, fragte sie, und als er nickte: »Kann ich Ihnen was erzählen?«

»Natürlich.«

Sie löste sich aus der Gruppe der Schüler, die sie beide auf den Schulhof hinausgeschoben hatte, und ging zur nächsten Ecke.

»Ich heiße Helene. Ann und ich, wir sind …«

Er wartete darauf, dass sie den Satz beendete. Stattdessen fuhr sie fort: »Runar hat gesagt, dass sie gestern nicht nach Hause gekommen ist.«

»Das stimmt.«

Bjørn lehnte sich an die Wand und achtete darauf, Helene nicht zu drängen. Natürlich hatte er schon von ihr gehört. Ann hatte von ihr erzählt. Helene schien ihre beste Freundin zu sein. Ann zufolge war sie das hübscheste Mädchen auf der gesamten Schule, was wahrscheinlich zutraf. Hohe Wangenknochen, ausdrucksstarke dunkelblaue Augen. Sie sah älter aus, als sie war. Eine früh entwickelte Fünfzehnjährige.

»Da drinnen wollte ich nichts sagen«, sie wies mit dem Kopf zum Schulgebäude, »aber vielleicht weiß ich etwas.«

Helene zögerte. Bjørn spürte den Drang, es aus ihr herauszupressen, denn womöglich kam es auf jede Minute an.

»Ich glaube, ich weiß, mit wem sie sich treffen wollte.«

»Wann treffen?«

»Gestern Abend … oder gestern Nacht.«

Bjørn richtete sich ruckartig auf. »Mit wem?«

»Mit Victor. Victor Munoz.«

»Geht er auch auf eure Schule?«

Der Blick des Mädchens veränderte sich. Sie wirkte eher traurig als ängstlich, was Bjørn als gutes Zeichen betrachtete.

»Victor geht in die dritte Klasse der weiterführenden Schule. Er wohnt in Rabben.«

»Victor Munoz«, wiederholte Bjørn und schrieb den Namen in sein Notizbuch. »Sind er und Ann ein Paar?«

Helene lächelte unsicher. »Nein … also ich weiß nicht genau.«

»Aber er wollte Ann gestern am späten Abend treffen, richtig?« Bjørn spürte, wie der Druck auf seine Brust nachließ. Vielleicht war das Ganze nur einer Liebelei geschuldet – auch wenn der Junge drei Jahre älter war und sich davor hüten sollte, Ann irgendwohin zu locken, ob bei Tage oder bei Nacht. »Weißt du auch, wo?«

Helene schüttelte den Kopf.

»Hat Ann dir das selbst erzählt?«

Erneutes Kopfschütteln.

»Woher weißt du es dann?«

»Von Nicolai.«

»Nicolai Meyer?«

»Er hat mich extra angerufen, um es mir zu erzählen.«

Bjørn spürte, wie sich seine Augenbrauen zusammenzogen. »Und warum?«

Als sie ihn anschaute, schien Anns Freundin auf einmal sehr traurig.

»Er meinte wohl, dass ich es wissen sollte.«

»Weil …«

»Weil *ich* mit Victor zusammen bin. Das dachte ich jedenfalls.«

Bjørn war kurz davor, ihr die Hand auf die Schulter zu legen. Doch er beherrschte sich, drehte sich um und hielt auf dem Schulhof nach Nicolai Meyer Ausschau, konnte ihn jedoch nirgends entdecken.

* * *

An der Bushaltestelle bog er ab, fuhr an den großen Wohnblocks in Rabben vorbei. Die niedrigeren Mehrfamilienhäuser waren erst kürzlich renoviert worden. Die früheren grünen Verkleidungen waren gegen weiße ausgetauscht, die Balkone vergrößert worden. Mitten auf dem Platz hielt Bjørn an und blickte am höchsten Wohnblock empor, der im Vergleich zu den anderen erneuerten Häusern noch schäbiger aussah als damals. Er zählte die Stockwerke, bis er zu ihrer früheren Wohnung mit dem Balkon kam. Plötzlich tauchte eine Erinnerung auf: seine Mutter, nackt auf dem Balkon. Sie fuchtelt mit den Armen und ruft der Menge, die sich unten versammelt hat – genau dort, wo er jetzt steht –, etwas zu. Für einen Augenblick will er sich wieder die Ohren zuhalten, um nicht den Strom ihrer genuschelten und gelallten Worte aus ihrem Mund hören zu müssen. Johnny Lindbekk erscheint hinter ihr, seine Stimme ist unten gerade noch zu vernehmen. Vergeblich versucht er, sie zu beruhigen, und schließlich muss er sie mit Gewalt in die Wohnung zerren, worauf sie Zeter und Mordio schreit, darunter Wörter, die alle Eltern ihren Kindern ersparen wollen. Türen knallen, jemand kracht gegen das Fenster. Johnny Lindbekk hatte eine zerkratzte Wange. Erst nach mehreren Wochen waren die Kratzspuren verschwunden.

An diesem Novembertag war Bjørn das zweite Mal in Rabben, seit er in Hammerdal ausgezogen war. Auch sein erster Besuch hatte einen wichtigen Anlass gehabt, er hatte zwei Drogendealer observiert. Ohne einen triftigen Grund kam man hier nicht her. Er ging zu einem der kleineren Blocks. Oben auf dem Klingelbrett entdeckte er den Namen *Munoz*. Er rechnete nicht mit einer Antwort, hörte jedoch kurz darauf eine blecherne Frauenstimme aus dem Lautsprecher. Er musste nur seinen Namen sagen, dann wurde er eingelassen.

Im Lift erhielt er eine Nachricht von May-Britt. *Bist du schon da?*

Vor nicht einmal fünfzehn Minuten hatte er sie angerufen und ihr erklärt, es bestehe die Möglichkeit, dass sie bei einem Jungen namens Victor sei. Diesen Namen hatte May-Britt noch nie gehört. Ann erzähle ihr alles, hatte sie versichert, sie teile jedes Geheimnis mit ihr. Wenn sie also einen Freund mit diesem Namen habe, wisse sie es. Bjørn sah keinen Grund, ihr zu widersprechen. Er war der Letzte, der seiner Exfrau irgendwelche Vorwürfe machte. Er nahm sich fest vor, seiner Tochter von nun an einen wichtigeren Platz in seinem Leben einzuräumen. Sich öfter mit ihr zu verabreden, auch wenn er wenig Zeit hatte. Notfalls würde er sein Engagement als Eishockeytrainer zurückfahren, obwohl die beiden Jungs davon profitierten. Ann war jetzt wichtiger. Er hörte bereits Sirens Proteste. Sie war stets der Meinung gewesen, dass er sich viel zu sehr mit ihr beschäftigte.

Im dritten Stock ging er nach rechts, fand das Türschild aus weißem Porzellan, darauf in roten Buchstaben: *Sonja Munoz*, daneben ein Vogel mit blauer Brust und darunter zwei weitere Namen, die eines Jungen und eines Mädchens. Weiter unten ein Plastikschild mit noch einem Namen: *Victor*.

Es öffnete ihm eine Frau ungefähr in seinem Alter, dunkelhaarig, gebogene Nase, leicht hervorstehende Augen mit dunklen Ringen. Harte Arbeit, dachte er spontan, oder schlechter Schlaf. Oder beides. Nachdem er erklärt hatte, warum er gekommen war, ließ sie ihn in die Wohnung.

»Entschuldigen Sie die Unordnung«, sagte sie.

Er schaute sich im Flur um, entdeckte nur ein Paar Schuhe, das an der Wand lag, und eine Plastiktüte, vielleicht mit Müll, den sie unten in die Mülltonne werfen wollte.

»Wenn das Unordnung sein soll, müssten Sie mal bei mir zu Hause vorbeischauen«, entgegnete er.

»Vielleicht haben Sie recht«, sagte sie lächelnd. Der müde Zug um ihre Augen verschwand augenblicklich. »Kleine Kinder?«

»Neun und zehn. Zwei Jungs.«

»Da brauchen Sie mir nichts zu erzählen. Ich habe von jeder Sorte eines.«

»Und Victor?«

»Ich bin seine Tante. Er wohnt seit letzten Sommer bei mir.« Erst jetzt bemerkte Bjørn den Hauch eines spanischen Akzents. »Nein, behalten Sie ruhig die Schuhe an.«

Das Wohnzimmer war nicht besonders groß und erinnerte ihn an die Enge der Hochhauswohnung, in der er seine Kindheit verbracht hatte. Er konnte sich immer noch an den Tag erinnern, an dem er ein eigenes Zimmer bekommen hatte.

Sonja Munoz sagte, dass Victor nicht zu Hause übernachtet habe. Sie habe Spätschicht gehabt und sei am Morgen erst um acht Uhr aufgestanden. Als sie einen Blick in sein Zimmer geworfen habe, sei sein Bett unberührt gewesen, und er mache niemals sein Bett, bevor er zur Schule fahre. Aber der Junge sei achtzehn Jahre alt und übernachte hin und wieder woanders, ohne Bescheid zu sagen. Das könne er jetzt selbst regeln.

Sie schien sich keine Sorgen zu machen.

»Ann, ist das der Name Ihrer Tochter? Mir gegenüber hat er ihren Namen nie erwähnt. Victor hat ja so viele Freundinnen. Nicht dass ich … in diesem Alter, Sie wissen schon«, fügte sie hinzu. »Ich rufe ihn mal an, setzen Sie sich doch so lange.«

Sie nahm das Telefon und tippte eine Nummer ein. Bjørn hörte, dass eine Mailbox ansprang.

»Ausgeschaltet. Dann ist er wohl immer noch in der Schule.« Sie warf einen Blick auf die Wanduhr.

»Können Sie das herausfinden? Ob er dort ist?«

Sie dachte kurz nach. »Ich habe die Telefonnummer eines Lehrers.«

Diesmal ging jemand ran. Ihre Stirn legte sich in Falten, während sie sprach. »Den ganzen Tag nicht? Nein, das ist es bestimmt nicht … haben Sie vielen Dank.«

»Er war also auch nicht in der Schule«, stellte Bjørn fest und stand auf.

Auf dem Flur drehte er sich noch einmal zu ihr um. »Haben Sie ein Foto von ihm?«

Als sie in ein Zimmer ging, warf er einen Blick durch die offene Tür. Bilder von Bands, doch kein Death Metal oder Satanskult. Über dem Bett ein Typ mit akustischer Gitarre. *Manifesto* stand in roten Buchstaben quer über dem Plakat.

Sonja Munoz gab ihm ein Klassenfoto und zeigte auf einen

Jungen in der mittleren Reihe. Ebenso schwarze Haare wie sie, große dunkle Augen, mittelgroß, mit wohlgeformten Oberarmen, die gut unter dem T-Shirt zu erkennen waren.

»Sie sagten, dass Sie seine Tante sind.«

Sie nickte. »Er ist bei seinem Großvater aufgewachsen.«

»Und seit dem Sommer wohnt er bei Ihnen?«

»Rafael, also mein Schwiegervater, starb im Juli. Ziemlich überraschend.«

Sie schaute zu Boden.

»Das tut mir leid.«

»Victor hatte eine enge Verbindung zu ihm. Er hat seinen Vater verloren, als er noch sehr klein war. Und meine Schwägerin ist schon vor einigen Jahren nach Chile gezogen, doch Victor wollte nicht mitkommen.« Sie breitete die Arme aus, vielleicht aus Verärgerung über die Schwägerin.

»Ich möchte noch etwas anderes wissen. Ich hoffe, die Frage ist Ihnen nicht allzu unangenehm.«

»Ja?« Sie sah ihn an und schien sich vor unangenehmen Fragen nicht zu fürchten.

»Können Sie sich vorstellen, dass Victor Drogen nimmt?«

Sie riss die Augen auf. »Überhaupt nicht!«

Bjørn fiel nicht zum ersten Mal auf, wie kategorisch Angehörige auf diese Frage reagierten.

»Ich meine, er trinkt bestimmt mal ein, zwei Bier. Diese vielen Abifeiern haben ja angefangen. Aber Drogen? Die lehnt er total ab. Genau wie Zigaretten. Manchmal rauche ich eine Zigarette auf dem Balkon. Dann hält er mir jedes Mal lange Vorträge, dass ich schwere Krankheiten riskiere oder früher sterben werde und besser auf meine Gesundheit achten soll und so weiter. Er ist wirklich ein guter Junge.«

3)

Helene Fortun blieb zwischen den Autos auf dem Parkplatz stehen. Sie hatte sich mit Dagny und zwei Mädchen aus der Parallelklasse verabredet, die jetzt am Schultor auf sie warteten. Sie drehte sich um und nahm den anderen Weg, den gefrorenen Trampelpfad hinter der Turnhalle. Sie steckte sich die Kopfhörerstöpsel ins Ohr und klickte *Cry me a moon* an. Ihr Fahrrad hatte einen Platten und stand zu Hause in der Garage. Zu Fuß bräuchte sie ungefähr fünfzehn Minuten. Sie war heute mit dem Kochen dran.

Sixteen feet above the ground, your eyes can't hold me back no more.

Victor hatte ihr den Song damals vorgespielt. In der letzten Woche hatte sie ihn siebzig, achtzig Mal gehört. Vielleicht auch hundert Mal.

Sie fingerte ihr Handy aus der Tasche, öffnete WhatsApp. Viele hatten geschrieben, wie sie Anns Verhalten fanden. Helene las nicht alle Nachrichten. Niemand, den sie kannte, wollte noch etwas mit Ann zu tun haben. Sie begann, eine Nachricht zu schreiben, verwarf sie und blockierte den Kontakt zu Ann, das fühlte sich noch besser an. Ann existierte nicht mehr.

Auf der Rückseite der Shell-Tankstelle lief sie den Abhang hinunter, beschleunigte ihre Schritte. Der Wind trieb ein paar Styroporteile vor sich her, glitschiges Laub klebte auf dem Asphaltweg, und im Graben lagen ein paar Plastiktüten, offenbar mit alten Kleidern. Plötzlich hielt sie inne und kaufte sich an einem Kiosk eine Packung Oreo-Kekse, aß drei davon und warf den Rest in den Müll.

An einer Benzinpumpe stand ein großes braunes Auto, eine Tür war sperrangelweit offen. Als sie vorbeiging, erblickte sie Streuner. Er saß auf dem Beifahrersitz, war mit seinem Handy beschäftigt, bemerkte sie nicht. Plötzlich verspürte sie den Impuls, ihn zu schütteln und anzuschreien. Das ist deine Schuld! Wenn du uns nicht gestalkt hättest, wäre das alles nicht passiert.

Wenige Minuten später wurde sie von dem braunen Auto überholt. Die Fenster waren so schmutzig, dass sie Streuner nicht erkannte, doch sie spürte, dass er sie anstarrte – wie immer.

Ihr Handy machte Pling, sie zog es aus der hinteren Hosentasche. Nicolai: *Muss mit dir reden.*

»Aber ich nicht mit dir«, sagte sie laut.

Bin beschäftigt. Melde mich später.

Nur wenige Sekunden darauf: *Wo bist du? Ruf dich jetzt an.*

Anscheinend wollte er nicht nachgeben, und schließlich ging sie ans Telefon.

»Wo warst du denn vorhin?«, fragte sie, obwohl ihr klar war, warum er die Schule so schnell verlassen hatte.

»Hab mich nicht gut gefühlt, mein Vater hat mich abgeholt.«

»Schon wieder?«

Typisch Nico. Beim kleinsten Wehwehchen rief er irgendwen an und ließ sich abholen. Wurde nach Hause gefahren, ins Bett gepackt und verhätschelt.

»Und, was glaubst du?«, fragte er.

»Wie jetzt?«

»Na, mit Ann.«

»Was soll ich denn glauben?«

»Sie war nicht in der Schule. Überall wird nach ihr gesucht.«

»Ihr Vater hat nach ihr gefragt. Das ist ja wohl nicht überall.«

»Was hast du ihm erzählt?«

»Wem?«

»Anns Vater.«

»Willst du etwa ein Gesprächsprotokoll?«

»Hast du das mit Ann und Vic gesagt? Dass sie sich treffen wollten?«

»Mann, kannst du nicht mal aufhören, mich auszufragen?« Sie musste sich zusammennehmen, um ihn nicht anzuschreien. Oder in Tränen auszubrechen.

»Die Polizei war hier und hat nach ihr gefragt.« Nicolais Stimme zitterte.

»Bei euch zu Hause?«

»Haben die sich nicht auch bei dir gemeldet?«

»Warum sollten sie das tun?«

Er antwortete nicht sofort.

»Das da am Samstag«, sagte er schließlich. »Die Fabrik und die Sache mit Streuner. Scheiße, ich glaube, ich muss wieder kotzen. Ruf dich gleich wieder an. Und geh ran!«

Nitter setzte den Jungen am Beginn vom Trollfaret ab. Denn so war das inzwischen in diesem Land, sie konnten dir verbieten, dein eigenes Kind zu sehen, wenn es ihnen passte. Sie fürchteten, der Junge könne Schaden nehmen, wenn er mit ihm zusammen sei. Ein Gärtner, der seinem Samenkorn Schaden zufügte?

Als er weiterfahren wollte, erblickte er das Mädchen auf dem Gehweg.

Das hübsche Mädchen.

Sie sprach in ihr Handy, die Arme. Er wartete, bis sie an ihm vorbeigegangen war, ehe er wieder auf den Riksveien abbog und so langsam wie möglich hinter ihr herrollte. Jede noch so kleine Regung ihres Körpers nahm er wahr, ihren Gang in den engen Kleidern, die Bewegung ihrer Füße, die sich in die Hüften fortsetzte.

Er hatte sie an der Tankstelle gesehen, als sie sich eine Packung Kekse kaufte. Der Junge war bis über beide Ohren in sie verliebt. Das konnte einem nicht verborgen bleiben. Das hübsche Mädchen war die Letzte auf seiner Liste, aber das spielte keine Rolle. Solchen Listen konnte man folgen oder auch nicht. Er war der Herr über die Liste.

Er hielt in einer Parkbucht, beobachtete sie im Rückspiegel.

Fürchteten sie, dass er dem Jungen Drogen geben und er ihn auf den Hof mitnehmen würde, um mit ihm bei Vollmond zu tanzen, bis er zu Boden sank? Dass er ihm Perücke und Frauenkleider anziehen und in die Scheune sperren würde?

Der Junge hatte das gesehen, was es zu sehen gab. Vergiss das nicht.

Der Junge war nicht dumm. Sagte zwar nicht viel, doch in seinem Kopf ging die ganze Zeit etwas vor, Dinge, von denen die anderen Jungen in seinem Alter keine Ahnung hatten. Der Junge war einfach zu gut für sie. Das Samenkorn gehörte einer anderen Welt an.

Nachdem das hübsche Mädchen erneut an ihm vorbeigegangen war, fuhr er langsam hinter ihr her, hielt zwanzig Meter hinter ihr an. Wirklich ein hübsches Mädchen, lange Beine und Knackarsch; der Junge war wie er und wusste, auf was es ankam.

Sie hat ihn eingesperrt, vergiss das nicht, ermahnte er sich. Ob hübsch oder nicht, sie war eine der vier Bastarde aus Hammerdal.

Danach war der Junge eine Stunde lang den Riksveien entlanggegangen, ehe Nitter ihn in Gryttingen aufgelesen hatte. Er hatte sich aufgewärmt, nachdem er die ganze Nacht in dem Fabrikkeller zugebracht hatte, vergiss das nicht.

Erneut stieg eine unbändige Wut in ihm auf. Das Böse in seiner reinen Form. Er hätte auf der Stelle den Pfarrer anrufen und ihm sagen können, dass er sich geirrt hatte, dieser verdammte Pfarrer, der glaubte, das Böse existiere nicht. Obwohl vier Jugendliche seinen wehrlosen Jungen nachts in eine Fabrikhalle gesperrt und sich davongemacht hatten. *Sie hatten sich davongemacht.*

Helene ist nicht dabei gewesen. Das hatte er vorhin gesagt, als sie an ihr vorbeigefahren waren.

Helene wer?

Helene hat versucht, sie davon abzuhalten.

Da wurde er wütend und musste dem Jungen einen Schlag auf den Kopf geben.

Sie war aber dabei, nicht wahr?

Ja, das musste der Junge zugeben.

Und du verteidigst sie auch noch?

Sie hat ihnen gesagt, dass sie aufhören sollen.

Noch ein Schlag, nicht so hart diesmal, doch er sollte verstehen, dass es kein Spiel war. Niemand durfte seinen Jungen einsperren. Die verdammten Bastarde aus gutem Elternhaus in Hammerdal durften ihn nicht so demütigen.

Du findest sie hübsch, oder?

Der Junge hatte genickt.

Du hast Lust, sie zu ficken, stimmt's?

Der Junge schwieg.

Antworte mir, das muss dir doch nicht peinlich sein, du willst sie mal so richtig durchficken, oder?

Jetzt nickte er.

Du verteidigst sie also, weil sie eine geile Fickpuppe ist, aber so läuft das nicht, mein Junge! So ist die Welt nicht.

Ein paar Hundert Meter hinter dem Sägewerk überquerte sie den Riksveien. Schaute weder nach links noch nach rechts, schlenderte einfach über die Straße, als wäre sie unsterblich. Bei diesem Wort musste Nitter grinsen. Ich werde dir sagen, was Unsterblichkeit ist, meine Kleine.

Er musste laut lachen, als sie in den Rådyrveien, den Rehweg, abbog. Denn ihr Hintern in der Hose war so weiß wie bei einem Reh.

Er sah den Jungen bereits vor sich. In der Scheune, im engen Rock seiner Mutter. Ihre Haare auf dem Kopf, schwarz und frisch gekämmt, ohne einen einzigen Blutfleck.

Und die Fickpuppe am Haken hängend, nackt und rein.

Dieses Bild hatte sich automatisch eingestellt, als er ihr mit den Augen gefolgt war. Sie bewegte sich genauso wie *sie,* die Mutter des Jungen. Mit leichten tänzelnden Schritten, schüchtern, aber willig. Wie ein Rehkitz.

* * *

Als Helene nach Hause kam, hatten ihre Zwillingsschwestern Besuch. Sie hörte sie bereits im Flur, der Fernseher lief mit fast voller Lautstärke. Die Arbeitsplatte in der Küche war mit Kakaopulver verschmiert, die Butter stand ohne Deckel auf dem Tisch, daneben eine leere Limoflasche. Außerdem hatten sie sich über die Süßigkeiten hergemacht. Normalerweise hätte Helene die beiden gezwungen, sofort aufzuräumen, und sie ins Zimmer im Untergeschoss geschickt, wo sie so viel Krach machen konnten, wie sie wollten.

Sie nahm sich ein Knäckebrot, schaltete den Laptop ein, setzte sich an die Theke und begann mit ihrer Norwegischhausaufgabe, war nach vier Minuten bei Facebook und wollte Ann als Freundin löschen. Viele taten immer noch ihre Meinung kund. Ann hatte kein einziges Mal darauf reagiert. Seit gestern Abend hatte sie sich offenbar nicht mehr eingeloggt. Sie hatte einen Link gepostet. Helene klickte ihn an. Es ging um ein Automodell, das Pinto hieß. Sie las ein paar Zeilen. Seit wann interessierte sich Ann für Autos? Das Modell war anscheinend mehrmals explodiert, deshalb der Link. Es hatte mehrere Tote gegeben. Gerichtsprozesse und Erstattungskosten.

Helene schrieb ihr eine SMS. *Falls du es noch nicht mitgekriegt hast, alle suchen nach dir. Auch dein Vater. Vielleicht tauchst du mal wieder auf?*

Sie schrak zusammen, als Sara angerannt kam.

»Ups, bist du zu Hause? Es war keine Milch mehr im Kühlschrank, deshalb mussten wir Limo trinken.«

Helene sah sie streng an. »Natürlich haben wir Milch. Mama hat gestern Abend eingekauft.«

»Papa hat gestern eingekauft, und der vergisst immer alles.«

Helene hatte keine Lust, mit ihr zu streiten, klappte den Laptop zusammen, stand auf und wollte in ihr Zimmer gehen.

»Bist du traurig?«

Sara war acht, merkte so etwas aber. Maria hingegen war mehr mit sich selbst beschäftigt.

»Gar nicht.«

»Ist das wegen deinem Freund?«

»Es hat nichts mit ihm zu tun.«

»Womit hat es dann zu tun?«

»Du hast doch Mama nichts gesagt, oder?«

»Von deinem Freund? Nicht die Bohne.«

Ihre kleine Schwester schnappte die seltsamsten Redewendungen auf. Normalerweise hätte Helene darüber gelacht.

In ihrem Zimmer stellte sie sich vor den Spiegel, nahm ihre Haarbürste zur Hand. Das Sonnenlicht fiel schräg durchs Fenster, erhellte die eine Seite ihres Gesichts. Sie zog den Haargummi heraus und kämmte ihr langes Haar. Käme Victor jetzt ins Zimmer, würde er sich hinter sie stellen und ihr beim Kämmen zusehen. Sie von hinten umarmen, wie er es immer tat, seine Hände auf ihre Brüste legen und ihr etwas ins Ohr flüstern, das sie erröten ließ. Sich aufs Bett legen und sie beobachten, während sie sich auszog.

Eine weitere Nachricht von Nico: *Können wir uns treffen?*

Warum sollte ich mich mit dir treffen? Ich habe tausend Dinge zu tun. Die Norwegischhausaufgabe und das Schwimmtraining. Und jetzt stehe ich hier und kriege gar nichts auf die Reihe.

Er rief sie an, ehe sie zurückschreiben konnte. Sie legte die Bürste weg. Sie begann, ihre Tasche zu packen, Badeanzug und Handtuch, meldete sich schließlich mit einem Stöhnen.

»Bist du zu Hause?«, fragte er. Sie hörte ihm an, dass er irgendetwas genommen hatte. Seine undeutliche Stimme kam wie aus der Ferne.

»Ich muss jetzt zum Training.«

»Ann ist nicht zurückgekommen«, nuschelte er.

»Zurück? Von wo denn?«

»Ich weiß nicht. Oder glaubst du, dass ich es weiß?«

»Warum sollte ich das glauben?«

»Hast du mit Runar geredet?«

»Runar? Mit unserem Lehrer? Über was sollte ich mit ihm reden?«

Nicolai antwortete nicht. Sie nahm das Handy vom Ohr, warf einen Blick auf die Uhr.

»Viele glauben an so komische Sachen«, sagte er.

Er war in einem seltsamen Zustand. Nicht nur, weil er sich zugedröhnt hatte.

»Kannst du etwas deutlicher reden, Nico, oder auflegen?«

»Viele glauben komische Sachen, und es wird noch viel schlimmer kommen.«

»Weißt du, wo sie ist?«

Er brummte etwas Unverständliches in sich hinein.

»Weißt du, wo Ann ist?«, wiederholte sie.

»Nein, verdammt!«

»Oder Victor?«

Sie hörte ihn schwer atmen. »Können wir uns treffen?«, fragte er nach einer Weile.

»Jetzt gleich, meinst du?«

»Ja.«

»Das geht nicht.« Sie machte sich die Mühe, ihm ihr Tagesprogramm zu erklären. »Vielleicht morgen.«

Eine Zeit lang sagte er kein Wort. Sie schaute erneut auf die Uhr, wollte das Gespräch beenden, doch er kam ihr zuvor.

»Morgen ist okay. Oder ein anderes Mal. Oder nie.«

Dann legte er auf.

4)

Bjørn Lindbekk stand auf der Schwelle zu ihrem Zimmer. Einmal mehr registrierte er jedes Detail, als könnte er dem Chaos eine Botschaft entnehmen. Kuscheltiere auf dem Bett, Schulbücher auf dem Schreibtisch, Kissen und Kleidungsstücke auf dem Boden verteilt. Bitte, Ann, tu uns das nicht an. Er versuchte, sich einzureden, dass sie zornig auf ihn war, auf ihre Mutter, auf die Schule, die Welt, dass sie abgehauen war, vermutlich zusammen mit einem älteren Jungen, auch er ein Teenager, der ebenso viele Gründe haben mochte, zornig zu sein. Er erinnerte sich daran, wie stark Wut sein konnte. Im Laufe der Jahre hatte er selbst gelernt, wie man solch eine Wut zähmte und nutzbar machen konnte. Dieses Wissen wollte er auch Ann vermitteln. Deshalb bin ich doch ihr Vater, dachte er und bemerkte, wie der letzte Rest des Tageslichts sich durch das Fenster zurückzog.

May-Britt hatte im Wohnzimmer an ihrem Laptop gesessen, als er gekommen war. Vielleicht schrieb sie an einer ihrer Erzählungen. Er hatte sie nicht gefragt, doch es war gut, dass sie etwas zu tun hatte. Jetzt hörte er sie auf der Treppe. Sie kam ins Zimmer und stellte sich neben ihn. Es war Viertel vor fünf. Gestern Abend um zehn nach halb elf hatte sie Ann das letzte Mal gesehen. Vor achtzehn Stunden und fünf Minuten. *Letzte gesicherte Zeugenobservation* war die Formulierung, die ihm plötzlich in den Sinn kam. Er musste sich auf das Bett setzen.

Ann war nicht aus freien Stücken verschwunden.

»Sie ist also irgendwo mit diesem Victor zusammen?«

May-Britts Stimme klang mechanisch, als bestehe sie aus einem synthetischen Material. Er kannte diesen Ton von früher, mochte ihn nicht.

»Sieht ganz so aus«, antwortete er, so ruhig er konnte.

»Und bei der Polizei sind sie derselben Meinung?«

Er ließ die Finger durch seine kurz geschnittenen Haare gleiten. »Ja, schon.«

Sie glauben weder das eine noch das andere, hätte er antworten können. Er hatte zwei Stunden auf dem Revier in Lillestrøm verbracht und sie über alles informiert. Mit großem Ernst waren sie bei der Sache. Wäre ja auch noch schöner. Zwei Jugendliche seit gestern vermisst. Über Handys oder soziale Netzwerke nicht erreichbar. Er war zwar als Angehöriger nach Lillestrøm gekommen, doch als Kollege wurde er an den weiteren Maßnahmen beteiligt. Zwei Hundepatrouillen waren bereits im Einsatz. In den Hügeln hinter dem Haus. Bevor es dunkel wurde, sollten sie auch den Wald bei Rabben und die nähere Gegend um den Wohnort von Victor Munoz durchkämmen. Schon heute Abend würde die Aktion womöglich ausgeweitet. Rotes Kreuz, Freiwillige. Die Zeugenliste, die er ihnen gegeben hatte, wurde bereits unter Hochdruck abgearbeitet. Viel mehr konnten sie derzeit nicht unternehmen, solange es keine weiteren Anhaltspunkte gab.

Er kannte die Studien über den Zusammenhang zwischen dem Zeitpunkt des Verschwindens von Vermissten und der Wahrscheinlichkeit, diese zu finden. Er schaute erneut auf die Uhr. Zwölf vor fünf. Achtzehn Stunden und acht Minuten. Es wurde von einem Zeitfenster geredet, das sich allmählich schließe.

Er stand auf, konnte nicht länger in Anns Zimmer bleiben.

»Möchtest du was essen? Ich kann dir etwas machen.«

Der Gedanke, mit ihr in der Küche zu sitzen, sich von ihr bedienen zu lassen – vielleicht würden sie gemeinsam essen, und Anns Platz auf der anderen Seite des Tisches bliebe leer. Ein wenig zu abwehrend hob er die Hände und sagte: »Nett, dass du fragst.«

»Wo willst du hin?«, fragte sie, als er im Flur seine Schuhe anzog.

»Mich ein bisschen umsehen.«

Wieder im Auto, versuchte er, sich zu sammeln. Zwang sich, alles Punkt für Punkt durchzugehen. Die entscheidenden Aspekte herauszufiltern. Lose Fäden miteinander zu verknüpfen. Das verschaffte ihm einen Moment der Ruhe. Doch im nächsten Augenblick waren sie wieder da, die finsteren Gedanken, die einen Abgrund aufrissen, in den er nicht schauen wollte. In Lillestrøm hatten sie ihm versprochen, sich sofort zu melden, falls sie etwas herausfanden. Daran zweifelte er nicht, doch konnte er unmöglich untätig warten. Er ließ den Motor an und schaltete die Scheibenwischer ein, um die Birkenblätter, die sich über die Scheibe verteilt hatten, wegzufegen. Im Spiegel nahm er die Gestalt im Wohnzimmerfenster wahr. May-Britt stand dort und starrte in die abendliche Dunkelheit. Er legte den ersten Gang ein und fuhr langsam durch das Wohngebiet.

Ehe er den Riksveien erreichte, schickte er Siren eine Nachricht. Ihr Auto war in der Werkstatt, und er hatte sie bei der Arbeit abholen und sie dort hinbringen wollen. Jetzt musste sie ein Taxi nehmen.

Er rief Singsås an und entschuldigte sich, dass er immer noch nicht an seinen Schreibtisch zurückgekehrt war.

Sein Chef wollte davon nichts hören. »Gibt's was Neues?«, unterbrach er ihn.

»Nichts Wesentliches.«

»Bist du in der Lage, dich mit anderen Dingen zu beschäftigen?«

»Absolut. Komme nachher ins Büro und werde mich auf den neusten Stand bringen.«

Sie bereiteten die größte Drogenrazzia der letzten zehn Jahre vor. Die wichtigste Sache, mit der er je zu tun gehabt hatte. Er musste nicht nur auf dem neusten Stand, sondern der Gegenseite stets einen Schritt voraus sein.

»Du weißt doch, Bjørn, dass dir niemand einen Vorwurf macht, wenn du dich in den nächsten Tagen hauptsächlich um deine Familie kümmerst.«

»Ich werde mich um beides kümmern, um den Job und meine Familie.«

Etwas anderes konnte er sich nicht vorstellen. So war er eben.

Die Frau, die ihm die Tür öffnete, war ihm unbekannt. Eng anliegende schwarz-weiße Trainingshose, ein identisches Stirnband um das dunkle Haar. Bevor Bjørn sich vorstellen konnte, rief sie aus: »Sind Sie von der Polizei?«

»Ja, das bin ich.«

Fragend schaute sie ihn an.

»Ich bin der Vater von Ann aus Nicolais Klasse. Entschuldigen Sie, dass ich nicht vorher angerufen habe, aber ich war gerade in der Gegend.«

Sie machte die Tür ganz auf. »Keine Ursache. Kommen Sie herein.« Sie streckte ihre schmale Hand aus. An den Fingern trug sie einen Ehering und einen Ring mit einem großen grünen Edelstein. Und auch in den Ohren funkelten Steine, die wie Smaragde aussahen. »Nora Meyer, Nicolais Mutter.« Sie dämpfte die Stimme. »Ich habe gehört, was passiert ist. Es tut mir schrecklich leid.«

Sie legte ihm die Hand auf den Arm.

Johan Christian Meyer kam die Treppe herunter. Das letzte Mal war Bjørn ihm auf einem Klassentreffen vor der Jahrtausendwende begegnet. Doch er hatte mehrmals Bilder von ihm in der Zeitung und eine Fernsehreportage über ihn gesehen. Johan Christian war Vorstandsmitglied mehrerer großer Konzerne.

Er ergriff die Hand, die Bjørn ihm entgegenstreckte. Sein Haar war dünner geworden, und im Gegensatz zu Bjørn war er in die Breite gegangen.

»Du hast es zurzeit bestimmt nicht einfach.«

Bjørn schüttelte den Kopf. »Tut mir leid, dass ich euch so überfalle. Aber ich muss irgendwie weiterkommen.«

Johan Christian klopfte ihm leicht auf die Schulter. »Du musst dich nicht rechtfertigen. Wenn wir etwas zur Klärung beitragen können, werden wir das selbstverständlich tun.«

Er schien es ehrlich zu meinen. Bjørn hatte nie etwas gegen ihn gehabt. Sie waren in dieselbe Klasse gegangen, hatten auch ein paar gemeinsame Freunde gehabt, dennoch war die Familie Meyer schon immer ziemlich unnahbar gewesen. Seit Generationen hatte ihnen das Sägewerk gehört, von dem aus sich der ganze Ort entwickelt hatte. Außerdem große Waldgebiete zu beiden Seiten des Tals. Manche waren der Ansicht, die Meyers spielten sich wie die Besitzer von ganz Hammerdal auf. Doch Johan Christian war bescheiden geblieben, anders als sein Bruder Klaus Vincent, der stets das große Wort führte.

»Ich würde Nicolai gern ein paar Fragen stellen.«

Johan Christian nickte. »Sie haben sich in letzter Zeit häufiger gesehen. Ann war vor ein paar Tagen hier, das war wohl am Samstagabend.«

Er wandte sich an seine Frau. »Könntest du Nicolai holen? Dann gehe ich mit Bjørn schon ins Wohnzimmer.«

Das Wohnzimmer war noch größer, als Bjørn es in Erinnerung hatte. Hier hatten sie während ihrer Abiturientenzeit ein, zwei Mal gefeiert. Einmal war May-Britt dabei gewesen. Bjørn rieb sich die Stirn, vielleicht um die Erinnerung zu verscheuchen.

Der Raum war seitdem gründlich renoviert worden. Er war heller als damals und hatte größere Fenster, die aufs Tal hinausgingen. An einer Wand stand ein Konzertflügel, an der anderen Wand hing ein Ölgemälde, ein diffuses, fast farbloses Motiv. Bjørns Mutter hatte hier als Putzhilfe gearbeitet, ein Gedanke, der ihn nicht losließ. Zunächst hatte sie in den Büros der Fabrik sauber gemacht, womit der Direktor offenbar so zufrieden gewesen war, dass er sie gefragt hatte, ob sie auch bei ihm zu Hause putzen wolle.

»Ann war also heute Nacht nicht daheim?«

»Nein.«

»Und ihr habt keine Spur, der ihr nachgehen könnt?«

»Nichts Wesentliches.«

»Kann ich dir etwas anbieten? Einen Kaffee?«

»Nein danke.«

»Einem Polizisten, der noch fahren muss, kann ich ja wohl keinen Alkohol anbieten. Das wäre ja Anstiftung zum Gesetzesbruch.«

Johan Christian lächelte verhalten, und auch Bjørn lächelte, um zu zeigen, dass er seinen Humor noch nicht ganz verloren hatte.

In diesem Augenblick kam Nicolai herein, seine Mutter hatte den Arm um ihn gelegt, doch als der Junge den Gast erblickte, löste er sich abrupt von ihr.

»Hei, Nicolai.«

»Hei.«

Bjørn bemühte sich, Blickkontakt mit ihm herzustellen. Die Pupillen sahen jetzt normal aus, doch die Unruhe war geblieben. Er kratzte sich an der Brust. Entzugserscheinungen?

Sie nahmen in der Sitzecke vor dem großen Fenster Platz.

»Anns Vater ist hier, um dir ein paar Fragen zu stellen«, sagte Johan Christian, ohne den Blick von seinem Sohn abzuwenden. »Antworte bitte so genau wie möglich. Es ist wichtig.«

Nicolai blickte ausdruckslos aus dem Fenster.

»Du hast gesagt, ihr hättet einen Jungen aus eurer Klasse in einen Keller gesperrt«, begann Bjørn. »Morten Brennås, den ihr Streuner nennt. Er war die ganze Nacht in dem Keller.«

Bjørn schaute zu den Eltern hinüber. Sie reagierten nicht, also wussten sie davon. »Aber du hast noch nicht erzählt, wo genau das war.«

Nicolai kratzte sich den Handrücken. »Ist das nicht egal?«

»Das weiß ich nicht.«

»Es war in der Fabrik.« Er wand sich, hatte zwischen seinen Eltern nur wenig Platz.

»Unten beim Sägewerk?«

Endlich brachte Bjørn ein paar Sätze aus dem Jungen heraus. Sie seien in die Fabrikhalle eingedrungen. Streuner habe ihnen nachspioniert, und sie hätten ihn zum Spaß eingesperrt. Später am Abend habe Ann behauptet, er habe sich aus eigener Kraft befreien können.

»Ihr beide wart also dabei. Und wer noch?«

Nicolai antwortete, ohne zu zögern: »Helene aus meiner Klasse. Und ein Junge, der Victor heißt.«

»Victor Munoz«, sagte Bjørn. »Weißt du, dass auch er seit gestern verschwunden ist?«

Nicolai riss die Augen auf, sein blasses Gesicht bekam ein wenig Farbe.

»Ist das wahr?«, rief Nora Meyer aus. »Zwei seiner Freunde?«

Johan Christian schüttelte den Kopf, sein Blick verfinsterte sich. »Vielleicht erzählst du das, was du uns gesagt hast, Nicolai. Das mit den Drohungen.«

Nicolai sah ihn trotzig an. »Wir haben ein paar fiese Nachrichten bekommen.«

»Von Streuner?«

»Entweder von ihm oder von seinem Bruder.«

»Die solltest du Bjørn mal zeigen«, schlug Johan Christian vor.

Nicolai zog sein Handy aus der Tasche. Also löscht er wohl doch nicht sofort alle Nachrichten, dachte Bjørn, sagte jedoch nichts, um nicht den Unwillen des Jungen zu verstärken.

Nicolai tippte, beugte sich über den Tisch und hielt Bjørn das Display hin.

Es waren zwei Nachrichten. Die erste: *Du wirst sterben.* Die zweite: *Schneide dir Finga ab.* Bjørn merkte sich die Nummer des Absenders.

»Ann hat sie auch gekriegt«, sagte Nicolai.

»Dieselben Nachrichten?«

»Glaub schon. Hat sie jedenfalls gestern in der Schule gesagt. Und Vic auch.«

»Du meinst Victor Munoz?«

Nicolai nickte zaghaft. Bjørn spürte, wie seine Unruhe in Irritation umschlug. Warum hatte der Junge ihm nicht gleich alles erzählt? Begriff er den Ernst der Lage nicht? Und jetzt tippte er auf seinem Handy herum und schien kein Interesse mehr an dem Gespräch zu haben.

»In deiner Clique wurden Drogen genommen«, sagte Bjørn und gab dem Jungen Gelegenheit, sich zu sammeln. Nicolai blickte nicht von seinem Handy auf.

Nora Meyer legte ihrem Sohn den Arm um die Schultern. »Das haben wir schon herausgefunden. Es war wirklich ein Schock. Aber wir haben ausführlich darüber geredet, und es wird nie wieder vorkommen, das verspreche ich Ihnen. Nicolai geht für eine Weile nicht zur Schule. Wir haben ein Haus in Italien, er braucht jetzt ein bisschen Ruhe.«

Eine Entziehungskur in Eigenregie. Bjørn wusste nicht, was er davon halten sollte. Vielleicht hätte er dasselbe getan.

»Hat Ann auch Drogen genommen?«, fragte er.

Nicolai war immer noch mit seinem Handy beschäftigt.

»Beantworte die Frage«, wies Johan Christian seinen Sohn zurecht. Nicolai zuckte zusammen, sein Handy verschwand in der Hosentasche.

»Ann? Glaub nicht?«

»Aber du weißt es nicht?«

Er zuckte die Schultern. »Wir waren ja nicht die ganze Zeit zusammen.« Bjørn warf einen Blick auf die Uhr. Fünf nach halb sechs. Das Zeitfenster schloss sich weiter.

»Als ich heute Morgen mit dir geredet habe«, begann er und wartete darauf, dass der Junge ihn ansehen würde, »da habe ich dir doch ganz klar gesagt, dass ich herausfinden will, wo Ann gestern Abend hingefahren sein könnte.«

Keine Reaktion von Nicolai, seine Augen huschten über den Tisch, als suche er etwas.

»Du hast gewusst, dass sie sich mit jemandem treffen wollte.«

»Ist das wahr?«, fragte Nora Meyer.

»Du hast gewusst, dass sie sich mit Victor Munoz treffen wollte.«

Nicolai antwortete nicht, sein Blick war an einem Buch über Segelschiffe hängen geblieben, das auf dem Tisch lag.

»Und jetzt frage ich mich, woher du das wusstest.«

Johan Christian stieß ihn leicht an der Schulter an. »Nicolai, hörst du?«

»Ich wusste es, weil Vic es mir erzählt hat.«

»Hast du mit ihm geredet?«

»Er hat angerufen.«

»Wann war das?«

Nicolai schien nachzudenken.

»Kannst du das nicht auf deinem Handy überprüfen?«

Er klickte die Anrufliste an. »21.42 Uhr.«

Bjørn verspürte einen fast unwiderstehlichen Drang, den Jungen hochzureißen und zu schütteln. Er schluckte ein paar Mal.

»Dann hat er dir bestimmt auch erzählt, wo sie sich treffen wollten«, sagte er so versöhnlich wie möglich.

Nicolai nickte.

»Und wo?«

Der Junge schien zwischen seinen Eltern regelrecht zu schrumpfen. »In der Fabrik.«

»Wie bitte?«, rief Johan Christian aus. »Das gibt's ja wohl nicht … mitten in der Nacht. Ist die Fabrik bei euch Jugendlichen ein fester Treffpunkt geworden oder so was?«

Bjørn stand auf, hatte mit einem Mal die leer stehende Fabrik vor Augen, die riesigen Backsteinmauern und den Fluss weiter unten.

»Ich muss jetzt weiter«, sagte er mit gepresster Stimme und zog seine Jacke an. »Nur eines noch, Nicolai.«

Die Mutter hatte beide Arme um ihren Sohn gelegt und drückte ihn an sich.

»Warum hat Victor dich angerufen?«

Nicolai blickte zu Boden. »Um es mir zu sagen.«

»Was zu sagen? Dass er sich mit Ann treffen wollte?«

Der Junge nickte.

»Und warum solltest du das wissen?«

»Ich weiß nicht. Er wollte, dass ich auch dort hinkomme.«

»Zur Fabrik?«

Bjørn konnte sich nicht mehr beherrschen. »Das hättest du mir sofort sagen müssen. Verstehst du das?«

Nora Meyer streckte die Hand aus, als wolle sie ihren Sohn schützen. »Das reicht«, sagte sie, eine gewisse Schärfe war in ihre Stimme zurückgekehrt. »Wir verstehen, dass Sie es nicht leicht haben. Aber jetzt müssen Sie Nicolai in Ruhe lassen. Die Polizei hat gesagt, dass sie mit uns Kontakt aufnimmt. Vielleicht müssen wir das Ganze heute Abend noch einmal durchstehen.«

Auf einmal blickte Nicolai auf und sah Bjørn fest in die Augen. Fast schien er zu lächeln.

»Ich habe eine Infrarotkamera. Vic wollte, dass ich sie dabei heimlich filme. Deshalb hat er mich angerufen.«

* * *

Bjørn bemühte sich, Ruhe zu bewahren, als er die kurvige Straße entlangfuhr, die von Granåsen hinunterführte. Es regnete, und das orange Licht der Straßenlaternen ergoss sich auf den Asphalt.

Unmittelbar hinter der letzten Kurve lag die Abzweigung zur Fabrik. Er war ein wenig zu schnell, und der Wagen rutschte zur Seite, als er von der Straße auf den Kiesweg einbog. Bjørn bekam das Steuer rechtzeitig unter Kontrolle, sonst wäre er im Graben gelandet.

Er würde die Fabrik durchsuchen, um das Undenkbare auszuschließen. Sie kann nicht dort sein, schoss ihm durch den Kopf. Nicht in der Fabrik. Dann ein anderer Gedanke: Und wenn sie jemand in den Keller gesperrt hat? Sich dafür rächen wollte, was er selbst erlitten hat? Es war Ende November, die Temperaturen lagen um den Gefrierpunkt. Nachts war es noch kälter, aber man konnte sich ja bewegen. Junge Menschen halten einiges aus. »Ann ist ein starkes Mädchen«, murmelte er. Du bist ein starkes Mädchen. Das hatte er ihr damals ins Ohr geflüstert, als er barfuß mit ihr im Schnee stand und hörte, wie sich ihre Kehle wieder öffnete und Luft einströmte.

Doch als sich das Fabrikgebäude im Dunkeln vor ihm auftürmte, nahm ein anderes Wort Gestalt an: *Tatort*. Er hatte schon viel zu viele gesehen. »So darfst du nicht denken«, ermahnte er sich, als er auf den Vorplatz fuhr. Und erst jetzt begriff er, weswegen ihn Ann vorgestern angerufen und nach dem Grund gefragt hatte, warum die Fabrik geschlossen worden war. Warum sie von dem verunglückten Arbeiter erzählt hatte. Er sprach weiter laut mit sich selbst. »Hörst du, Ann, es wird sich alles ändern. Wenn ich dich finde.«

Im Handschuhfach lag eine leistungsstarke Taschenlampe. Als er am Zaun entlangleuchtete, sah er, dass ein Loch darin war. Er betrachtete es. Erst vor Kurzem hatte jemand es hineingeschnitten, denn die Schnittstellen waren nicht verrostet. Er zog ein loses Stück ganz heraus. Durch die entstandene Öffnung konnte er leicht hindurchschlüpfen.

Vor ihm die hohe Fassade. Er war zum ersten Mal auf dem Grundstück. Als die Fabrik noch produzierte, trieben sie sich ab und zu in der Nähe herum. Auch nach der Schließung durfte das Fabrikgelände nicht betreten werden, und es war ihnen stets eingetrichtert worden, wie gefährlich das wäre. Worin die Gefahr genau bestand, hatte ihnen zwar niemand erklärt, doch hatten er und seine Freunde sich vorgestellt, dass das Gelände von giftigen Gasen verseucht war oder womöglich Minen explodierten.

Er ging um die Gebäude herum, ließ den Lichtkegel über struppige Grasbüschel wandern. Die Pfützen waren bereits gefroren, er schlug den Jackenkragen hoch, überquerte den Platz und ging zum ehemaligen Verwaltungsgebäude, das aus Holz war. Er drückte die Klinke herunter, die Tür war abgeschlossen. Ein paar Fenster auf der Rückseite waren kaputt. Dahinter ein Abhang, der zum Fluss und zur Fußgängerbrücke führte, dem anderen Zugang zum Gelände.

Entlang dem größten Fabrikgebäude verlief eine Laderampe, die mit einem massiven Tor gesichert war. Doch ein paar Meter weiter führte eine schmale Treppe zu einer höher gelegenen Tür. Er bückte sich unter der Absperrkette hindurch und stieg die Stufen hinauf. Die Tür hing schief an einem einzelnen Scharnier. Er zog sie auf, gelangte auf einen Gang. Dort roch es nach feuchtem Mauerwerk und nach etwas süßlich Faulem, wie nach vergorenem Obst. Unter den Fenstern Haufen von Glasscherben.

Am Ende des Gangs führte eine Tür in die Fabrikhalle. Er betrat die Galerie. Ein paar Müllsäcke lagen herum, und einige schwarze Rollen lehnten am Geländer. Dachpappe, die sicher aus der damaligen Produktion stammte. Er spähte hinunter in die düstere Halle und versuchte, sich das vorletzte Gespräch mit Ann ins Gedächtnis zu rufen. Denn auch am Montag während einer Besprechung der Ermittlungsgruppe hatte sie angerufen. Ann hatte erneut von dem verunglückten Arbeiter gesprochen. War er in einen Behälter mit heißem Öl gefallen? Bjørn ließ den Lichtkegel durch die Halle wandern. Ein paar Kunststoffrohre lagen auf einem Haufen, Stapel mit Paletten und Traktorreifen. Er stieg die wacklige Wendeltreppe hinunter, die besorgniserregende Geräusche machte. Unten angekommen, entdeckte er Gerümpel, das sich bei näherer Betrachtung als ein ehemaliges Lagerfeuer entpuppte. Ein paar verkohlte Bretter und die Überreste einer Plastiktüte waren noch zu erkennen. Spritzennadeln, leere Coladosen, zwei Schnapsflaschen, eine in Scherben gegangen. In der einen war noch ein wenig durchsichtige Flüssigkeit, und er roch daran. Er musste Nicolai Meyer fragen, ob er sich hier öfter mit seinen Freunden traf oder wer die Fabrik noch als Treffpunkt nutzte.

An der Wand befand sich ein kleiner Verschlag mit einer durchsichtigen Plastikscheibe. Dort hatte vermutlich der Leiter der Dachpappenabteilung sein Büro gehabt. Johnny Lindbekk hatte ihn damals nie zur Arbeit mitgenommen. Hatte gesagt, es sei kein passender Ort für ihn. Bjørn solle vielmehr gut in der Schule aufpassen und andere Ziele im Leben verfolgen.

Neben dem Verschlag war eine schwere Tür, die sich öffnen ließ. Er leuchtete hinein. Eine Treppe führte hinunter in den Keller. Dort mussten sie den Jungen eingesperrt haben.

»Hallo!«, rief er ins Dunkel. Doch nichts als das Rauschen, das immer zu vernehmen war, wenn man in die Stille lauschte.

Bjørn betrat einen Umkleideraum. Metallschränke reihten sich aneinander, in einem Nebenraum kleine Zinkbecken und die Reste einer Dusche. Grüner Linoleumboden. Es stank nach Exkrementen. Er stieß mit dem Fuß gegen etwas, leuchtete nach unten. Ein toter Vogel, bei näherem Hinsehen erkannte er, dass es eine Taube war. Man hatte ihr anscheinend mehrfach den Hals umgedreht. So etwas kam nicht durch die Kollision mit einem Fenster.

Eine Tür zur Rechten führte zu einem weiteren Gang. Hinter einer Metalltür lag eine kleinere Halle, die quasi eine Verlängerung der großen darstellte und ein halbes Stockwerk höher lag. Mitten im Raum stand eine riesige Wanne. Hier nahm der Gestank nach Exkrementen zu. Er schaute zunächst unter die Wanne, ehe er sich hochstemmte, über die Kante spähte und hineinleuchtete. Rost und Staub. Etwas, das wie die Reste von erkaltetem Öl oder Teer aussah.

»Hallo!«, rief er erneut und lauschte so lange, bis die Stille angekrochen kam und ihn fest umschloss.

Zurück im Umkleideraum, untersuchte er die Garderobenschränke, in einem hingen Drahtkleiderbügel. In einem anderen lag eine Zeitung, eine Ausgabe der *VG* von 1973. Die Ölkrise, stand dort, könne in einer Katastrophe enden. Zwei Schranktüren hatten sich ineinander verkeilt, und er musste sie mit aller Kraft zur Seite biegen, um sie zu öffnen. Er entdeckte einen Kaffeebecher ohne Henkel, ein verschimmeltes Handtuch, ein paar Zeitschriften.

Auf dem Rückweg zur Treppe hielt er plötzlich inne. Der Lichtkegel der Taschenlampe war über einen dunklen Fleck auf einem der Metallschränke hinweggeglitten. Er drehte sich um und leuchtete, fand den Fleck, ging in die Hocke und kratzte mit seinem Fingernagel daran. Es war tatsächlich ein Blutfleck. Zwar getrocknet, doch immer noch etwas feucht.

Tatort.

Seit er in die Fabrik eingedrungen war, hatte er dieses Wort auf Distanz gehalten. Doch jetzt wollte es ihn nicht mehr loslassen, sondern machte sich ein ums andere Mal in seiner bestimmten Form bemerkbar, *der Tatort*. Bjørn richtete sich auf und suchte mit der Lampe den Boden ab. Das Linoleum war mit einer grauen klebrigen Staubschicht bedeckt. Doch um den Schrank herum, vor dem er stand, hatte der Boden eine hellere Farbe, als hätte ihn jemand gereinigt. Ihm drehte sich der Magen um, für einen Moment musste er sich an der Wand abstützen und sich zwingen, einen kühlen Kopf zu bewahren. Er musste sofort auf dem Präsidium anrufen, statt sich hier weiter umzusehen und etwaige Spuren zu zerstören. Am Tatort. *Der Tatort*.

Ann, dachte er. Und plötzlich sprach er ihren Namen laut aus, immer und immer wieder, als könnte er sie in dem schummrigen Umkleideraum herbeizaubern. Er würde sie auf den Arm nehmen und hinaus in die dunkle Kühle tragen, wo sich ihr Atem sofort beruhigen würde.

Sein Handy hatte keinen Netzempfang. Er richtete sich auf, ging wieder in die Hocke und studierte den Blutfleck aufs Neue. Er befand sich etwa zehn Zentimeter über dem Fußboden, war an der Kante der Schranktür hinuntergelaufen, doch auf dem Boden war nichts zu sehen. Bjørn beugte sich tief nach unten, sollte hier nicht alles durcheinanderbringen, konnte sich aber nicht beherrschen. Er legte sich auf den Boden und leuchtete unter den Schrank. Keine weiteren Flecken.

Aber dort lag etwas.

In einem kleinen Spalt zwischen Wand und Linoleum. Nein, durchfuhr es ihn. Nicht das. Mit einem Satz war er beim hintersten Spind und riss einen Drahtkleiderbügel herunter und angelte damit nach dem, was dort lag.

Ein Finger, weiß, ausgeblutet.

Oben in der Halle hatte er Netzempfang und rief auf dem Revier in Lillestrøm an. Er wurde gebeten, sich nicht von der Stelle zu rühren, bis die Einsatzkräfte vor Ort seien. Als hätte er das nicht selbst gewusst.

»Nehmt Hunde mit«, sagte er noch. Eine Wand war mit Graffiti verziert. Zeichen und Symbole, die er nicht verstand. Wie so vieles, das er nicht verstanden hatte. Er fluchte, hätte am liebsten laut geschrien, gegen die Wand getreten, etwas durch die Gegend geworfen. Mit einem Mal hörte er über sich ein Geräusch. Er knipste die Lampe aus. Erst vor wenigen Minuten hatte er in Lillestrøm angerufen. Keine Patrouille der Welt konnte schneller als binnen fünfzehn Minuten hier sein.

Regungslos stand er da und lauschte ins Dunkel. Plötzlich wieder ein Geräusch, ganz in der Nähe, eine Tür, die geöffnet wurde. Ein Lichtkegel glitt durch die Halle. Dann Schritte auf dem Treppenabsatz, direkt über seinem Kopf. Das Quietschen der wackligen Wendeltreppe. Hinter dem Lichtkegel erkannte er die Umrisse einer Gestalt. Sie bewegte sich nicht auf den Keller zu, sondern huschte zur gegenüberliegenden Wand. Bjørn rührte sich nicht vom Fleck, atmete so ruhig wie möglich. Die Gestalt schob einen Gegenstand zur Seite, hob etwas auf, schob den Gegenstand wieder an seinen Platz. Bjørn machte drei Schritte nach vorn und stellte sich vor die Treppe. Als die Gestalt sich näherte, schaltete er die Taschenlampe ein und rief: »Polizei! Keine Bewegung!«

Der andere trug einen Kapuzenpullover und hielt sich die Hände vors Gesicht. Er war schmächtig, kaum größer als Ann, und ihm schoss der Gedanke durch den Kopf, dass es vielleicht sie war, die da vor ihm stand. Er trat näher und richtete seine Taschenlampe auf das verborgene Gesicht.

»Was tust du hier?«, knurrte er.

Es passierte so schnell, dass er nicht reagieren konnte. Sein Gegenüber bewegte den Arm, dann schoss etwas außerhalb seines Lichtkegels auf ihn zu. Die Taschenlampe, begriff er in dem Moment, als sie ihn an der Schläfe traf. Er sank zusammen, ließ seine eigene fallen, und als er sich mühsam wieder aufrappelte, sprang der andere schon die Treppe hinauf.

»Bleib stehen!«, brüllte er und nahm die Verfolgung auf, immer drei Stufen auf einmal nehmend. Auf dem oberen Absatz begriff er, dass derjenige zum Ausgang der Halle rannte, und als er den Gang erreichte, wurde am anderen Ende krachend die Tür zugeschlagen. Als er auf der Außentreppe ankam, lief der andere bereits quer über den Platz. Er schwang sich über das Geländer, landete zwei, drei Meter weiter unten und verlor das Gleichgewicht. Die Gestalt blieb wie angewurzelt stehen, zögerte und rannte dann zum Fluss. Bjørn kam auf die Beine, der andere sprintete schon über die Fußgängerbrücke und hatte etwa dreißig Meter Vorsprung.

»Stopp!«, rief Bjørn, der den Abstand immer mehr verringerte. Der andere kletterte das Eisentor am Ende der Brücke hoch, doch Bjørn bekam seinen Fuß zu fassen und umklammerte ihn mit eisernem Griff.

»Lass los!«

Die Stimme eines Jungen, dünn und hell.

»Komm jetzt!«, fauchte Bjørn. »Oder ich zieh dich mit Gewalt runter!«

Der Junge klammerte sich am Stacheldrahtzaun fest. Bjørn stemmte den Fuß dagegen und packte den Rucksack, den der Junge auf dem Rücken trug.

»Lass mich los!«, schrie der Junge und trat nach hinten, traf Bjørn am Kinn. Doch der zerrte den Jungen herunter und warf ihn zu Boden.

»Schau dir das an!« Der Junge hielt ihm seine Hände hin, die er sich am Stacheldraht aufgerissen hatte.

Bjørn lockerte seinen Griff, doch als der Junge versuchte, aufzustehen, drückte er das Knie auf seine Brust.

»Hau ab, verdammter Pädo!«

»Wenn du ganz ruhig bleibst, lasse ich dich los. Wie heißt du?«

Der Junge wand sich, hatte jedoch keine Chance.

»Ich hab nichts getan!«

Bjørn packte seine Hände, die ihm das Gesicht zerkratzen wollten. »Warum läufst du dann weg?«

»Wenn du mich nicht loslässt, zeig ich dich an!«

»Tu das, die Polizei wird in wenigen Minuten hier sein.«

Der Junge starrte ihn an, die Augen schmal, schwarze Flecken im blassen Gesicht.

»Was hast du in der Fabrik gemacht?«

»Geht dich nichts an.«

»Du hast irgendwas geholt. Ich will wissen, was.« Bjørn ließ seine Hände los. »Gib den Rucksack her.«

»Nein.«

Der Junge begrub den Rucksack unter sich. Von der Einfahrt drang Motorengeräusch herüber. Rotierendes Blaulicht, Scheinwerfer, die über den Platz schwenkten. Der Streifenwagen stoppte neben Bjørns Auto, weitere Lichter gingen an, leuchteten auf das Loch im Zaun.

»Hier!«, rief Bjørn, und sie eilten über die Brücke und richteten die Lichter auf ihn und den Jungen, den er immer noch auf den Boden drückte.

»Sind Sie das?«, fragte jemand verwundert. Bjørn erkannte die Stimme des jungen Polizisten namens Burdak.

»Die wollten doch jemanden aus Lillestrøm schicken«, knurrte er zur Antwort.

»Wir sind hier sozusagen die Vorhut. Können Sie uns sagen, was hier los ist?«

Mit wenigen Sätzen erklärte Bjørn ihm die Situation. Burdak richtete seine Taschenlampe auf den zitternden Jungen.

»Hei, Morten«, sagte er.

»Der Typ hat sie nicht alle«, stieß der Junge mit einem Stöhnen hervor. »Der wollte mich umbringen. Hier, meine Hände sind total zerschunden.«

Er hielt seine Hände in den grellen Lichtstrahl. Bjørn trat zur Seite, worauf die beiden Beamten den Jungen hochzogen. »Morten?«, sagte er erstaunt. »Du heißt Morten Brennås?«

»Und?«, brummte der Junge.

»Du bist doch der, den sie Streuner nennen.«

»Das stimmt«, bestätigte Burdak. »Wir kennen uns ziemlich gut, nicht wahr, Morten?«

»Halten Sie ihn fest, damit wir ihm den Rucksack abnehmen können«, sagte Bjørn.

»Den kann er selbst abnehmen.«

»Das habe ich schon versucht.«

»Rühr mich nicht an!«, schrie der Junge, als Burdak ihm den Rucksack wegnehmen wollte.

Die beiden Beamten mussten ihn festhalten, während Bjørn ihm den Rucksack von den schmächtigen Schultern zerrte.

»Könnte ich mal eine Taschenlampe haben?«

Burdak gab ihm seine. Bjørn öffnete den Rucksack, leuchtete hinein, zog ein Päckchen heraus. Durch das dicke Plastik schimmerte eine grünbraune brotförmige Masse, die etwa zweihundertfünfzig Gramm wog.

Es war nicht das erste Mal, dass er so ein Päckchen in der Hand hielt.

Er warf es zurück in den Rucksack.

»Ist das nicht …?«

»Handelspreis fünfzigtausend«, stellte Bjørn fest. »Plus/minus.«

5)

Es war 02.15 Uhr, als Bjørn nach Hause kam. Für ein paar Minuten blieb er noch im Wagen sitzen und beobachtete, wie der schmutzige schlierige Schneeregen die Windschutzscheibe bedeckte. Zwischen Garage und Haus war ein schmaler Streifen Garten zu erkennen. Die Konturen des Apfelbaums, das Gerüst der Schaukel, das er aufgestellt hatte, als die Jungs noch klein gewesen waren, und das heute nicht mehr gebraucht wurde. Zwei Mal hatte Ann ihn vor ihrem Verschwinden angerufen. Er schloss die Augen, lehnte die Stirn gegen das Lenkrad. Hätte er ihr besser zugehört, wüsste er jetzt vielleicht, was sie ihm hatte mitteilen wollen. Er richtete sich auf, verdrängte den Gedanken. Durfte die Zeit nicht mit Selbstvorwürfen verschwenden. Falls ihm überhaupt noch Zeit blieb.

Als er die Haustür aufschloss, hinkte ihm Igor sogleich entgegen. Er gab keinen Laut von sich, verstand, dass niemand im Haus geweckt werden durfte. Bjørn packte ihn sanft im Nacken und streichelte ihn zärtlich. Der Hund schüttelte sich und schmiegte sich an sein Bein.

»Leg dich wieder hin«, sagte Bjørn leise zu ihm, obwohl er sich lieber auf die Stufen gesetzt und den Hund an sich gedrückt hätte. Igor gehorchte. Er war der friedlichste und rücksichtsvollste Hund, den er je gehabt hatte. Ruhig und aufmerksam, trotz der Entzündungen in mehreren Gelenken.

Er nahm einen Joghurt aus dem Kühlschrank, gab ihn in eine Schale und streute ein paar Haferflocken darüber. Als er die Schale zur Hälfte geleert hatte, hörte er nackte Füße auf der Treppe. Siren stand im Pyjama auf der Schwelle und musterte ihn, ehe sie zu ihm kam und ihre Arme um ihn legte.

»Das darf nicht passieren«, murmelte sie in seine Haare. »Nicht mit uns.«

Er zog sie auf seinen Schoß, schmiegte sein Gesicht an ihren Hals. Ihre Haut war warm, und ihr Geruch beruhigte ihn.

Nach ein paar Minuten ließ er sie los. Sie stand auf und tat eine Kapsel in die Espressomaschine. »Willst du?«

Er schüttelte den Kopf. »Hab schon Koffein intus von zehn Promille.«

Ein tröstliches Lächeln huschte über ihr Gesicht.

»Wie geht's den Jungs?«

Sie machte die Espressomaschine an. »Keine Sorge, denen geht's gut.«

»Und das Training?«

»Wurde heute offenbar abgesagt. Der Vater eines anderen Jungen leitet es morgen.«

»Wir müssen mit Igor zum Tierarzt gehen. Er hatte heute Morgen große Schmerzen in den Hinterbeinen.«

»Das regelt sich alles, Bjørn.« Sie holte ein Weinglas und den Wein, den sie am Samstagabend angebrochen hatten, und schenkte ihm ein Glas ein. »Gibt es was Neues seit deinem letzten Anruf?«

Er legte seine Hand auf ihre. Sie arbeitete im Dezernat für Wirtschaftskriminalität. In einem Korruptionsfall, der sich auf mehrere Länder erstreckte, waren sie an einem entscheidenden Punkt angelangt. Sie durfte nichts verraten, nicht einmal ihm gegenüber, doch er wusste, dass die Sache Spitz auf Knopf stand. Sie machte derzeit viele Überstunden und schleppte ganze Aktenberge mit nach Hause.

»Du musst früh aufstehen, Siren. Du brauchst deinen Schlaf.«

Sie machte eine abwiegelnde Handbewegung. »Bring mich lieber auf den neusten Stand.«

Er beugte sich vor und gab ihr einen flüchtigen Kuss. »Was hab ich für ein Glück gehabt.«

Seine Stimme zitterte ein bisschen, und er musste einen großen Schluck trinken, ehe er in der Lage war, weiterzusprechen. Nur das Wichtigste, in sachlichem Ton, wie ein morgendliches Briefing bei der Arbeit. Das Gebiet um die Fabrik war gesperrt worden. Die Spurensicherung sollte am Morgen ihre Arbeit aufnehmen. Er hatte die Hundepatrouille entlang dem Fluss und in das östlich gelegene Waldgebiet begleitet.

»Das ist bestimmt schrecklich für dich«, sagte sie. »Für uns alle ist es schlimm, aber am schlimmsten für dich.«

Wie es ihm selbst ging, war noch das geringste seiner Probleme. Er schaute auf den Küchenkalender, der hinter ihr hing. Dort waren die wichtigsten Termine eingetragen. Verabredungen, Trainingsbeginn, der Besuch beim Schulzahnarzt. Seine Termine in Blau, ihre in Rot, die der Jungen in Grün.

»Macht dir die Suche sehr zu schaffen?«

Bjørn schüttelte den Kopf, wollte nicht gleich antworten.

»Es ist schrecklich, dass sie verschwunden ist. Aber der Gedanke, sie irgendwo im Wald zu finden …«

Siren trank einen Schluck aus der Espressotasse. Er nahm sie und nippte daran. Spülte mit Wein nach, das schmeckte scheußlich zusammen. Er sollte ein paar Stunden schlafen, wusste aber, dass das nicht möglich war.

»Was ist mit dem Jungen und den Drogen, die du gefunden hast?«, fragte Siren.

»Ein wenig mehr als zweihundertfünfzig Gramm Haschisch. Hinter einer losen Wandabdeckung in der Fabrikhalle lagen weitere fünf Kilo.«

Mit den Fingerspitzen massierte er seine Stirn. »Der Junge arbeitet offenbar als Kurier, der den Dealern kleinere Mengen überbringt.«

»Hat das irgendwas mit Ann zu tun?«

Er betrachtete sie über den Tisch hinweg. Vor elf Jahren hatten sie sich kennengelernt, und er dachte oft, dass sie mit jedem Tag schöner wurde. Selbst in dieser Nacht am Küchentisch dachte er das. Sie beeinflusste seinen Blick und seine Art zu denken, und er mochte sich so, wie er in ihrer Gegenwart war.

»Es gibt so vieles, das ich hätte wissen müssen«, sagte er und schloss für ein paar Sekunden die Augen. »Ich glaube nicht, dass sie etwas mit dem Haschisch zu tun hat. Aber es war derselbe Junge, den sie und drei Freunde am Samstag in der Fabrik eingeschlossen haben. Auch an dem Samstag ist er bestimmt gekommen, um den Stoff zu holen. Sie haben ihn die ganze Nacht in dem Keller sitzen lassen. Danach hat er ihnen Drohungen per SMS geschickt. Dass er ihnen die Finger abschneiden und sie töten würde.«

»So etwas darf man bei Jugendlichen nicht wörtlich nehmen.«

»Sein Bruder ist tief ins Drogengeschäft verwickelt. Sicher ist er es, der Morten als Kurier benutzt. Ich hab mir mal sein Vorstrafenregister angesehen, Konsum und Verkauf von Drogen, Androhung von Gewalt, Körperverletzung, insgesamt vierzehn Verurteilungen.«

»Was geschieht jetzt mit ihm?«

»Ich hab mit der Ermittlungsleiterin in Lillestrøm gesprochen und ihr alles geschickt, was ich gefunden habe. Sie wollen ihn ausfindig machen und vernehmen.«

»Schaffst du es, ihnen die Arbeit zu überlassen?«

Er zuckte die Schultern. »Ich frag mal die Jungs im Büro, ob sie mehr über ihn herausfinden können. Einige der Fahnder kennen ihn bestimmt, er operiert mitten im Stadtzentrum.«

»Aber erst mal schläfst du ein bisschen, ja?«

»Wenn es geht …«

Siren schien kurz zu zögern, ehe sie weitersprach: »Der Finger, den du gefunden hast …«

Er stützte den Kopf in die Hände. »Der ist ziemlich dünn, stammte von einem jungen Menschen, er lag da erst kurze Zeit.«

»Lange Nägel?«

»Ann verwendet nicht viel Zeit auf ihre Nägel, Siren, das weißt du doch.« Er war nicht in der Lage, weiter darüber zu reden. »Ich hab Snorri ihren PC übergeben« sagte er. »Sie werden nicht lange brauchen, um an die Dateien heranzukommen. Ich will mir alles genau angucken, welche Mails sie geschrieben hat, mit wem sie auf Facebook in Kontakt war und so weiter.«

»Sollten das nicht die Ermittler in Lillestrøm übernehmen?«

»Normalerweise schon, aber wir haben leider keine ein, zwei Wochen mehr Zeit.«

Als er sich auszog, sagte sie schläfrig: »Sie hat übrigens gestern angerufen, das wollte ich dir noch erzählen.«

Er setzte sich auf die Bettkante. »Wer hat angerufen?«

Siren gähnte. »Ann.«

»Wie … wann hat sie angerufen?«

»Gestern Abend, aber du warst schon im Bett.«

»Hat sie uns auf dem Festnetz angerufen?«

»Ja.«

»Willst du mir etwa erzählen, dass sie mich sprechen wollte und du sie abgewimmelt hast?«

Sie war jetzt hellwach und schaute ihn im Halbdunkel an. »Du warst so erschöpft, Bjørn. Ich habe sie gefragt, ob es dringend ist, und das war es offenbar nicht.«

»Verdammt noch mal!« Er stand wieder auf und zog seine Hose an.

»Wo willst du hin?«

»Ich muss noch mal los.«

Sie setzte sich auf. »Bjørn …«

Er schnappte sich Hemd und Socken und eilte die Treppe hinunter.

Im nächtlichen Regen saß er hinter dem Steuer und dachte nach. Ann hatte versucht, ihn auf dem Handy anzurufen. Als sie ihn nicht erreichte, hatte sie es übers Festnetz probiert. Das tat sie sonst fast nie, um nicht mit Siren sprechen zu müssen. Es musste etwas Wichtiges gewesen sein, was sie ihm hatte sagen wollen.

Er stieß seinen Kopf gegen das Lenkrad. Was zum Teufel willst du jetzt tun, Bjørn Lindbekk?

Er erinnerte sich an ihre gemeinsamen Touren mit dem Auto. Der Arzt hatte ihm empfohlen, so lange mit ihr durch die Gegend zu fahren, bis die Anfälle vorübergingen. Jedes Mal hatte er befürchtet, dass sie, die halb sitzend, halb liegend neben ihm keuchte, irgendwann gar keine Luft mehr bekäme. *Ich glaube, ich sterbe, Papa.* Die Ruhe in ihrer Stimme, als sie an seinem Bett stand und dies sagte. Als akzeptiere sie diese Tatsache und müsste sie ihm erklären. Doch im Auto hatte sich ihr Atem allmählich normalisiert. Sie fuhren in Hammerdal stets bergauf, und noch bevor sie den Friedhof erreichten, war sie auf dem Beifahrersitz eingeschlafen. Und als sie wieder nach Hause kamen, war der Anfall endgültig vorbei. Dann trug er sie ins Bett und saß für den Rest der Nacht bei ihr.

Er ließ den Motor an und setzte zurück. »Du darfst nicht sterben«, murmelte er, legte den ersten Gang ein und gab Gas.

»Ich werde dich finden«, sagte er laut.

* * *

Um halb acht überquerte er den Platz vor dem Hauptbahnhof. Pendler liefen durch den Nieselregen, einzelne Touristen und ein paar bemitleidenswerte Kreaturen, die von den Sicherheitsbeamten verscheucht wurden.

Das Café Bruschetta lag gleich um die Ecke. Er trank einen Kaffee, während er wartete. Musste noch einen bestellen, ehe Walter auftauchte.

»Mich mitten in der Nacht zu wecken«, grummelte er. »Ich hoffe, du hast einen verdammt guten Grund.«

Seit einem Jahr hatte Bjørn ihn nicht mehr gesehen und musterte ihn kurz. Sie waren gleich alt, Bjørn zwei Monate älter. Hatten für Hammerdal IK zusammen Eishockey gespielt, später dann für die Jugendmannschaft von Furuset. In all den Jahren hatten sie viel Zeit miteinander verbracht. Walter war das größte Eishockeytalent gewesen, hatte es bis ins Juniorennationalteam geschafft, ehe er das Eishockey plötzlich an den Nagel hängte. Immer sind es die größten Talente, die freiwillig aufhören, hatte Bjørn oft gedacht. Walter war abgeglitten, jedoch nie untergegangen, womit Bjørn auch nicht gerechnet hatte. Walter glich einem Korken, der stets oben schwamm. Über viele Jahre hatten sie keinen Kontakt miteinander gehabt, ehe sie sich zufällig auf der Straße begegnet waren, Bjørn als junger Polizist, Walter als Dealer. Er versicherte ihm sogleich, dass er selbst keine Drogen mehr nehme. Was vermutlich der Wahrheit entsprach. Er wurde zwar verurteilt, aber mit Milde behandelt, weil er ihnen ein paar Namen nannte. Danach schwor er auch dem Handel mit Drogen für alle Zeit ab und schloss sich für eine Weile der Kirchengemeinde in Lillestrøm an. Danach arbeitete er als Roadie für die Metal-Band Dimmu Borgir. Auch diese Phase war irgendwann zu Ende, doch kannte Walter alles und jeden und war Bjørn schon in mehreren Fällen eine große Hilfe gewesen. Heute trug Walter ein weißes Hemd, das nagelneu aussah, und eine Jacke von Moods of Norway. Glücklicherweise musste Bjørn nicht herausfinden, woher er das Geld nahm, aber dass Walter zurzeit ein höheres Kleidungsbudget hatte als er, war nicht unbedingt ein gutes Zeichen.

»Du trainierst immer noch die Jungenmannschaft in Enga?«

»Ja.«

»Wie alt sind deine Söhne?«

Bjørn brachte jetzt nicht die Geduld für einen gemütlichen Plausch auf, nahm sich aber zusammen. »Neun und zehn.«

»Und sind sie genauso talentiert wie du? Echte Krieger?«

Er zwang sich zu einem Lächeln. »Der Ältere schon. Der schießt den Puck von der roten Linie weit in die gegnerische Hälfte und jagt hinterher.«

»Und der Jüngere?«

Bjørn blickte zur Theke hinüber. Der Mann an der Kaffeemaschine schien alle Zeit der Welt zu haben. »Felix ist jemand, der erst einmal aufblickt und nach der cleversten Lösung sucht«, antwortete er.

Walter nickte und war offenbar aufrichtig an dem Thema interessiert. »Wir brauchen ja beide«, entgegnete er, »die Krieger und die Künstler.«

Möglicherweise hatte sich Walter nie entschieden, zu welcher Gruppe er selbst gehörte. Walter war auch nicht sein richtiger Name, den bekam er erst an seinem neunten Geburtstag verpasst, als er mit einer Pistole in seiner Schule in Lillestrøm auftauchte. Nachdem sich in der großen Pause herausstellte, dass es sich um eine echte, womöglich geladene Waffe handelte, wurde die Polizei alarmiert. Der Rektor persönlich hielt eine Rede und unterstrich, dass es strengstens verboten sei, auf dem Schulhof mit einer Luger herumzufuchteln. Daraufhin wurde er von dem Jungen zurechtgewiesen: Es handele sich mitnichten um eine Luger. Selbst ein Loser wie der Rektor müsse doch erkennen, dass dies eine Walther P38, 9 Millimeter sei. Drei Minuten später hatten die Jungs aus der Siebten dem Drittklässler einen neuen Namen gegeben: Walter.

»Du bist Chefermittler geworden, hab ich gehört.«

Bjørn nickte kurz.

»Dann sind wir ja beide von der Straße weg«, sagte Walter in feierlichem Ton, doch Bjørn wollte nicht über das Leben oder die alten Zeiten reden und legte einen Ausdruck auf den Tisch. Ein Foto mit ein paar Informationen.

Walter holte eine kleine rechteckige Brille aus der Tasche.

»Kein Grund zur Häme«, brummte er. »Ich wette, du siehst nicht so gut aus wie ich.«

Bjørn tat, was er konnte, um seine Ungeduld zu verbergen. Er hatte Walter immer gemocht und seine Fähigkeiten auf dem Eis bewundert, dort war er ohne jeden Zweifel ein Künstler gewesen. Eine Zeit lang waren sie so oft zusammen gewesen, dass alle sie als beste Freunde betrachtet hatten. Später hatte er sich häufig die Frage gestellt, warum ihre Wege sich getrennt hatten.

»Jørgen Brennås«, las Walter laut und betrachtete das Foto. »Was genau willst du wissen?«

»Du kennst ihn?«

»Kennen und kennen …« Er schien sich das Wort auf der Zunge zergehen zu lassen. »Wolltest du nicht einen ausgeben?«

Bjørn ging zur Theke und holte den Kaffee, der endlich fertig war. Milch und jede Menge Zucker. Walters Kaffeegewohnheiten hatten sich nicht verändert.

»Und warum das Interesse an so einem Kleindealer? Ich dachte, jetzt, wo du auf der Karriereleiter so weit oben bist, hast du nur noch mit großen Fischen zu tun.«

Bjørn überlegte, was er sagen durfte und was nicht. Damals, als sie noch miteinander befreundet gewesen waren, war ihm schmerzhaft klar geworden, dass Walter nicht zu den Menschen gehörte, denen man sich leichthin anvertraute.

»Wir wissen, an welcher Stelle der Hierarchie er steht, aber nicht, wo er den Stoff herbekommt.«

Walter nippte an dem heißen Plastikbecher. *»You're gonna have to serve somebody«*, sagte er und nickte. *»It may be the devil or it may be the Lord.«*

»Was weißt du von ihm?«

»The devil or the Lord?«

»Ich rede von Jørgen Brennås.«

»Hab ich gesagt, dass ich etwas über ihn weiß?«

Bjørn legte die Hände auf den Tisch. Dann konnte er sie wenigstens kontrollieren.

»Du kennst doch jeden«, sagte er. »Du hast Enger überredet,

den *Schrei* zurückzugeben, und David Toska das Schachspielen beigebracht.«

Walter lachte, auch seine Zähne sahen neu aus. Nichts versetzte ihn in bessere Laune, als zu wissen, dass er unentbehrlich war.

»Was willst du wissen?«

Bjørn gab sich Mühe, seine Hände ruhig zu halten.

»Jørgen Brennås hat einen jüngeren Bruder, der für ihn Kurierdienste übernimmt.«

»Dafür sind jüngere Brüder ja auch da, oder?«

»Könnte er auf den Gedanken kommen, zwei Jugendliche zu entführen, die seinem Bruder etwas angetan haben?«

»Wie, etwas angetan?«

»Sie haben ihn in den Keller einer Fabrik gesperrt. Der Junge musste die ganze Nacht dort verbringen. Ist Jørgen Brennås ein Typ, der sich für so etwas rächt? Das will ich wissen.«

Walter sah ihm in die Augen. Sie waren groß und haselnussbraun, und er konnte so unschuldig dreinschauen, als könnte er keiner Fliege etwas zuleide tun. »Reden wir hier von Mord?«

Bjørn musste den Blick abwenden. Bei dem Wort Mord krampfte sich sein Zwerchfell zusammen, und er hatte das Gefühl, der Kaffee käme ihm gleich wieder hoch.

Abrupt stand er auf.

»Ist es so eilig?«, wollte Walter wissen.

»Ich brauche im Laufe des Vormittags eine Antwort«, antwortete Bjørn. »Ich rufe dich an.«

Er machte auf dem Absatz kehrt und ging hinaus in den regenkalten Novembermorgen.

6)

Er schloss sein Büro auf, fuhr den Computer hoch. Die dreizehn verdeckten Ermittler, die an der Aktion gegen den Herointransport teilnehmen sollten, kamen um zehn Uhr zu einer Besprechung zusammen. Bjørn hatte einen vorläufigen Einsatzplan ausgearbeitet, musste seine Leute und das Sondereinsatzkommando koordinieren. Vermutlich blieben ihnen noch zwei, vielleicht drei Tage Zeit. Er zwang sich zur Konzentration, schloss die Jalousien, musste das Morgenlicht und die Geräusche der Stadt von sich fernhalten. Das funktionierte für kurze Zeit, dann brachen die anderen Gedanken wieder über ihn herein.

Keine der Online-Zeitungen berichtete bislang über den Drogenfund in der Fabrik, allenfalls gab es erste Kurzmeldungen über die zwei vermissten Teenager. Vermisst. Er musste sich an solche Wörter gewöhnen. Meine Tochter, *die Vermisste*. Wenn er seine Unruhe einigermaßen kontrollieren konnte, spürte er, wie sehr er sie vermisste – mehr als je zuvor. Er vermisste es, mit ihr im Auto zu sitzen, auf dem Weg irgendwohin. Ihre seltsamen Fragen, die ihn so oft zum Lachen brachten.

Ich vermisse dich, Ann.

Und ich vermisse den Vater, der ich gern gewesen wäre. In den ersten Jahren war ihm dies ganz gut gelungen. Und in der ersten Zeit nach seinem Auszug war sie jedes zweite Wochenende bei ihnen gewesen. War manchmal auch am Nachmittag zu ihnen gekommen. Und er hatte sich durch den Verkehr in Hammerdal gekämpft, um sie vom Kindergarten abzuholen. Ihr Gesicht, wenn sie merkte, dass er es war, der sie abholte. Auf seinen Schultern trug er sie zum Auto. Die Sommer auf der Hütte. Ein paar Mal waren sie auch in den Süden in Urlaub gefahren. Zunächst hatte es so ausgesehen, als freue auch Siren sich über Anns Gegenwart. Aber dann waren die Jungen geboren worden, im Abstand von nicht einmal zwei Jahren. Siren hatte alle Hände voll zu tun. Diese Stirnfalte, die jedes Mal tiefer wurde, wenn ein Ann-Wochenende bevorstand. Siren protestierte zwar nicht, doch wenn Ann da war, hatte sie ständig was zu beanstanden. Bjørn musste das Leben teilen und die beiden Teile voneinander getrennt halten. Er verabredete sich allein mit Ann. Ein paar Urlaubsreisen hatten sie zu zweit unternommen, was zu Hause manchen Streit ausgelöst hatte. Denn über wie viel Zeit verfügte ein Mann? Die vielen Überstunden, Frau und zwei Kinder, die sein volles Engagement einforderten. Und dann noch Ann. Das Zeitbudget konnte er auf Dauer nicht einhalten. Früher oder später war er zu Einsparungen gezwungen. Siren hatte Wirtschaft studiert, und so ähnlich hatte sie sich ausgedrückt.

Bjørn sah sich Walters Akte mit den Vorstrafen und Verurteilungen an. In den letzten sechs Jahren hatte er sich nichts Nennenswertes zuschulden kommen lassen. Er warf einen Blick auf die Uhr. Seit ihrem Gespräch waren erst gut zwei Stunden vergangen. Er musste ihm noch etwas Zeit geben. Ein weiteres Mal studierte er das Vorstrafenregister von Jørgen Brennås, dem großen Bruder des Jungen, den sie Streuner nannten. Zweimal war er angezeigt worden, weil er jemanden mit dem Messer bedroht hatte, einem Mann hatte er gegen den Kopf getreten. Kein Grund zur Annahme, dass er nicht noch weiter gehen würde.

Halfdan Kristiansen klopfte an und kam rein, gefolgt von Singsås. Bjørn schloss rasch die Datei. Singsås blieb stehen, während Bjørns Schwiegervater auf dem Stuhl vor dem Schreibtisch Platz nahm.

»Ich nehme an, du hättest schon Bescheid gesagt, wenn es neue Erkenntnisse gäbe, Bjørn.«

»Ja, natürlich.«

»Es wäre also höchst ungerecht von uns, zu fordern, dass du dich hier auf deinen Job konzentrieren sollst.«

Bjørn streckte den Rücken. »Das ist schon okay. Ich brauche ja auch ein bisschen Ablenkung.«

Er hörte selbst, wie unlogisch das klang. Sein Job sollte ihn ja nicht von anderen Dingen ablenken. Er erforderte seine ganze Aufmerksamkeit. »Äh, ich meine natürlich …«

Halfdan Kristiansen hob die Hand. »Du brauchst dich nicht zu rechtfertigen, Bjørn. Siren hat mich auf den neusten Stand gebracht.«

»Wir sind alle tief betroffen«, ergänzte Singsås.

Halfdan Kristiansen nickte, und Singsås wirkte stolz, die richtigen Worte gefunden zu haben.

»Es gibt niemanden im ganzen Haus, den das kaltlässt«, fügte er im gleichen Ton hinzu. »Alle können sich gut in dich hineinversetzen.«

Bjørn gefiel die Richtung nicht, die das Gespräch nahm, und konnte sich bereits vorstellen, wie es enden würde. Singsås' salbungsvolle Worte und die Art, wie Halfdan Kristiansen auf seinem Stuhl saß, sein gehobenes Kinn, das Blinzeln. Sie hatten sich entschieden.

»Du solltest dir für den Rest des Tages freinehmen.«

Bjørn wollte protestieren.

»Schau dich mal im Spiegel an«, versuchte Singsås zu scherzen. »Du siehst aus, als hättest du zwei Wochen durchgezecht.«

»Bei allem Verständnis, Bjørn«, sagte Kristiansen, »aber du weißt doch selbst, wie groß gerade der Druck ist.«

»Ich habe schon einen Einsatzplan erstellt, die richtigen Leute ausgewählt …«

»Wunderbar, dann händige die Unterlagen gleich Singsås aus. Der übernimmt die Sache.«

Bjørn hatte das Gefühl, als würde jemand bei ihm die Luft rauslassen.

Sein Schwiegervater stand auf, ging um den Schreibtisch herum und legte ihm die Hand auf die Schulter. »Wegen des Auftrags, den wir hier erfüllen müssen. Aber vor allem wegen dir. Mehr brauche ich wohl nicht zu sagen. Siren will sich am Nachmittag freinehmen. Ich rufe euch nachher an.«

* * *

In Sinsen bog Bjørn ab, warf einen Blick auf seine Notizen, vergewisserte sich, dass die Adresse richtig war. Das Foto von Jørgen Brennås war zwei Jahre alt. Er betrachtete es eingehend. Streuners Bruder. Zwölf Jahre älter, doch derselbe unruhige Blick.

Er sah am Wohnblock hinauf, wo der Typ gemeldet war. Ein Gebäude aus den 50er-Jahren, schlechter Zustand, eine konfliktreiche Wohngegend. Asylsucher und Menschen ohne Aufenthaltsgenehmigung, Sozialwohnungen, Drogenabhängige. Mehrere Polizeieinsätze pro Woche wegen häuslicher Gewalt. Der letzte Mord vor sechs Monaten.

Er zählte die Stockwerke bis zu dem Fenster, wo Brennås' Wohnung liegen musste. Seine Mitbewohnerin, die auch dort gemeldet war, hieß Millie Johnson. Auch sie war aktenkundig, wenn auch nur als Zeugin. Die beiden waren schon lange ein Paar. Im Oktober 2007 waren sie nach einer lautstarken Nacht in der Innenstadt über eine Leiche im Frognerpark gestolpert. Es handelte sich um eines der Opfer in einer Kindesmordsache, die damals weltweit Beachtung fand. Zu dieser Zeit war Millie Johnson offenbar als Prostituierte rund um den Osloer Hauptbahnhof tätig, doch hatte sich die Polizei damals nur für den Leichenfund interessiert.

Bjørn blieb eine Viertelstunde lang im Auto sitzen und sortierte seine Gedanken. Im Job hatten sie ihn kaltgestellt. Auf Beschluss von Halfdan Kristiansen. Kriminalpolizeichef und Schwiegervater – schlechte Kombination. Bjørns Kollegen tuschelten hinter vorgehaltener Hand, dass er nicht befördert worden wäre, hätte sein Schwiegervater nicht nachgeholfen. Stets hatte er solches Gerede zu ignorieren versucht. Doch jetzt hatte sich das Blatt gegen ihn gewendet, und Halfdan hatte ihn höchstpersönlich von dem Drogenfall abgezogen.

Nichts rührte sich im vierten Stock. Keine Gardine, die vor das Fenster gezogen wurde. Er hatte sich den Wortlaut der SMS notiert, die Nicolai Meyer bekommen hatte. *Du wirst sterben.* Die andere: *Schneide dir Finga ab.* Für einen Augenblick war er drauf und dran, auszusteigen, im vierten Stock zu klingeln und den Typ unter irgendeinem Vorwand in Augenschein zu nehmen. Sich selbst eine Meinung zu bilden, ob dieser Kerl imstande war, jemanden zu entführen.

Ob er imstande war, zu töten.

Er riss sich zusammen, ließ den Motor an und parkte rückwärts aus.

»Ich werde dich finden, Ann«, wiederholte er leise.

In Lillestrøm hatte er Gelegenheit, mit der Ermittlungsleiterin zu sprechen. Sie hieß Susanne Haugestad und war glücklicherweise keine Berufsanfängerin. Für eine Frau ziemlich groß und breitschultrig. Kurz geschnittene graue Haare. Unter der Jeansjacke ein rot kariertes Hemd. Fester Händedruck, kein Ehering.

»Johnny Lindbekk, war das Ihr Vater?«, fragte sie, nachdem er sich hingesetzt hatte.

»Mein Stiefvater.«

»Ich habe eine Zeit lang als Polizistin in Hammerdal gearbeitet. Das war mein erster Job. Damals war er dort Bürgermeister, fast zwanzig Jahre ist das her. Wie schade, dass er es nicht noch länger sein konnte.«

Sie schien es ehrlich zu meinen.

»Wir hatten regelmäßige Gesprächsrunden. Diskutierten darüber, wie man Jugendlichen Jobs beschaffen und sie vom Drogenmilieu fernhalten konnte. Johnny Lindbekk hat sich persönlich um die Menschen gekümmert. Ich habe so viel von ihm gelernt.«

Bjørn kannte solche Geschichten zur Genüge, noch immer erzeugten sie bei ihm eine Mischung aus Stolz und Wehmut.

Doch Susanne Haugestad ließ es Gott sei Dank dabei bewenden und schwelgte nicht weiter in alten Zeiten. An diesem Morgen war eine dreiköpfige Ermittlungsgruppe gebildet worden. Und die Techniker untersuchten bereits seit geraumer Zeit das Fabrikgebäude. Gleichzeitig hatte das Rote Kreuz und die Bürgerwehr die Suche im Waldgebiet auf der anderen Seite des Flusses wieder aufgenommen. Nach dem Gespräch mit der Hauptkommissarin wollte Bjørn sich ihnen anschließen. Er merkte, dass sie ahnte, was in ihm vorging. Dennoch hielt sie sich an die Fakten, weil sie begriff, dass er genau das brauchte.

Die Vernehmung des Zeugen hatte nicht viel gebracht. Und weder von Ann noch von Victor Munoz fanden sich elektronische Spuren. Ihre Handys waren abgeschaltet oder zerstört worden. Doch der Spürhund, der an Anns Jacke geschnüffelt hatte, hatte im Keller der Fabrik angeschlagen.

Nachdem die Hauptkommissarin ihren Bericht beendet hatte,

fragte Bjørn: »Bleibt Morten Brennås vorläufig in Untersuchungshaft?« Streuner, hätte er fast hinzugefügt.

»Wir müssen uns mit dem Jugendamt in Verbindung setzen«, antwortete sie. »Er ist noch keine fünfzehn Jahre alt. Was meinen Sie, wie groß das Geschrei ist, wenn wir ihn fürs Erste hierbehalten.«

»Hatte er irgendwelche Informationen über die … Vermissten?«

Sie sah ihn an, überlegte offenbar, wie sie sich angesichts seiner Doppelrolle verhalten sollte.

»Nein«, sagte sie schließlich. »Er leugnet, etwas mit dem Verschwinden der beiden zu tun zu haben.«

»Das kann ich mir denken.«

Wieder krampfte sich sein Magen zusammen, und Bjørn richtete sich auf. Am liebsten hätte er darauf bestanden, mit dem Jungen selbst zu sprechen, und alles aus diesem Streuner herausgequetscht. Er musste ihm Anns Aufenthaltsort verraten, ehe es zu spät war. Bjørn schaute auf die Uhr. Es waren fast sechsunddreißig Stunden vergangen. Heftig fuhr er sich mit beiden Händen durch die Haare. Das Zeitfenster schloss sich immer weiter. Wahrscheinlich blieben ihnen kaum mehr als zwei Tage. So ruhig wie möglich teilte er ihr mit, was er über Jørgen Brennås herausgefunden hatte.

»Das meiste wissen wir bereits«, sagte Susanne Haugestad und nickte.

»Wann vernehmen Sie ihn?«

»Da sind wir auf die Hilfe unserer Kollegen aus Oslo angewiesen. Ich bin mir sicher, dass sie bereits auf dem Weg zu ihm sind.«

Aber Sie *wissen* es nicht, hätte Bjørn beinahe erwidert. Der Teil von ihm, der die Sache aus einer gewissen Distanz zu betrachten vermochte, gab sich mit der Antwort zufrieden. Aber es genügte einfach nicht. Sechsunddreißig Stunden. Hier ging es womöglich um Minuten.

»Und Sie selbst haben keine Telefonanrufe bekommen?«, fragte Susanne Haugestad. »Oder gab es vielleicht andere Formen der Kontaktaufnahme?«

»Von jemandem, der sie gefangen hält?«

»Zum Beispiel.«

Er zog sein Handy aus der Tasche, öffnete die Anrufliste.

»Hab schon alles überprüft. Da war ein einziger Anruf von jemandem, den ich nicht kenne.«

Eine unbekannte Nummer hatte ihn am Tag zuvor auf dem Weg zur Arbeit angerufen. Hätte er gewusst, dass Ann verschwunden war, wäre er selbstverständlich rangegangen.

»Vielleicht sollten wir uns die Nummer mal ansehen«, sagte die Hauptkommissarin. »Können Sie sie mir schicken?«

Er fotografierte das Display und schickte das Bild an die Nummer, die sie ihm gegeben hatte.

»Sie arbeiten schon lange beim Dezernat für organisierte Kriminalität, nicht wahr?«

Bjørn nickte. »Die längste Zeit meiner Berufslaufbahn. Fünfzehn Jahre lang.«

»Observierungen?«

»Bis vor ein paar Jahren. Habe jetzt eine führende Position inne. Man versucht ja, im System voranzukommen.«

Er war auf dem Weg nach oben. Sirens Worte. Ohne sie hätte er sich vielleicht gar nicht um die Stelle beworben.

Susanne Haugestad lehnte sich in ihrem Bürostuhl zurück. »Es gehört zu Ihrem Job, persönlich bedroht zu werden.«

Das spielte seiner Ansicht nach keine Rolle, doch es war gut, dass sie auch daran dachte.

»Ja, allerdings«, entgegnete er. Manchmal früher täglich. Dealer und Konsumenten, die wussten, dass er Familie hatte und wo er wohnte. Mit all diesen Dingen musste ein Drogenfahnder leben.

»Wurden Sie und Ihre Familie auch ernsthaft bedroht?«

Viele Drohungen waren ihm ernst erschienen. Leute wie er mussten gewisse Vorsichtsmaßnahmen treffen. Und manche seiner Kollegen konnten die Gewohnheit nicht ablegen, ständig über die Schulter zu gucken. Nicht alle waren einem solchen Leben gewachsen. Wenn er an den Fingern abzählen sollte, wer an diesem Druck zerbrochen war, müsste er beide Hände benutzen.

»Das liegt schon ein paar Jahre zurück«, sagte er. »Aber ich werde ein paar Namen aufschreiben und sie Ihnen schicken.«

Eine halbe Stunde später fuhr er aus dem Tunnel, um den Hügel herum und blickte im nächsten Moment auf Hammerdal hinab. Die Krümmungen des Flusses in der Talsenke. Der rostrote Schornstein der Fabrik unter den schweren Novemberwolken. Einst war die Fabrik das Herz des Ortes gewesen. In seiner Kindheit hatte sie mehreren Hundert Menschen Arbeit gegeben. Weiter unten am Fluss waren die Wohnungen der Arbeiter gewesen, darunter auch Pendler, andere hatten dort mit ihren Familien gewohnt. Dieses Gebiet wurde im Volksmund als *Rußdorf* bezeichnet. Zunächst war es herabsetzend gemeint, später wurde es fast ein offizieller Name.

In den 80er-Jahren hatte die Gemeinde der Familie Meyer das Fabrikgelände abgekauft. Mehrere Hundert Tonnen Giftmüll, die unter der Erde lagerten, gab es gratis dazu. Seit über fünfundzwanzig Jahren war nichts mit dem Gelände geschehen. An Plänen hatte es nicht gemangelt. Manche hatten dort Wohnungen bauen oder das Gelände gewerblich nutzen wollen. Andere wollten die Fabrik in ein Kulturzentrum mit Künstlerateliers, Kinosälen und Theaterbühnen verwandeln. Wieder andere hatten gar ein Opernhaus ins Spiel gebracht. Doch noch immer lag die Fabrik unverändert da, ein Gespenst im Zentrum des Ortes.

Bjørn fuhr zum Trollfaret hinauf, hielt vor der Garage. Hinter den Fenstern war alles dunkel, doch er konnte sich nicht vorstellen, dass May-Britt in der Lage war zu arbeiten.

Er klingelte an der Haustür. Keine Reaktion. Auch nicht nach dem zweiten Versuch. Er hätte umdrehen und wieder wegfahren können, versuchte jedoch, die Haustür zu öffnen. Sie glitt auf. Er blieb auf der Schwelle stehen und warf einen Blick in den Flur, nahm den Geruch von Schuhen und feuchten Jacken wahr, kaum anders als damals, als er noch hier gewohnt hatte. Dann für einen Augenblick der Gedanke, dass Ann nach Hause gekommen war, dass sie ihre Schuhe dieses eine Mal ins Schuhregal gestellt hatte. Dass sie im Wohnzimmer saß.

Er ging durch den Flur.

»May-Britt?«

Er hörte ein Geräusch, abgehackt und unregelmäßig, Finger auf einer Tastatur. Sie saß am Wohnzimmertisch vor ihrem Laptop, mit dem Rücken zu ihm, und tippte, was das Zeug hielt. Erneut sagte er ihren Namen, jetzt lauter. Sie zuckte nicht zusammen, drehte sich ruhig um, zog gelbe Stöpsel aus ihren Ohren.

»Hei, Bjørn.«

Ihre Stimme so sanft, als hätte sie ihn erwartet. Er schluckte. »Ist … ist sie …?«

»Ich habe mir heute freigenommen.« Sie lächelte ihn an.

»Ann«, brachte er endlich über die Lippen.

In ihre Augen trat ein ängstlicher Ausdruck, der sofort wieder verschwand und einer gläsernen Sanftheit Platz machte. Er hatte sie schon früher unmittelbar nach der Geburt so erlebt. Damals war sie in einem Zustand krampfhafter Fröhlichkeit gewesen. Dann schien es plötzlich, als wäre ein Korken aus ihr herausgezogen worden. Sie legte sich ins Bett, sprach kein Wort mehr, aß nichts, stillte Ann schweigend und gab sie ihm mit demselben ausdruckslosen Gesicht. Immer wieder hatte sie Heulkrämpfe und warf sich vor, nichts für dieses kleine Wesen zu empfinden, das sich aus ihr herausgequetscht hatte – oder noch schlimmer, dass sie dieses Wesen hasste. Bjørn hatte damals frei und schmiss in den folgenden Wochen den Haushalt. Dann wurde sie eingeliefert. Wochenbettdepression, hatten sie ihn im Krankenhaus getröstet, sei keine Seltenheit. Und als sie wieder entlassen wurde: Eher unwahrscheinlich, dass dies noch einmal passiere.

»Du hast gesagt, dass in der Nacht auf gestern die Verandatür offen stand.«

»Ja, das hab ich vielleicht.«

»Gibt es irgendwelche Anhaltspunkte, dass jemand hier in der Wohnung war?«

Sie schüttelte den Kopf, wandte sich halb ab.

»Das Manuskript ist fast fertig. Ich bin schon so gespannt, was sie im Verlag dazu sagen werden.«

Er ließ sich auf einen Stuhl sinken. Ann hatte von dem Manuskript erzählt. Glücklicherweise beschäftigte May-Britt sich mit etwas, wenn sie nicht bei der Arbeit war. Er hatte sich schon oft gefragt, wie sie allein im Haus zurechtkam, wenn Ann eines Tages auszog.

»Es ist ein Roman«, fügte sie hinzu.

»Schön«, sagte er und nickte. »Wie spannend.«

»Er soll der Beginn einer großen Serie werden, vielleicht dreißig oder vierzig Bände. Ich habe so viele Ideen im Kopf.«

Sie begann, ihm von der Handlung zu erzählen, doch er hörte nur mit halbem Ohr zu. Irgendetwas mit einem jungen Mädchen, das es zu Hause nicht mehr aushielt, einer bösen Stiefmutter und der dramatischen Flucht in ein anderes Land.

»Ich muss gleich weiter«, sagte er, ohne zu wissen, wohin. »Soll ich dir was zu essen machen?«

Warum sollte er ihr eigentlich in ihrem eigenen Haus etwas kochen? Sie hatte eine Schwester in Bærum. Er beschloss, sie anzurufen.

Als er schon auf dem Weg zur Tür war, sagte sie: »Sie waren hier und haben ihre Zahnbürste mitgenommen. Das Kopfkissen auch.«

Er nickte. »Sie brauchen ihre DNA, und an dem Kopfkissen können die Spürhunde schnüffeln.«

»Sie haben auch von mir eine Probe genommen.«

Ihr Blick veränderte sich, als sickere allmählich die Realität in sie ein. Er wusste nicht, ob er sich das wünschte, obwohl die Alternative vermutlich noch schrecklicher war.

Sie schloss kurz die Augen, ehe sie die Stöpsel wieder in ihre Ohren steckte und weitertippte.

7)

Nitter stand auf, ehe der Morgen graute. Wie immer an solch einem Tag. Die Rehe kommen bereits aus dem Wald, umhüllt von morgendlichem Dunst.

Er braucht sie immer noch und weiß, dass es keine andere Möglichkeit gegeben hätte. Sie musste hierbleiben.

In Unterhose und Pyjamajacke steht er da und betrachtet die Rehe, den Bock, die Ricke und das Kalb. Er denkt an den Morgen, als sie es aussprach. Ich verlasse dich, Frank. Mit dir kann niemand zusammenleben.

Sie starrte ihn an, bis sie begriff, was geschehen würde und was nicht. Lief hinaus auf den Hof.

Er ließ sie gewähren. Sie ginge nie ohne den Kleinen. Der Kleine schlief in seinem Zimmer.

Draußen rannte sie zwischen Garage und Schuppen umher. Wirbelte den milchigen Dunst auf, schlug ihn zu dicker Sahne. Versteckte sich. Dachte sie zumindest.

Er tritt hinaus ins Morgenlicht. Tut so, als wisse er nicht, wo sie ist. Ruft ihren Namen. Was für ein schönes Spiel. Wie Tiere spielen. Seit Anbeginn hat es solche Spiele gegeben. Wie Vögel spielen. Wie Staub, der im Morgenlicht tanzt. Glaubt sie doch tatsächlich, sie könne sich vor ihm verstecken. Und wenn sie auch alle Wolken, die Gott in der Hölle geschaffen hat, zu sich herabzieht, er findet sie trotzdem.

Er steht auf der Freitreppe und lacht über dieses Spiel. Denn sie gehören zusammen, und sie wird niemals von hier fortgehen.

Frage den Acker oder die Rehe am Waldrand. Frage den Jungen oder hör auf, Fragen zu stellen.

Mit dir kann niemand zusammenleben, Frank. Das ist schlimmer als der Tod.

Er tritt auf den Hof, den Kampfplatz. Er selbst ist im Krieg gewesen. Ist von Mann zu Mann gegangen und hat entschieden, wer leben darf und wer sterben muss.

Ist es an jenem Tag geschehen?

Er musste darüber nachdenken. Es war jetzt genau elf Jahre her. Mehrere Tage wollte sie ihn glauben machen, dass sie den Jungen einfach ins Auto setzen und wegfahren könne.

Er schüttelte den Kopf. Aber so läuft das nicht, Kleine. So ist die Welt nicht.

Jetzt steht sie draußen auf dem Acker in ihrem grünen Kleid, festgefroren in der Erde, obwohl es nicht kalt ist. Nein, es weht ein sanfter Wind, so sanft, dass er nicht einmal in der Lage ist, den wabernden Dunst über dem Boden zu vertreiben. Die Rehe stehen immer noch am Waldrand und rühren sich nicht. Der Wind sieht sie, doch auch er rührt sich nicht. Die Sonne lauert hinter dem Hügel, doch auch sie rührt sich nicht. Das Blut durchdringt ihr Kleid, es entsteht ein bräunlicher, dunkler Fleck, der mit jedem Schlag größer wird.

Er bittet sie, das Kleid auszuziehen, aber da sie es allein nicht mehr schafft, hilft er ihr. In diesem Moment weiß er, dass er das Kleid tragen wird. Doch es ist so eng, dass er es am Rücken aufreißen muss. Es reicht ihm bis zu den Knien, aber es ist richtig, es anzuziehen, weil er ja nicht nackt auf den Hof zurückkehren kann, während er sie trägt.

Es gibt keine Scheidung, wiederholt er. Muss rufen, weil sie weit weg ist.

Getrennte Wege gehen? Die einzige Scheidung besteht darin, dass du hier in der Scheune bleibst, am Haken, während ich komme und gehe, wie es mir passt.

Die Scheidung besteht darin, dass du bei mir bleibst.

Viel später hat er dem Pfarrer erzählt, dass er das grüne Kleid in den Ofen geworfen und verbrannt hat, doch so ein Stoff brennt schlecht, vor allem, wenn er feucht ist. Er holt eine Flasche Spiritus, tränkt den Stoff damit. Sofort brennt er lichterloh, und ihr Geruch breitet sich im Raum aus, als wäre es sie selbst, die verbrannt würde. Der Geruch wird so intensiv, dass er noch einmal in den Schuppen gehen muss, wo sie immer noch eine Hand bewegt, obwohl sie am Haken hängt.

Die einzige Scheidung, sagt er. Du bist hier, und ich gehe. Und komme zurück. Ich komme immer zurück, tröstet er sie. Da hebt sie den Kopf. Er hätte nie gedacht, dass sie dazu noch in der Lage ist. Hebt den Kopf und blickt an ihm vorbei.

Als er sich umdreht, steht der Junge am Scheunentor. Der Junge sieht sie an. Zuerst seine Mutter, dann ihn. Starrt sie unentwegt an.

Ein anderer Morgen als jener, als es aus der Erde dampfte und die Rehe am Waldrand standen. Wenige Tage nachdem sie ihn entlassen hatten. Da musste er in den Wald und sie aus der Erde holen. Nur Haut und Knochen. Nicht einmal Haut. Aber das weiße Kleid, in das er sie gehüllt hatte. Er zog es an. Trug sie auf den Acker. Ihr Kopf in einem Eimer, gefüllt mit Formalin. Er goss ihn aus, legte den Kopf zwischen die gefrorenen Ackerfurchen. Die nackten Knochen in einem Kreis drum herum. Er tat es ihr nach und zog die Wolken herunter. Tanzte wie sie im Nebel, der sie umgab, und summte ein einfaches Lied. Es erhob sich in die Luft. Wie sie es getan hatte.

Nur der Wind sah ihnen zu, der Wind gibt ihr ihren Namen zurück. Doch er kann ihn nicht aussprechen. Noch nicht.

Der Junge muss auf den Hof zurückkehren. Daran hat er die ganze Nacht lang gedacht. Bald ist er alt genug, um es selbst zu entscheiden. Und er will es ja auch. Dort wohnen, wo er hingehört. Seine Mutter ist hier, aber er kann sie nicht sehen. Noch nicht. Eines Tages wird er ihr wiederbegegnen.

Der Junge ist schlau. Das begreifen sie nicht. Und er wird kommen. Wenn er das hübsche Mädchen holt. Der Junge ist verliebt und berichtet die ganze Zeit nur Gutes von ihr. Sie war nicht dabei, plappert er, obwohl er sonst seinen Mund nicht aufkriegt. Seine Schweigsamkeit weist ihm den Weg. Seine Schweigsamkeit wird das Samenkorn durchs Leben führen. Der Tod als Erlösung. Das hübsche Mädchen muss die Angst kennenlernen, muss dieselbe Angst spüren, die der Junge im Keller gespürt hat. Sie muss sehen, was hier geschieht, und ihre Augen die ganze Zeit offen haben. Erst dann kann der Junge hier auf dem Hof leben.

Die Fickpuppe im Schuppen.
Sie hängt am Haken.
Das singt er an diesem Morgen. Er steht nackt in Gummistiefeln bis zu den Knien im gefrorenen Gras und singt es in den Wald hinaus.
Ich hole sie hierher.
Hänge sie an einen Haken.

* * *

Sie kamen, während er die Hunde fütterte. Er hatte sie schon lange vorher gehört, bevor sie an der Kurve bei Horshagan auftauchten. Die Hunde schlangen rasch die Reste herunter, ehe sie so wild zu bellen anfingen, als hätte der Heilige Geist persönlich von ihnen Besitz ergriffen. Was für Idioten, die glaubten, ihn vor dem warnen zu müssen, was er längst mit eigenen Augen sah. Zwei Autos, eines mit Blaulicht auf dem Dach. Drei Uniformierte, eine Frau ohne Uniform, die allerdings wie ein Mann aussah. Sie ging wie ein Kerl. Sprach wie ein Kerl. Weite Jeans und ein Zelt als Jacke. Spielte den Chef. War sie bestimmt auch.
»Frank Nitter?«
Mit langen Schritten ging sie auf ihn zu.
»Was verschafft mir die Ehre, Fräulein?«
Sie zeigte ihm eine Dienstmarke. Haugestad, Susanne. Sie mochte es, Fräulein genannt zu werden. Mit ihren Pferdezähnen lächelte sie ihn an.
»Wir möchten mit Ihnen reden.«
»Wie nett. Vielleicht über die alten Zeiten?«
Sie musterte ihn und schüttelte den Kopf.
»Nein, damit sind wir fertig.«
Aber das war eine Lüge. Bestimmt wollten sie nicht nur mit ihm reden, sondern auch auf seinem Hof herumschnüffeln. Im Haus, in der Scheune, in Kellern und Garagen. Er ließ sie gewähren.
»Mir geht es ausgezeichnet, Fräulein Haugestad, und Ihnen?«
Sie werden nichts, aber auch gar nichts finden. Damals haben

sie Tage und Wochen gesucht und sie nicht gefunden. Sie werden sie niemals finden. Und auch die anderen nicht.

Ob er davon gehört habe. Zwei Jugendliche aus Hammerdal seien verschwunden. Und möglicherweise seien sie ja hier in der Gegend aufgetaucht. Rein zufällig.

Ob er sie gesehen habe.

»Was sollten sie denn ausgerechnet hier zu suchen haben?«

Darauf wusste das Mannweib keine Antwort. Auch nicht darauf, was das mit ihm zu tun haben sollte. Zwei der vier Bastarde aus Hammerdal. Zwei von dreien. Denn er musste dem Jungen recht geben. Das Mädchen war etwas Besonderes und gehörte einer anderen Welt an. Sie war die Auserwählte. Das wusste er jetzt. Der Junge hatte es die ganze Zeit gewusst.

»Ich werde nach ihnen Ausschau halten.«

Er gluckste innerlich vor Freude. Für diese Hilfe waren sie bestimmt überaus dankbar.

Ob er seinen jüngsten Sohn in letzter Zeit gesehen habe.

»Das darf ich leider nicht, Fräulein Haugestad. »So hat es das Gesetz entschieden.«

Einer der Uniformierten kommt aus der Scheune, riskiert eine dicke Lippe, tiefe Stimme.

Warum er drei Behälter mit Formalin habe.

Das Fräulein Haugestad sieht ihn neugierig an.

»Damit präpariere ich Tiere nach der Jagd. Möchten Sie sich meine Sammlung ansehen, Fräulein Haugestad?«

Er muss laut lachen und wendet sich halb ab. Haugestad kann ruhig gemeinsam lachen, mit wem sie will. Er tut das nicht ohne Weiteres.

Doch ihre Fragen beantwortet er bereitwillig. Diesen Tanz hat er gelernt. Weiß die Fragen im Voraus. Immer dasselbe Schema.

»In der letzten Woche war ich ausschließlich auf meinem Hof.«

Sie tun, was sie können, um ihm ein Bein zu stellen. Aber so leicht lässt er sich nicht zu Fall bringen.

»Allein? Aber natürlich, gnädiges Fräulein. Sie sind wirklich sehr früh dran diesmal, die Wallfahrer kommen erst im Frühjahr.«

Das hatte gesessen, blöde Lesbe.

»Selbstverständlich habe ich ab und zu eingekauft. Bei Rimi in Engerneset. Möchten Sie die Kassenbons sehen?«

»Sehr gern«, antwortet das Fräulein mit der tiefen Stimme.

Kassenbons hat er jede Menge. Hat sie das ganze letzte Jahr gesammelt.

Er will ihre dämlichen Gesichter sehen, wenn er die Küchenschublade vor ihnen auskippt. Es ist ein großer Haufen. Rasch geht er zur Treppe, um für sich lachen zu können.

»Alles in Ordnung, Fräulein Haugestad. Bitte, kommen Sie herein.«

8)

Das Fabrikgelände war großräumig abgesperrt. Am Ende des Stichwegs stand ein Streifenwagen mit blinkendem Blaulicht. Auf einem der anderen Fahrzeuge prangte das TV-2-Logo. Bjørn Lindbekk wendete, fuhr zurück über die Brücke und nahm den Riksveien in nördliche Richtung.

Kurz darauf passierte er die Kirche am höchsten Punkt des Ortes. Die Grenze der Zivilisation, hatten sie als Schüler immer gescherzt. Wer Hammerdal verlassen wollte, hatte zwei Möglichkeiten. Ein Weg, den alle vernünftigen Menschen nahmen, führte unmittelbar nach Oslo, der andere nach Norden zurück in die Steinzeit oder noch schlimmer.

Ohne näher darüber nachzudenken, bog er einige Hundert Meter weiter nach rechts zum Fluss ab. Dort befanden sich ein Schrotthändler, der alte Autos ausschlachtete, eine Mülldeponie und eine Recyclinganlage. Selbst jetzt, mitten am Tag, sah alles einsam und verlassen aus. Er stellte den Wagen ab, begab sich in den stillen Novemberregen, zog sich die Kapuze seiner Allwetterjacke über den Kopf. Ging zu den Abfallcontainern. Papier, Altkleider und Baumaterial. Der Geruch nach süßem Lack und verrotteten Gartenabfällen stieg ihm in die Nase. Er machte auf dem Absatz kehrt und überquerte den matschigen Platz.

Er fuhr hinauf zum Friedhof. Dort war er schon ziemlich lange nicht mehr gewesen, irgendwann letzten Sommer. Und davor an Heiligabend, zusammen mit Ann. Sie zündeten immer zwei Grablichter an, legten Kränze aus Moos oder Heidekraut nieder. Das war zu einer Tradition geworden. Er holte sie in der Nachmittagsdämmerung ab, und wenn sie allein vor dem Grab standen, dachte er jedes Mal, dass Ann eines Tages auch an seinem Grab ein Licht anzünden würde. Jetzt stand er hier, unfähig, sich vorzustellen, dass es auch umgekehrt sein konnte. Nicht einmal in seinen finsteren Fantasien war Platz für einen solchen Gedanken.

Die goldene Gravur auf dem Grabstein blätterte bereits ein wenig ab. Johnny Lindbekk war vor elf Jahren gestorben, ebenfalls an einem Novembertag. In den ersten Jahren nach seinem Tod war Bjørn häufiger auf dem Friedhof gewesen. Die Grabpflege war ihm nicht wichtig. Er war zufrieden, wenn es einigermaßen ordentlich aussah. Es ging ihm mehr um die Gewohnheit. Darum, Kontakt zu Johnny Lindbekk aufzunehmen, was zu regelrechten Zwiegesprächen führte. Auch nach seinem Tod war Johnny Lindbekk jemand, der immer ein offenes Ohr zu haben schien.

Ich weiß nicht, was ich tun soll.

Du bist nicht allein, Bjørn. Vergiss das nicht. Du darfst nicht alles andere aufgeben.

Die Jungs waren inzwischen von der Schule nach Hause gekommen. Er sah sie vor sich. Marco, der Felix herumkommandierte, seinen kleinen Bruder dazu bringen wollte, Sachen zu holen und den Tisch abzuräumen. Dazu waren kleine Brüder ja da, oder?

Marco ist oft unsicher, deswegen fährt er so leicht aus der Haut.

Du warst ganz genauso, Bjørn, das weißt du doch. Ihr seid euch allzu ähnlich. Hilft es Ann, wenn du sie jetzt auch im Stich lässt?

Er bückte sich und zog ein Büschel Unkraut aus der Erde. Seine Mutter war ebenfalls hier begraben. Überraschenderweise hatte sie Johnny Lindbekk überlebt. Dabei hatte er sich stets um sie gekümmert. Er brachte sie ins Bett und deckte sie zu. Fuhr sie in die Notaufnahme oder holte sie aus der Entzugsklinik ab. Nach seinem Tod hielt sie noch fast zwei Jahre lang durch. Bjørn suchte immer noch nach bewahrenswerten Erinnerungen an sie. Die gab es bestimmt, jenseits der inneren Barrieren.

Als er den Parkplatz überquerte, klingelte sein Handy. Hektisch holte er es aus der Tasche. Eine unbekannte Nummer.

»Welche Helene?«, unterbrach er die Mädchenstimme, die sich meldete, aber dann fiel es ihm wieder ein. »Die Helene aus Anns Klasse, natürlich.«

»Haben Sie etwas von ihr gehört?«

»Nein.« Er hörte dem Mädchen an, dass sie nicht deswegen anrief.

»Mir ist etwas eingefallen«, sagte sie. Sie zögerte, er ließ ihr Zeit. »Vorgestern, nach der Schule … wir haben da einen Jungen in der Klasse, den wir ziemlich mies behandelt haben.«

»Streuner«, sagte Bjørn.

»Kennen Sie ihn?«

»Ihr habt ihn in den Keller der Fabrik eingesperrt.«

Sie stieß einen leisen Laut aus.

»Ich hab versucht, sie davon abzuhalten.«

»Du wolltest gerade etwas erzählen. Was ist vorgestern nach der Schule passiert?«

»Streuner … also Morten, wie er eigentlich heißt, der hat einen Bruder, der ziemlich …« Jetzt achtete Bjørn sehr genau darauf, sie nicht zu unterbrechen. »Morten droht ständig mit seinem Bruder, wenn irgendwas ist. Und das hat er auch getan, als sie ihn eingesperrt haben.«

Bjørn brummte, um sie zum Weiterreden zu ermuntern.

»Vorgestern hab ich Streuner mit seinem Bruder vor unserer Schule gesehen.«

Bjørn blieb stehen. »Bist du sicher?«

»Hundert Prozent. Ich weiß, wie er aussieht, auch wenn er viel älter ist als wir.«

»Was haben die beiden da gemacht?«

»Keine Ahnung. Sie standen an der Bushaltestelle und schienen auf jemanden zu warten.«

»Hast du Drohungen erhalten?«

»Wie meinen Sie das?«

»Nach der Sache mit Streuner, hat dir jemand mit Rache gedroht?«

»Nein«, antwortete sie rasch.

»Von euch vieren bist du also die Einzige, die nicht bedroht worden ist.«

»Ich glaube, Morten hat verstanden, dass ich nicht mitgemacht hätte. Ich hab die anderen gebeten, ihn laufen zu lassen.«

»Und Ann hat auch mitgemacht?«

Die Freundin machte eine kurze Pause und sagte: »Es war Ann, die sie dazu angestiftet hat.«

»Ist das wahr?«

»Ja.«

Bjørn versuchte, das Bild, das er von seiner Tochter hatte, damit in Einklang zu bringen.

»Sie wissen doch bestimmt das mit Streuners Vater, oder?«

Bjørn nahm das Handy in die andere Hand und holte sein Notizbuch aus der Jacke. »Meinst du den leiblichen Vater?«

»Ja.«

»Von was sprichst du?«

Sie schien erneut zu zögern. »Er hat Streuners Mutter getötet.«

Bjørn zuckte zusammen.

»Woher weißt du das?«

»Das wissen doch alle.«

»Wie heißt der Vater?«

»Das weiß ich nicht.«

»Hör zu, Helene. Nachdem wir unser Gespräch beendet haben, rufst du sofort die Nummer an, die ich dir jetzt gebe. Verstehst du?

Nicht irgendwann später oder heute Abend, sondern sofort. Und dann erzählst du genau das, was du mir gerade erzählt hast.«

Er setzte sich ins Auto, fand Runar Isaksen in seiner Adressliste, hatte den Namen erst gestern gespeichert.

»Nichts Neues?«, fragte der Lehrer nach ein paar Höflichkeitsphrasen.

»Nein.«

»Im Internet habe ich gelesen, dass man etwas in der alten Fabrik gefunden hat.«

»Ja, sieht so aus«, entgegnete Bjørn. »Wussten Sie, dass die Jugendlichen sich da herumgetrieben haben?«

Es vergingen ein paar Sekunden, ehe der Lehrer antwortete: »Das ist mir neu. Das meiste, was die Schüler so treiben, kriegen wir Lehrer ja gar nicht mit.«

»Was wissen Sie über Morten Brennås?«

»Was ich über ihn weiß? Er geht in meine Klasse. Es gab Überlegungen, ob er woanders nicht besser aufgehoben wäre, doch ich wollte ihn behalten.«

»Warum?«

Es hörte sich so an, als lehne sich der Lehrer auf seinem Stuhl zurück. »Weil die Schüler vor allem lernen sollen, sich denen gegenüber fair zu verhalten, die es besonders schwer haben im Leben.«

Bjørn verzichtete auf Widerspruch. »Wissen Sie, dass er mit dem Handel von Drogen zu tun hat?«, fragte er.

»Dieser Gedanke wurde bei manchen Besprechungen auch schon geäußert, mehr kann ich dazu nicht sagen.«

»Kennen Sie seinen Bruder Jørgen?«

»Auch dieser Name ist schon gefallen, wenn wir über Mortens Situation diskutiert haben.«

»Aber Sie sind ihm nie begegnet?«

»Warum wollen Sie das wissen?«

Bjørn strich mit der Hand durch seine regennassen Haare. »Ich frage nach allem, was mir einen Hinweis geben könnte, wo sich Ann befindet. Darum habe ich noch eine weitere Frage.«

»Ja?«

»Der Vater von Morten und Jørgen Brennås, ich meine, der leibliche Vater, soll die Mutter getötet haben.«

Keine Reaktion.

»Haben Sie davon gehört?«

Der Lehrer räusperte sich. »Ich verstehe ja, dass Sie alle möglichen Informationen haben wollen. Doch ich sehe keinen Grund, mich darüber auszulassen.«

»Das sollten Sie aber. Alle Jugendlichen in Hammerdal kennen die Geschichte.«

»Danach sollten Sie die Jugendlichen fragen. Tut mir leid.«

Bjørn musste sich gewaltig zusammenreißen, um dem Lehrer nicht seine Meinung zu sagen.

9)

Das Training lief nicht besonders. Den ganzen Herbst hindurch hatte sich Helene mit einer Schulterentzündung herumgeschlagen, was sie jedoch nicht davon abgehalten hatte, ihr übliches Pensum zu absolvieren, doch jetzt waren die Schmerzen schier unerträglich geworden. Nach achthundert Metern brach sie das Training ab, stieg aus dem Wasser und setzte sich auf eine Bank. Mit einem Mal fühlte sie sich zu Tode erschöpft. Am liebsten hätte sie sich zu Hause ins Bett gelegt, um eine Woche lang durchzuschlafen.

Karen Sofie kam zu ihr.

»Hast du Schmerzen?«

»Nur ein bisschen.«

»Lass mal sehen.«

Karen Sofie nahm ihre Hand, streckte ihren Arm und drehte ihn abwechselnd in beide Richtungen.

»Tut das weh?«

»Ja, wenn du ihn nach innen bewegst.«

Karen Sofie sah beim Training zu, weil sie Dagnys Mutter war und außerdem als Kontaktperson aus der Elternschaft fungierte. Sie liebte es, Ärztin zu spielen, musste unbedingt beweisen, dass sie genau wusste, wo die Verletzung saß und was man dagegen tun konnte. In Wahrheit verstand sie von solchen Dingen überhaupt nichts.

»Das ist nichts Ernstes«, sagte sie leichthin. »Aber du solltest nichts riskieren. Geh lieber unter die Dusche.«

»Echt jetzt? Ich kann das Training trotzdem durchziehen.«

»Nein, nein, nimm dir lieber frei. Das Beste, was du deinem Körper in so einer Situation gönnen kannst, ist Ruhe. Am Wochenende brauchen wir eine Helene in Topform. Ich sage den Trainern Bescheid.«

Karen Sofie tätschelte Helenes Kopf, als wüsste sie ganz genau, was diese in bestimmten Situationen brauchte und was nicht. Ärztin und Physiotherapeutin reichte ihr nicht, sie wollte auch Psychologin sein.

Helene befolgte ihren Rat, ging die Stufen zur menschenleeren Umkleide hinunter und zerrte sich die Träger ihres Badeanzugs von den Schultern. Drehte sich zum Spiegel. Sie hatte fast kein Make-up aufgetragen. Hatte sie auch nicht nötig. Das sagten alle. Die Augenbrauen waren ebenso dunkel wie die Wimpern. Bei deinem Gesicht öffnen sich alle Türen, hatte jemand auf Facebook gepostet, als sie ein neues Profilbild eingestellt hatte.

Sie trat einen Schritt zurück, bemühte sich, ihr Gesicht so zu betrachten, wie es ein Fremder tun würde. Victor neben ihr im Bett. Wenn er dalag und sie anstarrte, konnte man fast Angst vor ihm bekommen.

»Was siehst du?«

»Dich. Du bist so hübsch.«

Ein ironischer Unterton. Doch er meinte es ernst.

Womöglich war er in diesem Moment mit Ann zusammen. Auf dem Motorrad, in einem Hotelzimmer oder auf einer Hütte.

So was tut man seiner besten Freundin nicht an. Man spannt ihr nicht den Freund aus.

Es gab noch eine andere Möglichkeit. Dass Ann nirgendwo mehr war.

Helene stand vor dem Spiegel und gab sich dem Gedanken hin. Dass Ann nicht mehr existierte, war fast ein schönes Gefühl. Dass es auch etwas wehtat, machte es umso schöner.

In der Dusche stellte sie sich direkt unter den Duschkopf und ließ das Wasser an sich hinablaufen.

Victor hatte Drohmeldungen bekommen, Ann und Nico ebenso. Nur sie nicht.

Auf WhatsApp und Facebook gab es dennoch viele, die wussten, was passiert war. Dass sie und Victor ein Paar gewesen waren und Ann ihn übernommen hatte.

Sie schloss die Augen, drückte den Hebel der Mischbatterie noch weiter nach links. Heißes Wasser lief ihr über Gesicht und Hals und zwischen ihren Brüsten hindurch. In der Parallelklasse glaubten manche, Victor habe Ann etwas Schlimmes angetan und sich aus dem Staub gemacht. Sie kannten ihn nicht, waren ihm nie begegnet. Käme er jetzt nackt zu ihr unter die Dusche, würde er sich hinter sie stellen, seine Hände auf ihre Brüste legen …

Plötzlich war alles dunkel. Sie riss die Augen auf, sah nichts.

»Hallo?«

Nur das Plätschern des Wassers, sonst nichts. Sie stellte es ab.

»Hallo?«, fragte sie erneut. Ihre Stimme verhallte zwischen den feuchten Kacheln.

Sie tastete sich an der Wand entlang, fand das Waschbecken, drückte auf den Lichtschalter.

Nichts geschah.

Das Knarren einer Tür, dann Stille.

Helene stieß die Tür zur Umkleide auf, auch dort alles dunkel, der Schein einer Taschenlampe draußen auf dem Parkplatz. Jemand war auf der Außentreppe, kam auf sie zu. Sie drückte sich in die Ecke hinter ihrem Spind. Die Tür ging auf, schmatzende Schritte auf dem Fußboden. Das sind keine normalen Schuhe, dachte sie. Das sind Gummistiefel.

Triefend nass stand sie im Dunkeln und fror am ganzen Körper. Plötzlich wusste sie, dass Ann nicht mit Victor abgehauen war. Etwas anderes war geschehen. Etwas Grauenhaftes.

Die Dunkelheit umschloss sie, nahm den Raum mit sich fort, auch die fernen Geräusche und den Rest des Lichts.

10)

Vier oder fünf Mal hatte Bjørn die Nummer gewählt, die Walter ihm gegeben hatte. Es war fast halb acht, als er ihn endlich erreichte. Walter bestand darauf, ihn sofort zu treffen. Aber diesmal nicht im Café. Er wollte nicht, dass sie zusammen gesehen wurden. Bjørn gabelte ihn an der Schweigaards gate auf.

»Hab nicht kapiert, dass es um deine Tochter geht, Bønnik. Hättest du mir auch gleich sagen können.«

Bjørns Antwort war nur ein Grunzen. Er konnte nicht länger verbergen, was auf dem Spiel stand.

»Hast du heute Nacht überhaupt ein Auge zugekriegt?« Walter trainierte offenbar seine Empathie. Ein Naturtalent war er nicht.

»Mensch, ich hab doch selbst Kinder«, fuhr er fort. »Ich weiß genau, wie es dir geht.«

Er hatte einen Sohn und eine Tochter. Erst seit sie Anfang zwanzig waren, hatte er mehr Kontakt zu ihnen. Doch Bjørn fand keine Genugtuung darin, sich mit anderen Vätern zu vergleichen, die sich noch schlechter geschlagen hatten als er.

Er blinkte und verließ den Verkehrskreisel. »Was hast du für mich?«

»Kann verstehen, dass du fix und fertig bist. Echt üble Geschichte.«

Bjørn brachte ihn mit einer harschen Handbewegung zum Schweigen. »Ich will wissen, ob Jørgen Brennås was mit der Sache zu tun hat.«

Walter sog die Unterlippe ein.

»Wenn dieser Jørgen B. etwas damit zu tun hat, steht er jedenfalls nicht hinter dem Ganzen.«

»Wie, hinter dem Ganzen? Was soll das heißen?«

»Dass er der kleinste Fisch im Teich ist.«

»Hat er was mit der Sache zu tun? Wollte er seinen kleinen Bruder rächen?«

»Glaubst du wirklich, dass er wegen einem dummen Kinderstreich seinen Arsch riskiert?«

Dieser Gedanke war Bjørn auch schon gekommen. »Manchmal gerät eben was außer Kontrolle. Vielleicht wollte er jemandem Angst einjagen, und dann ist alles aus dem Ruder gelaufen.«

Walter knabberte weiter an seiner Lippe, sog sie ein und stülpte sie schmatzend wieder nach außen. Ließ sich seine Gedanken förmlich auf der Zunge zergehen.

»Oder die Sache hat ganz andere Dimensionen.«

Im Festningstunnel trat Bjørn aufs Gaspedal, die Nadel des Tachometers passierte hundert.

»Mach bloß nicht die Bullen auf dich aufmerksam«, bemerkte Walter mit einem Grinsen.

»Willst du mich nur hinhalten, oder hast du wirklich was zu bieten?«, fragte Bjørn aggressiv.

»Ganz ruhig, Bønna. Gib mir erst mal dein Handy.«

Bjørn fingerte es aus seiner Tasche und warf es Walter in den Schoß. Der schaltete es aus und gab es ihm zurück.

»Diese Leute haben kein Gewissen wie du und ich.«

Walters Gewissen war auch nicht gerade weltberühmt.

»Die machen das im großen Stil. Teuer kaufen, noch teurer verkaufen.«

»Kannst du endlich mal konkret werden?«

»Ich habe Grund zu der Annahme, dass sie deiner Tochter gefolgt sind.«

»Von wem redest du, verdammt?«

Walter fand den Hebel unter dem Sitz, schob ihn ein Stück nach hinten, streckte seine Beine aus. »Sie war in einer Fabrik, wollte dort jemanden treffen. Mitten in der Nacht. Dann sind sie da reingegangen und haben sie mitgenommen. Kapierst du jetzt, von was für Leuten wir reden?«

Bjørn fixierte die Tunnelöffnung, ärgerte sich, überhaupt Kontakt zu Walter aufgenommen zu haben, denn was der zu bieten hatte, schien ihm mehr als vage zu sein. Doch jetzt musste er sich alles anhören. Dennoch hatte eine gewisse Hoffnung in ihm Wurzeln geschlagen. Warum sollte Walter ihn anlügen? Er hatte mehr Heroin auf der Straße verkauft als jeder andere, den Bjørn kannte. Hatte Tresore gesprengt, als das noch was brachte, und war an einem Überfall auf einen Geldtransporter beteiligt gewesen. Doch als notorischer Lügner war er nicht bekannt.

»Da läuft irgendwas Großes.«

Bjørn bog in Richtung Bygdøy ab. »Leute, die du kennst, haben immer was Großes am Laufen«, brummte er.

»Solche Provokationen prallen an mir ab«, behauptete Walter. »Hier geht es um eine gigantische Investition.«

Bjørn enthielt sich eines Kommentars.

»Ich hab noch keine endgültigen Beweise, aber es handelt sich um den Jackpot des Jahrzehnts, mindestens. Die warten auf die Ware, und vieles kann noch schiefgehen. Deshalb könnten sie deine Tochter auf eine kleine Ferienreise mitgenommen haben … meinen Quellen zufolge.«

»Pass auf, was du sagst!«, rief Bjørn. »Wenn du mich jetzt anlügst, schmeiße ich dich, ohne zu bremsen, aus dem Auto.«

»Ist echt 'ne Sauerei«, seufzte Walter und schien kein bisschen Angst zu haben, »dass es immer die Besten im Leben trifft. So ist es doch ständig, oder? Quasi ein Naturgesetz …«

Für einen Augenblick erwog Bjørn, sein Vorhaben in die Tat umzusetzen.

»Also es gibt bisher nur Anhaltspunkte«, sagte Walter. »Muss erst noch die Infos sortieren … die Spreu vom Weizen trennen. Aber ich glaube, ich weiß, wer das hier entkräften oder bestätigen kann. Schließlich geht es vorerst um eine Hypothese. Die Frage ist, ob ich weiter dranbleiben soll.«

Bjørn fuhr rechts ran, stellte die Scheibenwischer ab und betrachtete die winzigen Regentropfen, die auf der Windschutzscheibe zerplatzten.

»Wenn an der Geschichte was dran ist …«, begann er. »Wenn an deinem ganzen Geschwätz nur ein Funken Wahrheit ist …« Er traute Walter nicht. Irgendjemand wollte ihn testen, und wahrscheinlich spielte Walter mit. Doch konnte er den Gedanken nicht ertragen, ihr Gespräch abzubrechen. Sein letzter Strohhalm. Er war dünn und glatt, es war schier unmöglich, sich daran festzuhalten, aber er hatte nur diesen einen.

»Was wollen sie?«

»Gar nicht so viel, wie ich gehört habe. Aber das darfst du nicht wörtlich nehmen, Bønnik. Vorläufig. Die entscheidende Frage ist folgende: Willst du, dass ich an der Sache dranbleibe, oder soll ich den Auftrag beenden, einen Abschlussbericht schreiben und mir für den Rest der Woche freinehmen?«

Bjørn antwortete nicht und drückte die Zeigefinger gegen die Schläfen. Und dieses eine Mal schwieg auch Walter.

Vielleicht war etwas dran. Wenn auch nur die geringste Möglichkeit bestand, dass Walter unter Umständen …

Walter reichte ihm ein Handy. »Nimm das, wenn du mich erreichen willst.«

Bjørn legte es zwischen die Sitze.

»Ich helfe dir, Bjørn. Aber nur, wenn du es auch willst. Ich helfe dir aus alter Verbundenheit, der alten Eishockey-Zeiten wegen.«

»Mir geht's nicht um Eishockey.«

»Weiß ich schon. Aber es wäre eine Katastrophe, wenn deiner Tochter was passieren würde. Ich werde auf jeden Fall mein Bestes geben. Und niemand glaubt, dass du so dumm bist, was zu unternehmen, solange du keine handfesten Beweise hast.«

Nach einer Weile fügte er hinzu: »Ich habe noch einen anderen Grund, dir zu helfen. Das weißt du bestimmt. Er heißt Johnny Lindbekk und war dein Stiefvater, falls du das vergessen haben solltest.«

Das hatte Walter schon öfter gesagt, und vielleicht stimmte es wirklich. Johnny Lindbekk war in Hammerdal und Furuset ihr

Trainer gewesen. Walter zufolge einer der ganz wenigen Erwachsenen, dem man vertrauen konnte und der immer sein Wort hielt. Und Johnny half Walter auch, nachdem er auf der Straße gelandet war. Er hatte ihn nie aufgegeben.

Bjørn wendete und fuhr zurück in Richtung Zentrum.

»Der Vater von Jørgen Brennås soll einen Mord begangen haben«, sagte er. »Weißt du was darüber?«

»Du nicht?«

Er nahm Walters ungläubigen Blick von der Seite wahr.

»Nein.«

»Frank Nitter«, sagte Walter. »Die Jungs, nach denen du fragst, sind seine Söhne.«

Bjørn starrte ihn an, bevor er seinen Blick wieder auf die Fahrbahn richtete.

»Verdammte Scheiße, das gibt's doch nicht«, murmelte er.

* * *

Als Bjørn wieder allein im Auto saß, rief er sofort Susanne Haugestad von der Polizei in Lillestrøm an.

»Tut mir leid«, kam sie ihm mit ihrer tiefen Stimme zuvor. »Immer noch nichts. Die Hundestaffel hat ihre Arbeit für heute eingestellt. Sobald es hell wird, nimmt sie die Suche nördlich von Hammerdal wieder auf. Ein paar Freiwillige wollen jedoch keine Pause einlegen.«

Er brachte Dankbarkeit zum Ausdruck, die er nicht fühlte. Wusste, dass sie alles taten, was in ihrer Macht stand.

»Hubschrauber?«

»Das werden wir morgen entscheiden«, antwortete sie.

»Wir geben nicht auf«, fügte die Hauptkommissarin hinzu, bestimmt, weil sie wusste, wie wenig sie ihm bieten konnte. »Es gibt immer noch viele Möglichkeiten.«

Es war Mittwochabend. Seit dem letzten Lebenszeichen waren siebenundvierzig Stunden vergangen. Falls das Zeitfenster immer noch offen stand, beschränkte es sich höchstens auf wenige Millimeter.

Aber so durfte er nicht denken.

»Wir haben Ihre Anrufliste von gestern überprüft«, sagte Susanne Haugestad. »Die unbekannte Nummer von gestern Morgen.«

Daran hatte er nicht mehr gedacht.

»Sie wurden von einem Handy angerufen, das der Hellman Finance Resource Group gehört. Sagt Ihnen das etwas?«

Bjørn wurden ständig irgendwelche Kredite angeboten.

»Hat das Unternehmen etwas mit Trygve Hellmann zu tun?«, fragte er.

»Ja, eine seiner Investmentgesellschaften. Das Handy ist auf seinen Namen registriert.«

»Hellmann persönlich? Der will mich bestimmt auf seine Jacht einladen.«

Gemeinsam mit dem Kronprinzen und seiner Familie, hätte er fortfahren können, doch sein Bemühen, Humor zu zeigen, erlahmte auf der Stelle.

»Die Journalisten rennen uns schon die Türen ein«, sagte sie. »Noch blocken wir alles ab, aber die Namen der vermissten Personen haben sie längst. Sie müssen damit rechnen, dass sie sich auch bei Ihnen melden.«

»Darauf bin ich vorbereitet.« Was nicht ganz der Wahrheit entsprach. »Ist Jørgen Brennås schon vernommen worden?«, wollte er wissen.

Sie antwortete nicht.

»Ich verstehe, dass Sie mir nicht alles sagen können.«

»Ist schon in Ordnung«, versicherte sie mit noch tieferer Stimme. »Ich bin mit Oslo in Kontakt gewesen. Sie haben mit ihm geredet und überlegen, ob sie ihn vorladen sollen, um ihn ausführlich zu vernehmen.«

»Was gibt es da zu überlegen? Es ist so gut wie sicher, dass er die drei Jugendlichen bedroht hat. Zwei von ihnen sind verschwunden. Jørgen Brennås wurde Montagnachmittag bei der Schule gesehen. Warum war er dort, wenn nicht, um sie zu verfolgen, weil sie seinen Bruder in den Keller der Fabrik eingesperrt hatten?«

»Offenbar hat er ein Gespräch mit einem Lehrer seines Bruders gehabt.«

Bjørn setzte sich im Auto auf. »Sind Sie sicher?«

»Das hat er selbst gesagt.«

»Mit welchem Lehrer?«

»Der Name fällt mir gerade nicht ein.«

Er schwenkte in die Einfahrt.

»Sie wissen natürlich, dass Frank Nitter der Vater von Jørgen und Morten Brennås ist?«

Mit dieser Frage hatte er lange gewartet.

»Darauf kann ich nicht näher eingehen. Sie wissen ja, dass …«

Ja, sie tat, was sie konnte. Doch das war nicht genug. Das Zeitfenster schloss sich. Niemand konnte genug tun.

Er blieb auf der Schwelle zum Wohnzimmer stehen, warf einen Blick auf den gemütlichen Ledersessel. Wenn er es sich jetzt in ihm bequem machte, immer tiefer in ihm versank, würde er sich erst wieder erheben, wenn es zu spät wäre.

Igor trottete auf ihn zu und stupste ihn mit seiner Nase an. Bjørn streichelte ihn zärtlich. Auf einmal klingelte sein Handy. Eine Nummer, die er nicht kannte. Er sollte rangehen, war nicht in der Lage dazu, steckte das Handy wieder ein. Eine halbe Minute später klingelte das Telefon auf dem Flur. Er stand immer noch auf der Schwelle, hörte, wie Siren den Jungs im ersten Stock Gute Nacht sagte. Schritte auf der Treppe, dann nahm sie den Hörer ab, sprach mit jemandem, den sie nicht kannte. Er konnte die Worte nicht verstehen, doch ihre Stimme klang ruhig. Im nächsten Moment stand sie hinter ihm.

»Eine Journalistin von *VG*. Sie hat gesagt, sie wäre mit dir verabredet.«

Er schaute an die Decke. »Verabredet ist übertrieben. Ich habe ihr gesagt, dass sie mich anrufen kann.«

»Willst du mit ihr reden?«

Er hatte das Gefühl, an Ort und Stelle einzuschlafen. »Sag ihr, dass ich mich melde.«

Siren ging zurück auf den Flur, beendete das Gespräch. Dann legte sie ihre Arme um ihn.

»Du brauchst unbedingt ein bisschen Schlaf.« Ihre Stimme klang besorgt. Aus gutem Grund. Das letzte Mal war Ann vor fast achtundvierzig Stunden gesehen worden. Und er hatte seit über vierzig Stunden nicht richtig geschlafen.

»Ich hätte besser auf sie aufpassen müssen.«

Am liebsten hätte er geschrien, dass er nicht imstande war, seine Tochter zu beschützen, und sie damals im Stich gelassen hatte. Wie konnte sich überhaupt irgendjemand auf ihn verlassen?

»Du kannst nicht alles alleine schaffen. Nicht mal du kannst das, Bjørn. Du kannst nicht alle jederzeit beschützen.«

Er wollte sich nicht trösten lassen.

»Die Jungs, die sie bedroht haben«, begann er, ohne zu wissen, ob er es aushielt, darüber zu sprechen.

»Was ist mit ihnen?«

»Frank Nitter … ist ihr Vater.«

Sie brauchte ein paar Sekunden, bevor sie begriff, wovon er redete.

»Du meinst doch nicht den, der …«

»Genau den meine ich. Der seine Frau verstümmelt und sie in der Scheune an einen Haken gehängt hat.«

Sie zog ihn zum Sofa, sorgte dafür, dass er sich hinlegte, setzte sich zu ihm.

»Weißt du noch mehr?«

Er schloss die Augen, antwortete nicht.

»Und jetzt stellst du dir natürlich die schlimmsten Dinge vor.«

Das tat er nicht einmal. Er hatte den Gedanken an Frank Nitter bisher auf Distanz gehalten und hütete sich vor allem davor, ihn mit den Bildern von Ann zu vermischen, als könnte er sie schützen, wenn er seine Fantasien im Zaum hielt.

Plötzlich sagte er: »Montagabend, nachdem Ann hier angerufen hatte. Du hast gesagt, dass du mit Igor draußen warst.«

Er hielt die Augen geschlossen, sah ihre Stirn vor sich, die sich ein wenig kräuselte, als fege ein Windstoß über einen Weiher.

»Warum fragst du?«

»Kannst du mir sagen, wo ihr langgegangen seid?«

Sie ließ ihn los.

»Was willst du damit sagen, Bjørn?«

Er öffnete nicht die Augen, vermochte es nicht, ihrem Blick zu begegnen.

»Du hast gesagt, dass du spazieren gegangen bist. Aber du warst mit meinem Auto unterwegs. Ich ziehe immer die Handbremse an, wenn ich parke. Als ich heute Morgen losgefahren bin, war die Handbremse gelöst. Und unter dem Sitz lag dein Schminkbeutel.«

Sie hätte irritiert sein können, oder zornig.

»Bjørn?«

Ihre Hand an seiner Wange. Sie drehte seinen Kopf in ihre Richtung, sodass er ihr schließlich in die Augen blicken musste.

»Tu uns das nicht an.«

»Was … antun?«, fragte er und wusste genau, was sie meinte.

»Wenn du etwas verlierst, darfst du nicht alles andere auch noch aufs Spiel setzen«, entgegnete sie und schaute ihn unverwandt an.

Er begnügte sich mit einem »Nein«, behielt alles andere für sich. Niemals hatte er jene verachtet, die ihr Leben nicht in den Griff bekamen. Viele von denen, die er auf der Straße oder im Vernehmungszimmer kennengelernt hatte, waren ihm sympathisch gewesen, und nicht selten hatte diese Sympathie auf Gegenseitigkeit beruht. Er wusste allzu gut, wie sehr der Zufall darüber entschied, ob man auf der Sonnenseite des Lebens stand oder nicht. Doch empfand er manchmal eine Abneigung gegenüber finanzstarken Eltern, die zu sehr mit sich selbst beschäftigt waren und ihre Kinder nicht davor bewahrten, auf die schiefe Bahn zu geraten. Die woandershin schauten, während ihre Kinder von Kräften, denen sie nicht gewachsen waren, in Stücke gerissen wurden. Jetzt gehörte auch er zu diesen Eltern.

Er drückte Siren an sich. Vielleicht, um ihr zu versichern, dass er nicht vorhatte, das, was ihm noch blieb, aufs Spiel zu setzen. Und die ganze Zeit sah er Ann vor sich. Sie lächelte ihn mit ihren kleinen weißen Zähnen an und knabberte an ihrem dünnen Zopf, wie sie es immer tat, wenn sie über etwas nachdachte.

Ich werde dich finden, Ann.

Später saßen sie vor dem Fernseher und sahen eine Wiederholung der 21-Uhr-Nachrichten. Ausnahmsweise durfte Igor bei ihnen auf dem Sofa liegen.

»Was ist mit der Sache, an der ihr gerade dran seid?«, fragte er und unterdrückte ein Gähnen.

»Was soll damit sein?«

»Du darfst immer noch nichts sagen?«

Oft vertrauten sie sich Interna ihrer täglichen Arbeit an, aber in diesem Fall durfte sie nichts verraten, nicht einmal ihm gegenüber. Sie nahm eine zentrale Rolle bei den Ermittlungen ein, weshalb sie eine Menge Überstunden machen musste, das war alles, was er wusste. Im Bereich der Wirtschaftskriminalität gehörte sie zu den profiliertesten Juristen, arbeitete strukturierter und zielgerichteter, als er es je bei jemandem erlebt hatte. Auch ihm hatte sie auf die Sprünge geholfen. Denn ohne sie hätte er sich niemals um die Führungsstelle beworben, die er jetzt bekleidete, sondern wäre ein unterbezahlter Ermittler geblieben. Ohne sie würde er immer noch in einem Reihenhaus in Hammerdal leben …

Er ließ sich in das Sofa sinken und bekam von den außenpolitischen Nachrichten nichts richtig mit. Abrupt wachte er auf, als die Vermissten erwähnt wurden, zwei Jugendliche aus Hammerdal. Eine Karte zeigte, wo der Ort lag. Doch kein Bericht, noch nicht. Noch immer konnte man die Sache als Fall ohne größeren Nachrichtenwert betrachten. Nichts Kriminelles, kein schwerwiegendes Unglück. Man konnte sich mit so einem Gedanken beschäftigen, aber es war unmöglich, daran zu glauben. Er konzentrierte sich auf die übrigen Meldungen. Ein Bezirksbürgermeister musste die Zustände in einem Altersheim rechtfertigen. Ein Neunzigjähriger war im Bad gestürzt und vier Stunden liegen geblieben, ehe sie es bemerkten. Das Letzte, woran sich Bjørn erinnerte, bevor er einschlief, war das Gesicht des haar- und zahnlosen Greises, nun im

Bett, seine großen eingesunkenen Augen, die über den Saum der Bettdecke spähten, seine rissigen Lippen, die etwas Unverständliches murmelten. In der Ferne klingelte ein Telefon, nicht seines, doch er bemühte sich, aufzuwachen, denn es war Ann, die anrief. Sie wollte ihm unbedingt etwas sehr Wichtiges erzählen.

Siren strich ihm über die Haare. Als er wach wurde, saß sie neben ihm und schaute ihm in die Augen. Sie trug einen Pyjama, ihr Gesicht war ungeschminkt.

»Du weißt etwas!«, stieß er hervor und setzte sich auf.

Sie antwortete nicht. Er packte sie an den Schultern.

»Siren!«, flehte er. »Sag es mir. Ist sie …?«

»Ich weiß es nicht, Bjørn. Sie haben jemanden gefunden, mehr ist nicht bekannt.«

Er sprang auf. »Wo?«

»Man weiß noch nichts Genaues. Im Moment kannst du nichts tun.«

Hastig holte er das Handy aus der Tasche, wusste nicht, wen er anrufen sollte.

»Mein Vater hat angerufen«, sagte sie. »Bei der Kriminalpolizei ist ein Anruf eingegangen.«

»Wann?«, rief er.

»Ungefähr vor einer halben Stunde. Sie haben einen … Körper gefunden.«

»Eine Leiche … meinst du?«

Sie nickte. »Die Person ist noch ziemlich jung. Das ist alles, was ich weiß, Bjørn. Mein Vater wollte, dass wir es zuerst erfahren.«

»Wo?«, wiederholte er.

»Irgendwo im Wald, genau weiß ich das nicht.«

Er schwankte ins Bad, Igor schlich hinter ihm her. Er sank auf den Klodeckel, als hätte ihm die Strecke von nur wenigen Metern alle Kräfte geraubt. Mit Mühe suchte er Halfdans Nummer heraus. Sein Schwiegervater war sofort am Apparat.

»Vielleicht hätte ich es nicht tun sollen, Bjørn. Aber ich weiß doch, wie es euch geht.«

Bjørn schloss die Augen, denn jetzt würde er die Wahrheit erfahren. Er wollte sie nicht hören und doch Halfdan auffordern, sofort mit der Sprache herauszurücken, denn wenn er noch länger warten musste, kostete es ihn womöglich das Leben.

»Siren sagt, dass sie jemanden gefunden haben.«

»Ja, es sieht ganz so aus.«

Halfdan sprach langsam, zögerlich. Bjørn hatte ihn noch nie so erlebt.

»Die Nachricht kam vor einer Dreiviertelstunde.«

Bjørn konnte den Kopf nicht mehr aufrecht halten, er sank ihm auf die Brust. Sein Blick fiel auf die Fliesen. Damals hatte er sie gemeinsam mit Siren ausgesucht und das Bad selbst gekachelt. Es war Frühling gewesen, Siren im vierten Monat schwanger, alles in seinem Leben schien sich zu ordnen. Auch das Muster der Terrakottafliesen war ihm wohlgeordnet erschienen, doch jetzt setzte es sich vor seinen Augen in Bewegung. Er starrte darauf, die Farben flossen ineinander.

Ann, durchfuhr es ihn, bitte, liebe Ann, tu uns das nicht an.

»Sag es mir, Halfdan. Sie haben sie gefunden.«

»Das ist keineswegs sicher. Ich habe noch keine Personenbeschreibung. Die Techniker sind auf dem Weg zum Fundort. Doch auf der Vermisstenliste stehen nur wenige Jugendliche.«

Bjørn stand mühsam auf, klemmte das Handy zwischen Ohr und Schulter, während er sein Hemd zuknöpfte und den Gürtel stramm zog. Igor erhob sich winselnd.

»Wo?«

»Du kannst nichts tun, Bjørn. Ich rufe dich sofort an, wenn ich Einzelheiten erfahre.«

»Wo?«

Halfdan atmete tief durch. »Ich checke das. Und geb dir die Koordinaten durch.«

* * *

Vom Parkplatz aus verlief ein Weg zum See hinunter. Absperrbänder, ein Dienstwagen, ein Polizist in Uniform. Osloer Polizei, registrierte Bjørn. Die Grenze zwischen den Landkreisen verlief irgendwo im Wald. Als er die Scheibe herunterfuhr, schlug ihm der Regen ins Gesicht. Er zog seine Polizeimarke aus der Brusttasche, hängte sie sich um den Hals, schaltete das Licht im Wagen an.

»Bjørn Lindbekk«, las der Polizist und nickte. »Ich soll Sie durchlassen.«

»Waren Sie auch am Fundort?«, fragte Bjørn und hörte, wie gepresst seine Stimme klang.

»Nein, aber es sind genug Leute vor Ort. Sie sind am Staudamm.«

Er folgte dem holprigen Weg entlang des Sees. Der Regen klatschte gegen die Windschutzscheibe, und er schaltete die Scheibenwischer eine Stufe höher. Igor war auf dem Rücksitz aufgestanden, streckte den Kopf zwischen den Vordersitzen hindurch, hechelte ihm ins Ohr. Die ganze Zeit sprach Bjørn mit ihm, einfache, verstreute Wörter, als wolle er den Hund trösten.

Schon einen Kilometer vorher sah er die Autos. Sie parkten hintereinander am Wegesrand, ein paar nebeneinander in einer Ausbuchtung. Er achtete darauf, dass seine Polizeimarke gut zu erkennen war, nickte zwei uniformierten Beamten mit Headsets zu.

Vom kleinen Hügel ein paar Meter neben dem Weg konnte er in eine Talsenke blicken. Er zog sich die Kapuze über den Kopf und kletterte den rutschigen Abhang hinunter. Zwang sich, daran zu denken, dass er bei der Arbeit war. In Augenschein nehmen, Schlüsse ziehen. »Du weißt noch nichts«, murmelte er. »Du kannst sie immer noch finden. Du hast es ihr versprochen.«

Unten am Wasser hatten sie ein Zelt aufgestellt, das innen wie ein kleiner Tempel erleuchtet war. Er konnte den Staudamm ein Stück weiter erahnen. Als er das Zelt erreichte, entdeckte er die Leute von der Spurensicherung in ihren weißen Overalls. Zwei beugten sich über etwas, das im Wasser lag. Bjørn erblickte ein Bein und einen nackten Fuß.

Als er unter dem Absperrband hindurchschlüpfen wollte, wurde er von einem Uniformierten aufgehalten.

»Sie dürfen da nicht hin.«

Er drehte sich um und sah dem Polizisten ins Gesicht, dem das Wasser von seiner Mütze auf die Brust lief.

Bjørn begann mit einer Erklärung. Der Polizist hörte ihm nicht bis zu Ende zu, sondern winkte einen Mann heran, der am Wasser neben dem Zelt stand. Eine kleine schmale Gestalt in einem Regenmantel kam auf sie zu, auf dem Kopf eine durchnässte schwarze Wollmütze.

Jetzt erkannte Bjørn ihn wieder. Es handelte sich um einen der Veteranen im Dezernat für Gewaltverbrechen, einen Hauptkommissar, von dem während seiner Zeit bei der Osloer Polizei oft die Rede gewesen war.

»Sie sind Kommissar Viken, nicht wahr?«

»Kennen wir uns?« Die Stimme des Kommissars klang nicht gerade freundlich.

»Ich denke, wir sind uns schon über den Weg gelaufen. Ich bin Leiter der Abteilung für verdeckte Ermittlungen.«

»Ach ja.« Viken strich sich über die faltige Wange. »Und was verschlägt Sie an diesen Fundort mitten im Wald?«

Bjørn streifte sich die Kapuze vom Kopf. »Ich heiße Lindbekk. Meine Tochter …« Er konnte nicht weitersprechen. Seine Haare wurden nass, das Wasser lief ihm in den Nacken. Er wischte sich mit dem Handrücken über die Augen.

»Das vermisste Mädchen. Ist das Ihre Tochter?«

Er brachte kein Wort heraus. Viken trat einen Schritt näher und legte ihm die Hand auf die Schulter.

»Wie haben Sie davon erfahren?«

»Halfdan Kristiansen, mein Schwiegervater …«

»Ach, natürlich«, sagte Viken, ohne die Hand von seiner Schulter zu nehmen. Seine Stimme hatte sich verändert. »Hören Sie, Bjørn, es ist nicht Ihre Tochter, die hier gefunden wurde.«

Bjørn starrte ihn an. »Sicher?«

Im Licht der Taschenlampe des Uniformierten konnte er ein vages Lächeln in Vikens Gesicht erkennen. »Ich nehme an, dass Ihre Tochter ein Mädchen ist. Und das hier …«, der Hauptkommissar wies zum Wasser, »ist kein Mädchen.«

Bjørn ließ die Worte in sich einsinken. Kein Mädchen, kein Mädchen.

Viken steckte die Hand in die Tasche seines Regenmantels, zog zwei Schuhüberzüge heraus und gab sie Bjørn. »Ziehen Sie das an und kommen Sie.«

Zusammen gingen sie über die ausgelegten Bodenplatten zum Zelt. Viken gab einem Techniker ein Zeichen.

»Wir werfen noch mal einen Blick auf die Leiche«, sagte er und ließ Bjørn vorausgehen. Ein flacher Stein am Ufer. Darauf lag der Tote. Als Bjørn die langen schwarzen Haare sah, wusste er Bescheid. Er beugte sich hinunter und betrachtete das bleiche Gesicht. Unter den langen dunklen Wimpern waren die Augen halb geöffnet, als läge der Junge da und schaute zu ihm hoch.

»Victor«, murmelte er.

»Sind Sie sicher?«

Bjørn nickte. »Victor Munoz.« Er biss sich fest auf die Lippe. »Der Freund meiner Tochter.«

Als sie wieder neben dem Zelt standen, ließ er seinen Blick über die Wasseroberfläche schweifen. Ein schwarzer Spiegel, aufgepeitscht vom Regen. Dahinter die bewaldeten Hügel und jenseits davon Wald, Wald und noch mal Wald, wenige Straßen, ein paar winzige Ortschaften, sonst nichts, bis man irgendwann in Schweden war. Wenn sie in diese Richtung gelaufen ist, dachte er und stellte sich vor, dass er ihr nachlief und ihren Namen ins Dunkel der Nacht rief, bis sie ihm antwortete …

Rechter Hand ragte der Staudamm auf, eine senkrechte Betonwand von dreißig, vierzig Metern.

»Dort ist er ins Wasser gefallen«, sagte er.

»Nicht unwahrscheinlich.« Viken zeigte auf die Leiche des Jungen im Zelt. »Sehen Sie sich mal seine rechte Hand an.«

Bjørn ging wieder hinein, hockte sich hin. Bei drei Fingern fehlte ein Glied.

»Ich weiß, wo das passiert ist.«

Er erklärte in wenigen Sätzen, wie er den Finger in der Fabrik gefunden hatte.

»Wir lassen uns die Unterlagen aus Lillestrøm schicken«, entschied Viken.

»Was ist mit …« Bjørn zeigte zum Wasser.

»Morgen früh«, antwortete der Hauptkommissar. »Sobald es hell wird, fangen die Taucher an zu suchen.«

Auf dem Parkplatz, wo der Waldweg begann, ließ er Igor aus dem Wagen.

»Komm, lauf«, sagte er. Doch Igor legte die Ohren zurück und blieb dicht neben ihm.

Bjørn ließ ihn auf den Beifahrersitz klettern. Er klappte seine Rückenlehne nach hinten und schloss die Augen. Igor schnüffelte an seiner Schulter. Der gleichmäßige Atem des Hundes. Das Trommeln des Regens auf dem Dach. Sich langsam fortgleiten lassen, bis auch die Gedanken ihn losließen. So lange wie möglich in diesem Zustand bleiben.

Er wurde von Motorengeräusch geweckt. Es war zehn vor halb acht. In der Morgendämmerung überquerte ein Streifenwagen den Parkplatz. Zwei weitere Fahrzeuge, eines vom norwegischen Fernsehen. Sie passierten den Schlagbaum und fuhren zum See. Wenige Minuten später trafen die Taucher der Feuerwehr ein.

Bjørn setzte sich auf, Igor nahm den Kopf von seiner Schulter.

»Guter Hund«, murmelte er und tätschelte ihm den Hals.

Er folgte den Autos. Hielt ein paar Hundert Meter vor dem Staudamm an, parkte zwischen den Bäumen und nahm sein Fernglas aus dem Handschuhfach. Als er die Beifahrertür öffnete, sah ihn Igor mit seinen matten braunen Augen an.

»Komm schon«, sagte Bjørn streng, aber der Hund rührte sich nicht. Er hatte noch nie erlebt, dass Igor lieber im Auto bleiben wollte.

»Was ist los mit dir? So große Schmerzen kannst du doch auch nicht haben.« Er packte ihn am Nacken und zerrte ihn nach draußen. Mit hängenden Ohren warf ihm der Hund einen müden Blick zu, zockelte aber hinter ihm her.

Nach einiger Zeit erreichten sie die Kuppe eines Hügels, von dem aus man den See überblicken konnte. Er ging auf dem Hügelkamm entlang und kam zu einer Abholzfläche. Von dort aus hatte er sowohl den Staudamm als auch die parkenden Fahrzeuge im Blick.

Es dauerte fast zwanzig Minuten, ehe sie das erste Schlauchboot zu Wasser gelassen hatten. Bjørn setzte sich auf einen Felsen und beobachtete, wie es vom Ufer ablegte. Zwei Männer waren an Bord, einer stocherte mit einer langen Stange im Wasser.

Der andere im Neoprenanzug befestigte die Sauerstoffflasche auf seinem Rücken. Als sie etwa die Mitte des Sees erreicht hatten, ließ er sich rückwärts ins Wasser fallen.

Igor hob ab und zu den Kopf, hielt die Nase in den Wind, lag ansonsten aber regungslos da, den Kopf auf Bjørns Fuß, die braunen Augen auf ihn gerichtet. Schließlich hielt es Bjørn nicht mehr aus.

»Jetzt lauf schon!«, befahl er und gab dem Hund einen Klaps auf den Rücken. Igor rappelte sich auf, drehte träge eine Runde und rollte sich wieder neben Bjørns Füßen zusammen.

»Tut mir leid, Kamski.«

Johnny Lindbekk hatte ihn so genannt, als er noch ein Kind war. Er nahm den Hundekopf in beide Hände und bewegte ihn hin und her.

Ein paar Mal rief Siren an. Er konnte nicht mit ihr reden, schickte ihr eine Textnachricht. Es hatte aufgehört zu regnen, der Wind riss blauweiße Löcher in das Grau. Unten auf dem Wasser setzten sie ihre Suche den ganzen Vormittag über fort, suchten systematisch, Meter für Meter, in einem immer größeren Radius. Bjørn saß im kalten Licht und verfolgte alles haargenau. Versuchte, die Gedanken auszuschalten, während er die ganze Zeit Anns Stimme im Kopf hatte. Sätze, die sie letzten Sommer gesagt hatte. Sie war mit ihnen auf ihrer Hütte, aber es funktionierte nicht, das spürte er schon am ersten Tag. Siren ärgerte sich über Kleinigkeiten, die Ann tat oder eben nicht tat. Er nahm Siren mit ins Schlafzimmer und redete mit ihr. Sie ist ein Teenager, du kannst nicht erwarten, dass sie ständig nach unserer Pfeife tanzt. Was Sirens

Irritation nur verstärkte: Ich hab keine Zeit, ihr ständig die einfachsten Dinge zu erklären. Sie muss lernen, Ordnung zu halten, das ist alles, was ich will.

Aber das war nicht alles, was sie wollte. Ann tat ihm leid. Er merkte, wie sie sich immer mehr von ihnen zurückzog. Schließlich wollte sie nach Hause zurück. Eine Woche früher als verabredet. Notgedrungen fuhr er sie zur Bushaltestelle, nachdem er sie nicht hatte überreden können, doch noch länger zu bleiben. Sie sollte ihm offen sagen, was ihr durch den Kopf ging. Er hätte eine weitere Reise zu zweit vorschlagen sollen, nur sie beide, vielleicht nach Portugal. Sagte es nicht. Kam nicht dazu. »Nie komme ich dazu«, murmelte er und musste aufstehen. Er ging auf und ab und starrte hinunter aufs Wasser. Auf das Boot, das immer noch seine Kreise drehte. Jedes Mal, wenn der Taucher am Bootsrand auftauchte, blieb Bjørn abrupt stehen. »Jetzt«, flüsterte er. Jetzt ist es passiert. Doch der Taucher verschwand wieder, und das Boot zog seine kreisförmige Bahn.

Er schaute durch sein Fernglas über die Hügel jenseits des Sees. Der Blick von außen, als wäre er bei der Arbeit und dafür verantwortlich, die Vermissten zu finden. Sie mussten mit einem Auto hierhergekommen sein. Victor Munoz wahrscheinlich im Kofferraum, vielleicht in Plastik oder einen Teppich gewickelt. Wenige Meter vom Staudamm entfernt halten sie an. Um diese Jahreszeit trifft man hier nur selten jemanden. Er hievt den Leichnam des Jungen über die Brüstung. Wäre ein Mädchen dabei gewesen, hätten sie mit ihr dasselbe getan oder sie woanders hingebracht? Warum sollten sie? Ein oder zwei tote Jugendliche, was spielte das für eine Rolle? Plötzlich wie ein Blitzlicht wieder dieses Bild: Ein leicht bekleidetes Mädchen reißt sich los, rennt um ihr Leben am Staudamm entlang zum Wald auf der anderen Seite. Sie verfolgen sie, es gelingt ihnen jedoch nicht, sie einzuholen. Erneut spähte er angestrengt durch das Fernglas, auf der Jagd nach dem Unmöglichen. Hielt plötzlich inne, drehte sich langsam zurück, nicht sicher, ob er etwas gesehen hatte, vielleicht eine Bewegung, nicht nur die im Wind schwankenden Tannen. Bjørn drehte sich nach rechts, nach links. Da war es wieder, am Rand einer Lichtung. Er zoomte sich näher heran. Da stand jemand, unter einer Tanne. Die Kontur einer Gestalt, die ihr Fernglas auf den See richtete. Etwas auf dem Kopf, das wie ein Käppi aussah. Eine dünne Rauchfahne stieg auf. Wenn er sich sehr anstrengte, meinte Bjørn, die Glut einer Zigarette erkennen zu können.

»Komm«, sagte er zu Igor oder zu sich selbst. Der Hund brauchte keine Aufforderung, um ihn zum Auto zu begleiten. Er fuhr wieder zum Parkplatz, entdeckte einen steilen Pfad auf der anderen Seite des Weges, der direkt zum Wasser führte, ging am Ufer entlang in südliche Richtung. Als er sich dem Staudamm näherte, kletterte er durch dichtes Gestrüpp den Abhang hinauf, folgte einem Trampelpfad unterhalb des Hügels und orientierte sich an der Abholzfläche auf der anderen Seite, wo er vor wenigen Minuten noch gestanden hatte. Er verharrte und lauschte, schnupperte. Nahm etwas wahr. Das schwache Aroma einer Zigarette. Stimmen in der Ferne. Sie kamen vom See her, wo die Suchaktion immer noch in vollem Gange war. Bjørn bückte sich und legte seine Arme um Igors Hals. Der Hund nahm Witterung auf, spitzte die Ohren.

»Such«, befahl er, doch Igor bewegte sich nicht vom Fleck.

Ein plätschernder Bach endete in einem Sumpf. Er ging an ihm entlang. Igor begann zu knurren. Bjørn beruhigte ihn, ging vorsichtig weiter. Zwischen den Bäumen wurden erneut See und Staudamm sichtbar. Der Geruch nach Rauch verstärkte sich. Er hielt inne. Links von ihm brach ein Ast. Er folgte dem Geräusch, trat selbst auf trockene Zweige, die laut knackten. Dann Stille. Nichts zu hören außer dem Wind in den Wipfeln. Mehrere Minuten stand er so da und lauschte. Dann machte er kehrt und ging den Bach wieder hinauf.

Nach fünfzig Metern verschwand Igor zwischen den Bäumen. Bjørn blickte umher, bevor er ihm folgte. Unterhalb eines Felsens fand er den Hund, der auf einer kleinen Lichtung im Kreis lief, stehen blieb und mit gespitzten Ohren am Stamm einer Tanne schnüffelte.

»Igor, komm!«, sagte Bjørn leise. Der Hund drehte sich um und trottete zu ihm zurück.

Von der Lichtung aus hatte man freie Sicht auf den See und das Boot. Neben dem Stamm, den Igor markiert hatte, war der Abdruck eines Stiefels im feuchten Gras zu erkennen. Bjørn ging in die Hocke und bog das Gras zur Seite.

Eine platt getretene Zigarettenkippe. Zwei Meter weiter noch eine.

11)

Helene joggte. Ihr Handy summte. Sie durfte nicht allein sein. Immer sollte jemand auf sie aufpassen. Plötzlich wollten sich alle um sie kümmern. Alle wussten angeblich, wie sie sich fühlte. Keiner hatte eine Ahnung.

Victor ist tot.

Sie nahm den Weg hinter dem Fußballplatz an der Tankstelle vorbei in Richtung Zentrum. Durfte nicht mehr im Wald joggen. Victor ist tot. Sie hatten sie heute Morgen vernommen und gefragt, ob sie ihn kannte. Obwohl sie es wussten. Wir waren zusammen, hatte sie geantwortet. Und ihre Mutter, die im selben Raum gewesen war, hatte überhaupt nichts begriffen und der Polizistin mit den kurzen grauen Haaren gesagt, dass sie den Namen Victor noch nie gehört habe.

»Woher weißt du, dass wir Victor gefunden haben?«, wollte die Polizistin wissen, die eher wie ein Mann aussah, kräftig gebaut, Jeans und Karohemd.

Helene schüttelte den Kopf, wusste es einfach. Sie hatte es im Auto in den Radionachrichten gehört und dann im Internet überprüft. Sie hatten einen Jungen in einem See gefunden. Er war tot.

»Woher weißt du, dass es Victor ist?«, fragte die Polizistin erneut. Plötzlich sprudelte alles aus ihr heraus. Dass das Licht ausgegangen sei, als sie am Abend zuvor in der Schwimmhalle ganz allein unter der Dusche gestanden habe, und sie sich in die dunkle Garderobe geflüchtet habe. Sie habe Schritte von Gummistiefeln gehört und in diesem Moment gewusst, dass Victor tot sei. Als hätte er sie durch die Schritte warnen wollen: Jetzt kommen sie, um auch dich zu holen.

»Wer ist gekommen?«

Helene blickte im Polizeipräsidium aus dem Fenster. Über dem Fluss lag ein rauchartiger Nebel. »Niemand.«

»Niemand? Und die Schritte, die du gehört hast?«

»Die waren plötzlich wieder verschwunden. Und dann kam der Hausmeister.«

Die Polizistin mit dem männlichen Gesicht. »Der Hausmeister der Schwimmhalle?«

»Eine Sicherung war rausgesprungen. Er kam mit seiner Taschenlampe in die Umkleide und sah, dass ich nackt war. Da hat er sich entschuldigt und ist gleich wieder gegangen. Kurz darauf ging auch das Licht wieder an.«

»Aber du hast kurz gedacht, dass du in Gefahr bist, oder?«

Helene betrachtete die Nebelschwaden auf dem Wasser, die unter der Brücke hindurchtrieben. »Ich hatte irgendwie das Gefühl, dass mich jemand warnen wollte. Jetzt bist du dran oder so ähnlich. Der Hausmeister hat alle gefragt, die beim Training waren, ob sich jemand am Sicherngskasten zu schaffen gemacht hätte.«

»Verstehe«, sagte die Polizistin und nickte. Und vielleicht verstand sie es wirklich, denn sie hatte kluge Augen und sah eigentlich ganz sympathisch aus. War nicht ihre Schuld, dass sie ein bisschen zu viele Anteile vom anderen Geschlecht abbekommen hatte. Sie war eine Erwachsene, der man unter Umständen noch mehr hätte erzählen können. Wenn Mama nicht dabei gewesen wäre.

Die meisten Fragen waren ihr aber zu der Sache mit Streuner gestellt worden. Was genau an jenem Abend in der Fabrik vorgefallen war. Dass sie ihn eingesperrt hatten. Ob sie glaube, dass Victor deshalb getötet worden sei. Darauf hatte sie keine Antwort gewusst. Victor war tot. Das war unbegreiflich. Sie hatte die ganze

Zeit sein Gesicht vor Augen. Wie er auf ihrem Bett gelegen und zugeschaut hatte, wie sie sich auszog.

In Rabben blieb sie stehen, lehnte sich im Nieselregen gegen einen Laternenpfahl und rang nach Luft. Stellte sich vor, dass er plötzlich hinter ihr stand und sie umarmte, die Arme so fest um sie schlang, dass es wehtat. Sie fuhr herum und lief wieder in die andere Richtung. Lief im Gegenwind, so schnell sie konnte, mobilisierte alle Kräfte und sprintete den Hügel hinauf. Oben an der Halle krümmte sie sich zusammen vor Übelkeit, ihr Atem stach ihr wie eine Scherbe in den Hals. Wieder klingelte ihr Handy, und sie zog es aus dem Gürtel.

»Wo bist du?«, rief ihre Mutter ins Telefon.

»Musste ein bisschen joggen.«

»Du sollst doch Bescheid sagen, wenn du rausgehst.«

»Hab ich ja versucht, da war aber nur die Mailbox.«

»Du hättest auch Papa anrufen können.«

»Hab ich versucht. Der hat gerade operiert.«

Ihre Mutter beruhigte sich wieder.

»Du darfst uns nicht so erschrecken, mein Schatz. Du verstehst doch, dass wir Angst um dich haben. Nach dem, was passiert ist.«

Helene verstand das. Dumm von ihr, niemandem Bescheid zu sagen.

»Entschuldigung.« Sie meinte es ernst.

»Ich komme und hole dich ab«, sagte ihre Mutter.

»Jetzt?«

»Es wird bald dunkel.«

»Ach, komm. Es sind doch nur zehn Minuten zu Fuß. Fünf, wenn ich laufe.«

Sie brauchte ein bisschen Zeit für sich.

Ein Stoßseufzer: »Lass aber das Handy an.«

»Natürlich.«

»Und es ist auch noch geladen?«

»Sechzig Prozent.«

»Und du kommst direkt nach Hause, ist das klar?«

Als Helene an der Schule vorbeilief, hörte sie hinter sich ein Motorengeräusch. Sie lief am Straßengraben entlang, fühlte sich unsichtbar in der Dämmerung. Das Auto rollte an ihr vorbei und stoppte ein paar Meter weiter.

Sie blieb stehen. Das Auto setzte zurück und hielt neben ihr an. Getönte Scheiben, sie konnte nicht sehen, wer sich dahinter verbarg, und erstarrte.

Sofort wieder der Gedanke: Victor ist tot.

Sie machte auf dem Absatz kehrt, sprang über den Graben, lief über das struppige Gras zur Halle zurück, zerrte ihr Handy aus der Tasche.

Jemand überquerte den Parkplatz und kam auf sie zu.

»Rennst du hier im Dunkeln durch die Gegend?«

Das ließ sich schwerlich verneinen.

»Ich bin auf dem Weg nach Hause«, antwortete sie erleichtert, weil sie von allen, die sie unterstützten, ausgerechnet dem Lehrer begegnet war, dem man vertrauen konnte.

»Nach Hause?« Runar sah überrascht aus, die Richtung stimmte nicht ganz.

»Ich hab ein Auto, ich kann dich fahren.«

Sie nickte.

»Wolltest du noch trainieren?«

»Ich hab nur ein bisschen Bewegung gebraucht. Hab eine Entzündung in der Schulter. Und Sie?«

Er deutete auf die Schule. »Ein paar Mal die Woche biete ich einen Abendkurs an.«

»Was für ein Fach?«

»Fotografie.«

In Wagen war ein Geruch, der an frisch gemähtes Gras erinnerte. Er legte den ersten Gang ein und fuhr langsam zum Riksveien. Er stellte das Radio leiser, irgendein Liedermacher, er stellte ihn leiser.

»Warum bist du zur Sporthalle gelaufen? Du musstest doch in die andere Richtung.«

Er war ihr Lehrer. Sie wollte ihm nicht sagen, dass sie in Panik geraten war, weil ein fremdes Auto neben ihr angehalten hatte. Weiter unten auf der Straße leuchteten zwei rote Rücklichter auf. Womöglich war es das Auto.

»Ich dachte, ich hätte was vergessen.«

»Du machst wirklich eine schwere Zeit durch«, sagte er. »Für alle ist es nicht leicht, aber du und Ann, ihr seid beste Freundinnen.«

Sie zuckte die Schultern.

»Willst du lieber nicht darüber reden?«

Eigentlich wollte sie, aber sie hätte zu viel zu sagen gehabt.

»Wir tappen nach wie vor im Dunkeln«, sagte er. »Und die Fantasie geht mit einem durch.«

»Was glauben Sie denn?«

Runar stellte die Musik noch etwas leiser und warf ihr einen Blick zu. »Ich würde ja gerne glauben, dass Ann auf eigene Faust irgendwo hingefahren ist, ohne jemandem Bescheid zu sagen. Und dass sie morgen früh wieder an ihrem Platz sitzt. Aber je länger es dauert, desto schwieriger wird es, darauf zu hoffen. Seit drei Tagen gibt es kein Lebenszeichen von ihr. Und jetzt haben sie auch noch den Jungen gefunden.«

Sie hielt ihre Knie umklammert. »Kannten Sie ihn?«

»Den Jungen? Der ist hier in der Nähe auf die Schule gegangen. Ich kannte seinen Großvater.«

»Wirklich? Er hat sehr viel von seinem Großvater erzählt.«

Runar fuhr in einem großen Bogen an zwei Fahrradfahrern vorbei. »Du hast Victor Munoz doch auch gekannt.«

Die Wärme schoss ihr ins Gesicht, und sie hatte das Gefühl, es würde im Dunkeln leuchten wie eine Laterne.

»Helene, da ist noch eine Sache, die ich wissen möchte.«

»Ja?«

»Als ihr an dem Abend in der Fabrik wart …«

»An welchem Abend?«

»An dem Morten eingesperrt wurde.«

Helene sank ein bisschen zusammen.

»Sie wissen davon?«

»Ich kriege so einiges mit. Habt ihr da was genommen? Irgendwelche Drogen?«

Sie schaute aus dem Fenster, antwortete nicht.

»Willst du es mir nicht sagen?«

»Ich habe nichts genommen.«

»Aber die anderen?«

Sie zögerte. »Victor und Nico haben Pillen eingeworfen, die sie Molly nannten. Oder Emma. Es hat sie nicht gestört, dass ich keine haben wollte. Irgendwie reichte es, dass Nico welche genommen hat. Und Ann. Manchmal habe ich mich gefragt …«

Sie brach ab.

»Was hast du dich gefragt?«

»Ich weiß nicht … was Victor mit uns wollte. Plötzlich tauchte er bei uns auf und hing viel mit Nico rum. Vielleicht weil Nico reich ist und alles Mögliche ausprobieren will. Aber was wollte er von mir?«

Runar schaute sie wieder an.

»Ich kann mir vorstellen, dass du sehr verliebt in ihn warst.«

Ein unzureichendes Wort für das, was sie empfand. Wenn du nachts aufwachst und ihn vor dir im Dunkeln siehst. Wenn er plötzlich mitten in deinem Geschichtsbuch auftaucht. Wenn du ihn überredest, dir ein ungewaschenes T-Shirt von sich zu geben, das du unter dein Kopfkissen legst, damit du vor dem Einschlafen daran riechen kannst. Ist das nicht viel mehr als bloß Verliebtheit?

Das sagte sie nicht zu Runar, doch vielleicht verstand er sie trotzdem, denn er stieß sie mit dem Ellbogen an. »Ich hab's auch nicht leicht gehabt.«

»Vor langer Zeit?«

»Was glaubst du?«

Nachdem er ihr Klassenlehrer geworden war, hatte er ein bisschen von sich erzählt. Zunächst hatten sie Geld für ein Kinderheim in Rumänien gesammelt. Und dann hatte er ihnen plötzlich gesagt, dass er in einem Kinderheim in der Nähe von Tromsø aufgewachsen war. Warum, wollte er ihnen allerdings nicht verraten. Jetzt hätte sie ihn gerne danach gefragt. Er hatte keine Kinder, aber er wohnte bestimmt mit welchen zusammen. Männer über dreißig taten das in der Regel, zumindest wenn sie durchtrainiert waren und ganz gut aussahen.

Sie lehnte sich zurück.

»Ich bin traurig«, sagte sie unvermittelt.

»Ist ja auch kein Wunder.«

»Ich hab Angst.«

Er stellte die Musik ab. »Glaubst du, dass es auch dich hätte treffen können?«

»Wie meinen Sie das?«

Langsam fuhr er die Hauptstraße entlang.

»Dass auch du hättest verschwinden können.«

Diesen Gedanken hatte sie auch schon gehabt. »Glauben Sie nicht, dass Ann wiederkommt?«

Runar bog auf das Grundstück des Sägewerks ab. »Doch, das glaube ich. Jedenfalls traue ich mich nicht, an das Gegenteil zu glauben. Über diese Möglichkeit will ich gar nicht nachdenken. Und du?«

Den Motor hatte er ausgestellt, aber das Armaturenbrett leuchtete.

»Mir geht es genauso.«

Ein Zittern ging durch sie hindurch, sie konnte die Tränen kaum mehr zurückhalten. Runar musste es gemerkt haben, denn er beugte sich zu ihr und strich ihr über die Wange. Sie schloss die Augen, brauchte jetzt jemanden, der genau dies tat.

Das Handy summte, wieder Mama. Helene ging ran, ohne darüber nachzudenken.

»Ich bin auf dem Heimweg.«

»Und ich bin auf dem Weg, um dich abzuholen.«

»Das ist nicht nötig. Mich hat jemand mitgenommen.«

»Wer?«

Helene stieß ein Stöhnen aus. »Mein Klassenlehrer, er hat mich zufällig gesehen.«

Sie legte auf.

»Alles okay?«, fragte Runar.

»Ich muss jetzt nach Hause.«

Für ein paar Sekunden schaute er sie von der Seite an.

»Natürlich«, sagte er dann und ließ den Motor an.

12)

Hauptkommissar Hans Magnus Viken vom Dezernat für Gewaltverbrechen trug einen grünen Anzug, der seinen schmächtigen Körper so perfekt kleidete, dass er wahrscheinlich maßgeschneidert war. Er saß auf seinem Schreibtischstuhl, dessen Höhe man regulieren konnte, während Bjørn mit einem unbequemen Korbstuhl vorliebnehmen musste.

Viken ließ Bjørn erzählen, stellte nur hin und wieder eine Zwischenfrage und tat dies ruhig und leise, was seinen Respekt vor dem Kollegen deutlich machte, der sich in einer äußerst schwierigen Lebenssituation befand. Und es war für ihr Gespräch nicht ganz ohne Bedeutung, dass Bjørn Lindbekk selbst Dezernatsleiter und sein Schwiegervater ihr gemeinsamer Vorgesetzter war.

Wie viel Kontakt hatte er in letzter Zeit mit seiner Tochter gehabt?

»Ich habe sie viel zu selten gesehen.«

Immer seltener. Wie hatte er das verdammt noch mal nur zulassen können?

»Und Sie haben keinen Grund zu der Annahme, dass man sie entführt hat, wegen irgendetwas, das mit Ihrem Beruf zusammenhängt?«

Zum dritten Mal dieselbe Frage.

»Ich denke da an Drohungen, Racheaktionen, versuchte Erpressung.«

»Das ist schon mehrere Jahre her«, entgegnete Bjørn.

Am Nachmittag hatte er vergeblich versucht, Walter zu erreichen. Die Wahrscheinlichkeit, dass der alte Eishockeykumpel eine heiße Spur verfolgte, ging gegen null. Dennoch erwähnte Bjørn es dem Hauptkommissar gegenüber mit keiner Silbe.

Draußen hatte die Dämmerung eingesetzt. Viken schien alle Zeit der Welt zu haben. Bjørn fühlte sich wie betäubt, seine Glieder waren wie abgestorben. Er wusste nicht, ob der Ermittler mehr ausrichten konnte als seine Kollegen in Lillestrøm. Ob er vielleicht Halfdan anrufen und ihn bitten sollte, die Leitung der Ermittlungen dem klügsten Kopf zu übertragen, der auf dem Präsidium zur Verfügung stand? Womöglich hätte sein Schwiegervater geantwortet, dass dieser unscheinbare und schmächtige Kommissar eben der klügste Kopf war.

»Haben Sie noch Fragen?«

Bjørn versuchte, sich in dem engen Stuhl aufzurichten. »Was ist mit ihren Handykontakten? Wen hat Ann am Montagabend angerufen?«

Viken in entspannter Haltung, die Hände im Schoß. »Sie verstehen sicher, dass wir Ihnen nicht alle Informationen geben können, die Sie gerne hätten.«

Vielleicht hatte er entscheidende Dinge erfahren und musste nun abwägen, welche er Bjørn anvertrauen konnte und welche nicht. Es war nicht zum Aushalten.

»Vier Jugendliche sind am Samstag gemeinsam in die Fabrik eingedrungen. Sie haben einen Mitschüler dort in den Keller gesperrt. Drei von ihnen haben daraufhin Morddrohungen erhalten. Und jetzt ist einer von ihnen tot und ein Mädchen verschwunden. Reicht das nicht aus für eine Festnahme?«

»Wir haben es in Erwägung gezogen.«

»Und?«

»Als Dezernatsleiter wissen Sie genau, welche Bedingungen dafür erfüllt sein müssen, ganz zu schweigen für eine U-Haft.«

Das Wort Dezernatsleiter hatte er mit einer seltsamen Betonung ausgesprochen. Es gefiel nicht allen, wenn jüngere Kollegen allzu rasch Karriere machten.

»Wenn das so ist, dann sollten wir aber zumindest alles dafür tun, um die beiden anderen Jugendlichen zu schützen«, entgegnete Bjørn. »Oder was meinen Sie?«

Viken strich sich mit dem Finger über den Kragen des schwarzen Polohemds, das er unter dem Sakko trug. »Daran haben wir natürlich gedacht.«

»Und welche Maßnahmen haben Sie ergriffen?«

»Wir halten engen Kontakt zu den Familien.«

»Sie wissen, wer der Vater der Jungen ist?«

»Ja.«

»Ist Frank Nitter schon vernommen worden?«

Er merkte, dass er die Fragen in einem Tonfall stellte, der provozierend wirken konnte, als wäre er Vikens Vorgesetzter. Aber der Hauptkommissar ließ sich nichts anmerken.

»Die Kollegen aus Lillestrøm haben bei ihm auf dem Hof vorbeigeschaut.«

»Vorbeigeschaut?«

Viken lächelte verhalten. »Wir können niemanden festnehmen, weil er vor elf Jahren einen Mord verübt hat.«

»Sie können ihn im Auge behalten.«

»Das tun wir.«

»Beschatten Sie ihn?«

Viken breitete die Arme aus. Was alles Mögliche bedeuten konnte. Bjørn verkniff sich die Frage, ob sie sich über den Ernst der Lage im Klaren seien. Verzichtete auf Vorwürfe. Versuchte, sich selbst zu überzeugen, dass die Kollegen taten, was sie konnten. Viken wäre ein Narr, wenn er ihm gegenüber alle Ermittlungsdetails ausplaudern würde.

»Am Sonntagabend hat Ihre Tochter einen Notruf getätigt«, sagte der Hauptkommissar plötzlich.

»Was?«

»Das ist Ihnen also nicht bekannt?«

»Nein. Was wollte sie?«

Vikens Augen verengten sich. »Das wissen wir nicht. Sie hat nicht bei uns angerufen, sondern die 113 gewählt. Sie schien Angst zu haben. Dann hat sie aufgelegt.«

Ungläubig schaute Bjørn ihn an. »Und niemand ist dem nachgegangen?«

»Ihre Tochter hat versichert, dass alles in Ordnung ist. Sie wissen doch, dass rund um die Uhr Anrufe eingehen und nach Dringlichkeit behandelt werden. Aber wir werden uns noch darum kümmern.«

»Nach vier Tagen?«

Der Hauptkommissar antwortete nicht. Stattdessen sagte er: »Als Polizist wissen Sie, dass wir auch noch etwas anderes untersuchen müssen.«

»Was meinen Sie?«

»Was Sie an dem Abend, an dem Ihre Tochter verschwand, gemacht haben.«

Bjørn nahm beide Hände von der Armlehne. »Natürlich. Schießen Sie los!«

»Wo waren Sie an dem Abend?«

»Ich bin um Viertel nach zehn ins Bett gegangen. Wollte ein bisschen Schlaf nachholen. Bin um halb sechs wieder aufgewacht.«

»Kann das jemand bestätigen?«

»Meine Frau. Sie war im Haus.«

»Und damit meinen Sie natürlich den ganzen Abend und die Nacht?«, fragte Viken nach.

Bjørn musste plötzlich lachen. Es war mehr wie ein freudloser Krampf im Hals. Siren war unterwegs gewesen, doch er konnte nicht sagen, wo oder für wie lange.

»Soweit ich weiß, ist sie mit unserem Hund noch mal vor die Tür gegangen.«

Viken nahm ein Blatt Papier vom Schreibtisch, setzte eine Brille mit schwarzem Gestell auf und sah mit einem Mal wie ein gut angezogener Lehrer kurz vor der Pensionierung aus.

Er ließ den Zeigefinger über das Papier wandern.

»Ihr Auto«, sagte er und spähte über die Brillenkante. »Das hat die Mautstation am Mosseveien passiert. Um 23.17 Uhr.«

»Was wollen Sie damit sagen?«

Viken lächelte, es dauerte nur eine Sekunde, doch der Abdruck des Lächelns wollte nicht aus dem Gesicht weichen. »Ich gebe hier nur eine Tatsache wieder.«

Bjørn spürte ein Jucken über den Augenbrauen und rieb heftig mit den Daumen darüber, was ihm jedoch keine Linderung verschaffte.

»Dann ist sie wohl noch mal mit dem Auto weggefahren.«

»Wer?«

»Meine Frau.«

Dasselbe kurze Lächeln, nur etwas breiter. »Mit Ihrem Auto? Nun ja, warum nicht.«

»Ihr eigener Wagen ist in der Werkstatt«, erklärte Bjørn mit leichtem Kopfschütteln. »Wollen Sie den Namen der Werkstatt haben?«

Jetzt lachte Viken, es klang wie ein herzhaftes Bellen. »Sehr gern«, antwortete er. »Wenn sie zufrieden mit der Arbeit ist, bringe ich meinen Wagen auch mal dorthin.«

Nach dem Gespräch stattete Bjørn den Kriminaltechnikern einen Besuch ab. Es war fast halb sechs, aber er hatte Snorri auf dem Weg ins Präsidium angerufen und wusste, dass er noch an seinem Arbeitsplatz war.

Als sie zusammen auf die Polizeischule gegangen waren, hatten sie viel Zeit miteinander verbracht. Und als Bjørn May-Britt heiratete, war die Wahl des Trauzeugen fast automatisch auf Snorri gefallen. Außerdem war er Anns Patenonkel. Bevor er bei den Kriminaltechnikern angefangen hatte, war er beim Dezernat für Wirtschaftskriminalität gewesen. Damals hatten sie nach der Arbeit oft zusammen ein, zwei Bier getrunken. Das war vor Bjørns zweiter Ehe gewesen und bevor er so gut wie keine Freizeit mehr hatte. Jetzt sahen sie sich nur noch alle Jubeljahre.

»Ich dreh hier noch durch«, sagte Snorri mit seinem dunklen isländischen Dialekt, als Bjørn auf der Schwelle zu seinem Büro stand.

Bjørn ließ sich auf den Stuhl auf der anderen Seite des randvollen Schreibtischs sinken.

»Viel zu tun?«

Er nickte. »Kann ich dir was anbieten?«

Snorri wühlte in einer Schublade und holte eine etikettlose Flasche mit einer bräunlichen Flüssigkeit hervor. Da Bjørn nicht protestierte, schenkte er ihm einen Plastikbecher halb voll. Sein eigener war mindestens genauso voll.

»Ich muss mit dem Auto nach Hause fahren, ehe das Zeug mir ins Blut geht.« Snorri schaute auf die Uhr. »Du hast also zehn Minuten Zeit.«

Ein starker Drang, einfach sitzen zu bleiben. Die Flasche gemeinsam mit seinem besten Freund zu leeren, denn das war Snorri immer noch.

»Habt ihr euch Zugang zu ihrem PC verschafft?«

»Das haben wir.« Snorri hob ein paar Papiere hoch, warf einen Blick darauf und steckte sie in eine Klarsichthülle. Ein großer gefütterter Umschlag kam zum Vorschein. Er schob ihn über den Tisch. Bjørn registrierte, dass sich der Inhalt von Anns PC darin befand.

»Ich hab was für dich.«

»Ausgezeichnet«, entgegnete Snorri trocken. »Ich brauche unbedingt was zu tun. Hast du dir nicht freigenommen?«

Bjørn öffnete die Schultertasche, nahm eine schwarze Hundetüte heraus und gab sie seinem Kumpel.

»Hundescheiße?« Snorri leerte seinen Becher mit einem Schluck. »Von deinem eigenen Hund?«

Bjørn lächelte matt. »Zwei Zigarettenkippen«, sagte er. »Aus dem Wald. Ganz in der Nähe, wo sie den Jungen gefunden haben. Ich will wissen, ob derjenige, der dort geraucht und die Sucharbeiten beobachtet hat, in deiner Sammlung zu finden ist.«

»Das hat mit Ann zu tun, oder?«

»Ja.«

»Okay. In ein paar Tagen hast du die Antwort. Die Hundekottüte wird heute noch per Express verschickt.« Als Snorri sich am Kinn kratzte, rieselten kleine graue Schuppen aus seinen Bartstoppeln. »Du vertraust den Ermittlern nicht?«

»Die haben schon genug um die Ohren.« Bjørn hob den Becher mit der undefinierbaren braunen Flüssigkeit an, überlegte es sich anders und stellte ihn wieder hin. »Kann ich dich noch um etwas bitten?«

Snorri neigte den Kopf zur Seite.

»Bitten kannst du immer …«

»Der Junge, der gestern gefunden wurde, Victor Munoz. Kommst du an den Obduktionsbericht ran?«

»Ich könnte in jedem Fall einen Blick darauf werfen. Was genau willst du wissen?«

»Das Übliche. Todesursache und Zeitpunkt.«

»Ich schaue, was ich tun kann.«

»Danke«, sagte Bjørn und gönnte sich nun doch einen winzigen Schluck von der Medizin, die ihm zugeteilt worden war.

»Und Siren geht's gut?«

Bjørn machte eine Handbewegung. »Zurzeit geht es niemandem besonders gut.«

»Nein, natürlich nicht.« Snorri goss sich noch einen Schluck ein und kippte ihn hinunter, was seinen Kopf mit den langen grauen Locken kurz erbeben ließ. Nach alter Tradition wäre es als Trauzeuge seine Pflicht gewesen, Bjørn ins Gebet zu nehmen, als dieser May-Britt verlassen wollte. Doch Snorri maßte sich niemals ein moralisches Urteil an, was das Verhalten seiner Mitmenschen anging – er hatte genug mit sich selbst zu tun. Der einzige Grund, warum er sich ärgerte, Bjørn mit Siren bekannt gemacht zu haben, bestand darin, dass er seit ihrer ersten Begegnung selbst ein Auge auf sie geworfen hatte. Diese Begegnung hatte laut seiner Aussage an einem Kopierer im Dezernat für Wirtschaftskriminalität stattgefunden.

Doch Bjørn hatte noch etwas auf dem Herzen.

»Ist Viken der richtige Mann für diesen Job?«

Erneut neigte Snorri den Kopf zur Seite, und zwar auf die rechte, wie er es sich angewöhnt hatte, wenn er gründlich nachdenken musste.

»Du weißt ja, dass ich ziemliche Probleme mit dem Kerl habe.«

»Danach habe ich nicht gefragt.«

Neue Denkpause.

»Viken ist eine Spinne. Wenn du dich erst mal in seinem Netz verfangen hast, kommst du nicht mehr weg. Ich kann dir eine ganze Liste von Mitarbeitern geben, die er in den Wahnsinn getrieben hat. Mein Freund Sigge Helgarson ist nur einer davon.«

Bjørn wusste Bescheid. Doch war es auch kein geschickter Schachzug gewesen, Helgarson zum Leiter des Dezernats für Gewaltverbrechen zu machen. Das hätte man vorher wissen müssen.

»Finkenhagen, Helgarson, Blix. Alles ausgezeichnete Leute, die irgendwann das Handtuch geschmissen haben. Die Liste lässt sich ewig fortsetzen. Ruhe wird hier erst einkehren, wenn der Mann in Pension geht.«

»Aber als Ermittler hat er einen guten Ruf?«

»Ein blindes Huhn findet auch mal ein Korn.«

»Soll heißen?«

Doch Snorri schüttelte den Kopf. Hatte offenbar schon mehr gesagt, als er eigentlich wollte.

* * *

Das Handy summte irgendwann nach Mitternacht. Nicht sein eigenes, sondern das, was Walter ihm gegeben hatte. Bjørn sprang sofort aus dem Bett. Als er die Schlafzimmertür erreichte, hob Siren den Kopf.

»Was ist?«

»Ich muss rangehen. Schlaf einfach weiter.«

In der Küche setzte er sich kurz auf die Tischkante, bevor er unruhig auf und ab tigerte. Igor lag in der Ecke auf seiner Decke und folgte ihm mit den Augen.

»Walter?«

»Niemand sonst ruft dich unter dieser Nummer an.«

Er ging zur Verandatür, spähte ins Dunkel.

»Gibt's was Neues?«

Im Hintergrund lief Musik, Heavy Metal oder so was. Es vergingen mindestens drei Sekunden, ehe Walter antwortete. »Sieht ganz so aus.«

»Was heißt das?«

»Sitzt du gerade?«

»Komm zur Sache.«

»Mach mir ja nur Sorgen um dich.«

Bjørn kratzte sich mit der freien Hand heftig am Kopf. »Ich will dieses Gerede nicht mehr hören.«

»Okay, okay, also pass auf. Ich hab eine Idee, was passiert sein könnte.«

»Eine Idee?«

»Bist du allein?«

»Ich stehe in meinem Wohnzimmer, es ist ein Uhr nachts. Wenn du etwas weißt, dann spuck's jetzt aus oder lass mich ein für alle Mal in Ruhe.«

Walter seufzte. »Manche Leute können einem leidtun.«

»Wovon redest du, verdammt?«

»Meinst du, ich weiß nicht, wie es dir geht? Deshalb will ich dir ja helfen.«

»Hast du was für mich oder nicht?«, knurrte Bjørn.

»Das will ich dir ja gerade erzählen.«

Neue Pause. Bjørn wieder in der Küche, drehte den Wasserhahn auf. Igor winselte auf seiner Decke, auch das Liegen fiel ihm manchmal schwer. Die Tierärztin nannte das Ruheschmerzen.

»Die haben extra Leute angeheuert«, sagte Walter leise. »Und es steckt wahnsinnig viel Geld in der Sache. Genug, um ein fünfzehnjähriges Mädchen zu entführen.«

Bjørn lehnte sich mit der Stirn an den Hängeschrank über der Spüle, hätte am liebsten laut gebrüllt. »Erzähl!«, stieß er hervor.

»Du hast doch nach Jørgen Brennås gefragt …«

»Wenn der was damit zu tun hat, dann prügle ich ihm das Hirn aus dem Schädel.«

»Tu das, niemand wird das Arschloch vermissen. Aber die Leute, die hier das Sagen haben, spielen in der Champions League.«

»Was für Leute?«

Walter schien tief durchzuatmen, ehe er antwortete.

»So genau will ich das gar nicht wissen …«

Bjørn war wieder im Wohnzimmer, lief zwischen Kamin und Verandatür hin und her.

»Es wird eine große Lieferung erwartet, Bønnik. Mehrere Giants.«

Das war Walters eigene Bezeichnung für Beträge ab zehn Millionen aufwärts.

»Aber irgendjemand hat Lunte gerochen.«

»Wegen mir?«, stöhnte Bjørn.

»Es heißt, dass ihr Staatsangestellten Wind bekommen habt.«

Bjørn öffnete die Verandatür, trat barfuß in die kalte und feuchte Nachtluft hinaus.

»Kannst du jetzt mal zur Sache kommen?«

»Tu ich, Bønna, das tue ich ja. Meine Quellen sagen, dass diese Leute deine Tochter irgendwo gefangen hal…«

»Lüg mich nicht an!«

»Hey, hey, hey, jetzt komm mal runter. Soll ich weiterreden oder auflegen?«

Bjørn biss sich auf die Zunge.

»Das hab ich von jemandem, der absolut vertrauenswürdig ist, aber natürlich bin ich nicht da gewesen und habe deine Tochter mit eigenen Augen gesehen.«

»Wo gewesen?«

»Sie reden davon, dass sie aus Sicherheitsgründen außer Landes gebracht wurde. Heißt sie nicht Ann, deine Tochter?«

»Wohin?«

»Die sind ja nicht plemplem. Hätten sie mir das gesagt, wäre doch alles aufgeflogen. Ich bin auf deiner Seite.«

Bjørn schüttelte heftig den Kopf, um wieder einen klaren Gedanken fassen zu können. »Drei Tage sind schon vergangen. Sie hätten längst Kontakt zu mir aufgenommen, wenn sie Informationen haben wollten.«

»Das wollten sie gerade tun, als ich Kontakt zu ihnen bekommen habe. Die Sache ist die: Sie glauben, dass ihr vielleicht einer Lieferung auf die Spur gekommen seid, die in naher Zukunft übergeben werden soll. Aber sie sind sich nicht sicher. Jetzt wollen sie wissen, was *ihr* wisst. Ob diese Transaktion ohne eure Einmischung vonstattengeht oder ob sie sich zurückziehen und die ganze Summe der Staatskasse und dem nächsten Kulturetat überlassen müssen.«

»Ich bin abgezogen worden … nach dem, was passiert ist.«

»Das ist diesen Leuten völlig klar. Aber wenn irgendjemand was von einer bevorstehenden Razzia weiß, dann bist du das mit deiner Stellung. Ohne dich läuft da sonst gar nichts.«

»Und?«

»Wenn du nichts weißt und den Daumen hebst, geht die Sache wie geplant über die Bühne. Wenn du aber was weißt und den Daumen senkst, wird sie abgeblasen. Das ist alles, was sie wissen wollen. Und ganz gleich, was du für ein Zeichen gibst, wird deine Tochter in einen Bus gesetzt, der sie zurück nach Oslo bringt.«

»Wenn du mich zum Narren hältst, dann …«

»Hör mal, Bønna, du bist zu *mir* gekommen und hast mich um Hilfe gebeten, oder habe ich das falsch in Erinnerung?«

Bjørn brummte eine unverständliche Antwort.

»Und seit Tagen versuche ich nichts anderes, als dir zu helfen. Rund um die Uhr, *twenty five eight.*«

»Kannst du mir irgendwie beweisen, dass du die Wahrheit sagst?«

»Du weißt, dass ich die Wahrheit sage, Bjørn. Und natürlich verlange ich hieb- und stichfeste Beweise, ehe ich den nächsten Schritt unternehme.«

»Du sagst mir also, dass Ann am Leben ist?«

»Laut meiner Quellen, ja. Und die haben keinen Grund, deiner Tochter schaden zu wollen.«

»Und der Junge, der getötet wurde? Victor Munoz?«

»Der war zur falschen Zeit am falschen Ort. Das sind Leute, die immer das Ganze im Blick haben. Einzelschicksale zählen da nicht.«

Bjørn schrie innerlich auf. Dass ihn womöglich jemand mit erfundenen Geschichten über Ann zum Narren hielt, war unerträglich.

»Okay«, sagte er so ruhig wie möglich. »Ruf mich wieder an, wenn es Beweise gibt.«

Er öffnete den Kühlschrank, nahm die Milch, setzte sich an den Tisch und betrachtete sie. Auf dem Karton standen Informationen über einen Bauernhof. Igor trottete zu ihm hinüber und legte sich neben ihn.

Als Siren in der Türöffnung erschien, blickte er auf. Sie trug ein T-Shirt und die Pyjamahose aus weißer Seide, fast unmöglich, sie nicht anzufassen.

»War das dein Handy, das geklingelt hat?«

»Ja.«

Sie setzte sich ihm gegenüber. Vor Müdigkeit hatte sie leicht geschwollene Augen.

»Ein neuer Klingelton?«

Selbst im Halbschlaf entging ihr nichts. Er legte das Handy auf den Tisch.

»Ist das neu?«

Er zuckte die Schultern, gab das Versteckspiel auf. Erzählte ihr von Walter und dem, was passiert war.

Während er sprach, schaute sie ihn unverwandt an.

»Was hältst du davon?«, fragte sie.

»Mir gehen so viele Sachen durch den Kopf. Aber ich muss irgendwas tun.«

Sie beugte sich vor, legte die Hände um seinen Hals. Sie vermochte es, ihn auf eine überraschende Art und Weise zu berühren, die sich genau richtig anfühlte. Ihre Hände glitten nach oben und umfassten seinen Kopf, damit er nicht in tausend Stücke gesprengt wurde.

»Glaubst du diese Geschichte?« Sie lehnte sich zurück. Unter dem T-Shirt zeichneten sich ihre Brüste ab, selbst in diesem Moment konnte er nicht anders, als es zu registrieren.

»Ich weiß nicht, an was ich glauben soll. Ann ist seit über drei

Tagen verschwunden. Und irgendeine Erklärung muss es ja geben.«

Sie legte ihre Hand an seine Wange. Er rieb sein Gesicht daran, als läge darin eine besondere Kraft verborgen.

»Was würdest du denn machen?«, murmelte er.

Sie hielt kurz inne. »Ich würde zu meinem Chef gehen«, antwortete sie schließlich. »Wenn ich diese geheimen Informationen hätte, würde ich wahrscheinlich eine schreckliche Dummheit begehen.«

Er schloss die Augen. »Wenn ich tue, was du sagst, werden sie sie niemals freilassen.«

»Falls sie Ann in ihrer Gewalt haben.«

»Walter will mir einen Beweis liefern, dass sie die Wahrheit sagen.«

»Solche Leute sagen nie die Wahrheit, das weißt du doch.«

»Doch, wenn es ihnen was bringt.« Er stand auf. »Wo bist du an dem Abend mit meinem Auto gewesen?«

»Bjørn, wir waren uns doch einig, dass wir so etwas nicht tun …«

Er schüttelte den Kopf. »Die Ermittler haben mich danach gefragt. Sie haben die Unterlagen der Mautstation. Du warst unterwegs in Richtung Zentrum.«

Siren stand auf. »Ich bin nur ein bisschen durch die Gegend gefahren.«

»Um Viertel nach elf?«

Sie schaute ihn eine Weile an.

»Ich musste in letzter Zeit auch über einiges nachdenken, Bjørn. Aber darüber sprechen wir später. Wenn das hier vorbei ist.«

Er wollte protestieren, doch ihre letzten Worte blieben in der Luft hängen. *Wenn das hier vorbei ist.* Bjørn taumelte ins Badezimmer, hielt den Kopf unter den Hahn und drehte das kalte Wasser auf.

13)

Nach der großen Pause hatten sie eine Doppelstunde Sport. Das Beste, was Helene passieren konnte. An nichts anderes denken müssen, sich total auspowern. Nachmittags wollte sie vor dem Schwimmtraining joggen gehen. Am Wochenende fand der Wettkampf statt.

Ihre Mutter hatte ihren Vater gefragt, ob sie daran teilnehmen solle. Er hatte versprochen, sie hinzufahren, wollte die ganze Zeit vor Ort bleiben. Deshalb hatte er extra mit einem Arbeitskollegen getauscht. Ihre Mutter und ihre Zwillingsschwestern würden natürlich auch dabei sein. Die ganze Familie würde sich um sie vereinen.

Sie hatten einen Vertretungslehrer. Normalerweise machte sich Runar über alle lustig, die nicht zur Arbeit erschienen, nur weil ihnen »die Haare wehtaten« oder so. Und obwohl er oft Rückenschmerzen hatte, ließ er sich nie krankschreiben.

Doch heute war er nicht da.

Helene blieb so lange wie möglich unter der Dusche. Den ganzen Tag hatte sie Nachrichten auf Facebook bekommen. *Bist du jetzt zufrieden, Bitch?* Und: *Alle wissen, dass du weißt, was mit Vic passiert ist.*

Auch Nicolai war nicht zum Unterricht erschienen. Dann stimmte wohl das Gerücht, dass seine Eltern ihn nach Italien geschickt hatten. Sie hätte ihn anrufen sollen. Es ging ihm nicht gut. Ihr ging es auch nicht gut, aber das war etwas anderes.

Sie spülte sich das Shampoo aus den Haaren. Das Wasser lief an ihr hinunter und umhüllte sie wie eine warme Decke. Sie blieb so lange unter der Dusche, bis die Umkleide fast leer war. Nur noch Dagny war da und flocht Theas Haare.

Als es zur nächsten Stunde klingelte, stellte Helene sich im Slip vor den Spiegel und trocknete sich langsam die Haare. Es herrschte Ausnahmezustand. Niemand würde mit ihr schimpfen oder sie auch nur darauf ansprechen, wenn sie zu spät kam.

»Warst du eigentlich so richtig mit ihm zusammen?« Dagny schaute sie nicht an. »Also, ich wollte nicht …«

Helene sah sie im Spiegel an. »Wovon redest du?«

»Das verstehst du ja wohl«, mischte sich Thea ein.

»Nein, tue ich nicht«, gab Helene zurück und zeigte deutlich, dass sie über dieses Thema nicht reden wollte.

»*Oh my God*, warst du etwa mit ihm im Bett?«

Dagny hatte eigentlich damit aufgehört, bei jeder Gelegenheit *Oh my God* zu sagen, weil sich Ann und Helene darüber lustig machten. Doch nun hatte sie es kurz vergessen.

Helene verdrehte die Augen. »Arbeitest du etwa für die Klatschpresse?«

»Wir wollen doch nur herausfinden, wie es dir geht.«

»Vielen Dank, da lege ich auch großen Wert drauf.«

Dagny zog einen Flunsch. »Hab gehört, dass der Typ auch mit Ann zusammen war. Scheint ja ein ziemlicher Casanova gewesen zu sein.«

»Wer sagt das?«

»Alle sagen das.«

Plötzlich hatte Helene es eilig, zog sich rasch an und ging hinaus. Da drinnen redeten sie weiter über sie. Über sie und Victor.

Einer aus der Parallelklasse auf WhatsApp: *Hab gehört, dass Helene das so wollte. Hat Streuners Bruder überredet, sich um Ann und den Typen zu kümmern. Dreieck.*

Sie blieb stehen und atmete ein paarmal tief durch. Einige hatten einen Kommentar dazu geschrieben. Aber sie brachte es nicht über sich, sie zu lesen. Am liebsten würde sie sich zu Hause in ihrem Zimmer einschließen, sich unter der Decke verkriechen und aufwachen, wenn alles vorbei war.

Helene starrte im Nieselregen auf die Aschenbahn. Hatte sich vorgenommen, nicht mehr an Ann zu denken. Und plötzlich kochte die Wut in ihr hoch. *Mädchen tot im Wald gefunden.* Das sollte die Überschrift in allen Zeitungen sein. Helene wusste, dass sie nicht zurechnungsfähig war, wenn sie so etwas dachte. Sie sah Ann im Wald vor sich. Mit einem Messer im Rücken. Einem zweiten Messer im Bauch, da hatte man bestimmt noch größere Schmerzen.

Ich hasse dich, dachte sie. Ich hasse dich, Ann Edvardsen Lindbekk. Hätte ich dich doch bloß nie kennengelernt. Hoffentlich sehe ich dich nie wieder.

Ich wünschte, du wärst tot.

Sie stand auf der Aschenbahn, hätte es am liebsten laut gerufen. Doch der Gedanke reichte. Auch er drang nach außen. Alle konnten ihn hören. Sie fühlte sich von ihr verfolgt, sah sie hinter den dunklen Fenstern der Sporthalle, an der Ecke des Schulgebäudes oder hoch über sich.

Sie begann zu laufen, verließ die Aschenbahn. Hatte noch zwei Stunden, hielt es hier nicht mehr aus. An manchen Stellen war der Untergrund so weich, dass ihre Füße einsanken, zähes braunes Wasser lief in die obersten Schnürsenkellöcher. Ihre Laufschuhe von Converse würden nie wieder weiß werden.

Niemand zu Hause. Dem Kalender am Kühlschrank zufolge waren die Zwillinge auf einem Geburtstag. Sie nahm eine Flasche Cola Zero heraus, setzte sich an den Küchentisch. Schaute aus dem Fenster und betrachtete die kahlen Apfelbäume. Ich hätte mit Victor zusammen sein sollen, dachte sie. Er hat etwas mit sich genommen, das mir gehört.

Der Anblick von Ann in einem Wald. Vermischt mit dem, was sie in der Zeitung gelesen oder im Fernsehen gesehen hatte. Clips auf YouTube, und das Allerschlimmste: Sie waren ein paarmal auf *rotten.com* gesurft und hatten die scheußlichsten Bilder gesehen. Was Menschen einander antun konnten. Abgeschnittene Füße und Geschlechtsorgane, lebendig verbrannte Körper, aufgehängt über einem Feuer.

»Aber so bin ich doch nicht«, sagte sie so laut, dass sie erschrak.

Keine Antwort.

14)

Bjørn hörte den Benachrichtigungston und hastete ins Wohnzimmer. Er nahm Walters Handy, das auf dem Couchtisch lag, es war Nachmittag, zehn nach drei, auf dem Nachbargrundstück brachen die Sonnenstrahlen durch die Bäume.

Schau dir das an und melde dich. Nicht mehr viel Zeit.

Er öffnete die mitgeschickten Fotos. Es waren zwei. Er klickte hin und her. Ein Mädchen in einem Zimmer, das erste Foto ein wenig unscharf, sie saß auf dem Boden, guckte vor sich hin. Das andere war eine Nahaufnahme, dasselbe Mädchen, derselbe Raum, dieselben Wände. Das Gesicht deutlich und lebendig, der dünne blonde Zopf, den sie immer trug, die blauen Augen etwas geschwollen, sie sah aus, als hätte sie geweint.

Kein Zweifel.

Bjørn wollte sofort aus dem Haus rennen, ins Auto springen, besann sich. Erneut las er Walters Textnachricht oder wer auch immer sie ihm geschickt hatte. Man konnte ja nie wissen. Er wollte die Hoffnung nicht aufgeben. Denn das Mädchen auf den Fotos war Ann. Sie war irgendwo da draußen. Sie lebte.

Er nahm sein Handy und rief Snorri an.

»Dann bist du jedenfalls sicher, dass sie es ist«, sagte er, nachdem ihm Bjørn alles erklärt hatte.

»Wenn ich dir die Fotos schicke, wie lange brauchst du, um festzustellen, ob sie manipuliert wurden?«

»Kommt ganz auf die Qualität der Aufnahmen an. Amateurhaftes Photoshop erkenne ich sofort. Bei professioneller Arbeit ist das schon schwieriger. Dann würde ich die Bilder weiterschicken und hätte das Ergebnis in ein paar Tagen.«

»So viel Zeit habe ich nicht.«

»Dann schick sie mir gleich, und ich gucke, was ich tun kann.«

»Ich danke dir.«

»Kein Problem.« Es hörte sich so an, als würde Snorri ein paar Tasten drücken. »Ich hab ein DNA-Ergebnis für dich. Die Zigarettenkippen, die du mir gegeben hast.«

»Das ging aber schnell.«

»Was tut man nicht alles.«

Bjørn schnappte sich sein Notizbuch und einen Stift. »Jemand aus eurer Datenbank?«

»Das kann man wohl sagen. Ein guter alter Bekannter.«

Snorri machte eine Pause. Sein Zögern war unerträglich.

»Sag schon!«

»Frank Nitter. Verurteilt, seine Frau ermordet und ihre Leiche geschändet zu haben. Ist bald elf Jahre her, du kennst ja die Story.«

Bjørn ließ sich auf den Küchenstuhl sinken. »Snorri, um Gottes willen. Willst du mir etwa sagen, dass Frank Nitter sich in der Dämmerung in den Wald geschlichen und die Taucher bei ihrer Arbeit beobachtet hat?«

»Nein, das behauptest *du*. Ich hab nur eine DNA-Analyse in Auftrag gegeben.«

Bjørn fluchte vor sich hin.

»Darf ich dich bitten, keine Kraftausdrücke zu verwenden. Ich bin da sehr empfindlich.«

Bjørn stützte den Kopf in die Hand und versuchte, seine Gedanken zu sortieren. »Hast du dir auch den Obduktionsbericht von Victor Munoz angesehen?«

»Ich hab einen Blick drauf geworfen.«

»Und?«

»Lass mal sehen.« Snorri blätterte in Papieren. »Ein Jugendlicher. Tod durch Gewalteinwirkung mit einem stumpfen Gegenstand, vielleicht einem Hammer. Lag mehrere Tage im Wasser, bevor er gefunden wurde. Tod durch Ertrinken jedoch auszuschließen. Der Körper wurde vermutlich aus großer Höhe in den See geworfen. Ansonsten wenig äußere Schäden, abgesehen von drei abgetrennten Fingern der rechten Hand.«

»Das habe ich selbst gesehen. Jemand hat ihn verstümmelt, ehe er ihn getötet hat.«

»Da habe ich meine Zweifel. Die Finger wurden nach Eintreten des Todes abgeschnitten.«

Bjørn stand auf.

»Wirklich?«

»Ich zitiere die Befunde der Rechtsmedizinerin. Sie war sich ihrer Sache sehr sicher. Und in der Regel hat sie recht.«

Er blieb auf der Tischkante sitzen und betrachtete das Sonnenlicht, das sich durch die dicke Wolkendecke kämpfte. »Frank Nitter«, murmelte er in sich hinein, der hatte dort nichts zu suchen. Nicht am Wasser. Er registrierte, dass er an Walters Handy herumfummelte, und war kurz davor, ihn anzurufen und um weitere Informationen zu bitten. Um einen sicheren Beweis, dass sich Ann in ihrer Gewalt befand. Was wäre ein sicherer Beweis? Sie hatten Victor Munoz die Finger abgeschnitten. Sie konnten Ann das Gleiche antun …

Er sah sie vor sich. Zwei, drei Männer drücken sie auf einen Stuhl, ein vierter hat die Zange in der Hand, die sich um ihren dünnen Finger schließt. Hektisch zog er die Jacke aus, öffnete die Verandatür, trat hinaus in den kühlen Nachmittag. Ich werde dich finden, Ann. Hörst du? Ich werde nicht aufgeben, ehe ich dich gefunden habe.

Es klingelte an der Tür. Er zuckte zusammen. Igor, der neben seinen Füßen gelegen hatte, stand auf und wedelte mit dem Schwanz. Und wie ein Lichtblitz das Gesicht von Ann, das sich zu einem breiten Lächeln auseinanderzieht. Und der Gedanke, dass sie es ist, die vor der Tür steht und direkt zu ihm kommt.

Draußen stand Halfdan. Er trug einen dunkelblauen Mantel über seiner Uniform.

»Kann ich kurz reinkommen?«

Bjørn zog die Tür weit auf. »Natürlich. Entschuldige.«

Der Schwiegervater hängte seine Jacke an die Garderobe. »Kein Grund, sich zu entschuldigen, Bjørn.«

Er streckte Igor die Hand hin, der daran schnüffelte, ehe er den Hund sanft, aber bestimmt nach unten drückte. Igor senkte den Kopf und zeigte die Zunge, eine unmerkliche Geste der Unterwerfung. Sowohl beim Militär als auch bei der Polizei hatte Halfdan viel mit Hunden gearbeitet.

»Espresso?«

Der Schwiegervater nickte.

»Auch was zu essen?«

»Mach dir keine Umstände, ich hab nur ein paar Minuten.«

Dass er sich mitten am Tag Zeit für einen kurzen Besuch nahm, bedurfte keiner Erklärung. Bjørn wusste, was das bedeutete. Siren hatte mit ihrem Vater geredet und ihn informiert. Was Bjørn ihrer Meinung nach selbst hätte tun sollen.

»Haben sie sich noch mal mit dir in Verbindung gesetzt?«, fragte Halfdan, als Bjørn die beiden Espressotassen auf den Couchtisch stellte. »Sie wollten dir irgendwelche Beweise schicken.«

Bjørn holte das Handy, das Walter ihm gegeben hatte. Halfdan setzte seine Brille auf, studierte die beiden Fotos.

»Die könnten auch von Facebook oder einer anderen Internetseite stammen und manipuliert worden sein.«

»Ja, das ist möglich.«

Halfdan legte das Handy auf den Tisch. »Das ist eine scheußliche Situation, Bjørn. Ich verstehe sehr gut, was du gerade durchmachst.«

Vielleicht verstand er es wirklich. Sie waren keine nahen Freunde, und in den ersten Jahren, nachdem er mit Siren zusammengezogen war, hatte er eine kühle Distanz seitens seines Schwiegervaters wahrgenommen. Halfdan gefiel es nicht, wenn jemand Frau und Kind im Stich ließ. Und vor allem hatte er für seine Tochter wohl jemand anders im Sinn gehabt als einen älteren geschiedenen Mann, der bereits ein Kind hatte. Sie hatte etwas Besseres verdient. Doch nachdem die Jungs geboren worden waren, spürte Bjørn eine stillschweigende Akzeptanz. Mehr war vermutlich nicht drin.

»Glaubst du, dass die Fotos echt sind?«

Bjørn setzte sich auf, trank einen Schluck Kaffee. »Schwer zu sagen.«

»Wir werden das natürlich überprüfen.«

»Dafür habe ich schon gesorgt.«

Halfdan schaute ihn an. Vielleicht war er erleichtert, dass Bjørn immer noch rational dachte. »Wir setzen zwei Leute auf denjenigen an, der diese Fotos geschickt hat. Dann schauen wir, wohin uns das führt.«

Bjørn kratzte mit dem Fingernagel an der Tischplatte, wo sich ein eingetrockneter Fleck befand.

»Das wird aber dauern … falls es überhaupt was bringt.«

»Ich werde die Situation analysieren, Bjørn. So, wie sie sich für mich darstellt. Aber lass mich eines klarstellen: Sollten wir wirklich Grund zu der Annahme haben, dass die Entführung deiner Tochter irgendwas mit dem Drogentransport zu tun hat, dem wir auf der Spur sind, besteht an unserer Priorität nicht der geringste Zweifel. Wir werden ihr Leben auf keinen Fall aufs Spiel setzen. Du weißt, dass ich so denke, und das ist auch die Haltung im ganzen Haus.«

Bjørn leerte den restlichen heißen Espresso in einem Schluck.

»Aber lass uns für einen Augenblick annehmen, dass sie bluffen«, fuhr Halfdan fort. »Dass jemand einen Vermisstenfall ausnutzen will, um an Informationen heranzukommen. Wann hat dich dieser Mann, den du Walter nennst, das erste Mal kontaktiert?«

Bjørn stellte die Tasse ab.

»*Ich* habe *ihn* kontaktiert.«

Halfdan Kristiansens Augenbrauen schossen nach oben.

»Was, du!?«

»Ich musste herausfinden, ob Jørgen Brennås imstande ist, seine Drohungen in die Tat umzusetzen. Walter kennt alle und jeden in diesem Milieu.«

Er wusste, wie diese Worte in den Ohren seines Schwiegervaters klingen mussten.

»Hätten das nicht auch die Ermittler tun können?«

Bjørn zuckte die Schultern. »Die haben schon so viel um die Ohren.«

Halfdan schien nicht überzeugt zu sein. Er trank aus, stand auf und sah auf die Uhr.

»Der Zugriff auf den Transport erfolgt morgen früh um Viertel vor sechs.«

Auch Bjørn erhob sich. Er registrierte die versteckte Botschaft. Indem sein Schwiegervater ihm die genaue Uhrzeit verriet, gab er ihm zu verstehen: Du bist einer von uns. Wir verlassen uns auf dich.

»Um ganz sicherzugehen, dass die Aktion ungehindert über die Bühne geht, hätten wir dich wohl in Untersuchungshaft nehmen müssen.« Halfdan lächelte verhalten. »Was wir allerdings nicht vorhaben.«

Er warf einen Blick auf Walters Handy, das auf dem Tisch lag, als spiele er mit dem Gedanken, es an sich zu nehmen. Stattdessen ergriff er seine Tasse, trug sie in die Küche und stellte sie in die Spüle.

»Frank Nitter«, sagte Bjørn plötzlich.

»Ja?« Der Schwiegervater drehte sich zu ihm um.

»Er war oben am Staudamm, wo Victor Munoz gefunden wurde. Er stand im Wald und hat die Taucher bei ihrer Arbeit beobachtet.«

»Woher hast du denn diese Information?«

Bjørn erwähnte die Zigarettenkippen, ließ Snorri jedoch aus dem Spiel. Halfdan legte den Kopf in den Nacken, spähte an seinem Nasenrücken entlang.

»Du stellst eigene Ermittlungen an, Bjørn. Ob das so klug ist? Du weißt doch, dass man so was als Beweis kaum verwenden kann.«

»Wir sollten ihn einfach im Auge behalten.«

»Mein Team soll sich das mal ansehen.«

»Viken …«, sagte Bjørn.

»Was ist mit ihm?«

»Ich bin mir nicht sicher, ob er der Richtige ist. Bei seinem Ruf …«

»Du machst dir völlig unnötige Sorgen«, entgegnete Halfdan mit einem Lächeln. »Niemand im Haus ist besser geeignet als er. Und ich kenne wirklich jeden. Vertrau meinem Urteil.«

Draußen auf der Treppe drehte er sich noch einmal um und streckte die Hand aus.

»Mich beschäftigt vor allem, wie es dir geht. Und wie es dir danach gehen wird.«

Er drückte kurz Bjørns Hand. »Du weißt, wo du mich findest.«

In der Küche warf Bjørn einen Blick aus dem Fenster und sah die roten Rücklichter, als Halfdan Kristiansen mit seinem Volvo von der Einfahrt auf die Straße fuhr. Ein solides Auto, das seit vielen Jahren zuverlässig seinen Dienst tat. Der Schwiegervater tauschte nichts aus, das noch funktionierte.

* * *

Ein weiteres Mal fuhr er Anns Laptop hoch, loggte sich bei Facebook ein. In den letzten Tagen waren weitere Nachrichten hinzugekommen. Freunde, die sagten, wie sehr sie Ann vermissten. Die sich darauf freuten, sie wiederzusehen. Herzen und Smileys. Das meiste hatte er bereits gelesen, jetzt sah er sich die Postings noch einmal an. Freundschaftsanfragen. Vier davon, seit sie verschwunden war. Die eine von Morten Brennås. Zwei Mädchen, Profilbilder von lächelnden Teenagern. Die vierte von jemandem namens Roman Warzinsky, der angeblich Fotograf war und ein Kameraobjektiv als Profilbild hatte. Er notierte sich die Namen und hörte Siren zur Haustür hereinkommen. Sein Handy klingelte. Eine Nummer, die er nicht kannte. Er ging auf die Veranda und meldete sich. Die Journalistin von *VG*. Er hatte nichts zu berichten, mochte jedoch ihre Stimme. Ein klarer und ruhiger Klang. Sie sei nicht auf eine Story aus, sagte sie. Doch wenn sie irgendwie helfen könne … Ja, hätte Bjørn fast gesagt, ich brauche wirklich Hilfe, weil ich das alleine nicht durchstehe. Er hätte der Journalistin erzählen können, dass er gerade vor einer schwierigen Entscheidung stand und mit einem Telefonanruf dafür sorgen konnte, dass die größte Drogenrazzia in der norwegischen Geschichte abgesagt wurde. Obwohl es sich vermutlich um einen Bluff handelte, an dem er selbst nicht unschuldig war, weil er einen Informanten und Denunzianten kontaktiert hatte, der keine Sekunde zögern würde, aus der Schwäche eines Menschen persönliches Kapital zu schlagen. Er hätte der Journalistin mitteilen können, dass er sich entschieden hatte, den Anruf zu tätigen, auch wenn die Chance, dass er seine Tochter wiedersehen würde, minimal war.

Er nahm sich zusammen, beantwortete ihre Fragen und legte auf.

Als er wieder in die Küche kam, stand Siren über Anns Laptop gebeugt.

»Nach was suchst du?«

Sie zuckte zusammen, hatte ihn offenbar nicht kommen gehört.

»Der Computer war schon an«, erklärte sie.

In diesem Raum hat sie nichts zu suchen, schoss es ihm durch den Kopf. Dort hatte außer Ann nur er Zutritt. Doch es dauerte nur ein, zwei Sekunden, bis sich seine Irritation gelegt hatte.

»Viele Fotos hat sie nicht von sich gemacht«, sagte er über ihre Schulter hinweg, »und alle sind schon mehrere Jahre alt.«

Siren loggte sich aus. »Ich dachte, sie hätte den Account vielleicht mit ihrem Handy synchronisiert. Dort hat sie bestimmt jede Menge Fotos gespeichert. Die jungen Mädchen machen doch ständig Selfies und fotografieren sich gegenseitig.«

Bjørn öffnete eine kürzlich gespeicherte Datei. »Sieh dir das mal an.« Es war der Schulaufsatz, den sie am Tag ihres Verschwindens abgegeben hatte.

Er beobachtete Siren, die den Text überflog. Ann hatte über ein bestimmtes Ford-Modell geschrieben, bei dem der Motor explodiert war. Schadensersatzklagen et cetera. Aber es ging auch um die Fabrik. Um einen Arbeiter, der in einen Behälter mit kochendem Teer gefallen war. Wer trägt daran die Schuld?, fragte sie. Der Arbeiter, der Vorarbeiter in der Fabrik oder deren Eigentümer, die sich weigerten, eine Schutzvorrichtung zu errichten?

»Ann hatte schon immer einen ausgeprägten Gerechtigkeitssinn. Sie ergreift Partei für die Schwachen.«

Siren blickte zu ihm auf. »So sind nun mal die Mädchen in diesem Alter.«

Stets reagierte sie widerwillig, wenn er etwas Positives über Ann sagte.

»Das ist aber nicht der Grund, warum ich dir den Aufsatz zeige. Ann hat mich angerufen, bevor sie den Aufsatz in der Schule abgegeben hat, und mich gefragt, ob ich etwas über den Arbeiter wüsste, der damals verunglückt ist.«

»Und?«

»Victor Munoz wurde vermutlich genau in dieser Fabrik getötet. Und vielleicht war Ann dabei, als es geschehen ist.«

»Du musst den PC an die Ermittler übergeben, Bjørn. Die müssen beurteilen, ob das, was sie geschrieben hat, für die Ermittlungen relevant ist.«

Nichts in ihrer Stimme deutete darauf hin, dass sie daran glaubte.

Auf dem Sofa dämmerte er vor sich hin. Siren war nach einer Weile aufgestanden und hatte versucht, ihn ebenfalls dazu zu bewegen. Doch er hatte nur gemurmelt, er komme gleich, ohne sich zu rühren, und schließlich hatte sie eine Decke über ihn gebreitet und war ins Schlafzimmer im ersten Stock verschwunden.

Plötzlich fuhr er aus dem Schlaf und setzte sich im dunklen Wohnzimmer auf. Die Digitalanzeige des Fernsehers zeigte 05.35 hr. Er nahm Walters Handy und starrte es an. Als er wieder zum Fernseher hinüberschaute, war es 05.45 Uhr. Er ging zur Verandatür, öffnete sie, ging auf Socken hinaus. Die Feuchtigkeit der Steinplatten drang durch die Socken. Er betrachtete die Lichter der Stadt, die sich unter ihm ausbreitete und allmählich zum Leben erwachte.

Um Viertel vor acht schaltete er den Computer ein und las: *Polizei hebt Drogenlager in Alnabru aus – Großaktion gegen Drogensyndikat.* Eine halbe Stunde später: *Rekordmenge Heroin beschlagnahmt – Zusammenarbeit von Drogenfahndern mehrerer Länder.*

Kurz darauf wurde ein Interview mit Singsås veröffentlicht. Großes Lob für die Arbeit der Polizei. Die Möglichkeit, eines der größten internationalen Heroinnetzwerke zu zerschlagen. Deutliche Begrenzung der Menge an Drogen, die in den Straßen von Oslo zirkulieren. Infolgedessen weniger durch Überdosis verursachte Todesfälle. Ein großer Tag für die Osloer Polizei. Der Dank geht an die vielen tüchtigen Mitarbeiter.

Bjørn griff nach Walters Handy und tippte die Nummer ein. Eine Minute lang ließ er es klingeln, bevor er auflegte und noch einmal anrief. Er blieb mit dem Handy am Ohr sitzen, lauschte und wartete, bis die Verbindung unterbrochen wurde.

15)

Bjørn schlummerte auf dem Sofa, Igor am Fußende, die Wärme des Hundebauchs, der sich im Takt mit den tiefen Atemzügen bewegte. Auf dem Nachrichtenkanal ein Bericht über die Polizeiaktion, der aber nichts Neues brachte, es wurden stets dieselben Bilder und das Interview mit Singsås gesendet. Von oben hörte er Sirens Stimme. Sie sprach mit jemandem, er hatte das Gefühl, dass es um ihn ging, aber darum konnte er sich jetzt nicht kümmern. Er dämmerte in einem Zustand vor sich hin, der nichts Erholsames hatte. In einen endlosen Strom von Bildern mischten sich immer wieder Szenen aus dem Fernsehen.

Als sie ins Zimmer kam, setzte er sich so abrupt auf, dass Igor erschrak und auf den Boden sprang.

Siren strich ihm über das Haar, wollte es vielleicht glätten.

»Du brauchst eine Dusche.«

»Mit wem hast du geredet?«

Sie setzte sich neben ihn, schlang ihre Arme um seinen Hals, obwohl er bestimmt nicht besonders gut roch.

»Mit meinem Vater, er kommt nachher vorbei.«

Bjørn zwang sich zu einem Lächeln. Der Chef der Kriminalpolizei wollte ihnen einen Besuch abstatten. Er verkniff sich einen Kommentar, der sie irritiert hätte.

»Sie setzen alle Ressourcen ein, um sie zu finden, Bjørn. Allein fünf neue Mitarbeiter im Strategiestab. Am Montag folgen weitere.«

Aus ihrem Mund klang das, als täten sie es ihm zuliebe. Er rieb sich über die Wangen und hatte das Gefühl, die Haut löse sich in breiten Streifen.

Mit einem Mal läutete sein Handy. May-Britt. Er nahm es mit in die Küche, drehte das kalte Wasser auf und holte ein Glas aus dem Schrank. Er ließ das Handy klingeln. Er hätte sich längst bei ihr melden sollen, hatte sich nicht dazu durchringen können. Nun zögerte er erst recht, musste erst etwas trinken, ehe er rangehen konnte.

»Bjørn«, sagte sie mit leiser Stimme, und er bereute es bereits, dass er den Anruf entgegengenommen hatte. Ganz gleich, was sie sagen würde, er wollte es nicht hören.

»Wie geht es dir?«, fragte er.

»Sie ist da.«

Bjørn hatte ihrer Schwester eine Nachricht geschickt und gebeten, sich bei May-Britt zu melden, die Sache dann aber nicht weiterverfolgt.

»Ist deine Schwester gekommen?«

Pause. Er hörte May-Britts Atem.

»Ann.«

»Was meinst du?«

»Ann ist da.«

Er wirbelte herum. Sah plötzlich sein eigenes Spiegelbild in der Vitrine, seine wirren, zu einer Seite abstehenden Haare, die Bartstoppeln, das fleckige T-Shirt.

»May-Britt …«

»Du musst sofort kommen, Bjørn. Sie will mit dir reden. Nur mit dir.«

Er schnappte sich seine Jeansjacke vom Bügel, ließ das Handy fallen, hob es wieder auf, sie sprach immer noch, jetzt lauter und klarer.

»Bist du zu Hause?«, unterbrach er sie.

»Ja, ich bin hier mit ihr.«

»Wo ist sie?«

»Im Bett.«

Er bemühte sich, deutlich zu sprechen, räusperte sich, musste schlucken, seine Zunge klebte am Gaumen.

»Geht es ihr gut?«, bekam er heraus. »Braucht sie einen Arzt?«

»Sie ist eingeschlafen.«

»Ich fahre sofort los«, sagte er. »Tu nichts, sprich mit niemandem, lass keinen ins Haus. Bin in wenigen Minuten da.«

»Ann«, wandte er sich an Siren. »May-Britt sagt, dass sie nach Hause gekommen ist.«

Hastig schlüpfte er in seine Schuhe, riss die Schublade auf, fand den Autoschlüssel.

»Ich komm mit«, sagte Siren.

Bjørn hob die Hände. »Ich ruf dich nachher an.«

Sie schaute ihn an. Vielleicht lag Erleichterung in ihrem Blick, vielleicht nur Unruhe.

»Kann ich irgendwas …?«

»Ruf auf dem Präsidium oder in Lillestrøm an. Sie müssen jemanden schicken, die Umgebung absichern.«

Erst jetzt verstand er, wie wichtig das war. Sollte Ann ihren Entführern entkommen sein, waren sie ihr bestimmt auf den Fersen, hatten vielleicht schon ihre Adresse herausgefunden.

Siren griff zum Telefonhörer, als er aus dem Haus lief.

Zwanzig Minuten später schoss er aus dem Tunnel. Die Fahrbahn war ein wenig glatt, und er hätte langsamer fahren sollen. Er sprach laut mit sich selbst, ermahnte sich, einen kühlen Kopf zu behalten, weil niemandem damit gedient war, wenn er verunglückte. Vor der Kurve zwang er sich zu bremsen. Die Fabrik am Fluss kam in sein Blickfeld. Es war ein klarer, blauer Tag, das harte Novemberlicht ließ den rostroten Turm fast unwirklich erglühen.

Vier Minuten später bog er in den Trollfaret ein. Vor dem Haus am Straßenrand stand ein Streifenwagen. Zwei Beamte in Uniform saßen darin. Der eine fuhr die Scheibe herunter.

»Waren Sie schon im Haus?«

Der Beamte schüttelte den Kopf. »Wir sind gerade gekommen. Sollen das Haus im Auge behalten. Was ist denn los?«

»Meine Tochter«, sagte Bjørn, als würde das alles erklären. »Warten Sie hier.«

Er lief zur Tür. Sie war abgeschlossen. Er klingelte zwei, drei Mal, hielt den Knopf schließlich gedrückt. Schließlich ein Schatten auf der anderen Seite der geriffelten Glasscheibe.

»Na endlich!«, rief er, als sie öffnete.

May-Britt warf ihm einen seltsamen Blick zu.

»Nicht so laut, Bjørn.«

»Ist jemand hier gewesen? Hat jemand versucht, ins Haus einzudringen?«

»Nein.«

»Hat jemand angerufen?«

Sie schüttelte den Kopf.

Er trat sich die Schuhe von den Füßen. »Ist sie einfach aufgetaucht?«

May-Britt ging vor ihm zur Treppe. »Ich war unten bei der Fabrik, um nach ihr zu schauen.«

»Wann warst du da?«

»Jeden Tag, seit es passiert ist. Und vorhin …«

Er folgte ihr die Stufen hinauf.

»Als ich nach Hause kam, war sie hier.«

Er schüttelte den Kopf. »Das ist doch nicht möglich.«

Aber er wusste es besser. Alles war jetzt möglich.

Vor der Tür zu Anns Zimmer zögerte sie. »Wir sollten sie schlafen lassen, Bjørn.«

Er drängte sich an ihr vorbei und blieb mitten im Zimmer stehen. Obwohl die Jalousie heruntergezogen war, fiel ein wenig Licht in das schummrige Zimmer. Die Tagesdecke war am Ende des Bettes zusammengeschoben worden. Und unter der Bettdecke, umgeben von ihren Kuscheltieren, eine kleine Erhebung. Er starrte darauf, wartete, dass sie sich bewegte. Schließlich hob er die Bettdecke an.

Ein Kleiderhaufen lag darunter.

Er riss die Decke weg. Nichts als Hosen, Hemden und Socken, alle von seiner Tochter.

»May-Britt, was soll das?«

Sie deckte den Kleiderhaufen wieder zu.

»Pst, weck sie nicht auf. Sie muss schlafen.«

Bjørn drehte sich zu ihr um und sah sie eindringlich an. Ihre Augen glühten, das kannte er allzu gut. Der Anflug eines Gedankens, ihr in die Welt zu folgen, in der sie sich befand.

»Unser Ann-Spatz, Bjørn. Sie hat so lange darauf gewartet, dass du wieder nach Hause kommst.«

Sie beugte sich vor und strich vorsichtig über die leicht gewölbte Bettdecke.

»Sie war die ganze Zeit hier, aber wir haben sie nicht gesehen.«

Ich bin Ann
Version 4.2.1

Draußen bricht der Abend herein. Oder der Morgen. Denn ich weiß nicht, wie lange ich schon hier drinnen bin. Am Fluss entlanggehen. Es sollte jetzt Winter sein, aber es ist nicht Winter. Es gibt keine Jahreszeiten mehr.

Ich hätte nicht weggehen sollen.

Ich muss dich zurücklassen, Victor.

Er sitzt an der Wand und starrt ins Dunkel. Er kann nicht antworten.

Es hätte mir leidtun müssen. Ich hätte Angst haben müssen. Doch ich empfinde nichts mehr. Und deshalb bin ich wohl nicht mehr ich.

Papas Auto steht vor dem Haus. Ich sollte glücklich darüber sein, denn es gibt niemanden, den ich lieber sehen will als ihn.

Aber ich spüre nichts mehr in mir. Ich registriere alles, sehe, dass alle Fenster des Autos offen sind, dass Igor auf dem Rücksitz liegt und zu mir hochguckt, ohne sich zu rühren. Ich sehe das Licht im Wohnzimmer brennen, obwohl es draußen hell ist. Ich sehe, dass Mama und Papa im Haus sind, aber das macht mich nicht froh, und ich verstehe, dass genau das passiert ist, dass ich nichts mehr spüren kann.

Die Tür steht halb offen. Ich gehe hinein, ziehe die Schuhe aus und bemerke, dass ich barfuß bin. Aber ich friere nicht.

Sie sprechen da oben miteinander. Ich steige die Stufen hinauf, sie stehen in meinem Zimmer, Mama an der Tür, Papa vor meinem Bett.

Du darfst nicht traurig sein, Bjørn, sagt sie. Alles wird gut.

Nicht Mama sagt es, sondern ich. Ihre Stimme, doch meine Worte. Aber Papa schüttelt den Kopf und sieht noch trauriger aus. Dann dreht er sich um und geht direkt an mir vorbei aus dem Zimmer, und ich höre, wie sein Auto startet und davonfährt.

Mama schläft. Ich krieche zu ihr ins Bett. Schlinge meine Arme um sie, wie sie es bei mir getan hat, als ich es brauchte. Ihr Geruch hat sich verändert. Als hätte sie sich lange nicht mehr gewaschen.

Warum redest du nicht mehr mit mir?, sage ich.

Ich kenne die Antwort und frage trotzdem.

Ich rede nicht mehr mit dir, weil ich Angst habe.

Wovor hast du Angst?

Ich habe Angst, dass du mir antwortest, Ann. Wenn du mir antwortest, folge ich dir dorthin, wo du jetzt bist.

Denn hier willst du nicht mehr sein, sage ich leise, beuge mich vor und flüstere es ihr ins Ohr. Tief in deinem Inneren weißt du, dass du nicht dort sein willst, wo ich jetzt bin.

Ich stehe im grauen Licht im Zimmer, und sie sitzt auf der Bettkante. Ich sehe, dass sie nickt.

Tief in meinem Inneren, sagt sie. Denn wenn du zurückkommst, muss ich hier sein.

Du glaubst immer noch, dass ich zurückkomme.

Sie hebt den Kopf und sieht in meine Richtung, doch ihre Augen finden keinen Halt, als blicke sie durch mich hindurch.

Ja, das glaube ich immer noch.

Ich komme zurück, sage ich. Ich sollte das nicht sagen, denn dann fällt es ihr noch schwerer, sie selbst zu sein, aber ich kann nicht anders. Und als ich ihr Lächeln im Zwielicht erkenne, weiß ich, dass es richtig war.

Ich komme zurück, wiederhole ich. Da steht sie auf und kommt auf mich zu.

Ann, sagt sie und tastet mit den Fingern.

Wäre es möglich, hätte ich ihre Hände genommen und sie festgehalten.

Es ist noch sehr früh, als ich Papas Auto zurückkommen höre. Oder sehr spät. Ich weiß es nicht, weil die ganze Zeit dasselbe graue Licht herrscht. Es flimmert ganz leicht wie ein Fernseher.

Papa ist unten, er ruft nach Mama.

Ich komme, antwortet sie und fummelt am Reißverschluss auf der Rückseite ihres Kleids herum. Es ist weiß und hat ein spitzenbesetztes Dekolleté, und auf einmal erkenne ich es wieder. Es ist ihr Brautkleid, das ganz hinten bei ihr im Schrank hängt. Es hat einen braunen Fleck an der Schulter, vielleicht Kaffee oder Schokolade, aber es ist sehr hübsch.

Mama hat sich die Haare gekämmt. Sie hätte auch duschen sollen, aber das kann ich ihr nicht sagen. Sie zieht hochhackige Schuhe an, stöckelt durchs Zimmer und die Treppe hinunter, hält sich am Geländer fest. Hat keine Übung mehr, in solchen Schuhen zu gehen.

Was hast du dir da angezogen?, ruft Papa aus, als er sie sieht.

Mama antwortet nicht, lächelt ihn bloß an und sieht glücklich aus. Er trägt einen schwarzen Anzug. Darunter ein schwarzes Hemd. Schwarze Schuhe.

Das kannst du nicht tragen, May-Britt.

Warum nicht?

Das … das geht nicht. Denk an Ann.

Das tue ich doch, entgegnet sie. Das tue ich die ganze Zeit.

Sie geht an ihm vorbei, bleibt auf der Treppe vorm Haus stehen und blinzelt ins Grau, als wäre sie seit Tagen nicht mehr draußen gewesen.

Papa gibt auf, folgt ihr, bittet sie, abzuschließen, geht voraus zum Auto. Auf der Rückbank sitzen meine Brüder. Auch sie in schwarzen Anzügen. Beide sind blond und sehr hübsch und ähneln ihrer Mutter, vor allem Felix, niemand hat so grüne Augen wie er. Ich hab ihn sehr lieb, Marco auch, aber Felix noch mehr, und wäre alles anders, würde ich ihnen das sagen und sie fest an mich drücken.

Wir fahren ziemlich langsam, viel langsamer als sonst, Papa ist immer schnell gefahren, und sowohl Mama als auch Siren haben deshalb immer mit ihm geschimpft, doch ohne Erfolg.

Draußen regnet es. Aber ich werde nicht nass. Bestimmt wird niemand nass.

Vor der Kirche haben sich viele Menschen versammelt. Doch niemand geht hinein. Nicht ehe wir ankommen. Mama, Papa, meine Brüder und ich. Meine Brüder, wiederhole ich, weil ich das immer gern gesagt habe. Felix, du bist mein Bruder, und du auch, Marco. Und wir gehen als Erste in die Kirche, weil niemand es sonst tut, obwohl es regnet und das graue Licht ziemlich traurig ist. Im grauen Licht sehen alle sehr ernst aus. Einige weinen auch, ich kann es hören, erkenne aber nicht, wer. Die dunklen Kleider machen sie noch trauriger. Nur Mama hebt sich ab in ihrem weißen Kleid, sie leuchtet förmlich, und darüber sollte ich eigentlich froh sein, weil es bedeutet, dass sie daran glaubt, was ich ihr vorhin ins Ohr geflüstert habe, dass wir uns bald wiedersehen werden.

Im Vorraum bleibt Papa stehen und zögert, weiter in die Kirche hineinzugehen. Er steht genau da, wo ich einst stand und einen Jungen geküsst habe. In diesem Moment begreife ich, dass mir sein Name nicht einfällt. So wird es von nun an sein. Alle sind sie gekommen, meine ehemalige beste Freundin, mein Klassenlehrer, Mitschüler, ihre Eltern und viele andere, die ich gekannt habe. Aber an ihre Namen kann ich mich nicht erinnern. Ich stehe vorne vor dem Altar, und alle richten ihren Blick auf mich, ohne mich wahrzunehmen, und jetzt verstehe ich, warum ich hier bin. Nicht damit sie sich an mich erinnern, sondern damit ich sie vergesse, ihre Namen und Gesichter, wer sie waren und wozu sie mich gemacht haben.

November – Dezember 2015

16)

Helene schwamm. Es sollte ohnehin eine lange Trainingseinheit werden, doch sie machte auch noch nach den vorgeschriebenen vierzig Bahnen weiter. Die Schmerzen in der Schulter hatten wieder zugenommen, und ihre Rückenmuskeln verhärteten sich mehr und mehr. Eigentlich durfte sie mit der Entzündung in der Schulter nicht so ein großes Pensum absolvieren. Es war Freitagabend, die anderen waren schon unter der Dusche.

In der Umkleide stand sie mit tropfenden Haaren da, ihr Smartphone in der Hand. Dagny war schon weg, und sonst wollte sie mit niemandem reden. Ihre Mutter hatte angerufen. Helene schickte eine Nachricht. *Will zu Fuß nach Hause gehen.* Ihre Mutter bestand darauf, sie abzuholen.

Helene fragte nicht nach dem Grund. Sie kannte die Antwort: Es darf dir nichts passieren. Es darf dir nicht das passieren, was Ann passiert ist.

Niemand wusste, was Ann passiert war.

Irgendjemand wusste es.

Ich kann auf mich selbst aufpassen. Ich bin nicht wie sie. Versteht ihr das nicht? Es sind fast zwei Wochen vergangen. Ihr könnt nicht für den Rest meines Lebens auf mich aufpassen, weil Ann verschwunden ist.

Als sie ihre Bluse zuknöpfte, machte ihr Handy Pling. Eine Nachricht von Runar. Er war immer noch krankgeschrieben und fehlte seit einer Woche in der Schule.

Sieh dir deinen Facebook-Account an.

Ein Haufen von Nachrichten, die sie noch nicht gelöscht hatte. All die gehässigen Kommentare. *Du hast den Tod verdient, Bitch. Du bist schuld, dass Victor ermordet wurde.* Vor drei Tagen hatte sie selbst etwas über ihr Schwimmtraining gepostet. Dagny und zwei andere Mädchen aus dem Klub hatten es gelikt. Sonst keine Reaktion.

Vor drei Tagen war eine neue Gruppe gegründet worden. All diejenigen, die sich noch nie um Ann geschert hatten, hatten sie plötzlich unendlich lieb. Mehrere Hundert Follower schickten sich Herzen, versicherten einander, wie sehr sie Ann vermissten, und flehten sie inständig an, doch – please! – zurückzukehren. Als würde Ann die Nachrichten mitlesen.

Sie entdeckte eine Freundschaftsanfrage. Was für eine Seltenheit. Jemand, der sich Roman Warzinsky nannte. Eine Kamera als Profilbild.

Gefolgt von einer Nachricht: *Alles okay mit dir? Schau dir mal meine neue Fotoseite an. LG Runar.*

Sie scrollte sich durch die Aufnahmen, vor allem Naturmotive.

Bist du nicht krank, Roman Warzinsky?, schrieb sie zurück.

Deshalb habe ich Zeit zu reden.

Was Ernstes?

Erkältet. Will niemanden anstecken.

Ist das so ansteckend?

Runar war schon öfter erkältet in der Schule erschienen und hatte im Unterricht hemmungslos herumgeniest.

Bin bald wieder da, antwortete er. *Hab an unser Gespräch von letzter Woche gedacht. Du brauchst jemanden, mit dem du dich austauschen kannst.*

Gehe zu einem Psychologen.

Ein Mann um die fünfzig, den ihr Vater kannte und der glaubte, genau zu wissen, wie Teenager so tickten.

Hilft dir das?

Er meint, dass ich keinen Dachschaden habe.

Stimmt. Ein Smiley. Kurz darauf: *Im Gegenteil. Du bist ein außerordentlich kluges und starkes Mädchen. Kannst du ruhig als Kompliment betrachten.*

Danke.

Vielleicht täte es dir auch gut, mit jemand anderem zu reden …

Sie las die Nachricht ein paar Mal.

Bestimmt. Zum Beispiel mit einem Lehrer?

Sie zog ihre Jacke an. Wollte noch nicht gehen, sondern warten, bis sie eine Antwort erhalten hatte. Es dauerte nur wenige Sekunden.

Sie lief durch das Schneetreiben. Der Schnee war gerade geräumt worden, zwischen den orangen Flecken der Straßenlaternen war der Weg glatt und schmutzig grau.

Ihr Handy klingelte. »Bin gleich zu Hause«, keuchte sie.

»Du hast es versprochen!«, rief ihre Mutter.

»Musste ein paar Schritte gehen, bin schon unten an der Straße, noch drei Minuten.«

Die ganze Zeit wollten sie auf sie aufpassen. Aber das war unmöglich. Sie erhöhte die Geschwindigkeit, es dampfte um sie herum.

Auf der Kuppe des Hügels stand Streuner.

Einer von jenen, mit denen sie überhaupt nicht reden wollte.

»Hei!«, rief er, als sie bis auf wenige Meter herangekommen war. Sie stieß einen Laut aus, den man unter Umständen als Gruß auffassen konnte.

»Hei«, wiederholte er und ging auf sie zu. Seine Haare waren mit Schnee bedeckt. Er hatte dieselbe dünne Windjacke an, die er schon den ganzen Herbst getragen hatte.

Er streckte seinen Arm zur Seite aus, sie musste stehen bleiben.

»Ich muss schnell unter die Dusche«, sagte sie, was sie sogleich bereute. Was ging Streuner das an?

»Du hast gerade geduscht«, entgegnete er mit seiner Piepsstimme.

»Woher willst du das wissen?«

Darauf antwortete er nicht. Stattdessen: »Warum hast du nichts gesagt?«

»Was meinst du?«

Er trat einen Schritt näher, fast einen Kopf kleiner als sie, und starrte sie mit seinen kleinen, eng zusammenstehenden Augen an.

»Ich hab gefragt, warum du nichts gesagt hast?«

»Und ich hab gefragt, was du damit meinst?«

»Die Polizei hat mit dir geredet, oder?«

»Was glaubst du denn?«

Sie sollte nett zu Streuner sein. Öfter hatte sie sich schon vorgenommen, freundlich mit ihm zu reden, doch in seiner Gegenwart verspürte sie jedes Mal einen gewissen Ekel. Bekam Lust, etwas Hässliches zu sagen, um ihn zu verletzen. Und das irritierte sie so.

»Ich muss jetzt nach Hause«, sagte sie.

»Du antwortest nicht auf meine Frage.«

»Dazu bin ich auch nicht verpflichtet.«

Ihr Zorn wuchs, doch sie schluckte ihn hinunter. Er war ein armer Teufel. Eigentlich sollte sie sich um solche Menschen wie Streuner kümmern. Der Gedanke ließ sie erschaudern. Wenn sie nett zu ihm wäre, würde er sich wie eine Klette an sie hängen und nie wieder loslassen. So dachte sie. So sollte sie nicht denken. Die Zeitungen schrieben darüber und veröffentlichten Fotos von Polizisten auf dem Hof seines Vaters. Sein Vater hatte Streuners Mutter auf grausame Art ermordet. Obwohl es schon viele Jahre her war, wurde jetzt wieder davon berichtet. Auch Victors Tod und Anns Verschwinden, schrieben sie, könnten damit zu tun haben. Über Streuner kein Wort, doch jetzt wussten alle, dass Frank Nitter sein Vater war.

»Hast du der Polizei alles gesagt, was du weißt?«, fragte er.

»Was ich weiß? Klar.«

Er schüttelte den Kopf. »Das meine ich nicht.«

»Was?«

»Klar.«

»Hallo …«

Als sie weitergehen wollte, machte er einen Schritt zur Seite und baute sich vor ihr auf. Sie hätte ihn wegschubsen können.

»Wenn du alles erzählt hättest, hätte die Polizei nicht aufgehört zu suchen.«

Etwas geschah mit ihrem Gesicht, sie versuchte, sehr entschlossen auszusehen.

»Was ist eigentlich los mit dir?«

Sein stechender Blick in der Eiseskälte, die sie umgab, er wandte ihn nicht ab. Er wandte den Blick nie ab. »Was ist eigentlich los mit dir?«, äffte er sie nach.

Sie wollte sich an ihm vorbeidrängen, doch er ließ es nicht zu.

»Jetzt hör schon auf!«

»Du weißt es, aber du sagst nichts. Warum? Das will ich von dir wissen!«

»Wovon redest du, verdammt?« Sie war stocksauer und vor allem verwirrt. Rasch schaute sie sich um. Ein Stück weiter stand ein Auto mit laufendem Motor.

»Du weißt, was mit Ann und diesem Juden passiert ist.«

»Hä?«

Allmählich begriff sie, wovon er da faselte.

»Du hast sie dazu gebracht, das ganze Zeug auf Facebook zu schreiben«, sagte sie so ruhig wie möglich.

Er schüttelte den Kopf. »Die schreiben jede Menge Scheißdreck«, entgegnete er. »Aber ich hab ihnen gesagt, dass sie dich in Ruhe lassen sollen. Dass du nicht dabei warst.«

Sie schnappte nach Luft. Wollte er jetzt etwa ihr Beschützer sein?

»Ich weiß, dass du es weißt, aber ich hab niemandem was davon erzählt. Das wollte ich dir sagen. Und ich wollte wissen, warum du den Mund hältst, wenn dich keiner darum gebeten oder dir gedroht hat.«

Am liebsten hätte sie laut aufgeheult. Sie schob ihn weg, lief zur

Einfahrt. Drehte sich um, als sie das Tor öffnete. Er stand immer noch an derselben Stelle und schaute ihr nach.

»Jetzt weiß ich, was bei dir nicht stimmt!«, rief sie.

Doch sie hatte nicht die geringste Ahnung.

17)

Bjørn Lindbekk blieb im Auto sitzen und schaute zum Tor des Fabrikgeländes, der Schornstein im Mondlicht, ein Finger, der in das glasklare Dunkle zeigte. Noch immer spannten sich Absperrbänder um das Grundstück, doch er wusste, dass sie ihre Arbeit beendet hatten.

Den ganzen Abend war er durch die Gegend gefahren und schließlich auf dem Parkplatz gelandet. Hier, dachte er, muss ich anfangen, Schritt für Schritt, alles aus der Dunkelheit entwickeln. Alle Gedanken, die ich gedacht habe, und die, die ich nicht gewagt habe, zu denken. Was habe ich übersehen? Was hat bisher niemand begriffen? Der Junge, den sie Streuner nennen, eingesperrt im Keller. Victor Munoz zwei Tage später im selben Keller ermordet. Ann war dort gewesen, und von dort verschwunden.

Andere Bilder drängten sich ihm auf, brachten ihn durcheinander. Der Sommer auf der Hütte. Ann kapselt sich ab. Sie steht draußen vor der Tür. Er schließt sie, Ann rührt sich nicht vom Fleck. Siren hinter ihm, sagt etwas. Er erinnert sich nicht an ihre Worte.

Er zuckte zusammen, er war kurz eingenickt, nur für ein, zwei Sekunden, vielleicht auch eine Minute. Die Kälte drang ihm durch Hemd und Jacke. Er ließ den Motor an und fixierte den Punkt, an dem das Licht der Scheinwerfer von der Dunkelheit verschluckt wurde. Abrupt setzte er im Schneematsch zurück.

Vor dem schwarzen Grabstein hatte sich eine kleine Schneewehe gebildet. Bjørn räumte den Schnee mit den Händen beiseite, tauschte die Kerze aus und zündete das Grablicht an. Die drei

Rosen im Glaskrug waren längst verwelkt. Er stopfte sie in die Plastiktüte, füllte den Krug mit Wasser und stellte frische hinein. Auch die Inschrift auf dem Grabstein war durch den Schnee unleserlich geworden. Er strich mit den Händen über die glatte Oberfläche, hockte davor und betrachtete sie im flackernden Kerzenschein, als lese er sie zum ersten Mal.

Johnny Lindbekk, mit ihm musste er sprechen. Dennoch schaute er unablässig auf den Namen seiner Mutter. Er hatte ihr nichts zu sagen, und falls sie ihm etwas zu sagen hatte, wollte er es nicht hören. *La-la-la-la life goes on.* Immer noch der Drang, sich die Ohren zuzuhalten, sich das Gefasel nicht anhören zu müssen. Er war wegen Johnny gekommen. Johnny war im Tod, wie er im Leben gewesen war. Er erledigte, was zu erledigen war, und hinterließ keine Schulden. Immer noch konnte Bjørn den festen Griff um seinen Arm spüren. *Komm mit, Bjørn, ich will dir was erklären.*

Die Mutter steht in der Küche und singt aus vollem Hals. *Obla di, obla da, life goes o-on.* Plötzlich übergibt sie sich in die Spüle, es läuft aus ihr heraus, ein gelber Brei aus kleinen Fleischstückchen, der Gestank nach Wodka. Sie hält den Kopf unter den laufenden Wasserhahn. Und als sie sich aufrichtet, mit tropfnassen Haaren, Kinn und Wangen mit zähem Schleim bedeckt, singt sie einfach weiter, als wäre nichts geschehen, *la-la-la-la life goes on.*

In diesem Moment kommt Johnny in sein Zimmer und nimmt ihn am Arm.

Du weißt doch, Bjørn, dass sie eigentlich ganz anders ist. Sie hat nur im Augenblick nichts, woran sie sich festhalten kann, deshalb kippt sie manchmal um.

Sie hatte dich, Johnny. Du kamst in unser Leben, Johnny, warst wie ein Fels in der Brandung. Auch ich konnte mich an dir festhalten.

Und das hast du getan.

Ich hatte solche Angst, dass du eines Tages wieder verschwinden könntest. Dass du irgendwann genug hast. Aber du bist geblieben und hast dich um uns gekümmert.

Ich hatte keine Wahl, Bjørn.

Doch, das hattest du. Genau wie ich eine Wahl hatte, als ich Siren begegnete. Ich habe sie zurückgelassen. Ich bin nicht so wie du.

Er richtete sich auf, blieb lange stehen und betrachtete den schwarzen Stein. Ein scharfer Wind kam vom Wald herüber und brannte in seinem Gesicht. Er knöpfte seine Jeansjacke zu.

Du hast mal gesagt, dass man dem Tod die Tür öffnet, wenn man aufgibt. War das nicht nach dem ersten Infarkt, als du Mühe hattest zu atmen?

Er blieb noch eine Weile, doch Johnny Lindbekk antwortete nicht mehr.

* * *

Er saß im Auto vor dem Wohnblock in Sinsen. Der Schnee war in Schneeregen übergegangen, und er schaltete die Scheibenwischer ein. Im vierten Stock, wo die Wohnung von Jørgen Brennås lag, war es dunkel. Er wartete seit einer halben Stunde. Versuchte, Snorri zu erreichen. Als der sich endlich meldete, hörte Bjørn im Hintergrund ein Gewirr von Stimmen. Offenbar war Snorri in der Stadt unterwegs.

»Wollte dich auch gerade anrufen, Bjørn. Gedankenübertragung. Jemand flüstert uns was zu, wir hören es, verstehen aber nicht, was damit gemeint ist, und dann glauben wir, dass es unsere eigenen Gedanken sind, die aus der Tiefe aufsteigen.«

Snorris Stimme klang fest, doch es war Freitagabend, Viertel nach neun, und wenn Snorri etwas getrunken hatte, bekam seine Ironie stets etwas Rätselhaftes.

»Eilifs«, verkündete er, ohne dass Bjørn gefragt hatte. »Kommst du auf ein Bier vorbei?«

»Nicht heute Abend.«

»Im Moment beschäftigt dich vieles. Aber du musst auch ein bisschen rauskommen.«

»Ich wollte dich etwas fragen.«

»Tu das nicht, Bjørn. Du weißt, dass ich dir nicht mehr verraten darf.«

»Ich muss aber mehr wissen.«

»Und ich muss weniger wissen«, erwiderte Snorri. »Jedenfalls weniger reden. Dir ist doch klar, was passiert, wenn sie herausfinden, welche Infos ich dir schon gegeben habe.«

»Du bist ein guter Freund, Snorri. Vielleicht der beste, den ich je hatte.«

In diesem Moment fühlte sich das gefährlich nah an der Wahrheit an.

»Mit Schmeicheleien kommst du bei mir nicht weiter. Nur mit harten Fakten.«

»Jørgen Brennås?«

Er hörte, wie Snorri einen großen Schluck nahm, dann änderte sich die Geräuschkulisse, als ginge er aus dem lärmenden Lokal nach draußen. Eine Straßenbahn fuhr vorbei.

»Den haben sie ein paar Mal vernommen.« Snorri dämpfte seine Stimme. »Er behauptet, er wäre an dem Abend, an dem Ann verschwand, die ganze Zeit zu Hause gewesen. Aber das hat sich als falsch herausgestellt. Er wurde nämlich am frühen Abend in der Stadt gesehen. Er hat also ein Alibiproblem.«

»Aber er sitzt nicht in U-Haft?«

»Der Typ handelt mit Drogen. Dass er uns nicht in Details einweihen will, reicht nicht für eine Anklage, das weißt du doch.«

Bjørn biss sich in die Unterlippe. »Du hast gesagt, dass Viken nicht der richtige Mann für die Ermittlungen ist.«

»Das habe ich nicht gesagt, Bjørn. Er hat ein paar knifflige Fälle gelöst. Hat sich auch nicht immer mit Ruhm bekleckert. Aber Viken macht keine halben Sachen.«

Was Bjørn nicht beruhigte.

»Es gibt einiges an Material über Frank Nitter, das nicht für die Öffentlichkeit bestimmt ist«, sagte er.

»Worauf willst du hinaus?«

»Es geht um die Details rund um den Mord an seiner Frau. Mit Rücksicht auf die Söhne unterliegt manches strikter Geheimhaltung. Kannst du mir helfen?«

»Du weißt genau, dass ich das nicht kann«, protestierte Snorri.

Ein Mann und eine Frau in Anoraks gingen an seinem Wagen vorbei. Der Mann hatte sich die Kapuze im Schneeregen tief ins Gesicht gezogen. Er war krumm und dünn und überragte die andere Person, die klein und gedrungen war und einen schaukelnden Gang hatte wie eine alte Frau. Sie hielten Kurs auf den nächsten Hauseingang. Der Mann trug einen Rucksack. Bjørn wusste, dass es Jørgen Brennås und seine Partnerin waren.

»Schick mir eine Datei«, sagte er zu Snorri. »Ich werde dafür sorgen, dass sie sich nicht zu mir zurückverfolgen lässt. Rufe dich später an.«

Er steckte das Handy in die Tasche, wollte schon aussteigen und zu den beiden gehen, die sich gerade ins Treppenhaus einließen, zwang sich jedoch, sitzen zu bleiben.

»Keine unüberlegten Sachen, Mensch!«, wies er sich zurecht.

Eine halbe Minute später ging oben Licht an, vermutlich im Wohnzimmer. Dann im Nebenzimmer.

* * *

Bjørn warf einen Blick auf die Uhr, als er auf die Einfahrt abbog. Zehn vor zehn. Seit dem frühen Morgen war er nicht zu Hause gewesen. Siren hatte ihn ein paar Mal angerufen, machte sich Sorgen um ihn. Er hatte ihr eine Nachricht geschickt. Er musste mit ihr über das reden, was gerade geschah, auch wenn er nicht wusste, was.

Die Scheinwerfer schwenkten über die Ecke der Garage hinweg. Etwas, das dort nicht hinpasste, ein Schatten an der Wand. Als er auf die Fernbedienung drückte, öffnete das Garagentor sich mit einem Ruck. Er stieg aus. Es schneite, winzige harte Körner glitzerten im Scheinwerferlicht. Neben dem Tor entdeckte er eine Spur. Fußabdrücke. Männerstiefel. Eine Zigarettenkippe. Die Spuren führten um die Garage herum.

Er hastete um die Ecke und prallte mit jemandem zusammen, der sofort zu Boden ging.

»Mann, Bjørn!«

Der Klang von Walters Stimme setzte etwas in Gang, das er

nicht kontrollieren konnte. Er musste zuschlagen, trat zwei, drei Mal gegen die Wand. Der Schmerz schoss ihm bis ins Knie.

»Steh auf, verdammt!«

Walter kam mühsam auf die Beine.

»Was hast du hier zu suchen?«

»Jetzt reg dich ab, Bønna. Ich muss mit dir reden.«

»Nein, *ich* muss mit *dir* reden!«

Er hatte die Faust gehoben, drückte Walter mit der anderen Hand gegen die Wand.

»Okay, okay, ich hab's vermasselt.«

»Wenn du irgendwas über meine Tochter weißt, dann spuck's aus!«

Traurig schüttelte Walter den Kopf.

»Ich weiß nichts.«

»Wie? War das alles nur ein Bluff?«, knurrte Bjørn.

»Ich wollte dir doch helfen …«

»Du hast versucht, ein paar beschissene Kronen herauszuschlagen. Du bist der größte Drecksack, der mir je begegnet ist, verstehst du?«

Walter hatte sich die Hände vors Gesicht gehalten, jetzt ließ er sie sinken.

»Hast ja recht«, sagte er. »Ich kann ein verdammter Drecksack sein. Aber nur, wenn ich dazu gezwungen werde. Das weißt du. Ich war in der Klemme. Und jetzt ist alles noch schlimmer.«

Bjørn trat einen Schritt zurück. Er hatte keine Ahnung, was ihn daran hinderte, Walters Kopf zu packen und ihn gegen die Garage zu schlagen.

»Die Lieferung, die ihr beschlagnahmt habt«, murmelte Walter, »dafür habe ich garantiert. Und jetzt durchkämmen sie die ganze Stadt nach mir.«

»Das freut mich. Dann kann ich es anderen überlassen, dich fertigzumachen.«

»Ich brauche deine Hilfe, Bønnik. Ich weiß nicht, wen ich sonst fragen sollte.«

»Bist du wahnsinnig geworden?« Bjørn versuchte vergeblich,

sich zu beruhigen. »Zuerst nutzt du das Verschwinden meiner Tochter aus. Willst Sachen von mir wissen, die mich den Job kosten könnten. Und jetzt kommst du angeschissen und willst, dass ich dir helfe? Wenn sie dir die Eier abschneiden und dich in den Fjord werfen, dann tun sie mir einen Gefallen, verstehst du?«

»Ich verstehe.«

»Du verstehst überhaupt nichts, hast nie was verstanden.«

»Natürlich bist du sauer. Wäre ich an deiner Stelle auch.«

»Du hast keine Ahnung, wie es ist, wenn ich richtig wütend bin. Und ich weiß auch gar nicht, warum ich noch länger damit warte, dir den Schädel einzuschlagen. Also hau ab, ehe ich es mir anders überlege.«

Bjørn ließ ihn los und wollte ins Haus gehen.

»Ich kann dir helfen, sie zu finden.« Walter war glitschiger als ein Aal. »Jørgen Brennås hat kein Alibi für den Abend, an dem deine Tochter verschwunden ist.«

»Das weiß ich«, knurrte Bjørn und ging weiter.

Walter lief ihm hinterher. »Ich kann rausfinden, wo sie Ann versteckt halten.«

Erneut kochte die Wut in Bjørn hoch. »Ich will nicht, dass du noch einmal über sie redest. Kein einziges Wort mehr, verstanden?«

»Hör mir zu, Bønni. Du hilfst mir, und ich helfe dir. So ist es zwischen uns immer gewesen, oder?«

»Fahr zur Hölle!«, murmelte Bjørn und meinte damit auch sich selbst.

18)

Helene vor dem Spiegel. Hatte sich durch Victors Tod ihr Gesicht verändert? Ihr Handy vibrierte. Nicolai. Seit über einer Woche hatte sie nichts von ihm gehört. So lösten sie Probleme bei ihm zu Hause, wegfahren, einen langen Urlaub machen und wiederkommen, als sei nichts geschehen.

Rufe dich an. Geh bitte ran!

Sie blieb mit dem vibrierenden Handy in der Hand stehen. Meldete sich, kurz bevor die Mailbox angesprungen wäre.

»Und? Zurück aus dem sonnigen Süden?«

Sie konnte ihre Gereiztheit nicht unterdrücken.

»Meine Mutter nannte es Entziehungskur.«

In Italien würden bestimmt viele gern eine Entziehungskur machen, hätte sie fast entgegnet.

»Hat Runar was gesagt?«, fragte er.

»Runar?«

»Du glaubst es nicht, oder?«

»Was?«

»Dass ich abhängig bin.«

Bestimmt hatte er jeden Tag Pillen geschluckt. Victor hatte ihn versorgt.

»Ist doch egal, was ich glaube«, antwortete sie.

Er ließ die Antwort in der Luft hängen, bemühte sich, cool und unberührt zu wirken. Sie hörte, wie gestresst er war.

»Was sagen die Leute?«, wollte er wissen.

»Worüber?«

»Über die Sache mit Vic.«

Obwohl sie das Gespräch nicht fortsetzen wollte, antwortete sie: »Sie geben mir die Schuld.«

»Dir?«

»Warst du nicht auf Face oder WhatsApp?«

»Ich hatte keinen Internetzugang.«

»Was?«

»Glaubst du mir etwa nicht? Meine Mutter ist total durchgedreht. Hat mein Handy einkassiert. Das Einzige, was ich lesen durfte, waren die wöchentlichen Aufgaben von Runar.«

Sie schaute immer noch in den Spiegel. Die Augen, die sie anschauten. Der Blick einer alten Frau.

»Viele meinen, dass es mein Fehler war.«

»Wie, dein Fehler?«

»Das, was mit Victor passiert ist. Und mit Ann.«

»Was ist mit Ann?«, rief er.

»Was mit ihr ist? Kriegst du eigentlich gar nichts mit?«

»Sag's doch einfach.«

Er war jetzt total angespannt, seine Stimme überschlug sich fast. Helene ließ sich auf die Bettkante sinken.

»Sie ist an dem Tag verschwunden, als sie Victor treffen wollte.«

»Aber sie ist doch zurückgekommen.«

»Wer sagt das?«

Er antwortete nicht.

»Niemand weiß, wo sie ist. Sie haben im Wald und überall nach ihr gesucht. Ich glaube, sie haben aufgegeben.«

»Oh nein!« Nicolai klang verzweifelt, und für einen Moment dachte Helene, er würde in Tränen ausbrechen.

»Das geht nicht«, sagte er schließlich. »Es geht einfach nicht mehr.«

Sie wollte ihn fragen, was, doch er hatte schon aufgelegt.

19)

Siren war im Badezimmer und hörte nicht, dass Bjørn ins Haus kam, den Schlüssel für die Hütte aus der Kommode nahm und wieder nach draußen ging. Eine halbe Stunde später, als sie sich auf dem Sofa an ihn schmiegte, hatte er immer noch nichts von Walter erzählt. Sie wäre nie damit einverstanden gewesen, dass sich so ein zwielichtiger Typ in ihrer Hütte versteckte. Sie hätte von Bjørn eine Erklärung gefordert, die er ihr nicht hätte geben können. Jetzt wollte er einfach nur so dasitzen, Igors Schnauze auf seinen Füßen, und die Netflix-Serie, die Siren regelmäßig anschaute, an sich vorbeiflimmern lassen. Die Hand auf ihren Bauch legen und spüren, wie ihr Atem einen Weg in die Tiefe fand, um ruhig wieder auszuströmen. Auch er wurde ruhiger und glitt allmählich in einen Schlummer, in dem sich die Dialoge im Fernsehen mit seinen Gedanken mischten. Der Benachrichtigungston seines Handys. Ein Schrei. *La-la-la-la life goes on,* rauschte es durch seinen Kopf, als er sich ruckartig aufsetzte und auf das Display starrte.

Die Nachricht kam von Nicolai Meyer. Siren, die immer noch in seiner Armbeuge lag, blickte zu ihm auf.

»Was ist?«

Er öffnete die Nachricht und las sie. Las sie noch ein Mal. Sagte ihr, von wem sie stammte, und zeigte sie ihr.

»Was soll das bedeuten?«, fragte Siren.

Als er sich erhob, zuckte Igor zusammen und rappelte sich mühsam auf. »Keine Ahnung. Aber ich hatte schon die ganze Zeit das Gefühl, dass der Junge mehr weiß.«

Bjørn ging zur Tür.

»Wo willst du hin?«

»Ich will herausfinden, was er weiß.«

Sie lief ihm auf den Flur nach. »Solltest du nicht …?«

»Es gibt noch einen anderen Grund, warum er mit mir reden will und mit niemandem sonst.«

Er las die Nachricht ein weiteres Mal.

Tut mir leid, dass ich nicht alles gesagt habe, was ich weiß. Ich wollte niemandem schaden. Bin in der Fabrik. Nicolai Meyer.

»Da stimmt doch was nicht«, sagte Siren. »Mit der Nachricht.«

»Mit dem Jungen stimmt was nicht.«

»Warum schreibt er das mit der Fabrik?«

Bjørn zog die Schuhe an. »Weil er mich treffen will. Vielleicht will er mir etwas zeigen.« Er dachte nach. »Nicolai wusste, dass Ann Victor dort treffen wollte. Victor hatte ihm eine Nachricht geschrieben und ihn gebeten, auch dorthin zu kommen und sie zu filmen.«

»Ja, das hast du schon erzählt. Ein ziemlich starkes Stück.«

»Nicolai behauptet, dass er zu Hause geblieben ist und nicht weiß, was passiert ist. Ich hatte die ganze Zeit den Eindruck, dass er lügt. Und wenn er an dem Abend doch zur Fabrik gefahren ist?«

Siren schien zu zweifeln. »Warum sollte er dich bitten, jetzt dorthin zu kommen, um dir alles zu erzählen? Ruf ihn doch einfach zu Hause an.«

Das sollte er wohl. Aber vielleicht machte der Junge dann dicht. Schon oft hatten ihm Jugendliche etwas anvertraut, solange er ihren Eltern nichts erzählte.

»Werd ich schon machen«, antwortete er und schnappte sich auf dem Weg nach draußen seine Jacke. »Später. Komm, Igor.«

Er befestigte die Leine am Halsband, nahm den Hund mit nach draußen.

Erst als er rückwärts aus der Garage fuhr, fiel ihm ein, dass er gar nicht mehr bei Marco und Felix im Zimmer gewesen war, obwohl er es ihnen versprochen hatte. Er würde es nachholen. Auch das.

Es hatte wieder zu schneien begonnen, als er vor dem Tor der Fabrik aus dem Auto stieg. Leichte Flocken wirbelten durch die Luft. Einmal mehr blieb er stehen und studierte die Öffnung im Zaun. Präzise kleine Schnitte. Womöglich war dasselbe Werkzeug wenig später dazu benutzt worden, um jemandem die Finger abzuschneiden. Erneut sah er Anns schmale weiße Hände vor sich.

Erst als er in der Fabrik auf der Galerie stand, schaltete er seine Taschenlampe ein. Ließ den Lichtkegel durch die große Halle wandern und lauschte. Vielleicht stammte die Nachricht ja von jemand anders.

»Nicolai!«, rief er nach unten. Ein leiser Nachhall wurde zu ihm zurückgeworfen. Er stieg die wacklige Wendeltreppe hinunter und leuchtete in alle Richtungen, ehe er dorthin ging, wo das Feuer gebrannt hatte. Am Samstag vor knapp zwei Wochen hatten sich vier Jugendliche darum versammelt.

So hatte alles angefangen.

Oder ganz woanders? Wenn es ihm nur gelänge, die Sache aus einem anderen Blickwinkel zu betrachten …

»Nicolai?«

Er zog die schwere Tür zum Keller einen Spaltbreit auf, leuchtete ins Dunkel, erblickte die Tür zur Umkleide, schwenkte den Lichtstrahl zurück. Dort lag etwas auf dem Fußboden, ein kleiner Gegenstand, der letztes Mal noch nicht da gewesen war.

Er eilte die Stufen hinab, denn er wusste bereits, was es war. Der Anblick der Spritze ließ ihn an Sirens Worte denken, dass er sofort seine Kollegen hätte informieren sollen, nachdem er die Nachricht erhalten hatte.

Einen Meter hinter der offenen Tür zur Umkleide saß Nicolai Meyer. Den Kopf zurückgelehnt, die Lippen zu einem Lächeln geformt. Vielleicht hatte er auch versucht, zu rufen. Die Augen starrten an dem Lichtkegel vorbei. Die Musik aus dem Kopfhörer erinnerte ihn an das Summen von Insekten. Der Junge hatte nur ein T-Shirt an. Auf dem Boden zwischen seinen Beinen lagen eine schwarz-weiße Jacke, ein Handy, ein Feuerzeug, ein Esslöffel und ein Stauschlauch. Es roch stark nach Urin.

»Was machst du da?«, schrie Bjørn. Er zog Nicolai auf die Beine, eine Stoffpuppe in seinen Armen, legte ihn wieder auf den Boden, suchte nach seinem Puls, schlug ihm mit den Fäusten gegen die Brust, begann mit einer Herzdruckmassage, wie er sie schon so oft zu Trainingszwecken ausgeführt hatte, doch noch nie an einem menschlichen Körper. Bjørn beugte sich vor und blies in seinen Mund, aus dem ein süßlicher Gestank entwich. Er hörte sich laut fluchen. Als er sein Handy aus der Tasche zog, bemerkte er, dass er keinen Netzempfang hatte. Verzweifelt hob er den Körper hoch und stürmte die Treppe zur höher gelegenen Halle hinauf. Oben schlug eine Tür, diejenige, durch die er gekommen war.

»Hallo!«, brüllte er und erhielt keine Antwort. Er wählte die Notrufnummer, stellte den Lautsprecher an, presste beide Hände ein ums andere Mal auf die Brust des Jungen, immer und immer wieder, wusste, dass er sich vergeblich bemühte, dass er zu spät gekommen war. Mal wieder.

Als der Krankenwagen eintraf, hatte er immer noch nicht von dem Jungen abgelassen, drückte und blies. Sie übernahmen und benutzten einen Beatmungsbeutel. Einer von ihnen zog eine Spritze auf, stach sie Nicolai in den Arm. Bjørn hatte das schon oft gesehen, Gegenmittel bei einer Überdosis Heroin. Nicht selten geschah ein Wunder, und der Leblose schlug binnen Sekunden die Augen auf und starrte verwirrt umher.

Nicolai reagierte nicht.

Bjørn nahm sein Handy, überlegte, ob er die Eltern anrufen sollte, entschied sich aber zu warten, bis die Situation geklärt war.

Sie war geklärt.

Auch wenn die Sanitäter einen Defibrillator hatten. Bjørn stand ein Stück weit entfernt, wartete auf ein Zucken des schmächtigen Körpers auf dem Betonboden.

Reglos lag er da.

Mit unsicheren Schritten ging er die Kellertreppe hinunter. Die Spritze, schoss es ihm durch den Kopf. Wie ist sie hier gelandet, wenn der Rest dort auf dem Boden liegt, wo Nicolai gesessen hat? Er leuchtete in jeden Winkel des Umkleideraums, dann in die untere Fabrikhalle. Dort war einst ein Arbeiter in das kochende Asphaltbad gefallen. Ein Vorfall, der Ann sehr beschäftigt hatte. Er wusste nicht, warum. Aber diese Fabrik hatte die Jugendlichen magisch angezogen. Als wäre es das leere Gebäude selbst, das das Leben aus ihnen herausgesaugt hatte.

Von draußen hörte er die Sirenen der Einsatzfahrzeuge näher kommen. Sollte hier nichts mehr anfassen. Bückte sich und hob das Handy auf, das neben der schwar-zweißen Jacke auf dem Boden lag. Die Tastensperre war entriegelt. Er öffnete die Liste der Nachrichten. Die letzte war diejenige, die er selbst erhalten hatte. Vor siebzig Minuten. Sirens Stimme: *Ruf ihn doch einfach zu Hause an.* Wenn er doch nur kapiert hätte, in welcher Gefahr der Junge geschwebt hatte. Wenn er doch nur jemanden in seiner Nähe verständigt hätte …

Er schob den Gedanken beiseite, für eine Weile würde ihm das gelingen. Er war wegen Ann gekommen, weil Nicolai ihm etwas sagen wollte. Er sah sich die anderen Nachrichten an. Fast nur Eingänge in den letzten Stunden, eine Nachricht von Helene Fortun. *Was wolltest du mir sagen?* Zwei von der Mutter des Jungen, er war nicht in der Lage, sie zu lesen.

Die vorletzte Nachricht hatte Nicolai Meyer vor dreieinhalb Stunden geschrieben. *Hole es bei M ab. Gebe ihm 3000.* Zuvor am selben Tag mehrere Nachrichten an dieselbe Nummer. Irgendwie kam sie Bjørn bekannt vor. Er blätterte in seinem Notizbuch. Richtig. Derselbe Absender, der die Drohung verschickt hatte. *Schneide dir Finga ab.*

Er legte das Handy wieder auf den Boden und ging so ruhig wie möglich die Treppe hinauf.

Als er die Halle betrat, wurde der leblose Körper gerade auf eine Bahre verfrachtet.

* * *

Im Schneegestöber wartete Bjørn vor dem Wohnblock in Sinsen. Es war zehn vor zwölf. Es vergingen fast fünfzehn Minuten, ehe jemand kam und die Tür aufschloss. Sofort folgte er der Frau mit Hidschab und viel zu großer Daunenjacke. Sie warf ihm einen kurzen Blick zu, schaute aber weg, als er ihr die Tür aufhielt.

Jeweils drei Stufen auf einmal nehmend, sprang Bjørn die Treppen hinauf und blieb vor der Wohnung im vierten Stock stehen. Drinnen lief Musik. Er wusste, dass jemand zu Hause war, weil er Licht in den Fenstern und Schatten hinter den Gardinen bemerkt hatte.

Er sammelte sich, ehe er auf den Klingelknopf drückte. Eine Bewegung hinter dem Spion. Die Tür wurde einen Spaltbreit geöffnet, die Sicherheitskette spannte sich.

»Was wollen Sie?«

Es war die Frau, die er zusammen mit Jørgen Brennås früher am Abend gesehen hatte.

»Millie Johnson?«

»Und Sie sind?«

Er zeigte seine Polizeimarke. »Ich habe ein paar Fragen an Sie.«

Die Tür wurde zugeknallt. Er konnte sich lebhaft vorstellen, was dahinter vor sich ging. Pulver und Pillen, die ins Klo geworfen und runtergespült wurden. Er wartete fast eine Minute, bis er das zweite Mal klingelte. Diesmal war es Jørgen Brennås selbst, der die Tür öffnete und durch den Spalt spähte, seine Pupillen so klein wie Stecknadelköpfe.

»Sie können mich ruhig reinlassen«, sagte Bjørn. »Dann brauche ich meine Kollegen nicht zu holen, um das Schloss aufzubrechen. Das würde Sie ein paar Tausend kosten, vielleicht müsste auch die ganze Tür ausgetauscht werden.«

Brennås zögerte, dann löste er die Kette. »Ist ja gut«, brummte er.

Bjørn drängte sich an ihm vorbei. Das Wohnzimmer sah erstaunlich ordentlich aus. Helle Gardinen, gerahmte Bilder an den Wänden. Ein Esstisch mit gebügelter Decke, auf der blaue Teller und Weingläser standen. Servietten und Kerzen. Auf den ersten Blick ganz und gar keine Drogenhöhle.

»Wir haben heute was zu feiern«, verkündete Millie Johnson stolz. »Heute ist es genau neun Jahre her, dass …«

»Wie war noch mal Ihr Name?«, unterbrach sie Jørgen Brennås.

»Lindbekk, Polizeidistrikt Oslo, Dezernat für organisierte Kriminalität. Ich bin Drogenfahnder.«

»Und das gibt Ihnen das Recht, einfach so in fremde Wohnungen einzudringen?«

Bjørn warf einen Blick ins Badezimmer. Der Klodeckel war hochgeklappt, die Porzellanschüssel sorgfältig abgewischt.

»Wie viel haben Sie gerade runtergespült? Zehntausend? Fünfzehn?«

Jørgen Brennås entblößte die Zähne zu einem grimmigen Grinsen. Hinter ihm tauchte seine Partnerin auf. Ohne Schuhe mochte sie kaum größer als einen Meter fünfzig sein. Ihre krausen schwarzen Haare sahen wie eine viel zu große Perücke aus. »Kann ich Ihnen etwas anbieten?«, fragte sie und versuchte sich an einem Lächeln.

Bjørn antwortete nicht und ging wieder ins Wohnzimmer. In

einem Regal standen etwa zwanzig, dreißig Bücher. Nesbø und Lier Horst. Aber auch Hamsun und Knausgård und andere Autoren, die er selbst nie gelesen hatte.

Er zog ein paar Bücher heraus, blickte dahinter, blätterte rasch darin.

»Sind Sie hier der kluge Kopf?«, fragte er die Frau, die den Blick niederschlug, als wäre ihr das Kompliment ein wenig peinlich.

»Ich lese, sooft ich kann«, antwortete sie mit ängstlicher Stimme. »Manchmal lese ich ihm auch was vor.« Sie wies mit dem Kopf auf Jørgen. Bjørn sah die beiden vor sich auf dem Sofa sitzen, das Drogenbesteck auf dem Tisch, benutzte Spritzen auf dem Boden, und Millie las Jørgen aus Hamsuns *Mysterien* vor.

»Vielleicht sagen Sie uns endlich, warum Sie hier sind?« Jørgen hatte sich offenbar vom ersten Schock erholt, dass die Drogenfahndung bei ihm auf der Matte stand. Vermutlich lebten sie in konstanter Bereitschaft.

Bjørn trat nah an ihn heran und blickte in die winzigen Pupillen. »Ann Lindbekk. Victor Munoz. Nicolai Meyer.«

Es ging ein Zucken durch sein Gesicht, als hätte ihn jemand mit einer Nadel gestochen. Er machte zwei Schritte zurück, Bjørn tat es ihm nach. »Und keine Fragen, was das für Namen sind. Ich hab keine Zeit für dummes Gequatsche, verstanden?«

Jørgen Brennås schüttelte stumm den Kopf.

»Zwei von ihnen sind tot, eine Person wird vermisst, sie ist seit elf Tagen verschwunden.«

»Wie schade.«

»Was soll das heißen, verdammt? Ist das alles, was Ihnen einfällt, wenn Teenager spurlos verschwinden? Schade?«

Brennås blinzelte. »Was wollen Sie eigentlich hier?«

»Das wissen Sie genau.«

Er war blasser geworden, blickte sich um. Millie versuchte, sich zwischen sie zu stellen.

»Setzen Sie sich!« Bjørn zeigte auf das Sofa. Sie gehorchte. All das, was sich seit elf Tagen in ihm aufgestaut hatte, übernahm das Kommando. Ihn streifte der Gedanke, dass er sich auch hinsetzen und seine Kollegen von der Fahndung anrufen sollte. Wenn er das hier allein durchzog, konnte das Konsequenzen haben, die er sein Leben lang bereuen würde.

»Bisher habe ich Sie nicht angerührt«, sagte er, als würde er seine Gedanken jetzt laut ausführen. »Bis jetzt ist hier noch nichts passiert.«

»Wovon reden Sie, Mensch?«, fragte Jørgen Brennås mit zitternder Stimme.

»Ich rede davon, dass Sie einem Fünfzehnjährigen vor wenigen Stunden eine Dosis Heroin verabreicht haben. Eine Überdosis. Der Junge ist tot. Davon rede ich. Ich rede davon, dass Sie ihm den Stoff nicht nur verkauft, sondern ihm direkt in den Arm gespritzt haben. Ich rede von Mord!«

»So einen Scheiß höre ich mir nicht länger an!« Jørgen Brennås drängte sich an ihm vorbei. Bjørns Hand schoss nach vorne und schloss sich um den dünnen Nacken des Mannes, zog ihn zurück, stieß ihn zu Boden, drückte ihm sein Knie in den Rücken.

»Lass los, du Arschloch!«, schrie Brennås. Millie zerrte an Bjørns Schulter. »Sie dürfen nicht …«

»Ich kann alles beweisen!«, fauchte er und spürte, wie der dürre Körper unter ihm zitterte. »Auch dass du den beiden anderen per SMS gedroht hast, bevor sie verschwanden. Und dass du lügst, wo du an dem Abend gewesen bist.«

»Ich hab nichts getan.«

Bjørn drehte ihm den Arm auf den Rücken und verstärkte den Druck seines Knies.

»Du hast Nicolai Meyer Heroin besorgt.«

»Er hat darum gebeten«, stöhnte Jørgen Brennås. »Er hat Kontakt zu mir aufgenommen. Wollte den Stoff für jemand anders.«

Bjørn sah die Spritze vor sich, die außerhalb der Umkleide auf dem Boden gelegen hatte.

»Du warst dabei, als er sich den goldenen Schuss gesetzt hat.«

»Nein!«

»Du warst da, als ich den Jungen gefunden habe. Ich hab gehört, wie du abgehauen bist.«

»Nein. Vielleicht war das …«

Bjørn verminderte den Druck, wartete ein paar Sekunden.

»Vielleicht war das?«

»Ach, Scheiße, ich will nicht mit dir reden.«

Bjørn packte ihn an den Haaren und stieß seinen Kopf auf den Boden, wenn auch nicht sehr hart.

»Vielleicht mein Bruder«, schrie Jørgen Brennås. Bjørn ließ ihn los. Er hörte, wie Millie auf den Flur stolperte, ins Badezimmer stürzte und von innen abschloss.

»Was bist du eigentlich für ein Bulle, verdammt?«

Ich bin kein Bulle, zuckte es Bjørn durchs Hirn. Deshalb bin ich nicht hier.

»Erzähl mir von dem Mädchen«, sagte er und nahm die unheilvolle Ruhe in seiner Stimme wahr.

»Welches Mädchen?«

»Das weißt du genau. Das Mädchen, dem du mit dem Tod gedroht hast.«

Jørgen drehte den Kopf zur Seite. »So war das nicht. Wir wollten nur … mein Bruder hat die Nachrichten geschickt. Die hatten ihn im Keller eingesperrt. Die ganze Nacht war er da drin und hat gefroren. *Die* sollte man einsperren.«

»Aber statt sie anzuzeigen, hast du deinen Bruder gerächt.«

»Blödsinn.«

»Am Montag warst du in der Schule, um sie zu verprügeln.«

»Ich war da, um mit Mortens Lehrer zu reden.«

Bjørn hatte ihn am Hals gepackt, konnte sich nicht mehr bremsen, war schon zu weit gegangen. Irgendetwas würde dabei schon herauskommen, vielleicht ein Geständnis und schließlich das, was er wirklich wissen wollte: wo Ann war.

»Nach dem Unterricht hast du sie verfolgt«, knurrte er. »Du bist ihnen zu ihrem Treffpunkt gefolgt, Victor Munoz und Ann. Du kennst den Ort, weil du dort deinen Stoff lagerst. Du schickst deinen Bruder dahin, um die Ware zu holen, die du verkaufen willst.«

Verzweifelt strampelte Jørgen Brennås mit den Beinen.

»Vielleicht war er es, der dich an dem Abend angerufen hat, als Victor Munoz getötet wurde. Dein kleiner Bruder hat dir erzählt, dass sie da waren.«

Bjørn hörte Millies hysterische Stimme im Bad. »Er bringt ihn um! Ihr müsst sofort kommen!«

Womöglich hatte jemand Ann genauso festgehalten. Auch ihr Körper hatte gezuckt und gezittert, wehrlos, hilflos. Er musste bis an die äußerste Grenze gehen, um alles aus Brennås herauszukriegen. Oder über die Grenze hinaus. Er sah sie vor sich, ihr Gesicht mit dem schiefen Pony, den dünnen blonden Zopf, ihre Augen.

Sie schien mit ihm zu sprechen.

Er ließ von ihm ab und stand auf. Jørgen Brennås rollte zur Seite, rappelte sich auf und schwankte hustend auf den Flur.

Lass ihn gehen, schoss es Bjørn durch den Kopf. Er zwang sich, stehen zu bleiben. Ein paar Sekunden später hörte er, wie die Wohnungstür geöffnet und zugeschlagen wurde.

20)

Im Schneidersitz saß Helene auf ihrem Bett und hatte die Decke um sich geschlungen. Auf ihrem Handy waren immer noch Fotos von Victor. Einige aufgenommen hier in diesem Zimmer. Er steht mit nacktem Oberkörper am Fenster. Auf dem nächsten Bild hat er sich umgedreht, sieht direkt in die Kamera.

Er ist tot. Victor ist tot.

Sie musste sich hinlegen, bis sie ihre Atmung wieder unter Kontrolle gebracht hatte. Ihre Gedanken wurden klarer. Doch es waren nicht ihre. Sie kamen von weit her. Von einem Ort, an dem alles kalt und durchsichtig war.

Trauer konnte es nicht sein, denn sie vermochte nicht zu weinen. Es kam ihr eher so vor, als wäre etwas herausgerissen worden, die Seiten eines Buchs. Dass er fort war, bedeutete, dass sie ihn nie mehr wiedersehen würde. Und er auch sie nicht. Er sah gar nichts mehr, kein Sonnenlicht, weder Bäume noch Menschen, hörte keine Stimmen und hörte nie wieder – dieser Gedanke war am schlimmsten –, wie jemand seinen Namen sagte. Keine Musik, Verkehrsgeräusche noch Vogelgezwitscher. Auch nicht den Fernseher, der im Wohnzimmer lief. In einen lautlosen Raum gesperrt, aus dem es kein Entrinnen gab.

Ihr Vater hatte am Wochenende Dienst, sie hörte ihn draußen telefonieren, während er zum Auto ging. Nur noch selten wurde er gerufen. Sicher ein wichtiges Problem, das nur er lösen konnte.

Es gefiel ihr nicht, dass er ging. Sie stand auf, schloss die Tür. Studierte jeden Millimeter ihres Gesichts, kratzte ein paar tote Hautzellen weg, rieb die Stellen sorgfältig mit Eight Hour Creme ein.

Alles verschwindet, dachte sie, und da war er wieder, dieser Blick, die alte Frau, die sie im Spiegel ansah, die Augen farblos und matt.

Victors Stimme: Du hast wahnsinnig schöne Augen. Sie nahm den Handspiegel aus der Kommodenschublade, hielt ihn vors Gesicht und drehte so lange den Kopf, bis sich das Spiegelbild darin spiegelte. Da veränderten sich die Augen, die Nase, der Mund sah größer aus. So hatte er sie gesehen.

Du bist so unglaublich hübsch, Helene.

Sie legte sich wieder hin, konnte es nicht lassen, sich die letzten Posts anzusehen. So viele neue Nachrichten auf Anns Gedenkseite. *Ich vermisse dich. Du bist die Beste. Wir lieben dich.*

Ihre Zwillingsschwestern waren längst ins Bett gegangen, doch sie schliefen nicht. Sie konnte sie auf der anderen Seite der Wand hören. Oft schlichen sie sich noch spät ins Zimmer der anderen, lagen im Bett, quatschten und lachten. Dann wünschte sie sich, dass auch sie mit ihnen in einem Bett lag, Geheimnisse austauschte und sich den Mund zuhielt, um das Lachen zu dämpfen.

»Victor«, sagte sie leise ins Dunkel. »Tot.« Die beiden Wörter gehörten jetzt zusammen. Vielleicht hatten sie es immer getan.

Eine Nachricht, als sie gerade einschlief. Sie öffnete erneut ihren Facebook-Account. Roman Warzinsky. Sie wusste nicht, ob ihr der Name gefiel. Doch Runar war jemand, der sich um diejenigen kümmerte, die Hilfe brauchten. Jetzt war sie es, die Hilfe brauchte.

Schläfst du? Zwei Smileys, eines mit geschlossenen Augen.

Es schneite nicht mehr. Die Wolken hatten sich verzogen. Der Mond stand über dem Gebirgskamm im Norden, kaltes blaues Licht floss über den Fußboden.

Sitze im Bett, schrieb sie zurück. *Denke nach.*

Das muss sehr schlimm für dich sein, Helene.

Anderen geht es noch schlechter.

Als sie dies schrieb, empfand sie es wirklich so. Victors Familie, auch wenn er nur wenig Kontakt zu ihr gehabt hatte. Und die Eltern von Ann. Für sie war es womöglich noch schlimmer. Sie wussten von nichts. Warteten ab oder suchten immer noch nach ihr. Sie sah das Gesicht des Vaters vor sich. Und plötzlich ein heftiger Schmerz in der Brust. Ann, dachte sie. Ich bin dir nicht mehr böse. Was du getan hast, war eine Sauerei. Aber ich wollte nicht, dass du verschwindest. Sie konnte Anns Lachen hören und ihr strahlendes Gesicht sehen, wenn sie fröhlich war, und das war sie die meiste Zeit. May-Britt und Bjørn hießen ihre Eltern, und sie entschloss sich, beiden eine Nachricht zu schreiben, vielleicht sogar eine Karte. Sie setzte sich auf, zog den Vorhang zu. Es ist ungerecht, dass Menschen so leiden müssen.

Neue Nachricht von Runar alias Roman, und jetzt musste sie lächeln, weil er ihr ein Foto von Spiderman schickte, der ein Mädchen aus einem brennenden Wolkenkratzer rettet.

Danke, dass du dich kümmerst, Roman Warzinsky.

Wäre ja noch schöner.

Du kümmerst dich immer um die, denen es nicht gut geht. So werde ich dich in Erinnerung behalten.

Es dauerte ein wenig, bis er reagierte: *In Erinnerung behalten? Wir sehen uns ja noch, oder?*

Ja, sie würden sich natürlich in der Schule sehen. In ein paar Wochen.

Natürlich, tippte sie.

Habe gerade daran gedacht. Ich glaube wirklich, es täte dir gut, dich mit jemandem auszutauschen. Nicht nur online. Mir täte es auch gut. Die Sache lässt mich nicht los.

Sie glaubte, seine Stimme zu hören. Sie war ziemlich hell und ein bisschen heiser, und dann diese seltsame nordnorwegische Satzmelodie. Er schien regelrecht zu singen. Eigentlich mag ich dich sehr, Roman Warzinsky. Das schrieb sie nicht.

Ich muss mit dir über etwas reden, schrieb er. *Morgen okay?*

Sie sah es vor sich, wie sie nach dem Unterricht im Klassenzimmer saßen, vielleicht auch in dem verglasten Raum neben dem Lehrerzimmer. Aber morgen war Samstag.

Wie meinst du das?

Ein Treffen.

Hab morgen einen Schwimmwettkampf.

Sie las den Satz noch mal und fügte hinzu: *Aber erst am Nachmittag.*

Vormittag ist okay für mich. Schicke dir eine Nachricht.

Sie klappte den Laptop zu. Ich werde mich mit Roman Warzinsky treffen. In diesem Moment ein Schlag gegen das Fenster.

Sie blieb sitzen und starrte dort, wo der Vorhang nicht ganz geschlossen war, auf den schmalen Lichtstreifen. Die Gedanken kehrten zurück, jetzt schneller: Victor ist tot. Wo bist du, Ann? Du fehlst mir. Ich muss mit Roman Warzinsky reden.

Wieder ein Knall. Ein Stein. Sie stand auf, huschte zum Fenster, spähte durch den Spalt. Der verschneite Garten im hellen Mondlicht, die beiden kahlen Apfelbäume, der kleine Abhang, auf dem ihre Mutter im Frühjahr immer ein Blumenbeet anlegte. Und mitten auf dem Rasen die über hundert Jahre alte Eiche. Ihr Vater war so stolz auf sie. Der älteste Baum im ganzen Ort, sagte er. Ihre Mutter klagte über die vielen Blätter, die sie im Herbst zusammenharken musste.

Eine Bewegung, direkt dahinter. Jemand hob den Arm und warf etwas. Der Stein traf die Scheibe dort, wo ihr Gesicht war, und sie sprang erschrocken zur Seite.

Sogleich riskierte sie einen weiteren Blick. Sie erkannte, wer dort stand, und öffnete das Fenster ein wenig.

»Hey, willst du, dass die Scheibe kaputtgeht, oder was?«

Ihre Stimme klang zornig. Die Steine waren das eine, und dass Streuner bei ihnen im Garten stand, doch vor allem sah sie nicht ein, dass er ihr ständig leidtun sollte.

»Nico ist tot.«

In T-Shirt und Unterhose stand sie am offenen Fenster. Immer wenn der Wind von Norden kam, spürte sie ihn bis in ihr Zimmer. Sie fror.

»Wovon redest du?«

»Nicolai ist tot«, wiederholte er. »Das wollte ich dir nur sagen.«

Helene starrte die schmächtige Gestalt zwischen den Bäumen an.

»Überdosis. In der Fabrik. Unten im Keller.«

»Hör auf, mich zu stalken, du Schwachkopf!«

»Du bist nicht so wie die anderen. Ich wollte, dass du das weißt. Du warst nicht dabei. Hab ich immer gesagt.«

Es stand noch jemand dort unten, im Schatten der Nachbarhecke. Eine Zigarette glühte auf, beschrieb einen Bogen, verschwand zwischen den Ästen.

Sie atmete tief durch. »Du lügst.«

»Die Sanitäter waren da und haben ihn abgeholt. Aber es war zu spät. Ich dachte, du solltest das wissen.«

Ein Pfiff an der Hecke, Streuner drehte sich um, glitt wieder hinter die Eiche, lief über den Rasen, kletterte über den Zaun und war verschwunden.

Sie blieb im kalten Wind stehen, spürte ihn nicht mehr. Als der Unterkiefer zu zittern begann und sie mit den Zähnen klapperte, machte sie das Fenster wieder zu und ging zur Tür. Hörte, dass unten immer noch der Fernseher lief. Wenn ihr Vater zurückkam, würde sie runtergehen, sich mit ihnen zusammensetzen und alles erzählen. Das konnte sie nur, wenn er da war. Denn plötzlich wusste sie, dass Streuner recht hatte. Auch Nico war tot.

21)

Es war Johan Christian Meyer, der die Tür öffnete. Sein Gesicht war eingefallen. Wortlos ließ er Bjørn herein, hatte wohl gehört, wer seinen Sohn im Keller der Fabrik gefunden hatte.

»Es ist spät«, sagte Bjørn, »tut mir leid …«

Johan Christian schüttelte den Kopf. »Wir sind gerade aus dem Krankenhaus gekommen.«

Bjørn folgte ihm die Treppe hinauf. Der gediegene Wohnraum im Halbdunkel. Selbst jetzt dachte er daran, dass seine Mutter als Putzfrau in diesem Haus angestellt gewesen war. Er blickte sich um, in den Ecken zwei Lampen, das farblose Gemälde kaum zu erkennen. Auf dem Sofa saß Nora Meyer, auf einem der Stühle Klaus Vincent, den Bjørn seit Jahren nicht gesehen hatte. Er konnte sich nicht erinnern, wann, doch seit der Sache mit May-Britt waren sie sich allenfalls ein oder zwei Mal begegnet.

Auch die beiden fragten nicht, warum er gekommen war. Bjørn fragte sich ebenfalls, warum er Menschen aufsuchte, die immer noch unter Schock standen. Menschen, die erst vor wenigen Stunden das verloren hatten, was ihnen das Liebste auf der Welt gewesen war. Er selbst stand seit elf Tagen furchtbare Ängste aus. Doch hatte er immer noch Hoffnung. Die Hoffnung war wie ein Tier, das hin und wieder mit seinem seltsamen Schnabel bei ihm anklopfte. Aber er wollte es nicht einlassen, aus Angst, es würde sich in ihm breitmachen und alles verdrängen, sodass er nicht mehr klar zu denken vermochte. Doch das seltsame Tier zog sich nicht zurück, sondern blieb in seiner Nähe und sorgte dafür, dass er nicht aufgab.

Bjørn wandte sich an Nora Meyer. »Es tut mir so leid …«

Als er ihr die Hand gab, zuckte sie zurück, als hätte sie sich verbrannt. Sie sank ins Sofa zurück und starrte ins Leere.

Klaus Vincent stand auf. Sein Blick hinter den großen Brillengläsern war nicht gerade freundlich, auch er stand sicher unter Schock, doch Nicolai war sein Neffe, und so hatte es ihn wohl nicht ganz so hart getroffen wie die Eltern. Erst jetzt begriff Bjørn, was für ein Fehler es gewesen war, hierherzukommen. Was für ein Trost lag darin, mit demjenigen zu sprechen, der ihren Sohn gefunden und die ersten nutzlosen Wiederbelebungsversuche unternommen hatte? Half es ihnen denn, dass auch er um sein Kind fürchtete? Dass seine Hoffnung, Ann lebend zu finden, noch weiter gesunken war? Dass das seltsame Tier sich auf einmal zurückgezogen hatte und nicht mehr an seine Tür klopfte?

Er war nicht gekommen, um Trost zu spenden. Er war gekommen, weil er immer noch suchte, weil er jeden Stein umdrehen und jeder noch so vagen Spur folgen musste, auch wenn das bedeutete, Menschen in ihren eigenen vier Wänden zu behelligen und ihnen Fragen zu stellen, die sie nicht beantworten konnten.

Johan Christian Meyer schob ihm einen Stuhl hin.

»Wir haben mit Nicolai über diese Drogensache gesprochen«, sagte er, als wäre er unterbrochen worden und nähme nun den Gesprächsfaden wieder auf. »Nicht nur gesprochen, wir haben alles andere zurückgestellt. Nora hat ihn in unser Haus nach Italien begleitet, um ihm in den ersten Tagen beizustehen. Wir haben ihm für nächsten Montag einen Untersuchungstermin in einer Poliklinik besorgt. Er schien den Ernst der Lage begriffen zu haben. Und dann …«

Bjørn nickte unmerklich. Auch andere Eltern sagten so etwas in solch einer Situation. Doch natürlich hatten sie ihr Bestes getan. Aber womöglich drehte es sich bei diesem Todesfall gar nicht um eine Überdosis.

»Es geht hier um vier Jugendliche, die viel Zeit miteinander verbracht haben«, begann er und war sich nicht sicher, ob er überhaupt darauf eingehen sollte. »Es fällt schwer, da nicht einen Zusammenhang herzustellen. Das kann ja nicht unbedingt ein Zufall sein.«

Er suchte nach den richtigen Worten.

Johan Christian musterte ihn über den Tisch hinweg. »Glaubst du immer noch, dass Ann …«

Bjørn rieb sich heftig die Stirn. »Es ist jetzt elf Tage her.«

Johan Christian schüttelte den Kopf. »Das ist so furchtbar, Bjørn. Wie sollen wir das nur durchstehen?«

Bjørn schaute auf, begegnete seinem Blick. Johan Christian war Eigentümer eines internationalen Industriekonzerns und hatte bestimmt schon schwere Zeiten erlebt und schwierige Entscheidungen treffen müssen. Doch Bjørn hatte das Gefühl, dass er mit dieser Situation nicht klarkommen würde und auch jemanden brauchte, der sich um ihn kümmerte. Er blickte zu seiner Frau hinüber, die immer noch vor sich hinstarrte.

Stille breitete sich in dem großen Zimmer aus, die Schatten zogen sich enger zusammen. Bjørn saß auf der äußersten Kante des Lehnstuhls und versuchte, seine Gedanken zu sortieren. Plötzlich überfiel ihn in all dem Chaos der Gedanke, dass ihn unsichtbare Fäden an dieses Haus banden. Nicht nur seine Mutter, die hier geputzt hatte. Hier hatte er begriffen, in welch peinlicher, vielleicht sogar gefährlicher Situation er May-Britt errettet hatte. Das war jetzt fast dreißig Jahre her. Damals waren sie ein Paar geworden. In diesem Haus hatte das begonnen, woraus Ann hervorgegangen war. Und deshalb saß er jetzt hier.

»Ich weiß, dass die Frage vielleicht zum falschen Zeitpunkt kommt, aber hat Nicolai in den letzten Tagen noch mal über Ann gesprochen?«

Johan Christian schaute ihn an. »Du meinst, ob er irgendwas gewusst hat?«

Bjørn blieb nichts anderes übrig, als das zu bekräftigen. »Vielleicht wollte er ja mit euch darüber reden.«

»Das hätte er sicher getan, Bjørn. Er war in sehr schlechter Verfassung, hatte Entzugserscheinungen und ein schlechtes Gewissen, war übernervös … doch wir haben keinen Grund zu der Annahme, dass er etwas über Anns Verschwinden wusste. Sonst hätten wir das selbstverständlich weiterverfolgt. Wir hätten Kontakt mit dir persönlich oder der Polizei aufgenommen. Oder wie war dein Eindruck, Nora? Du warst doch mit ihm zusammen in Italien.«

Sie antwortete nicht.

Bjørn nickte. »Habt ihr was gefunden, ich meine … hat er etwas hinterlassen, eine Nachricht oder Ähnliches?«

»Sie meinen, einen Abschiedsbrief«, sagte Nora Meyer plötzlich. »Nicht eine Zeile. Er hätte mir das niemals angetan.«

Sie verbarg ihr Gesicht in den Händen. Johan Christian legte beide Arme um sie. Bjørn spürte, dass es jetzt genug war, dass er nicht weiter in sie dringen durfte. Dennoch sagte er: »Der Bruder des Jungen aus seiner Klasse … der ihn bedroht hat. Ich war vorhin bei ihm.«

Alle drei schauten ihn an.

»Meinst du, er könnte etwas damit zu tun haben?«, wollte Klaus Vincent Meyer wissen.

»Er hat Nicolai das … den Stoff besorgt.« Er brachte es nicht über sich, das Wort Heroin auszusprechen. Als zögerte er, den Namen eines Mörders zu nennen.

Nora Meyer zuckte in ihrer Sofaecke zusammen, schien etwas sagen zu wollen, doch Klaus Vincent kam ihr zuvor.

»Willst du damit andeuten, dass Nicolai sich die Nadel vielleicht nicht selbst gesetzt hat?«

Erneut dachte Bjørn, wie auffällig es gewesen war, dass er die Spritze nicht bei Nicolai, sondern im Nebenraum gefunden hatte. Er erwähnte es nicht, hatte das Gefühl, sich auf sehr dünnem Eis zu bewegen. »Ich weiß es nicht. Aber der Kerl hat auf jeden Fall etwas damit zu tun. Und ihr wisst doch auch, wer der Vater der beiden Jungen ist.«

Bjørn hätte Jørgen Brennås lieber aus dem Spiel lassen sollen. Und das Gespräch auf Frank Nitter zu lenken, war noch heikler. Er spürte einen Juckreiz im Nacken.

Johan Christian stand auf. »Wo wohnt er, dieser Bruder?«

Jetzt konnte Bjørn keinen Rückzieher mehr machen. »In einer Wohnung in Sinsen. Die Polizei besitzt alle Informationen über ihn. Auch das, was ich eben gesagt habe. Der geht uns nicht durch die Lappen.«

Da war er allerdings nicht so sicher. Zumal sein Besuch bei Jørgen Brennås es erschwerte, gegen ihn vorzugehen.

»Woher weißt du, dass der Stoff von ihm kam?« Klaus Vincent hatte sich ebenfalls erhoben und stand nun neben seinem Bruder. Er war einen halben Kopf kleiner, und man gewann den Eindruck, als bestünde er aus einem anderen, nicht so kompakten, aber zäheren Material.

Bjørn erwähnte die Nummer, die er auf Nicolais Handy gefunden hatte.

»Du hast also auf eigene Faust ermittelt?«

Bjørn ließ sich die Formulierung durch den Kopf gehen. »Ich habe nach meiner Tochter gesucht.«

Johan Christian nahm wieder Platz, umarmte seine Frau. »Wir verstehen das.«

»Kann ich mir die Nachricht, die Sie bekommen haben, mal ansehen?«, sagte sie plötzlich. »Die von Nicolai.«

»Natürlich.« Bjørn zog sein Handy aus der Tasche, drückte auf ein paar Tasten und gab es ihr zögernd.

»Warum hat er das ausgerechnet Ihnen geschickt?«

»Das weiß ich auch nicht. Falls die Nachricht überhaupt von ihm stammt.«

»Wie meinst du das?«, mischte sich Klaus Vincent ein.

»Die Nachricht wurde von Nicolais Handy aus verschickt. Mehr wissen wir nicht.«

»Er bittet Sie um Entschuldigung«, stellte Nora Meyer fest.

»Wahrscheinlich weil Ann sich mit Victor Munoz treffen wollte und er es mir nicht gleich bei unserem ersten Gespräch gesagt hat.«

»Er bittet Sie um Entschuldigung«, wiederholte sie. »Haben Sie ihm Vorwürfe gemacht? Ihm noch mehr vorgeworfen als neulich, als Sie hier waren? Haben Sie noch mal Kontakt zu ihm aufgenommen?«

Ihre Stimme verhärtete sich. Bjørn faltete die Hände, drückte sie zusammen und löste sie wieder voneinander.

»Können Sie mir darauf antworten? Haben Sie ohne unser Wissen noch einmal Kontakt zu ihm aufgenommen?«

»Nein, habe ich nicht. Und ich wollte ihm niemals Vorwürfe machen, sondern nur herausfinden, was er über Ann wusste.«

Nora Meyer starrte immer noch auf sein Handy. »Wann, sagten Sie, waren Sie in der Fabrik?«

»Irgendwann zwischen Viertel vor elf und elf.«

»Also eine Dreiviertelstunde, nachdem Sie die Nachricht bekommen hatten.«

»Nicht ganz so lange …«

»Haben Sie schon einmal darüber nachgedacht, was passiert wäre, wenn Sie jemanden alarmiert hätten, statt selbst dorthin zu fahren? Wir wären in fünf Minuten vor Ort gewesen.«

Diesen Gedanken trug er bereits den ganzen Abend mit sich herum und war nicht in der Lage, den Vorwurf zu entkräften.

»Vielleicht wäre Nicolai noch am Leben, wenn Sie weniger an sich und mehr daran gedacht hätten, was das Beste für ihn gewesen wäre?«

»Nora …« Johan Christian legte ihr die Hand auf den Arm. »Das solltest du Bjørn nicht vorwerfen. Er konnte ja nicht wissen, was die Nachricht bedeutete.«

Aus dem Inneren des Hauses ertönte ein dünner Schrei wie von einem kleinen Tier.

»Niemandem wird etwas vorgeworfen!« Nora Meyer sprang auf. »Niemand soll sich schuldig fühlen! Warum ist er hierhergekommen?«

Sie warf Bjørns Handy auf das Sofa und eilte hinaus. Knallte die Tür hinter sich zu. Kurz darauf verstummte der dünne Schrei.

Johan Christian hob die Hände, als wolle er sich für etwas entschuldigen, für das er keine Worte fand. Dann ging er ihr nach.

Bjørn stand auf. »Ich verstehe, was sie meint.«

»Tust du das?« Klaus Vincent Meyer blieb sitzen und schaute ihn an, ehe auch er aufstand. »Verstehst du, was wir gerade durchmachen? Die Familie steht unter Schock. Ich schlage vor, du lässt sie in Frieden.«

Er zeigte zur Treppe und folgte Bjørn hinunter in die Eingangshalle. Die Hand an der Haustür, fügte er hinzu: »Die Eltern haben ihren Sohn verloren. Sie sind am Boden zerstört. Das brauche ich dir nicht näher zu erklären. Aber es gibt auch einen juristischen Aspekt, nämlich die Frage, ob du deiner Verantwortung als Polizist gerecht geworden bist. Ob du jemanden hättest alarmieren müssen, anstatt zu warten, bis es zu spät war. Doch heute Abend ist nicht der richtige Zeitpunkt, um das zu entscheiden. Das wird später geschehen, in aller Ruhe. Du kannst sicher sein, dass ich von mir hören lasse.«

* * *

Bjørn ließ Igor zuerst ins Haus. Der Hund zog beide Hinterbeine nach, nicht nur das linke, das von der Gicht am meisten betroffen war. Früher oder später mussten sie etwas unternehmen.

Siren kam ihm auf dem Flur entgegen. »Na endlich! Seit über zwei Stunden habe ich versucht, dich zu erreichen.«

Er hatte ihre unbeantworteten Anrufe und Nachrichten gesehen, es jedoch nicht fertiggebracht, sich zu melden. Hätte er auf sie gehört, als er die Nachricht von Nicolai Meyer bekommen hatte, wäre der Junge vielleicht noch am Leben. Hätte er sie unterwegs gesprochen, wäre er nicht zu jemandem nach Hause gefahren, der allenfalls den Status eines Verdächtigen hatte. Dann hätte er ihn nicht angegriffen, um Informationen aus ihm herauszuprügeln. Dann hätte er von einem Besuch bei den tief verzweifelten Eltern abgesehen. Er hätte an diesem Abend auf Siren hören sollen. Sie hätte ihn zur Vernunft gebracht. Sie fühlte mit ihm, ohne ihre Vernunft über Bord zu werfen, und würde sich auch bei einer ihr nahestehenden Person so verhalten. Ann hatte ihr nie nahegestanden. Vielleicht wäre es Anns Wunsch gewesen, doch hatte sich nie eine Tür geöffnet.

Er fand ein Bier im Kühlschrank, leerte es mit großen Schlucken. Nahm noch eines heraus und ließ sich in das Sofa sinken. Heute durfte Igor sogar neben ihm liegen. Siren setzte sich auf einen Stuhl. Besser so. Denn er hatte ihr einiges zu sagen. Viele Karten mussten auf den Tisch gelegt werden. Er brauchte keinen Trost. Er brauchte ihren Blick. Ihren Abstand. Allein würde er keinen Weg finden, der ihn hinausführte.

Sie blieb auf dem Stuhl sitzen, während er erzählte. In ihrem Gesicht zeichneten sich Ungläubigkeit, Entsetzen, Verzweiflung und Wut ab, all das, was er selbst fühlte. Doch sie sagte nichts dazu.

Als er fertig war, setzte sie sich mit einem Glas Wein neben ihn und verwies Igor auf den Teppich, wo der Hund hingehörte.

»Und jetzt kannst du dich für den Rest der Nacht vielleicht ein bisschen ausruhen.«

Die Andeutung eines Lächelns auf ihren Lippen. Kaum sichtbar, doch ausreichend, um ihn dazu zu bewegen, sich aufzusetzen.

»Hausarrest«, unternahm er einen Versuch, konnte sich aber nicht zu einem Lächeln durchringen.

Sie trank einen Schluck aus dem Glas, er leerte die Dose.

»Du hast es versäumt, jemanden zu informieren, als sich ein Junge in Gefahr befand.«

»Das weiß ich.«

Er drückte die Bierdose mit der Hand zusammen, das dünne Metall knirschte.

»Vermutlich wird dir dies offiziell nicht zur Last gelegt. Aber du hast einen Tatverdächtigen angegriffen, wodurch eine Anklage gegen ihn fast unmöglich ist.«

»Das weiß ich.«

»Natürlich weißt du das.« Sie nahm seinen Kopf in beide Hände und zog ihn zu sich. »Du hast dich wie ein kompletter Idiot benommen, Bjørn.«

»Das weiß ich.«

»Wie gute Väter das eben machen, wenn ihre Kinder in Gefahr sind.«

Etwas ballte sich in seiner Brust zusammen. »Ich hätte besser auf sie aufpassen müssen«, stieß er hervor.

Er wollte sich wieder aufsetzen, doch sie drückte seinen Kopf an ihren Hals, ein starkes, gleichmäßiges Pochen unter ihrer Haut.

»Sie hätte keinen besseren Vater haben können als dich, Bjørn.«

Eine Lüge. Lügen halfen ihm nicht weiter, doch im Moment war er verzweifelt darauf angewiesen.

»Und jetzt musst du auf dich selbst aufpassen. Wir hier brauchen dich, verstehst du das?«

22)

Nitter stand im Schatten an der Hecke.

Noch mehrere Stunden, bis die Dämmerung einsetzte. Das Novemberlicht schrumpfte Tag für Tag zusammen, hinterließ nichts als diesiges Grau. Er hatte das Samenkorn zu seinen Ersatzeltern geschickt. Der Junge brauchte seinen Schlaf. Musste ausgeruht sein für das, was bevorstand.

Wenn du alles in meine Hände legst, brauchst du keine Angst zu haben, mein Junge.

Der Junge hatte ihn dankbar angesehen.

Angst sollen die haben, die sich quälen. Die in jeder Nacht den Schreckensgesang hören. Auch am Tag, doch vor allem in der Nacht. Dieser Gesang ätzt sich im Dunkeln immer tiefer und tiefer in ihre Seelen. Du siehst ja, was mit denen passiert, die dich eingesperrt haben. Mit denen, die sich den Zorn des Vaters zugezogen haben.

Der Junge antwortete nicht, doch die Antwort stand in seinem Blick geschrieben. Er hatte verstanden.

Nachdem er gegangen war, hatte das hübsche Mädchen immer noch am Fenster gestanden und auf die Hecke gestarrt, doch im diesigen Dunkel hatte sie Nitter nicht erkennen können. Doch er hatte weiter ihren halb nackten Körper betrachtet, und in diesem Moment war ihm die unheimliche Ähnlichkeit aufgefallen. Als stünde die Mutter des Jungen dort am Fenster, sie, die das Samenkorn in sich getragen hatte. Er begann, mit dem hübschen Mädchen zu sprechen, drang in ihr Innerstes ein. Stocksteif stand sie da und starrte hinaus. Die Augen wie geronnenes Zinn. Und genau deshalb war es geschehen, das weiß er jetzt, deshalb war der Junge in den Keller gesperrt worden, damit er, Nitter, hierherkommen konnte, um sie wieder zu spüren.

Er würde sie zu sich auf den Hof holen. Ihr alles zeigen. Sei willkommen bei uns. Hier sollst du wohnen. Auch den heiligen Haken würde er ihr zeigen.

Schon immer hatte er gerne getanzt. Und dem Mädchen würde er wie dem Jungen das Tanzen beibringen. Sie musste fühlen, wie groß die Angst wachsen konnte. Denn für den Haken war es noch zu früh. Der Junge soll bei ihr sein, über die Lebenden wie die Toten urteilen. Drei junge Bastarde aus Hammerdal zu ewigen Qualen verurteilt. Nur sie nicht. Der Junge hat eine Schwäche für sie. Die Schwäche gehört den Sterblichen. Er muss lernen. Darum muss das hübsche Mädchen in die Scheune gebracht werden. Sie muss die Angst kennenlernen, um sich abzuhärten und auf das Zukünftige vorzubereiten. Damit sie zur Märtyrerin wird. Heilig. Gereinigt. Von allem Fleisch befreit.

Er trat von der Hecke weg, schritt im Zwielicht zwischen den Apfelbäumen hindurch, stellte sich neben die mächtige, kaum zwanzig Meter entfernte Eiche. Von dort aus konnte er sie besser sehen. Er zündete sich wieder eine Zigarette an, ließ den Rauch in seiner Brust zirkulieren und alles reinigen, ehe er ihn nach draußen entließ, wo er sich in der Dunkelheit listig um die Äste wand. Das hübsche Mädchen kämmt sich die Haare. Wie lange stehen solche Püppchen in der Nacht vor dem Spiegel?

Sie blickt aus dem Fenster, legt die Haarbürste weg. Das ist der Moment, wo er mit ihrem Innersten spricht. Sie hebt die Hand, gibt ihm ein Zeichen. Ist auf dem Weg zu ihm nach unten.

Auf einmal hört er das Auto auf der Straße und weiß, dass es zum Haus fährt. Die Scheinwerfer schwenken über den Garten hinweg. Doch er entscheidet selbst, wer ihn wann sehen darf.

Ein Mann steigt aus dem Wagen, kräftig gebaut, dunkle Jacke. Er hängt sich eine Tasche über die Schulter und schließt die Haustür auf.

Helene will nicht aus dem Bett, doch plötzlich steht sie mitten im Zimmer. Sie hat nichts an, wickelt sich den Vorhang um den Oberkörper und schaut hinaus. Da steht jemand im Garten, im Schatten der Apfelbäume.

Sie ist doch tot.

Du darfst sie nicht reinlassen.

Sie wirft einen Blick in den erhellten Garten. Ann ist nicht tot. Sie tritt aus dem Schatten. Sie ist nicht nackt, doch ihr Körper ist nicht mehr so dünn wie früher, sondern gleicht ihrem.

Ann will etwas sagen, es sieht so aus, als rufe sie etwas, doch kein Laut ist zu hören.

Du darfst sie nicht reinlassen.

Ann direkt an der Hauswand, dort steht eine Leiter, sie klettert die Sprossen hinauf.

Schau sie nicht an.

Helene drückt sich an die Wand. Anns Gesicht ist so groß wie das Fenster, das kalte Licht, das von ihr ausgeht, füllt das gesamte Zimmer aus.

Helene kneift die Augen zusammen.

Wenn sie dich sieht, musst du mit ihr mitkommen.

Fröstelnd und immer noch schlaftrunken blieb sie auf der Bettkante sitzen. Es war Samstag. Sie nahm das Handy, es war zehn nach zehn. Ihre Mutter war sicher drei Mal bei ihr im Zimmer gewesen und hatte darauf gewartet, dass sie die Augen aufschlug, damit sie sich zu ihr setzen und sie umarmen konnte. Sie tat so, als ob sie schliefe, worauf ihre Mutter sich wieder aus dem Zimmer schlich.

Ihr Vater war zurück, sie hörte die beiden unten in der Küche miteinander reden. Inzwischen hatten sie bestimmt davon erfahren, dass auch Nicolai tot war.

Sie musste mit jemandem sprechen, wollte nicht nach unten gehen. Die Bilder des Traums kehrten zurück. Anns Gesicht, das das gesamte Zimmer in ein kaltes blauweißes Licht tauchte.

Sie stand auf, schaute in den Garten zur alten Eiche. Konnte das mit Streuner auch ein Traum gewesen sein? Das Geräusch der Steine, als sie das Fenster trafen? Seine Worte?

Draußen stand ein Polizeiauto.

Sie erstarrte. Victor, Ann, Nico. Deshalb stand das Auto da. Obwohl sie jetzt hellwach war, legte sie sich wieder ins Bett, kuschelte sich in die noch warme Decke und schrieb Runar eine Nachricht.

Wach?

In weniger als einer Minute eine Antwort.

Ja. Geh auf Face.

Helene ging ins Internet und schrieb auf Facebook: *Ich muss mit dir reden.*

Hab dir doch versprochen, dass wir uns treffen. Smiley mit einer Träne in einem Auge.

Hast du das von Nico gehört?, tippte sie mit zitternder Hand.

Nein. Ist was passiert?

Sie wartete ein, zwei Minuten, weil sie wusste, dass eine weitere Nachricht kommen würde, wenn sie ihm nicht antwortete. Runar war sehr berechenbar. Er sagte, was er vorhatte, und tat das, was er versprach. So wie ihr Vater. Die Welt brauchte viele solcher Menschen.

Nicht mal eine halbe Minute verging.

Jetzt treffen?

Am Samstagvormittag hatten die Zwillinge das Wohnzimmer immer zwei Stunden für sich allein und klebten am Bildschirm.

Leise ging sie in die Küche, trank ein Glas fettarme Milch, aß einen Kiwijoghurt und eine halbe Banane.

Sara kam herein.

»Hast du gesehen, dass die Polizei draußen steht?«

Helene räumte den Tisch ab. »Ist bestimmt nichts Gefährliches. Es sei denn, sie wollen dich festnehmen.«

»Warum denn?« Plötzlich klang Sara ein bisschen ängstlich. Helene beugte sich zu ihr und umarmte sie rasch. Die kleine Schwester schlang den Arm um ihren Nacken und hielt sich fest.

Helene hob sie hoch und setzte sie wieder ab.

»Du bist die beste Umarmerin auf der ganzen Welt, weißt du das?«, sagte Sara.

»Echt?«

»Du hast so weiche Haut. Du und Maria. Ihr seid die besten Schwestern der Welt.«

Das klang seltsam feierlich, solche Dinge sagte man bei einer besonderen Gelegenheit.

Erst als ihre Schwester wieder im Wohnzimmer vor dem Bildschirm saß, nahm Helene die Joggingschuhe in die Hand und ging in den Keller. Sie zog sie an der Kellertür an und ging hinaus, stopfte den langen Pferdeschwanz unter ihr Käppi. Der Schnee glitzerte, und sie musste die Augen zusammenkneifen, als sie über den Rasen zur Eiche ging. Jede Menge Fußspuren. Streuner hatte hier gestanden und kleine Steine gegen ihr Fenster geworfen. Sie hatte es nicht geträumt. Doch es gab auch andere Spuren, von viel größeren Schuhen. In einem Kreis um die Eiche herum, zwischen den Apfelbäumen hindurch. An der Hecke lagen drei Zigarettenkippen.

Sie kletterte über den Zaun und joggte im blendenden Licht den Rådyrveien entlang.

Ein Stück den Hügel hinunter ein Auto mit laufendem Motor, doch dort sollte sie ihn nicht treffen.

In der Tasche vibrierte ihr Handy.

Bin da. Wann kommst du?

Sie wollte Runar gerade antworten, als sie hörte, wie sich der Polizeiwagen hinter ihr in Bewegung setzte. Sie beschleunigte ihre Schritte, aber schon wenige Sekunden später hatte er zu ihr aufgeschlossen.

* * *

Nitter auf dem Weg nach Norden.

Das hat eine Bedeutung, genauso wie es eine Bedeutung hatte, dass der Junge in Hammerdal in den Keller gesperrt wurde.

Das hat ihn zu ihr geführt. Er hat sie gesehen, so wie sie jetzt ist, das hübsche Mädchen. Hat sie studiert, während sie am Fenster stand und sich die Haare kämmte. So lange dunkle Haare. Wie die Tentakel einer schwarzen Qualle. Sie erinnern ihn an *ihre* Haare. Sie wurden ihm genommen. Doch nicht der Körper. Den haben sie nie gefunden. Vierzigtausend Leute in weißen Anzügen suchten, Tag und Nacht. Sie kamen mit Hunden. Plötzlich musste Nitter lachen. Seine Hunde brachten sie dazu, die Zähne zu fletschen, zu knurren und zu bellen, doch kein einziger schlug an. Hatten sie wirklich geglaubt, er würde sich von ihr trennen?

Er hat eine Krypta gebaut, in der sie wohnen kann. Diesen geheiligten Raum würden sie niemals entdecken. Dort steht ihr Thron. Auf ihm soll sie bis in alle Ewigkeit sitzen. Bis er sie das nächste Mal ans Tageslicht holt.

Und jetzt hat sie mit ihm geredet und ihm gesagt, dass die Zeit reif sei. Sie spricht mit ihm durch das hübsche Mädchen. Er war aus dem Schatten getreten, hatte sich unter die Eiche gestellt und Kontakt zu ihrem Innersten aufgenommen. Und sie hatte geantwortet, die Mutter des Samenkorns.

Und das hübsche Mädchen hatte jedes Wort gehört.

Doch noch immer verstand sie nicht.

Hat er es eilig?

Frank Nitter, auf dem Weg nach Norden, singt aus vollem Hals. Das hat ihn zu dem gemacht, der er jetzt ist. In der jahrelangen Wartezeit.

23)

Bjørn hatte sich eine Art Archiv angelegt, Zeitschriftenhalter, Aktenordner, Computerdateien. Die Unterlagen in den Zeitschriftenhaltern waren unsortiert, die in den Aktenordnern alphabetisch geordnet. Vermutlich sollte es ihm das Gefühl geben, dass er etwas Vernünftiges tat. Es war Sonntagnachmittag. Er saß in seinem Arbeitszimmer und las das, was er über Frank Nitter gesammelt hatte, alte und neue Zeitungsausschnitte, ein paar offizielle Gerichtsdokumente und in einer eigenen Mappe das Material, das Snorri ihm geschickt hatte. Es war vor zehn Jahren Teil des Prozesses gewesen und unterlag eigentlich strenger Geheimhaltung.

Nitters Hof lag in Hadeland. Fünfunddreißig Kilometer nördlich von Hammerdal. Im Internet entdeckte er zwei Fotos, die *VG* vor ein paar Tagen veröffentlicht hatte. Aufgenommen mit einem Teleobjektiv vor dem letzten Schneefall. Das eine zeigte ein Feld, an das sich ein Waldgebiet anschloss. Das andere den Hof, eine verfallene Scheune, eine Garage, das Hauptgebäude und einen großen Hundezwinger.

Stichwortartig trug Bjørn zusammen, was er über Nitters Leben wusste. Achtundfünfzig Jahre alt, Geburtsort unbekannt. Sohn eines Pfarrers, hatte er irgendwo gelesen. Möglicherweise aus Oslo, obwohl eine andere Quelle verbreitete, er stamme von einem Bauernhof in der Telemark. Nitter hatte den Hof in Hadeland in den 70er-Jahren gemeinsam mit anderen übernommen und als Kollektiv betrieben. Biodynamisch, was auch immer das heißen sollte. Seine um dreißig Jahre jüngere Frau war gegen Ende der 80er-Jahre dort eingezogen. Offenbar hatte sie Keramik hergestellt, und für eine Weile schien sich der Hof in eine Art Künstlerwerkstatt zu verwandeln. Manche behaupteten, sie habe sich im Laufe der Zeit zu einer Sekte entwickelt. Einer der früheren Bewohner beschuldigte Nitter, alles an sich gerissen und die Kontrolle übernommen, sich zum religiösen Führer aufgeschwungen zu haben. Eine Boulevardzeitschrift hatte im Jahr 2005 einen Artikel mit der Überschrift *Ich lebte zwei Jahre lang mit dem Frauenmörder zusammen* veröffentlicht. Der Informant sah auf den Fotos äußerst mitgenommen aus. Sicher war er für das Interview bezahlt worden und kein Profi darin, die eigenen Zitate später genau zu prüfen. Dennoch las Bjørn den Artikel mehrere Male, merkte sich jedes Detail und machte sich Notizen über geheime Zeremonien und Rituale.

Dann rief er Walter an.

Bjørn saß immer noch in seinem Arbeitszimmer, als er hörte, wie Siren die Haustür aufschloss. Ein paar Minuten später steckte sie den Kopf durch die Tür.

»Sitzt du hier im Halbdunkel?«

Schnell klickte er das Dokument weg, stand auf, schaute aus dem Fenster. Es war schon spät am Abend.

»Was machst du?«

»Wollte nur was überprüfen.«

»Du siehst aus wie ein Junge, den man beim Porno-Gucken erwischt hat.«

Er versuchte zu lächeln.

Sie schaute ihm forschend ins Gesicht. »Bjørn Lindbekk, könntest du so nett sein und mir sagen, was da drin vor sich geht.« Sie legte ihm den Finger an die Schläfe.

Er setzte sich wieder hin. »Ich sehe mir ein paar alte Unterlagen an.«

»Und warum versuchst du, das vor mir geheim zu halten?«

»Das tue ich nicht.«

»Dann kann ich ja mal einen Blick darauf werfen, oder?«

Er drehte sich um, öffnete das Dokument wieder. »Ann«, fügte er hinzu, als würde das alles erklären.

Sie las eine Weile. »Aber das ist ja … wo hast du das her?«

»Von jemandem, den ich kenne.«

Bjørn rechnete mit Protest, doch sie legte die Hand auf seinen Nacken, und er hielt sie fest. »Ich muss es herausfinden.«

Siren zog einen Stuhl heran.

»Erzähl mir, was da steht.«

Sie hatte den Sonntagabend bei der Arbeit verbracht. Sie arbeiteten an einer umfangreichen Korruptionssache. Bjørn kannte immer noch keine Details, wusste nur, dass die Medien sich darauf stürzen würden, wenn das Dezernat für Wirtschaftskriminalität damit an die Öffentlichkeit ging. Siren war müde. Es kostete sie große Mühe, mit ihm über einen alten Mordfall zu reden. Sie tat es ihm zuliebe. Ohne sie würde er diese Zeit nicht durchstehen.

»Das Wesentliche weißt du ja«, begann er. »Frank Nitter hat seine Frau im November 2004 getötet. Im August 2005 wurde er verurteilt, in die geschlossene Abteilung einer psychiatrischen Klinik eingewiesen und dort zwangsbehandelt. Vor anderthalb Jahren als geheilt entlassen.«

Sie nickte, in der letzten Woche hatten die Zeitungen wieder über den alten Fall berichtet, weil womöglich ein Zusammenhang mit den Vorfällen in der Fabrik bestand.

Bjørn zeigte auf den Monitor. »Ein Teil des Beweismaterials wurde mit Rücksicht auf seine Familienangehörigen unter Verschluss gehalten, genauer gesagt, mit Rücksicht auf seine beiden Söhne, die heute beide Brennås heißen.«

»Und dieses Material studierst du also am Sonntagabend.«

Er zuckte die Schultern.

»Damals, im November 2004 … ein Nachbar hatte die Polizei alarmiert, weil er sich fragte, was auf Nitters Hof vor sich ging. In der Nacht war dort laute Musik zu hören, unterbrochen von Rufen und Stöhnen. Zwischen den Gebäuden brannten große Lagerfeuer.«

»Ist der Nachbar zu Nitter rübergegangen?«

»Das hat er sich nicht getraut. Am Abend kam eine Polizeipatrouille. Frank Nitter tanzte um die Lagerfeuer herum. Auf dem Kopf trug er etwas, das auf den ersten Blick wie eine Perücke aussah.«

»Und es war keine Perücke?«

»Es waren die Haare seiner Frau.«

»Wie bitte?«

»Also nicht nur die Haare, sondern ihr Skalp.«

Siren legte die Arme um ihn. »Warum tust du dir das an, Bjørn?«

»Ich werde dieses Bild in meinem Kopf einfach nicht los. Nitter, wie er mit dem Skalp seiner ermordeten Frau um ein Feuer herumtanzt. Er trägt ihr Kleid und ihre Strumpfhose. Hat sich geschminkt. Lippenstift und Lidschatten. Er singt mit hoher und schriller Stimme.«

Siren schauderte.

»Sie haben den ganzen Hof durchkämmt, die Gebäude und die Umgebung. Später hat Nitter einem Krankenhauspfarrer gesagt, dass er die Leiche in den Randsfjord geworfen hat. Hat ihnen sogar die Stelle gezeigt.«

»Sie wurde nie gefunden.«

Bjørn schüttelte den Kopf. »Sie haben ihn nie zu einem Geständnis bewegen können. Immer nur seltsame Andeutungen. Aber sie hatten den Skalp und die Haare.«

Er lehnte sich zurück, blickte an die Decke. »Im Schuppen haben sie eine Seilwinde mit einem Haken entdeckt, an dem noch ihr Blut klebte. Es deutet vieles darauf hin, dass sie dort eine Weile gehangen hat.«

Siren schloss die Augen.

»Ein drogensüchtiger Psychopath, krankhaft eifersüchtig. Sie leben total isoliert, er kontrolliert alles, was sie tut, sie will ihn verlassen ...«

»Bjørn, das reicht.«

»Im Haus haben sie einen vierjährigen, total verängstigten Jungen gefunden. Als der Einsatztrupp kam, hockte er im Wohnzimmer unter einem Tisch.«

»Um Gottes willen, das war der Junge, den sie in der Fabrik eingesperrt haben.« Siren stand auf. »Hoffentlich wussten sie, was sie tun, als sie Nitter wieder auf freien Fuß gesetzt haben.«

»Eine ganze Reihe von Spezialisten hat sich ein Urteil über ihn gebildet, Psychiater, Psychologen, Sozialpädagogen, sogar der Krankenhauspfarrer.«

Bjørn drehte sich wieder zum Laptop um, klickte ein Dokument an.

»Diesem Pfarrer zufolge ist es bei Nitter im Zuge der Behandlung zu einer, Zitat: ›tiefen und dauerhaften Persönlichkeitsveränderung gekommen. Er bringt seine Reue auf klare und überzeugende Weise zum Ausdruck und will den Rest seines Lebens darauf verwenden, anderen Menschen etwas Gutes zu tun.‹«

»Lass uns hoffen, dass er recht behält.«

Sie blieb hinter ihm stehen.

»Ich habe mit meinem Vater gesprochen …«

»Ja, natürlich …«

»Jørgen Brennås hat Anzeige gegen dich erstattet.«

»Hab ich mir schon gedacht.«

Warum ihm der Chef der Kriminalpolizei diese Nachricht durch seine Tochter übermitteln ließ, wusste er nicht, doch hatte er keine überschüssige Energie, um sich darüber aufzuregen.

»Natürlich wirst du Rechenschaft ablegen müssen, aber du kannst mit der vollen Unterstützung meines Vaters rechnen. Er hat versucht, dich zu erreichen.«

Das hatte Bjørn nichts mitbekommen.

»Du hast nicht zu befürchten, im schlimmsten Fall eine Verwarnung.«

Bjørn schüttelte den Kopf. Er hatte seine Tochter im Stich gelassen. Nicht nur ein, zwei Mal, sondern immer wieder. Jetzt war sie verschwunden. Für eine Vorwarnung ist es zu spät, dachte er.

»Willst du denn die ganze Nacht aufbleiben und dich mit den schlimmsten Fantasien quälen?«

»Ich schlafe, wenn ich kann.«

* * *

Schneeregen setzte ein, als Bjørn Walter eine halbe Stunde nach Mitternacht an der Tankstelle in Lillestrøm aufgabelte.

»So langsam bin ich zu alt, um nachts zu arbeiten«, stöhnte Walter.

Er fühlte sich auch zu alt, um tagsüber zu arbeiten, aber das sagte Bjørn nicht.

»Hast du das Geld dabei?«

»Im Handschuhfach ist ein Umschlag mit sieben Riesen.«

»Sieben? Die reichen gerade für das Flugticket.«

»Den Rest kriegst du später, nachdem wir dort waren.«

»Traust du mir nicht, Bønnik?«

»Nein.«

»Wir hatten fünfzehn gesagt. Und da ist noch kein Nachtzuschlag und Urlaubsgeld dabei. Außerdem hab ich Sachen gemacht, die nicht im Arbeitsvertrag stehen.«

»Ach so?« Bjørn schwante Unheil. »Und du bist sicher, dass das Haus leer ist?«

»*Yes, sir*. Hab mich ein bisschen umgehört und dann sofort angefangen. Die Freundin seines Sohnes. Oder wollen wir sie lieber als Nitters kleine Schwiegertochter bezeichnen?«

»Wie willst du dafür sorgen, dass er auch wirklich den Hof verlässt?«

Walter nahm eine Dose Snus aus der Tasche und schob sich einen Streifen unter die Oberlippe.

»Millie Johnson also. Wenn sie die Nachricht von mir bekommt, wird sie Nitter sofort anrufen.«

»Und der steigt sofort in sein Auto, nur weil sie ihn anruft?«

»Wart's ab, Bønni. Lass mich ausnahmsweise mal zu Ende reden.«

Bjørn stieß einen unwilligen Laut aus.

»Millie zufolge war Nitter schon immer total auf den Kleinen fixiert. Der Große interessiert ihn einen Scheißdreck, es sei denn, er braucht ihn für irgendwas. Also der Kleine …«

»Morten Brennås.«

»Genau. Wenn dem irgendjemand auch nur ein Haar krümmt, läuft der alte Nitter Amok.«

Ein Umstand, der Bjørn nicht gerade beruhigte.

»Es geht um eine Vater-Sohn-Beziehung. Das kennst du doch. Du würdest es doch auch nicht zulassen, dass jemand deinen Jungs etwas Böses antut. Weißt du eigentlich, dass ich an Neujahr Großvater geworden bin?«

»Gratuliere«, brummte Bjørn. »Schade, dass du gerade nicht bei deinem Enkelkind sein kannst.«

»Ich fahre hin, wenn sich alles ein bisschen beruhigt hat.«

Bjørn hätte nichts dagegen, wenn sich Walter auf den Philippinen oder wo auch immer aufhielte, bis er eines Tages in einer Kiste nach Hause geschickt würde.

»Kannst du bald mal zum Punkt kommen?«

»Das tue ich, Bønna, das tue ich. Lass mich einfach ausreden. Ich hab mir das so gedacht: Millie ruft Frank Nitter an, um ihm zu sagen, dass sein Goldjunge in Schwierigkeiten steckt und sie sich Sorgen macht. Und dann steigt Frankie-Boy hundertprozentig sogleich ins Auto und verlässt seinen Hof. Du hast also alle Zeit der Welt, um dich dort umzusehen. Ich postiere mich an einer geeigneten Stelle, behalte alles im Auge und gebe dir sofort Bescheid, sollte er wider Erwarten zurückkommen, bevor du fertig bist.«

Bjørn wollte lieber nicht fragen, wie Walter das eingefädelt hatte. Im Grunde wollte er so wenig wie möglich wissen. Er befand sich nicht in einer Grauzone, sondern in absoluter Finsternis.

Walter klappte seinen Sitz zurück und streckte die Beine aus.

»Außerdem hab ich mit dem älteren Nitter-Sohn mal ein ernstes Wörtchen geredet«, fuhr er fort.

Bjørn warf ihm einen fragenden Blick zu. Walter studierte seine Fingernägel. Kein gutes Zeichen.

»Du weißt ja, wenn ich schon mal dabei bin, dann quatsche ich gern noch ein bisschen über Himmel und Erde, über Gott und die Welt und solche Sachen.«

»Das kann ich mir denken.«

»Jedenfalls waren wir uns am Ende vollkommen einig, dass er seine Anzeige gegen dich zurückzieht.«

Bjørn trat auf die Bremse, der Wagen schlitterte auf dem rutschigen Untergrund ein wenig zur Seite.

»Hast du ihm etwa gedroht?«

»Gedroht ist ein starkes Wort, Bønna. Aber morgen früh wird er gleich zum nächsten Polizeirevier gehen und zugeben, dass er sich die ganze Story nur ausgedacht hat. Verlass dich drauf.«

Bjørn stieß einen kehligen Laut aus, irgendetwas zwischen Knurren und Stöhnen.

»Lass gut sein, mehr will ich gar nicht hören.«

»Versteht sich«, entgegnete Walter mit einem Grinsen. »Du weißt ja auch nichts von der ganzen Angelegenheit.«

In Hammerdal war die Straße beleuchtet, große Schneeflocken trieben ihnen entgegen, sonst war alles dunkel.

Walter quasselte in einer Tour. Musste ständig was loswerden. Bjørn ließ ihn gewähren, dachte über ihr Vorhaben nach.

»Du weißt, was wir in Lillestrøm über diesen Ort sagen?«

»Klar.«

»Man müsste Hammerdal nur überdachen, dann wäre es die größte Klapsmühle in Norwegen.«

Dieser ausgenudelte Witz war dreißig Jahre alt. Bjørn enthielt sich eines Kommentars.

»Alle Gemeinden suchen doch heutzutage nach einem eigenen Motto«, fuhr Walter fort. »Wie wär's damit: Hammerdal – ein kleines Stück Norwegen.«

»Nicht sehr originell, finde ich.«

»Okay. Ein *ganz kleines* Stück Norwegen. Ich sollte echt in der Tourismusbranche anfangen.«

»Tu das, so ein Neun-bis-vier-Job liegt dir bestimmt.«

Walter grinste über das ganze Gesicht. Sah vermutlich schon die philippinischen Strände vor sich.

»Nach Hammerdal zu ziehen, soll ja inzwischen total angesagt sein. Angeblich sind die Immobilienpreise hier inzwischen die höchsten in ganz Romerike. Ich persönlich würde allerdings lieber in einem Container in Alna wohnen.«

Oder in einer Gefängniszelle in Ila, dachte Bjørn. Die Art des Wohnens kannte Walter zumindest aus eigener Erfahrung. Aber diesen Gedanken behielt er für sich.

Es hatte eine Zeit gegeben, da hätte er vermutlich fast denselben Weg eingeschlagen wie sein Eishockeykumpel. Aber er konnte sich nicht an ein konkretes Ereignis oder an einen bestimmten Punkt erinnern, an dem sich ihre Wege getrennt hatten. Zweifellos hatte es mit Johnny Lindbekk zu tun gehabt. Johnny hatte sich vor ihm aufgebaut und ihm verboten, diesen Kurs beizubehalten. Während er die Schneeflocken betrachtete, die ihnen entgegenflogen, fragte er sich, was ihn eigentlich zu einem besseren Menschen machte als Walter. Walter lebte von der Schwäche anderer.

War zynisch, auch das. Doch wussten zumindest alle, die ihm nahestanden, was sie von ihm erwarten konnten: nichts. Dein Problem besteht darin, Bjørn, dass du den Leuten falsche Signale gibst und sie dazu bringst, dir zu vertrauen. Und dann enttäuschst du sie. Das ist alles in allem wohl schlimmer, als überhaupt keine Erwartungen zu wecken.

Sie fuhren am Sägewerk vorbei, konnten die Konturen des Fabrikschornsteins auf der anderen Seite des Flusses erahnen.

»Wie lange war Johnny Bürgermeister?«, fragte Walter, als bewegten sich seine Gedanken in derselben Landschaft wie die von Bjørn.

»Acht Jahre.«

»Er hat viel Gutes für die Menschen getan. Aber diese Fabrik ist er nie losgeworden. Wahrscheinlich wird die noch ewig da rumstehen, falls nicht irgendwann ein Wunder geschieht.«

»Es gibt Pläne«, entgegnete Bjørn vage.

»Hab auch so was gehört. Aber das ganze Grundstück ist total verseucht, da traut sich doch keiner, das aufzubaggern.«

Bjørn hatte kein Bedürfnis, darüber zu reden. Es war zehn vor eins. Er öffnete das Handschuhfach, holte eine Dose Red Bull heraus.

»Ist auch eine Koffeinbombe für dich da, damit du nicht einschläfst.«

»Ich schlafe nie bei der Arbeit«, versicherte Walter.

In hohem Tempo fuhr Bjørn am Friedhof und dem Stichweg zur Mülldeponie vorbei, hielt Kurs Richtung Norden, wo sich ein Waldstück an das andere reihte, nur unterbrochen von einigen alten Höfen und Weihern.

Walter öffnete das Fenster und spuckte einen Snusklumpen hinaus ins Dunkel.

»Meinst du wirklich, dass du auf dem Nitter-Hof irgendwas findest? Die Polizei hat den doch schon mehr als einmal komplett auf den Kopf gestellt.«

»Die haben ein bisschen gesucht und Nitter ein paar Fragen gestellt, alles ziemlich halbherzig.«

»Bin auf jeden Fall einer Meinung mit dir, Bønni, dass der Mann gefährlich ist. Er hat deine Tochter, und wir werden sie finden.«

Bjørn konnte sich nur darüber wundern, dass Walter auf einmal so felsenfest überzeugt davon war. Dennoch passte alles einfach zu gut zusammen. Der Junge, den sie in den Fabrikkeller gesperrt hatten. Sein Bruder, der Drogendealer, der Nicolai eine Überdosis verpasst hatte. Und Frank Nitter, der unberechenbare, rachedürstende Vater.

Eine halbe Stunde später bogen sie nach Westen ab. Bjørn behielt das Navi im Auge. Nach wenigen Kilometern schwenkte er auf einen schmalen Kiesweg ein. Der Schneefall war dichter geworden und klatschte wie ein Schwarm nasser Motten gegen die Windschutzscheibe.

Sie fuhren an einem Hof vorbei, der an einem kleinen See lag. Hinter der nächsten Kurve breitete sich eine Ebene aus, von der ein Feldweg nach links abzweigte.

»Hier muss es sein.«

Bjørn fuhr noch ein paar Hundert Meter weiter und parkte am Rand zwischen den Bäumen.

»Von hier aus hast du alles im Blick«, stellte er fest.

Walter gab ihm recht.

»Dann rufe ich jetzt mal Millie an.«

Er öffnete die Tür und entfernte sich ein paar Meter vom Auto.

»Alarm ausgelöst«, verkündete er, als er zurückkam.

Bjørn steckte eine Taschenlampe, eine Kneifzange und ein paar andere Dinge in einen Sack und machte sich auf den Weg, ging am Acker und dann am Waldrand entlang. Eine dünne Schneeschicht hatte sich auf die Ackerfurchen gelegt. Ein halber Mond, der hin und wieder durch die Wolkenlücken schien, spendete genug Licht, um ihm den Weg zu weisen. An einem ramponierten Maschendrahtzaun blieb er stehen und sah auf die Uhr. Fünf nach halb zwei. In diesem Moment hörte er, wie ein Motor gestartet wurde, sah auf dem Hofplatz zwei Scheinwerfer aufleuchten.

Er stand im Dunkeln zwischen den Bäumen, während die Scheinwerfer vor ihm einen Halbkreis beschrieben und sich auf der Zufahrt entfernten.

Sein Handy vibrierte. Walter.

»Er ist unterwegs.«

»Hab ich gesehen. Halt dich wach.«

Bjørn wartete, bis die Scheinwerfer hinter der Kurve verschwunden waren, ehe er am Maschendrahtzaun entlang über das Feld zum Hof ging.

* * *

Es ist dunkle Nacht, der Mond kommt und geht, wie es ihm passt. Nitter steht am Küchenfenster und sieht, wie der Schnee sich allmählich wie eine Decke über den Hof legt. Bald ist die Zeit gekommen. In solch einer Nacht wird er das Samenkorn mitnehmen, um sie erneut aus der Erde zu holen. Mondlicht tropft wie geschmolzenes Zinn, das im selben Moment erstarrt. Alles, was geschieht, ist hart, hart, das Weiche verwittert. Nur noch Knochen übrig. Er wird sie auf einen Stuhl legen. Die Mutter sitzt auf dem Thron. Sie finden sie nicht. Das Böse versucht stets, sich zu verbergen, sagt der Pfarrer. Es verträgt kein Licht. Sich dem Verborgenen zu nähern, es sichtbar zu machen, darum geht es.

Das hübsche Mädchen am Haken. Das Samenkorn steht am Tor, sieht alles mit an.

Stille kehrt ein, die Sonne verharrt hinter den Hügeln, schmort im eigenen Saft. Aber der Mond sieht zu, der Mond schaut durch das kleine Fenster, auch er verfolgt alles und nickt, so soll es sein. Der Mond spricht zu dem Jungen. Der Junge läuft nicht schreiend davon, sondern bleibt stehen und sperrt die Augen auf. So ist er. So steht es geschrieben von Anbeginn. Im Schoß der Mutter das Samenkorn. Der Kopf mit schwarzen Federn bedeckt.

Und jetzt ruft er an.

Das Handy auf dem Küchentisch. Frank Nitter steht da und betrachtet es. Der Junge meldet sich fast nie. Nur wenn es nötig ist.

»Sie haben mich im Keller eingesperrt.«

»In welchem Keller?«

»In der Fabrik.«

Die Stimme des Samenkorns hat einen seltsamen Klang.

»Wer hat das getan?«

»Ein paar aus meiner Klasse.«

»Ich frage dich noch einmal, mein Junge: Wer hat das getan?«

Der Junge zögert. Er ist kein Denunziant.

»Dagny-Fotze und die anderen.«

Nitter wundert sich. Die drei Bastarde sind aus der Welt. Mit dem Meyer-Sohn hat sich die Prophezeiung erfüllt. Nur das hübsche Mädchen ist noch übrig. Die soll heiliggesprochen werden.

»Ich friere so schrecklich«, sagt das Samenkorn und bereitet jeder Spekulation ein Ende. Es gibt mehr als drei Bastarde in Hammerdal. Damit musste man rechnen. Nitter zieht seinen Mantel an, holt das Gewehr aus dem Schrank, wirft es auf die Rückbank. Geht zum Zwinger und spricht kurz mit den Hunden, ehe er sich auf den Weg macht. Damit sie Bescheid wissen.

Die Liebe verzeiht alles, hat der Pfarrer immer gesagt. Das war sein Lieblingssatz. Worte wie Zuckerwatte, auf der er ständig herumkaute. Die Liebe, Frank, die Liebe. Als könnte dieses Wort ihn erlösen.

Auch der Oberarzt ist da. Er ist schlauer als der Pfarrer. Und fetter mit seinem dicken Oberarzthintern, doppeltes Jahresgehalt. Das Böse ist in den Molekülen. Für solche Sätze wird er bezahlt. Sitzt auf seinem fetten Arsch und erklärt Nitter, was in seinen Gehirnwindungen vor sich geht.

Sollen sie doch reden und sich streiten, soviel sie wollen. *Er* ist es, der bestimmt, was sie sagen. Er hat ihnen Rollen gegeben und das Drehbuch geschrieben, dessen Dialoge sie auswendig gelernt haben.

Das Böse vergibt nie, ist die Antwort. Warum sollte es auch?

Das ist das Wesen des Bösen, du Narr von einem Pfarrer, niemals zu vergeben, jede Hoffnung zu ersticken, das Gute könnte doch stark genug sein. All die Jahre, die ihr mich in der Klinik habt warten lassen, haben mich das gelehrt. Eingesperrt hinter den Toren zur Hölle.

Er biegt auf den Waldweg ab. Reifenspuren im Schnee. Wahrscheinlich von Nerengen, der ein paar Hektar Wald in der Gegend hat. Aber warum sollte er mitten in der Nacht zum Wald gehen?

Kurz vor der Hauptstraße biegt der Weg zu ihm ab. Nitter steigt aus und wirft einen Blick auf den Boden. Keine Reifenspuren in dieser Richtung. Doch es schneit schon seit einer Weile. Er wählt die Nummer des Samenkorns. Bekommt keinen Kontakt. Versucht es ein ums andere Mal, während er durch Venbygda fährt. Nachdem er fast zehn Kilometer hinter sich gebracht hat, meldet der Junge sich endlich.

»In einer knappen halben Stunde bin ich da.«

Das Samenkorn sagt etwas mit zitternder Stimme. Friert wohl.

Da ist noch eine andere Stimme. Ein Erwachsener im Hintergrund. Leise, doch Nitter hört sie. Er bremst, hält am Straßenrand an.

»Beantworte mir noch eine Frage: Warum ist Jørgen bei dir, obwohl du in der Fabrik eingesperrt bist?«

Er ist nicht wütend. Das Samenkorn darf er nicht erschrecken. Er will es einfach wissen.

»Jørgen ist nicht hier.«

»Ach, nein? Nur seine Stimme?«

»Er hat mich gebeten, dich anzurufen.«

Jetzt vervollständigt sich das Puzzle. Die Reifenspuren auf dem Waldweg. Der große Bruder hat andere schon immer im Stich gelassen.

»Kann ich mal mit deinem Bruder sprechen?«

»Ich hab doch gesagt, er ist nicht hier.«

»Wer dann?«

»Niemand.«

»Und Mulatten-Millie? Hat sie sich das alles ausgedacht?«

Das Samenkorn antwortet nicht. Die Verbindung wird unterbrochen.

Für ein paar Sekunden bleibt Nitter sitzen und blickt hinaus. Betrachtet die Schneeflocken, die wie aus dem Nichts kommen. Dann wendet er den Wagen.

Ungefähr zehn Minuten später schwenkt er wieder auf den Waldweg ein. Bei Nerengens Hof schaltet er die Scheinwerfer aus, rollt langsam weiter, spärlich beschienen vom Halbmond.

* * *

Hundert Meter vom Hof entfernt das erste Bellen des Leithunds, dann fallen die anderen ein.

Als Bjørn auf den Hof kam, hörte er ein Knurren und Scharren. Er schaltete die Taschenlampe an. Der Hundezwinger war noch größer, als es auf den Fotos den Anschein gehabt hatte. Darin drei riesige Biester. Offenbar Rottweiler. Sie sprangen am Zaun auf und ab, fletschten die Zähne und versuchten, ein Loch in den Metallzaun zu beißen.

Bjørn ging einmal um die Scheune herum. Auf der Rückseite ein Holzverschlag, bei dem ein paar Bretter fehlten. Der Deckel einer Luke ließ sich immer noch öffnen, vermutlich wurden hier früher Schweine gehalten. Ein paar Meter entfernt entdeckte er einen Brunnen. Er leuchtete hinein. Aus dem schneebedeckten Boden schauten ein paar große Steine heraus.

Dort konnte man keinen Menschen lebendig verstecken.

In der Garage standen ein Minitraktor, eine Schneefräse und ein rostiger Pflug. Ein unverschlossener Schrank mit Werkzeug, Plastikrollen und Stacheldraht. Neben einem Schrank ein paar Zaunpfähle von unterschiedlicher Länge und drei große Behälter mit einer durchsichtigen Flüssigkeit. Die Etiketten waren abgerissen. Bjørn schraubte einen Verschluss auf. Ein scharfer Geruch, aber auch süßlich, nicht wie Benzin. Er erinnerte ihn an etwas, kam jedoch nicht darauf.

Das Hauptgebäude war abgeschlossen. Er ging ein paar Mal darum herum, ehe er sich entschied. Zog Handschuhe an, schlug mit dem Griff der Taschenlampe ein Kellerfenster ein, ertastete einen Fensterhaken. Die Öffnung war so klein, dass er sich so eben hindurchquetschen konnte. Zurück musste er einen anderen Weg nehmen.

Er stand im Kellerraum. Es roch modrig. In einer Kammer nebenan ein Warmwassertank. Feuchte Flecken in der Grundmauer. Aber er war nicht gekommen, um die Bausubstanz zu begutachten.

Rasch warf er einen Blick in die anderen Kellerräume. Ein Holzlager und ein Raum mit Regalen, auf denen Werkzeuge, Schrauben und Nägel kreuz und quer durcheinanderlagen.

Unter der Treppe entdeckte er eine Tiefkühltruhe. Sie war abgeschlossen. Er nahm die Zange aus dem Sack, kniff das Vorhängeschloss auf und erschrak, als es auf seinen Füßen landete. Doch der Deckel ließ sich nicht gleich öffnen, und er musste die Lampe weglegen und beide Hände benutzen, bis er schließlich aufsprang.

Nur im mittleren Fach lag etwas, ein Kopf. Von einem Reh oder Hirsch. Die Augen fehlten, sonst war er unversehrt. Am oberen Ende des Halses mit einem sauberen Schnitt abgetrennt. Vermutlich mit einer Motorsäge.

Das ramponierte Schloss hängte er wieder an seinen Platz, stieg die steile Treppe hinauf und erreichte einen Gang. Er schaute kurz nach rechts und links, ehe er die nächste Treppe hinaufging. Begann ganz oben auf dem Dachboden, der voller alter Möbel war, Schuhe, löchrige Gummistiefel, eine schlaffe Luftmatratze. Die Tür zum Nebenraum war abgeschlossen. Er betrachtete sie. Dann ging er in den Keller zurück und holte ein Brecheisen, das er im Werkzeugraum entdeckt hatte. Wieder oben, drückte er es in den Spalt zwischen Tür und Rahmen. Der Rahmen knackte und splitterte, ehe die Tür nachgab.

Die Luft in dem Zimmer war noch muffiger als in den anderen Räumen. Alte Farbe und überreifes Obst, vielleicht Äpfel. Doch er sah keine faulen Äpfel. An der Wand lagen Leinwandrollen und große weiße Bögen. Er sah sich einige an. Bleistift- und Kohlezeichnungen. Nicht gerade Werke eines großen Künstlers, doch Bjørn erkannte, dass es sich stets um dasselbe Modell handelte. Er erinnerte sich an die Fotos der alten Zeitungsausschnitte. Eine schmale schwarzhaarige Frau. Mit vierunddreißig Jahren gestorben. Große ausdrucksstarke Augen. Und vielleicht waren sie es, die er auf den Zeichnungen wiedererkannte. So groß, dass sie das magere Gesicht vollkommen auszufüllen schienen.

Ein Stapel mit Aktzeichnungen, sie auf dem Boden liegend. Bjørn blätterte weiter, hielt inne, murmelte etwas in sich hinein.

Auf der nächsten Skizze hing sie an einem Haken. Das Gesicht in leuchtend grüner Farbe, die Augen quollen fast aus dem Papier hervor.

Eine weitere Skizze zeigte nur ihren Kopf, als wäre er abgesägt worden. Danach abgeschnittene Gliedmaßen. Ein Arm, eine Schulter, ein Fuß. Und Knochen, angehäuft auf einem Tisch.

Bjørn riss sich los, ging rückwärts zur Tür, stieß gegen einen Schrank. Er öffnete ihn.

Kleider hingen auf Bügeln. Ein Schaffellmantel, drei knöchellange Kleider, zwei braune und ein grünes. Sie rochen nach Schimmel. Unwillkürlich sah er sie in dem grünen Sommerkleid vor sich.

Und, wie ein Lichtblitz, Nitter im selben Kleid, auf dem Hof tanzend, ihre Haare auf dem Kopf.

Er verließ das Zimmer.

Die Schlafzimmer lagen eine Etage tiefer. Nur eines wurde noch benutzt. Ein säuerlicher Gestank erfüllte es. Ein Bett, dessen Decke bis auf den Boden hing, auf der Matratze ein großer brauner Fleck. Kein Blut, dachte er, vielleicht Kaffee.

Das große Wohnzimmer im Obergeschoss wurde von raumhohen Bücherregalen beherrscht. Alle gebunden und wohlgeordnet. Gesammelte Werke von Autoren, die Bjørn nicht kannte. Heilige Schriften, buddhistische und jüdische, die Bibel, der Koran. Auf dem Boden eine Kiste mit Taschenbüchern. Er öffnete eines, *Die Hochzeit von Himmel und Hölle*. Einige Passagen waren mit einem dicken Stift geschwärzt worden, manche Seiten fehlten. Er legte es wieder hin und nahm ein anderes zur Hand, *Also sprach Zarathustra*. Vieles war mit Schwarz oder Rot unterstrichen. Am Rand gekritzelte Kommentare: *Ja! Alles kommt wieder, und Gott kehrt zurück!*

Als Letztes nahm er sich die Küche vor, die aussah, als würde ein Mann darin wohnen. Eine Matratze auf dem Boden vor dem Holzofen. Auf der Arbeitsplatte jede Menge schmutziges Geschirr. Volle Mülltüten aufgereiht an der Wand. An der Innenseite der Tür klebten gelbe Post-its. Darunter Einkaufszettel mit krakeliger Schrift. Im Schein der Taschenlampe versuchte er, etwas zu entziffern. *Vier Bastarde in Hammerdal.* Und: *Das Böse befindet sich in Hammerdal.* Ein dritter Zettel: *Was nun, Pfaffe?*

An der Kühlschranktür klebten noch mehr Zettel. *Ich leihe mir deinen Körper und deine Seele, bis der Himmel wieder aufreißt.*

Bjørn öffnete die Tür. Ein paar Bierflaschen. Eine angebrochene Konservendose, Makrele in Tomatensoße. Ein Topf mit Essensresten. Eine ganze Sammlung von Gläsern mit Essiggurken, er zählte sieben Stück.

Und ganz hinten ein weiteres Glas mit abgerissenem Etikett. Er nahm es heraus, leuchtete hindurch. Zuerst glaubte er, es wären zwei Pflaumen oder eine andere Frucht. Es dauerte, bis er begriff, um was es sich handelte.

In der klaren Flüssigkeit schwammen zwei Augen. Die Pupillen, schwarz und starr, blickten in verschiedene Richtungen.

»Das Reh«, hörte er sich murmeln. Sie mussten vom Reh stammen.

Er schraubte den Deckel ab und nahm erneut den süßlich scharfen Geruch wahr, der auch von den Plastikkanistern in der Garage ausgegangen war. Formalin. Eine Flüssigkeit, in die man Körperteile legte, die nicht verwesen sollten.

Als er wieder ins Wohnzimmer kam, stieg eine leichte Übelkeit in ihm auf, er kippte ein Fenster, stieg hinaus und drückte es wieder zu. Sofort fingen die Hunde wieder zu bellen an. Diesmal ging er andersherum an der Hauswand entlang. Es schneite nicht mehr, der Halbmond tauchte den Hof in ein fahles eisblaues Licht.

Die Scheune war nicht abgeschlossen. Er klappte den schweren Riegel zur Seite, worauf das schwere Tor ein Stück weit aufglitt. Die Hunde waren immer noch außer Rand und Band, gebärdeten sich wie ausgehungerte Wölfe. Nitter war nicht geeignet, sich um seine Söhne zu kümmern. Und selbst die Hunde bekamen sicher nicht das, was sie brauchten.

Drinnen schaltete er die Taschenlampe wieder ein. Eine morsche Leiter führte an einer Wand zu einer kleinen Kammer hinauf. Zwei Silos. Davor ein größerer Traktor mit einem platten Reifen. Ein fauliger Geruch.

An der hinteren Wand stand eine Seilwinde mit Kurbel. Eine an der Decke befestigte Rolle mit einem Drahtseil und einem Haken, den man drei Meter nach unten senken konnte, genau bis dorthin, wo er jetzt stand.

Hier war es, schoss es ihm durch den Kopf. Unwillkürlich sah er die Kleider im Schrank und die großen leeren Augen vor sich.

»Ann«, sagte er so plötzlich, dass er erschrak und gegen den Drang ankämpfte, ihren Namen laut zu rufen. »Ann!«

Auf einmal mischte sich in das Knurren der Hunde ein lang gezogenes Winseln. Als würde jemand mit ihnen reden, der sie kannte.

Er löschte das Licht, holte hastig das Handy aus seiner Tasche. Kein Anruf, keine Nachricht.

Er wich zurück, bis zur Wand hinter der Leiter.

Da draußen sprach jemand. Eine dunkle Stimme. Die Hunde antworteten mit noch höherem Winseln. Eine Tür wurde geöffnet. Das Heulen eines Hundes. Abrupte Stille. Dann wieder leises Winseln.

Bjørn spähte durch das halb offene Scheunentor. Ein Lichtstrahl flackerte draußen umher. Er packte die Leiter, stieg vorsichtig hinauf, sieben Sprossen, legte sich oben flach auf den Bauch, nahm einen fauligen Geruch wahr, stieß mit der Hand gegen etwas Feuchtes, Weiches, zog sie wieder zurück.

Die dunkle Stimme war jetzt auf der Brücke zur Scheune. Ein Hund keuchte. Das Tor wurde ganz aufgestoßen. Behutsam drehte Bjørn den Kopf und schaute durch einen Spalt in den morschen Bodenbrettern. Im fahlen Mondlicht erahnte er eine hochgewachsene Gestalt. Ein Käppi auf dem Kopf, dunkler Mantel.

Frank Nitter, der Mörder seiner Frau. In der Hand hielt er ein Gewehr. Neben ihm ein Hund aus dem Zwinger.

»Sator.«

Nitter wiederholte das Wort ein paar Mal in einem leisen und singenden Ton. Dieses Wort ging in einen Strom unverständlicher Wörter über, als würde er dem Tier in einer fremden Sprache etwas vorsingen.

Dann wurde der Hund von der Leine gelassen, begann, mit hochgestreckter Rute im Kreis zu gehen.

Nitter klemmte sich das Gewehr unter den Arm, schaltete ein Licht ein, untersuchte jede Ecke und jede Planke der Wand.

Langsam ging er weiter in die Scheune hinein. Seine Gummistiefel gaben bei jedem Schritt ein schmatzendes Geräusch von sich, als wäre er mit ihnen durch tiefe Pfützen gestapft.

Er stand jetzt neben der Seilwinde, löste die Kurbel. Der Arm mit dem Haken schwenkte zur Seite. Verharrte, wo Bjørn lag, und pendelte vor seinen Augen hin und her wie eine riesige Halskette mit Anhänger.

Der Hund schnüffelte am Fuß der Leiter, blieb dort stehen und knurrte.

»Sator«, wiederholte Nitter und fuhr mit seinem Singsang fort. Er musste seine eigene verdammte Hundesprache entwickelt haben.

Ein weiteres Mal leuchtete er umher, ehe er sich umdrehte und zum Tor ging. Immer noch knurrend, folgte der Hund ihm. Das gleiche Knurren als Antwort aus dem Zwinger, kein Hund bellte mehr.

Plötzlich drehte Nitter sich um und hob das Gewehr.

»Pfaffe!«, brüllte er.

Die erste Kugel traf die Rückwand. Durchladen. Der nächste Schuss galt dem Traktor. Bjørn krümmte sich zusammen, zählte die Schüsse, kam auf fünf. Der dröhnende sechste verursachte einen scharfen Schmerz in seiner Brust.

Dann wurde es dunkel.

24)

Helene träumt. Sie kommt aus der Umkleide. Wo früher das Schwimmbecken war, ist jetzt ein riesiger Raum. In der Mitte steht ein großer Tisch aus Metall. Dort liegt jemand, unter einem grünen Tuch.

Sie geht darauf zu und hebt das Tuch an.

Sie ist es. Das Gesicht wächsern und gummiartig, wie ein schrumpeliger Embryo mit zusammengekniffenen Augen.

Ann, sagte sie so leise wie möglich, will sie nicht wecken.

Ein großes Loch von der Brust nach unten. Der Körper ist ausgehöhlt, die Haut abgezogen.

Sie kann nicht widerstehen und steckt ihren Kopf in den leeren Bauch, kriecht hinein. Es riecht nach Schlamm. Etwas Klebriges legt sich über ihr Gesicht. Sie kriecht noch tiefer in den Hohlraum hinein. Er ist voller winziger weißer Würmer. Und ein paar größere Exemplare fressen die kleineren.

Das Einzige, das sie wusste, als sie am Montagmorgen auf der Bettkante saß, war: Sie wollte nicht in die Schule. Hatte es schon am gestrigen Abend gesagt. Aber ihr Vater war dagegen. Sie sollte nicht den Unterricht versäumen. Wenn sie erst einmal damit anfange, werde es nur zur Gewohnheit.

Er ahnte nicht, wie recht er hatte.

Sie hatte sich zweimal erbrochen. In der Küche trank sie ein Glas fettarme Milch, stocherte in ihrem Essen, tat so, als ob sie esse. Dieses eine Mal beantwortete sie alle Fragen ihrer Mutter. Ja, sie hatte gut geschlafen. Ja, sie war ausgeruht. Nein, sie hatte keine Angst.

Nimm ein paar Haferflocken.

»Nein danke.«

Sie antwortete höflich, wie sie einem fremden Erwachsenen gegenüber antworten würde, den sie beeindrucken wollte, lächelte ihre Mutter an, eine Fremde auf der anderen Seite des Tisches. So einfach war das, sie gaben sich mit einem Lächeln zufrieden.

»Du hast ja fast nichts gegessen. Willst du wirklich nichts?«

»Nein danke. Vielen Dank.«

Ihre Mutter betrachtete sie.

»Sie kommen in zehn Minuten.«

Sie warteten auf die Polizei, die sie zur Schule fahren und die ganze Zeit in ihrer Nähe bleiben sollte. Jemand hatte das so entschieden. Natürlich glaubten sie nicht, dass wirklich Gefahr bestehe, lautete die beruhigende Mitteilung.

Warum dann?

Weil die Situation unklar ist.

Sie stellte keine Fragen mehr. Victor tot. Ann tot. Nico tot. Sie würde die Nächste sein. Und die Polizei wollte unter Beweis stellen, dass sie nicht das geringste Risiko einging. Hatte sie jetzt für den Rest ihres Lebens einen Polizisten an ihrer Seite?

Draußen an der Treppe wartete eine Frau auf sie. Gott sei Dank trug sie keine Uniform. Helene lächelte zurück, tat so, als hätte sie nicht gesehen, dass ihre Mutter sie umarmen wollte.

Die Polizistin streckte die Hand aus.

»Ich heiße Kjersti und werde dich heute begleiten.«

Sie war unnatürlich blond und nicht besonders alt. Sehr groß auch nicht.

»*Sie* wollen auf mich aufpassen?«, rutschte es Helene heraus.

Die Polizistin lächelte und sah plötzlich ziemlich hübsch aus.

»Traust du mir das nicht zu?«

»Äh, doch, natürlich.«

Im Auto sagte sie: »Es sieht vielleicht nicht so aus, aber ich bin schon fünf Jahre bei der Polizei.«

»Aha.«

»Das ist ja echt schrecklich, zwei Freunde von dir …«

»Und eine Freundin.«

Die Polizistin warf ihr einen Blick von der Seite zu. »Das wissen wir noch nicht.«

Doch Helene wusste es. Wusste, dass sie Ann niemals wiedersehen würde.

»Kommen Sie auch mit ins Klassenzimmer?«, fragte sie, um das Thema zu wechseln.

»Das würde mir eigentlich nicht schaden. In der Zehnten habe ich nicht besonders gut aufgepasst. Aber ich glaube, ich bleibe doch lieber auf dem Gang sitzen.«

»Jeden Tag?«

»Das haben wir noch nicht entschieden. Wir warten ab, wie sich die Situation entwickelt. Und ich wechsele mich auch bestimmt mal mit Kollegen ab. Konntest du heute Nacht schlafen?«

»Ein bisschen.«

Die Polizistin, die Kjersti hieß, aktivierte den Sender in ihrem Ohr.

»Sind jetzt auf dem Weg zur Schule. Melde mich in einer halben Stunde wieder.«

Dann sagte sie: »Dir graut davor, oder?«

»Nein, nein.«

Aber genauso war es. Helene graute es so sehr davor, dass ihr übel wurde. Der schlimmste Tag ihres Lebens. Es sollten noch viele folgen.

Die Rektorin stand vor dem Klassenzimmer und gab jedem einzelnen Schüler die Hand. Sie trug ein blaues Kostüm, wie Leute in ihrem Alter sich eben kleideten, wenn sie sich chic machen wollten. Ihre Haare waren seltsam zerzaust, was bestimmt cool aussehen sollte.

Sie hielt Helenes Hand lange fest und sah ihr in die Augen.

»Alles okay?«

»Ja … schon.«

Die leichte und unbekümmerte Stimme gehörte ihr. Vielleicht schaffte sie es doch irgendwie durch den Tag, wenn sie einfach immer sanft lächelte.

Als alle im Klassenzimmer versammelt waren, stellte sich die Rektorin vor das Lehrerpult.

»Es geht um einen Mitschüler von euch«, begann sie. »Manche wissen schon Bescheid.«

Als gäbe es auch nur einen Einzigen, der nicht Bescheid wusste. Es war jetzt zweieinhalb Tage her. Doch als sie den Namen

Nicolai Meyer aussprach, erfasste Helene eine Welle der Übelkeit. Die Stimme der Rektorin schien weit weg. Auch das Licht veränderte sich, wurde schärfer. Ich bin nicht hier, ging ihr durch den Kopf. Dann wurde es dunkel. Vielleicht nur für ein, zwei Sekunden. Sie fiel, merkte aber nicht, dass ihr Kopf auf dem Boden aufschlug, und als sie die Augen wieder öffnete, stand sie genauso da wie zuvor.

Alle sahen sie an. Die Rektorin kam zu ihr.

»Alles in Ordnung, Helene?«

Sie musste genickt haben, denn die Direktorin kehrte mit klackenden Absätzen zum Lehrerpult zurück, strich sich mit der Hand durch die zerzausten Haare und setzte ihre Rede fort, sprach insbesondere Helene an. Nicolai Meyer … Klassenkamerad … sollte jetzt hier sein, an seinem Platz … wir wissen immer noch nicht, warum … schwere und schmerzliche Tage … unsere Schule wird alles tun …

In der Klasse war es still. Helene spürte, dass sie immer noch alle anstarrten, und fixierte einen Punkt an der Wand neben dem Kopf der Rektorin.

Sie fühlte sich nicht in der Lage, an der Gemeinschaftsveranstaltung in der Aula teilzunehmen. Für Kjersti war das in Ordnung.

»Passt eigentlich gut. Es gibt da jemanden, der gerne mit dir sprechen möchte.«

»Wer?«

»Einer unserer Ermittler. Top Mann. Angeblich der beste im ganzen Haus.«

Im Auto holte sie etwas hervor, das wie ein winziges Handy aussah.

»Den musst du mitnehmen. Hast du einen Gürtel?«

»Was ist das?«

»Ein Funkempfänger. Ich zeig dir, wie der funktioniert. Wenn du hier drückst, bin ich wenige Sekunden später bei dir. Kann ja nicht immer neben dir stehen, muss auch mal aufs Klo und so.«

Der Mann auf der anderen Seite des Tisches trug einen grauen Anzug und ein weißes Hemd. So zogen sich Top-Ermittler wohl an. Sein Gesicht war schmal und eingefallen, die Nase so lang wie das Maul eines Pferdes. Helene hätte lieber mit Kjersti gesprochen, die ihr inzwischen sehr gut gefiel. Während der Autofahrt hatte sie es so ruhig und sachlich wie möglich vorgeschlagen, wenn sie auch innerlich schrie. Zumindest saß Kjersti auf einem Stuhl an der Tür. Sie sagte kein Wort.

Der Mann hieß Viken und leitete die Ermittlungen. Er schien so etwas schon sein Leben lang zu machen. Befragte Leute, wo sie zu welcher Zeit gewesen waren, was sie überhaupt in einer abrissreifen Fabrik zu suchen gehabt hätten und ob Drogen im Spiel gewesen seien.

Sie erklärte alles, so gut es ging.

»Du kanntest Nicolai Meyer ziemlich gut?«

»Ja … so ziemlich.«

»Und seit ihr nach Hammerdal gezogen seid, bist du mit ihm in dieselbe Klasse gegangen?«

Sie nickte.

»Und ihr habt auch außerhalb der Schule etwas zusammen unternommen?«

»Ab und zu.« Sie verstand, dass sie nicht immer nur mit zwei, drei Worten antworten konnte. »Im Herbst waren wir manchmal zusammen und …«

»Zusammen oder *zusammen?*«

»Wie meinen Sie das?« Sie wusste genau, wie er es meinte.

»Wart ihr ein Paar?«

Seine Füße wippten neben dem Tisch auf und ab, er trug spitze, braune Altherrenschuhe.

»Nein.«

»Sondern?«

»Nicolai war der Freund von jemandem, mit dem ich zusammen war, also Victor.«

»Das habe ich mir gedacht«, sagte der Ermittler und nickte. »Du und Victor Munoz, ihr wart ein Paar?«

»Ja, das … waren wir wohl.«

»Du bist nicht ganz sicher?« Viken lächelte. Er hatte nicht sonderlich weiße Zähne und Haare, die ihm aus den Ohren wuchsen. Sie hatte der Polizistin in Lillestrøm namens Susanne schon von Victor erzählt. Und jetzt wollte dieser alte Typ, dass sie alles noch einmal erzählte, damit er sich überlegen fühlen konnte.

»Sagt dir der Name Roman Warzinsky etwas?«

Sie zuckte auf ihrem Stuhl zusammen.

»Ja … vielleicht.«

»Was?«

Sie dachte nach.

»Hat mit Facebook zu tun.«

»Ja?«

»Das ist der Nickname von jemandem, den ich kenne. Die Leute denken sich ja die seltsamsten Namen aus. Warum fragen Sie?«

Viken schüttelte den Kopf. »Die meisten Fragen haben keine große Bedeutung. Trotzdem ist es wichtig, dass du sie so gut wie möglich beantwortest. Wir haben uns die gesamte Facebook-Kommunikation von dir, Nicolai, Victor und Ann angesehen. Das gehört zu unserem Job. Manchmal finden wir etwas, das uns einen Schritt weiterbringt.«

»Roman Warzinsky ist die Fotoseite eines Lehrers von uns.«

Viken nickte, schien das bereits zu wissen. »Du bist mit ihm befreundet?«

»Eine Facebook-Freundschaft, ja.«

»Ist es üblich, dass Lehrer mit ihren Schülern auf Facebook kommunizieren? Es ist nur eine Frage, Helene, in meinem Alter versteht man von solchen Sachen nicht so viel.«

»Ich habe mit mehreren Eltern von Mitschülern Facebook-Freundschaften«, antwortete sie. »Zum Beispiel mit der Mutter von Ann, die ist fast immer online. Und Lehrer können sich natürlich auch einloggen. Es gibt viele Jugendliche, die nicht mehr Mitglied sein wollen, weil da inzwischen so viele Eltern und andere Verwandte mitmachen.«

»Roman Warzinsky also auch.«

»Runar ist in Ordnung. Der kümmert sich um diejenigen, denen es schlecht geht. Haben Sie gesagt, dass er auch mit Victor Kontakt hatte?«

»Ja, das hab ich vielleicht.«

Der Polizist fuhr damit fort, sie nach Kleinigkeiten zu fragen. Meistens fiel ihr die Antwort nicht schwer. Doch als er plötzlich aus ihr herausbekommen wollte, wie sie sich zurzeit fühlte, zog sie sich zurück. Das wollte sie ihm nicht anvertrauen. Kjersti vielleicht, doch nicht diesem Mann mit dem grauen Anzug und dem forschenden Blick.

»Man hört, dass du die Situation bewundernswert meisterst, Helene.«

Jetzt versuchte er, sich einzuschmeicheln.

»Inwiefern?«

Er beugte sich nach vorn, und sie nahm etwas wahr, vermutlich sein Deo, oder Rasierwasser. Zumindest roch es nicht nach altem Mann.

»Du hast zwei deiner Freunde verloren. Mit einem von ihnen warst du zusammen, auch wenn er dich vielleicht nicht so behandelt hat, wie er das hätte tun sollen.«

Diese Formulierung ging schon in Ordnung. Victor war ein spezieller Typ gewesen und hatte sie wirklich nicht so toll behandelt.

»Und deine beste Freundin ist inzwischen seit fast zwei Wochen verschwunden. Doch nach dem, was ich gehört habe, machst du weiter wie bisher, gehst zur Schule, erledigst deine Hausaufgaben, nimmst am Schwimmtraining teil. Du scheinst wirklich hart im Nehmen zu sein.«

Was wollte er von ihr? Dass sie ihm erzählte, wie es wirklich war? Dass sie kaum noch schlafen konnte? Dass sie sich das ganze Wochenende über erbrochen hatte? Dass sie sich auf ihrem Bett an der Wand zusammengekrümmt und darauf gewartet hatte, dass alles irgendwie vorüberging?

Aber es ging nicht vorüber, es wurde nur schlimmer.

»Du musst Hauptkommissar Viken erzählen, was du mir im

Auto erzählt hast«, schaltete sich Kjersti plötzlich ein. »Von dem Jungen in eurer Klasse, den ihr Streuner nennt.«

Viken schaute sie an, beobachtete jede noch so kleine Regung in ihrem Gesicht

»Er heißt Morten«, begann sie.

»Morten Brennås?«

»Ja.«

Keine Reaktion. Offenbar sollte sie einfach weiterreden.

»Der taucht ständig in meiner Nähe auf. Verfolgt mich. Will mich in Gespräche verwickeln.«

»Was für Gespräche?«

»Er redet so, als ob ich wüsste, was mit Ann passiert ist. Das ist total unheimlich. Als wüsste er mehr als ich.«

»Wann zum letzten Mal?«

»Er war in unserem Garten. An dem Abend, als Nico gestorben ist.«

Sie erzählte, was geschehen war. Bewegungslos saß Viken da, während sie redete.

»Das sind die Dinge, die du uns erzählen musst, Helene.«

Ihr fiel noch etwas anderes ein.

»Da war noch jemand.«

»Im Garten?«

Sie nickt. »Ein Erwachsener, der dort geraucht hat.«

»Bist du sicher?«

»Als ich am nächsten Morgen joggen wollte, lagen dort, wo er gestanden hatte, ein paar Zigarettenkippen.«

Viken senkte das Kinn, schaute sie unverwandt an. Dann richtete er sich im Stuhl auf und machte sich ein paar Notizen.

»Die Stelle musst du uns zeigen, Helene. Genau die Stelle, wo die Kippen gelegen haben.«

25)

Es war zehn nach sechs, als Bjørn Siren anrief. Er hatte möglichst lange damit gewartet, sie aufzuwecken.

»Wieso rufst du an?« Ihre schlaftrunkene Stimme. »Bist du nicht zu Hause?«

»Ich musste mir was ansehen«, sagte er rasch.

»Mitten in der Nacht?«

Er hatte eine Erklärung vorbereitet. Etwas mit Ann. Dass er einen Tipp bekommen hatte, dem er sofort nachgehen musste. Was ja nicht allzu weit von der Wahrheit entfernt war.

»Und du bist jetzt …?«

»In Lillestrøm. Bin in ein paar Stunden wieder zu Hause. Ich kann die Jungs heute nicht zur Schule fahren. Jetzt hast du noch mehr Stress am Hals …«

»Kannst du mir endlich mal sagen, was los ist?«

»Die angebliche Spur war eine Sackgasse. Tut mir leid, wenn du jetzt mehr Arbeit hast.«

»Ach, wirklich? Dann würdest du vielleicht nicht einfach kommen und gehen, wie es dir passt.«

Jetzt war sie hellwach, und er würde das zu hören bekommen, was er verdiente. Ich mache es wieder gut, dachte er. Auch das. Er hatte vieles wiedergutzumachen. Die Liste war inzwischen so lang, dass sie seine Möglichkeiten bei Weitem überstieg.

Glücklicherweise war sie so irritiert, dass sie auflegte, ohne weitere Fragen zu stellen. Über den Hof von Frank Nitter brauchte er vorerst nichts zu sagen. Auch nichts von den Schüssen in der Scheune. Dass er sich versteckt und damit gerechnet hatte, getroffen zu werden. Dass es ihm gelungen war, durch die Luke auf der Rückseite und anschließend auf allen vieren über das Feld zu kriechen. Dass Walter am Waldrand zwischen den Bäumen gestanden und eine Pistole auf ihn gerichtet hatte.

Bist du das, Bønnik? Scheiße, du blutest ja.

Bjørn presst die Hand auf die verletzte Brust. Das Blut sickert ihm durch die Finger und tropft auf den nassen Schnee.

Ich hab Schüsse gehört, sagt Walter. Wollte mich gerade auf den Weg machen.

Vermutlich auf den Heimweg, dachte Bjørn.

Der Typ muss zu Fuß gekommen sein, jedenfalls nicht mit dem Auto.

Bjørn legt sich auf die Rückbank. Walter schaut sich die Verwundung an. Wir müssen die scheiß Schrotkugeln da rausholen. Alles voller Blei.

Rühr mich nicht an!

Ich kenne einen Arzt in Lillestrøm, Bønni. Der führt keine Patientenakte, wenn du ihn nicht darum bittest.

Während der Fahrt sagt Walter, ihn habe plötzlich so ein komisches Gefühl beschlichen. Noch vor dem ersten Schuss. Er habe sich sofort zum Hof aufgemacht, um nach dem Rechten zu sehen. Schließlich hatte er eine Waffe.

Ich bitte dich nur um eins, zischt Bjørn auf dem Rücksitz. Halt für den Rest der Fahrt einfach die Klappe, okay? Ich will kein verdammtes Wort mehr hören. Schreib eine Postkarte von den Philippinen, wenn's sein muss. Aber bitte nicht mir.

Als Bjørn am Nachmittag auf die Auffahrt einschwenkte, herrschte dichter Schneefall. Er blieb im Auto sitzen. Siren war nicht zu Hause. Er hatte noch ein paar Stunden Zeit, ehe er Fragen beantworten musste. Die Hand an den Brustkasten gedrückt, quälte er sich mit schmerzverzerrtem Gesicht aus dem Wagen.

Im Flur war es dunkel, doch er hatte gesehen, dass im Obergeschoss Licht brannte. Er schaute zu Felix ins Zimmer. Er saß auf dem Bett und zuckte zusammen, legte das iPad weg.

»Ich wollte dich nicht kontrollieren«, beruhigte ihn Bjørn, obwohl er den Drang verspürte, genau das zu tun.

»Komm«, sagte er, »machen wir uns etwas zu essen.«

»Wann ist Mama wieder da?«

Bjørn konnte sich nicht genau daran erinnern, was Siren gesagt hatte. Sie war immer noch mit der Korruptionssache beschäftigt, die sich immer mehr auszuweiten schien.

»So um sieben«, antwortete er. »Hast du nichts von Marco gehört?«

»Nein, warum?«

»Er sagt dir doch bestimmt manchmal, wo er hingeht.«

»Nie!«

Marco war zehn Jahre alt. Eigentlich sollte Bjørn stets wissen, wo er war. Er wählte die Handynummer seines ältesten Sohnes, erreichte ihn nicht.

»Glaube, er ist bei Mads«, verkündete Felix. »Hat so was erwähnt.«

Bjørn schaute ihn an.

»Hast du nicht gerade gesagt, dass du nicht weißt, wo er ist?«

»Du hast mich gefragt, ob ich etwas von ihm gehört habe.«

Fünf Minuten später hatte er Marco ausfindig gemacht und ihm mitgeteilt, er solle nach Hause kommen.

Er stellte eine Fertiglasagne in die Mikrowelle. Als kurz darauf das Signal ertönte, hörte Bjørn es nicht. Er stand am Fenster und starrte in das Abenddunkel. Es schneite immer noch, große nasse Flocken klatschten gegen das Fenster. Sie deckten alles zu, verwischten sämtliche Spuren. Er sah den Friedhof in Hammerdal vor sich. Die schneebedeckten Gräber von Johnny Lindbekk und seiner Mutter. Daneben, ein wenig kleiner, ein dritter Grabstein, der noch nicht aufgestellt worden war. Lichter, die beständig brannten.

»Wollten wir nicht essen oder so was?«

Felix beugte sich über die Schale mit Salat von gestern und schnupperte misstrauisch.

»Ja, oder so was«, hörte Bjørn sich antworten.

»Hast du dir wehgetan?«

Bjørn nahm die Hand von seiner Brust und hakte sie vorsichtig im Gürtel ein.

»Hab einen Stoß bekommen. Geht schon vorbei. Alles geht vorbei.«

Am Tisch gab er sich Mühe, ein Gespräch in Gang zu halten. Eishockeyergebnisse. Ein Spieler hatte sich verletzt, Felix rechnete mit einem längeren Ausfall. Der Junge merkte, wie zerstreut er war, kam ihm jedoch nicht zu Hilfe.

»Woher soll ich das wissen?«

Vor wenigen Wochen hätte er sich darüber gefreut, den Vater ganz für sich allein zu haben, hätte ihn mit Fragen und Kommentaren überhäuft. Jetzt saßen sie zusammen in der Küche, hörten das Klirren des Bestecks, das an die Teller stieß, und waren genauso stumm wie die beiden Portionen Lasagne, die auf dem Tisch standen.

Er hatte sich auf das Schlafsofa in seinem Arbeitszimmer gelegt, als er Sirens Auto hörte. Es war nach Mitternacht. Seit mehreren Nächten schlief er hier.

Als sie zu ihm ins Zimmer kam, döste er vor sich hin.

»Schläfst du?«

»Nein, du?«

Er sah vor sich, wie sie verhalten über seinen lahmen Witz lächelte.

»Rück mal ein bisschen zur Seite«, sagte sie und hob die Decke an.

Bjørn drehte sich so, dass er auf der unverletzten Seite lag, und drückte sich gegen die Wand.

»Ich hab nachgedacht«, begann sie. »Bitte glaub nicht, dass ich dich nicht verstehe.«

Als sie die Arme um seinen Hals schlang, stöhnte er unwillkürlich auf.

»Was ist?«

»Hab einen Stoß abbekommen, nichts Ernstes.«

Als gäbe sie sich damit zufrieden. Sie stand sofort auf und knipste das Deckenlicht und die Schreibtischlampe an.

»Zieh das Hemd aus.«

Leichter gesagt als getan. Siren half ihm und betrachtete mit gerunzelter Stirn den blutigen Verband.

»Ich war beim Arzt«, versicherte er rasch. »Alles halb so schlimm.«

Sie biss sich auf die Lippen, versuchte, sich zu beruhigen.

»Es ist aber ernst«, sagte sie.

»Siren, sei so gut, es gab einen Zwischenfall, nächstes Mal werde ich besser aufpassen …«

Seine Stimme klang dünn. Ein Zittern ging durch seinen Körper, und er ballte die Fäuste, zwang seine Gedanken zur Ruhe. Sie war es, die Tränen in den Augen hatte.

»Es darf dir nichts passieren. Bist du denn so von der Rolle, dass du das nicht verstehst? Hier gibt es jemanden, der dich braucht, verdammt noch mal.«

Das verstand er sehr wohl. Er umfasste ihre Taille.

»Wenn wir eine Antwort haben«, murmelte sie und strich ihm behutsam über den Rücken. »Wir werden bestimmt bald eine Antwort haben.«

So blieb er liegen und lauschte ihrem Atem, als könnte er ihm entnehmen, ob sie je eine Antwort bekämen oder ob er für immer und ewig auf der Suche danach sein würde. Plötzlich spürte er eine unbändige Lust in sich aufsteigen, er schob ihre Bluse nach oben, versuchte, sich auf sie zu legen.

»Das schaffst du nicht alleine«, murmelte sie.

In diesem Moment vibrierte das Handy. Er erschrak. May-Britt.

»Bjørn«, flüsterte ihm Siren ins Ohr, doch er hatte sich schon vorsichtig aufgesetzt.

Er hätte längst wieder bei ihr vorbeischauen sollen. Seit dem Tag von Anns angeblicher Heimkehr hatte er sie nicht mehr gesehen. Er hatte ihre Schwester angerufen, die versprach, sich zu kümmern, aber das hatte er nicht überprüft. May-Britts Gesichtsausdruck, als sie ihm erzählt hatte, dass Ann in ihrem Bett liege. Aber aus ihrem Blick war auch deutlich herauszulesen, was sie ihm nie ins Gesicht gesagt hatte: Du hast mich verraten.

»Wer ist das?«

Er zeigte Siren das Display. Sie stieß einen resignierten Laut aus. Doch um nicht zu antworten, war es zu spät.

»Bjørn, du musst sofort kommen.« Ihre Stimme zitterte.

»Was ist passiert?«

»Ann!«, rief sie so laut, dass er das Handy vom Ohr nehmen musste.

»May-Britt, ist jemand bei dir?«

»Ich bin im Krankenhaus«, jammerte sie. »Sie ist hier, aber ich darf sie nicht sehen.«

Bjørn sank auf der Sofakante zusammen.

»Bist du in Ahus?« Im Hintergrund hörte er Stimmen. »Haben sie dich eingeliefert?«

»Ich bin in der Ullevål-Klinik. Sie ist hier.«

Hinter ihm war Siren aufgestanden und zog ihre Bluse wieder an. Sie blieb kurz mit der Hand auf der Klinke stehen, bevor sie hinausging und die Tür hinter sich zumachte.

»Sie lassen mich nicht zu ihr, zu unserer Tochter.«

Es klang wie ein Echo dessen, was er früher schon einmal gehört hatte, als sie nach der Geburt eingeliefert worden war, nicht bei sich, sondern unnahbar fern.

»Meinst du wirklich Ullevål?«

»Ich weiß, wo ich bin, Bjørn. Ich darf nicht zu ihr ins Zimmer.«

»Stehst du vor ihrer Tür?«

»Ich bin in der Notaufnahme.«

»Okay«, entgegnete er. »Ich bin gleich da.«

Was sollte er sonst zu ihr sagen? Das war er ihr schuldig. Er schuldete ihr viel mehr.

Das Parkhaus war fast leer. Er fummelte am Parkscheinautomaten herum, gab es auf. Draußen hatte der Wind aufgefrischt, und die schweren Schneeflocken zwischen den Backsteingebäuden hatten Fahrt aufgenommen. Bjørn ging zur Notaufnahme, konnte sie nirgends entdecken. Er hätte anrufen und mit jemandem reden sollen, vielleicht mit einem Krankenpfleger, der sich um sie kümmerte, bis er da war.

Am Eingang kam sie ihm plötzlich entgegen. Zögernd legte er ihr den Arm um die Schultern. Sie drückte sich an ihn.

»Ich werde mit jemandem reden«, sagte er, wusste nicht, mit

wem. Er konnte sie nicht nach Hause fahren und sie in dem großen leeren Haus sich selbst überlassen. Er würde May-Britts Schwester anrufen, sie zu ihr bringen, auch wenn es mitten in der Nacht war.

May-Britt riss sich los. Die Haare klebten ihr am Kopf. Ihr Gesicht sah geschwollen aus, doch in den Augen loderte eine unverkennbare Glut. Sie zog ihn am Ärmel.

»Komm mit, du musst mit ihnen reden.«

»May-Britt …«

Sie ließ nicht locker, schob ihn durch die Tür, vorbei am Empfang, der gerade nicht besetzt war, auf einen Gang. Erneut versuchte er, mit ihr zu reden, doch sie lief einfach weiter. Auf einem anderen Gang kam ein Pfleger auf sie zu. May-Britt schob ihn resolut zur Seite. Ein Polizist stand von seinem Stuhl auf.

»Sind Sie ihr Mann?«

Bjørn schüttelte den Kopf. »Ich bin … wir waren verheiratet.«

»Sie haben eine gemeinsame Tochter?«

»Ja, das stimmt.«

May-Britt wollte sich an dem Polizisten vorbeimogeln. Der Pfleger lief herbei und packte sie am Arm.

»Ich will da rein!«, rief sie. »Bjørn, komm, sie ist da drin!«

Sie riss sich los, öffnete die Tür, stürzte in den Raum. Bjørn warf den beiden weiß gekleideten Gestalten, die sich über das Bett beugten, einen unsicheren Blick zu. Zögerlich folgte er May-Britt, überrascht, dass weder der Polizist noch der Pfleger sie aufhielten.

Im Bett lag jemand. Der Kopf total bandagiert, aus dem Mund ragte ein Schlauch. Der untere Teil des Gesichts eine blutige Masse.

»May-Britt …«, bemühte er sich erneut.

»Siehst du nicht, dass sie es ist?«

Sie drehte sich zum Bett, schob eine Krankenschwester weg.

»Vorsichtig!«

May-Britt ignorierte sie.

»Siehst du nicht, dass es Ann ist?«

Sie zog die Bettdecke zur Seite, hob ein aufgeschnittenes Hemd an.

»Siehst du, Bjørn. Ich hab es doch die ganze Zeit gesagt.«

Er beugte sich vor, ihm wurde schwarz vor Augen, er drängte die Schwärze zurück, zwang sich, den Körper im Bett zu betrachten. Sah einen großen blauschwarzen Fleck, der vom Hals nach unten verlief und den halben Oberkörper bedeckte. May-Britt deutete auf eine Stelle auf der anderen Seite, direkt über der schmächtigen Brust.

»Ihre Narbe. Niemand sonst hat so eine Narbe.«

Er zwinkerte ein paar Mal, um klarer sehen zu können. Die Stelle war kaum größer als eine Münze und hatte gewisse Ähnlichkeit mit einem Herzen.

»Wie … wie sieht ihr Rücken aus?«

Der Pfleger von vorhin war hereingekommen, umfasste sanft die Schulter des Mädchens. Die Krankenschwester stellte die Rückenlehne des Betts ein wenig höher.

Bjørn ging auf die andere Seite und starrte auf die Narbe am Schulterblatt. Sie war länglicher als die andere, mit einem dunklen Fleck in der Mitte.

»Ist das Ihre Tochter?«

Er konnte sich kaum auf den Beinen halten.

»Ja«, bekam er heraus. »Das ist Ann.«

Ich bin Ann
Version 4.6.1

Es liegt jemand in der Teerwanne. Ein Mann. Er liegt auf dem Rücken und blickt zu mir auf. Ich weiche zurück, gehe langsam bis zur Tür. Der Teermann hebt die Arme, umfasst den Rand der Wanne, stemmt sich hoch. Was für ein Gestank. Schmatzende

Schritte hinter mir, dazwischen seine Stimme, die zu mir spricht. Es tropft von seinem Körper, die stinkende schwarze Flüssigkeit, die sich in seine Haut gebrannt hat. Er dampft, giftiger schwarzer Rauch. Ich kriege keine Luft.

Ann.

Die Stimme, die das sagt, klingt wie die von Bjørn Lindbekk. Aber er weiß nicht, wo ich bin. Früher einmal, als ich keine Luft bekam, bin ich zu Bjørn Lindbekk gegangen. Er hat mich auf den Arm genommen und hinausgetragen. Du darfst nicht sterben, hat er gesagt. Und ich bin nicht gestorben.

Ich bringe dich von hier fort. Du hast hier nichts verloren.

Ich betrachte die Füße in meinem Bett. Wenn ich sie bewege, passiert nichts. Vielleicht sind es nicht meine. Vielleicht bewegen sie sich irgendwann von allein, durchqueren das Zimmer und gehen aus der Tür, spazieren durch den Garten und zum Tor hinaus. Aber da draußen ist niemand.

Ich will etwas sagen. Einen Namen. Einen Namen, der zum Ann-Raum gehört.

Helene, sage ich, und das tut so weh, als würde mein Hals von dem Namen in Stücke gerissen, obwohl es der schönste Name ist, den ich kenne. Ich tauche erneut in das graue Dunkel ein. Und dort sehe ich ihr Gesicht. Sie ist unglaublich hübsch. Sie hasst Ann für etwas, das Ann getan hat.

Helene, sage ich, obwohl ich die Schmerzen im Hals kaum ertrage. Ich spüre, wie mir jemand die Hand auf den Kopf legt, mir über die Haare streicht.

Ich schaue aus dem Dunkel heraus. Es ist Bjørn Lindbekk, der da steht. Er ist gekommen, um mich zu holen.

Helene darf nichts passieren, sage ich. Nicht das, was Ann passiert ist.

Dezember 2015

26)

Helene lag im Bett und starrte an die Decke. Draußen hatte die Dämmerung eingesetzt, es war nach sechzehn Uhr. Die Zeremonie in der Kirche war beendet. Sie hatte nicht daran teilgenommen. Niemand hatte das von ihr erwartet. Zwischendurch hatte ihre Mutter nach ihr geschaut, doch sie hatte ihr nicht geantwortet. Alle verstanden sie. Niemand verstand sie. Vielleicht Runar. Sie schickte ihm eine Nachricht. *Kann ich mit dir reden?*

Wenige Minuten später rief er sie an.

»Ich höre dir an, dass es dir nicht gut geht. All die Dinge, die gerade passieren …«

Sie konnte ihm nichts entgegnen. Wenn sie es versuchte, würde sie in Tränen ausbrechen.

Runar spürte das.

»Du kannst ruhig weinen, Helene.«

»Ich weiß«, nuschelte sie mit belegter Stimme. Er war der Einzige, mit dem sie reden wollte, und dann brachte sie kein Wort heraus.

Doch er legte nicht auf.

»Heute war die Beerdigung«, murmelte sie schließlich.

»Ja«, sagte er.

»Ich hab das nicht gepackt, da hinzugehen. Aber ich hätte es tun sollen.«

»Sag das nicht, Helene. Du musst jetzt vor allem an dich selber denken.«

Diesen Satz bekam sie ständig zu hören.

»Ich erzähle dir später von der Beerdigung.«

»Sie waren da?«, rief sie aus.

»Ja.«

»Wie gut kannten Sie Victor eigentlich?«

»Hab ich das noch nicht gesagt?«

»Sie haben nur erzählt, dass Sie seinen Großvater kannten.«

»Ja, den auch. Es war eine schöne Trauerfeier.«

»Mein Vater sagt, dass eine Feuerbestattung nicht möglich ist.«

»Ja, das ist wohl so. Solange die Umstände seines Todes nicht geklärt sind, ist nur eine Erdbestattung erlaubt.«

»Weil …«

»Falls sich neue Erkenntnisse ergeben.«

Dann müssen sie ihn vielleicht wieder ausgraben, dachte sie und bemühte sich, die furchtbaren Bilder wegzuschieben. Nicht an den Friedhof zu denken, auf dem auch ihr Großvater begraben lag.

»Du hast bestimmt schon die Neuigkeit gehört«, sagte Runar.

»Welche Neuigkeit?«

»Bist du in den letzten Stunden nicht online gewesen?«

»Ich bin eingeschlafen. Was gibt's denn?«

»Hast du nicht das von Ann gehört? Ich dachte, du wolltest mich deswegen sprechen.«

Plötzlich war ihre Übelkeit wieder da. »Ann«, wimmerte sie, weil sie das alles nicht mehr ertragen konnte, nicht ein weiterer Körper, der gefunden worden war.

»Ann liegt im Krankenhaus.«

»Im Krankenhaus?«

»Sie hat schwere Verletzungen davongetragen.«

Helene setzte sich auf.

»Alle Zeitungen sind voll davon.«

Sie öffnete den Mund, kein Laut kam ihr über die Lippen.

»Helene?«

»Wie …«, hauchte sie.

»Sie liegt auf der Intensivstation.«

Der Anblick von Ann auf dem Metalltisch, der Körper von Organen befreit und vollkommen ausgehöhlt. Sie drückte sich die Finger auf die Augen, versuchte, die Bilder ihres Traumes wegzureiben.

»Hast du Angst?«

»Ja.«

»So geht es mir auch. Aber wir werden das schon beide schaffen, du und ich.«

Was für ein seltsamer Satz, doch aus seinem Mund hörte er sich ganz natürlich an.

»Wie schwer sind … ihre Verletzungen?«

»Ihr Zustand soll kritisch sein.«

»Können wir uns bald treffen?« Ihre Stimme klang immer noch wacklig.

»Das wäre schön«, antwortete Runar. »Du wirst ständig von der Polizei begleitet, richtig?«

»Sobald ich meinen Fuß vor die Tür setze. Die lassen mich keine Sekunde aus den Augen.«

»Ist ja auch besser so.«

»Wird sie überleben?«

»Ich weiß auch nur das, was ich gelesen habe.«

Helene stand auf, ging zum Spiegel, begann, ihre Haare zu kämmen.

»Sie haben auch nach Ihnen gefragt«, sagte sie plötzlich mit klarer Stimme.

»Wer hat nach mir gefragt?«

»Die Polizei. Die hat mich gestern zu Nicolai befragt, und dabei fiel auch Ihr Name.«

»Und was wollten sie wissen?«

»Nichts Besonderes. Aber sie kannten den Namen Roman Warzinsky und wussten, dass Sie mit Ihren Schülern auf Facebook kommunizieren.«

»Ist das so merkwürdig?«

»Nein, gar nicht. Nur der Name …«

»Der hat keine Bedeutung. Das ist nur meine Fotoseite.«

»Ja, ich weiß. Und mit Victor hatten Sie auch eine Facebook-Freundschaft …«

Die Schritte ihrer Mutter auf der Treppe.

»Ich muss jetzt auflegen. Das mit Ann … ich rufe Sie wieder an.«

»Wann?«
»Vielleicht heute Abend.«
»Tu das. Ich denke an dich, Helene.«

27)

Hauptkommissar Viken musterte Bjørn über den Schreibtisch hinweg.

»Ich frage mich, wie es Ihnen gerade geht.«

Schwer zu sagen, was er damit meinte. Ob es persönliche Fürsorge oder berufliches Interesse war. Bjørn verspürte ohnehin kein Bedürfnis, mit ihm über seine Gedanken und Gefühle zu sprechen.

»Die Ärzte sagen, dass sie durchkommen wird.« Vorsichtig setzte Bjørn sich auf. Die Schmerzen in der Brust hatten sich verstärkt.

»Das habe ich auch gehört. Wir sind sehr erleichtert darüber.«

Bjørn richtete den Blick aus dem Fenster, über Grønlandsleiret war es dunkel geworden. Nach ein paar Stunden Pause hatte der Schneefall wieder eingesetzt. Er hatte für den Rest der Nacht und den ganzen Vormittag an ihrem Bett gesessen. Erst gegen zwölf war die Mitteilung gekommen, dass sie es schaffen würde.

»Ich will nicht behaupten, dass wir noch sehr optimistisch waren«, fuhr Viken fort. »Natürlich haben wir die Hoffnung nie aufgegeben, aber wenn jemand seit vierzehn Tagen vermisst wird, Sie wissen schon.«

Bjørn wusste es genau. Hatte jede einzelne Stunde der letzten vierzehn Tage im Kopf.

»Haben die Ärzte noch mehr gesagt?«

»Nicht viel.« Bjørn bemerkte, dass er beide Hände geballt hatte. Er streckte die Finger. »Sie halten sie im künstlichen Koma, vielleicht noch für eine Woche, vielleicht auch länger.«

»Sie machen sich Sorgen um ihre Kopfverletzungen, wenn ich das richtig verstanden habe.«

Der Hauptkommissar trug ein frisch gebügeltes weißes Hemd und hatte die Ärmel aufgekrempelt. Er strahlte Energie, aber keine Hektik aus, allenfalls eine unterschwellige Ungeduld.

»Können Sie mich davon in Kenntnis setzen, was passiert ist?«, fragte Bjørn, der seine eigene Unruhe kaum im Zaum halten konnte.

Dass Ann von einem Auto angefahren worden sei, war alles, was sie ihm im Krankenhaus mitteilen konnten. Bjørn versuchte, den Verlauf des Unfalls zu rekonstruieren. »Das Fahrzeug fuhr in Richtung Norden durch Hammerdal, richtig?«

»Richtig.«

»Und der Fahrer, wurde der schon vernommen?«

Viken schaute ihn für einen Moment an, ehe er Bjørns Blick hinaus zum Schneegestöber folgte. »Die Fahrerin ist weiblich, und man kann ihr nur schwer etwas vorwerfen. Ihre Tochter war bei starkem Schneefall mitten auf der Straße. Die Frau ist nicht unverhältnismäßig schnell gefahren.«

Das hatte Bjørn schon gehört.

»Die Frau hat ausgesagt, dass der Wagen vor ihr abrupt gebremst hat, und dann ist plötzlich eine Gestalt auf der Fahrbahn aufgetaucht, also Ihre Tochter. Die Frau trat auf die Bremse und riss das Steuer herum. Als sie sich von dem Schock erholt hat, war das andere Auto verschwunden.«

»Sind das gesicherte Erkenntnisse?«, wollte Bjørn wissen, als wären ihre Rollen vertauscht und er derjenige, der Hauptkommissar Viken befragte.

»Der Fahrer des Wagens, der sich hinter der Frau befand, stützt ihre Aussage. Die Frau ist sehr mitgenommen von dem Unfall. Es besteht kein Grund zu der Annahme, dass sie etwas mit Anns Verschwinden zu tun hat.«

»Aber das Auto, das vor ihr gefahren ist …«

Viken bewegte mehrmals seinen Kopf hin und her, was Bjørn an eine Elster denken ließ. Der Kopf mit der gebogenen Nase wirkte zu groß für den schmächtigen Körper.

»Vermutlich hat Ann in diesem Auto gesessen. Möglicherweise wurde sie aus dem Wagen gestoßen oder ist von sich aus rausgesprungen. Die Einstiche in ihrem Arm könnten darauf hindeuten, dass sie unter Medikamenteneinfluss stand.«

Das hatten sie im Krankenhaus auch gesagt. Sie hatten ihr Blut abgenommen, um es auf Drogen oder andere Stoffe hin zu untersuchen.

»Merkmale des verschwundenen Fahrzeugs?«

»Dunkel, vermutlich ein Transporter oder SUV.«

»Ann sitzt also gegen ihren Willen in dem Auto«, stellte Bjørn fest. »Es gelingt ihr, eine Tür zu öffnen, und sie stürzt sich aus dem Auto.«

Viken wiegte den Kopf.

»Das ist der wahrscheinliche Handlungsverlauf. Wir besitzen noch eine weitere Information.«

Der Hauptkommissar schien zu überlegen, ob er sie ihm mitteilen sollte.

»Als die Sanitäter sie fanden, waren ihre Arme mit Plastikfesseln fixiert. Um ihren Kopf war ein Klebeband gewickelt, sodass sie nichts sehen konnte.«

Bjørn zuckte zusammen, als hätten diese Details gefehlt, um die Szene vor seinem inneren Auge lebendig werden zu lassen. Jetzt sah er alles vor sich, wie Ann blind aus dem Auto springt. Sie taumelt mit gefesselten Händen über die Fahrbahn, aus dem Schneegestöber schießen die Scheinwerfer auf sie zu, der dumpfe Aufprall …

Erneut rieb er mit den Daumen über seine geschlossenen Lider.

»Wann haben Sie geahnt, dass es sich um Ann handeln könnte?«

Viken schob ein paar Unterlagen auf dem Tisch zur Seite. »Ein Polizist vor Ort hat als Erster diesen Verdacht geäußert. Und das Krankenhauspersonal hat dann gewisse Merkmale festgestellt.«

»Die Narben.«

»Ja. Sie haben Anns Mutter angerufen, die unverzüglich zur Notaufnahme kam.«

Was Bjørn auch getan hätte, wäre er informiert worden.

Viken machte sich auf dem Blatt, das vor ihm lag, weitere Notizen. »Lassen Sie uns das Ganze als Zeugenbefragung ansehen.«

Bjørn machte eine gleichmütige Handbewegung. »Nennen Sie es, wie Sie wollen.«

»Nur wegen der Formalitäten, Sie kennen das ja. Sie haben also einen Anruf von Ihrer Ex-Frau bekommen, die Ihnen gesagt hat, dass Ihre Tochter im Krankenhaus liegt.«

»Richtig.«

»Und Sie waren zu diesem Zeitpunkt …?«

»Zu Hause.«

»Haben Sie geschlafen?«

»Nein, ich …«

Was er und Siren getan hatten, war für diese Zeugenbefragung, wie Viken sie nannte, unerheblich.

»Ich saß in meinem Arbeitszimmer.«

»Allein?«

»Zusammen mit meiner Frau.« Schnell fügte er hinzu: »Wir haben uns unterhalten.«

»Und Ihre Frau war den ganzen Abend zu Hause?«

Eigentlich hatte Bjørn nichts gegen Hauptkommissar Viken, der ja nur seine Arbeit tat. Deshalb sollte sich sein Zorn nicht gegen ihn richten. Doch in diesem Moment ergriff ihn eine Wut, die sich seit längerer Zeit aufgebaut hatte.

Er legte die Hände in seinen Schoß, betrachtete sie, als bereitete er sich darauf vor, sie zu einem bestimmten Zweck zu benutzen.

»Sie ist kurz nach Mitternacht nach Hause gekommen. Ist dann geblieben.«

»Überstunden?«

»Bitte?«

»Musste sie Überstunden machen?«

»Was hat das mit der Sache zu tun?«

Viken schüttelte den Kopf.

»Ich frage alle möglichen Dinge, die nichts mit dem Fall zu tun haben, das wissen Sie doch. Wahrscheinlich hat sie diesmal ihren eigenen Wagen genommen, denn die Reparatur ist ja schon eine Weile her. Oder ist sie mit dem Taxi gefahren?«

Bjørn ließ das Gelenk seines Ringfingers knacken.

»Das Dezernat für Wirtschaftskriminalität ist gerade mit äußerst umfangreichen Ermittlungen beschäftigt«, entgegnete er mit ruhiger Stimme. »Meine Frau nimmt hierbei eine zentrale Rolle ein, was sie manchmal dazu zwingt, auch abends und nachts zu arbeiten.«

Viken setzte seine Brille auf, machte sich Notizen.

»Ich weiß, dass sich Ermittler aus Lillestrøm auf Nitters Hof umgesehen haben«, sagte Bjørn.

»Ja?«

»Sitzt er nach den Vorfällen der letzten Nacht wieder in U-Haft?«

Der Hauptkommissar hob die Hände und ließ sie wenige Zentimeter über der Tischplatte schweben. »Ich wünschte mir, ich könnte Sie noch umfangreicher informieren.« Er machte eine kurze Pause. »Wir waren auf dem Hof«, fügte er hinzu.

»Ohne ihn mitzunehmen?«

»Er war nicht zu Hause. Wir halten nach ihm Ausschau.«

Viken spähte über die Brillenkante. »Es ist noch jemand auf seinem Hof gewesen.«

»Und was bedeutet das?«

»Das gehört zu den vielen Dingen, denen wir derzeit nachgehen. Kann es ein Zufall sein, dass ausgerechnet jetzt jemand bei Frank Nitter einbricht?«

* * *

Ann war in den zweiten Stock verlegt worden. Als Bjørn in ihr Zimmer kam, ging er zuerst zum Fenster. Er betrachtete die Außenwand, überlegte, ob man von da aus in das Zimmer gelangen könnte. Aber das machte wohl so viel Lärm, dass die Beamten auf dem Gang es hörten. Doch sie mussten auf der Hut sein, er würde noch einmal mit ihnen darüber reden.

Sie setzten sich zu beiden Seiten des Betts. May-Britt nahm Anns Hand zwischen ihre Hände. In den letzten zwanzig Stunden hatte sie fast ununterbrochen so am Bett gesessen, war nur zwischendurch einmal auf die Toilette oder eine rauchen gegangen. Auch Bjørn war nur selten von Anns Seite gewichen. Drei, vier Mal hatte er zu Hause angerufen. Die Jungen verstanden, dass dies ein Ausnahmezustand war. Und Siren war glücklich um seinetwillen.

War er glücklich? Er betrachtete das Gesicht im Bett, nur die obere Hälfte. Die eingesunkenen Augenhöhlen. Die nahezu unverletzte Stirn, zwei kleine Platzwunden, die genäht worden waren. Vorsichtig berührte er die Stellen, wo das Band über die Augen geklebt worden war. Sie dürfen die Hoffnung nicht aufgeben, hatte einer der Ärzte gesagt.

Die Hoffnung worauf?

Dass sie nicht nur die Augen öffnen, sondern ihn auch wiedererkennen würde, damit er auch *sie* wiedererkannte?

»Wir sind bei dir«, sagte May-Britt. »Mama und Papa.« Als gehörten sie immer noch zusammen. Für immer und ewig.

Bei diesem Gedanken musste Bjørn aufstehen. Er betrachtete die Apparatur, die ihren Kiefer fixierte. Den unförmigen Mund. Den Schlauch, der aus ihrem Hals kam. Hatte sich inzwischen daran gewöhnt, glaubte er, doch in diesem Moment wurde alles wieder lebendig in ihm. Ihre Stimme, wie er sich an sie erinnerte. Das, was sie zu ihm gesagt hatte. Alles, worüber sie mit ihm reden wollte.

Papa, ich sterbe.

Er nahm ihre Hand.

»Wir sind hier«, brach es erneut aus May-Britt heraus. »Wir sind bei dir.«

Eine unmerkliche Bewegung hinter den Lidern. Die Krankenschwester hatte von Reflexen gesprochen, die nichts bedeuten mussten.

»Ann«, sagte Bjørn mit leiser Stimme.

Ohne es zu merken, wiederholte er ihren Namen ein ums andere Mal. Den schönsten Namen der Welt.

28)

Runar kam erst am Donnerstag wieder in die Schule.

Nach Unterrichtsschluss blieb Helene auf ihrem Platz sitzen, während die anderen aus dem Klassenzimmer schlurften. Als sie aufblickte, stand er vor ihrem Tisch.

»Können wir hier ein paar Worte wechseln?«

In wenigen Wochen begannen die Weihnachtsferien. Danach würde er nicht mehr an die Schule zurückkehren.

»Natürlich.«

»Ich sage der Polizistin Bescheid?«

Er ging auf den Flur, wo Kjersti wartete, kehrte zurück und setzte sich vor ihr auf die Tischkante.

»Kommst du klar?«

»Denke schon.«

»Du wirkst im Unterricht so geistesabwesend. Aber ich verstehe das.«

»Wirklich?«

»Du weißt, dass ich für dich da bin, Helene.«

Sie antwortete nicht.

Er legte den Finger unter ihr Kinn und hob es an.

»Das weißt du doch, oder?« Als sie seinem Blick begegnete, bemerkte sie, dass er traurig aussah.

»Ja, das weiß ich.«

»Und das, worüber wir geredet haben … wenn du willst, dass wir uns treffen und …«

Sie nickte. Da beugte er sich vor und umarmte sie rasch.

»Du weißt, wie du mich erreichen kannst, nicht wahr?«

Es klopfte an der Tür, und Kjersti steckte den Kopf herein.

»Alles in Ordnung?«

Runar stand auf. »Noch zwei Minuten?«

Die Polizistin zog sich wieder auf den Flur zurück.

»Bekommst du genug Hilfe?«

»Klar.«

»Auch von einem Psychologen?«

»Ja. Alle wollen mir helfen.«

»Aber verstehen sie wirklich, wie es dir geht?«

»Sie tun bestimmt ihr Bestes.«

Er machte einen Schritt auf sie zu.

»Weißt du, Helene, ich glaube, ich habe noch nie ein Mädchen kennengelernt, das so mutig ist wie du.«

»Ach, kommen Sie …«

»Glaubst du, ich sage das nur, um dich zu trösten? Du bist wirklich unglaublich stark. Und hübsch.«

»Ja.«

Wenn er das sagte, durfte sie es ruhig glauben.

»Dein Lehrer scheint ja ein netter Kerl zu sein«, sagte Kjersti, als Helene neben ihr im Auto Platz nahm.

»Ja.«

Sie ließ den Motor an. »Gut, dass es Erwachsene gibt, die sich um dich kümmern. Redest du viel mit ihm?«

Helene dachte darüber nach. »Wenn alle mit Dreck nach mir werfen, dann hilft mir genau das, mit ihm zu reden.«

»Wer wirft denn mit Dreck nach dir?«

»Viele.«

»Warum?«

Helene klappte die Sonnenblende nach unten, betrachtete sich im kleinen Spiegel. Ihre Wimperntusche war auf einer Seite ein wenig verlaufen. So hatte sie im Klassenzimmer gesessen.

»Einige fanden, dass ich daran schuld bin, was mit Victor und Ann passiert ist.« Sie zog ein Taschentuch hervor und rieb sich über die Wange. »Und plötzlich waren alle dieser Meinung.«

»Das kann doch nicht sein. Es sind bestimmt nicht alle.«

»Warum nicht?«

»Das ist doch Wahnsinn. Ist das immer noch so?«

»Auf Facebook kriege ich kaum noch Nachrichten. Eigentlich gar keine mehr. Ist aber auch egal.«

Sie bogen auf den Riksveien ab. Helene schaute aus dem Fenster in den graukalten Nachmittag. Das Sägewerk, der Wald, der

Fabrikschornstein auf der anderen Seite des Flusses. Sie hatte von Ann geträumt. Wusste nicht mehr genau, wann. Ann auf einem Metalltisch, auf dem die Leichen aufgeschnitten werden. Ohne Eingeweide und alles. Papa hatte das schon oft getan, an toten Körpern herumgeschnitten, häufiger an lebenden … In der Ferne hörte sie Kjersti etwas sagen. Um sie her wurde es dunkel. Alles in ihr gefror, kam zum Erliegen. Sie musste den Kopf gegen die Scheibe drücken, bis es vorüberging.

Aber es ging nicht vorüber.

29)

Seit dem frühen Morgen war Bjørn bei Ann gewesen. Hatte an ihrem Bett gesessen und das wächserne, verstümmelte Gesicht betrachtet. Die Krankenschwestern hatten mehrfach versucht, ihn dazu zu bewegen, nach unten in die Cafeteria zu gehen. Schließlich hatte ihm eine Krankenschwester belegte Brote und Kaffee gebracht. Er wusste nicht, wie viele Tassen er getrunken hatte, doch hatte ihn der Kaffee hellwach gemacht, geradezu überempfindlich, sodass er die geringsten Veränderungen im Raum registrierte, die Zahlen, die ihren Puls und Blutdruck anzeigten, den Beutel mit Flüssigkeit, die langsam in sie hineintropfte. Doch vor allem die ersten Anzeichen, dass sie sich bewegte. Das unmerkliche Flattern der Lider, als würde sie sich jeden Moment aufsetzen, ihn so ansehen, wie sie es immer getan hatte, ein wenig herausfordernd, ein wenig melancholisch, manchmal auch ängstlich.

»Ich komme am späten Abend wieder«, sagte er zu May-Britt, als sie ihn ablöste. Sie hängte ihren Mantel an den Haken und setzte sich auf die Bettkante, schaute ihn an mit ihren braunen Augen, in die eine seltsame Ruhe eingekehrt war, als wüsste sie genau, wie alles weitergehen würde.

»Sieh zu, dass du ein wenig Schlaf bekommst. Es gibt sicher noch andere, die dich brauchen.«

Ein plötzlicher Drang, sie hochzuziehen und zu umarmen.

Er begnügte sich mit einem »Da hast du recht« und fügte hinzu: »Und du rufst mich sofort an, wenn etwas ist, ja?«

Sie lächelte ihn an. »Ich rufe immer nur dich an, Bjørn, das weißt du doch.«

Mit steifen Beinen stieg er die Treppe des Parkhauses hinauf, hielt sich die eine Seite des Brustkorbs. Der Verband war feucht, musste gewechselt werden. Sein Handy vibrierte. Er fingerte es aus der Tasche, unbekannte Nummer.

»Ja«, sagte er.

Keine Antwort.

»Wer ist da?«

»Äh, ich …«

Eine Mädchenstimme. Ein genuschelter Name. Ihm dämmerte, wer es war.

»Millie Johnson?«

»Ich dachte nur …«

Er sah sie vor sich, die kleine Frau mit dem voluminösen Haar, die versuchte, sich ein gemütliches Zuhause zu schaffen, Bücher im Regal, aus denen sie ihrem Freund etwas vorlas. Ein mit Weingläsern und blauen Tellern gedeckter Tisch, um ihr Jubiläum zu feiern.

»Ich dachte, ich ruf mal an.«

»Genau das haben Sie getan«, sagte er.

»Kann ich mit Ihnen reden?«

»Tun wir das nicht schon?«

»Nicht am Telefon, verstehen Sie?«

Er war auf der Hut.

»Worüber wollen Sie mit mir reden?«

Sie gab ein paar Geräusche von sich. Als würde sie auf etwas herumkauen. Tabletten, dachte er.

»Vielleicht über das, was Sie wissen wollten, als Sie bei uns waren.«

Es hatte aufgehört zu schneien. Der Schnee war gefroren und wieder geschmolzen. Er bog langsam in den Verkehrskreisel am Hauptbahnhof ein und fuhr am Jernbanetorget vorbei. Am Ende der Dronningens gate drosselte er abermals das Tempo. Keine Autos hinter ihm, mitten auf der Straße blieb er stehen. Erkannte sie sofort, vor dem Eingang einer Boutique, die kleine gedrungene Figur mit dem Afro-Look. Ihr Anorak war so groß, dass sie regelrecht in ihm versank. Sie blieb neben dem Auto stehen.

Er fuhr die Scheibe hinunter. »Steigen Sie ein.«

Nach kurzem Zögern nahm sie auf dem Beifahrersitz Platz. Als sie die Tür zuzog, drückte er aufs Gaspedal und fuhr Richtung Börse, schaffte es soeben bei Gelb über die Ampel.

Sie warf ihm einen unsicheren Blick zu. »Ich hab meiner besten Freundin gesagt, dass ich mit Ihnen ausgehe. Nur damit Sie Bescheid wissen.«

»Ausgehen?« Fast hätte er laut gelacht.

»Sie wissen ja, was passiert ist, als Sie bei uns zu Hause waren.«

»Ja, ist mir zu Ohren gekommen.«

»Es hätte nicht viel gefehlt, und Sie hätten Jørgen umgebracht, und mich auch.«

»Tut mir leid, wenn ich Sie erschreckt habe. Aber jetzt brauchen Sie keine Angst zu haben.«

Millie musterte ihn von der Seite, schien seinen Körper zu begutachten. Doch hätte sie wirklich Angst vor ihm, säße sie nicht neben ihm. Es sei denn, jemand hätte sie dazu überredet.

»Polizisten sind auch nicht besser als andere Leute«, stellte sie fest.

»Das behauptet auch keiner.«

»Ihr seid oft noch schlimmer. Tut Sachen, die ihr nicht tun dürft.«

Er setzte sich vorsichtig auf. »Was bei Ihnen zu Hause passiert ist, war nicht in Ordnung, Millie. Ich habe keine Probleme damit, das zuzugeben. Doch niemand ist zu Schaden gekommen. Und Jørgen hat ja auch seine Anzeige zurückgezogen, wenn ich das richtig verstanden habe.«

»Weil Sie ihn bedroht haben.«

Er machte eine Handbewegung. »Ich habe niemanden bedroht. Damit habe ich nichts zu tun. Wenn er mich immer noch anzeigen will, werde ich keinen Finger rühren, um das zu verhindern.«

Sie entgegnete nichts und betrachtete schweigend die abendliche Stadt, die vorbeiglitt.

»Sie waren bei uns, um nach Ihrer Tochter zu gucken«, sagte sie schließlich. »Sie waren fix und fertig, kann man ja auch verstehen.«

»Sie verstehen sehr viel.«

»Sie waren total mit den Nerven runter, wäre ich an Ihrer Stelle auch gewesen. Das habe ich auch nicht gemeint, als ich das eben mit den Polizisten gesagt habe.«

Sie war fünfundzwanzig Jahre alt und hatte einen Großteil ihres Lebens auf der Straße verbracht. Dass sie einige unangenehme Begegnungen mit der Polizei gehabt hatte, wunderte ihn nicht.

»Die Welt da draußen ist hart«, sagte er und beschleunigte das Tempo, als sie am Schloss vorbeifuhren.

»Fahren Sie mich nach Hause? Oder wollen Sie lieber woandershin?«

Er zuckte die Schultern. »Ich habe kein bestimmtes Ziel, Millie. Sie wollten doch mit mir reden. Haben Sie das vergessen?«

Er klang arroganter als beabsichtigt.

»Ich habe nichts gegen Sie«, entgegnete sie rasch. »Ganz ehrlich.«

»Danke. Ich könnte neue Freunde gebrauchen.«

Sie gluckste leise. Fast hätte er selbst gelächelt.

Dann wurde sie wieder ernst. »Wir haben nichts damit zu tun, mit Ihrer Tochter und all dem Zeug.«

Er schaute zu ihr hinüber, sie blickte ihm in die Augen und wandte sofort den Kopf ab.

»Ihrer Aussage zufolge waren Sie den ganzen Abend zu Hause, als meine Tochter entführt wurde. Und Jørgen ebenso.«

»Stimmt haargenau.«

»Die Sache ist allerdings die, dass Jørgen an dem Abend in der Stadt gesehen wurde, zusammen mit einem Mädchen.«

Sie schaute aus dem Fenster. »Vielleicht war er zwischendurch mal weg.«

»Klar, schon möglich.«

»Darüber will ich nicht mehr reden. Ich hab gesagt, was ich sagen wollte.«

»Haben Sie Durst?«, fragte er versöhnlich.

»Weiß nicht.«

»Machen Sie mal das Handschuhfach auf, da liegt eine Cola.«

Sie tat es.

»Für mich?«

»Bitte sehr.«

Sie machte die Dose auf und führte sie rasch an die Lippen. Er mochte das Geräusch eines durstigen Mädchens.

Als sie an Ullevål vorbeifuhren, klatschten große nasse Flocken gegen die Windschutzscheibe und wurden von den Wischblättern zur Seite gefegt.

»Sie haben schwere Zeiten hinter sich.« Ihm gelang ein halbwegs freundlicher Ton. »Doch inzwischen geht es Ihnen viel besser. Sie bekommen Methadon und haben seit einem Jahr keinen Rückfall erlitten. Sie haben eine hübsche kleine Wohnung, gehen zur Fortbildung und so weiter. Das erfordert innere Stärke und Durchhaltevermögen.«

»Ja … vielleicht.« Sie trank mehr, unterdrückte ein Rülpsen.

»Dieser Junge, der an einer Überdosis gestorben ist, hieß der nicht Nico?«

»Das wissen Sie bestimmt selbst. Jørgen hat ihn mit Stoff versorgt.«

Sie trank aus, ließ die Dose auf den Boden fallen.

»Er ist zu uns gekommen«, sagte sie, »weil er was kaufen wollte.«

Der Beginn eines Geständnisses. Bjørn drosselte die Geschwindigkeit.

»Und Jørgen gab ihm, was er haben wollte«, stellte er fest.

Sie schüttelte den Kopf. »Jørgen verkauft nicht mehr.«

Bjørn wartete ab.

»Aber der Junge war trotzdem bei uns.«

»Wann war das?«

Sie schien nachzudenken. »Heute ist Donnerstag. Das muss am Freitagabend gewesen sein.«

Das stimmte mit den Handynachrichten überein.

»Jørgen wollte ihm nichts verkaufen. So einer ist er nicht. Der will die Jungs nicht an die Nadel bringen.«

»Vergessen Sie's«, widersprach Bjørn mit harter Stimme. »Die Polizei weiß, dass Nicolai Meyer den Stoff von Jørgen bekommen hat. Aber das hier ist keine Vernehmung. Sie sollen mir das sagen, was Sie mir am Telefon nicht sagen wollten.«

Sie schaute ihn eine Weile an. »Also dieser Nico, der hat vor irgendwas Angst gehabt. Er wusste irgendwas.«

»Und was soll das gewesen sein?«

»Er hat etwas zu mir gesagt, was ich total merkwürdig fand. Ich hab ihn gefragt, was er vorhat, aber er war völlig verwirrt. Ich hab mir richtig Sorgen um den Jungen gemacht.«

»Was hat er gesagt?«

»Dass er ein Mädchen finden wollte, das Ann heißt … also Ihre Tochter.«

»Sie lügen mich auch nicht an?«

»Glauben Sie, was Sie wollen.«

»Waren das genau seine Worte? Dass er sie *finden* wollte?«

Sie schien nachzudenken. »Er hat gesagt, dass er zu ihr fahren will.«

»Er wusste also, wo sie war?«

»Ja, anscheinend.«

Bjørn beschleunigte am Ende des Tunnels. Plötzlich bog er ab, kam zu einem Verkehrskreisel und fuhr Richtung Maridalen.

»Wo wollen Sie hin?«

Sie klang nicht beunruhigt, eher neugierig.

Er antwortete nicht. Für eine Weile war es still im Auto. Diese Frau hatte schon oft in fremden Autos gesessen, an der Seite von Männern mittleren Alters, auf dem Weg zu unbekannten Zielen.

»War es das, womit Sie nicht am Telefon herausrücken wollten? Dass Nicolai Meyer zu Ann wollte?«

»Da ist noch was. Jørgens Bruder, Morten …«

»Ich weiß, wer das ist. Sie nennen ihn Streuner.«

»Jørgen kümmert sich um ihn.«

Fast wäre Bjørn in Gelächter ausgebrochen. Er benutzte ihn als Kurier, um den Stoff zu holen. Wer hätte nicht gern so einen großen Bruder?

Als könnte sie seine Gedanken lesen, sagte Millie: »Jørgen passt auf, dass er nicht in die Szene abrutscht.«

»Was wollten Sie mir sagen?«

Sie schüttelte den Kopf.

»Sie kennen doch den Vater der beiden, oder? Den Vater von Jørgen und Morten.«

»Frank Nitter.«

»Also dieser Frank …«

Sie hielt inne.

»Was ist mit ihm?«

Millie hielt sich den Finger an die Schläfe. »Manchmal ist er ein bisschen verrückt. Und manchmal tickt er völlig aus. Dann wird's gefährlich.«

Daran musste sie ihn nicht erinnern.

»Jørgen hat Angst vor ihm.«

»Kein Wunder.«

»Wir haben uns um den Hof gekümmert, als Frank eingesperrt war. Seit er entlassen wurde, lässt Jørgen sich nicht mehr blicken. Aber Frank ist die ganze Zeit hinter Morten her. Er will, dass Morten mit ihm auf dem Hof wohnt.«

»Es gibt ein absolutes Kontaktverbot. Er darf den Jungen nicht sehen.«

Millie blies die Backen auf.

»Frank sieht, wen er will. Vor allem Morten. Keiner merkt was. Oder es interessiert sie nicht. Und Morten traut sich nicht, seinen Vater zu verraten.«

»Und *Sie* wissen das?«

»Morten ist oft bei uns. Ich mache ihm was zu essen. Frag ihn nach den Hausaufgaben und so. Er vertraut mir.«

Bjørn hielt das durchaus für möglich.

»Wo ist Frank Nitter jetzt? Er war seit mehreren Tagen nicht auf seinem Hof.«

Millie schüttelte den Kopf. »Frank kommt und geht, wie es ihm passt. Er geht irgendwo in den Wald. Jørgen und ich, wir wollen das gar nicht genau wissen.«

»Hat Morten etwas über Ann gesagt?«, fragte Bjørn.

»Ja.«

»Was denn?«

»Dass sie sich verändert hat.«

»Wie, verändert?«

»Dass sie früher sehr nett zu ihm gewesen ist und mit ihm wie mit einem ganz normalen Menschen geredet hat. Er ist total verknallt in Anns Freundin. Und das hat er ihr erzählt.«

»Und was noch?«

»Morten meint, dass Ann sich verändert hat, weil sie mit diesem Victor zusammengekommen ist.«

»Sie haben Victor Munoz gekannt?«

»Ein bisschen.«

»Er war bei Ihnen, weil er sich Stoff besorgen wollte«, stellte Bjørn fest.

»Auf so was antworte ich nicht. Es war Ann, die gesagt hat, dass sie ihn in den Keller einsperren sollen.«

»Das ist eine Behauptung.«

»Aber eigentlich wollte Victor das. Er hat sie nur dazu gekriegt, dass sie es gesagt hat. Victor war ein böser Mensch, jemand, der andere zu Bösem verführt hat.«

Genau wie Jørgen, der anderen Drogen verkauft, hätte Bjørn antworten können, hielt aber den Mund. Denn sie näherten sich einem bestimmten Punkt.

»Dieser Victor hat gesagt, dass er Nico fertigmachen will. Und Ann auch.«

»Wie, fertigmachen?«

»Na, ihr Leben kaputt machen.«

Bjørn trat etwas zu heftig auf die Bremse, und der Wagen machte einen Ruck. »Hat Morten ihn das sagen hören?«

»Ich glaube, er hat es von einem Erwachsenen.«

»Von wem?«

»Von einem, dem er vertraut. Der sich irgendwie um ihn kümmert.«

»Seine Pflegefamilie?«

»Weiß nicht genau. Er erzählt mir nicht alles, nur manche Sachen. Das mit dem Erwachsenen ist ein Geheimnis.«

Sie blickte aus dem Fenster und fügte hinzu: »Ich mache mir Sorgen um ihn. Erwachsene, die so tun, als ob sie ihm helfen wollen, aber eigentlich nutzen sie nur die Situation aus.«

Bjørn stellte den Wagen in einer Parkbucht ab, ließ den Motor laufen.

»Wie meinen Sie das?«

»Solche gibt es doch überall.«

Schweigend starrte sie durch die Windschutzscheibe. Der Maridalsvann war nicht zu erkennen, doch Bjørn wusste, dass er dort im Dunkeln hinter den Bäumen lag.

»Hören Sie, Millie, wenn Sie all diese Sachen über Morten wissen, die nicht gut für ihn sind, müssen Sie natürlich Bescheid sagen, ich meine, Sie wollen dem Jungen doch helfen, oder?«

»Wer glaubt mir denn schon?«

»Wenn Sie in Selbstmitleid versinken, hilft das garantiert niemandem.«

Sie nickte unmerklich. Ihre großen Augen waren im dunklen Auto kaum zu erkennen.

»Ich vertraue Ihnen«, sagte sie leise. Plötzlich beugte sie sich zu ihm herüber und gab ihm einen Kuss auf die Wange. Ihm war es kaum bewusst geworden, da lehnte sie sich schon wieder zurück. Sie schaute ihn an, und er wandte den Kopf ab. Nahm plötzlich einen scharfen Schweißgeruch wahr. Für einen Moment stellte er sich vor, wie er ihr die Kleider vom Leib riss. Ihr stämmiger nackter Körper in seinem Wagen. Das war es, was sie wollte. Dass er sich auf sie warf. Nicht weil sie Lust dazu hatte, sondern weil sie ihn dazu bringen wollte. Der entscheidende Schlag. Der Polizist, der ihrem Partner gegenüber gewalttätig geworden war und jetzt sie vergewaltigte. Eine wichtige Zeugin im Fall seiner Tochter. Es gab keine bessere Möglichkeit, sich zu rächen. Dennoch blieb er einen Augenblick sitzen, in der Vorstellung, sie liege nackt auf ihm, und er spürte, wie wunderbar das wäre. Schöner, als Sex mit ihr zu haben. Zu fallen und im Dunkeln zu verschwinden, nie mehr ans Tageslicht zurückzukehren.

Er legte den Rückwärtsgang ein, wendete und fuhr zurück in die Stadt.

Jørgen Brennås war nicht so naiv, wie er glaubte. Denn es war bestimmt nicht Millie gewesen, die sich das ausgedacht hatte. Erneut hielt er an, drehte sich zu ihr.

»Geben Sie mir Ihr Handy.«

»Warum denn?«

»Ich will es mir ansehen.«

»Nein, das kriegen Sie nicht.«

Er lachte auf. »Glauben Sie etwa, ich weiß nicht, dass Sie alles aufnehmen?«

Ihre Augen schienen noch größer zu werden.

»Sie nehmen alles auf, was in diesem Wagen gesagt wird.«

Sie öffnete den Mund, sagte jedoch nichts.

»Nice try«, musste Bjørn zugeben und schlug ihr leicht auf die Hand, in der sie das Handy hielt. Sie zog sie zurück, löste den Gurt und öffnete die Tür.

»Immer mit der Ruhe«, sagte er. »Ich mache da keine große Geschichte draus.«

Nach kurzem Zögern ließ sie sich in den Sitz zurücksinken.

»Wollen Sie deshalb nicht? Ich kann gerne das Handy ausschalten.«

»Lassen Sie es ruhig an. Sicherheitshalber. Ich fahre Sie jetzt nach Hause.«

30)

Die Hunde veranstalteten ein ohrenbetäubendes Spektakel, als Nitter aus dem Wagen stieg. Das taten sie immer, wenn er mehrere Tage nicht da gewesen war. Sator gebärdete sich am wildesten, sprang am Zaun auf und ab, steckte seine braune Schnauze durch die Öffnungen, bellte nicht, sondern rief nach ihm. Sator, der Anführer. Sator war die Freiheit.

Er öffnete die hintere Tür, nahm einen Sack mit Futter, ging zu ihnen hinein. Sie jaulten und winselten, warfen sich hin und her, fletschten voller Freude die Zähne, sprangen in einem wilden Tanz um ihn herum. Als er ihnen ein paar Brocken getrockneten Fisch hinwarf, stürzten sie sich darauf, stürzten sich aufeinander. Sator schlug seine Zähne in das Nackenfell von Tenet. So musste man mit Tenet umgehen. Tenet war das Böse. Anders ging es nicht. Nitter betrachtete ihn, bevor er sie in den abgetrennten Verschlag trieb. Er schloss die Tür und füllte die Schalen im Zwinger, ließ sie zum Fressen nacheinander herein. Zum Schluss Arepo, den Künstler und Denker. Er war es gewohnt, als Letzter zu fressen. Arepo war der Tod.

Danach ließ er sie aufs Feld hinaus, damit sie sich draußen austoben konnten.

Jemand war auf dem Hof gewesen. In der Nacht vor fünf Tagen. Sie hatten das Samenkorn benutzt, um ihn vom Hof wegzulocken. Mit Ms Millie als Lockvogel. Ihre Zeit würde eher kommen, als sie ahnte. Mulatten-Millie. Auf dem Weg nach Hammerdal hatte er den Braten gerochen und war umgekehrt. Hatte den Wagen am Ormetjernet abgestellt und war der Talsenke am Horshagan gefolgt. Das Tor der Scheune hatte offen gestanden. Er hatte Sator mit hineingenommen. Sator hatte den Fremden gewittert. Stiefelabdrücke und Schlammspuren an dem heiligen Ort. Deshalb musste er schießen. Und er hatte auch jemanden im Dunkeln getroffen, denn an der Leiter und unten an der Luke zum Schweinestall waren Blutspuren gewesen. Da wusste er, dass er den Hof verlassen musste und erst wiederkommen durfte, wenn man den Fremden zur Rechenschaft gezogen hatte. Es gab da einen Ort im Wald, den niemand kannte.

Erst danach hatte er das eingeschlagene Kellerfenster entdeckt. Es war ein Leichtes, die Hand durch die Öffnung zu stecken, den Fensterhaken zu lösen und ins Haus zu gelangen.

Aus dem Schuppen holte er eine Kunststoffplatte und Klebeband, dichtete das Fenster mehr schlecht als recht ab. Danach ging er von Zimmer zu Zimmer. Schnupperte, registrierte. Die Tiefkühltruhe aufgebrochen. Ihr Zimmer auf dem Dachboden aufgebrochen.

Er wusste, wonach sie gesucht hatten.

Damals, vor elf Jahren, hatten sie alles auf den Kopf gestellt, den halben Hof umgegraben, auch die Stelle hinter der Scheune, die ihre trägen Hunde markiert hatten.

Sie hatten sie nicht gefunden.

Sie würden sie niemals finden.

Er saß am Küchentisch. Trank Kaffee. Tasse um Tasse. Aß nichts. Verfiel nicht in düstere Grübeleien. Diese Zeit war vorbei. Das hatte er ihr zu verdanken. Jetzt trug er ihr Licht in sich. Der Tod sprach mit ihm. Zum Andenken an sie. Daran dachte er in der Küche.

Draußen im Zwinger ging es schon wieder rund. Die wilden Wächter. Denn die Hunde wussten es. Hatten es gewusst, sobald er nach Hause gekommen war, dass er sie aus der Erde holen musste. Sie waren außer sich. Bellten in einer Tour. Hätte ein Fremder den Zwinger geöffnet, wäre ihm Sator sofort an die Kehle gegangen, und die anderen hätten es ihm gleichgetan. Er konnte am Küchentisch sitzen und sie dazu bringen. Konnte ihnen befehlen, anzugreifen oder ruhig zu bleiben. Die Hunde waren die Ersten, zu deren Innerstem er Zugang gefunden hatte. Jetzt gehorchten sie ihm, ohne dass er etwas sagen musste. Er musste es nur *denken,* schon legten sie sich hin und vergruben ihre Schnauzen in der feuchten Erde.

Da war dieser Satz, den der Oberarzt gesagt hatte, nachdem er vier Jahre im Gefängnis gesessen hatte: In dem, an das man sich erinnert, verbirgt sich das, an das man sich nicht mehr erinnert. Darum gibt es auch die Dinge, die nicht mehr existieren, nur in anderer Form. Die Spuren der Erinnerung waren physischer Natur, sie wurden von Nervenenden geschaffen und am Leben erhalten, die mit anderen Nervenenden verbunden waren. Signale, die von einer Zelle zur anderen über einen mikroskopischen Abgrund sprangen. In diesem Netzwerk hatten Bilder, die nicht mehr existierten, noch lange Bestand und konnten auf andere Netzwerke übertragen werden.

»Also auch der Tod«, hatte Nitter dem Oberarzt geantwortet. Der Tod wird in der Erinnerung bewahrt, und diese Erinnerung wird an andere weitergegeben.

Die Erinnerungen sind die Sprache des Todes. Sie halten etwas fest, das nicht mehr existiert. Selbst der Pfarrer musste dem recht geben.

Und wenn die Erinnerung verschwindet, verliert der Tod seine Sprache.

Darauf hatte der Oberarzt keine Antwort.

Später ging er zur Scheune. Blieb dort lange stehen und lauschte. Zunächst schien der Ort verlassen zu sein. Aber dann war es plötzlich da, das Geräusch dessen, was dort einst geschehen war. Was er geschehen ließ. Sie wollte es selbst. Sein Wille war zu stark. Er füllte die gesamte Scheune, ergriff alle, die ihm begegneten, und öffnete ihr Innerstes, damit er mit ihnen sprechen konnte. Auch sie hatte schon lange gewusst, dass sie sich diesem Willen unterwerfen musste. Unterwerfung war Freiheit. So hatte er damals gedacht. So dachte er jetzt. Kein Leben ohne Tod. Keine Freiheit ohne das Böse.

Jemand hatte den Boden der Scheune gereinigt, nachdem sie ihn fortgebracht hatten. Er fragte sich, wer und warum. Er hatte die Scheune nie verkaufen wollen. Doch diejenigen, die den Hof während seiner Abwesenheit gepachtet hatten, hielten das wohl für notwendig. Er konnte sich lebhaft vorstellen, wie sie den Boden mit Schrubber und mehreren Flaschen Reinigungsmittel bearbeitet hatten. Aber nur er wusste, wo immer noch Flecken zu finden waren, wo er danach suchen musste. Genau dort, wo er jetzt stand, hatten die Holzbretter das Blut regelrecht aufgesaugt. Hatten es in all den Jahren in sich bewahrt. Gaben es nicht wieder frei.

Er lauschte der Sprache des Todes in seiner Erinnerung. Ihrer Stimme. Sie wollte es so. Sie flehte ihn an. Sie schrie so laut, dass sie das Hundegebell übertönte. Doch in ihrem Innersten war sie vollkommen ruhig und von Freude erfüllt.

Allmählich mischte sich etwas anderes in das, was er hörte, hervorgerufen vom Dunkel in der Scheune. Das Geräusch dessen, was in Zukunft geschehen würde.

Das hübsche Mädchen.

Er konnte sie hören, auch sie schrie und jammerte. Falls sie es wollte, würde es auf dieselbe Weise geschehen. Falls sie es wollte, wenn er mit ihr sprach, wenn er zu ihrem Innersten vordrang. Zu dem, was er noch nicht kannte. Zu dem, was sich geweigert hatte, das Samenkorn einzusperren. Liebenswürdig war sie. Würdig, geliebt zu werden. Er musste sie bald holen, herausfinden, wo sie war, zu ihrem Innersten sprechen und sie hierherbringen. Sie als Braut ausstatten. Sie in den Kreis hängen. Ihr Gesicht im flackernden Kerzenschein, von unten beleuchtet. Nie war sie schöner gewesen.

In der Krypta, die von ihm erschaffen worden war, hatte der Tod eine andere Form, unabhängig von der Erinnerung.

Darüber hätte er mit dem Oberarzt sprechen sollen. Nicht, um zu triumphieren, nicht, um zu beweisen, dass er, Nitter, ihm weit überlegen war, was die Einsicht in das Wesen der Dinge anging, sondern weil es interessant gewesen wäre, was ein belesener und gelehrter Mann dazu gesagt hätte, während er zusammengekrümmt in der Krypta gesessen hätte, dem Raum, der dem Tod vorbehalten war. Hier hatte der Tod seine Spuren hinterlassen, unsichtbar, unhörbar. Etwas, wofür es keine Sprache gibt, das weder gemessen noch beseitigt werden kann.

Er streckte den Arm aus, berührte sie am Kopf, die dicke, faltige Lederhaut im Nacken, wo immer noch ein paar Haare waren. Doch nur noch Knochen, wo einst ihr Skalp gewesen war. Ganz glatt war dort der Schädel. Fort Haut und Haare und Fett und alles, was verweste. Diese Stelle ihres Schädels erinnerte an ihr Innerstes. An das, was sich niemals veränderte.

Er hob den Kopf, und als er in ihre Augenhöhlen blickte, wurde es still. Auch die Hunde schwiegen jetzt.

Ich gehöre dir, Frank.

Du gehörst mir.

Dir gehört die Welt.

Mir gehört die Welt.

Du sammelst das Licht. Deshalb gehört dir die Welt.

Willst du das? Dass ich das hübsche Mädchen hole und sie zu einer Heiligen mache?

Er musste sie noch einmal fragen.

Soll sie ein Teil von dir werden? Soll sie das Samenkorn in sich tragen? Willst du das?

Er legte seine Stirn an ihre, versank in ihr. Nie zuvor war er bis zum Innersten des Innersten vorgedrungen, hatte er diesen Willen gespürt; immer weiter stieg er in ihm auf und füllte ihn bis zum Rand, stärker als das Leben, stärker als der Tod.

Und erst jetzt der Gedanke an den Namen des hübschen Mädchens. Er bedeutete Licht.

Helene.

31)

Bjørn stand vom Stuhl am Krankenbett auf, als Siren anrief. Im Hintergrund Stimmengewirr, sie war in einem Konferenzraum.

»Bist du auf dem Heimweg?«, fragte sie.

»Ja, also ich wollte gerade …«

Sie warf ihm nicht vor, alles andere zu vernachlässigen, um an

Anns Bett zu sitzen. Kein Wort darüber, wie häufig sie in den letzten Wochen berufliche Termine hatte verschieben müssen, um nach Hause zu fahren und den Jungen etwas zu essen zu machen, sie zum Training zu fahren und mit Igor spazieren zu gehen.

Nachdem er aufgelegt hatte, blieb er am Fenster stehen und ließ seinen Blick über den Friedhof auf der anderen Straßenseite schweifen. Darüber lag ein schemenhaftes Bild, seine kaum wahrnehmbare Silhouette in der Fensterscheibe, ein vager Schatten vor dem immer noch blauen Himmel. Wenn er sich vorbeugte, konnte er die Hügelkette im Norden erkennen. Irgendwo dahinter lag Hammerdal. Dort hatte alles angefangen. Alles hatte damit angefangen, dass er sie verlassen hatte.

Vom Bett her kam ein Geräusch. Er ging zu ihr, nahm ihre Hand, die auf der Decke lag.

»Ann.«

Als er das sagte, öffnete sie die Augen. Er zuckte zusammen, hätte fast ihre Hand losgelassen.

»Ann.«

Ihr Blick an der Decke. Sie zwinkerte ein paar Mal.

»Kannst du mich hören?«

Ihre Augen bewegten sich, als suchten sie nach seinen. Er beugte sich vor.

»Siehst du mich?«

Sie schaute ihn an. So erinnerte er sich später an diesen Augenblick. Sie hatte nicht nur die Augen geöffnet, sondern auch den Blick auf ihn gerichtet, und es lag etwas darin, das er wiedererkannte.

»Hast du Schmerzen?«

Sie schien unmerklich den Kopf zu bewegen.

Eine Eingebung. Auf den Flur laufen und es laut ausrufen. Ich spreche mit ihr. Ich spreche mit Ann.

»Ich bin hier«, sagte er. »Papa ist hier.«

Erneute Kopfbewegung. Wie ein Nicken.

Er ließ sich auf den Stuhl sinken, erhob sich sofort wieder. Sie durfte sich nicht überanstrengen, hatte die ganze Woche im Koma gelegen. Er musste May-Britt anrufen, mit dem Arzt sprechen. Er musste es jemandem mitteilen. Es war zu viel, um es allein zu tragen.

»Ann«, sagte er. Wiederholte es immer wieder. Ein Zucken in ihrem Gesicht, sie kniff die Augen zusammen, als hätte sie stechende Schmerzen. Irgendwo aus ihrem Hals kam ein Geräusch, aus dem Schlauch unterhalb ihres Kehlkopfes.

Erst jetzt zog er an der Schnur an der Wand. Sogleich war der Pfleger zur Stelle.

»Alles in Ordnung?«

»Sie hat mir geantwortet.« Bjørn bemühte sich, deutlich zu sprechen.

»Wirklich?«

»Sie hat verstanden, was ich gesagt habe, und genickt.«

Der Pfleger beugte sich über sie, prüfte die Verbände und Messinstrumente. »Sehr schön«, sagte er und schien es ernst zu meinen. »Dann läuft alles in die richtige Richtung.«

Er legte ihr die Hand auf die Schulter.

»Ann, bist du wach?«

Eine schwache Kopfbewegung. Der Pfleger drehte sich zu Bjørn um.

»Stimmt, sie hat genickt. Passen Sie auf, dass sie sich nicht überanstrengt. Man sieht, dass sie Schmerzen hat, wenn sie den Kopf bewegt. Ich werde die Dosis des Schmerzmittels ein wenig erhöhen.«

Ann hatte wieder die Augen geschlossen. Bjørn an ihrem Bett konnte den Blick nicht von ihr abwenden. Betrachtete die Stirn, an der die ungewaschenen Haare klebten. Die kleine Stupsnase. Das zerstörte Kinn und den unförmigen Mund.

Es gibt so vieles, das ich dir erzählen will, dachte er. Aber zuerst musst du mir sagen, wer dir das angetan hat.

32)

Helene schaute von ihrem Handy auf. Draußen war alles grau. Ein kaltes Grau, das sich um die Bäume am Fluss und um das trübe Orange der Straßenlaternen gelegt hatte. Kjersti saß am Steuer. Sie war nicht älter als siebenundzwanzig, verstand aber mehr als die anderen Polizisten, denen Helene in letzter Zeit begegnet war. Kjersti kümmerte sich um sie, ließ ihr aber auch den nötigen Freiraum.

Der Schornstein der Fabrik war nur vage zu erahnen, doch die Gedanken kamen zurück. Victor, der ihnen den Keller zeigen wollte. Streuner, der sie belauscht hatte. In den Keller hatten sie ihn gesperrt. Was musste er für eine Angst gehabt haben. Und wieder dieser Gedanke: Victor, Nico, Ann. Ich bin die Nächste.

Es wird etwas passieren.

Kjersti parkte auf einem Behindertenparkplatz vor der Schwimmhalle und drehte sich zu ihr.

»Ich habe einen Badeanzug dabei. Wenn es für dich okay ist, gehe ich zusammen mit dir ins Wasser.«

»Äh, klar.«

Kann ich nicht mal mehr alleine schwimmen?, hätte sie antworten können.

In der leeren Umkleide zogen sie sich um. Kjersti sah nicht so aus, als müsste sie noch mehr trainieren. Sie war klein, hatte aber ausgeprägte Oberarmmuskeln. Nackt wirkte sie viel durchtrainierter. Ihre Brüste standen wie Teetassen vom Körper ab.

»Früher bin ich viel geschwommen«, erklärte sie. »Aber heute bleibt mir nicht mehr so viel Zeit dazu. Was ist deine Lieblingsdisziplin?«

»Freistil, mindestens achthundert Meter.«

»Hab mir schon so was gedacht. Du wirkst auf mich wie jemand, der sehr ausdauernd ist.«

Offenbar hatten sie sich geeinigt, sie so oft wie möglich zu loben.

Das Schwimmbad war mäßig besucht. Helene sprang vom Beckenrand. Drei, vier andere zogen ebenfalls ihre Bahnen. Ein paar ältere Herrschaften schwammen steif und langsam umher.

Sie drehte sich um. Kjersti stand auf dem Startblock und ließ ihren Blick über das Wasser gleiten. Als würde sie die Leute im Wasser zählen. War ja ihr Job.

Vierzehn Bahnen. Das Ziehen in der Schulter. Sie hatte eine ganze Bahn Vorsprung, wollte Kjersti zeigen, wie gut sie war.

Sie tauchte fast die gesamte letzte Bahn, schwamm dicht über dem Boden. Du schaffst das, hatte die Psychologin zu ihr gesagt. Du bist stark. Vielleicht hatte sie recht, doch wusste sie nicht genau, worin diese Stärke bestand, von der alle sprachen. Vielleicht war es die Fähigkeit, zu tauchen und lange unter Wasser bleiben zu können, noch einen Meter weiterzuschwimmen und dann noch einen. Der Gedanke, sich irgendwo festzubeißen, so lange, bis ihr schwarz vor Augen wurde. Auch dann noch nicht aufzugeben. Aber davon hatte sie der Psychologin kein Wort gesagt.

Unter der Dusche meinte Kjersti: »Du warst echt unglaublich. Ich war schon nach der Hälfte total ausgepumpt.«

Helene spülte sich den Conditioner aus den Haaren. Kjersti lief das Wasser zwischen ihren kleinen Brüsten hindurch. Sie war braun gebrannt und untenrum rasiert, nur dort weiß, wo die Bikinihose gesessen hatte.

Als sie sich abtrockneten: »Was ist deine persönliche Bestzeit über achthundert?«

Helene dachte nach: »Etwas unter neun vierzig.«

»Unter neun Minuten und vierzig Sekunden? Kjersti stieß einen lang gezogenen Pfiff aus. »Das ist ja Wahnsinn!« Sie ergriff das Handtuch und ihr Handy. »Muss mal eben aufs Klo. Wartest du hier?«

Helene nickte. Doch als Kjersti die Tür hinter sich zugemacht hatte, ging sie trotzdem schon in die Umkleide.

Niemand da. Kein Laut zu hören. Nur die Angestellten, das Summen der Klimaanlage und der Neonröhren.

Sie stellte sich vor den Spiegel und frottierte langsam ihre Haare. Ziemlich viele sagten, sie sei noch hübscher, wenn sie lächelte. Aber sie mochte ihr Gesicht am liebsten, wenn es war wie in diesem Augenblick. Man konnte vielleicht eine gewisse Trauer darin erkennen. War sie traurig? Ihr Freund war tot. Er hatte sie betrogen. Eine Freundin von ihr lag im Krankenhaus und würde wohl nie wieder richtig gesund werden. Vermisste sie Ann? Sie war immer noch sauer. Jedenfalls ein bisschen. Ihre Angst war größer. Die Stimme ihrer Psychologin. *Du schaffst das*. Aber was eigentlich?

Die Tür zum Gang öffnete sich. Sie trat vom Spiegel zurück, bedeckte ihre Brust mit dem Handtuch. Derjenige, der in die Damenumkleide kam, hatte hier nichts zu suchen. Kein Mann hatte das Recht dazu. Kein großer Mann mit krummen Schultern. In grauem Mantel und Gummistiefeln. Das Käppi hatte er sich in die Stirn gezogen, und sein grauer Bart reichte ihm bis zur Brust.

Sie begriff sofort, wer er war. Konnte den Gedanken aber nicht zu Ende denken. Konnte seinen Namen nicht denken. Doch sie wusste, dass er wegen ihr hier war. Ihr Magen krampfte sich zusammen, Magensäure schoss ihr in die Kehle. Um sie her wurde es dunkel, eine Dunkelheit, die sie nie wieder loswurde. Für den Rest ihres Lebens würde sie in ihr eingeschlossen sein. Und alle, die sich außerhalb befanden, erzählten ihr, wie stark sie war.

Der Mann blickte sich um. Dann ergriff er eine Bank.

Sie stand da und sah zu, wie er sie vor die Tür zur Dusche schob und sie zwischen Waschbecken und Spind verkeilte. Sie konnte sich nicht bewegen, war nicht in der Lage, das Handtuch um ihren tropfnassen Körper zu schlingen.

Lächelnd wandte er sich zu ihr um, als hätte er sie lange gesucht und endlich gefunden. Es war ein krankhaftes Lächeln, seine Augen leuchteten vor Zufriedenheit. Die Lippen bewegten sich lautlos.

Er streckte die Hand aus, wollte offenbar, dass Helene sie nahm und ihn freiwillig begleitete. Noch immer bewegten sich die Lippen in seinem Bart, als spreche er ein leises Gebet. Ein einziges hörbares Wort: *Licht*.

Auf einmal zuckte sie zusammen. Der Schrei kam aus einer unbekannten Tiefe, schoss ihr durch die Kehle und aus dem Mund, als hätte jemand einen Alarm angestellt.

Der Mann zog die Hand zurück, wirkte verblüfft, doch nur für ein paar Sekunden. Die Türklinke zur Dusche ruckelte, und die Bank schob sich ein paar Zentimeter nach vorne, versperrte aber immer noch den Weg.

Kjerstis Stimme: »Helene, bist du da?«

Der Mann schob die Bank mit dem Fuß wieder zurück.

»Er ist hier!«, rief Helene mit einem Schluchzen.

»Warte!«, rief Kjersti. »Bleib, wo du bist. Ich komme.«

Der Mann mit dem Bart nahm den Fuß von der Bank, ging zu ihr und beugte sich vor. Sein Blick bohrte sich in ihren.

Er schnalzte mit der Zunge, murmelte etwas Unverständliches.

Dennoch verstand sie es. Er ist gekommen, um mich zu holen. Und der letzte Gedanke, bevor das Licht verschwand: Jetzt bin ich dran.

* * *

Nitter öffnete die Tür des Zwingers und ließ die Hunde hinaus. Sator war der Erste, der im Schneematsch auf dem Hofplatz stand. Er wich Nitter nicht von der Seite, lief um ihn herum. Als Nitter stehen blieb und die Arme verschränkte, verstanden die Hunde, dass sie sich frei bewegen durften. Sie stürmten aufs Feld hinaus, markierten ihr Revier, warfen sich herum und verschwanden im Wald, um zu jagen.

Ruhig ging er in die Scheune. Man muss der Zeitnot begegnen, indem man das Tempo verlangsamt, tiefer atmet, mit dem Atem die Glut anfacht. Er hatte mit ihr gesprochen und die ersehnte Antwort erhalten. Wusste nun, was sie wollte.

Er öffnete den kleinen Verschlag in der Scheune und nahm eine Packung mit dicken Kerzen heraus. Ergriff den Farbeimer und einen neuen Pinsel. Dann senkte er den Haken, das Seil glitt fast widerstandslos über die Rolle, nur die Seilwinde brauchte ein bisschen Öl. Er holte die Flasche, quetschte ein paar Tropfen heraus. Ließ den Haken weiter herunter, bis etwa anderthalb Meter über dem Boden. Er hebelte den Deckel des Farbeimers auf und malte einen Kreis auf den dunklen Boden, ungefähr zwei Meter im Durchmesser, stellte die Kerzen im Abstand von jeweils fünfzehn Zentimetern darauf. Zog den Haken wieder nach oben. Er schloss die Augen und hörte die Stimme des hübschen Mädchens. Helene bedeutet Licht. Du darfst es genießen, Frank. Der Genuss dient als Kompass. Sieh das hübsche Mädchen hier hängen, ohne Kleider. Die einzige Gerechte, die das Dunkel der Hammerdalhölle mit Licht erfüllt. Durch das Opfer wird sie zur Heiligen. Das Licht in ihr macht sie unsterblich. Es muss nur freigesetzt werden. Er war da, um es entgegenzunehmen.

Frank Nitter, Sammler des Lichts.

In der Dämmerung nahm er ein anderes Licht wahr. Erst ein Auto auf der anderen Seite der Ebene, dann noch eines, gefolgt von einem dritten. Er wusste, dass sie kommen würden. Er erwartete sie. Sie hatten bekommen, was sie brauchten. Doch sie wollten noch mehr haben, immer mehr. Er hätte ihnen etwas von der Gier erzählen können. Und davon, zu lauschen. Davon, dass man die Toten mittels der Erinnerung reden hören konnte.

Er musste allein sein. Wollte nicht mehr gestört werden, bis es geschah. Jetzt konnte er nicht in die Krypta gehen. Sie wären da, ehe er sich eingeschlossen hatte. Und die Hunde streunten immer noch umher. Er erblickte sie am Waldrand, pfiff zweimal, sofort hetzten sie auf ihn zu. Reglos stand er auf dem Hofplatz, als die drei Autos vorfuhren. Die Hunde saßen vor ihm. Sie wollten ihn warnen, den Eindringlingen an die Gurgel gehen, doch er brachte sie ohne ein Wort zur Ruhe. Seine Waffe in solch einer Situation war seine Ruhe. Sie konnten sie ihm niemals nehmen. Die Erinnerung ist die Sprache des Todes. Er lachte laut auf.

Die Autotüren flogen auf. Zwei Uniformierte. Pistolen, HK 9 Millimeter.

»Bleiben Sie stehen!«, rief der eine, als hätte er etwas anderes im Sinn. »Die Hände nach vorne!«

Er ließ sich von niemandem etwas befehlen. Doch indem er es trotzdem tat, machte er sich zum Herrn über sie. Das verstanden sie natürlich nicht, was ihn noch mehr amüsierte.

Sie stellten sich in einem Kreis um ihn herum, die Hundekörper zitterten, ihre Mäuler halb geöffnet, zum Töten bereit.

»Ich bringe sie weg«, sagte er inmitten dieses Meeres von Ruhe. »Ich sperre sie dort ein.«

Er zeigte zum Zwinger.

»In Ordnung«, sagte derjenige, der den Chef spielte. »Sperren Sie sie ein.«

Lautlos sprach Nitter zu den Hunden. Sator folgte ihm, dann Tenet. Arepo, der Künstler, nur zögerlich. Ein Künstler in der Disziplin des Todes. Nitter wusste, dass ein kurzes Signal zum Angriff ausreichte. Doch die Uniformierten waren bewaffnet, und er konnte die Hunde nicht entbehren. Noch nicht.

Derjenige, der den Chef spielte, sprach in ein kleines Mikrofon. Sagte, dass sie ihn lokalisiert hätten und im Begriff seien, den Hof zu sichern. Als wäre dieser aufgeblasene Typ imstande, irgendetwas zu sichern.

Zwei andere Uniformierte forderten ihn auf, ihnen in die Küche zu folgen und sich an den Tisch zu setzen, an seinen eigenen Küchentisch. Grinsend tat er ihnen den Willen. In ihrem Innersten waren sie Sklaven. Ohne Befehle waren sie nichts als Asche und Ruinen, ausgebrannte Häuser, tote Seelen, die darauf warteten, noch tiefer zu sinken.

Betriebsamkeit auf dem Hof, auch in der Scheune machten sie sich zu schaffen. Er hatte die Kerzen weggeräumt und ließ sie gewähren. Folgte dem Sekundenzeiger auf der Küchenuhr. Unbeirrt zog er seine Kreise, Runde um Runde. So konnte auch er sein, wenn er wollte.

Draußen rief jemand laut: »Hier! Im Auto!«

Er blickte hinaus. Sie sprachen von seinem Auto. Sie strömten zusammen, umschwärmten den Wagen wie gierige Bienen eine Blüte.

Er selbst war das Zentrum absoluter Ruhe. Nichts konnte ihn

aus der Fassung bringen. Er musste pinkeln, stand auf, die beiden Uniformierten waren sofort bei ihm. Als er sein bescheidenes körperliches Bedürfnis artikulierte, schauten sie sich an.

»Wo ist das Klo?«

»Sie sprechen von einer Toilette?«

Sie tauschten verständnislose Blicke, aber er hatte keine Lust, ihnen Manieren beizubringen. Perlen vor die Säue. Tote Seelen, ausgebrannte Häuser.

Sie standen in der halb offenen Tür, während er seine Blase mit dem größten Vergnügen leerte. Spürte den Neid, den sie ausstrahlten, ihre einzige verbliebene Regung. Er lachte über sie, sprach aber freundlich mit ihnen, wie er es immer mit Kindern tat.

»Das war alles, meine Herren.«

Zurück in der Küche, setzte er sich wieder auf denselben Platz am Fenster. Eine weitere Stunde verging. Er sah, wie sich die Zeiger auf halb sieben zubewegten.

Auf einmal hörte er draußen auf der Ebene einen stärkeren und größeren Motor.

Verdammt, murmelte er. Was haben sie vor? Für einen Augenblick hatte er Bulldozer vor Augen und fürchtete, dass sie den ganzen Hof abreißen wollten. Es war wie ein Lichtblitz aus der Zukunft, Bilder einer Zeit, die noch kommen würde. Alle Häuser verfallen, die Ruinen vom Wald überwuchert. Die Endzeit der Welt. Die kannte er gut. Hatte sich immer wieder in ihr aufgehalten und war stets zurückgekehrt.

Ein Lastwagen schwenkte auf den Hof ein. Es war zu dunkel, um ihn richtig zu erkennen.

Laute Rufe. Die Geräusche eines Krans. Da wusste er Bescheid.

Sie nahmen sein Auto mit.

Er erhob sich. Als er hinausgehen wollte, stellten die beiden Uniformierten sich ihm in den Weg. Einen Meter vor ihnen blieb er stehen, nahm ihre Blicke in sich auf, erst die des einen, dann die des anderen. Sprach zu ihrem Innersten.

Doch ihr Innerstes war tot, außerstande, ihn zu hören.

33)

Singsås holte Bjørn in der Eingangshalle des Polizeipräsidiums ab. Er hatte seinen blanken Schädel poliert und seinen Ziegenbart getrimmt. Vielleicht auch ein Renovierungsprojekt seiner Frau.

»Mensch, Bjørn!« Zunächst sah es so aus, als wollte sein Chef ihn umarmen, aber dazu kam es nicht.

»Be my guest!«, sagte er in seinem mittelnorwegisch gefärbten Englisch und ließ Bjørn die Sicherheitsschleuse passieren.

»Gast zu sein, ist ein vorübergehendes Privileg«, bemerkte er. »Das solltest du genießen, so gut du kannst.«

Während er gewartet hatte, war Bjørn dieser Gedanke mehrfach durch den Kopf gegangen. Er war auf unbestimmte Zeit beurlaubt und hatte keinen Zugang mehr zu dem Haus, für das er über fünfzehn Jahre lang gearbeitet hatte.

Im Aufzug sagte Singsås: »Ich hab gehört, dass eure Tochter wieder bei Bewusstsein ist.«

»Ja, sie reagiert, wenn wir sie ansprechen.« Bjørn nickte.

»Ich bin mir sicher, dass sich alles zum Guten entwickelt.«

Wie Singsås zu dieser Prognose kam, die sich kein Arzt zutraute, blieb unbeantwortet.

»Es ist eine herausfordernde Zeit«, war alles, was Bjørn als Entgegnung einfiel.

In Singsås' Büro saß bereits Halfdan Kristiansen. Eigentlich war Bjørn gekommen, um ein Mitarbeitergespräch mit seinem Chef zu führen, unter anderem über die Rückkehr an seinen Arbeitsplatz. Nun war er überrascht, seinen Schwiegervater zu erblicken.

Halfdan gab ihm die Hand, eine seltsame Geste, er merkte es offenbar selbst und zog einen Stuhl zu Bjørn heran. Auffallend steif nahm er neben ihm Platz. Vielleicht hatte sein Schwiegervater Nackenschmerzen. Er war nicht der Typ, der sich über so etwas beklagte.

»Etwas Neues von Ann?«, wollte er wissen.

»Seit gestern nicht mehr. Sie bekommt mehr Schmerzmittel, schläft tief. Sie wollen ihr Gehirn schonen.«

»Das hört sich vernünftig an.«

»Ihr habt Nitter festgenommen?«

Halfdan nickte kurz. »Er ist in die Schwimmhalle eingedrungen und hat versucht, das andere Mädchen, Helene Fortun, zu entführen.«

Darüber hatte Bjørn in den Online-Ausgaben der Zeitungen gelesen und daraufhin ihre Mutter angerufen. Sie war nicht in der Lage, viel zu sagen.

»Obwohl Helene Personenschutz hatte, ist er in der Umkleide gewesen.«

Halfdan erzählte kurz, was vorgefallen war. Das Mädchen war eine, höchstens zwei Minuten unbeaufsichtigt gewesen. Nachdem die Beamtin auf der Toilette gewesen war, hatte sie die Umkleide versperrt vorgefunden.

Schließlich musste sie splitternackt durch die Eingangshalle, um in den Umkleideraum zu gelangen. Er schüttelte den Kopf, als sähe er die junge Polizistin ohne Kleider durch das Schwimmbad laufen.

»Als sie wieder nach unten kam, war Nitter verschwunden. Das Mädchen lag auf dem Fußboden, bewusstlos, jedoch unverletzt.«

Das hatte Bjørn schon von Helenes Mutter gehört. Keine physischen Schäden. Wie es in ihrem Inneren aussah, war schwer zu beantworten. Sie ging zu einer Psychologin, die hoffentlich wusste, was sie tat.

»Ich habe gelesen, dass ihr ihn auf seinem Hof angetroffen habt.«

Halfdan drehte den Kopf zur Seite, fuhr sich mit der Hand über den Nacken.

»Ohne ins Detail zu gehen, kann ich dir verraten, dass wir dort interessante Dinge gefunden haben. ›Aufsehenerregend‹, hat *VG* den Fund genannt, das trifft es ganz gut. Noch im Laufe des Vormittags wird Anklage erhoben werden.«

Er machte eine Pause. Singsås schien etwas hinzufügen zu wollen, schwieg jedoch, und Halfdan fuhr fort:

»Alle hier im Haus verstehen, unter welch ungeheurem Druck du gestanden hast, Bjørn.«

Singsås nickte. Wäre er ein Hund gewesen, hätte er mit dem Schwanz gewedelt.

»Dass du die Ermittlungen behindert hast, ist so eine Sache. Du bist ja in erster Linie Vater.«

Schweigend nickte Singsås erneut, auch er ein Vater und Großvater.

»Darum hast du ein genauso großes Interesse wie wir daran, dass möglichst bald ein rechtskräftiges Urteil ergeht.«

Bjørn warf seinem Schwiegervater einen fragenden Blick zu.

»Und wir sind uns sicher, dass du nichts mehr unternimmst, was die Beweisführung erschwert.«

Sitze ich deswegen hier?, dachte Bjørn. Laut sagte er: »Ich habe nicht vor, mich in die laufenden Ermittlungen einzumischen.«

Halfdan betrachtete ihn, dann beugte er sich vor. »Bitte beantworte mir eine Frage, Bjørn. Wir werden es zu keinem Zeitpunkt gegen dich verwenden, aber wir müssen es wissen.«

Bjørn spürte, dass er in dem engen Stuhl ein wenig zusammengesunken war. Als er sich wieder aufrichtete, spürte er einen stechenden Schmerz im Brustkorb.

»Du warst letztes Wochenende auf Nitters Hof.«

Bjørn zögerte und erwiderte dann:

»Warum fragst du?«

»Verdammt, Bjørn. In der Scheune waren überall frische Blutspuren. Und als wir sie mit unserer Datenbank abgeglichen haben, wollten wir das Ergebnis zuerst nicht glauben.«

»Okay, ich war da.«

Halfdan atmete heftig aus.

»Allein?«

»Ein Bekannter war in der Nähe, aber nicht auf dem Hof.«

Stille im Raum. Sie warteten auf mehr.

»Ich habe Ann gesucht. Ich war mir sicher, dass er sie dort gefangen hält.«

Halfdan hob beide Hände. »Darüber brauchst du nicht mehr

zu sagen. Aber auf die nächste Frage erwarte ich eine Antwort von dir, und ich werde dich nur einmal fragen: Hast du da oben irgendwelche Dinge platziert, die in einem Prozess als Beweismittel wieder auftauchen könnten?«

Bjørn hatte das Gefühl, sein Gesicht würde sich krampfhaft zusammenziehen. »Irgendwelche Dinge platziert? Um Gottes willen, nein! Ihr glaubt doch wohl nicht, dass ich vorsätzlich …«

»Ich glaube überhaupt nichts«, entgegnete Halfdan in einem freundschaftlichen Ton, der seine Verärgerung über das Dienstvergehen seines Schwiegersohnes und die latente Unzufriedenheit überspielte, dass seine eigene Tochter sich ausgerechnet einen elf Jahre älteren geschiedenen Kerl aus Hammerdal geangelt hatte. »Aber wir müssen gewisse Vorsichtsmaßnahmen treffen, sonst wird Nitter nie verurteilt.«

Unnötigerweise ergänzte Singsås: »Wir reden von einem Mann, der schon früher gemordet hat und es wieder getan hat. Er hat deine Tochter entführt und wollte auch ihre Freundin entführen.«

Wie selbstsicher er sich anhört, dachte Bjørn. Hätten sie nur schneller die Zusammenhänge begriffen und den Hof gründlicher durchsucht. Dann hätten sie Ann gefunden, bevor sie sich aus dem Auto werfen musste …

»Die Anzeige gegen dich wurde zurückgezogen«, sagte Halfdan.

»Sieht so aus.«

»Und vermutlich lässt man alles auf sich beruhen.«

»Das wird sich zeigen.«

Singsås nickte. »Wir sind alle auf deiner Seite, Bjørn.«

»Aber wir sind gezwungen, deine vorübergehende Beurlaubung zu verlängern«, sagte Halfdan. »Egal, zu welchen Ergebnissen unsere internen Ermittler kommen.«

Sein Blick ruhte auf Bjørns Gesicht. Singsås sah aus dem Fenster.

»So wie die Dinge liegen, mit deiner Einmischung und allem, ist es für alle das Beste, wenn du dich weiterhin vom Präsidium fernhältst. Zumindest bis eine Entscheidung in einem Prozess gegen Nitter gefallen ist.«

»Was bedeutet das?«

»Das bedeutet, dass du andere Aufgaben übernimmst, außerhalb des Hauses. Zum Beispiel haben wir an eine Fortbildung gedacht.«

Halfdan stand auf. »Dann sind wir uns ja einig.« Er wirkte erleichtert. Bjørn begriff, dass es seinem Schwiegervater vor diesem Gespräch gegraut hatte. »Solche Treffen gefallen mir. Gleich zur Sache und ein greifbares Ergebnis.«

In der Tür fügte er hinzu: »Es wird ja trotz allem nicht lange dauern, bis du wieder hier bist, Bjørn.«

Schwer zu entscheiden, ob das eine Feststellung oder eine verkappte Frage war.

34)

Nitter hatte gegen Vernehmungsräume nicht das Geringste einzuwenden. Sie sahen alle gleich aus. Graue Tapete, einfache Stühle. Ein als Spiegel getarntes Fenster. Echt zum Schießen.

Der Fuchs legte ein Bein über das andere, wollte einen entspannten Eindruck machen. Er war ungefähr so alt wie Nitter. Gute Kleidung, schlauer Blick. Er sah ihm an, dass der Fuchs gern tanzte.

Auch Nitter tanzte gern. Und jetzt saß er hier und lachte im Stillen. Oder sollte er laut gemeinsam mit dem Fuchs und den beiden anderen lachen? Eine Frau mit strammem Pferdeschwanz und ein Mann in einem zerknitterten Leinenanzug, der darum gebettelt hatte, sein Anwalt sein zu dürfen.

»Wird es aufgenommen?«, fragte er und zeigte mit dem Finger auf die kleine Wölbung an der Decke. Dahinter verbarg sich sicher die Kamera.

Der Anwalt nickte bedeutungsvoll, als wäre er es, der hier Regie führte.

»Alles wird aufgenommen, Frank.«

»Seit wann sind wir per Du?«

Darauf wusste der Knitteranzug keine Antwort.

»Erledigen Sie Ihren Job, guter Mann, ich erledige meinen.«

»Kein schlechter Vorschlag«, bemerkte der Fuchs. »Wenn hier alle ihren Job machen, ist die Sache schnell erledigt.«

Auf der Plastikkarte, die an seinem Hals baumelte, stand Hans Magnus Viken. Hauptkommissar. Dezernat für Gewaltverbrechen. Nitter hatte immer noch Augen wie ein Adler. Nie hatte er eine Brille gebraucht. Registrierte alles und sah durch Dinge hindurch, wenn es sein musste. Und auch alle anderen Sinne waren ungeheuer geschärft. Er hörte die Geräusche eines Kaffeeautomaten draußen auf dem Gang, das Klacken der PC-Tastatur im Nebenzimmer. Von Gerüchen ganz zu schweigen. Er könnte dem Fräulein mit dem Pferdeschwanz genau sagen, welches Parfum sie heute Morgen benutzt und welche Zigaretten sie geraucht hatte. Falls ihn so was interessieren würde. Und der Anwalt hatte unmittelbar, bevor er den Raum betreten hatte, einen Furz losgelassen. Was schon okay war. Die Menschen furzten im Schnitt einmal pro Stunde, das ganze Jahr lang. Im Durchschnitt wohlgemerkt. Wenn jemand jetzt gleich vier oder fünf Mal nacheinander furzt, werde ich mich zurückhalten. Das Gleichgewicht bewahren.

»Wie geht es Ihnen, Herr Nitter?«

»Danke der Nachfrage. Mir persönlich ging es nie besser. Und Ihnen?«

Auch der Fuchs fühlte sich rundum wohl in seiner Haut, die Ohren angelegt, listiger Blick. Sei auf der Hut, Frank. Der versteht sein Handwerk. Gestern kam er immer wieder auf die Fabrik in Hammerdal zu sprechen, was sich dort angeblich abgespielt hatte. Doch Nitter war ihm stets einen Schritt voraus gewesen, ahnte, in welche Richtung sich der Fuchs bewegte.

»Sie wollen wissen, wo ich am Montagabend gewesen bin, als das Mädchen wieder aufgetaucht ist. Das Mädchen, das aus einem Wagen gefallen ist.«

Der Fuchs kniff die Augen zusammen, pirschte sich an ihn heran.

»Warum sollte mich das interessieren?«

Nitter musste lachen.

»Ist das nicht die Frage, die immer gestellt wird?«

Er senkte seine Stimme: »Wo sind Sie gestern gewesen? Wo sind Sie gestern nicht gewesen? Wann haben Sie Ihre Frau das letzte Mal gesehen?«

Wann haben Sie letztes Mal ein Tier im Nacken gepackt, hätte er fragen können. Lass gut sein, Fuchs, ich beherrsche dieses Spiel. Doch auch du weißt zu tanzen, das muss man dir lassen.

Das Fräulein mühte sich ab, ihr Pokerface aufrechtzuerhalten. Hatte das bestimmt zu Hause vor dem Spiegel geübt. Doch ehe sich unsere Wege wieder trennen, wird es sich komplett verändert haben. Darauf setze ich zehn Kronen. Erhöhe auf hundert. Wenn das Fräulein den Raum verlässt, wird sie eine neue Maske tragen. Eine Maske, die Frank Nitter geschaffen hat.

Er hob die Hände und formte sie zu einem Fernglas, um sie näher betrachten zu können. Fünf Sekunden dauerte es, bis sie den Blick abwandte.

»Wie alt sind Sie?«

Diese Frage gefiel ihr nicht. Welcher Frau gefällt schon solch eine Frage? Entweder sind sie zu jung oder zu alt.

»Herr Nitter«, sagte der Fuchs. »Wir waren uns doch einig, dass wir gut zusammenarbeiten wollen, nicht wahr?«

»Dieser Ton gefällt mir. Machen wir uns also an die Arbeit.«

Die Zeit rennt. Und ehe man sichs versieht, ist sie um.

»Sie wollten wissen, wo ich am Montagabend gewesen bin.«

Jetzt war der Fuchs bei der Sache. »Erzählen Sie.«

»Sie sind ganz Ohr?«

»Selbstverständlich.«

Nitter beugte sich vor, flüsterte irgendetwas. Die anderen drei beugten sich zu ihm vor, sogar der Fuchs.

»Könnten Sie etwas lauter reden?«

»Ich sagte, ich war im Keller«, rief er.

Sie zuckten zusammen. Der Anwalt ließ einen Furz los. Nur einen kleinen, dennoch sehr unbeherrscht. Seit dem letzten waren erst ein paar Minuten vergangen.

»Könnten wir hier mal lüften?«

»Wir machen bald eine Pause, Herr Nitter. Welchen Keller meinen Sie?«

Der Fuchs ist hellwach. Der Fuchs schläft schlecht. Doch er ist nicht müde. Sein schlauer Blick veranlasst Nitter, selbst auf der Hut zu sein. Denn jetzt haben sie es auf sie abgesehen. Auf sie, die niemals gefunden und elf Jahre lang gesucht wurde. Darum dreht es sich jetzt. Es ist ein Überlebenskampf. Leben oder Tod. Das Böse oder die Liebe. Und die Freiheit, der Begriff, der alles andere in Bewegung setzt.

»Ich meine mehr den Keller als Idee, keinen konkreten Keller.«

»Sie waren auf dem Hof?«

»Ich war auf dem Hof.«

»Den ganzen Abend?«

»Nicht den ganzen Abend.«

Komm ihnen ein bisschen entgegen. Das ist das Beste. Siehst du die Glut in ihren Augen? Beiß an, wenn sie die Angel auswerfen. Beobachte sie, wenn sie die Schnur einholen. Es ist schade um die Menschen, Fuchs.

»Sie haben einen Sohn, der Morten heißt.«

Der Fuchs kommt aus der Deckung. Er krümmt den Hals. Der Fuchs hat sich entschieden. Eben war er noch im Dickicht verborgen, jetzt wagt er sich aufs offene Gelände. Zeigt sich.

Nitter parierte seinen Angriff. »Haben *Sie* einen Sohn?«

»Nein«, antwortete der Fuchs. »Ich habe keinen Sohn. Aber jetzt rede ich von Morten. Laut einem richterlichen Beschluss dürfen Sie keinen Kontakt zu ihm aufnehmen. Dennoch haben wir Grund zu der Annahme, dass Sie dies in letzter Zeit getan haben.«

Er will ihm an die Kehle gehen. Über das Samenkorn wird hier nicht geredet, damit das ein für alle Mal klar ist. Niemand spricht über das Samenkorn, es sei denn, Nitter fordert ihn ausdrücklich dazu auf. Sie haben das Samenkorn in einen Keller gesperrt. Zu viert sind sie gewesen. Fast hätte der Frost das Samenkorn getötet. Vier Bastarde aus Bastarddal. Scheiß auf den Hammer und die beiden anderen. Das hübsche Mädchen wollte nicht, dass er eingesperrt wird. Sie hat sich für das Samenkorn eingesetzt. Helene bedeutet Licht. So wurde sie für ihn sichtbar, aktivierte seine Sinne, zeigte ihr innerstes Wesen. Um sie geht es. Er hat Pläne für sie. Die drei Bastarde aus Bastarddal haben ihre gerechte Strafe bekommen. Ohne dass Nitter darum gebeten oder für sie gebetet hat. Es reicht, dass Frank Nitter nicht für sie betet, damit sie auf ewig in der Hölle schmoren.

»Hammerdal war schon immer ein Ort des Bösen, von Anfang an. Manche Orte sind dazu ausersehen, Orte des Bösen zu sein.«

Nachdem sich der Junge aus dem Fabrikkeller befreit hat, musste er mit ihm dorthin zurückkehren und mit ihm in der Kälte herumsitzen. Um ihn aufzutauen, um das Samenkorn mit Wechselbädern zu stählen. Es vorzubereiten auf die großen Dinge, die da kamen. Denn der Junge war ohne seine Mutter aufgewachsen. War dazu nicht ausersehen. *Wurde* ausersehen. Wurde gut geformt. Seine Mutter liegt jetzt in der kargen Erde. Ihr Kopf in der Krypta. Es sind nur Knochen übrig. Jeder einzelne der zweihundertsechs Knochen, die von der Erde noch nicht verzehrt wurden. Wie lange wird das dauern? Danach fragt der Fuchs nicht, und Frank Nitter bleibt ihm keine Antwort schuldig. Schuldet niemandem etwas. Nur dem Samenkorn. Er ist den Menschen das Samenkorn schuldig. Damit sie wissen, was sie tun.

Der Fuchs nickt gemächlich, als würde er das verstehen. Doch er will mehr, ist gierig und schlau. Der ewige Jäger.

»Nicht einmal sie, die Trägerin des Lichts, kann Hammerdal vor dem Würgegriff des Bösen schützen.«

Helene bedeutet Licht. Er hat zu ihrem Innersten gesprochen. Sie wollte mit ihm kommen. Nächstes Mal, wenn er seine Hand ausstreckt, wird sie ihn begleiten, nicht einmal der Fuchs kann das verhindern. Sie wird zur Heiligen werden. Deshalb sitzt er in dem Vernehmungszimmer und lächelt in sich hinein. Niemand bittet Nitter um Gnade, denn Gnade ist der einen vorbehalten.

»Sie haben Ihren Sohn in den Keller der Fabrik gesperrt.«

Das Fräulein hatte das Wort ergriffen, ohne um Erlaubnis zu fragen. Der Fuchs schaute sie nicht an, senkte unmerklich das Kinn, mochte die Frage nicht. Doch so etwas merkte das Fräulein nicht. »Kein Wunder, dass Sie das wütend gemacht hat«, fuhr sie fort. »Jeder Vater hätte so reagiert.«

Nitter beugte sich zu ihr. Dann ließ auch er einen Furz los.

»Oh, Verzeihung.«

Sie zwinkerte ein paar Mal, tat so, als wäre nichts gewesen. »Angenommen, Sie sind am nächsten Abend zur Fabrik gefahren und sind dort Victor Munoz und Ann Edvardsen Lindbekk begegnet, die Ihren Sohn Morten in den Keller gesperrt hatten. Da haben Sie die Beherrschung verloren und im Affekt gehandelt.«

»Affekt.«

»Ich meine, dass Sie von Ihren Gefühlen übermannt wurden.«

»Vielen Dank, junges Fräulein, ich weiß sehr gut, was es heißt, wenn jemand im Affekt handelt. Doch ich selbst handele nie im Affekt. Der Affekt führt dich in die Sklaverei. Du unterliegst Kräften, die stärker sind als du selbst. Darüber sollten Sie einmal nachdenken.«

Vergebung, sagt der Pfarrer. Das Böse vergibt nie.

»Mit dem Tod des Jungen in der Fabrik habe ich nichts zu tun. Tote Tiere rühre ich nicht an.«

Der Fuchs warf dem Fräulein einen strengen Blick zu. Sie hielt inne. Dann sagte der Fuchs: »Dennoch haben wir Beweise, die das Gegenteil nahelegen, Herr Nitter.«

Er musste laut lachen, ließ dem Gelächter freien Lauf, ob im Affekt oder nicht. Immer sprachen sie von Beweisen. Kamen damit aber nie weiter. Riskantes Spiel, das Ergebnis stand vorher fest.

»Und welche Beweise sollten das sein?«, fragte er, immer noch lachend.

Der Fuchs spannte sich an, bereit zum Angriff.

»Ihr Auto«, sagte er, »wir haben dort verschiedene Dinge entdeckt.«

»Das überrascht mich nicht.«

»Einen Körperteil von Victor Munoz und jede Menge Haare, die vermutlich von Ann Edvardsen Lindbekk stammen. Beides war in Ihrem Auto, Herr Nitter, darüber wollen wir mehr erfahren.«

Nitter sah dem Fräulein in die Augen, dem schwächsten Glied in der Kette. Ihre Maske zerbröselte, wie üblich begann es am Mund, und wären die Umstände andere gewesen – Ort, Zeit, Atmosphäre –, hätte er in die Hände gespuckt und ihr Gesicht zu einer neuen Maske modelliert.

Frank Nitter, der Maskenbildner.

»Die Zeit ist um«, sagte er.

Er stand auf, trat einen Schritt zur Seite, beugte sich über sie, öffnete das Fräulein mit seinem Blick. Hinter all ihren Masken sah er ein ängstliches kleines Mädchen mit Zöpfen und viel zu großem Schulranzen.

Der Fuchs sagte irgendetwas, es klang wie ein Bellen, der Anwalt zog sich zur Tür zurück, die jemand geöffnet hatte.

»Ich bitte darum«, flüsterte Nitter ihr zu und sprach jetzt zu ihrem Innersten. »Und so geschieht es.«

Und so wäre es auch wirklich geschehen, wären in diesem Moment nicht mehrere Uniformierte in den Raum gestürmt.

Tote Seelen, dem ewigen Untergang geweiht.

25. Juni 1978

Nachdem Johnny Lindbekk angerufen hatte, vergingen fünfundzwanzig Minuten, bis der Krankenwagen zur Stelle war. Sie legten den Zigeuner auf eine Bahre. Ein dampfendes Etwas aus Asphalt, Kleidungsresten und geschmolzener Haut. Doch wundersamerweise mit einem Herz, das immer noch schlug. Johnny Lindbekk konnte weiterhin seine Augen erkennen, obwohl er den Kopf abgewandt hatte.
Zehn, zwölf Arbeiter aus der Plastikabteilung waren herbeigeeilt, standen blass und stocksteif da und wussten nicht, was sie mit ihren Händen anfangen sollten. Auch der Vorarbeiter tauchte auf, sein Gesicht so starr wie eine Gipsmaske. Er zeigte zur Lagerhalle, wollte mit Lindbekk vermutlich in dem kleinen Büro sprechen. Als sie hinausgingen, lief immer noch der Fernseher und zeigte einen nicht enden wollenden Konfettiregen, der im Estádio River Plate in Buenos Aires niederging. Bergmann kauerte sich auf dem Boden zusammen. Die Schnapsflasche hatte er in den Asphaltbehälter geworfen, vermutlich die letzte bewusste Handlung an diesem Abend.
»Schlimme Geschichte«, sagte der Vorarbeiter und musste sich sogleich räuspern, als wären diese beiden Wörter zu viel für seine Stimme. Er zog ein Taschentuch hervor und hustete hinein, ließ Johnny Lindbekk auf seinem Bürostuhl Platz nehmen, der sonst sein Thron war. Der Vorarbeiter war ein hagerer, knochiger Mann, Ende sechzig, Sohn eines Flößers aus Blaker, was ihn beides aus unerfindlichen Gründen mit mächtigem Stolz erfüllte.
Nachdem er sich geräuspert hatte, fügte er hinzu: »Der Direktor ist auf dem Weg.«
»Schlimme Geschichte«, wiederholte er und ließ das Taschentuch wieder in seiner Jackentasche verschwinden. »Schlecht für die Fabrik. Etwas Schlimmeres hätte nicht passieren können.«
Johnny Lindbekk enthielt sich eines Kommentars. Er wollte sich jetzt nicht mit der Zukunft der Fabrik beschäftigen, sondern sah immer noch die Augen vor sich, die scheinbar im flüssigen Asphalt umhertrieben.

Warum haben wir uns nur damit einverstanden erklärt, die Einführung neuer Sicherheitsmaßnahmen ein weiteres Mal zu verschieben?, dachte er. Wie viele Kronen hätte es schon gekostet, ein Geländer auf der Brücke anbringen zu lassen?

Als er dem Vorarbeiter gerade diese Frage stellen wollte, kam der Direktor zu ihnen ins Büro. In Cordhose und Windjacke. Sorgenfalten im Gesicht, doch mit ruhigem Blick. Als wäre solch ein Unglück eine tägliche Begleiterscheinung.

Johnny Lindbekk stand auf, überließ den Stuhl dem Direktor, obwohl sein rechtes Fußgelenk pochte wie eine Dreschmaschine.

Der Vater des Direktors, der Senior-Direktor, hatte 1916 genau an der Stelle, wo der Fluss einen kleinen Wasserfall bildete und bereits das alte Sägewerk lag, eine Pappenfabrik gebaut. Zwischen den kargen Feldern gab es damals nur wenige Gehöfte, doch von alters her führte hier eine Flößerroute entlang, und die Schankstuben in der Gegend waren dafür bekannt, Orte der Trunksucht, Messerstecherei und Hurerei zu sein. Mit der Fabrik von Johan Christian Meyer brach eine neue Zeit an, Hammerdal Brug war von Anfang an ein Erfolg, und nach wenigen Jahren entschied sich Meyer, ganz auf die Produktion von Teerpappe zur Abdichtung von Dächern zu setzen. Nach Schwierigkeiten in den 20er-Jahren nahm die Produktion richtig Fahrt auf, und die Einwohnerzahl der Ortschaft verdoppelte sich in den 30er-Jahren. Doch der schlechte Ruf blieb an ihr hängen. Die Baracken, die im Umkreis für die Arbeiter errichtet wurden, damit diese einen Schlafplatz hatten, galten bald als neue Brutstätten von Gewalt, Hurerei und Alkoholismus.

Der Senior-Direktor war schon immer ein Mann des Fortschritts gewesen. Schon in den frühen 20er-Jahren begann er damit, die Pappen mit Asphalt statt mit Teer zu imprägnieren, was sie widerstandsfähiger gegen Wetter und Wind machte. Die Fabrik wuchs und war schon bald klarer Marktführer im ganzen Land. Ein weiterer Produktionszweig folgte, um die steigende Nachfrage nach Kunststoffprodukten zu befriedigen: Dachrinnen, Abflussrohre, Verpackungsmaterialien, Plastiktüten, Styropor et cetera.

Im Zuge der Ölkrise in den 70er-Jahren begann der Siegeszug inter-

nationaler Konzerne. Die Umsätze der Fabrik sanken, doch der Direktor glaubte weiterhin an eine erfolgreiche Zukunft seines Unternehmens. Er schloss einen Fünfjahresvertrag mit dem norwegischen Staat, der fortan alle öffentlichen Gebäude mit Dachpappen von Hammerdal Brug ausstatten ließ. Das versetzte ihn in die Lage, weitere Modernisierungen vornehmen zu können, den Arbeitern höhere Löhne zu zahlen, ihnen lange Schichten zu ersparen und den Maschinenpark aufzurüsten. Sogar eine neue Lagerhalle wurde gebaut und die Dachpappenproduktion vom schlecht belüfteten Untergeschoss weiter nach oben verlegt. Eine unternehmerische Kraftanstrengung, die sich später auszahlen sollte.

Was blieb ihm auch für eine andere Wahl? Sonst hätte er seinen Betrieb auch gleich gegen die Wand fahren und Hammerdal in Schutt und Asche legen können. Sozialhilfe beantragen oder auf den Mond umziehen?

»Der Polizeichef ist schon auf dem Weg«, teilte der Direktor mit, nachdem er auf dem einzigen Bürostuhl Platz genommen hatte. »Ich werde mit ihm reden.«

Keine schlechte Idee. Der Direktor und der Polizeichef des Distrikts waren beide Vorstandsmitglieder des Lions-Clubs und hatten als solche schon mehr als ein Gläschen miteinander geleert.

»Es werden einige Fragen gestellt werden, Lindbekk, und nicht wenige davon richten sich an Sie.«

Johnny Lindbekk wandte den Blick ab.

»Sie haben den Mann sofort mit Wasser gesäubert?«

»Sobald wir ihn aus der Wanne herausgeholt hatten.«

»Das war eine richtige Entscheidung«, stellte der Direktor fest. »Ich bin froh, dass Sie der Schichtverantwortliche waren, Lindbekk. Da weiß ich zumindest, dass alles korrekt abgelaufen ist.«

Johnny Lindbekk warf einen Blick in die große Halle. Doch er spürte, dass der Direktor ihn unverwandt ansah. Früher oder später würde er ihm in die Augen schauen müssen.

TEIL III

April 2016

35)

Der Mann stand sofort auf, als sie den Raum betraten. Mit ausgestreckter Hand eilte er um den Schreibtisch herum. Er war klein und übergewichtig und trug ein weißes Hemd und eine gepunktete Krawatte unter dem weißen Kittel. Sein runder Kopf wurde von einem kräftigen Backenbart und spärlichen grauen Haupthaaren eingerahmt, die ihm quer über der Glatze lagen.

Er ergriff erst May-Britts und dann Bjørns Hand, drückte kraftvoll zu. »Hocherfreut, hocherfreut.« Hinter den großen Brillengläsern mit der schwarzen Fassung zwei blitzende Augen, die sich über etwas zu amüsieren schienen.

»Setzen Sie sich, setzen Sie sich.« Er ging zur Sitzgruppe am Fenster – Ledersessel und ein Glastisch –, berührte einen Sessel mit den Fingerspitzen und machte in May-Britts Richtung eine einladende Geste.

Das Büro war ungewöhnlich groß. Ein Schreibtisch aus Eiche, in den Regalen gebundene Bücher. Das Mikroskop in der Glasvitrine schien aus einem früheren Jahrhundert zu stammen.

Der Mann ließ seinen Blick durch das Zimmer wandern, als suche er etwas.

»Darf ich Ihnen etwas anbieten, vielleicht einen Kaffee? Ich sage einfach May-Britt und Bjørn, wenn Ihnen das recht ist. Ich heiße Henry … oder hatte ich das schon gesagt?« Er rückte seine Brille gerade. »Ich bin wirklich sehr froh, dass Sie beide kommen konnten.«

Oberarzt Dr. med. Henry Spencer sprach mit auffallend lauter Stimme und breitem britischen Akzent. Vielleicht ein Problem mit dem Gehör, dachte Bjørn. Er war es gewesen, der um ein Gespräch mit dem Verantwortlichen für Anns Behandlung gebeten hatte.

»Und Ihnen geht es gut? Ich meine natürlich, Ihnen beiden?«

»So gut wie lange nicht mehr«, antwortete May-Britt. Bjørn sagte nichts.

»Das ist schön. Das ist schön.« Dr. Spencer schaute von einem zum anderen, immer noch mit diesem leicht amüsierten Blick.

»Und jetzt fragen Sie sich natürlich, wie sich alles entwickeln wird.«

May-Britt nickte. »Das ist das Einzige, was zählt.«

Ihr Zustand hatte sich in den letzten Monaten erstaunlich gebessert, als hätte sie durch das Leben ihrer Tochter auch ihr eigenes Leben zurückgewonnen. Unmittelbar vor Ostern hatte sie ihre Arbeit im Pflegeheim wieder aufgenommen.

»Wegen der Sicherheit«, sagte Bjørn. »Wir haben darüber mit der Polizei gesprochen, und ich möchte wissen, ob die besprochenen Maßnahmen auch durchgeführt werden.«

Dr. Spencer schaute aus dem großen Fenster, schien den Panoramablick über den Oslofjord zu genießen.

»Ehrlich gesagt handelt es sich um eine ziemlich ungewöhnliche Situation. Ihre Tochter soll quasi rund um die Uhr unter Polizeischutz stehen …«

»Quasi?«

»Also vierundzwanzig Stunden am Tag, bis die Polizei entscheidet, dass es nicht mehr notwendig ist. Sie sind ja selbst Polizist, wie ich mir habe sagen lassen.«

Bjørn nickte.

»Wissen Sie, wie lange die Behandlung ungefähr dauern wird?«, fragte er. Es waren vier Monate vergangen seit Anns Unfall, doch er wusste, dass es für eine Antwort noch zu früh war.

»Wir haben uns ein Bild von den Hirnschäden gemacht«, antwortete Dr. Spencer, nun in einem Ton, als repräsentiere er einen Forschungsbericht. »Gründlich und in aller Ruhe. Bevor und nachdem wir sie aus dem künstlichen Koma geholt haben.« Er stand auf, nahm ein iPad vom Schreibtisch und öffnete eine Datei. »Wir haben die begründete Hoffnung, dass sie wieder auf ihren eigenen Beinen gehen kann – worauf sollte sie auch sonst gehen, könnte man fragen. Vielleicht in gar nicht so langer Zeit. Die geschädigten Nerven scheinen keinen bleibenden Einfluss auf die Funktionsfähigkeit von Armen und Beinen zu haben, ich spreche von der Motorik.«

Die gute Nachricht, dachte Bjørn.

»Und sonst?«, fragte er. »Sprechen, denken, wiedererkennen?«

Dr. Spencer nahm wieder Platz. »Die Zeit«, sagte er. »Die Zeit ist der beste Arzt, den es gibt.«

Was sich ziemlich prätentiös anhörte, doch May-Britt nickte eifrig. »Ich glaube, sie wird wieder gesund«, sagte sie.

»Haben Sie keine Angst, daran zu glauben«, entgegnete Dr. Spencer und kratzte sich den Backenbart. »Seien Sie auf alles vorbereitet, aber haben Sie keine Angst, daran zu glauben.«

Draußen auf dem Gang drehte sich May-Britt zu Bjørn um.

»Ich weiß, wie viel dich all das gekostet hat.«

Bjørn betrachtete ihr Gesicht. Offensichtlich war sie in letzter Zeit viel draußen gewesen. Ihre Haut sah frisch und gebräunt aus. Früher einmal hatte sie ausgiebige Wanderungen geliebt.

»Mich gekostet?«, fragte er verlegen.

»Du sollst wissen, dass ich das verstehe«, sagte sie. »Das, was du getan hast, als Ann verschwunden war. Manchmal glaube ich, sie ist vor allem deinetwegen zurückgekommen.«

»Ach, übertreib nicht …«, protestierte er.

»Das ist mein voller Ernst. Ich habe viel darüber nachgedacht. Ich glaube, das war auch der Grund, dass …« Sie verzog den Mund, als verursachte ihr der Name, an den sie dachte, Schmerzen. »Ich glaube, er hat verstanden, dass er sie nicht länger verstecken konnte, weil du Tag und Nacht nach ihr gesucht hast. Du hast das gemacht, was die Polizei hätte tun sollen.«

Er schüttelte den Kopf.

»Und noch immer bist du beurlaubt. Das ist also der Dank …«

»Die Sache ist kompliziert, May-Britt. Ich habe ein paar dumme Sachen gemacht.«

»Du hast es für sie getan. Für uns. Das ist es, was ich sagen will, Bjørn. Ich bin dir so dankbar.«

Es wurde zu viel für ihn, und er musste sich abwenden. Würde sie doch nur einmal aus der Haut fahren und ihm die Leviten lesen. Das wäre für ihn einfacher als diese tiefe Dankbarkeit, die nur dazu führte, dass er sich durch und durch schäbig vorkam.

Am Nachmittag waren sie abwechselnd bei Ann. Bjørn hatte es nicht eilig. Er nahm an einem Fortbildungsprogramm für Führungskräfte teil. Ein paar Vorlesungen in der Woche. Eigene Vorträge an der Polizeihochschule. Methodische Fahndung und verdeckte Ermittlungen. Plötzlich jede Menge Freizeit. Zeit für das Eishockeytraining. Zeit, um den Jungs bei den Hausaufgaben zu helfen. Gut für die Jungs. Und für ihn, wahrscheinlich. Für die Ehe vielleicht nicht. Siren hatte ihn nicht geheiratet, damit er Hausmann spielte. Doch in erster Linie war er froh über die Freistellung, weil er dadurch Anns Genesungsprozess genau mitverfolgen konnte. Die Kiefer- und Beckenoperationen. Manchmal hatten sie Ann wieder ins künstliche Koma versetzt. Wenn sie geweckt wurde, begegnete ihm immer der gleiche Blick. Und die Kopfbewegungen, die ja und nein bedeuten konnten.

Doch am dritten Tag im Alvebekk-Krankenhaus und Rehabilitationszentrum merkte Bjørn, dass etwas geschehen war. Spürte es sofort, als er zu ihr ins Zimmer kam.

Die Gardine war zur Seite gezogen worden, Frühlingslicht ergoss sich über den Fjord. Die Hügel auf der anderen Seite waren immer noch mit Schnee bedeckt. Er öffnete das Fenster ein wenig, nahm den Geruch des Waldes wahr.

Als er sich über sie beugte, hatte sie die Augen geöffnet. Ihr Ausdruck veränderte sich, als sie ihn sah.

»Hallo, mein Schatz«, sagte er und strich ihr eine Locke aus der Stirn, legte sie auf das Kopfkissen.

Sie zwinkerte mehrmals.

»Tut dir etwas weh?«

Unmerklich bewegte sie den Kopf. Bekam immer noch hoch dosiertes Morphium, was die Schmerzen jedoch nicht immer beseitigte.

Plötzlich hob sie den Arm und drehte ihn in seine Richtung.

Er zuckte zusammen, umfasste ihn mit beiden Händen. Es war zweifellos eine zielgerichtete Bewegung gewesen. Am liebsten hätte er vor Freude geschrien.

»Alles wird gut!«, rief er aus.

Lange lag ihre Hand in seiner. Er streichelte sie. Dann zog sie die Hand zurück, machte eine neue Bewegung.

»Willst du schreiben?«

Er glaubte, ein Nicken wahrzunehmen, und ging sofort auf den Gang. Bekam einen Pfleger zu fassen, ein Mann in den Dreißigern, kurz geschorene Haare, Dreitagebart.

»Sie will mir etwas sagen.«

»Ihre Tochter?«

»Können Sie mit reinkommen?«

»Natürlich«, sagte der Pfleger, »ich bin sofort bei Ihnen.«

Ann hatte die Augen geschlossen, als müsste sie sich von einer Anstrengung erholen.

Zwei Minuten später erschien der Pfleger. »Hei, Ann, alles okay heute?«

Sie schlug die Augen auf.

»Hast du Schmerzen?«

Sie reagierte nicht.

»Ich hole noch ein Mittel für dich.«

Erneut hob sie die Hand, wiederholte die Bewegung von vorhin.

»Sehen Sie das? Das sieht doch aus, als ob sie schreiben will.«

Ein Laut aus ihrer Kehle. Wieder die Schreibgeste.

»Stift? Hast du Stift gesagt?«

Sie nickte, jetzt deutlicher zu erkennen. Der Pfleger holte ein kleines Notizbuch und einen Kugelschreiber aus der Brusttasche.

»Willst du etwas schreiben?«

Er legte ihr den Stift in die Hand, sie nahm das Notizbuch mit der anderen, es glitt ihr aus den Fingern, er hielt es für sie.

Bjørn trat von einem Fuß auf den anderen. Jetzt würde sich alles zum Guten wenden. Sie war auf dem richtigen Weg. Und um alles, was ihr in Zukunft Schwierigkeiten machte, würde er sich kümmern.

Ann kritzelte in das Buch. Dann erschlaffte ihre Hand, und sie sank in das Kissen zurück. Falten zwischen ihren Augenbrauen.

»Das reicht fürs Erste«, sagte der Pfleger, nahm das Notizbuch, warf einen Blick hinein und gab es Bjørn.

»Können Sie das deuten?«

Bjørn sah die ungelenken Buchstaben, entzifferte sie sofort.

»Ja« sagte er. »Da steht *Helene.*«

36)

Die Schritte ihrer Mutter auf dem Flur, doch ehe sie sich beschweren konnte, rief Helene durch die geschlossene Tür: »Ist ja gut, ich beeil mich schon.«

Sie saß auf der Toilette und fror. Betrachtete sich im Handspiegel. Kälteschock und ein Pickel direkt über der Augenbraue, und ihre Mutter ärgerte sich darüber, dass das Badezimmer besetzt war.

Sie spülte und nahm den dünnen Lippenstift.

Liebe dich auch, formten ihre Lippen vor dem Spiegel. In einer knappen Stunde bekäme die ganze Welt ihr Gesicht auf dem Schulhof zu sehen.

Ihre Mutter klopfte trotzdem. »Alles in Ordnung da drinnen?«

Helene grummelte eine Antwort. Sie hatte nicht geschlafen. Weil ihr zu warm war, hatte sie das Fenster geöffnet. Dann hatte sie gefroren und das Fenster wieder zugemacht.

»Du bist da schon seit einer halben Stunde. Geht es dir nicht gut?«

Ihre Mutter hatte mit ihrem Arbeitgeber vereinbart, dass sie jeden Tag eine Stunde später begann, damit sie Helene zur Schule fahren konnte. Und an den Tagen, an denen vor dem Unterricht bereits das Schwimmtraining stattfand, fuhr sie Helene ebenfalls und wartete in der Halle, während Helene ihre Bahnen zog.

Sie trocknete ihre Haare, schloss die Tür auf. Auf einmal steckte Sara ihren Kopf herein.

»Sei gegrüßt, Gebieterin.«

»Hä?«

Ihre kleine Schwester kam auf die seltsamsten Ideen. Sonst lachte sie darüber, doch im Moment war Helene ihr Humor abhandengekommen. Außerdem vibrierte ihr Handy.

Anns Vater.

Sie hatte die Nummer gespeichert, sollte sie vielleicht löschen, weil nun wieder alles über sie hereinbrach, alles, was sie nie vergessen würde.

»Entschuldige, dass ich so früh anrufe.«

»Bin schon lange wach«, entgegnete sie, wusste, dass etwas passiert war, und spürte einen stechenden Schmerz.

»Ich rufe dich an, weil Ann aufgewacht ist.«

»Das ist ja großartig.«

Sie hatten die unterschiedlichsten Dinge gehört. Dass Ann vom Hals abwärts gelähmt war. Dass Ann nie mehr aufwachen würde. Dass sie fünfzehn Operationen hatte über sich ergehen lassen müssen. Sie hätte anrufen und nachfragen sollen. Ann war die beste Freundin, die sie je gehabt hatte. Trotzdem hatte Helene sie den gesamten Winter über nicht besucht. Da war die Schule, das Schwimmtraining. Sie hatte sich neue Freunde zugelegt, damit sie niemand für eine Außenseiterin hielt und ihre Eltern sie nicht kritisierten, weil sie so viel zu Hause in ihrem Zimmer war und die Tür abschloss.

»Sie hat etwas auf ein Stück Papier geschrieben«, sagte Bjørn Lindbekk.

»Sie kann also schreiben?«

»Ein bisschen. Du kannst dir ja vorstellen, wie glücklich wir darüber sind.«

Sie mochte seine Stimme. Tief und ruhig.

»Ich wollte dir erzählen, dass das Allererste, was sie geschrieben hat, dein Name war.«

Das strömende Gefühl schoss ihr in den Magen und löste schlagartig Übelkeit aus.

»Ist ja auch nicht so merkwürdig, schließlich seid ihr sehr gut befreundet.«

Jetzt spürte sie auch ein Stechen in der Brust.

»Ich glaube, sie würde dich gerne sehen. Ich habe mit ihrem Arzt darüber gesprochen. Es könnte sie stimulieren. Die Gehirntätigkeit anregen. Es ist, als würdest du in ein großes Haus gehen und in den Zimmern nach und nach das Licht anmachen. Ich weiß nicht, ob du verstehst, was ich meine. So hat mir ihr Arzt das jedenfalls erklärt.«

Nach der dritten Stunde holte er sie vor der Schule ab.

Als Helene das Auto erblickte, das auf den Schulparkplatz einschwenkte, spürte sie, wie sehr ihr vor der Begegnung graute. Sofort bereute sie ihre Zusage.

»Ich bin sehr froh, dass du uns diesen Gefallen tust«, sagte Bjørn Lindbekk, nachdem sie auf dem Beifahrersitz Platz genommen hatte.

»Das ist doch eine Selbstverständlichkeit«, entgegnete sie rasch. »Ann war … ist ja schließlich …«

»Natürlich will ich sie besuchen«, setzte sie erneut an. »Das ist doch das Mindeste, was ich für sie tun kann. Ich bin so froh, dass Ann wieder …«

Egal, was sie sagte, es klang verkehrt.

»Jedenfalls hast du jetzt schulfrei.«

»Vielen Dank. Wir haben echt die langweiligsten Lehrer der Welt.«

Er warf ihr einen kurzen Blick zu.

»Aber habt ihr nicht diesen, wie hieß er noch gleich, der aus dem Norden?«

»Runar Isaksen.«

»Genau.«

»Ja, der war ziemlich nett, aber den haben wir nicht mehr. Seine Nachfolgerin weiß auch nicht mehr, als in den Lehrbüchern steht. Und nicht einmal das. Und dann stillt sie auch noch in der Schule.«

»Du vermisst also euren alten Lehrer?«

»Der hatte jedenfalls keine Stilldemenz.«

Bjørn lachte auf. »Du schlägst dich bestimmt gut in der Schule, egal, was für Lehrer du hast«, erwiderte er und fragte nicht mehr nach Runar Isaksen. Gott sei Dank, denn sie wollte nicht über ihn reden. Seit Beginn der Weihnachtsferien hatte sie ihn nicht mehr gesehen. Sie hätte ihn gerne getroffen, so wie er es vorgeschlagen hatte, und mit ihm geredet. Dann hätte sie ihm Dinge erzählen können, die sie ihrer Psychologin nicht sagte. Runar hatte eine Art Freund sein wollen. Doch dann war er plötzlich verschwunden. Bestimmt hatte er kurzfristig einen neuen Job annehmen müssen. Ob in Tromsø oder woanders, war eigentlich gleichgültig. Aber er hätte ja mit ihr in Kontakt bleiben können. Auf ihre Nachrichten hatte sie nur einsilbige Antworten erhalten.

Plötzlich sagte Bjørn Lindbekk:

»Was hast du über Frank Nitter erfahren, ich meine, über seinen Prozess?«

Als Helene seinen Namen hörte, lief ihr ein Schauer über den Rücken, doch sie fing sich schnell wieder.

Das versuchte die Psychologin ihr beizubringen. Sie sollte sich einen Raum mit Kleiderhaken vorstellen, an die sie ihre Gedanken hängte. Wie eine Umkleide, die sie betreten und wieder verlassen konnte, wie es ihr passte.

»Vielleicht willst du nicht darüber reden«, sagte Bjørn.

»Das macht mir nichts aus.«

Das entsprach nicht der Wahrheit. In der Schule wollten sie alles wissen. Am Anfang hatte sie ihre Fragen beantwortet, sie belagerten sie regelrecht. Dann hatte sie plötzlich genug und sagte, sie dürfe nicht mehr darüber reden. Was mehr oder weniger stimmte. Es ging um die Garderobe, darum, die Gedanken an Frank Nitter an einen Haken zu hängen, sein Gesicht, seine Hand, die sich ihr entgegenstreckte, der Klang seiner Stimme. Ihn in die Garderobe einzuschließen und sie nie wieder zu betreten.

»So viel weiß ich auch nicht darüber. Die Polizei meint, dass ich in Sicherheit bin, ich kann mich überall frei bewegen, brauche keinen Personenschutz mehr. Aber den hier muss ich trotzdem immer dabeihaben.«

Sie zog den Funkempfänger aus der Tasche. Bjørn warf einen Blick darauf.

»Was meinen Sie?«, wollte sie wissen. »Brauche ich den?«

Er setzte den Blinker und wechselte die Fahrbahn, überholte unmittelbar vor dem Tunnel einen Traktor.

»Wenn sie sagen, dass du in Sicherheit bist, dann kannst du dich darauf verlassen.«

Im Tunnel tauchte ein anderer Gedanke auf. »Was ist mit Ann? Ist sie in Sicherheit? Ich meine, jetzt, wo sie anfängt zu erzählen.«

Er schien darüber nachzudenken.

»Vorsichtshalber hat sie immer noch Polizeischutz. Nitter ist ja, wie du weißt, in Sicherheitsverwahrung.«

»Ja, in einem Krankenhaus. Das hört sich für mich nicht besonders sicher an.«

»Er ist dort in der Sicherheitsabteilung, das ist quasi der am besten bewachte Ort im ganzen Land. Und wenn er verurteilt wird, behalten sie ihn auch nach dem Prozess da.«

»Aber nicht für immer?«

Bjørn Lindbekk wiegte den Kopf hin und her.

»Im Prinzip kann er dort auch sein Leben lang bleiben.«

»Das haben sie mir auch gesagt. Aber warum hat Ann dann überhaupt Polizeischutz, wenn sowieso keine Gefahr besteht?«

»Nur um hundert Prozent sicher zu sein, Helene. Wir wissen ja nicht, ob Nitter dafür alleine verantwortlich ist. Und Ann hat im Gegensatz zu dir etwas gehört und gesehen.«

Er schaute auf die Uhr.

»Kann ich mal das Radio anmachen?«

»Klar.«

»Ich muss unbedingt die Elf-Uhr-Nachrichten hören.«

Aus den Lautsprechern drang altmodische Popmusik, die er sofort leiser stellte.

»Meine Frau arbeitet im Dezernat für Wirtschaftskriminalität«, erklärte er. »Sie haben schon seit Monaten eine große Sache am Laufen, und heute erfährt die Öffentlichkeit davon. Mehr weiß ich auch nicht, ist alles extrem geheim.«

»Spannend«, sagte Helene und schaute auf ihr Handy. Eine Nachricht von Dagny. *Du Glückliche* mit vier Smileys und einem Weihnachtsmann mit Rentieren, als wäre Heiligabend. Helene schickte ein paar Emojis zurück, darunter eine Krankenschwester. Doch als Bjørn die Nachrichten lauter stellte, hörte sie zu. Es war die erste Meldung, die Polizei hielt eine Pressekonferenz ab. Es ging um Korruption im großen Stil. Der Name Hellmann fiel.

»Verdammt«, murmelte Bjørn.

Der Name Hellmann kam ihr irgendwie bekannt vor. Regelmäßig tauchte er in den Nachrichten und auf den Titelseiten der Zeitungen auf.

Nachdem Bjørn das Radio wieder ausgeschaltet hatte, starrte er schweigend vor sich hin.

»Hatten Sie mit etwas anderem gerechnet?«, fragte Helene vorsichtig.

Er strich sich über die kurz geschnittenen Haare. An den Schläfen waren sie ergraut, aber das stand ihm eigentlich. »Du weißt, wer Hellmann ist?«

»Ist das nicht so ein steinreicher Unternehmer?«

»Allerdings. Dem gehören einige Bohrinseln. Das wird wie ein Wirbelsturm durch die Medien gehen und die Nachrichten über Monate beherrschen.«

»Und Ihre Frau steckt sozusagen da voll mit drin?«

»Du sagst es.«

Er schüttelte den Kopf. »Korruption in dieser Größenordnung ist das Schlimmste, was man jemandem vorwerfen kann.«

»Schlimmer als Mord?«

»Tut mir leid, Helene«, sagte er und schaute sie an. »Was Frank Nitter getan hat, ist natürlich etwas ganz anderes – falls du daran gedacht haben solltest.«

Am Empfang des Alvebekk-Krankenhauses sprach Bjørn mit einer Frau hinter dem Schalter. Die Frau spähte über die Brillenkante hinweg zu Helene und machte ein skeptisches Gesicht.

Sah fast verärgert aus. Aber schließlich war es nicht Helene gewesen, die um diesen Besuch gebeten hatte.

Mit einem Mal tauchte Anns Mutter auf, kam auf sie zu und umarmte sie.

»Super, dass du mitgekommen bist, Helene.«

»Ist doch … eine Selbstverständlichkeit«, brachte sie heraus. Dasselbe, was sie vor einer Stunde zu Bjørn gesagt hatte, und immer noch fiel es ihr genauso schwer.

Bjørn wechselte ein paar Worte mit einem Polizisten, den er offenbar kannte. Dann gingen sie durch eine Tür und betraten einen Gang. Eine Krankenschwester blieb stehen und begrüßte Helene. Sie hatte ihre Haare dunkel gefärbt, wodurch die Falten im Gesicht umso stärker hervortraten.

»Wollen Sie zusammen reingehen?«, fragte sie.

Bjørn überlegte kurz und antwortete: »May-Britt und ich gehen später rein. Nehmen Sie erst mal Helene mit.«

Die Krankenschwester hielt ihr die Tür auf, und Helene konnte nicht mehr protestieren. Sie betrat einen Vorraum mit einem Waschbecken, mehrere Kittel hingen auf einem Bügel. Sie nahm einen süßlichen chemischen Geruch wahr, vermischt mit Chlor.

Die nächste Tür wurde aufgeschoben. Helene blieb auf der Schwelle stehen. Helles Licht fiel durch die Gardine. Anns Gesicht auf dem weißen Kopfkissen. Die gewellten Haare flossen bis auf die Bettdecke. Sie sahen frisch gewaschen aus und waren länger als früher, dünn und puppenhaft. Helene ging zwei Schritte hinein. Ann hielt die Augen geschlossen. Auf der Stirn zwei kaum sichtbare Narben. Die kleine Stupsnase, über die sie selbst Witze zu machen pflegte, sah aus wie immer.

Unterhalb der Nase war alles anders.

Eine Apparatur hielt offenbar den Kiefer zusammen. Der Mund war mit einer weißen Binde bedeckt. Am Hals gelbgrüne Flecken, und direkt am Kehlkopf schaute ein Schlauch heraus.

Die Krankenschwester folgte Helenes Blick.

»Durch diesen Schlauch atmet sie«, erklärte sie leise. »Der

Kehlkopf wurde verletzt. Vor einer Woche ist sie noch mal operiert worden.«

In diesem Moment schlug Ann die Augen auf. Sie sahen fast durchsichtig aus. Die Krankenschwester zog die Gardine weiter vors Fenster, um Anns Gesicht vor dem grellen Licht zu schützen.

Ann sah lange Helene an. Ihr Blick schien zu zerfließen. Dann hob sie die Hand. Helene trat näher. Die weiße Binde vor dem Mund bewegte sich, als wollte Ann etwas sagen. Plötzlich zog sie eine Grimasse, als wäre sie mit einer spitzen Nadel gestochen worden.

Die Krankenschwester war sofort bei ihr. »Versuch nicht, zu sprechen. Das verursacht dir zu große Schmerzen.«

Ann schaute wieder Helene an und machte eine Bewegung mit den Fingern. Daraufhin gab ihr die Krankenschwester einen Stift und einen Schreibblock.

Ann schrieb. Dann gab sie Helene den Block.

Tut mir leid.

Helene schüttelte den Kopf. Plötzlich saß sie auf der Bettkante, hielt ihre Hand.

»Es braucht dir nicht leidzutun«, brachte sie hervor. »Es ist nicht deine Schuld.«

Ann im Bett mit geschlossenen Augen. Vielleicht war sie für ein paar Sekunden eingeschlafen. Aber dann zuckte sie zusammen. Sah ängstlich aus, als wäre ihr etwas eingefallen. Sie nahm Block und Stift von der Bettdecke, schrieb etwas, strich es durch, setzte noch einmal an.

Victor muss abhauen.

Helene drehte sich um, starrte auf den Lichtspalt zwischen den Gardinen. Ein Ausschnitt des frostig grauen Himmels.

Ann schrieb mehr. Sie schien dafür all ihre Kräfte mobilisieren zu können.

Helene hatte Mühe, die krakelige Schrift zu entziffern.

Teermann, stand da.

37)

Es war noch nicht drei, doch Snorri schien schon mehr als einen halben Liter intus zu haben, als sich Bjørn im Lorry zu ihm an den Tisch setzte. Sein Freund hatte kein Stammlokal. Du darfst nicht immer am selben Tisch sitzen, Bjørn, man muss die Welt aus verschiedenen Blickwinkeln betrachten. Bjørn hatte wenig Lust, darüber zu diskutieren, inwiefern die Welt vom Lorry aus betrachtet anders aussah als im Asylet oder im Eilifs. Und Snorri ging es wohl auch eher darum, keine Rechenschaft über seine Trinkgewohnheiten ablegen zu müssen, nicht einmal sich selbst gegenüber.

»Wie geht es Siren?«

Er betonte den Namen stets auf eine eigentümliche Weise.

Bjørn musste lächeln.

»Die ist jetzt mit der Hellmann-Sache verheiratet. Gut, dass sie sich mit anderen Dingen beschäftigen kann als mit meinen Problemen.«

Snorri schüttelte den Kopf. »Desto größere Sorgen mache ich mir. Ist es das, was ihr braucht?«

»Unsere Sorgen treiben uns an.«

»Ich meine es ernst, Bjørn, diese Razzia gegen Hellmann war doch das Fiasko des Jahres.«

Bjørn legte die Stirn in Falten. »Wie meinst du das?«

Snorri trank einen Schluck und erstickte mit dem Handrücken ein Rülpsen. »Es wird viel geredet …«

Snorri hatte immer noch Kontakt mit seinen alten Kollegen und bekam sämtliche Gerüchte im Dezernat für Wirtschaftskriminalität mit.

»Während der Finanzkrise wäre es mit Hellmann schon fast den Bach runtergegangen, stimmt's? Der war bis über beide Ohren verschuldet. Ich glaube, der hat sogar seine Nieren verpfändet, zumindest eine. Die Banken haben den Hahn zugedreht, wollten ihm keine Darlehen mehr gewähren. Da fielen plötzlich die Geschäfte in Nigeria wie Manna vom Himmel. Nicht ein oder zwei, sondern zehn Bohrinseln sollte er liefern, und zwar so schnell wie möglich. Und die Banken waren natürlich sofort Feuer und Flamme, wollten ihm auf einmal das gewünschte Geld leihen. Jetzt laufen die Geschäfte besser als je zuvor. Was für eine märchenhafte Wendung.«

»Alle wussten doch wohl, dass da was faul ist.« Bjørn nickte. »Aber um jemanden wie Hellmann dranzukriegen, brauchst du mindestens so große Ressourcen wie er.«

»Hat Siren nicht mit dir darüber gesprochen, dass sie ihm dicht auf den Fersen waren?«

»Die hält so dicht wie eine Badekappe.«

»Das ist es ja, was ich meine, Bjørn. Die Ermittlungen waren streng geheim. Einer der Direktoren, die Hellmann vor Jahren rausgeschmissen hat, wollte plötzlich gegen seinen ehemaligen Chef aussagen. Erzählt etwas von einer Strohfirma auf den Cayman Islands, die riesige Bestechungsgelder gezahlt hat. Er verrät den Ermittlern, wo sie suchen sollen. Geheime Unterlagen, Handygespräche. Doch als die Ermittler endlich zuschlagen wollen, sind alle Beweise verschwunden.«

»Willst du mir etwa erzählen, dass jemand Hellmann vor der Razzia gewarnt hat?«

Snorri warf die Arme in die Luft. »Ich sage nur, dass die Festplatte verschwunden ist. Und jede Menge Unterlagen. Ansonsten weiß ich gar nichts und erlaube mir nur, ein paar Fragen zu stellen.«

»Erzähl mir alles, was du weißt«, sagte Bjørn.

»Das ist doch alles nur Klatsch und Tratsch, nichts Handfestes. Aber sicher braucht Siren in nächster Zeit deine liebevolle Unterstützung.«

Die Art, wie er das sagte, ließ vermuten, dass er ihr diese liebevolle Unterstützung am liebsten selbst zukommen lassen würde. Halb im Spaß hatte er Siren schon öfter als die Frau seines Lebens bezeichnet.

»Sie wird schon einigermaßen ungeschoren davonkommen. Aber für die obersten Chefs dürfte die Luft ziemlich dünn werden. Wäre ja auch noch schöner.«

Plötzlich fiel Bjørn etwas ein. »Er hat mich angerufen.«

»Wer?«

»Hellmann. Am Morgen, an dem Ann verschwunden ist.«

Snorri trank mehr Bier. »Und was wollte er? Dir einen millionenschweren Job anbieten?«

»Ich bin nicht rangegangen. Aber die Ermittler in Lillestrøm haben herausgefunden, dass der Anruf von einem Festnetzanschluss kam, der auf seinen Namen gemeldet ist.«

»Und was schließt du daraus? Dass er etwas mit Anns Verschwinden zu tun hat?«

Bjørn musste lachen. Snorris schwarzer Humor war eine Kur, die gegen alle Kümmernisse der Welt half.

»Wie dem auch sei. Siren war den ganzen Winter für mich da, und das muss ich ihr jetzt zurückgeben.«

»Geben und nehmen. Das Glück ist lang, das Leben ist kurz. Oder war es umgekehrt?«

»Ich meine es ernst. Als Ann verschwand, habe ich mich um nichts anderes mehr gekümmert.«

»Dein väterlicher Instinkt.«

»Nenn es, wie du willst. Aber es war fast unmöglich, mit mir im selben Haus zu sein. Aus solchen Gründen gehen Beziehungen zu Bruch.«

Snorri schüttelte den Kopf, wusste aber genau, was Bjørn meinte. Er hatte zwei Ehen hinter sich. Jetzt hatte er die Karriere als Ehemann endgültig an den Nagel gehängt. Seine eigenen Worte.

»Wie geht es Ann jetzt?«

Ein großes Bier wurde vor Bjørn auf den Tisch gestellt. Er nahm einen kleinen Schluck und dachte daran, dass er mit dem Auto nach Hause fahren musste.

»Es geht langsam aufwärts. Sie ist wieder bei Bewusstsein.«

»Das ist doch großartig. Erinnert sie sich an was?«

Bjørn setzte das Glas ab. »Das ist schwer zu sagen. Aber eine Verurteilung von Nitter hängt nicht von ihrer Aussage ab, oder wie meinst du das?«

»Ich bin nicht mehr so mit den Details vertraut. Von unserer Seite aus ist der Fall abgeschlossen.«

»Wird er doch auf jeden Fall angeklagt, so wie die Zeitungen schreiben?«

»Du stellst Fragen.«

»Ja, und ich frage dich.«

»Willst du mich aufs Glatteis führen?«

»Ganz und gar nicht. Du hast schon genug Probleme, dich auf den Beinen zu halten.«

»Streng genommen sollte ich mit dir überhaupt nicht darüber reden, Bjørn.«

»Hängen inzwischen Fahndungsplakate von mir im Präsidium?«

»Keine schlechte Idee, werde ich mal deinem Schwiegervater vorschlagen. Allerdings würde auf dem Plakat nicht ›gesucht‹, sondern ›nicht gesucht‹ stehen.«

Bjørn grinste, obwohl diese Antwort ihm zu schaffen machte.

»Nitter wird angeklagt, Victor Munoz getötet und Ann entführt zu haben«, sagte er.

»So sieht's aus«, bestätigte Snorri.

»Und was ist mit Nicolai Meyer?«

»Was soll mit ihm sein?«

»Es steht doch nicht fest, dass Nitter ihn auf dem Gewissen hat.«

Snorris Blick war wachsam geworden. Höchste Zeit, das Thema zu wechseln, besagte er, aber Bjørn ließ nicht locker.

»Ich kann doch wohl eine eigene Meinung haben, basierend auf dem, was allgemein bekannt ist.«

Snorri wiegte sein haariges Haupt. »Nicolai Meyer passt nicht so ganz ins Bild. Ein Motiv gäbe es schon, weil er auch daran beteiligt war, Nitters Sohn einzusperren. Und sein älterer Sohn hat die tödliche Dosis besorgt. Doch bis jetzt gibt es keine weiteren Indizien, dass Nitter Nicolais Tod zu verantworten hat.«

»Und wie geht's jetzt weiter?«

»Du gibst wirklich nie auf«, klagte Snorri.

»Du kennst mich doch. Und trotzdem bist du so leichtsinnig, mit mir einen trinken zu gehen.«

»Und du hast keine Skrupel, meinen Leichtsinn auszunutzen.«

»Nicht im Geringsten.«

Der Freund legte seine großen Hände auf die Tischplatte und musterte sie, als wollte er herausfinden, wozu er sie benutzen konnte. Ein Anzeichen dafür, dass Snorri langsam betrunken wurde.

»Also, zunächst mal werden sie Nitter des Mordes an Nicolai Meyer anklagen. Darauf folgt die Anklage gegen seinen Sohn Jørgen wegen Beihilfe zum Mord, und wenn das passiert, legt er vielleicht alle Karten auf den Tisch und schwärzt seinen Vater an. So, und jetzt hab ich schon mehr gesagt, als ich eigentlich sollte.«

»Nur noch eine Sache«, erwiderte Bjørn und überhörte Snorris Proteste. »Im Auto von Nitter ist biologisches Material sichergestellt worden.«

»Ja, das stimmt.«

»Ich werde dich jetzt nicht fragen, was genau. Aber ich weiß, dass es sich um Ann und Victor Munoz dreht.«

»Sehr gut, dann brauche ich dich ja nicht mehr zu bitten, mit der lästigen Fragerei aufzuhören.«

Bjørn nahm einen großen Schluck, betrachtete das halb volle Glas, ehe er es wegschob. »Dieses Material muss ziemlich überzeugend sein.«

»Noch einmal zum Mitschreiben: Ich habe schon mehr gesagt, als ich sagen sollte.«

Snorri strich sich Bierschaum aus dem Bart.

»In Nitters Auto haben wir Haare und Hautpartikel gefunden«, sagte er plötzlich. »Sie stammen von Ann.«

Bjørn faltete die Hände auf dem Tisch, damit sie nicht zitterten.

»Wir haben noch mehr gefunden. Einen Finger. Er stammte von derselben Hand, die du in der Fabrik gefunden hast.«

Bjørn machte eine Armbewegung und hätte beinahe das Bierglas umgeschmissen.

»Das eben habe ich nie gesagt, hast du verstanden, Bjørn? Ich bin wirklich viel zu gutmütig. Was machst du nur mit mir? Wenn du irgendjemandem gegenüber auch nur andeutest, was ich dir verraten habe, machen die mich einen Kopf kürzer.«

Je mehr Snorri trank, desto düsterer wurde sein isländisch-dänischer Tonfall.

»Doch ehe sie mich einen Kopf kürzer machen, werde ich gehängt und gevierteilt.«

* * *

Es war fast zehn Uhr, als Bjørn Sirens Wagen vor dem Haus hörte. Zu diesem Zeitpunkt hatte er im Internet alles gelesen, was er zu dem Fall, an dem sie arbeitete, finden konnte. Sie hatten Hellmanns Büros in Aker Brygge durchsucht. Norwegens viertreichster Mann war der Korruption angeklagt und vernommen worden, zwei seiner Direktoren saßen in Untersuchungshaft. Es ging um zehn Bohrinseln, die in den letzten sieben Jahren gebaut worden waren. Laut Anklage waren die Verträge zum Bau der Bohrinseln erst zustande gekommen, nachdem eine Firma auf den Cayman Islands dem Schwiegersohn des nigerianischen Präsidenten einen Millionenbetrag überwiesen hatte.

Bjørn ging in die Küche und schaltete gerade die Espressomaschine ein, als sie hereinkam.

Sie trug ein graues Kostüm, einen engen Rock und einen taillierten Blazer. Ein paar Schneeflocken in ihren Haaren waren noch nicht geschmolzen.

»Sieht so aus, als könntest du ein, zwei freie Tage gut gebrauchen«, sagte er und legte die Arme um sie.

»Zwei Tage? Ruf bitte bei mir in der Arbeit an und sag ihnen, dass ich mir ein Jahr freinehme.«

»Das hört sich gut an. Mauritius oder Seychellen?«

»Es riecht nach Kaffee hier. Du kannst ja damit beginnen, mir eine Tasse einzuschenken.«

Später saßen sie zusammen auf dem Sofa. Siren wollte sich die Nachrichten ansehen.

»Es war also Hellmann, hinter dem ihr die ganze Zeit her wart.«

»Sieht ganz so aus.«

Sie gehörte zur Ermittlungsgruppe, die eine Bewertung der Beweismittel vornehmen sollte.

»Ich gehe davon aus, dass ihr Beweise habt, die nicht nur wasserdicht, sondern auch erdbebensicher sind.«

Auf dem Bildschirm ging Trygve Hellmann eine Treppe hinunter. Schimmernder Anzug, die Haare nach hinten gekämmt und zu einem Pferdeschwanz gebunden, ein Ohrring. Mr Cool, dachte Bjørn. Er erkannte das Gebäude des Dezernats für Wirtschaftskriminalität. In einem Krimi, der schon seit Ewigkeiten auf TV2 ausgestrahlt wurde, war das Dezernat von außen oft zu sehen gewesen. Jetzt kam es ihm so vor, als stamme der Nachrichtenbeitrag aus dieser Serie. Hellmann stand vor dem Gebäude, während ihm etwa zehn Mikrofone entgegengestreckt wurden. Sein breites Lächeln signalisierte, dass er alles unter Kontrolle hatte. Wer musste da noch auf Fragen antworten? Er war mit drei, vier Ministern persönlich befreundet, hatte in allen Parteien enge Vertraute, versicherte, stets mit Freuden seine Steuern bezahlt zu haben, erntete oft Applaus, wenn er damit angab, dass er Legastheniker war und noch nie ein Buch zu Ende gelesen hatte. Natürlich kursierten Gerüchte, bei seinen Geschäften habe es Unregelmäßigkeiten gegeben, aber wer konnte schon Milliarden erwirtschaften, ohne sich in gewisse Grauzonen zu begeben, dachten viele. Doch nie hatte irgendjemand seine Unbescholtenheit infrage gestellt.

Bis jetzt.

Siren beugte sich vor und verfolgte den Bericht über die Pressekonferenz. Anklage laut Paragraf 276b, viel mehr wurde nicht bekannt gegeben.

Bjørn dachte daran, was Snorri über Beweise gesagt hatte.

»Hoffentlich wisst ihr, worauf ihr euch einlasst. Sonst wird die Sache zu einem Riesenbumerang.«

Sie zuckte die Schultern. »Nicht alle im Team sind damit einverstanden, dass wir uns jetzt aus der Deckung wagen.«

»Wirklich? Dann hat dein Chef also doch Eier in der Hose.«

»Fragt sich bloß, wie lange noch«, entgegnete sie.

Wenn Siren zweifelte, kam es womöglich gar nicht zu einer Anklage.

»Wird Hellmann etwa der Korruption bezichtigt, obwohl ihr keine wasserdichten Beweise habt?«

»Die Anklage war notwendig, damit wir die Razzia durchführen konnten. Man wird sehen.«

Igor trottete zu ihnen, legte sich neben das Sofa. Bjørn beugte sich vor, kraulte ihn hinter dem Ohr. Der Hund gähnte, streckte sich und blickte zu ihm auf. In den braunen Augen lag eine große Ruhe, trotz der Schmerzen, die er auch im Liegen haben musste.

»Ich hab Gerüchte gehört, dass Hellmann auf euren Besuch vorbereitet gewesen sein könnte. Aber das stimmt nicht, oder?«

Blitzartig drehte Siren sich zu ihm um.

»Wer zum Teufel hat das gesagt?«

Er zuckte zusammen, war von ihrer heftigen Reaktion überrascht.

»Nur ein Bekannter, kein Insider.«

Sie beruhigte sich, nahm ihr Weinglas.

»Hör zu, Siren, diese Sache ist mir auch wichtig. Wenn ihr euch zu früh aus der Deckung gewagt habt, könnte euch der Fall auf die Füße fallen.«

»Das brauchst du mir nicht zu erzählen.«

»Alle wissen, wozu Hellmann imstande ist. Du kennst ihn doch persönlich.«

»Kennen und kennen.«

Er wusste, dass sie ihm ein, zwei Mal begegnet war. Bei einem Seminar der norwegischen Arbeitgebervereinigung. Der Industrielle hatte sie zweifellos beeindruckt, und es würde ihn nicht wundern, wenn es für beide Seiten gegolten hätte. Das half den Wirtschaftsermittlern allerdings auch nicht weiter, sollten sie kurz vor der Ziellinie gestolpert sein.

38)

Mehrmals in der Nacht wachte Bjørn auf. Oder träumte, dass er wach war. Er stand am Fenster, öffnete es etwas weiter, atmete die klare nächtliche Aprilluft ein, betrachtete den Himmel über der Stadt, das unruhig flackernde Licht, das niemals zur Ruhe kam.

Wieder im Bett, sah er es vor sich. Vielleicht hatte er davon geträumt. Er fährt allein durch das Dunkel, das Schneetreiben wird immer dichter. Er ist in Hammerdal, auf dem Weg zum Haus, das er einst erbaut hat. Hinter einer Kurve ein Lichtblitz – und plötzlich eine Gestalt, halb nackt, mitten auf der Fahrbahn. Er kann nicht anhalten, die Gestalt kollidiert mit der Kühlerhaube, wird nach oben geschleudert, prallt mit dem Kopf gegen die Windschutzscheibe, das Blut färbt sie schwarz, er sieht nichts mehr. Nimmt nur den Geruch wahr, der den Wagen erfüllt, es riecht nach Erde, feuchter Herbsterde, verfaulten Blättern und Moorwasser.

Siren tippte ihm auf die Schulter, und er stützte sich auf die Ellbogen. Im Dunkeln sah sie ihn an.

»Du bist so unruhig«, sagte sie leicht gereizt. »Ich kann nicht schlafen.«

Er drehte sich zur Seite, schwang die Beine aus dem Bett, nahm Kissen und Bettdecke mit.

»Wo willst du hin?«

»Ich leg mich ins Gästezimmer.«

Sie streckte die Hand nach ihm aus. »War nicht so gemeint. Ich muss nur so schrecklich früh raus.«

»Du brauchst deinen Schlaf.«

Kurz darauf lag er auf dem schmalen Schlafsofa im Raum neben dem Wohnzimmer und spähte durch die dünne Gardine. Igor tappte hinter ihm her, legte sich auf den Boden. Immer noch sah Bjørn die Gestalt vor sich, die mit dem Kühler kollidiert und mit dem Kopf gegen die Scheibe geprallt war.

Er zog sich an und nahm Igor mit hinaus in die dämmernde Frühlingsnacht.

Später, als er im Alvebekk-Krankenhaus an ihrem Bett stand und ihr bleiches Gesicht betrachtete, wurde das Bild wieder lebendig: Ann, wie sie auf die Scheibe zufliegt, mit dem Gesicht zuerst, der brechende Kiefer und das zersplitternde Becken, der Körper, der sich auf dem Asphalt mehrmals überschlägt.

Auch sie schlief unruhig. Hin und wieder entwich ein Laut aus ihrer zerschundenen Kehle. Am liebsten hätte er sie aus dem Bett gehoben und in die kalte Aprilluft hinausgetragen, sie weggebracht, von allem, was ihr Schmerzen bereitete.

Das iPad, das sie bekommen hatte, lag auf der Bettdecke. Er legte es auf den Nachttisch und setzte sich auf einen Stuhl.

Er wartete, dass sie wach wurde. Dass ihr Körper seine Reparaturmaßnahmen durchführte, die Nervenenden einander wiederfanden, sie gehen und sprechen lernte. Nach ihrer Geburt hatte er mehrere Wochen lang freigehabt. Er beobachtete, wie ihr Blick immer zielgerichteter wurde, sie sich auf die Seite rollte, zum ersten Mal lächelte. Und jetzt war er wieder an ihrer Seite und sah zu, wie sie noch einmal lernte, ihren Körper einzusetzen. Er würde da sein und sie Schritt für Schritt auf diesem Weg begleiten.

Dr. Henry Spencer stand auf und ging zu seinem großen Schreibtisch. Dort blieb er lange schweigend stehen, sein Blick so fern, dass Bjørn sich fragte, ob ihr Gespräch bereits beendet war. Noch immer hatte er eine ganze Liste von Fragen.

»Ich wollte Ihnen mitteilen«, sagte Dr. Spencer plötzlich und kehrte offensichtlich mit seinen Gedanken zurück, »dass ich an vielen Forschungsprojekten beteiligt war, die sich mit dieser Art von Hirnverletzungen befasst haben. Solche Schäden lehren uns viel darüber, wie unser Gedächtnis funktioniert, wie es Dinge sortiert und wie wir Geschichten kreieren, um uns in der Realität zurechtzufinden, die ja nichts anderes ist als ein Strom von Informationen.«

In seinem englisch geprägten Norwegisch legte er ein hohes Tempo vor, und Bjørn hatte Mühe, ihm zu folgen. Irgendetwas über die Kommunikation von Zellen in verschiedenen Teilen des

Gehirns und wie jedes Mal, wenn das Gehirn etwas Neues lernt, auch neue Verbindungen entstehen.

Er schaute zu May-Britt hinüber. Sie war sorgfältig geschminkt, die Haare hatte sie frisch geschnitten, und sie trug ein blaues Kleid. Sie sah aus wie ein fleißiges Schulmädchen.

»Ich habe mich viele Jahre lang mit der Behandlung von Traumata bei Kindern beschäftigt«, fuhr Dr. Spencer fort. »Eine Pionierarbeit, wenn ich das in aller Bescheidenheit sagen darf. Wie wirken sich Hirnschäden auf unsere Selbstwahrnehmung aus?«

Bjørn setzte sich auf, versuchte zu verbergen, dass er langsam ungeduldig wurde.

»Was bedeutet das konkret?«

Dr. Spencer gestikulierte lebhaft.

»Morgen helfen wir ihr, das Bett zu verlassen. Die ersten Gehübungen nach den Operationen.«

»Sie haben letztes Mal gesagt, dass sie irgendwann wieder selbstständig gehen wird«, schaltete sich May-Britt ein.

»Ich sagte wohl, dass wir in dieser Hinsicht zuversichtlich sind. Die Chirurgen sind mit dem Ergebnis der Beckenoperationen jedenfalls zufrieden. Vermutlich wird sie keine Weltmeisterin im Sprint mehr werden. Im Marathonlauf auch nicht. Aber sie wird selbstständig gehen können, das denke ich schon.«

»Leichtathletik hat sie sowieso nie interessiert«, stellte May-Britt fest. »Das hat sie von mir.«

Der Oberarzt zog ein Taschentuch hervor und trocknete sich die gerötete Stirn.

»Was uns natürlich am meisten interessiert, sind die kognitiven Funktionen. Das Denkvermögen und ihr Gedächtnis. Ich habe bereits mehrere Anfragen der Polizei erhalten. Sie wollen wissen, wie ihr Zustand ist, woran sie sich erinnert und solche Dinge.«

»Und was haben Sie der Polizei geantwortet?«

»Dass wir nicht wissen, wie sehr ihr Erinnerungsvermögen von dem Erlebten beeinflusst ist. Das gilt auch für ihre Selbstwahrnehmung. Aber es sieht so aus, als wäre ihre Sprachfähigkeit nicht sehr beeinträchtigt worden.«

»Ich hab's gewusst!«, rief May-Britt aus.

»Es ist noch zu früh, um endgültige Schlüsse zu ziehen«, entgegnete Dr. Spencer rasch. »Die Polizei will natürlich wissen, ob sie in der Lage ist, von der Zeit ihres Verschwindens zu berichten.«

»Soll sie vernommen werden?«, fragte Bjørn.

»Ganz bestimmt«, antwortete Dr. Spencer. »Aber dafür ist es natürlich noch zu früh. Sie wollen einen eigenen Psychologen schicken.«

Er stand immer noch vor seinem Schreibtisch. »Wollen Sie sich das einmal ansehen?«

Bjørn sprang auf. Der Oberarzt drehte den Laptop zu ihnen um.

»Ich habe ihr ein iPad besorgt, damit ihr das Schreiben leichter fällt.«

Version 2.3.1
Ich bin Ann
Teermann
Der Teermann holt mich

»Hat Ann das geschrieben?«, fragte May-Britt.

Dr. Spencer nickte entschieden. »Wir ermuntern sie, jeden Tag ein wenig zu schreiben. Außerdem machen wir MRT-Aufnahmen ihres Gehirns und untersuchen die Entwicklung der Hirnfunktion im Zusammenhang mit ihren Schreibfortschritten.«

»Was bedeutet Version 2.3.1?«, wollte Bjørn wissen.

»Ich nummeriere das, was sie schreibt«, antwortete Spencer. »Und Version bedeutet, dass es noch unfertig ist. Die erste Ziffer steht für die Woche, gerechnet vom Tag ihrer Einlieferung. Die zweite Ziffer steht für den jeweiligen Tag in der Woche, und die dritte Ziffer weist darauf hin, wie viele Texte sie an dem Tag geschrieben hat. Somit können wir ihre Entwicklung genau verfolgen. Außerdem bitte ich sie, jeden Text mit denselben drei Wörtern zu beginnen: Ich bin Ann.«

»Aha«, sagte May-Britt.

»Verstehen Sie, was Ann damit meint?«, fragte Dr. Spencer.

»Nicht so ganz.«

Bjørn las es noch einmal. »Als ihre Freundin hier war, hat sie das Wort *Teermann* in ein Notizbuch geschrieben. Ich glaube, ich weiß, woher sie das hat.«

Er erwähnte das Unglück in der Fabrik.

»Das stimmt«, bestätigte May-Britt. »Davon hat sie gesprochen, bevor …«

Der Oberarzt schaute in die Luft, und sein Blick ging erneut in die Ferne. »Teermann«, sagte er schließlich. »Was soll man dazu sagen? Ein Arbeiter fällt in eine Wanne mit kochendem Asphalt, und später wird eine Art Gruselgeschichte daraus. Kinder lieben solche Geschichten. Erwachsene übrigens auch. Kein Wunder, dass ein fünfzehnjähriges Mädchen davon fasziniert ist, nicht wahr? Aber was bedeutet das? Und auf welcher Ebene?«

»Ich kann versuchen, sie danach zu fragen«, schlug Bjørn vor.

Dr. Spencer sah für einen Augenblick etwas verwirrt aus.

»Tun Sie das nicht, Bjørn. Lassen Sie uns abwarten, was sie von sich aus erzählt. Wenn wir sie drängen und zu viel fragen, laufen wir Gefahr, sie zu verwirren, ihr Erinnerungen zu suggerieren, die sie gar nicht hat. Das Ganze ist ein komplizierter Prozess, mit dem wir sehr behutsam umgehen müssen.«

Er machte weit ausholende Armbewegungen. Vielleicht wollte er ein großes Tier darstellen, das sich anschleicht.

39)

Als sie Ann das nächste Mal besuchte, war Helene vorbereitet. Dennoch starrte sie zunächst das Gesicht im Bett an, als sie den spärlich eingerichteten Raum betrat. Der Schlauch, der in Anns Kehle gesteckt hatte, war verschwunden. Einen solchen Luftröhrenschnitt bezeichnete man als Tracheotomie, hatte ihr Vater gesagt. Auch die Apparatur, die den Kiefer fixiert hatte, war entfernt worden. Ann saß aufrecht in ihrem Bett, gestützt von mehreren Kissen. Dann ging es ihr also besser.

Sie sah nicht besser aus.

Ann schien zu lächeln. Der Mund war nicht mehr als ein schräger Riss, mit ein paar sichtbaren Zahnresten. Es waren die Augen, die lächelten. Helene versuchte, etwas in ihnen zu finden, das sie kannte.

»Hab dir was mitgebracht.«

Sie gab Ann eine Schachtel. Hatte sie nicht eingepackt, wollte keine große Sache daraus machen. Doch sie hatte seit ihrem letzten Besuch unentwegt daran gedacht.

Fragend schaute Ann sie an. Vielleicht dachte sie, dass alles so werden könnte wie früher. Vielleicht hatte sie sich noch nicht im Spiegel gesehen.

Mit sicheren Bewegungen öffnete sie die Schachtel. Die Ohrringe waren aus Silber. Zwei dünne herzförmige Blätter. Helene hätte sie gern selbst getragen. Jetzt saß sie hier und wusste nicht, wo sie hinschauen sollte.

Ann betrachtete die Ohrringe lange. Ihre Augen wurden blank. Vielleicht war es ein Fehler gewesen.

Sie legte die Schachtel auf den Nachttisch, streckte die Arme aus. Dann hielten sie sich fest. Ann roch gut, besser als letztes Mal. Nach einem Fruchtshampoo, Lavendel und Erdbeer. Nach warmer Haut. Sie roch nach Ann. Fast. Da brach es aus Helene heraus. Ausgelöst von dem Wort *fast*. Sie wollte ihre Tränen verbergen, doch ihr Körper verriet sie. Draußen verschwand gerade die Sonne hinter einem Hausdach.

Es hätte peinlich werden können. Helene schaute aus dem Fenster, doch als sie Anns Blick begegnete, war es nicht unangenehm. Ihre Augen lächelten, und ein Laut kam aus ihrem Mund.

Helene beugte sich vor.

»Hab dich …«, hörte sie. Vielleicht »lieb«.

»Hab dich auch lieb.«

Das wurde zu viel für sie. Helene stand auf und zog die Bettdecke gerade. Wühlte in ihrer Umhängetasche und holte eine Packung Papiertaschentücher heraus.

»Du sollst doch nicht reden. Wahrscheinlich schimpfen sie nachher mit mir.«

Ann zog das iPad zu sich.

Werde später noch ganz viel reden. Sagt Dr. Henry.

»Dein Arzt?«

Komischer Kauz. Aber ziemlich nett.

Helene setzte sich wieder auf die Bettkante.

»Meine Mutter hat mich hergefahren. Kann sie dich nachher noch sehen?«

Blöde Frage. Als wäre das hier eine Freakshow oder so was. Doch Ann nickte. Helene hatte vorher überlegt, worüber sie reden könnten. Über ungefährliche Themen. Wie wenig Ann eigentlich verpasste. Das Schwimmtraining, die Geburtstagsparty von Dagny, den Gemeinschaftskundeunterricht in der Schule, der wegen Stilldemenz praktisch ausfiel. Runar, der nach Nordnorwegen gezogen war. Zumindest hatte er Ahnung von seinem Fach gehabt.

Warst du da?, schrieb Ann auf dem iPad.

»Wo?«

Ann betrachtete kurz den Bildschirm, ehe sie tippte.

Fabrik.

Helene musste wieder aufstehen. Was Ann da fragte, gehörte zu den Themen, über die sie nicht sprechen durften.

Doch jetzt musste sie antworten.

»Ich war nicht da. Nicht an diesem Abend.« Sie spürte, dass sie den Kopf schüttelte, als müsste sie die Antwort mit ihrem Körper unterstreichen.

Ich habe geträumt, dass du da warst. Da, wo wir das Feuer gemacht haben. Ich bin aus dem Keller gekommen. Träume komische Sachen.

»Willst du wirklich darüber reden?«

Ann zuckte die Schultern. Ihr Gesicht verzerrte sich zu einer Grimasse, die Bewegung tat ihr sichtlich weh.

Lieber mit dir reden als mit den anderen.

»Aber du kannst dich nicht daran erinnern, was passiert ist?«

Ann zeigte auf ihren Kopf, blickte eine Weile stumm auf das iPad, schrieb nichts.

»Alle fragen sich, wie es dir geht.«

Was sagst du dann?

»Dass es dir besser geht und du wieder nach Hause kommst.«

Nicht, dass ich aussehe wie eine Hexe?

»Ach, komm.« Helene beugte sich vor. Wange an Wange. Erneut hielten sie sich fest. Die Dinge bedeuten etwas, dachte sie. Sie wusste nur nicht, was.

* * *

Sie schrieb eine Nachricht auf Facebook. Hatte Ann gefragt, ob das okay sei. Ein Gruß von ihr: *Bin bald wieder da. Denke an euch.* Nach einer Stunde schon über zweihundert Likes, stellte Helene fest. Jetzt wussten jedenfalls alle, dass *sie* es war, mit der Ann sprechen wollte. Alle, die sie auf Facebook und WhatsApp mit Dreck beworfen hatten. Jetzt konnten sie ihren Dreck selbst fressen. Fast hätte sie gekotzt. Was für ekelhafte Typen.

Sicherheitshalber hatte sie auch Anns Vater gefragt, ehe sie den Gruß gepostet hatte. Er sagte, es sei schon in Ordnung, sie solle aber, so wie die Dinge lägen, vorsichtig damit sein, was sie bekannt gebe. Ann wusste etwas. Und der Mann, der in Sicherheitsverwahrung war, wäre zu allem imstande, um Ann am Reden zu hindern.

Sie stand in der Umkleide, als Runar anrief. Begriff gar nichts, als sie seinen Namen auf dem Display erblickte. Wollte eigentlich nicht rangehen.

»Hei«, meldete sie sich.

»Helene«, sagte er, als reiche es aus, ihren Namen zu sagen, damit sie vergaß, dass er sich seit seiner Abreise kein einziges Mal bei ihr gemeldet hatte.

»Hab gerade zu tun.« Sie klemmte sich ihr Handy zwischen Ohr und Schulter und schnürte ihre Converse-Schuhe. »Bin beim Training.«

»Ja, natürlich. Wie geht's dir? Kannst du mich nachher anrufen?«

Seine helle und ein wenig heisere Stimme. Der nordnorwegische Singsang, den sie vermisst hatte.

»Weiß nicht …«

»Es tut mir leid, Helene, dass ich mich so zurückgezogen habe.«

Er setzte zu einer langen Erklärung an. Dass er so viel um die Ohren gehabt und auf die richtige Gelegenheit gewartet habe, wieder Kontakt aufzunehmen …

Sie warf sich ihre Tasche über die Schulter. »Ist schon okay«, unterbrach sie ihn. »Ich kann gut verstehen, dass Ihnen vieles im Kopf rumgegangen ist. Ich bin auch nicht sauer oder so.«

Warum sollte sie das auch sein? Er war ihr Lehrer gewesen. Sie hatten sich manchmal unterhalten. Man konnte mit ihm gut reden. Er hatte ihr geholfen, als sie Hilfe gebraucht hatte.

»Würde auch gar nicht zu dir passen … ich meine, sauer zu sein.«

»Nein?«

»Ich bin viel besser darin, an Leute zu denken, als mit ihnen Kontakt zu halten.«

»Hm …«

Ihre Mutter stand im Flur und machte ein neugieriges Gesicht. Demonstrativ zeigte Helene auf ihr Handy, schob die Tür auf, trat hinaus ins Abendlicht. Die Sonne über der Hügelkette in ihrem Rücken beleuchtete die gegenüberliegende Seite von Hammerdal.

Runar war mit seiner Erklärung noch nicht fertig.

»Du darfst nicht denken, dass mir plötzlich egal war, was mit dir passiert ist, Helene.«

»Nein, bestimmt nicht.«

»Es ist etwas geschehen, eigentlich wollte ich nicht darüber reden.«

Sie ging um die Ecke, stellte sich in den kalten Schatten.

»Ich war mit jemandem zusammen, mehr oder weniger. Aber es hat nicht gehalten. Und plötzlich war ich ganz allein in dem großen Haus, das ich gemietet hatte. Das war ein bisschen zu viel für mich.«

»Verstehe«, sagte sie, und das tat sie auch, nahm mit einem Mal wahr, dass er sich traurig anhörte.

»Weihnachten ist mir klar geworden, dass ich ausziehen musste. Deshalb bin ich in den Norden gezogen, jedenfalls für eine Weile.«

Sie überlegte, wie lange eine Weile war, fragte jedoch nicht.

»Wäre wirklich schön, dich mal wiederzusehen«, fügte er hinzu, als ihre Mutter auftauchte und auf den Wagen zeigte.

»Vielleicht in Tromsø, zweitausend Kilometer von hier entfernt? Da wohnen Sie doch jetzt, oder?«

»Ja, in der Nähe, aber ab nächsten Sommer bin ich wieder in Oslo.«

»Aha.«

»Wir haben so vieles zu besprechen.«

Sie sog die scharfe Abendluft ein.

»Ja, vielleicht.«

»Ich hab gesehen, dass du Ann besucht hast, Helene, und darüber habe ich mich so unheimlich gefreut … dass du mit ihr geredet hast.«

»Sie redet noch nicht. Sie schreibt mithilfe eines iPads.«

»Das ist doch fantastisch! Hat sie schlimme Verletzungen?«

»Sie hatte insgesamt sieben Operationen, am Becken, am Kiefer und am Hals. Sie macht gerade die ersten Gehversuche.«

»Fantastisch«, wiederholte er. »Und was sagt, ich meine, was schreibt sie?«

»Verschiedenes.«

Er bemerkte bestimmt, dass sie nicht mehr darüber reden wollte.

»Wie gut, dass sie dich hat«, sagte er. »Das bedeutet wahnsinnig viel. Stehst du immer noch unter Polizeischutz?«

»Schon seit Weihnachten nicht mehr. Ich habe nur noch so ein Gerät, mit dem ich Alarm auslösen kann.«

»Sicher eine gute Idee. Es ist beruhigend zu wissen, dass sie auf dich aufpassen.«

Sie ging zum Auto. »Es ist wichtiger, dass sie auf Ann aufpassen.«

Ein schöner Satz.

»Sie haben vorhin gesagt, dass Sie wieder nach Oslo ziehen.«

»Ja, ich habe einen Job an einer sonderpädagogischen Einrichtung bekommen. Dann müssen wir uns unbedingt treffen und miteinander reden.«

Auf jeden Fall, hätte sie antworten sollen.

»Schicke dir heute Abend eine Nachricht«, fügte er hinzu.

»Als Roman Warzinsky?«

Er lachte leise.

»Roman Warzinsky gehört der Vergangenheit an.«

»Was ist mit ihm passiert?«

»Seine Zeit ist verstrichen. Er hat den Anschluss verloren.«

Ich bin Ann

Version 4.1.1

Ich bin Ann. Bilder rasen vorbei. Der Keller. Scheinwerfer blenden mich. Es schneit. Irgendwo schreit eine Katze. Ich darf keine Katze haben. Ich soll einfach schreiben, ohne groß nachzudenken, sagt Dr. Spencer. Er lobt mich, wie gut ich das mache. Ich traue ihm nicht.

Ich frage Dr. Spencer nach Ann. Er will mir darauf nicht antworten und sagt, dass ich die Antworten selbst finden muss. Deshalb schreibe ich, einmal am Tag (mindestens!). Er hat mir ein schwarzes Buch gegeben. Ich hab geschrien, als ich es aufgeschlagen habe. Nur weiße Blätter ohne Linien. Alles war leer. Ich schrie und schrie. Mein Mund und mein Hals taten weh. Alles schmerzte. Sie kamen angerannt und haben mir eine Spritze gegeben. Als ich aufwachte, saß Dr. Spencer bei mir. Er hat sehr viel zu tun, ist Oberarzt und fast Professor und der beste im ganzen Land, sagt Bjørn Lindbekk. Er weiß alles über das Erinnern und das Vergessen. Über das, was man nicht vergessen hat, woran man sich aber trotzdem nicht erinnert. Dr. Spencer will, dass ich ihn Henry nenne. Irgendwie sollen wir Freunde sein, obwohl er vierundfünfzig Jahre alt ist. Ich traue ihm nicht. Ich bin gut darin, zu schweigen. Als ich tot war, habe ich nie geredet. Als ich tot war, habe ich aufgehört zu denken.

Ich hasse das schwarze Buch mit den leeren Seiten. Wenn man mich darin einsperrt, werde ich verrückt, habe ich zu Dr. Spencer gesagt. Aber er konnte es nicht hören. Keiner hört, was ich sage. Ich reiße das Buch in Stücke. Er wird nie erfahren, was für eine Angst ich vor dem Buch habe. Er versteht es trotzdem. Vielleicht weil ich so schreie. Falls ich es bin, die schreit. Im Keller höre ich jemanden, der schreit und schreit. Wie eine Katze, die niemand haben will.

Später kommt Dr. Spencer mit einem iPad. Der Bildschirm ist wie ein Spiegel, ich sehe mein Gesicht. Ich schreie noch lauter, doch niemand hört mich. Über dem Mund ist ein großer Verband. Aus dem Hals guckt ein Schlauch. Bin das ich, Dr. Henry? Bin ich das, die so aussieht?

Das bist du, Ann.

Version 4.2.1

Ich kann schreiben. Auf dem iPad brauche ich mir die Buchstaben nur auszusuchen. Die Finger tun das. Die Wörter kommen nicht von Ann, sondern von ihren Fingern. Das schreibe ich Dr. Henry. Er lacht. Sie sind klein und ein bisschen dick und haben den komischsten Backenbart der Welt. All das schreibe ich auf, aber es scheint ihn nicht zu stören. Ich mag ihn nicht, aber ich mag es, wenn er lacht.

»Welcher Wochentag ist heute?«, fragte Dr. Henry.

Ich weiß nicht. Montag?

»Welche Jahreszeit haben wir?«

Ich schaue aus dem Fenster. Grauer Himmel, graues Wasser, graue Gebäude. Ganz weit weg erkenne ich eine Hügelkette. Gestern war noch ein bisschen Schnee drauf. Falls es gestern war. Jetzt sehe ich keinen Schnee mehr. Auf der anderen Seite der Hügel liegt Hammerdal. Das hat Bjørn Lindbekk gesagt, als er letztes Mal da war. Ich glaube, das war gestern. Alle Tage sind gleich. Ich komme aus Hammerdal.

Es ist Herbst, schreibe ich auf Dr. Henrys iPad.

Aber es ist nicht Herbst. Das sehe ich an seinem Gesicht, als er meine Antwort liest.

Im Traum war ich im Ann-Raum. Als ich aufgewacht bin, war er verschlossen.

»Wie ist es im Ann-Raum?«, fragt Dr. Henry.

Genau das weiß ich nicht. Im Ann-Raum ist alles wie immer. Ich komme nur nicht mehr rein.

»Du weinst ja«, sagt Dr. Henry.

Ich schüttele den Kopf. Ich bin nicht traurig. Und wenn ich nicht traurig bin, kann ich nicht weinen.

Da nimmt er meine Hand, streicht mit ihr unter meinem rechten Auge entlang.

»Was spürst du?«

Meine Finger werden nass.

Du weinst, Ann.

Version 5.3.2

Bjørn Lindbekk soll lesen, was ich schreibe. Weil Bjørn Lindbekk der Vater von Ann ist. Und May-Britt auch. Sie ist Anns Mutter. Ich bin Ann. Deshalb ist sie meine Mutter.

Lieber Bjørn Lindbekk, wenn du das liest, bin ich nicht mehr tot.

Zuerst war ich tot in einem Keller. Dort war es warm. Der Boden war feucht, und etwas hat getropft. Vielleicht aus einem Rohr. Ich habe geschrien. Oder es war die Katze, die geschrien hat. Die Katze, die ich nicht bekommen habe. May-Britt sagt, dass ich allergisch gegen Katzen bin. Der andere Keller war kalt. Ich habe gehustet. Ich habe ein paar Decken bekommen. Und Spritzen in den Arm. Dann bin ich gestorben.

Ich will nicht mehr schreiben. Zufrieden?

Version 6.1.1

Ich bin Ann. Ich schreibe, und Dr. Henry hat den Eindruck, ich bin wütend. Aber ich bin nicht wütend. Ich weiß nicht, was ich bin. Dr. Henry sagt, dass ich meine Sache gut mache. Vielleicht meint er das wirklich. Aber das ist mir scheißegal. Er findet es gut, dass ich wütend sein kann und fluche. Er mag es, wenn ich so schreibe. Scheiß drauf, verdammt. Wenn ich doch wütend bin, dann nur, weil er laut vorliest, was ich gestern geschrieben habe. Ich hasse es, schreibe ich, aber ich spüre nichts dabei. Also schreie ich. Falls es nicht jemand anders ist, der schreit. Denn Schreien tut unheimlich weh. Ich habe Wunden im Mund und im Hals und überall. Alles reißt auf und beginnt wieder zu bluten. Schließlich wird es still.

Er stellt mir eine Aufgabe. Ich soll schreiben, wie es sich anfühlt, tot zu sein. Was mit mir passiert. Wenn ich in dem Keller mit dem feuchten Boden sterbe, wo es vergammelt riecht und von einem Rohr an der Decke tropft. Oder in dem anderen kalten Keller. Ich soll schreiben, dass ich den kalten Keller verlasse und umhergehe und tot bin. Lieber Dr. Henry Spencer. Mir gefällt es besser, wenn Sie lachen. Dann sehen Sie sehr nett aus, wie ein dicker alter Weihnachtsmann.

Ich habe solche Weihnachtsmanntypen nie gemocht, und das schreibe ich Henry, der das sehr lustig findet.

Reicht es jetzt, Dr. Henry? Sind Sie zufrieden?

Version 9.6.1

Helene-Tag.

Ich weiß nie, wann Helene-Tag ist, doch plötzlich steht sie in der Tür. Helene-Tage sind die besten.

Helene ist das hübscheste Mädchen der Welt. Ich werde froh, wenn ich sie nur angucke. Sie hat sich die Haare gebleicht, aber nur ein bisschen. Dafür ist ihre Haut braun geworden.

»Ich war mehrmals im See schwimmen.«

Ich gucke aus dem Fenster. Grauer Himmel, graues Wasser, graue Gebäude.

Ist es nicht zu kalt, so spät im Herbst noch zu schwimmen?

Sie macht ein komisches Gesicht.

»Gestern haben die Sommerferien angefangen.«

Ich kriege so ein kribbeliges Gefühl. So ähnlich, als ob einem was peinlich ist. Es tut nicht weh, aber es juckt überall, direkt unter der Haut.

Hab nur Spaß gemacht.

Aber Helene sieht mir an, dass das nicht stimmt. Außerdem will ich sie nicht anlügen. Sie ist der beste Mensch, den ich kenne. Das sage ich ihr auch. Da wird sie rot. Dann beugt sie sich zu mir und umarmt mich, und auch ich umarme sie und will sie gar nicht wieder loslassen. Erst wenn ich muss.

Passen sie auf dich auf?, muss ich fragen.

»Ich passe auf mich selber auf.«

Ich wollte noch etwas sagen. Etwas, das sie wissen muss. Ich weiß nicht, was es ist. Ich muss in den Ann-Raum. Er ist verschlossen.

»Ann, was ist?«

Nichts.

»Du siehst so ängstlich aus?«

Ich habe keine Angst. Ich spüre nichts. Nur dass ich froh bin, dass sie da ist. Ich will, dass sie bei mir bleibt.

Die Schule ist aus?

Sie nickt.

»Wir fahren auf die Hütte. Und dann nach Kreta.«

Lucky you.

Blöder Kommentar. Als ob ich neidisch wäre. Zu spät, um ihn zu löschen.

»Nächstes Jahr fliegen wir zusammen in den Süden, ja?«

Ich nicke und nicke und nicke. Sie soll mir unbedingt glauben, dass ich nichts auf der Welt lieber täte. Zusammen mit Helene am Strand. Zusammen mit Helene im türkisen Wasser. Es ist warm, und wenn wir gemeinsam schwimmen, ist nichts von dem, wovor sie eine panische Angst hat, je passiert.

»Ich fange auf der weiterführenden Schule in Lillestrøm an«, sagt sie. »Soll dich übrigens von Runar grüßen.«

Sie erzählt, dass sie am Telefon miteinander reden. Er fragt viel nach mir, will wissen, wie es mir geht und alle möglichen anderen Dinge. Vielleicht wollen sie sich auch nach den Ferien treffen. Sie mag Runar.

Victor ist tot.

Mit ängstlichen Augen schaut sie mich an. Ich will nicht, dass sie ängstlich aussehen.

»Haben sie dir das erzählt?«

Ich habe eine Zeitung im Aufenthaltsraum gesehen. Da mussten sie es mir sagen.

Jetzt ist sie traurig. Und noch ängstlicher.

»Eigentlich darf ich darüber nicht mit dir reden. Du sollst dich nicht aufregen.«

Frank Nitter hat Victor getötet. Und Nico.

Da rückt sie den Stuhl ganz nah ans Bett heran.

»Er wollte auch mich entführen. Er ist in die Umkleide der Schwimmhalle gekommen.«

Ich sitze einfach da und weiß nicht, was ich antworten soll.

»Und vorher stand er vor unserem Haus, ist mir überallhin gefolgt.«

Hat er vor eurem Haus geraucht?

Sie sieht überrascht aus. Will wissen, warum ich frage. Auf einmal fällt es mir ein.

Er war auch bei mir. Ist bei uns die Treppe raufgegangen und wollte in mein Zimmer eindringen.

Nachdem sie gegangen ist, schreibe ich: *Frank Nitter hat zwei Jungen getötet. Deine Freunde. Er wollte auch dich töten. Und Helene. Frank Nitter hat seine Frau getötet. Vor vielen Jahren. Die Mutter von Streuner.*

»Hast du Angst?«, fragt Dr. Henry.

Nein.

»Bist du traurig?«

Nein.

Ich spüre nichts.

Version 15.2.1

Ich bin Ann.

Es ist was passiert, rufe ich.

Eine Frau, die ich nicht kenne, steht in der Tür.

»Ann, bist du wach?«, fragt Bjørn Lindbekk. Er ist auch hier.

Hab ich geschlafen?

Die Frau schließt die Tür hinter sich, bleibt mitten im Zimmer stehen. Sie sieht mich lange an.

»Ich heiße Adriana«, sagt sie schließlich. »Ich bin Psychologin.«

Sie sehen komisch aus, sage ich und habe vergessen, dass ich nicht reden soll. Sie hat unsichere Augen, hat vielleicht Angst, mein Hexengesicht anzuschauen. Sie bleibt an meinem Bett stehen. Ich setze mich auf, mein Rücken tut weh. Bin in den letzten Tagen viel gelaufen. Hundertfünfzig Meter auf dem Flur. Dreißig Meter ohne Gehstuhl.

»Wie geht es dir?«, fragt sie mich.

Bjørn Lindbekk findet das iPad an meinen Füßen unter der Decke. Gibt es mir. Ich schreibe wahrheitsgemäß: *Habe leichte Schmerzen. Passt jemand auf Helene auf?*

Bjørn Lindbekk antwortet: »Helene ist in Sicherheit. Der Mann, der das getan hat, ist hinter Schloss und Riegel.«

Er heißt Frank Nitter. Bjørn Lindbekk will seinen Namen nicht aussprechen. Als wäre das gefährlich.

»Adriana arbeitet für die Polizei und ist gekommen, um dir ein paar Fragen zu stellen. Willst du, dass ich hierbleibe?«

Ich will, dass du hierbleibst. Aber das schreibe ich nicht. So was musst du verstehen.

Adriana zieht einen Stuhl an das Bett heran und setzt sich.

Eine Weile passiert nichts. Irgendwann muss ich eingeschlafen sein, denn plötzlich ist überall Sonnenlicht. Es lässt die Haare von Adriana aufleuchten, rotbraun wie ein Kupferkessel. Adriana fragt: »Wo warst du, bevor du hierhergekommen bist?«

Sie hat ein schwarzes Notizbuch hervorgeholt, ziemlich groß, und einen sehr dünnen Stift. Psychologin. Polizei.

In einem Auto.

Ich warte ein bisschen, bis ich es aufschreibe. Die Sonne kommt näher und hüllt mich immer mehr ein. Wenn das Licht noch stärker wird, verschwinde ich.

Ich bin aus dem Auto raus, dann kam ein anderes Auto.

»Und bevor du in dem Auto warst?«

Lange Zeit sitze ich da, ohne mich zu bewegen. Vielleicht denke ich nach.

In einem Keller.

Adriana nickt. »Du hast von dem Keller erzählt.«

Hab ich das?

»Du hast geschrieben, dass der Boden feucht war und es getropft hat. Und etwas von einem Teermann.«

Hat sie gelesen, was ich geschrieben habe?

»Ist schon in Ordnung, Ann«, sagt Bjørn Lindbekk. »Adriana ist hier, um uns zu helfen.«

Ich spüre einen Stich im Hals. Etwas wächst darin wie ein riesiger trockener Pilz.

Ich war in dem Keller. Falls das derselbe ist.

»Waren da noch andere?«

Adriana beugt sich ein wenig über das Bett, sie ist ziemlich blass, hat kleine Sommersprossen um die Nase und auf der Stirn. »Wer war noch in dem Keller, Ann? Mir kannst du es sagen.«

Ich denke intensiv über ihre Frage nach. Ich lag auf einer Matratze, bekam eine Spritze in den Arm. Ich schlief. Da war ich im Ann-Raum. Bjørn Lindbekk stand in der Tür und hat mit mir geredet. *Du wirst nicht sterben, Ann.*

Das muss ich geträumt haben.

»Kannst du uns davon erzählen, wer außer dir noch da war?«

Im Auto.

Es schneit. Wenn du die Autotür öffnest, kriegen sie dich nicht. Du verschwindest im Schnee. Deine Spuren verwischen.

Ich bin auf der Straße. Meine Füße werden immer leichter, je länger ich laufe. Ich bin schneller als der Teermann. Ein hupendes Auto kommt mir entgegen, aber es ist noch weit weg. Als ich den Kopf hebe, ist es plötzlich direkt vor mir. Meine Beine heben vom Boden ab. Ich falle, es hat mich erwischt.

Ich stehe auf der Fußgängerbrücke und verfolge alles, was mit Ann geschieht. Sie hebt den Kopf und sieht den Wagen, der im Schneegestöber auf sie zurast. Ganz langsam gleitet sie die Kühlerhaube hinauf und bleibt mit dem Kopf auf der Windschutzscheibe liegen, guckt hinein. Ann sitzt auf der Rückbank. Ann Edvardsen Lindbekk, daneben Mama und Papa. Hier kann Schluss sein, das wollte ich erzählen.

Jetzt sind sie wieder alle drei vereint.

August 2016

40)

Seit dem Frühling lagen die vertrockneten Rosen auf dem Grab. Obwohl Bjørn mehr Zeit hatte, als ihm lieb war, war er seit fast vier Monaten nicht mehr auf dem Friedhof gewesen. Seine Mutter hätte ihm Vorwürfe gemacht. *Du hast anscheinend genug mit dir selbst zu tun, Bjørn.* Aber das stimmte nicht. Auch nicht, als sie noch gelebt hatte. Er hatte genug von ihr gehabt. Lange hatte er nach schönen Erinnerungen gesucht. Und jedes Mal, wenn er glaubte, dass es ihm gelingen würde, stand sie an der Arbeitsplatte. *Obla-di-obla-da, life goes on.*

Johnny Lindbekk machte ihm keine Vorwürfe, dass er längere Zeit nicht am Grab gewesen war. *Ich habe alles, was ich brauche, Bjørn. Du solltest an dich und die Deinen denken.* Das waren seine Worte gewesen, als der Tod sich näherte. Er hatte alles, was er brauchte. Hast du keine Angst? *Doch, Bjørn, natürlich habe ich Angst. Die kann mir keiner nehmen. Ich hab irgendwo gelesen, dass es da oben auf dem Friedhof ziemlich ungemütlich sein soll. Dunkel und kalt, aber das stört einen nur in den ersten Tagen. Dann gewöhnt man sich daran. Man gewöhnt sich an alles.* Mit Ach und Krach hatte er den ersten Infarkt überlebt, führte ein Leben auf Abruf, konnte kaum atmen. Doch er brauchte nichts. Und fünf Monate später ging er dann endgültig, ohne bei jemandem auch den Hauch eines schlechten Gewissens zu hinterlassen. Weder Bitterkeit noch Scham. Alle Rechnungen waren beglichen. Er hinterließ nichts als Trauer und Sehnsucht.

Bjørn stopfte die verdorrten Rosen in eine Plastiktüte, entfernte das Unkraut. Die Feldblumen ließ er stehen. Sie hatten sich vom Nebengrab ausgebreitet. Aus irgendeinem Grund hatte er das Bedürfnis, sich bei Johnny Lindbekk zu bedanken. Ein seltsamer Gedanke, doch er gefiel ihm. Johnny hätte den Dank mit einem Schulterzucken angenommen. Nun reagierte er nicht. Stattdessen hörte Bjørn schon wieder den Refain, den er mehr hasste als alles andere: *La-la-la-la life goes on*. Er nahm wahr, dass er den Kopf schüttelte. Gut, dass du ihn bei dir hast, dachte er, der Gedanke war an seine Mutter gerichtet. Du hast es nicht verdient, aber so ist es gekommen. Manche bekamen das, was sie nicht verdienten. Warum sollte der Tod auch gerechter sein als das Leben? Manche meinten, man müsse für seine Taten einstehen, wenn schon nicht im Leben, dann nach dem Tod. Das selbst erleiden, was man anderen angetan hat. Nemesis, ein Gleichgewicht, eine Gleichung. Doch er glaubte nicht daran. Es gab Menschen, die lebten unbekümmert fort, nachdem sie die schrecklichsten Verbrechen verübt hatten. Sie wurden eben nie erwischt. Bereuten ihre Taten nicht. Hatten einen ruhigen Schlaf. Genossen das Leben. Und der Tod war für sie das Gleiche wie für einen Heiligen.

Auf dem Parkplatz entriegelte er mit einem Klicken den Wagen. Ein roter Peugeot parkte ein paar Meter weiter. Eine Frau stieg aus. Er blieb stehen, wusste, dass er sie schon einmal gesehen hatte. Sie erblickte ihn, als sie das Eingangstor schon fast erreicht hatte, schien einen Moment zu zögern, ehe sie auf ihn zuging.

»Wir haben im letzten Herbst miteinander geredet«, sagte sie, als sie vor ihm stand. Sie war klein und schlank, hatte ein markantes Gesicht, große, ein wenig vorstehende Augen, eine lange und krumme Nase. Als er sie wiedererkannte, sagte sie: »Die Tante von Victor.«

»Natürlich.« Er drückte ihre schmale Hand.

»Sonja«, fügte sie hinzu, aber das war nicht nötig, er hatte schon immer ein gutes Namensgedächtnis gehabt. »Ich habe mehrmals daran gedacht, Sie zu kontaktieren.«

Seit es Ann besser ging, hatten sich unzählige Leute bei ihm gemeldet, die ihrer Freude Ausdruck verleihen wollten. Sie schrieben E-Mails oder Nachrichten bei Facebook, ein paar Postkarten waren auch dabei. Leute, die er überhaupt nicht kannte, stellten fest, dass gute Menschen wie er letztlich den Sieg davontrugen.

»Für Sie muss es auch eine sehr schwere Zeit gewesen sein«, entgegnete er und dachte, dass er sich bei ihr hätte melden sollen.

Sonja Munoz zuckte mit den Schultern. »Wie geht es Ihrer Tochter?«

»Immer besser. Sie kann schon ganz selbstständig gehen.«

Er berichtete von ihrem geschädigten Kehlkopf, der letzten Operation, dass Ann wieder lernen müsse, ihre Stimmbänder zu benutzen.

»Sie wollen zu Victors Grab?« Er wies mit dem Kopf in Richtung Friedhof.

»Ja. Er liegt im Grab mit seinem Großvater. Rafael ist letzten Sommer gestorben.«

Bjørn dachte nach. »Sie haben ihn erwähnt, als ich bei Ihnen war. Victor hatte ein enges Verhältnis zu ihm, nicht wahr?«

»Ja, ich habe wohl so etwas gesagt. Sie haben ein gutes Gedächtnis.«

Ihren wenigen Falten nach zu urteilen, musste sie einige Jahre jünger sein als er. Sie hatte ein paar auf der Stirn und um die Augen, doch die Wangen und die Mundpartie waren vollkommen glatt.

»Für Victor war es ein schmerzlicher Verlust. Und dann hat es nur wenige Monate gedauert, bis auch er …«

Sonja Munoz öffnete ihre Handtasche, holte ein Taschentuch heraus, wickelte es sich um den Finger und betupfte behutsam ihre Augen.

»Er hatte es ja wirklich nicht leicht, doch er hat das Beste aus seiner Lebenssituation gemacht …«

Sie schüttelte den Kopf, ließ das Taschentuch wieder in der Handtasche verschwinden.

»Wieso hatte es Victor nicht leicht?«, wollte Bjørn wissen.

Sonja Munoz blickte zur Friedhofspforte hinüber. »Es fing an, als seine Mutter nach Chile gezogen ist. Victor hat sich geweigert, mit ihr zu kommen. Die meisten Mütter hätten diesen Plan daraufhin aufgegeben, doch nicht meine Schwägerin.«

Eine gewisse Anklage lag in ihrer Stimme.

»Sie hat ihn zurückgelassen?«

»Ja, das muss man so sagen. Victor ist zu meinem Schwiegervater gezogen. Eigentlich sollte es nur für eine Übergangszeit sein, aber dann ist es dabei geblieben.«

»Und es hat nicht gut funktioniert?«

»Über Rafael kann man viel Positives sagen, er war ein guter Mensch, doch er hat sehr gelitten in seinem Leben. Nachdem sie ihn in der Fabrik entlassen hatten, ging es bergab mit ihm. Ist ja auch kein Wunder, nach all dem Leid, das ihm in Chile zugefügt worden war, Gefängnis, Folter …«

Sie hielt inne. Bjørn unterbrach sie nicht.

»In den letzten Jahren hatte er keine guten Nerven mehr … und dann sollte er sich um einen Zwölfjährigen kümmern. Das konnte ja nicht gut gehen. Ich hätte mich eher einschalten müssen, hätte Victor anbieten sollen, bei mir zu wohnen.«

Sonja Munoz strich sich eine Locke hinter das Ohr, die sofort wieder nach vorne fiel.

»Als Rafael dann bettlägerig wurde, hat sich Victor um ihn gekümmert. Stellen Sie sich das vor, ein Achtzehnjähriger, der seinen totkranken Großvater pflegt. Natürlich habe ich ihn entlastet, und schließlich kam mein Schwiegervater in ein Pflegeheim, doch Victor hat darauf bestanden, ihn so oft wie möglich zu besuchen …«

Abermals nahm sie ihr Taschentuch. »Ich habe den Jungen so geliebt.«

Etwas in Bjørn begann, die erhaltenen Informationen zu sortieren.

»Sie sagten, dass Rafael Munoz damals in der Fabrik entlassen wurde. Meinen Sie Hammerdal Bruk?«

»Ja, dort hat er gearbeitet, seit er nach Norwegen gekommen war.«

»Mein Stiefvater hatte dort eine leitende Position.«

Sonja Munoz nickte. »Ja, das weiß ich. Und später ist er Bürgermeister geworden.«

Immer noch verspürte Bjørn denselben Stolz, wenn jemand es erwähnte.

»Rafael hat viel von ihm und der Fabrik gesprochen. Noch lange nachdem er dort aufhören musste. Er hat der Fabrik die Schuld an allem gegeben, was in seinem Leben schiefgelaufen ist. Sie wissen ja …«

Bjørn hatte keine Ahnung.

»Es hat doch damals dieses schreckliche Unglück gegeben«, sagte Sonja Munoz. »Kurz bevor die Fabrik dichtgemacht wurde.«

»Was meinen Sie?«

Sie dachte kurz nach. »Mit irgendwas war Rafael nicht einverstanden. Deshalb haben sie ihm schließlich gedroht. Ich weiß nicht genau, worum es ging. Am Ende war er total verbittert, machte die Krankenkasse, die Ärzte und die Familie für die Misere in seinem Leben verantwortlich. Doch immer auch die Fabrik. Als hätte dort das ganze Unheil begonnen.«

Ein scharfer Herbstwind blies ihnen vom Tal entgegen, und Sonja Munoz zog die Jacke enger um ihre Schultern.

»Ich hoffe, dass Ihre Tochter bald gesund wird. Sie ist ein süßes Mädchen, ich hab Fotos von ihr gesehen …«

»Ja, in der Zeitung«, sagte Bjørn mit einem Anflug von Zorn. »Die haben sich Privatbilder von ihr beschafft, sogar aus ihrer Kindheit.«

»Das meine ich nicht. Auf einem USB-Stick von Victor waren ein paar Fotos gespeichert.«

Bjørn zog die Augenbrauen zusammen.

»Fotos von Ann?«

»Ich habe sie der Polizei ausgehändigt. Die waren mehrmals bei mir zu Hause, haben Victors Laptop und andere Dinge mitgenommen. Den USB-Stick habe ich erst gefunden, als ich seinen Kleiderschrank aufgeräumt habe. Er lag unter ein paar T-Shirts und Socken. Es waren Fotos drauf. Einige auch von Ihrer Tochter, aber das habe ich damals gar nicht begriffen.«

Sie machte eine kurze Pause.

»Wenn es etwas gibt, das ich tun kann …«

Bjørn sah ihr in die Augen. Sie schien es ernst zu meinen.

Als er kurz darauf in sein Auto stieg, hatte er ihre Handynummer in seiner Kontaktliste gespeichert.

41)

Ihre Mutter hielt vor dem Haupteingang zur Schwimmhalle an.

»Um zehn nach neun hole ich dich wieder ab.«

»Nicht nötig«, sagte Helene. »Ich fahre mit Dagny.«

»Dann bist du um Viertel nach wieder zu Hause.«

»Ich fahr mit zu Dagny. Wir wollen noch was für die Schule machen.«

Die Mutter zögerte.

»Lass auf jeden Fall dein Handy eingeschaltet«, sagte sie schließlich. »Und den Piepser.«

Helene zog ihn aus der Tasche und zeigte ihn ihr.

»Dann bist du um halb elf wieder da. Wenn du nicht pünktlich bist, komme ich und hole dich ab.«

Sie blieb vor der Halle stehen, bis die Rücklichter auf der abschüssigen Straße verschwunden waren. Wartete einen Augenblick, bevor sie ihre Tasche aufhob und im Nieselregen zur Straße zurückging. Der Wind kam von Süden und pfiff durch Hammerdal. Es roch nach fauligem Tang, obwohl das Meer meilenweit entfernt lag.

Sie schwänzte das Training. Hatte ihre Mutter angelogen und nicht einmal ein schlechtes Gewissen. Manchmal musste man lügen, um ein Minimum an Privatleben zu haben. Außerdem hat Mama selbst gelogen, dachte sie sich, gegenüber Papa. Sie war also kein bisschen besser.

Sicherheitshalber rief sie Dagny an.

»Ich komme heute nicht zum Training. Meine Mutter glaubt, dass ich nachher noch mit zu dir fahre.«

»Warum glaubt sie das?«

»Weil ich es ihr gesagt habe. Wenn sie also anruft, bin ich bei dir, okay?«

Dagny kaute auf einem Kaugummi.

»Was hast du vor?«

»Jemanden treffen.«

»Wen?«

»Roman Warzinsky.«

»Hä?«

Helene schaute auf die Uhr, zehn vor halb acht.

»Eigentlich gibt's den gar nicht mehr«, sagte sie, um das Gespräch abzuschließen. »Erzähl dir alles später.«

Ein Versprechen, das sie nicht einhalten sollte.

Runars Auto stand am Busparkplatz. Helene hatte sich vorgestellt, wie es sein würde, ihn wiederzusehen. Hatte wach gelegen und sich ausgemalt, was sie sagen würde. Doch als sie die Autotür öffnete, passte nichts von alledem.

»Hei«, sagte er.

»Hei.«

»Steig ein.«

Sie warf ihre Tasche auf die Rückbank und schaute ihn von der Seite an. Irgendetwas war anders. Er hatte kürzere Haare. Etwas zu kurz an den Seiten. Das machte ihn älter.

»Lass dich angucken.«

Sie drehte sich halb zu ihm um. »Ist was?«

Er schüttelte den Kopf. »Nur dass du noch hübscher bist, als ich dich in Erinnerung hatte.«

»Wo wollen wir hin?«, fragte sie rasch.

Er setzte den Blinker und rollte auf die Straße. »Vielleicht fahren wir einfach ein bisschen durch die Gegend.«

Helene hatte gedacht, sie würden zu ihm nach Hause fahren, aber das konnte sie nicht vorschlagen.

Er stellte das Radio an. Gerede statt Musik, er suchte einen anderen Sender, Rap, er machte es wieder aus, gab Gas, schaltete in den nächsten Gang. Ein Auto kam ihnen entgegen, Regentropfen auf der Scheibe, er stellte die Scheibenwischer an. Stille im Auto. Sie hätte ihn gern gebeten, sie nach Hause oder zurück zur Schwimmhalle zu fahren.

»Ich habe so viel an dich gedacht«, sagte er plötzlich.

Das hatte er ihr mehrmals geschrieben. Doch jetzt, als sie zusammen in seinem Wagen saßen, bekam es eine andere Bedeutung. Es gelang ihr nicht, zu antworten.

»Du hast eine schwere Zeit durchgemacht. Und dann der Shitstorm in den Netzwerken, von dem du erzählt hast. Ist der vorbei?«

Sie nickte. Die Stimmung hatte sich komplett verändert, nachdem Ann wieder aufgetaucht war. Sie war die Einzige, zu der Ann Kontakt haben wollte. Plötzlich war Helene die Auserwählte, über die alle nur Gutes sagen wollten.

»Mir ist das jetzt egal«, sagte sie.

»Das finde ich sehr klug von dir.«

»Nach dem, was mit Ann passiert ist, kümmert es mich nicht mehr, was diese Arschlöcher über mich schreiben. Wer es nötig hat, auf anderen herumzutrampeln, ist doch arm dran.«

»Absolut deiner Meinung, Helene. Aber man muss so stark sein wie du, um das zu begreifen.«

»Bin ich so stark?«

Er machte eine Handbewegung. »Also wenn nicht du, wer dann? Du bist jemand, der immer zurechtkommen wird.«

Es gefiel ihr nicht, dass er das sagte. Irgendwie hieß das doch, dass sie alleine klarkommen musste.

»Nächste Woche fängt ja der Prozess an.«

Sie erstarrte. Das war das Letzte, worüber sie reden wollte.

»Fürchtest du dich davor?«

»Ein bisschen.«

Wenn sie nachts wach lag, stellte sie sich vor, wie sie den großen Gerichtssaal betrat, der vollgestopft mit Menschen war. Journalisten. Vielleicht Fernsehkameras. Ein Gefühl, als stehe man auf einer Bühne. Man durfte keinen Fehler machen, nicht rot werden. Doch vor allem hatte sie über die Begegnung mit Frank Nitter nachgedacht. Als wäre er es, der ein Urteil über *sie* sprechen sollte. Als ginge es um *ihre* Schuld. Ein seltsamer Gedanke. Sie hatte versucht, ihrer Psychologin davon zu erzählen. Aber die interessierte sich vor allem dafür, wie es ihr zu Hause erging.

»Ann sagt doch wohl nicht aus«, mutmaßte Runar.

Helene glaubte ebenfalls nicht daran. »Sie kann ja nicht sprechen.«

»Aber sie könnte es schriftlich tun.«

Helene dachte darüber nach. »Sie kann sich nicht genau erinnern, was passiert ist. Und sie wollen sie nicht unter Druck setzen.«

»Ist bestimmt besser, ihr Zeit zu geben.«

Sie fuhren an Granåsen vorbei, er stellte altmodischen Rock an.

»Das ist mehr mein Stil.«

»Aus dem letzten Jahrtausend.«

Er lachte. Sie hatte sein Lachen immer gemocht. Er lachte nie, um sich über jemanden lustig zu machen. Ich traue niemandem, der keine Selbstironie hat, dachte sie. Dann fiel ihr ein, dass ihr Vater das oft sagte.

»Denkst du noch viel darüber nach?«, fragte Runar. »Ihr habt ja viel Zeit miteinander verbracht.«

»Was glauben Sie denn?«

»Eine dumme Frage, ich weiß.«

»Victor und Nicolai sind tot, Ann wurde vierzehn Tage lang gefangen gehalten.«

Er schüttelte den Kopf. »Es ist schwer, das zu begreifen. Es ist wie in einem Krimi.«

Sie mochte es nicht, so zu denken. »Ich wäre die Nächste gewesen, wenn man ihn nicht im allerletzten Moment gestoppt hätte.«

Runar dämpfte die Musik. »Hast du keine Angst, wenn du daran denkst?«

Sie schloss die Augen, sah den riesigen Mann in der Umkleide vor sich, der ihr seine Hand entgegenstreckte.

»Sie haben ihn festgenommen und eingesperrt«, sagte sie.

»Ja, das stimmt! Wenn man doch nur alles einsperren könnte, das böse ist.«

Sie verstand nicht, was er damit meinte.

»Nicolai«, fiel ihr plötzlich ein. »Er hat mich gefragt, ob ich mit Ihnen geredet habe. Mehrmals, kurz bevor er getötet wurde.«

»Ach ja?«

Runar schien nachzudenken.

»Das stimmt. Er hat versucht, mich zu erreichen. Aber wenn ich seine Nummer gewählt habe, ist er nie rangegangen.«

»Wahrscheinlich wollte er Ihnen etwas erzählen.«

»Ja, wahrscheinlich hast du recht. Ich glaube, er hat mir vertraut. So schrecklich, dass wir uns nicht mehr erreicht haben. Vielleicht hätte das verhindert …«

Wieder wurde es still im Auto.

»Sie haben doch auf einer Art Sonderschule angefangen, nicht wahr?«, sagte sie, um das Thema zu wechseln.

»Genau. In Vålerenga.«

»Und Ihre Freundin?«

Er bog in Richtung Kirche ab.

»Ist wieder alles okay mit ihr?«

»Nein, wir haben uns getrennt«, antwortete er mit trauriger Stimme, die jetzt noch höher und heiserer klang als sonst. Sie hätte gern mehr über die Freundin erfahren, die Runar offenbar von einem auf den anderen Tag verlassen und in dem großen leeren Haus zurückgelassen hatte. So stellte sich Helene das jedenfalls vor.

Er schwenkte auf den Parkplatz am Friedhof ein.

»Sie fragen sich bestimmt, wo du bist, oder?«

Sie zuckte die Schultern. »Ich hab gesagt, dass ich beim Schwimmtraining bin.«

Er stellte den Motor ab. Sein Gesicht kam näher. Jetzt passiert etwas, dachte sie. Doch er schaute sie nur an.

»Erzähl mir von Victor.«

»Von Victor? Warum?«

Er ließ sich in den Sitz zurücksinken. »Weil ich glaube, dass es wichtig für dich ist. Das, was zwischen euch war.«

Die Psychologin hatte danach gefragt. Natürlich auch ihre Eltern. Doch sie hatte mit niemandem darüber reden wollen.

»Victor war … sehr speziell.«

»Inwiefern?«

Sie dachte nach.

»Man musste irgendwie immer das tun, was er sagte.«

»Er hatte also eine gewisse Macht über dich?«

»Kann schon sein. Aber er hat die Leute nicht ausgenutzt. Er war eben so.«

»Hat er dich gut behandelt?«

Sie zögerte. »Ja … schon.«

»Immer?«

»Nur das mit Ann, das habe ich nicht verstanden.«

Runar schaute sie von der Seite an. Die Abenddämmerung war hereingebrochen. Der Parkplatz war leer.

»Wart ihr zusammen? Ich meine, so richtig?«

Sie drehte sich zu ihm um. »Sie wollen wissen, ob ich mit ihm geschlafen habe?«

»Äh, das geht mich ja eigentlich nichts an …«

»Wir haben miteinander geschlafen. Zwei Mal.«

Runar stieß ein leises Geräusch aus, als würde er nach Luft schnappen.

»Und, war es okay?«

»Klar.« Plötzlich fügte sie hinzu: »Es war das Schönste, was ich je erlebt habe.«

Sie spürte, dass sie sehr schnell atmete. Für einen Moment wollte sie aus dem Wagen aussteigen, dann beruhigte sich ihre Atmung wieder.

»Warum fragen Sie die ganze Zeit nach Victor?«

Darauf antwortete er nicht.

»Wie lange wart ihr zusammen?«, fragte er stattdessen.

Sie dachte nach. »Ein paar Wochen, vielleicht drei.«

Dreiundzwanzig Tage. Sie musste nicht nachzählen.

»Und dann wollte er sich plötzlich mit Ann treffen?«

»Können wir nicht über was anderes reden?«

»Ich versuche, es zu verstehen, Helene. Das ist wichtig für mich. Und für dich auch.«

»Ist es wichtig für mich, dass Sie das verstehen?«

Er legte die Hand auf ihre Nackenstütze.

»Manchmal passieren dumme Sachen. Es schadet nicht, darüber zu sprechen. Im Gegenteil. Dann kommt einem gleich alles weniger dumm vor, weniger gefährlich. Victor war jemand, der Zeit brauchte, um sich anderen gegenüber zu öffnen.«

»War das so?« Sie warf ihm einen unsicheren Blick zu. »Wie gut kannten Sie ihn eigentlich?«

Er schien zu überlegen.

»Vor ein paar Jahren war ich sein Sozialbetreuer.«

»Echt? Warum haben Sie das nie erzählt?«

Er schüttelte den Kopf.

»Victor hatte eine taffe Kindheit. Hat einiges durchgemacht. Es hat ihm geholfen, mit jemandem zu sprechen, der wusste, was das bedeutet.«

Plötzlich ließ er den Motor wieder an, setzte zurück und wendete den Wagen. »Ich war für ihn da, als es wirklich drauf ankam. Und zwar mehr, als es die Arbeit verlangt hätte, wenn ich das so sagen darf.«

Das konnte sie sich gut vorstellen. So war Runar eben.

»Hat er nie von mir erzählt?« Er sah ihr in die Augen.

»Von Ihnen?«

»Ich meine, er wusste doch, dass ich dein Lehrer war. Hat er nicht gesagt, dass wir uns kannten? Dass wir beide …«

Sie dachte nach. »Nein, daran würde ich mich erinnern.« Er lenkte den Wagen auf die Straße und den Hügel hinunter. »Jetzt fahre ich dich nach Hause.«

»Äh, ich muss noch nicht zu Hause sein.«

»Dann fahre ich dich zur Schwimmhalle. Du solltest nicht anfangen, das Training zu schwänzen.«

»Nein …«, murmelte sie.

»Und noch eins, Helene.« Er legte ihr die Hand auf den Arm. »Es müssen ja nicht alle wissen, dass wir uns getroffen haben.«

Es klang so, als würden sie sich bald wiedersehen.

42)

Als Bjørn klingelte, merkte er, dass das Türschild abmontiert worden war. Doch der dunkle Abdruck war immer noch zu sehen. Als Ann verschwunden gewesen war, hatte er niemals daran gedacht, womöglich das Türschild ersetzen zu müssen, weil auf dem alten ein Name zu viel stand.

Er wurde in dasselbe Zimmer des meyerschen Hauses geführt wie das letzte Mal. Doch nun war Ende August, halb drei Uhr nachmittags, und das Licht fiel durch die großen Fenster.

»Setzen wir uns doch nach draußen«, schlug Johan Christian Meyer vor und öffnete die Terrassentür, ließ Bjørn den Vortritt. Der Wind war unangenehm, und es nieselte. »Wir können die Heizstrahler anstellen.« Er zeigte an die Decke.

»Das ist nicht nötig«, entgegnete Bjørn, der seine Jacke angelassen hatte.

»Etwas zu trinken?«

Bjørn zögerte. »Und du?«

»Nun, ein Drink wäre nicht schlecht, oder?«

Er verschwand wieder im Haus.

Bjørn ging zum Rand der Terrasse, blickte über Hammerdal. Wenn er sich vorbeugte, konnte er den Turm der Fabrik sehen. Er betrat den nassen Rasen. Das Schwimmbecken war gereinigt worden, er ging in die Hocke und ließ seine Finger durchs Wasser gleiten, das mindestens fünfundzwanzig Grad haben musste. Er erinnerte sich, wie er im Winter das erste Mal in diesem Garten gestanden hatte. Die Lampen am Pool hatten Schneehauben. Er versuchte, nüchtern zu werden. Aus dem Haus hinter ihm drang schwülstige Musik, die er nicht mochte.

Jemand hat eine Bemerkung gemacht. Er war auf dem Klo, ihm war kotzübel, aber er hatte nicht kotzen können. Darum steht er in Strümpfen im Schnee, um die Übelkeit loszuwerden. Und mit der schwülstigen Musik in den Ohren und kalten Füßen in nassen Socken erinnert er sich an die hingeworfenen Worte eines Mädchens. Sie hatte gerufen, bevor sich die Tür hinter ihr schloss.

Er muss das Mädchen finden. Auf wackligen Beinen geht er wieder ins Haus, hinein in die Musik, in das Kaleidoskop-Licht, das seine Farben in alle Richtungen schleudert, was seinen Schwindel verstärkt. Er findet die Toilette, drückt die Klinke des Badezimmers nebenan herunter. Abgeschlossen. Die nächste Tür ist auch abgeschlossen. Er hämmert dagegen, nichts geschieht. Doch die dritte Tür lässt sich öffnen. Er geht hinein, bleibt im Dunkeln stehen. Hört ein Stöhnen. Gefolgt von einer Mädchenstimme: Lass mich.

Er knipst das Licht an. Sie liegt auf dem Bett, halb bewusstlos, wie es scheint, der kurze Rock bis zum Bauch hochgeschoben, kein Slip. Über ihr, in gekrümmter Haltung und mit nacktem Hintern, Klaus Vincent Meyer. Das war es, was Bjørn durch den Kopf gegangen war, als er betrunken am Pool gestanden hatte. Klaus Vincent, der das umnebelte Mädchen in ein Zimmer zog, und ihre Worte: Bleib bei mir. Erst im Garten hatte er begriffen, dass die Worte an ihn gerichtet waren.

Was machst du hier?, knurrt Klaus Vincent.

Was machst *du* hier?

Schwachkopf! Ich wohne hier, und das ist mein Zimmer. Also hau ab!

Bjørn zerrt ihn von ihr herunter, stößt ihn zu Boden.

Verpiss dich!, schreit Klaus Vincent. Du hast hier nichts verloren!

Sie hat hier nichts verloren.

Bjørn hebt sie hoch und geht aus dem Zimmer, trägt sie durch die Musik und die flackernden Lichter, die jeden Winkel in Besitz nehmen, die Treppe hinunter in die Eingangshalle.

Erst hier setzt er sie ab. Sie weint und klammert sich an ihn.
Seitdem hat sie ihn nicht mehr losgelassen.

Johan Christian kam mit einem Tablett, auf dem Gläser, Mineralwasser und eine Flasche Gin standen.

»Ich muss noch fahren«, sagte Bjørn.

Johan Christian zeigte auf die Flasche. »Bedien dich.«

Bjørn schenkte sich ein Glas Tonic ein.

»Hier, in diesem Haus, habe ich Anns Mutter kennengelernt«, sagte er. »Auf einer Party.«

Überrascht schaute Johan Christian ihn an. »May-Britt? War sie hier auf einer Party?«

Bjørn nickte. »Dein Bruder hatte sie eingeladen.«

Später fand er ihre Kleider, nur den Slip nicht, der nie wieder aufgetaucht ist. Er führte sie hinaus in die Winternacht, und vielleicht entschied er sich in diesem Augenblick, wenn es denn eine Entscheidung war. Er würde sie nach Hause bringen, sich um sie kümmern. Denn genau das brauchte sie, jemanden, der auf sie achtgab.

Bjørn rieb sich die Stirn, als versuche er, die Erinnerungen an den damaligen Abend zu vertreiben.

»Ich wollte dir nicht so viel Arbeit machen«, entschuldigte er sich. »Ich hoffe, die Recherche war nicht allzu kompliziert.«

Johan Christian winkte ab. »Kein Problem. Ich habe eine der Sekretärinnen gebeten, das alte Archiv meines Vaters zu durchforsten. Er war ein Pedant, hat alles aufgehoben, was mit der Firma zu tun hatte.«

Er mixte sich einen Drink, trank einen Schluck, ehe er sich setzte.

»Ich hab mal eine Weile mit dem Gedanken gespielt, ein Buch über Hammerdal Bruk zu schreiben. Aber daran zu denken und es in die Tat umzusetzen, sind zwei Paar Stiefel.«

Er machte eine Pause. Bjørn fühlte sich gezwungen, sie zu füllen.

»Über acht Monate sind jetzt vergangen«, sagte er. »Die ersten acht Monate des restlichen Lebens.«

Das hörte sich ziemlich prätentiös an. Johan Christian lächelte schief. Die Augen lächelten nicht.

»Ich hätte dir das, wonach du gefragt hast, auch als Mail schicken können.« Er legte den Fuß auf einen Schemel. »Aber dann dachte ich, warum nicht miteinander reden. Ich habe in letzter Zeit viel darüber nachgedacht – was du durchgemacht hast … was wir durchgemacht haben.«

Johan Christian klang sachlich, doch Bjørn ahnte, dass sich dahinter etwas verbarg. Und plötzlich streifte ihn die verzweifelte Angst, die ihn in den ersten Tagen nach Anns Verschwinden gepackt hatte.

»Du kannst dir nicht vorstellen, wie sehr wir uns darüber freuen, dass du deine Tochter wiederhast.«

Auch dies sagte er ganz beiläufig.

»Wie geht es ihr?«

Bjørn blinzelte in das graue Licht. »Sie hat lange im Koma gelegen. Hat immer noch starke Schmerzen, musste mehrere Operationen über sich ergehen lassen, ihr Becken war zertrümmert …«

»Sie bekommt sicher die bestmögliche Behandlung.«

»Die Ärzte tun, was sie können. Aber Ann wird noch viel Zeit brauchen.«

»In den Zeitungen steht, dass sie auch Kopfverletzungen davongetragen hat.«

»Ja, das ist richtig.«

»Kann sie sich an den Vorfall erinnern?«

»Sie bekommt Morphium und verschiedene Medikamente. Es sieht so aus, als vermische sich bei ihr die Fantasie mit wirklichen Erinnerungen. Wir müssen ihr dabei helfen, das eine vom anderen zu trennen.«

Johan Christian hatte das halbe Glas geleert, ehe er den Inhalt mit Tonic verdünnte.

»Es ist unfassbar, wie schnell sich im Leben alles verändern kann. Was wir heute als selbstverständlich betrachten, ist schon morgen in unerreichbare Ferne gerückt. Aber sie wird doch wieder selbstständig gehen können, oder?«

»Ja, das ist nicht das größte Problem. Am meisten Sorgen bereitet uns ihr Gesicht, das sehr gezeichnet ist.«

Bjørn beschrieb die Verletzungen.

»Die plastische Chirurgie kann inzwischen vieles bewirken«, sagte Johan Christian. »Denk doch an die Sechzigjährigen, die heute wie Neugeborene aussehen.«

Bjørn verzog den Mund zu einem Lächeln. »Bei Ann ist der Fall etwas komplizierter. Die beste Behandlung bekäme sie in Deutschland, aber die müssten wir selbst bezahlen.«

»Wie viel wäre das?«

Bjørn wiegte den Kopf hin und her. »Ich weiß nicht genau, in jedem Fall eine siebenstellige Summe.«

Natürlich hatte er darüber nachgedacht. Er hatte keine Ersparnisse, konnte aber vielleicht einen Kredit aufnehmen. Und womöglich konnten sie die Hütte, die Siren zur Hälfte gehörte, verkaufen.

»Im Frühjahr habe ich in *VG* ein Interview mit dir gelesen«, sagte Johan Christian. »Da hast du dich ziemlich optimistisch angehört.«

»Ja, ich habe ihnen ein bisschen was anvertraut, damit ich nicht auch noch von allen anderen belagert werde. Angebote gab es genug. Ein Verlag wollte sich sogar die Buchrechte an der Geschichte sichern.«

Johan Christian schüttelte den Kopf. »Wie gut, dass sie dich hat«, sagte er und schien es ernst zu meinen.

Für eine Weile betrachtete er stumm den Regen.

»Ich denke oft daran, was er alles noch vor sich hatte. Was er jetzt alles versäumen wird. Aber auch das Gegenteil, Bjørn. Was ihm alles erspart bleibt.«

Ein nachvollziehbarer Gedanke, mit dem man sich in einsamen Nächten trösten konnte.

»Nicolai wäre bestimmt in der Firma eingestiegen«, mutmaßte Bjørn.

Johan Christian ertränkte sein Lächeln im Gin. Heraus kam eine Grimasse.

»Das war eine Möglichkeit, keine Verpflichtung. Wahrscheinlich ist es mir schlecht gelungen, ihm den Unterschied klarzumachen.«

Er leerte das Glas, stellte es weg.

»Wir haben ein paar Informationen zu dem Arbeitsunfall, nach dem du gefragt hast. Aber ich weiß nicht, ob die zu was nutze sind.«

»Trotzdem vielen Dank, du hast so viel andere Dinge im Kopf, an die du denken musst.«

»Ich gebe den Dank an meine Sekretärin weiter. Die hat gestern in den alten Dokumenten gewühlt. Der Vorfall ereignete sich im Juni 1978, warte mal …«

Er stand auf, ging zur Terrassentür, hinkte ein wenig, vielleicht ein kaputtes Knie. Als er zurückkam, hielt er eine Mappe in der Hand.

»Hier ist die Kopie eines Berichts, den die Geschäftsleitung damals auf den Tisch bekam.«

»Hab vielen Dank.«

Die Andeutung eines Nickens. »Ich hab mir das mal näher angesehen, nachdem du angerufen hattest. Und natürlich habe ich mich gefragt, was dich an der alten Geschichte so interessiert.«

Bjørn dachte nach, ehe er antwortete. »Unsere Kinder haben sich ja in der Fabrik herumgetrieben. Die Geschichte des verunglückten Arbeiters hat ihre Fantasie beflügelt. Sie nannten ihn Teermann.«

»Und du glaubst, dass das was mit deiner Tochter zu tun hat?«

»Der Teermann taucht oft in ihren Aufzeichnungen auf.«

»Und deshalb bist du an den alten Unterlagen interessiert? Glaubst du etwa an Gespenster?«

Bjørn schüttelte den Kopf. »Mit dem Glauben hab ich's nicht so. Doch immerhin hat auch Victors Großvater in der Fabrik gearbeitet, außerdem Johnny Lindbekk. Und natürlich dein Vater, der Direktor …«

»Damals war ja quasi der ganze Ort dort angestellt.« Johan Christian streckte die Hand nach der Ginflasche aus. »Aber was sollte es da für einen Zusammenhang geben? Hat Nitter irgendwas mit der Fabrik zu tun?«

»Darauf habe ich leider keine Antwort. Noch nicht.«

In diesem Moment tauchte Nora Meyer auf der Terrasse auf. »Sitzt du hier draußen? Hast du nicht gehört, dass sie schreit?«

Erst jetzt erblickte sie den Gast. Ihre Augen weiteten sich, wurden wieder schmal.

Bjørn stand auf, unsicher, ob er ihr die Hand geben sollte.

Nora Meyer wandte sich an ihren Ehemann. Sie war in Schwarz gekleidet, ein knielanger Rock, ein kurzer Blazer, hohe Lederstiefel.

»Bitte nicht schon wieder dieses Thema.«

Johan Christian erhob sich ebenfalls. »Bjørn hatte ein paar Fragen an mich, und ich habe ihn gebeten, auf einen Sprung vorbeizukommen.«

»Ich wollte gerade gehen«, versicherte Bjørn.

Sie nickte und verschwand wieder im Haus.

»Wenn ich die Unterlagen gelesen habe, gebe ich sie dir wieder.«

Johan Christian schüttelte den Kopf. »Lass nur. Behalte sie einfach oder wirf sie weg.«

Im Wohnzimmer fügte er hinzu: »Es gibt so viele Verbindungen zwischen deiner und meiner Familie. Ist dir das schon mal aufgefallen?«

Bjørn wusste nicht, was er dazu sagen sollte. Doch Johan Christian schien keine Antwort zu erwarten. Durch eine halb geöffnete Tür war ein leises Klagen zu hören.

»Das ist Tille, du weißt …«

Die Tochter war mit irgendeiner Krankheit auf die Welt gekommen. Bjørn hörte Nora Meyers beruhigende Stimme, die sich mit dem Jammern der Tochter vermischte.

Johan Christian begleitete ihn die Treppe hinunter.

»Das, was am Ende übrig bleibt.«

Bjørn drehte sich zu ihm um, verstand nicht, worauf er anspielte.

»Ihr Schreien«, sagte Johan Christian. »Manchmal denke ich, das ist alles, was von uns bleiben wird. Das Schlimmste ist, dass dieser Gedanke etwas Tröstliches hat.«

Unverwandt sah Bjørn ihn an. Die zusammengesunkenen Schultern, die ungekämmten grauen Haare. Mit einem Mal wurde ihm klar, dass ihm ein Mann gegenüberstand, der Hilfe brauchte und keine bekam.

»Das, was du von Ann erzählt hast.« Johan Christian richtete sich auf. »Ihre Gesichtsoperationen …«

Bjørn blieb stehen, die Hand auf der Klinke.

»Wenn du einen Platz im Ausland findest, wo sie die bestmögliche Behandlung bekommt, werden wir dich finanziell unterstützen.«

Seine Stimme klang klar und fest. Protestierend hob Bjørn beide Hände. »Das kann nicht dein Ernst sein.«

Johan Christian nickte bedächtig. »Das ist mein voller Ernst. Ich werde dafür sorgen, dass die Ausgaben gedeckt werden, jede einzelne Krone.«

»Aber das kann ich doch nicht …«

»Ich muss mich bei dir bedanken, Bjørn. Danke, dass du gekommen bist.«

* * *

Es wurde Abend, bis Bjørn dazu kam, sich die Unterlagen anzusehen. Siren war früh zu Bett gegangen. Der Fernseher lief ohne Ton, Igor durfte auf dem Sofa liegen. Der Schwanz schlug ein paar Mal, als Bjørn sich über ihn beugte. Sie wollten neue Medikamente ausprobieren, eine Kombination verschiedener Schmerzmittel. Die Tierärztin meinte, das sei der Mühe wert, wenn sie auch nicht viel Hoffnung habe. Mit Gicht konnte Igor noch eine Weile leben. Die Schmerzen hielt er schon irgendwie aus. Doch war das richtig?

Nein, war es nicht.

Igor hob den Kopf. Bjørn nahm ihn in beide Hände, sah dem Hund in die Augen, als suchte er nach einer Antwort auf die Frage, die er sich nicht zu stellen traute. Als er den Kopf losließ, sank er sofort wieder auf das Kissen.

Du musst eine Entscheidung treffen.

Die Dokumente lagen unsortiert in der blauen Mappe. Zeitungsausschnitte, Protokolle von Vorstandssitzungen, ein Umweltbericht. Falls der Direktor wirklich so ein Pedant gewesen war, konnte man sich über diese Unordnung nur wundern.

Zuerst überflog Bjørn die Zeitungsnotizen vom 27. Juni 1978. Der Lokalanzeiger hatte von dem Arbeitsunfall berichtet, die Osloer Zeitungen in aller Kürze. Der Name des verunglückten Arbeiters tauchte nirgends auf. Es war eine andere Zeit gewesen. Damals wurden noch keine Interviews mit den geschockten und verzweifelten Angehörigen geführt. Die trauernden Menschen wurden in Ruhe gelassen.

Er blätterte weiter zu den betriebsinternen Unterlagen. Bei einer Vorstandssitzung musste Johnny Lindbekk seine Sicht der Dinge erklären. Vielleicht war es das erste Mal, dachte Bjørn, dass Johnny mit dem Vorstand in Kontakt kam. Ein paar Jahre später wählte man ihn dann selbst in den Vorstand, nachdem er Bürgermeister von Hammerdal geworden war.

Nach wenigen Stunden hatte sich Bjørn ein Bild von dem Vorfall gemacht. Der verunglückte Arbeiter, Kasper Johansen, hatte mehreren Warnungen zum Trotz während der Arbeit Alkohol getrunken, ohne dass seine Kollegen es bemerkt hatten. An jenem Abend war er auf einmal auf den Absatz des Behälters mit kochendem Asphalt gestiegen, um eine Papprolle herauszufischen, die sich verkeilt hatte. Dafür gab es feste Regeln: Die Maschinen mussten zuvor gestoppt werden, es mussten sich immer zwei Arbeiter auf dem Absatz befinden, zudem war das Anlegen einer Schutzausrüstung obligatorisch. Doch Johansen hatte sich nicht an die Regeln gehalten. Er war betrunken gewesen und hatte Holzschuhe getragen, als er in die kochende Flüssigkeit gefallen war.

Den Instruktionen zu folgen, lag in der Verantwortung jedes einzelnen Mitarbeiters. Die Bedienung der Maschinen unter Alkoholeinfluss war strengstens verboten. Fazit: Das Unglück ließ sich auf das leichtsinnige und verantwortungslose Verhalten des Arbeiters zurückführen. Niemandem sonst war ein Vorwurf zu machen.

Es war halb zehn am Sonntagvormittag. Bjørn machte Marcos Zimmertür hinter sich zu und ging die Treppe hinunter in die Küche. Oben hörte er die Jungen immer noch lachen.

Siren saß im hellblauen Pyjama am Küchentisch. Er strich ihr über den Rücken.

»Bist du gestern früh eingeschlafen?«

Sie nickte. »Und du warst noch draußen?«

»Ja.«

Er war mit Igor hinaus in die Augustnacht gegangen, hatte lange mit ihm geredet. Jetzt lag der Hund in seiner Ecke auf dem Teppich, schlug ein paar Mal mit dem Schwanz, versuchte aber gar nicht, aufzustehen.

Bjørn wollte zu ihm, doch Siren zog ihn an sich.

»Wenn ich euch Jungs da oben höre …« Sie legte ihre Hände um seinen Hals, »… wie du als Vater bist, dann weiß ich, dass ich es nicht besser hätte treffen können.«

Er stutzte, weil diese Erklärung aus ihrem Mund seltsam klang, doch er wollte nicht weiter darüber nachdenken.

»Ich hab ihnen nur ein paar einfache Foltermethoden beigebracht«, erwiderte er. »Mit Durchkitzeln kriegt man immer die Wahrheit heraus.«

Sie lächelte ihn vage an. »Kannst du mir auch so was beibringen?«

Er zog sie hoch, setzte sie auf die Tischkante, öffnete einen Knopf ihres Pyjamas. »Wenn du dich traust …«

»Ich weiß nicht. Dein Arbeitszimmer scheint ein gefährlicher Ort zu sein.«

»Das solltest du am besten wissen«, sagte er, trug sie hinein und schloss die Tür hinter sich ab.

Danach blieben sie eng umschlungen auf dem schmalen Sofa liegen.

»Gibt's was Neues von Ann?«, fragte sie und setzte sich auf.

»Etwas Neues?«

Sie sah ihm in die Augen. Ausgerechnet jetzt wollte sie über Ann reden.

»Hast du nicht gestern gesagt, ihre Art zu schreiben hätte sich geändert?«

Er strich ihr mit dem Finger über die Wange, über das Schlüsselbein und die Halsgrube, freute sich über ihr Interesse.

»Nach und nach entstehen daraus kleine Geschichten.«

»Bekommst du sie zu lesen?«

»Einen Teil. Wir versuchen, das wirklich Erlebte von ihrer Fantasie zu trennen.«

»Kann sie das inzwischen selbst?«

»Da sind wir uns nicht so sicher. Sie schrieb zum Beispiel, wie es ist, tot zu sein. Dass sie an ihrem eigenen Begräbnis teilgenommen hat. Sie stand vor dem Altar, hat jeden Einzelnen von uns gesehen, doch wir haben sie nicht gesehen.«

»Die Arme ...«

Es klang etwas zu gewollt.

»Wolltest du nicht heute ins Büro?«, fragte er und schaute auf die Uhr.

»Ich habe ein wunderbar freies und langes Wochenende vor mir.«

»Wirklich? Seit wann weißt du das?«

»Du findest anscheinend, dass ich das nicht verdient habe«, antwortete sie mit gespielt beleidigter Stimme.

Im letzten halben Jahr hatte sie an jedem Wochenende am Hellmann-Fall gearbeitet. Nur einmal hatten sie im Sommer eine knappe Woche Urlaub gemacht, wobei sie allerdings mehrfach beruflich in die Stadt gefahren war.

»Und warum geben sie dir frei?«

»Dreimal darfst du raten.«

Bjørn blickte ihr in die Augen, die im Licht vom Fenster grünlich funkelten.

»Ihr lasst die Anklage fallen?«

Sie antwortete nicht.

»Was? Nach all der Arbeit, die ihr reingesteckt habt?«

»Ich darf dir keine Einzelheiten verraten, das weißt du doch.«

»Und jetzt kommt der Gegenschlag, oder?«

Frustriert schüttelte sie den Kopf. »Es wäre jedenfalls eine Sensation, wenn Hellmann auf die Gegenklage verzichten würde.«

Bjørn fragte sich, ob das persönliche Konsequenzen für Siren haben könnte, verwarf den Gedanken aber sogleich. Wenn Köpfe rollten, dann sicher nicht ihrer. Ganz im Gegenteil. Falls demnächst Spitzenpositionen im Dezernat für Wirtschaftskriminalität neu besetzt wurden, hatte sie bestimmt die besten Chancen.

»Mein Vater hat angerufen«, sagte sie.

»Aha?«

»Er will sich später noch mal melden. Es geht um den Prozess gegen Nitter. Du wirst als Zeuge vorgeladen.«

Ruckartig setzte Bjørn sich auf. Dass Halfdan zuerst mit ihr sprach, war mehr als irritierend.

»Ich dachte, sie wollten darauf verzichten«, brummte er.

Sie stand auf. »Die Verteidigung will dich als Zeugen.«

»Wie bitte?«

Sie stand mitten im Zimmer, nackt, mit dem Rücken zu ihm.

»Warum?«, fragte er, als würde sie die Antwort kennen.

»Vielleicht weil du auf Nitters Sohn losgegangen bist.«

»Die internen Ermittlungen sind doch eingestellt worden.«

»Warum sollte die Verteidigung daraus nicht Kapital schlagen?«

Sicherlich hatte sie recht. Vorläufig musste sich Nitter noch nicht wegen des Mordes an Nicolai Meyer verantworten. Im Laufe der Verhandlung wurde sein Sohn Jørgen der Beihilfe zum Mord angeklagt. Aber es wäre keine Überraschung, wenn sein Besuch in Jørgens Wohnung bereits in der Rechtssache gegen den Vater zur Sprache kam.

Siren zog ihre Schlafanzughose an.

»Liegt noch mehr gegen dich vor?«

Der Tonfall und Blick ihres Vaters. Bjørn krümmte sich auf dem Sofa ein wenig zusammen.

»Ich war auf dem Hof von Nitter. Am Wochenende, bevor er festgenommen wurde. Ich habe deinem Vater davon erzählt.«

»Das darf doch nicht wahr sein! Wie konntest du nur so eine riesige Dummheit begehen?« Mehr sagte sie nicht. Eine lähmende Stille breitete sich zwischen ihnen aus.

»Siren, hör zu. Nitter hat Ann irgendwo gefangen gehalten. Und die Ermittler haben ewig gebraucht, um herauszufinden, was ich ihnen schon die ganze Zeit gesagt habe. Stell dir vor, was es für Ann bedeutet hätte, wenn sie schneller geschaltet hätten.«

»Du musst dich nicht verteidigen, Bjørn. Nicht mir gegenüber.«

Sie setzte sich neben ihn.

»Gibt es sonst noch jemanden, der davon weiß?«

»Walter.«

Sie stöhnte auf. »Sag mir jetzt bitte nicht, dass ihr zusammen dort wart.«

»Ich hab ihn schon auf die Philippinen geschickt«, versuchte er, sie zu beruhigen.

»Und da ist er jetzt?«

Er legte ihr die Hand auf die Schulter. »Das würde ich ihm zumindest raten. Hier ist nämlich ein Kopfgeld auf ihn ausgesetzt.«

Sie nahm seine Hand weg. »Dann hoffen wir mal, dass jemand gut zielen kann, ehe die Verteidigung ihn zu fassen kriegt. Du kennst doch den Spitznamen von Rickard Pilgren?«

Den kannte Bjørn nur allzu gut. *Verteidiger aus der Hölle.*

43)

Ist das Ihr Haus?«

Es war groß, gelb gestrichen, der Garten viel großzügiger als ihr eigener.

Runar machte die Autotür zu. »Es gehört nicht mir, sondern einem Bekannten. Ich passe zurzeit drauf auf.«

Er schloss die Haustür auf.

»Und Sie wohnen hier ganz allein?«

Er zögerte.

»Mmh …«

Aber früher nicht, hätte sie sagen können. Da hatte *sie* mit ihm zusammengelebt.

Wer ist sie?, hatte Helene eigentlich fragen wollen.

Eine Katze kam die Treppe herunter.

»Ist das Ihre?«

Helene hockte sich hin und versuchte, sie anzulocken. Doch die Katze erschrak und flitzte wieder nach oben.

»Sie ist ein bisschen scheu. Braucht ein bisschen, bis sie sich an neue Menschen gewöhnt.«

»Dann wohnen Sie also doch nicht allein.«

Er antwortete nicht und ging ins Wohnzimmer. In den Regalen kaum ein Buch, ein großer Flachbildschirm. Auf dem Tisch eine riesige Kamera, die uralt aussah.

»Funktioniert die?«, fragte sie.

Jetzt lächelte er. »Leica ist der Rolls-Royce unter den Kameras. Die hier ist über fünfzig Jahre alt.«

»Echt?«, heuchelte Helene aufrichtiges Interesse.

»Einige der besten Fotografen benutzen sie immer noch. Das ist was völlig anderes als digitale Bilder.«

»Bilder, die man noch selbst entwickeln muss?«, fragte sie, um zu zeigen, dass sie auch ein wenig von Fotografie verstand.

»Genau. Im Keller habe ich eine Dunkelkammer. Das mache ich am liebsten, die Fotos in die Entwicklerflüssigkeit legen und abwarten, bis das Motiv langsam sichtbar wird.«

Er trug ein grün kariertes Holzfällerhemd, so weit aufgeknöpft, dass seine dichten schwarzen Haare zu sehen waren. Sie wusste nicht, ob ihr das gefiel.

»Ich zeig dir mein Studio«, sagte er, trat auf den Gang und lief die Treppe hinauf. Sie war gespannt. Als könnte sie mehr darüber herausfinden, wer er war, wenn sie die Zimmer des großen Hauses sah. Wenn sie erfuhr, was er mochte und was nicht. Wenn sie Spuren der Freundin entdeckte, die ihn verlassen hatte. Helene hatte sich alle Alben auf seiner Facebook-Seite angesehen. Es gab ein paar Kandidatinnen, die als seine Ex infrage kamen, doch sicher war sie sich nicht. Man merkte ihm deutlich an, dass er mit dieser Beziehung noch nicht abgeschlossen hatte. Er bekam einen traurigen Blick, wenn sie nach ihr fragte. Sie hätte ihn gern getröstet, aber er wollte nicht darüber reden.

Im Obergeschoss öffnete er eine Tür und ließ ihr den Vortritt. Es war ein heller Raum mit hoher Decke und Fenstern zum Garten. Mitten im Zimmer ein Fotostativ mit einer Kamera, die sehr modern aussah, und ein großer weißer Schirm.

»Sie sind ja ein richtiger Profi!«, rief sie aus.

»Ich fotografiere schon, seit ich so alt war wie du«, erwiderte Runar.

Die Worte blieben zwischen ihnen in der Luft hängen. Dein Alter. Mein Alter. Der Unterschied. Als wollte er ihr klarmachen, dass er viel zu groß war.

»Ich kann gerne ein paar Fotos von dir machen … wenn du willst.«

»Ich glaub nicht«, sagte sie rasch. »Ich bin nicht …«

Seit Langem hatte sie das erste Mal wieder viel Zeit vor dem Spiegel verbracht und sich darauf vorbereitet, dass er sie ansehen würde, denn das tat er ständig. Leute ansehen. Er musterte ihre Gesichter, um ihr Wesen zu ergründen. Aber fotografiert zu werden, dazu war sie nicht bereit.

»Du brauchst dich nicht herzurichten«, entgegnete er. »Du bist unglaublich hübsch.«

Das hatte er ihr schon öfter gesagt.

»Ist das so wichtig?«, stieß sie unwillkürlich hervor.

Er schüttelte den Kopf. »Man kann auf verschiedene Arten hübsch sein. Du hast etwas ganz Besonderes, Helene. Gar nicht so leicht, die richtigen Worte dafür zu finden. Du bist viel mehr als nur hübsch.«

Es geschah etwas mit seinen Augen. Er mochte sie. Mehr als das. Sie spürte, dass es mehr war.

Unten in der Küche schloss er die Kamera an einen Mac an und öffnete ein Programm. Fotos erschienen auf dem Bildschirm.

»Siehst du?«

Sie zuckte die Schultern.

»Dieser Blick, das Gesicht … dein Körper. Das meinte ich, als ich gesagt habe, dass du mehr als hübsch bist. Das ist der Ausdruck, nach dem ich suche, wenn ich fotografiere. Dieser Ausdruck sorgt dafür, dass man den Menschen sofort kennenlernen will, und zeigt, dass du etwas unbeschreiblich Wertvolles besitzt.«

Es wurde ihr ein bisschen zu viel, und sie drehte sich weg.

»Soll ich dir die Bilder schicken?«

»Können Sie gerne machen.«

»Wir können ja bald noch mehr Fotos schießen … also, wenn du willst. Mit der Leica ist das noch mal etwas ganz anderes.«

»Bestimmt.«

Jedenfalls hatte sie nun einen Grund, wiederzukommen.

Sie saßen am Küchentisch. Die Dämmerung hatte eingesetzt. Sie trank Kaffee, der sehr stark war, selbst mit Milch und Zucker.

»Hat Ann noch mehr erzählt, was an dem Abend passiert ist?«

Helene schüttelte den Kopf. »Mir jedenfalls nicht. Aber sie schreibt sehr viel.«

»Worüber denn?«

»Alles Mögliche.« Sie dachte nach. »Der Arzt bittet sie darum. Ich glaube, sie wollen ihr helfen, sich zu erinnern.«

»Das ist eine gute Idee.«

Schweigend betrachtete er sie.

»Als ihr damals in der Fabrik wart, an dem Abend, als Morten eingesperrt wurde ...«

Sie wünschte sich, er würde endlich damit aufhören.

»Du hast gesagt, dass Victor von einem Unglück in der Fabrik erzählt hat.«

»Der Teermann.«

Er schaute sie fragend an.

»Ann hat sich den Namen ausgedacht. Ein Mann ist damals in einen Behälter mit kochendem Teer gefallen, und Victor wollte uns einreden, dass er jetzt als Gespenst durch die Fabrik geistert.«

»Gruuuuselig!«, fügte sie hinzu.

Runar blickte aus dem Fenster. »Asphalt«, sagte er. »Die Dachpappen werden mit Asphalt, nicht mit Teer beschichtet.«

Helene versuchte, mehr Kaffee zu trinken, aber er war zu heiß und zu stark, und sie schob die Tasse weg.

»Ich könnte mir vorstellen, was passiert ist«, sagte er schließlich.

»Wann passiert?«

»Frank Nitter war in der Fabrik, und wir wissen, dass er Victor getötet und Ann mitgenommen und sie gefangen gehalten hat. Aber da ist noch was ...«

Die Katze huschte in die Küche und blickte Helene feindselig an. Runar nahm sie auf den Schoß und strich ihr über den Kopf.

»Es ist nur so eine Idee ...«

»Was meinen Sie?«

»Ich frage mich ... wie viel ich dir erzählen darf, Helene.«

»Vertrauen Sie mir nicht?«

Er drehte sich zu ihr. »Du gehörst zu den wenigen Menschen, denen ich absolut vertraue.«

»Aber?«

»Eigentlich gibt es kein Aber. Auch wenn ich über ein paar Dinge nicht mal mit dir reden kann. Eigentlich mit niemandem.«

Jetzt machte er wieder ein trauriges Gesicht.

»Egal, was Sie mir erzählen«, entgegnete sie, »ich werde es niemandem weitersagen.«

Eindringlich schaute er sie an.

»Versprichst du mir das?«

Sie nickte.

»Sag es laut, damit ich es hören kann.«

»Ich verspreche Ihnen, dass ich das, was Sie mir erzählen, nicht weitersage.«

»Sicher?«

Sie nickte. »Ganz sicher.«

Seine Hand strich der Katze über den Rücken, als wollte er sie trösten. Hab keine Angst, sagte die Hand. Seine Augen indessen waren von Angst erfüllt. Er war derjenige, der in den Arm genommen und getröstet werden musste.

»Was hat euch Victor über das damalige Unglück erzählt?«

Sie beugte sich etwas näher zu ihm. »Sie meinen, über den Teermann?«

»Nenn ihn nicht so«, sagte er plötzlich mit Entschiedenheit.

»Okay.«

Immer noch streichelte er die Katze, die helle Klagelaute ausstieß.

»Willst du wissen, wer er war?«

Eigentlich nicht. Helene wollte mit ihm nicht mehr darüber reden und hätte am liebsten gar nicht mehr geredet.

Sie versuchte es mit einem Scherz. »War das etwa Ihr Vater, oder was?«

Vermutlich hatte er eine abrupte Bewegung gemacht, denn die Katze sprang plötzlich auf den Boden und sauste aus der Küche.

Er blieb sitzen und schaute sie an. So lange, bis sie schließlich fragte: »Im Ernst?«

Ich bin Ann

Version 20.5.1

Ich bin Ann. Adriana sitzt an meinem Bett. Dr. Henry ist sauer auf sie. Vielleicht habe ich das auch nur geträumt.

Adriana ist Polizeipsychologin. Sie will mir helfen. Vor allem will sie, dass ich erzähle.

»Du schreibst unglaublich gut«, sagt Adriana.

Danke.

»Es ist alles sehr lebendig.«

Ein Kompliment nach dem anderen. Irgendetwas will sie von mir.

»Ich habe eine Aufgabe für dich.«

Darauf reagiere ich nicht.

»Ich will, dass du von den letzten Tagen vor deinem Verschwinden schreibst. Fang mit dem Tag an, als ihr den Jungen in den Keller gesperrt habt.«

Streuner.

»War das euer Spitzname für ihn? Schreib darüber.«

Das kann ich nicht.

»Du brauchst nicht zu schreiben, dass ihr ihn eingesperrt habt. Schreib über schöne Dinge. Über alles, was lustig oder nett war. Nichts Unheimliches. Schreib über deine Freunde. Das kannst du doch bestimmt.«

Was die Polizeipsychologin Adriana glaubt, hilft mir nicht weiter.

»Denk an den Tag, an dem ihr zum ersten Mal in der Fabrik wart. Ja?«

Ich nicke, aber ich werde nicht an den Tag zurückdenken.

Version 20.5.2

Ich werde sterben.

Es nennt sich falscher Krupp. Wenn du falschen Krupp hast, schnürt sich deine Kehle zusammen, und du kriegst keine Luft mehr. Als würden riesige Hände deinen Hals zusammendrücken, sodass kein Sauerstoff mehr durchkommt. Echter Krupp ist noch schlimmer.

»Hat es so angefangen?«

Ich habe geträumt, dass ich auf einer Schaukel sitze. Und plötzlich konnte ich nicht mehr atmen.

»Das muss sehr beklemmend gewesen sein.«

Irgendwas kriecht aus der Dunkelheit des Schlafzimmers und dringt langsam in mich ein. Ich stehe auf und gehe zu Mama und Papa. Und plötzlich bin ich ganz ruhig, denn es kann mir ja nichts Schlimmeres passieren, als dass ich sterbe und verschwinde. Papa, ich sterbe, stoße ich mit dem letzten Rest Luft aus. Da hebt er mich hoch in die Luft. So wird es sein, wenn ich sterbe. Dann werde ich hoch in den Himmel gehoben.

»Willst du noch mehr schreiben?«

Ich kann nicht mehr schreiben. An diesem Punkt hört alles auf.

Im Zimmer ist es dunkel. Nacht überall. Niemand darf jetzt hier sein.

Ich bin hier. Ich bin Ann.

Auf der anderen Seite des Flusses tritt die Fabrik aus dem Nebel hervor wie ein Spukschloss. In der Dunkelheit sehen die roten Backsteinmauern schwarz aus.

August-September 2016

44)

Bjørn saß in einem Konferenzraum des Polizeipräsidiums von Romerike. Vor ihm auf dem Tisch stand eine große Schachtel mit Dokumenten, die meisten vom Sommer 1978. Er begann mit einem Ermittlungsbericht. Die Frage nach den Sicherheitsvorkehrungen in der Fabrik wurde erwähnt, jedoch an die Aufsichtsbehörde weitergeleitet, die eventuell einen eigenen Bericht erstellen sollte. Man kam zu dem vorläufigen Ergebnis, dass der verunglückte Kasper Johansen den Unfall durch sein unachtsames Verhalten herbeigeführt hatte, »da er die obligatorischen und von seinen Vorgesetzten nachdrücklich eingeforderten Sicherheitsvorkehrungen in der Fabrik ignoriert hat«.

Bjørn blätterte weiter bis zu den Zeugenbefragungen. Dem Arbeiter Steinar Bergmann zufolge war Kasper Johansen »sichtbar und zunehmend betrunken, ehe sich der Unfall ereignet hat. Der Leiter der Schicht, Johnny Lindbekk, ist davon in Kenntnis gesetzt worden, hat jedoch keine Zeit mehr gehabt, um entsprechende Maßnahmen zu ergreifen.« Ein anderer Arbeiter namens Reidar Nuggerud bestätigte diese Darstellung. Johnny Lindbekk sagte aus, dass Johansen schon früher zwei mündliche Verwarnungen wegen Trunkenheit bei der Arbeit erhalten habe. Er habe das Thema mit der Geschäftsleitung erörtert, sich aber dafür eingesetzt, Johansen noch eine Chance zu geben, nachdem dieser versichert habe, dass sich ein solches Vergehen nicht wiederholen werde.

Die Zeugenbefragung von Johnny Lindbekk war umfassend und detailliert. Fünf maschinengeschriebene Seiten. Bjørn hatte seine Stimme im Ohr und konnte sich die Situation genau vorstellen. Sein Stiefvater saß im Vernehmungszimmer und schilderte ruhig und sachlich, was geschehen war. Er verurteilte niemanden, doch die Wahrheit musste ans Tageslicht gebracht werden.

Das Einzige, woran ich glaube, Bjørn.

Nahezu dieselben Worte hatte er viele Jahre später geflüstert, als er im Ahus-Krankenhaus gelegen und darauf gewartet hatte, loslassen zu können.

Die Wahrheit ist das Einzige, was Bestand hat.

Bjørn blickte aus dem Fenster. Der Hammerdal-Fluss glitzerte im klaren Herbstlicht.

In einem Bericht über Kasper Johansens persönlichen Hintergrund stand, dass Johansen aus dem in der Provinz Hedmark gelegenen Våler stammte. In der Regel fuhr er am Wochenende nach Hause und schlief unter der Woche im Rußdorf. Er hinterließ eine schwangere Frau und fünf Kinder.

Bjørn dachte über ihre Lebenssituation nach. Sicher hatten sie sehr beengt gelebt. Dann hatte der Vater während der Arbeit getrunken und war auf so grausame Weise verunglückt. Seine eigene Mutter hatte auch getrunken und ihn in den ersten Jahren alleine aufgezogen. Wie hätte sich alles entwickelt, wäre nicht Johnny Lindbekk in ihr Leben getreten?

Eine Zeugenerklärung wich von den anderen ab.

»Rafael Munoz spricht nur gebrochen Norwegisch, lehnt einen Übersetzer jedoch ab. Er scheint ein wenig misstrauisch zu sein, ob dieser alles richtig wiedergeben würde.«

Dieses Misstrauen stimmte mit dem überein, was seine Schwiegertochter über ihn erzählt hatte.

»Der Zeuge behauptet, dass Johansen zur Zeit des Unfalls nicht unter Alkoholeinfluss gestanden habe. Er betont, es handele sich bei den anderen Aussagen um ein Komplott, um dem Verunglückten die Schuld an dem Vorfall in die Schuhe zu schieben. Auf Nachfrage wiederholt Munoz, dass die Unternehmensführung die mangelnden Sicherheitsvorkehrungen in der Fabrik verschleiern wolle, damit der Fünfjahresvertrag mit dem norwegischen Staat nicht gefährdet werde.«

Die Schlussfolgerung stand auf der nächsten Seite: »Es ist davon auszugehen, dass die Aussage mit der Realität nicht viel zu tun hat. Der Zeuge ist Flüchtling und war in Norwegen aufgrund seiner labilen Psyche wiederholt in medizinischer Behandlung.«

Bjørn stand auf, trat ans Fenster und ließ seinen Blick erneut über den Fluss schweifen.

Irgendetwas an dem Bericht ließ ihn nicht los, und er zog sein Handy aus der Tasche.

Er brauchte Sonja Munoz nicht zu erklären, warum er anrief. Es schien ganz selbstverständlich für sie zu sein. Der leichte spanische Akzent, die temperamentvolle Stimme, die Frau war ihm von Anfang an sympathisch gewesen.

»Sie haben gesagt, dass Rafael nach dem Unfall in der Fabrik ziemlich verbittert war.«

»Ja, das stimmt.«

»Wissen Sie, was damals genau passiert ist?«

»Das war lange bevor ich Teil der Familie wurde. Ist damals nicht ein Arbeiter in heißes Öl gefallen oder so?«

»Es war ein Behälter mit flüssigem Asphalt«, antwortete Bjørn. »Den Aussagen seiner Kollegen zufolge war er betrunken und hat sich sehr leichtsinnig verhalten. Rafael war der Einzige, der das bestritten hat. Er sagte, dass kein Alkohol im Spiel war und das Unglück nur geschah, weil der Behälter nicht ausreichend gesichert war. Er war davon überzeugt, dass die anderen mit Absicht falsch ausgesagt hätten, damit ihr Arbeitgeber keinen Ärger bekommt.«

»Aber das kann doch nicht sein.«

Bjørn schüttelte den Kopf. »Ich zweifle auch an seiner Version.«

»Typisch Rafael, so was zu behaupten«, sagte Sonja Munoz. »Was sie ihm in Chile angetan haben, hat ihn kaputtgemacht. Er war ein Mann, der immer auf der falschen Seite stand. Aber um seine Familie hat er sich gekümmert, vor allem um Victor.«

»Victor hatte es auch nicht leicht, sagten Sie.«

»Er war ein guter Junge, hat sich zusammengenommen. Ist wieder zur Schule gegangen. Hat sich ganz gut geschlagen. Ich glaube, dass er seinem Sozialbetreuer viel zu verdanken hatte.«

»Er bekam Unterstützung?«

»Ja, ein Mann hat sich um ihn gekümmert. Ist mit ihm ins

Kino und zum Bowling gegangen, Sie wissen schon, alles, was solche Betreuer eben machen. Doch er hat viel mehr für ihn getan.«

»Was denn?«

»Er hat Victor bei den Hausaufgaben geholfen, hat ihn zum Fußballtraining mitgenommen und was weiß ich nicht alles. In bestimmten Phasen waren sie jeden Tag zusammen. Manchmal trifft man eben doch auf echte Idealisten.«

»Ja, von solchen sollte es viel mehr geben«, gab Bjørn ihr recht und legte die Dokumente zurück in die Mappe.

»Das Merkwürdige war, dass er mit dem Arbeiter verwandt war.«

»Mit welchem Arbeiter?«

»Mit dem, der tödlich verunglückt ist. Das muss sein Sohn gewesen sein.«

Bjørn hielt mitten in der Bewegung inne. »Sind Sie sicher?«

»Er war bei Rafaels Beerdigung, hat mir die Hand gegeben und sich vorgestellt.«

»Können Sie sich an seinen Namen erinnern?«

Kurze Pause.

»Ich komm jetzt nicht drauf … er wollte gerade als Lehrer an einer Schule beginnen.«

Bjørn blickte wieder aus dem Fenster, betrachtete den Verlauf des Flusses, der auch an der Fabrik in Hammerdal vorbeiführte. Es war das Wasser, das Orte miteinander verband, verschiedene Zeiten miteinander verknüpfte. Und wieder derselbe Gedanke: Ihm noch einmal flussaufwärts zu folgen, gegen den Strom.

* * *

Die Schule, an der Runar Isaksen arbeitete, lag in der Altstadt und schien allen Renovierungsbestrebungen der letzten Jahrzehnte widerstanden zu haben. Vor der Toreinfahrt stand eine Frau und rauchte. Sie war groß und dürr, trug Jeans und einen Islandpullover. Als Bjørn sagte, nach wem er suchte, drückte sie ihre Zigarette an der Mauer aus und bat ihn, ihr zu folgen. Als sie die schiefe Treppe hinaufstiegen, kam ihnen von oben ein schmächtiger Junge entgegen, der sich rasch die Kapuze über den Kopf zog. Bjørn brauchte einen Augenblick, bevor er ihn erkannte.

»Hei!«, rief er überrascht. »Bist du das?«

Der Junge warf ihm einen flüchtigen Blick zu, murmelte eine Antwort und lief weiter.

»Geht der Junge hier auf die Schule?«, fragte Bjørn.

Die Frau zuckte mit den Schultern. »Sagen wir so: Hier schwänzen so viele die Schule, dass es ziemlich unwahrscheinlich ist, dass ein Schüler auftaucht, der nicht hierhergehört.«

Bjørn blickte das Treppenhaus hinab, wo der Junge durch die Ausgangstür verschwunden war, und dachte, dass er seinen Spitznamen Streuner wohl niemals loswerden würde.

Im zweiten Stock wurde er in eine Art Küche geführt. Auf einem Sofa am Fenster, das Teil einer kleinen Sitzgruppe war, saß ein Typ, dessen Bart bis auf die Brust hing, und tippte, ohne aufzublicken, auf einem Laptop.

»Warten Sie hier«, sagte die Frau. »Ich sag Bescheid, dass Sie da sind. Und nehmen Sie sich in der Zwischenzeit ruhig einen Kaffee.«

Der letzte Rest in der Kaffeekanne sah nicht sehr verlockend aus, und Bjørn ging mit seinem Handy ins Internet und überflog die neusten Nachrichten. Der Prozess gegen Nitter war eröffnet worden. Der Staatsanwalt forderte die Höchststrafe, die Verteidigung einen Freispruch. In fünf Tagen sollte Bjørn als Zeuge auftreten. Und Rickard Pilgren, der Verteidiger aus der Hölle, würde ihn in die Mangel nehmen. Deshalb hätte er lieber zu Hause bleiben und sich vorbereiten sollen.

Warum verplemperst du hier deine Zeit?, fragte er sich. Der Sohn des Teermanns.

Reicht das als Antwort?

Alles, was Ann helfen kann, ist eine Antwort.

Wenige Minuten später tauchte Runar Isaksen in der Tür auf.

»Hallo«, sagte er und streckte die Hand aus. »Wie geht es Ann?«

Seine Stimme war auffallend hell, vielleicht lag es auch an dem melodiösen nordnorwegischen Akzent.

»Wenn ich irgendetwas tun kann …«

Es hörte sich aufrichtig an. Bjørn musterte ihn. Runar war Mitte dreißig, muskulös und fast so groß wie er. Der Ausdruck in seinen blaugrauen Augen ließ ihn jünger wirken, was durch seinen Kleidungsstil – enge Jeans und T-Shirt mit dem Bild von Homer Simpson – noch verstärkt wurde.

»Sie soll im Ausland operiert werden?«

Bjørn runzelte die Stirn. »Wo haben Sie das denn her?«

»Ach, das habe ich irgendwo aufgeschnappt. Wollen Sie sich nicht hinsetzen?« Er zeigte auf einen Sprossenstuhl neben der Spüle. »Kaffee?«

Bjørn lehnte dankend ab.

»Eben habe ich Morten Brennås gesehen.«

Runar Isaksen nickte. »Ja, der ist ein paar Mal die Woche hier.«

»Obwohl er in Hammerdal wohnt?«

»Wir bieten hier ein Schulprojekt an, für Jugendliche, die in besonders schwierigen Verhältnissen aufwachsen, und Morten hat einen Platz bekommen.«

»Und er nimmt ganz allein den weiten Weg auf sich?«

Runar Isaksen goss sich den letzten Rest aus der Kaffeekanne ein. »Er fährt bei mir mit, meistens jedenfalls.« Er warf einen Blick auf die Uhr.

»Haben Sie gerade Pause?«, fragte Bjørn.

»Noch zehn Minuten. Dann gebe ich einen Fotokurs.«

»Der ist bestimmt sehr beliebt.«

Isaksen nickte. »Unglaublich, was in Teenagern steckt, wenn sie sich für Dinge wirklich interessieren. Morten ist da keine Ausnahme, er macht bei dem Kurs mit.«

Längst hatte Bjørn begriffen, dass Runar Isaksen ein Lehrer mit einem großen Herz war, für alle, denen es schlecht ging.

»Der Unterricht soll Spaß machen, aber bei der Fotografie geht es noch um was anderes.« Man hörte ihm an, dass ihn das Thema begeisterte, doch Bjørn war aus einem anderen Grund gekommen.

»Ich habe ein paar Erkundigungen über Hammerdal Bruk eingezogen.«

»Über die Fabrik?«

»Ann ist sehr an einem Vorfall interessiert, der sich damals dort ereignet hat.«

»Ach so?«

»Ein Arbeitsunfall. Jemand ist in einen Behälter mit kochendem Asphalt gefallen. Unmittelbar vor ihrem Verschwinden hat sie einen Schulaufsatz darüber geschrieben.«

Runar Isaksen blickte sich um. Der Mann am Laptop schien keine Notiz von ihnen zu nehmen.

»Und warum wollen Sie mit mir darüber reden?«

»Das wissen Sie doch. Weil Rafael Munoz und Johnny Lindbekk anwesend waren, als Ihr Vater getötet wurde.«

Bjørn musterte Runar. Seine Augen, die sich verengten und wieder weiteten; die Hände, die kurz die Kaffeetasse krampfhaft umklammerten.

»Und Sie wissen auch, wem die Fabrik damals gehört hat«, fügte er hinzu.

Runar Isaksen nahm eine Serviette von der Arbeitsplatte und tupfte sich den Mund ab.

»Ich verstehe nicht …«, begann er. Bjørn ließ ihm Zeit, sich ein wenig zu sammeln.

»Ich verstehe nicht, warum Sie mich hier aufsuchen, um mir das zu sagen. Das hat doch nichts mit Ann zu tun.«

»Vielleicht nicht, aber interessant ist es schon.«

»Was meinen Sie damit?«

»Es kann doch kein Zufall sein, dass Sie sich ausgerechnet an dem Ort niederlassen, an dem Ihr Vater verunglückt ist. Und dass Sie bei Ihrer ersten Anstellung sowohl Ann als auch Nicolai Meyer als Schüler haben.«

Bjørn achtete sehr darauf, dass sich in seine Stimme kein Argwohn mischte.

Erneut schaute Runar Isaksen auf die Uhr. Sechs Minuten waren schon vergangen.

»Gehen wir auf den Flur«, schlug er vor.

Sie stellten sich an ein Fenster mit Blick auf die Bahngleise und ein paar Lagerhallen.

»Ich war fünfzehn«, sagte Runar Isaksen mit gedämpfter Stimme, »als ich erfuhr, was mit meinem Vater passiert ist und warum ich bei einer Pflegefamilie aufwachse.«

Voller Mitgefühl sah Bjørn ihn an. »Das hätte man Ihnen auch früher erzählen können.«

Runar Isaksen zögerte kurz, ehe er entgegnete: »Vielleicht, vielleicht auch nicht. Letztlich hätte es nicht viel geändert. Doch nachdem ich es erfahren habe, war es zunächst das Wichtigste auf der Welt für mich. Verstehen Sie das?«

Bjørn nickte. »Auch ich bin nicht bei meinem leiblichen Vater aufgewachsen. Und als Jugendlicher wird das plötzlich zu einem großen Thema, was sage ich Ihnen …«

Runar Isaksen blickte ihm in die Augen. Bjørn war von seiner eigenen Offenherzigkeit überrascht und spürte, dass ihm das Gespräch guttat.

»Dann war Johnny Lindbekk gar nicht Ihr …?«

»Er war mein Stiefvater. Und er hat mehr für mich getan, als die meisten leiblichen Väter für ihre Söhne tun.«

Darüber hätte er noch lange reden können.

»Sind Sie wegen des Unglücks nach Hammerdal gezogen?«, fragte er stattdessen.

»Ich hab versucht, an Unterlagen heranzukommen«, erwiderte Runar, »aber da war nicht viel zu machen. Meine Geschwister konnten mir auch nicht viel darüber erzählen. Darum habe ich den einzigen Zeugen kontaktiert, der damals noch lebte. Er hat mich zu sich nach Hause eingeladen.«

Bjørn spürte, dass sie sich einem heiklen Punkt näherten. Aber deshalb war er ja gekommen.

»Mir war schon ein bisschen mulmig zumute, als ich zu ihm gefahren bin. Doch Rafael Munoz war der sympathischste Kerl, den man sich nur vorstellen konnte, von einer unglaublichen Offenheit und Direktheit. Dabei hatte er in seinem Leben sehr gelitten. Sie wissen ja bestimmt, dass er eingesperrt und gefoltert wurde. Sie haben ihm mit einer Zange sämtliche Nägel gezogen …«

»Ich kenne seine Schwiegertochter«, begnügte sich Bjørn zu sagen.

»Rafael hat mir viel von meinem Vater erzählt, das ich noch nicht wusste. Wir sind gute Freunde geworden.«

»Und Sie haben auch Victor kennengelernt?«

Runar Isaksen fummelte immer noch an der Papierserviette herum.

»Victor hat bei ihm gewohnt, hatte damals große Schwierigkeiten. Ich wurde sein Betreuer.«

»Dann wussten Sie also auch, dass Victor und Ann miteinander Kontakt hatten?«

Runars Blick verhärtete sich.

»Woher sollte ich das wissen? Das war viele Jahre später.«

»War nur eine Frage.«

»Und warum sind Sie an der Sache eigentlich so interessiert?«

»Weil sie mich persönlich angeht«, antwortete Bjørn, »weil sie die Menschen betrifft, die mir am allerwichtigsten sind, meine Familie, Ann, und Johnny Lindbekk.«

»Er muss wirklich ein aalglatter Typ gewesen sein. Entschuldigung, dass ich das sage.«

Bjørn spürte, wie sich seine Miene versteinerte.

»Sprechen Sie von Johnny Lindbekk?«

»Nichts für ungut …«, Runar Isaksen machte eine Handbewegung. »Und Sie können ja auch nichts dafür. Aber schließlich wollen Sie in der Vergangenheit graben. Und dann kann man die Dinge ja auch beim Namen nennen. Ich hätte Sie nie zu Hause besucht, um Ihnen so etwas ins Gesicht zu sagen. Aber jetzt kommen Sie hierher und reden über meinen Vater.«

Mit dem Lehrer ging eine Veränderung vor sich, und ein Zorn wurde spürbar, den Bjørn zuvor nicht bemerkt hatte.

»Ich habe mich sorgfältig damit beschäftigt. Und nachdem ich mit Rafael gesprochen hatte, wusste ich, wo ich suchen musste. Direktor Meyer hat alle Angestellten, die bei dem Unfall dabei gewesen waren, dazu aufgefordert, falsche Angaben zu machen. Und das haben sie auch alle getan, alle mit Ausnahme von Rafael.«

Plötzlich fühlte Bjørn sich provoziert. Für den Lehrer war es ein Leichtes, falsche Behauptungen aufzustellen.

»Wollen Sie damit etwa sagen, dass Johnny Lindbekk gelogen hat?«

Runar warf ihm einen finsteren Blick zu, hatte große Mühe, sich zu beherrschen.

»Johnny Lindbekk hatte vom Direktor den Auftrag erhalten, mit allen Mitarbeitern zu sprechen und sie zu einer Falschaussage zu bewegen. Warum er das getan hat? Das hätten Sie ihn selbst fragen können.«

»Jetzt beruhigen Sie sich«, sagte Bjørn und versuchte, sich selbst zu beruhigen. »Sie sollten vorsichtig sein, was Sie für Gerüchte in Umlauf bringen.«

»Was wissen Sie schon davon, verdammt?«

Entnervt schüttelte Bjørn den Kopf. »Ich habe mir sowohl die Unterlagen der Firma als auch die Ermittlungsakten der Polizei sorgfältig angesehen. Alle waren sich über den Verlauf des Unglücks einig, abgesehen von Rafael Munoz, wie Sie sagen.«

»Und deshalb glauben Sie, die Wahrheit gefunden zu haben?«

Bjørn steckte die Hände in die Jackentaschen und versuchte, sich an die Formulierungen des Untersuchungsberichts zu erinnern. Kasper Johansen war nicht sturzbetrunken, sondern leicht angetrunken gewesen, was ihn leichtsinnig gemacht und dazu verleitet hatte, ein unnötiges Risiko einzugehen.

Johansen hätte nicht arbeiten dürfen. Und genau das war der Punkt, der ihm nicht recht einleuchtete. Warum hatte niemand eingegriffen?

»Johnny Lindbekk wollte das Unglück verhindern, doch leider kam er zu spät.«

»Das hat er bestimmt Ihnen so erzählt.«

»Das sagen alle. Warum sollten alle außer Rafael Munoz lügen?«

»Wollen Sie das wirklich wissen?«

Runar lächelte überlegen wie ein Erwachsener, der ein begriffsstutziges Kind vor sich hat.

»Die haben den Asphaltbehälter überhaupt nicht abgesichert«, sagte er. »Die haben an allem gespart, was nicht unbedingt notwendig war. Die Fabrik wäre damals fast pleitegegangen. Und die Inhaber setzten alles daran, dass keine öffentliche Untersuchung des Vorgangs stattfand. Daraus hätte ein Versicherungsfall werden können, der die Existenz der Firma bedroht hätte.«

»Das war in den 70er-Jahren. Ihre Familie hat doch bestimmt eine Erstattung bekommen.«

»So gut wie nichts.«

»Unmöglich!«, protestierte Bjørn.

Das konnte nicht stimmen. Johnny Lindbekk hätte verhindert, dass jemand eine Falschaussage machte. So etwas widersprach all seinen Prinzipien.

Aber es hatte überhaupt keinen Sinn, mit Runar Isaksen darüber zu diskutieren.

»Ich glaube, wir haben genug darüber geredet. Sie haben sicher andere Dinge zu tun. Genau wie ich.«

Runar Isaksen lächelte. »Wir beide haben doch überhaupt keinen Grund, uns deshalb in die Haare zu kriegen. Wir sollten die Vergangenheit ruhen lassen und in die Zukunft blicken.«

Jetzt schlug er einen fast freundschaftlichen Ton an. Bjørn war verwirrt, hatte Schwierigkeiten, sich ein klares Bild von dem Lehrer zu machen.

»Falls Sie noch mehr wissen wollen, können Sie sich gerne bei mir melden.«

»Was sollte das sein?«, fragte Bjørn.

»Beispielsweise, was später mit der Fabrik passiert ist.«

»Die wurde stillgelegt.«

Runar Isaksen nickte. »Das war aber erst einige Jahre später.

Erst mal haben sie einen großen Vertrag mit dem norwegischen Staat abgeschlossen. Und sie waren so clever und haben die Produktion von Dachpappe ins Ausland verlegt, solange sie noch profitabel war. Die Fabrik in Hammerdal wurde natürlich verkauft. Und wissen Sie auch, an wen?«

Bjørn wusste es, sagte jedoch nichts.

»An die Gemeinde Hammerdal«, fuhr Runar Isaksen fort. »Und wer war zufällig Bürgermeister, als der Deal über die Bühne ging? Muss ich Ihnen das wirklich alles erklären?«

Bjørn nahm die Hände aus den Taschen, wusste nicht, wohin damit, rieb sich über die Oberschenkel.

»Die Gemeinde saß also auf einer stillgelegten Fabrik mit kontaminiertem Boden. All das wissen Sie, Bjørn. Sie hatte schlicht kein Geld, um die Fabrik abzureißen, geschweige denn, alles ordnungsgemäß zu entsorgen.«

»Und das können Sie auch dokumentieren?«

»Das kann jeder Grundschüler herausfinden. Die Familie Meyer hat einen Riesenreibach gemacht. Investiert hat sie woanders … und ist heute reicher als je zuvor.«

Runar Isaksen sah aus, als würde er jeden Moment in Gelächter ausbrechen.

»Aber jetzt scheint ja endlich was mit der alten Anlage zu passieren. Das Letzte, was ich gehört habe, war, dass die Kommune sie an eine große Immobilienfirma verkaufen will. Natürlich unter der Voraussetzung, dass die zuerst den Giftmüll im Boden beseitigt.«

Runar warf einen Blick auf die Uhr.

»Mein Fotokurs hat vor fünf Minuten angefangen.«

Er streckte die Hand aus, und Bjørn nahm sie zögerlich.

»Ich hoffe, dass Ann weitere Fortschritte macht«, sagte der Lehrer, »und die Gesichtsoperation in Deutschland gut verläuft.«

Damit drehte er sich um und eilte die Treppe hinauf. Die zerrupfte Papierserviette lag auf der Fensterbank.

Bjørn musste eine Runde zu Fuß gehen, ehe er sich ins Auto setzte. Musste sich sammeln und die widerstreitenden Gedanken sortieren.

Im Shoppingcenter Oslo City die Bettler mit ihren Bechern, die Kleinkriminellen und Drogenabhängigen, die sich stets hier herumtrieben. Er ließ sich auf eine Bank sinken und starrte in die Luft. *Und wer war zufällig Bürgermeister, als der Deal über die Bühne ging?*

Schon beim ersten Mal, als er dem Lehrer begegnet war, am Tag nach Anns Verschwinden, war ihm etwas an Isaksen aufgefallen, und jetzt wusste er auch, was. Runar Isaksen schleppte eine große Verbitterung mit sich herum und musste unbedingt einen Sündenbock für die Schande finden, die sein Vater über die Familie gebracht hatte. Und warum das Ganze nicht zu einer Frage von Macht und Unterdrückung stilisieren? Warum nicht die Opferrolle übernehmen und den Märtyrer spielen? Sein Leben darauf verwenden, sich Verschwörungstheorien zusammenzuzimmern? Konnte er seinetwegen gerne machen. Wäre da nicht der Ruf von Johnny Lindbekk gewesen, den er nachträglich in den Schmutz ziehen wollte. Erst jetzt spürte Bjørn eine gewaltige Wut in sich aufsteigen. Er stand auf, marschierte durch das Einkaufszentrum, war drauf und dran, Runar anzurufen, um ihm mitzuteilen, dass er sich sein bösartiges Geschwätz sonst wohin schieben konnte.

Vor einem Sportgeschäft blieb er stehen. Zwischen den Fußballtrikots erblickte er sein Spiegelbild. Ein leicht gebeugter Mann mit strähnigen grauen Haaren, das Gesicht lag im Dunkeln, seine Züge nicht zu erkennen. Die Wahrheit, dachte er. Die Wahrheit ist das Einzige, was Bestand hat.

45)

Mehrmals hatte Helene denselben Traum: Sie betritt eine Konzertbühne, der Saal ist gerammelt voll, die Leute applaudieren wild, doch plötzlich ist es still, sie hört keinen Laut mehr außer ihrem eigenen Herzschlag. Als sie sich an den Flügel setzt, fällt ihr ein, dass sie gar nicht Klavier spielen kann. Sie hebt die Hände, und es ist nur noch eine Frage von Sekunden, bis ihr Schwindel auffliegen und das Publikum sie ausbuhen wird.

Nun stand sie im Gerichtssaal. Als sie den Mund öffnete, um die erste Frage nach ihrem Namen zu beantworten, blieben ihr die Worte im Hals stecken. Sie hatten einmal einen Schulausflug zum Osloer Gericht unternommen und einer Verhandlung beigewohnt, in der es um ein Drogendelikt gegangen war. In den letzten Nächten hatte sie wach gelegen und versucht, sich den Saal vorzustellen – Stühle und Tisch, die Farbe der Wände. Sie wusste, dass der sogenannte Zeugenstand eine Art Pult war, hinter dem sie stehen würde.

Kjersti hatte ihr gesagt, wie sie sich verhalten sollte. Seit einem halben Jahr hatte Helene sie nicht mehr gesehen, und nur noch zwei, drei Mal nach dem Vorfall in der Umkleide der Schwimmhalle. Kjersti war ruhig und selbstsicher und sollte ebenfalls aussagen. Sie erklärte ihr den Ablauf, der Richter, der Staatsanwalt, der Verteidiger, sie alle würden Fragen stellen. Du musst nichts Bestimmtes leisten, antworte einfach so gut wie möglich. Sprich laut und deutlich.

Die Ratschläge halfen ihr jetzt nicht. Alles, was Kjersti gesagt hatte, war wie weggeblasen.

Die Richterin sprach durchs Mikrofon: »Wärst du so nett und würdest ein bisschen lauter reden?«

Eine Frau ungefähr so alt wie ihre Mutter. Strenges Gesicht, kurz geschnittene Haare. Doch sie hatte eine freundliche Stimme.

Helene nahm einen neuen Anlauf. Diesmal ging es besser. Es gelang ihr, den eigenen Namen fehlerfrei auszusprechen, ebenso die Adresse und ihr Geburtsdatum. Bravo, dachte sie, und die

Ironie half tatsächlich, das nervöse Mädchen mit dem roten Gesicht von außen zu betrachten und sich über sie zu amüsieren.

»Versprichst du, die volle Wahrheit zu sagen und nichts zu verschweigen?«

»Ja, das tue ich.«

Die Richterin nickte und war sichtlich zufrieden.

Die Staatsanwältin musste sich hastig die schwarze Robe angezogen haben, denn der weiße Hemdkragen stand auf einer Seite senkrecht in die Höhe. Sie hatte einen Pferdeschwanz und eine ungleich schärfere Stimme als die Richterin. Sie sprach unglaublich schnell, als hätte sie es sehr eilig. Was vermutlich auch zutraf, weil die Verhandlung sich bereits verzögert hatte. Helene hatte zwei Stunden vor der geschlossenen Tür warten müssen und wäre eigentlich schon gestern dran gewesen.

Die ersten Fragen ließen sich mit Ja oder Nein beantworten. Sie konzentrierte sich darauf, laut zu sprechen. Gab die falsche Antwort, in welchem Monat das mit Streuner und der Fabrik gewesen sei, doch verbesserte sich sofort. Dennoch glaubte sie, hinter sich ein Kichern zu hören.

Im Saal war es sehr voll. Darauf war sie vorbereitet worden. Über den Fall wurde viel berichtet, und womöglich wurde jedes Wort, das sie sagte, in der Zeitung, im Fernsehen oder im Internet zitiert. Dort würden sie dann für alle Zeiten stehen und niemals wieder gelöscht werden.

Ihr Vater hatte sich den ganzen Tag freigenommen. Wäre ja noch schöner, hatte er gesagt und sie in den Arm genommen, als sie sich dafür bedankt hatte. Neben ihm saß ihre Mutter, die noch nervöser wirkte als sie.

Auch Runar war gekommen und hatte ganz hinten Platz genommen. Helene hatte ihn entdeckt, als sie hereingekommen war.

Frank Nitter wollte sie nur ansehen, das hatte sie sich fest vorgenommen. Nur wenn es von ihr verlangt wurde. Er saß zu ihrer Rechten, und sie spürte, dass er sie die ganze Zeit anschaute, als hätte er sie seit dem Abend in der Umkleide nicht aus den Augen gelassen.

Die Staatsanwältin stellte ihr weiter einfache Fragen. Nach und nach ging es besser, und Helene bekam ihre Stimme unter Kontrolle. Nein, sie habe Frank Nitter vorher noch nie gesehen. Ob sie ganz sicher sei. Ja, das sei sie. Jetzt war sie auch gewappnet für die Fragen über die Fabrik. Sie hatten Streuner eingesperrt, also Morten. Sie achtete darauf, seinen richtigen Namen zu benutzen. Es folgten massenhaft Fragen zu seiner Person. Er sei ihr in den darauffolgenden Tagen gefolgt und habe ihr etwas sagen wollen. In der Nacht von Nicos Tod sei er vor ihrem Haus aufgetaucht. Ja, ganz bestimmt sei es Morten Brennås gewesen, der in ihrem Garten gestanden und Steine an das Fenster geworfen habe. Er habe ihr das von Nico erzählt, lange bevor irgendjemand sonst davon gewusst habe.

Ob er in dieser Nacht allein gewesen sei?

Sie berichtete, was sie gesehen hatte: eine Gestalt, die im Schatten stand und rauchte. Die Glut, die immer wieder aufleuchtete.

Die Staatsanwältin kam auf den Abend in der Umkleide zu sprechen. Helene konzentrierte und erinnerte sich an alles, was sie sagen wollte.

»Plötzlich stand er da.«

»Wer stand da?«

»Frank Nitter.«

»Meinst du den Mann, der am Tisch rechts von dir sitzt?«

Nun musste sie in seine Richtung schauen. Frank Nitter im hellen Anzug, weißes Hemd, blaue Krawatte. Seine langen hellbraunen Haare waren zurückgestrichen, sein Bart frisch geschnitten. Ein Lächeln um die Mundwinkel, seine Augen lächelten auch. Er nickte ihr ein paar Mal zu, als wollte er sie ermuntern zu erzählen. Als würde er es genießen, ihr zuzuhören.

Plötzlich zog sich etwas wieder in ihr zusammen, und sie musste mühsam die Worte aus der Tiefe holen, brachte sie kaum über die Lippen.

»Also den Mann, den du gerade ansiehst?«

Der Verteidiger stand auf. »Ich protestiere, Frau Richterin, dass die Staatsanwältin versucht, die Zeugin zu beeinflussen.«

Er hieß Pilgren. Helene hatte ihn schon oft in den Fernsehnachrichten gesehen. Er war klein und der Rücken ein wenig krumm. Unbändige schwarze Locken. Seine Stimme war genauso durchdringend wie die der Staatsanwältin, und er lispelte ein wenig. Außerdem meinte sie, gesehen zu haben, dass er ein Bein ein wenig nachzog. Alles in allem machte er einen ziemlich jämmerlichen Eindruck. Im Internet stand, er verdiene dreimal so viel wie die Staatsanwältin. Alle fürchteten ihn.

Die Richterin: »Warum? Setzen Sie sich und lassen Sie die Staatsanwältin fortfahren.«

Frank Nitters Lächeln wurde breiter. Helene schaute die Wasserkaraffe und die Schachtel mit Papierservietten an, die auf dem Tisch standen. Dennoch nahm sie seinen Blick wahr. Nicht eine Sekunde ließ er sie aus den Augen.

Der Verteidiger war an der Reihe. Er drehte sich um und richtete ein paar Worte an die Anwesenden im Saal. Etwas über das hervorragende Gedächtnis von Jugendlichen im Allgemeinen.

Die Richterin: »Bitte widmen Sie sich der Zeugin und nicht dem Publikum, Herr Pilgren.«

Er reagierte mit einer angedeuteten Verbeugung und wandte sich an Helene.

Wieder dieselben Fragen. Und zunächst fielen ihr die Antworten leicht. Dann geschah es. Helene sagte, sie habe von Anfang an gewusst, dass es Frank Nitter gewesen sei, der in der Umkleide gestanden habe. Aber wie habe sie das wissen können, wenn sie ihn vorher noch nie gesehen habe? Fotos in der Zeitung? Wie interessant. Es sei ja tatsächlich viel über ihn berichtet worden, nicht wahr?

Die Richterin: »Es gibt mehrere Zeugen, die bestätigen, dass sich Frank Nitter zum fraglichen Zeitpunkt in der Damenumkleide des Hallenbads in Hammerdal aufgehalten hat. Wollen Sie das infrage stellen, Herr Verteidiger?«

Pilgren neigte den Kopf.

»Ich möchte dem Gericht nur demonstrieren, wie leicht man

sich beeinflussen und dazu verleiten lassen kann, von Dingen überzeugt zu sein, die gar nicht zweifelsfrei belegt sind. Das ist ein äußerst bedeutender Punkt.«

»Kommen Sie bitte zur Sache. Dies ist kein Grundkurs in Zeugenpsychologie.«

Daraufhin fragte der Verteidiger Helene, ob Nitter sie bedroht oder versucht habe, sie unter Gewaltanwendung zu verschleppen?

Pilgren zwang sie, in die Umkleide zurückzukehren. Helene ist nackt, das Wasser tropft von ihrem Körper. Der große alte Mann steht plötzlich mit lächelnden Augen vor ihr. Er streckt ihr seine faltige Hand entgegen, als wolle er sie um etwas bitten.

»Die Situation hatte also kaum einen bedrohlichen Charakter, sondern wirkte mehr wie eine Frage oder Bitte, richtig?«

»Ja, äh, vielleicht …«

»Der Angeklagte hat mehrfach ausgesagt, dass er dich in der Umkleide aufgesucht hat, um seine Dankbarkeit zum Ausdruck zu bringen. Denn du warst die Einzige in eurer Clique, die zu verhindern versucht hat, dass sein Sohn in den Keller der Fabrik eingesperrt wurde. Hältst du es dann für möglich, dass er sich bei dir bedanken wollte?«

»Ich … ich weiß nicht.«

»Das muss dir nicht unangenehm sein, Helene. Du brauchst dich absolut nicht dafür zu schämen, dass du unsicher bist. Wir alle geraten in Situationen, die wir schwer einschätzen können, weil wir auf sie nicht vorbereitet sind. Und ich bin sehr froh darüber, dass du mit deiner Unsicherheit ganz offen umgehst, denn eine scheinbare Sicherheit kann sehr ernste Konsequenzen haben.«

Als wolle er ihr Mut zusprechen, sie auf den richtigen Weg führen. Und einen halben Meter von ihm entfernt der lächelnde Frank Nitter. Wie der Herr und sein Diener, schoss es ihr durch den Kopf. Sie hatte genug, wollte aus dem Zeugenstand entlassen werden. Alle sahen, wie schlecht sie sich schlug. Auch Runar, vor allem er. Wie unsicher und unreif sie doch eigentlich war. Was wollte er nur von ihr?

»Ich glaube, dass er mir schon lange gefolgt ist«, erwiderte sie und wusste, dass sie so etwas nicht sagen sollte.

»Du glaubst es? Was veranlasst dich, daran zu glauben?«

Sie schüttelte den Kopf. »Nur das mit Morten. Ständig ist er in meiner Nähe aufgetaucht. Außerdem war er zu Hause bei Ann.«

»Wer war zu Hause bei Ann?«

Sie wusste nicht, warum sie das erwähnt hatte. Jetzt war es zu spät, es zurückzunehmen.

»Er?« Er nickte zu Frank Nitter hinüber.

»Meinst du den Angeklagten?«

»Ja.«

»Könntest du etwas lauter sprechen?«

Zögernd gab sie wieder, was Ann ihr berichtet hatte. Dass Nitter in ihr Zimmer eindringen wollte, als sie allein zu Hause war. Doch Ann hatte schwere Kopfverletzungen und konnte sich nicht mehr an alles erinnern. Manchmal spielte ihr die Erinnerung einen Streich.

»Lass mich das noch mal wiederholen: Deine Freundin Ann Edvardsen Lindbekk, die durch ihren Unfall schwere Verletzungen davongetragen hat, behauptet also, Frank Nitter sei wenige Tage vor ihrem Verschwinden bei ihr zu Hause gewesen.«

Die Staatsanwältin protestierte. Die Richterin wies den Protest ab und bat Pilgren, fortzufahren.

»Nein, hohes Gericht, dies ist kein Kurs in Zeugenpsychologie, doch wird uns hier mit aller Deutlichkeit demonstriert, was geschieht, wenn die involvierten Personen einen regen Austausch pflegen, sich gegenseitig beeinflussen und scheinbare Gewissheiten für bare Münze nehmen …«

»Was sie sagt, ist richtig.«

Es war das zweite Mal, dass Helene Frank Nitters Stimme hörte. Es war ein dunkler Singsang.

Dem Verteidiger blieb der Mund offen stehen, und für ein paar Sekunden war es totenstill in dem großen Saal.

Dann sagte die Richterin: »Ich muss den Angeklagten daran

erinnern, sich nicht in die Vernehmung einer Zeugin einzumischen.«

»Es tut mir aufrichtig leid, Frau Richterin. Aber das Mädchen hat absolut recht, und ich möchte nicht, dass sie sich noch mehr quälen muss. Ich war zum angegebenen Zeitpunkt tatsächlich bei ihrer Freundin zu Hause. Das ist alles, was ich im Moment sagen möchte.«

* * *

Frank Nitter lachte.

Niemand konnte ihn hören. Niemand konnte es ihm ansehen. Doch er lachte so laut, dass fast das Dach des Gerichtsgebäudes weggeflogen wäre. Dieser ganze Prozess war eine lächerliche Farce, und vor allem die dämliche Pilgren-Visage in diesem Augenblick. Der gnadenloseste Strafverteidiger des Landes. Der gefürchtete Rickard Iver Pilgren durch wenige Worte zu einer Vogelscheuche degradiert. Ein nackter König, seiner Phrasen und Kleider beraubt.

Er, Nitter, hatte nie darum gebeten, von Pilgren verteidigt zu werden. Es war Pilgren gewesen, der auf ihn zugekommen war. Wie ein Bluthund. Er hatte gewusst, dass der Prozess großes Aufsehen erregen, die Menschen vor dem Sitzungssaal Schlange stehen und alle Medien vor Ort sein würden. Deshalb war auch Pilgren hier. Er liebte es, in seiner schwarzen Robe zu posieren und alle Blicke auf sich zu ziehen.

Nitter mochte ihn nicht. Nitter mochte niemanden, der die Energie aus den Opfern heraussaugte. Und jetzt saugte dieser Vampir alle Energie aus Helene heraus, der Trägerin des Lichts.

Nur ein kurzer Satz: Was sie sagt, ist richtig. Der Vampir ohne Maske. Und Helenes Augen auf ihm, Nitter, als sie aufblickte. Das Licht in ihren Augen. Er hätte noch mehr gesagt, hätten sie ihm die Gelegenheit dazu gegeben. Doch mehr war nicht nötig, weil in diesem Moment all ihre Sinne weit geöffnet waren, und er konnte das tun, worauf er seit den dunklen Dezemberabenden gewartet hatte, und zu ihrem Innersten sprechen.

Du willst zu mir.

Ich will.

Du willst nichts anderes.

Nichts anderes.

Du gehörst jetzt mir, Helene, Trägerin des Lichts.

Ich gehöre dir, Frank Nitter.

Du weißt, was ich mit dir vorhabe.

Ich weiß es.

Und wenn ich dich finde, wirst du mit mir kommen.

Ich werde mit dir kommen.

Obwohl du Angst hast.

Sie nickte. Drei Mal.

Deine Zeit bricht an. Ich sehe es vor mir. Alle Kerzen brennen. Du trägst ein Brautkleid. Ich führe dich in den innersten Zirkel. Wo nur *sie* vor dir gewesen ist.

Alle Schalen der Angst musste er durchdringen, um zum Innersten des Mädchens vorzudringen. Schalen der Verwirrung, Scham und düsteren Gedanken – all das, was das Licht in ihr bedrohte. Doch in diesem Augenblick war sie ganz bei sich gewesen, versenkte ihren Blick tief in seinen.

Dann war es vorbei. Die Richterin griff ein, und Helene wandte sich von ihm ab. Alles hat seine Zeit. Zeit, um sich zu verbergen. Zeit, um hervorzutreten. Eine Zeit des Lichts und eine Zeit der Dunkelheit.

Es tut mir aufrichtig leid, Frau Richterin.

Gegen die Richterin hatte er nicht das Geringste einzuwenden. Er respektierte alle, die ihren Job professionell erledigten. Wenn die Zeit reif war, würde sie das Urteil sprechen, um das er gebeten hatte.

Es folgte eine neue Fragerunde. Die Staatsanwältin sah aus, als hätte sie im Lotto gewonnen. Durch diese einfachen Worte hatte er ihr unsagbare Freude bereitet.

Das war doch eine Kleinigkeit. Die Freude ist ganz auf meiner Seite, Frau Staatsanwältin.

Dennoch herzlichen Dank, genau das habe ich gebraucht.

Gern geschehen.

»Sie geben also zu, dass Sie am Tag vor ihrem Verschwinden ins Elternhaus von Anne Edvardsen Lindbekk eingedrungen sind?«

»Wenn Sie das so ausdrücken möchten.«

»Und warum haben Sie uns das nicht schon früher gesagt?«

»Niemand hat danach gefragt.«

»Und wenn Sie gefragt worden wären, hätten Sie es dann zugegeben?«

»Selbstverständlich, Frau Staatsanwältin, ich habe nichts zu verbergen.«

Erneut brach er in stummes Gelächter aus. Die Kraft des Lachens wird unterschätzt. Es gibt sieben Wege der Reinigung, Frank. Zu lachen ist der kürzeste.

»Warum sind Sie an diesem Abend zu Anns Elternhaus gefahren?«

Er tat so, als würde er darüber nachdenken, damit sie ihm eher glaubten.

»Ich wollte ihr vom Schmerz erzählen.«

Pause. Die Staatsanwältin wartete darauf, dass er weitersprach, konnte sich jedoch nicht beherrschen.

»Vom Schmerz?«

Er fixierte sie. Schaute in sie hinein. Erkannte ihren eigenen Schmerz. Sie war keine glückliche Frau.

»Ich wollte dem Mädchen, das Ann heißt, vom Schmerz erzählen, den sie meinem Sohn zugefügt hat. Sie hatte die anderen dazu aufgefordert, ihn in einen Keller zu sperren. Die ganze Nacht war er dort allein. Er hätte erfrieren können.«

»Das wissen wir. Sie haben sich also Zugang zum Elternhaus des Mädchens verschafft, damit auch sie den Schmerz kennenlernt?«

Nicht ungeschickt gestellt, die Frage. Er nickte anerkennend.

»Sie sollte ihn nicht kennenlernen, sondern erkennen. Ich wollte, dass sie versteht, was sie getan hat.«

»Wollten Sie dem Mädchen Schaden zufügen?«

»Ich wollte nur mit ihr reden, mit ihrem Innersten, ihre Einsicht fördern.«

»Und deshalb sind Sie am besagten Abend auch zur Fabrik gefahren. Weil Sie wussten, dass Ann da war, sich mit Victor Munoz treffen wollte. Beide hatten Ihrem Sohn Leid angetan, ihn eingesperrt. Und plötzlich bot sich Ihnen die Gelegenheit, auf die Sie gewartet haben.«

Sie streckte die Hand aus, als wollte sie noch mehr zutage fördern. Denn sie glaubte, sie hätte ihn in die Enge getrieben, und es tat ihm aufrichtig leid, sie enttäuschen zu müssen.

»Tut mir leid, Frau Staatsanwältin, aber in diesem Punkt irren Sie sich. Ich habe das Mädchen nie wiedergesehen.«

46)

Dr. Spencer stand auf, nahm ein Tablet von seinem Schreibtisch und setzte sich wieder hin.

»Sie macht praktisch jeden Tag Fortschritte. Wir haben vor ein paar Tagen eine neue Kernspin-Untersuchung durchgeführt.«

Er legte das Tablet auf den Tisch.

Bjørn hatte mehrere der Aufnahmen betrachtet, die sie im Laufe des Frühjahrs gemacht hatten. Es überkam ihn noch immer ein mulmiges Gefühl, wenn er sich die Bilder ihres Gehirns ansah. Als erlaube er sich einen Blick in ihr Inneres, der ihm nicht zustand.

»Die Aufnahmen wurden eine Woche nach ihrer Einlieferung gemacht.« Dr. Spencer zeigte auf den Bildschirm. »Und diese hier vorgestern.« Er scrollte weiter. »Das Interessante sind die Punkte hier auf der Vorderseite des Gehirns.« Bjørn beugte sich vor, konnte aber keinen Unterschied ausmachen.

»Es ist vielleicht schwierig zu erkennen, doch im April waren hier noch Schäden nach einer Blutung zu sehen. Und zwar an einer Stelle, die mit den Gefühlen zu tun hat. Mit der Fähigkeit, intensive Regungen wie Freude, aber auch Zorn und Furcht zu empfinden und sie zum Ausdruck zu bringen.«

Darüber hatte Dr. Spencer schon früher gesprochen.

»Das stimmt mit unseren Tests überein. Sie hatte Schwierigkeiten, den Ausdruck von Gesichtern zu erkennen, die wir ihr gezeigt haben.«

»Und das ist besser geworden?«

»Es scheint keine bleibenden Schäden zu geben. Das ist die gute Nachricht.«

»Doch an anderer Stelle schon. Wollen Sie mir das damit sagen?«, erwiderte Bjørn.

»Das können wir nicht vollkommen ausschließen. Manchmal gibt es winzige Veränderungen in den Zellen, die auf solchen Aufnahmen nicht zu erkennen sind. Ich sage das nur, damit Sie vorbereitet sind.«

»Auf was?«

Dr. Spencer dachte nach, wählte seine Worte mit Bedacht, was Bjørn nicht beruhigte.

»Darauf, dass Ihre Tochter möglicherweise nicht mehr ganz dieselbe ist wie früher. Wir wissen es einfach nicht.«

Daran hatte Bjørn auch schon gedacht. Doch es war etwas anderes, wenn es jemand laut und unwiderruflich aussprach.

»Sie sagen, dass … gehen Sie von einer großen Persönlichkeitsveränderung aus?«

Dr. Spencer nahm die Brille ab, knabberte am Bügel. Plötzlich richtete sich sein Blick in die Ferne, die Brille fiel auf den Tisch. Nach ein paar Sekunden schien er sich wieder gesammelt zu haben.

»Alles in Ordnung?«, fragte Bjørn.

»Wo waren wir stehen geblieben … ach ja, Ihre Tochter.«

»Sie sagten, dass sich ihre Persönlichkeit verändert haben könnte«, half er ihm auf die Sprünge.

»Das wird sich zeigen. Vielleicht ist es das Klügste, sich in dieser Hinsicht nicht allzu viele Gedanken zu machen.«

»In welcher Hinsicht?«

Der Oberarzt nahm die Brille vom Tisch, betrachtete die Gläser.

»Wenn Sie nach der Ann suchen, die Sie von früher her kennen, werden Sie vielleicht für den Rest Ihres Lebens danach suchen. Und denken Sie daran, dass sie nie diejenige war, die Sie sich in Ihrem Kopf vorgestellt haben. Wir verändern uns die ganze Zeit, und wir ändern uns durch den Einfluss der Menschen, mit denen wir zusammen sind.«

Er zeigte auf das Tablet.

»Der Teil, den wir Hippocampus nennen, scheint völlig unbeeinträchtigt zu sein. Er ist für das Gedächtnis von großer Bedeutung.«

»Sie wird sich also an alles erinnern?«

»Das wissen wir nicht. Das Gedächtnis ist ein Zusammenspiel von vielen verschiedenen Teilen des Gehirns. Nicht zuletzt von denen, die unsere Gefühle regulieren. Aber die Erinnerungsfähigkeit scheint intakt zu sein. Ebenso die Fähigkeit, sich auszudrücken. Ich möchte, dass Sie sich ansehen, was sie in dieser Woche geschrieben hat. Ich finde das wirklich bemerkenswert.«

Er nahm einen Stapel mit Papieren vom Tisch.

»Das alles?«

Dr. Spencer gab ihm die Blätter. »Sie hat den ganzen Tag geschrieben, und auch am nächsten Tag. Zunächst habe ich befürchtet, sie könnte sich überanstrengen, doch sie ließ sich nicht bremsen. Die Polizeipsychologin hat Ann gebeten, von den letzten Tagen vor ihrem Verschwinden zu erzählen. Kein dummer Gedanke. Sie sollte von schönen Erlebnissen berichten, von dem Zusammensein mit ihren Freunden, was sie unternommen haben und so weiter. So kam der lange Text zustande.«

Bjørn begann zu lesen.

Ich bin Ann. Version 21.2.1
Ich werde sterben.
Ich gehe auf dem Pfad am Fluss entlang und weiß, wie es geschehen wird.
Wie kannst du das wissen?
Ich habe es immer gewusst. Seit ich vier oder fünf Jahre alt bin. Damals hatte ich die ersten Anfälle. Es nennt sich falscher Krupp.

Der Oberarzt stand auf. »Bei dieser Art von Verletzung erleben wir hin und wieder, dass der Geschädigte die Lücken in seinem Gedächtnis mit eigenen Gedanken und Fantasien auffüllt. Ich möchte Sie vor allem um Ihre Einschätzung bitten, ob das, was Ihre Tochter schreibt, mit der Realität übereinstimmen kann.«

»Sie glauben, dass sie etwas erfindet? So wie das, was sie über ihr eigenes Begräbnis geschrieben hat?«

Dr. Spencer überlegte. »Wir versuchen, ihr Gedächtnis zu kartografieren. Das ist wichtig für die Behandlung. Und für die Polizei geht es darum, zu entscheiden, was als Zeugenaussage verwendbar ist.«

Bjørn blätterte zurück.

»Ich möchte Sie bitten, es jetzt zu lesen … wenn Sie Zeit haben.«

»Ich habe Zeit.«

Mehr Zeit, als gut für mich ist, dachte er.

Es war halb elf, als Ann aus dem Bad kam. Sie trug den rosa Jogginganzug, den May-Britt für sie gekauft hatte. Sie hob den Arm, winkte, sie bewegte nur die Finger. Schrieb Buchstaben in die Luft. Hei, las er.

»Bist du bereit für einen Spaziergang? Eine kleine Runde im Park?«

Sie nickte.

»Du riechst gut«, sagte er und strich ihr über die Haare.

Findest du?, las er in ihren Augen.

Er hielt ihr die Tür auf, ihre Arme konnte sie immer noch nicht richtig koordinieren. Er streckte seine Hand aus, wollte ihr behilflich sein, hielt sich jedoch im letzten Moment zurück. Sie waren sich einig, dass sie so viel wie möglich selbst machen sollte. Dennoch verspürte er den Drang, sie hochzuheben und nach draußen zu tragen.

Statt eines Polizeibeamten saß inzwischen ein Mitarbeiter von Securitas vor ihrem Zimmer.

Er stand auf, als sie auf den Flur traten.

»Wollen Sie, dass ich mitkomme?«

Bjørn winkte ab. »Sind nur kurz unten im Park.«

Draußen fiel ihm ein, dass er das iPad oben in ihrem Zimmer vergessen hatte. Ohne das Tablet mussten sie sich mit Nicken und Kopfschütteln verständigen.

Er hatte so viele Fragen an sie. Den Großteil ihres langen Textes hatte er gelesen. Überraschend detailliert schilderte sie, was in den Tagen vor ihrem Verschwinden geschehen war. Es war ein zusammenhängender Bericht. Vieles davon stimmte. Sie hatte ihn angerufen, und sie hatten miteinander gesprochen. Und gestern wurde vor Gericht bestätigt, dass Nitter sich Zugang zu ihrem Haus verschafft hatte.

Was hatte es damit auf sich, dass sie Siren in einem Café mit einem fremden Mann beobachtet hatte?

Bjørn dachte an die Worte von Dr. Spencer, dass Menschen immer versuchen, zusammenhängende Geschichten zu erzählen. Ann füllte die Lücken in ihrer Erinnerung mit ihren Fantasien aus. Dadurch wollte sie das eigene Gedächtnis reparieren.

»Du bist lange nicht mehr hier gewesen«, begann er. »Damals war Frühling, jetzt ist es Herbst.«

»Hundertvierundvierzig Tage.«

Er zuckte zusammen. Ihre Stimme war brüchig und leise, aber es war ihre. Ann sprach zu ihm.

Er musste ein ziemlich blödes Gesicht gemacht haben. Ihr unförmiger Mund zog sich auseinander, ihre Augen lächelten.

»Du sprichst ja!«, rief er aus. »Tut es weh?«

»Ein bisschen.«

»Du darfst dich nicht zu sehr anstrengen.«

Bjørn spürte eine unbändige Freude in sich aufsteigen. »Du sprichst!«, rief er wieder, beugte sich vor und umarmte sie.

»Hast du die Tage gezählt?«

Sie nickte.

»Es dauert nicht mehr lange, dann bist du wieder ganz gesund«, sagte er, so ruhig er konnte.

»Nicht mehr lange«, wiederholte sie und fasste sich an die Kehle. Kurz verzog sie das Gesicht zu einer Grimasse.

* * *

Siren deckte den Tisch ab. Die Jungen kabbelten sich auf der Treppe, waren auf dem Weg in ihre Zimmer. Bjørn wollte einschreiten, ehe sie sich zu prügeln begannen, hielt sich aber zurück; die beiden sollten das unter sich ausmachen.

Er wartete darauf, dass sie ihm eine Frage stellte. Das wäre einfacher, als wenn er die Initiative ergreifen musste. Nachdem sie das Geschirr in die Spülmaschine eingeräumt hatte, schaute sie zu ihm herüber. Merkte wohl, dass irgendetwas in der Luft lag. Für so etwas hatte sie schon immer ein Gespür gehabt.

»Dir ist mulmig zumute«, stellte sie fest.

Was er schwerlich verneinen konnte. Als Ermittler hatte er in vielen Strafprozessen ausgesagt. Aber dieser Prozess war etwas anderes. Er las jeden Tag die Zeitungsberichte und Kommentare. In der ersten Woche hatte die Verteidigung ein paar Treffer gelandet und Zweifel an der Tragfähigkeit der technischen Beweise gesät. Biologisches Material an einem anderen Ort zu platzieren, war eine Kleinigkeit. Beispielsweise von einem Tatort in einem Auto, in diesem Fall im Auto von Frank Nitter. Die Staatsanwaltschaft blieb bei ihrer üblichen Argumentationskette: Motiv, Tat, technische Beweise. Die Zeugenaussagen stützten dies. Und die Umstände eines anderen Mords, begangen vom Angeklagten Frank Nitter vor fast genau elf Jahren. Ein Mord, der so bestialisch gewesen war, dass niemand daran erinnert zu werden brauchte. Diese unzerstörbare Argumentationskette nahm der Verteidiger unter Beschuss. Und in drei Tagen würde Bjørn die Zielscheibe sein. Das schwächste Glied in der Kette, dachte er. Ein Gedanke, der ihm den Rest des Tages vergällte, wenn er daran festhielt.

Aber nicht darüber musste er mit Siren sprechen.

»Ich war bei Ann«, begann er und ließ sich wieder auf einen Küchenstuhl sinken.

»Klar«, entgegnete sie. Sie sagte nicht: Dort bist du ja jeden Tag. Oder: Deshalb hast du es also nicht geschafft, Marco und Felix vom Training abzuholen, weshalb ich mal wieder einspringen musste.

Sie nahm einen Lappen und wischte die Arbeitsplatte ab. »Was Neues?«

»Ann hat gesprochen.«

»Wirklich?«

Siren sah tatsächlich überrascht aus, vielleicht sogar freudig überrascht.

»Nur ein paar Worte«, sagte Bjørn. »Aber es passiert gerade was.«

Sie spülte den Lappen, wrang ihn aus, hängte ihn über den Wasserhahn.

»Sie hat aufgeschrieben, was sie in den Tagen vor ihrem Verschwinden erlebt hat.«

»Ja?«

»Ich werde herausfinden, was passiert ist. Ich werde nicht aufgeben. Du weißt, wie wichtig das für mich ist.«

Er merkte, dass er auf die Tischplatte trommelte, steckte die Hände in die Taschen.

»Aber das Wichtigste ist, dass Ann wieder die Alte wird … soweit das möglich ist.«

Siren strich ihm über die Haare. »Natürlich weiß ich das, Bjørn. Deshalb ist es auch sehr wichtig für mich.«

Er schenkte sich Wasser nach, behielt es einen Augenblick im Mund, ehe er es runterschluckte.

»Kann sie sich an alles erinnern?«

»Wer weiß. Der letzte Abend befindet sich immer noch in einem verschlossenen Raum. Sie nennt ihn den Ann-Raum. Der Arzt sagt, das ist eine Art Selbstschutz, eine Überlebensstrategie, wenn die Angst überhandnimmt. Doch jetzt ist sie vielleicht bereit, den Raum zu betreten.«

Siren setzte sich auf die andere Seite des Tisches, sammelte ihre Haare zu einem Pferdeschwanz.

»Sie schreibt, dass sie an diesem Abend hier angerufen hat.«

»Das habe ich dir erzählt.«

Das Licht vom Fenster her fiel auf ihre Haare, und Bjørn bemerkte drei graue Strähnen. »Sie schreibt, dass sie mit dir über etwas geredet hat, was sie an dem Tag beobachtet hat.«

»Ja?«

»Sie war mit Victor Munoz in der Stadt. Er hat sie auf seinem Motorrad mitgenommen. In einem Café hat sie auf ihn gewartet, während er noch mal kurz wegmusste. Und dort hat sie dich gesehen.«

Ihre Stirn legte sich in Falten. »In einem Café in Oslo?«

»Das muss in Tøyen oder Umgebung gewesen sein.«

»Daran würde ich mich erinnern.«

»Du hättest dich dort mit einem Mann getroffen.«

»Wie bitte?«

»Victor hat sogar ein Foto von euch gemacht. Ann hat darüber angeblich mit dir am Telefon geredet.«

»Bjørn, was tust du da?«

Er atmete schwer aus. »Ich gebe das wieder, was Ann aufgeschrieben hat, nichts weiter.«

»Aber du behauptest, dass ich sie getroffen und sie mich nach einem Foto oder was gefragt hätte?«

»Ich behaupte gar nichts. Bei ihr vermischen sich Fantasie und Realität miteinander. Dr. Spencer sagt, sie würde mit ihrer Fantasie die Lücken in ihrem Gedächtnis auffüllen.«

»Und das ist eindeutig ihrer Fantasie entsprungen«, gab Siren irritiert zurück. »Was denkst du denn von mir? Glaubst du etwa, ich hätte dir nicht davon erzählt, wenn ich Ann wenige Stunden vor ihrem Verschwinden in einem Café begegnet wäre?«

»Doch, das hättest du bestimmt.«

»Was willst du dann von mir?«

Es war an der Zeit, zurückzurudern. Das hätte er längst tun sollen.

»Du hast sie anscheinend nicht gesehen. Aber sie haben dich gesehen, Ann und Victor.«

Siren stand auf, nahm etwas von der Arbeitsplatte, warf es in die Spüle.

»Ich musste dir das einfach sagen, Siren. Glaubst du, dass sich Ann etwas ausdenkt, um Unfrieden zwischen uns zu stiften? Das wird nicht passieren.«

Er sah sie so lange an, bis ihr Blick sanfter wurde. Sie legte ihm die Hand auf die Schulter.

»Wir haben die schwierigste Zeit zusammen durchgestanden, Bjørn.« Sie beugte sich vor und legte ihre Stirn an seine. »Jetzt dürfen wir nicht das kaputt machen, was uns geblieben ist.«

Ihre Augen waren so nah, zwei grüne Lichtflecken.

»Du hast recht«, sprach er in ihren Mund. Sie glitt auf seinen Schoß, biss ihm hart in die Unterlippe.

Wann haben wir uns das letzte Mal so geküsst?, dachte er. Sie zog ihren Rock nach oben und begann, an seinem Gürtel herumzufummeln. Und auf dem altersschwachen Küchenstuhl, mit dem Risiko, jederzeit entdeckt zu werden, holten sie in fünf lautlosen Minuten das nach, was sie so lange versäumt hatten. Er wusste, dass er sich vor elf Jahren richtig entschieden hatte. Dass es richtig gewesen war, Hammerdal den Rücken zu kehren und alles hinter sich zu lassen. In seinem ganzen Leben hatte er nur eine einzige Frau geliebt. Und als sie sich an ihn schmiegte und er immer noch die Zuckungen ihres Körpers spürte, begriff er, dass es niemals eine zweite geben würde.

47)

Runar öffnete nicht, als Helene bei ihm klingelte.

Sie nahm ihr Handy, sah sich die letzte Nachricht an. *18 Uhr, nach dem Training. Roman W.*

Es war zehn nach sechs. Sie wählte seine Nummer. Er meldete sich nicht. Sie musste mit ihm reden. Probierte die Haustür, sie war nicht abgeschlossen.

»Hallo!«, rief sie in den Flur. Hörte ein Geräusch hinter einer Tür auf der rechten Seite. Sie war angelehnt. Helene schob sie ein Stück weit auf und lauschte. Es roch nach feuchter Luft. Eine steile Treppe führte nach unten. Sie lag im Dunkeln, doch unten war ein schwaches rotes Licht zu erkennen.

»Runar?«

Plötzlich stand er am Fuß der Treppe.

»Hei!«, rief er. »Bist du schon da?«

»Sieht so aus«, antwortete sie unsicher. »Haben wir nicht um sechs gesagt?«

»Echt? Ich dachte, um sieben. Warte in der Küche auf mich, ich bin in zwei Minuten bei dir.«

Fünf Minuten später kam er nach oben.

»Tut mir leid«, entschuldigte er sich. »Du hast übrigens recht, wir haben wirklich sechs Uhr gesagt.«

Was treibst du denn da unten so Wichtiges, dass du total die Zeit vergisst?, lag ihr auf der Zunge.

»Bist du heute auch bei Dagny?« Er lächelte geheimnisvoll. »Ich meine, offiziell.«

»Ach, stimmt«, antwortete sie kurz.

»Pepsi oder Kaffee?«

»Kaffee.«

Er holte eine Thermoskanne und schenkte ihr ein.

»Du hast dich vor Gericht fantastisch geschlagen.«

Sie blies in ihre Tasse. »Das findest aber auch nur du.«

»Das ist mein voller Ernst. Du warst so ruhig und klar. Du hast wirklich großen Eindruck auf alle gemacht.«

Helene war froh, bei ihm zu sein, dass er solche Dinge sagte.

»Hast du gelesen, was die Zeitungen schreiben?«

Hatte sie nicht. Viele hatten ihr Nachrichten geschickt. Sie musste nicht mit allen darüber reden. Nur mit ihm.

»Was schreiben sie?«

Er öffnete seinen Laptop, klickte eine Seite im Internet an: »Hier zum Beispiel *Aftenposten:* ›Nahm der Nitter-Fall gestern eine entscheidende Wende? Das sechzehnjährige Mädchen berichtete, der Angeklagte sei in das Haus ihrer Freundin Ann Edvardsen Lindbekk eingedrungen. Als der Verteidiger versuchte, die Glaubwürdigkeit der Zeugin in Zweifel zu ziehen, ergriff Frank Nitter das Wort und bestätigte ihre Angaben.‹«

Nitters Blick.

Sie spürte ihn immer noch, als würde er an ihrer Haut kleben.

»Siehst du. Es war sehr klug und mutig von dir, es zu erzählen. So bist du eben, Helene, klug und mutig.«

»Es lag aber nicht an mir, dass er es zugegeben hat.«

Runar machte eine abwehrende Handbewegung. »Es lag ausschließlich an dir.«

»Ich hasse ihn«, sagte sie und bemühte sich, auch so zu empfinden.

»Da bist du nicht die Einzige. Alle, die kapieren, was er getan hat, hassen ihn.«

»Er will irgendwas von mir.« Es war das erste Mal, dass sie es aussprach.

»Er hat doch gesagt, dass er sich bei dir bedanken wollte, weil du dich geweigert hast, Morten einzusperren.«

Sie setzte sich auf einen Küchenstuhl. »Da ist noch was anderes …«

»Hast du Angst vor ihm?«

»Sollte ich das nicht?«

Runar zuckte die Schultern. »Vor jemandem Angst zu haben, bedeutet, ihm Macht über dich zu geben.«

Das war ein typischer Runar-Satz. Solche Sätze musste man sich merken.

»Nitter ist durch und durch schlecht, Helene. Doch jetzt sitzt er wieder hinter Schloss und Riegel. Er ist es nicht wert, dass du Angst vor ihm hast.«

Runar öffnete den Kühlschrank, holte Schinken und Käse heraus.

»Ann hat angefangen zu sprechen.«

Er fuhr herum.

»Wirklich?«

Sie nickte. »Bjørn, ihr Vater, hat mir eine Nachricht geschickt.«

»Ich weiß, wer er ist. Magst du ein Sandwich?«

»Nein danke.«

Er schnitt zwei Scheiben Brot ab, machte zwei Sandwiches mit Schinken und Käse und schob sie in den Sandwichmaker.

»Und jetzt erinnert sie sich auch daran, was passiert ist?«

»Nicht an alles.«

»Aber sie wird nicht als Zeugin auftreten?«

Helene schüttelte den Kopf. »Sie vermischt immer noch das Reale mit ihren Träumen. Bjørn sagt, dass ihre Fantasie die Lücken in ihrem Gedächtnis füllt.«

Plötzlich legte Runar den Finger an die Lippen, blieb stehen und lauschte. »Warte mal.«

Er verschwand auf den Flur, öffnete eine Tür. Als er wiederkam, hatte er die Katze auf dem Arm.

»Hab doch gehört, dass sie miaut hat«, sagte er. »Die schleicht sich hinter mir in den Keller, ohne dass ich es merke.«

Er streichelte das kleine graue Köpfchen.

»Das wollte ich nicht«, tröstete er sie. »Dich einfach einzusperren, das war nicht nett von mir.«

Die Katze rollte sich auf seinem Arm zusammen und schaute Helene triumphierend an.

»Was hat Victor zu dir gesagt?«

»Was er gesagt hat? Wann denn?«

Runar setzte sich auf die Tischkante. »Worüber habt ihr geredet?«

»Über alles Mögliche.«

»Er hat nie erwähnt, dass er sich rächen wollte?«

Helene dachte nach. »Glaub nicht. Wofür hätte er sich rächen sollen?«

»Victor war ein cleverer Junge«, sagte Runar. »Aber es hat ihm nicht gereicht, über Dinge zu reden. Er musste aktiv werden. Manchmal hatte ich das Gefühl, er wollte es mit Ungerechtigkeit auf der ganzen Welt aufnehmen. Er war einer, der mit Feuer und Schwert in die Schlacht gezogen wäre, um für das zu kämpfen, woran er glaubte.«

»Davon hab ich nichts mitgekriegt«, entgegnete sie.

»Sein Schlachtplatz war hier. Er wollte seinen eigenen kleinen Krieg führen. Es war auch kein Zufall, dass er sich euch angeschlossen hat.«

»Kein Zufall?«

Runar setzte die Katze auf den Boden. Sie blickte zu Helene, ehe sie aus der Küche flitzte.

»Victor hatte etwas vor mit euch. Er verfolgte einen Plan. Er wollte sich rächen. Das meine ich mit Krieg.«

»Das verstehe ich nicht. Ich dachte, Sie hätten ihn seit Jahren nicht gesehen.«

Runar schaute ihr in die Augen.

»Ich hab dir doch von dem Unfall in der Fabrik erzählt.«

Bei ihrem letzten Besuch hatte er fast von nichts anderem geredet.

»Victors Großvater war der Einzige, der sich geweigert hat zu lügen. Deshalb haben sie ihn rausgeschmissen.«

Helene hatte keine Lust, sich die alte Geschichte ein weiteres Mal anzuhören.

»Ein schwerer Schlag für Rafael, von dem er sich nie richtig erholt hat. Er endete als Sozialhilfeempfänger, deprimiert und verbittert.«

»Davon hat Victor nie was erzählt.«

»Sicher nicht dir. Doch er hat mit seinem Großvater zusammengelebt und hat mitbekommen, wie es mit ihm bergab gegangen ist. Dafür wollte er sich rächen.«

»Wollte er sich an uns rächen?«

Runar dachte nach.

»Nicht an dir? Aber an Nico. Und Ann.«

Sie schüttelte den Kopf. »Das ist doch vollkommen bescheuert. Hat er Ihnen das erzählt?«

»Nicht direkt. Aber ich kannte ihn besser als jeder andere. Ich hätte das kapieren müssen … bevor es zu spät war.«

»Wie, zu spät?«

Er hob beide Hände. »Ich weiß nicht, Helene. Das sind halt so seltsame Gedanken, die mir manchmal durch den Kopf gehen. Jetzt haben wir aber genug von Victor geredet, meinst du nicht?«

»Was meinen Sie mit zu spät?«

»Nächstes Mal …«, antwortete Runar, »erzähle ich dir, was ich denke.«

Victor war die ganze Zeit anwesend, stellte sich zwischen sie.

»Warum denn nicht jetzt? Dann sind wir endlich fertig mit dem Thema.«

Runar beugte sich vor, legte seine Hand auf ihre.

»Ich hab dir gegenüber so ein komisches Gefühl, Helene.«

»Ja?«

»Als würden wir uns schon seit vielen Jahren kennen. Ich kann mit dir über alles reden. Du bist unglaublich klug. Und stark.«

Der Timer machte Pling. Er holte die Sandwiches heraus und warf sie auf einen Teller. Sie sahen gut aus, leicht gebräunt. Sie hoffte, er würde sie noch mal fragen, ob sie etwas haben wollte.

»Sie haben behauptet, mein Vater wäre auf der Arbeit betrunken gewesen«, sagte er mit vollem Mund, als wollte sie mehr von dieser Geschichte hören.

»Im Großen und Ganzen gibt es zwei Typen von Menschen. Die, die Macht haben, und die, die keine Macht haben. Das kann man gar nicht früh genug lernen.«

Während er aß, erzählte er ein weiteres Mal von dem Vorfall vor fast vierzig Jahren in Hammerdal Bruk.

»Die Gerüchte waren leider entscheidend für die Versicherung. Meine Mutter hatte gar nichts zu sagen und vorher schon Geldprobleme gehabt. Sie konnte mich nicht bei sich behalten.«

»Deshalb sind Sie in einer Pflegefamilie aufgewachsen?«

Er antwortete nicht, blickte stumm aus dem Fenster.

»Sind Sie immer noch traurig deswegen?«

Noch immer antwortete er nicht, und Helene begriff, dass er tatsächlich traurig war. Sie versuchte, sich ihn als Kind vorzustellen. Sicher war er viel für sich gewesen. Vielleicht hatte man ihn auch gemobbt. Sie stand auf, ging um den Tisch herum und legte ihm die Hand auf die Schulter. Runar senkte den Kopf, als wollte er von ihr gestreichelt werden. Ihre Finger strichen an der Haut unter seinem Hemdkragen entlang, berührten sein Ohr, das klein und sehr weich war.

»Ich glaube, Sie haben es sehr schwer gehabt«, sagte sie und klang fast wie ihre Mutter, wenn sie von ihr getröstet wurde.

Er drückte den Kopf gegen ihren Bauch.

»Helene«, sagte er und zog sie auf seinen Schoß, schlang seine kräftigen Arme um sie. Jetzt kann alles passieren, schoss es ihr durch den Kopf, und für den Bruchteil einer Sekunde der Impuls, aufzuspringen und abzuhauen. Doch er drückte sie so fest an sich, als würde er sich an ihr festklammern.

48)

Siren war mit Rickard Iver Pilgren zusammen auf die Universität gegangen und hatte Bjørn im Laufe des Wochenendes intensiv auf die Vernehmung vor Gericht vorbereitet. Sie schlug ein Rollenspiel im Wohnzimmer vor. In einer amerikanischen Fernsehserie hatten sie gesehen, wie ein amerikanischer Präsidentschaftskandidat auf diese Weise gedrillt wurde. Doch auf ein Rollenspiel wollte sich Bjørn nicht einlassen, und so musste Siren sich damit begnügen, den bekannten Strafverteidiger allein auseinanderzunehmen, was ihr nicht schwerfiel. Ihr war es ohnehin unbegreiflich, dass Pilgren gemeinhin als charismatische Persönlichkeit galt. Als Student war er unbeholfen und verschlossen gewesen, doch auch schon selbstverliebt, ohne irgendjemanden von seinen Fähigkeiten überzeugen zu können – seine Noten ausgenommen. Rickard Iver Pilgren war Jahrgangsbester gewesen.

Und plötzlich hatte er sich für sie interessiert.

»Alle Kommilitonen wollten was von dir, Siren.«

Sie wischte die unsachliche Bemerkung mit einer Handbewegung beiseite. Pilgren hatte sich mehr als jedes andere männliche Mitglied der juristischen Fakultät für sie interessiert. Aber leider war er nicht ihr Typ gewesen, obwohl sie immer eine Schwäche für Gewinnertypen gehabt hatte.

Nun, im Gerichtssaal, erteilte die Richterin dem kleinen gebeugten Männlein das Wort. Seine Haare glänzten genauso wie seine Robe. »Wie bei einem Rockstar«, hatte es vor ein paar Tagen in einem Interview mit dem *Dagbladet* geheißen – eine Beschreibung, die Pilgren sicher unterschrieben hätte.

Es dauerte nicht lange, und Bjørn bereute es, dass er sich nicht besser vorbereitet hatte.

»Herr Lindbekk, Sie haben einen guten Freund, der sich derzeit auf den Philippinen, genauer gesagt, in Manila befindet.«

Bjørn spürte, dass etwas mit seinem Gesicht vor sich ging, das er nicht kontrollieren konnte.

»Ach ja?«

Pilgren nickte entschieden. »Ein guter und treuer Freund, der Ihnen zur Seite steht, wenn's drauf ankommt.«

Rasch blickte Bjørn zu der Richterin hinüber, deren Miene wie in Stein gemeißelt war.

»Ein so guter Freund, dass Sie ihm sogar die Flugreise bezahlt haben.«

»Habe ich das?«

Die Antwort hörte sich jämmerlich an, doch Bjørn konnte nicht anders.

»Nicht nur die Flugreise, sondern auch den unbefristeten Aufenthalt. Können Sie sich vorstellen, wen ich meine?«

»Äh, dazu möchte ich mich nicht äußern.«

Das hatte er nicht sagen wollen, weil er wusste, wie schlecht diese Phrase bei Richtern ankam.

»Oh, ich verstehe«, erwiderte Pilgren mit boshaftem Lächeln. Er musterte Bjørn, als könnte er das Quantum an Angst bestimmen, das der Zeuge absonderte. »Dennoch ist gerade dieser Punkt äußerst bemerkenswert. Es wäre nämlich hochinteressant, diesen Mann in den Zeugenstand zu rufen.«

Endlich meldete sich die Richterin zu Wort: »Kommen Sie bitte zur Sache. Handelt es sich um einen weiteren Zeugen, den die Verteidigung benennen will?«

Pilgren drehte sich in ihre Richtung. »Vorläufig nicht. Doch falls notwendig, werden wir keine Kosten und Mühen scheuen, um ihn zurückzuholen und unter Eid zu befragen.«

Die Staatsanwältin: »Einspruch! Das hat für diesen Fall keine Relevanz.«

Die Richterin: »Verschonen Sie uns bitte mit weiteren Reiseplänen, Herr Pilgren.«

Vereinzeltes Lachen im Saal. Lächelnd richtete Pilgren seine Krawatte, als wollte er noch einmal von vorn beginnen und hätte den potenziellen Zeugen in Manila nie erwähnt. Die Richterin und das Publikum hatten die Sache wahrscheinlich schon vergessen.

Doch für Bjørn änderte sie alles.

Sie hatten Walter ausfindig gemacht. Walter hatte geredet. Er redete immer, wenn es sich lohnte. Sie hatten etwas in die Waagschale geworfen, und Walter hatte die Waage genau studiert, hatte Gewicht und Gegengewicht betrachtet und nach dem Gesetz der Schwerkraft entschieden – das einzige Gesetz, das er respektierte.

»Ich möchte, dass Sie sehr gründlich nachdenken, ehe Sie die folgende Frage beantworten, Herr Lindbekk: Sind Sie schon einmal auf dem Hof von Frank Nitter gewesen?«

Bjørn schaute zu Nitter hinüber, der sich köstlich zu amüsieren schien. Als säße er im Theater und sähe sich eine Komödie an. Er trug denselben grauen Anzug, den Bjørn bereits auf den Zeitungsfotos gesehen hatte, nur sein Schlips war heute rubinrot. Das Einzige, was die Journalisten an seiner Kleidung kritisiert hatten, waren die grünen Gummistiefel, wenngleich sie weitgehend von der Anzughose verdeckt wurden.

»Soll ich meine Frage vielleicht wiederholen?«

Für Ausflüchte war es zu spät.

»Wann waren Sie dort?«

»Im Dezember.«

»Also bevor der Angeklagte festgenommen wurde?«

Kurze Pause.

»Ich denke schon.«

»Lassen Sie mich Ihnen helfen. Es war genau fünf Tage zuvor. Können Sie dem Gericht erklären, was Sie dort getan haben?«

Bjørn bemerkte, dass die Staatsanwältin den Mund öffnete, doch kein Laut kam heraus.

»Ich habe nach meiner Tochter gesucht.«

Pilgren nickte bedeutungsvoll. »Was man gut verstehen kann. Ihre Tochter war verschwunden, Sie waren in großer Sorge.«

»Das beschreibt es nicht annähernd.«

»Sie waren also nicht in Sorge, Sie waren verzweifelt.«

Bjørn registrierte, dass er dem Verteidiger einen weiteren Treffer ermöglicht hatte.

»Genau das waren Sie, verzweifelt. Sie haben den Sohn des Angeklagten in dessen Wohnung angegriffen. Er hat um sein Leben gefürchtet und Sie wegen Körperverletzung angezeigt. Dann wurde er bedroht und hat die Anzeige wieder zurückgezogen. Sie kennen den Sachverhalt?«

»Damit hatte ich nichts zu tun.«

»Lassen Sie mich die Frage wiederholen: Wussten Sie von der Drohung?«

Bjørn dachte eine Sekunde lang nach, eine Sekunde zu viel.

»Ich habe im Nachhinein davon erfahren.«

»Halten wir uns nicht länger bei Ihrem Gewaltausbruch auf, sondern kehren wir zum 30. November letzten Jahres zurück, als

Sie und Ihr enger Freund, der sich zurzeit in Manila aufhält, zum Hof von Frank Nitter gefahren sind. Während Ihr Freund die Zufahrt zum Hof im Auge behielt, sind Sie ins Wohnhaus und in die Scheune eingebrochen.«

Die Staatsanwältin stand auf. »Ich beantrage eine Pause, Frau Richterin. Diese Informationen sind der Staatsanwaltschaft nicht bekannt.«

»Der Antrag ist abgelehnt.« Die Richterin nickte dem Verteidiger zu. »Fahren Sie fort, Herr Pilgren.«

»Vielen Dank. Sie fragen sich vielleicht, worauf ich hinauswill. Ich habe ja zu Beginn der Verhandlung bereits dargelegt, wie einfach es ist, jemandem technische Beweise unterzuschieben. Und jetzt verhöre ich eine Person, die offiziell als Zeuge geladen ist, doch in Wahrheit tief in diesen Fall verwickelt ist.«

Bjørn musste eine Entscheidung treffen. Die kleinste Lüge würde jetzt mit zehnfacher Kraft auf ihn zurückfallen. Er räumte ein, auf dem Hof gewesen zu sein. Bestätigte, dass Nitter zurückgekommen sei. Verneinte, das Auto dort gesehen zu haben, als er die Flucht ergriff.

Er klammerte sich an den Gedanken, dass das Verhör irgendwann zu Ende war. Zwar verrieten Pilgrens dunkle Augen nicht, wann, doch als er den Besuch auf Nitters Hof endlich ad acta legte, war Bjørn sicher, das Schlimmste überstanden zu haben.

Er irrte sich.

»Ich möchte eine weitere Person in den Zeugenstand rufen. Sie hat sich bei uns gemeldet, nachdem unsere Untersuchungen eigentlich abgeschlossen waren.«

Die Richterin: »Ist das wirklich relevant?«

»Urteilen Sie selbst. Die junge Frau, Millie Johnson, ist die Partnerin von Jørgen Brennås, dem ältesten Sohn des Angeklagten. Wenige Tage nachdem Bjørn Lindbekk in ihre Wohnung eingedrungen war und Jørgen Brennås fast umgebracht hätte, nahm er Kontakt zu Millie Johnson auf. Ist das richtig?«

Er wandte sich an Bjørn.

»Ich habe Sie gefragt, ob das richtig ist, Herr Lindbekk.«

Endlich hatte sich Bjørn so weit gefasst, dass er antworten konnte.

»*Sie* hat Kontakt zu mir aufgenommen.«

»So? Dann steht hier Aussage gegen Aussage, aber das ist nicht entscheidend. Entscheidend ist vielmehr die Tatsache, dass Sie Frau Johnson mit dem Auto abgeholt haben. Das stimmt doch wohl, oder?«

»Ja.«

»Und während dieser Autofahrt sollen Sie Frau Johnson sexuell belästigt haben.«

Fassungslos starrte Bjørn Pilgren an. »Wovon reden Sie da?«

Pilgren ließ seinen Bick über die Anwesenden im Saal schweifen, ehe er sich an die Richterin wandte.

»Der Zeuge fragt, wovon ich rede? Lassen Sie mich kurz darauf antworten. Ich rede davon, dass die gesamte Anklage gegen einen unschuldigen Mann auf tönernen Füßen steht. Wenn wir unbedeutende Gerüchte und zweifelhafte Zeugenaussagen einmal außer Acht lassen, bleiben die technischen Beweise, gefunden im Auto des Angeklagten. Gibt es jemanden, der die Gelegenheit hatte, sie dort zu platzieren? Zweifellos. Gibt es jemanden, der ein Motiv hatte, sie dort zu platzieren? Zweifellos. Dieses Gericht würde einen fatalen Fehler begehen, wenn es zum jetzigen Zeitpunkt eine Entscheidung treffen würde, ehe alle Seiten dieses Falls sorgfältig beleuchtet wurden.«

* * *

Snorri sah ihn über den Tisch hinweg an. »Du brauchst nichts anderes zu tun, als hier zu sitzen und Bier auf meine Rechnung zu trinken, Bjørn. Meine Behandlung ist billiger als jede Therapie.«

Dem konnte man nicht widersprechen.

»Und effektiver.«

Eine Behauptung, die noch bewiesen werden musste.

»Und noch ein Tipp: Guck dir heute bloß nicht die Online-Ausgaben der Zeitungen an. Am besten die ganze Woche nicht. Und wenn du schon einen Blick in die Zeitung werfen musst, beschränke dich auf den Sportteil.«

»Ist es so schlimm?«

Snorri leerte sein Bierglas und hielt nach der Kellnerin Ausschau. Der Himmel über dem Fjord war tiefblau, ein unerwartet warmer Septembertag, noch immer über siebzehn Grad in der Sonne.

»Sie sagen, dass diese Runde an den Verteidiger ging. Aber der Kampf ist ja noch nicht vorbei. Der geht über mehrere Runden. Gut möglich, dass der Staatsanwältin noch diese Woche ein Knockout gelingt. Die hat genug Material gegen Nitter, um ihn zu verknacken, auch wenn Pilgren jetzt ein paar Punkte gesammelt hat.«

Der Kampfsport-Vergleich passt leider ziemlich gut, dachte Bjørn, der sich nach einem Tag im Zeugenstand so fühlte, als hätte er gestern Prügel in einem Boxring bezogen. Der Gegner hatte ihn grün und blau geschlagen, ihn immer wieder auf die Bretter geschickt. Ständig war Bjørn angezählt worden, bis sein Kontrahent schließlich den entscheidenden Treffer gelandet hatte. Snorri war im Saal gewesen, sein bester Freund, der jetzt sein Coach war und ihn fit machen wollte für die nächste Runde. Als Bjørn sein drittes Bier trank, spürte er, dass die Therapie zu wirken begann. Scham und Verwirrung legten sich ein klein wenig.

»Für mich geht es aber um mehr, als einen Wahnsinnigen in den Knast zu bringen.«

»Absolut verständlich.«

»Zwei Jugendliche sind tot. Und meine Tochter …«

Er warf einen Blick auf die Uhr am Rathausturm. In fünf Tagen würde er sie das erste Mal aus der Klinik holen, sie nach Hammerdal mitnehmen.

»Darum geht es doch. Ihr zu helfen, die fehlenden Teile zu finden, damit sie wieder ganz wird …«

Er musste jetzt an Anns Zukunft, an Siren und die Jungs denken, an alle, die ihn brauchten.

Snorri entgegnete nichts. Für eine Weile saßen sie schweigend da und tranken. Am Kai spazierten Passanten vorbei. Auf der anderen Seite der Bucht lag ein Segelschiff. Am Nebentisch saßen zwei Mädchen, flochten ihre Finger ineinander, sahen sich tief in die Augen.

»Ich hab was für dich.«

Bjørn warf ihm einen fragenden Blick zu. »Hast du mir etwa ein Trostgeschenk gekauft?«

Snorri lächelte flüchtig, schien plötzlich ein bisschen nervös zu sein.

»Es soll kein Trost sein. Im Gegenteil, du darfst es erst aufmachen, wenn der Prozess vorbei ist.«

»Was soll das?«

»Das Leben ist schon kompliziert genug, Bjørn.«

Bjørn wartete auf mehr.

»Du musst schon etwas deutlicher werden«, brummte er schließlich.

Snorri zog einen Umschlag aus der Jackentasche und legte ihn auf den Tisch.

»Also haben wir eine Abmachung. Erst öffnen, wenn das Urteil gesprochen ist.«

»Ich kann nichts versprechen«, entgegnete Bjørn, ergriff den Umschlag und riss ihn auf. »Ein USB-Stick?«

»Der dich sehr interessieren dürfte. Aber ich habe dich gebeten zu warten, und ich meine es ernst.«

Ein ungewöhnlicher Unterton in Snorris Stimme.

»Du steckst mir einen USB-Stick zu«, sagte Bjørn und konnte sich nur mühsam beherrschen, »machst ein großes Geheimnis darum, und ich soll nicht mal einen Blick darauf werfen?«

Snorri starrte vor sich hin und seufzte schwer.

»Hätte mir ja denken können, dass du nicht warten kannst. Du kannst nie abwarten. Kein Wunder, dass es so gekommen ist.«

»Was ist da drauf?«

»Fotos.«

»Wie bist du an die rangekommen?«

»Die sind mir praktisch in die Hände gefallen, und der Inhalt ist so brisant, dass …«

Er hielt inne, doch Bjørn spürte, dass er ihn allmählich aus der Reserve lockte.

»Was meinst du mit brisant?«

Snorri sank auf den Stuhl zurück und zündete sich eine Zigarette an. »Damit meine ich, dass ein Jugendlicher einen bekannten Industriellen in einem Café fotografiert. Bei der Firma des Mannes wird wenige Tage später eine riesige Razzia durchgeführt, ihr Chef der Korruption angeklagt, und der Junge wird ermordet.«

Bjørn klappte die Kinnlade herunter. »Hellmann. Das ist doch nicht möglich.«

Nach den ersten drei Zügen hatte Snorri die Zigarette zur Hälfte aufgeraucht. »Darüber haben wir nie geredet.«

»War er mit Victor Munoz zusammen in einem Café?«

»Sieht nicht so aus, als wären sie dort gemeinsam hingegangen. Die Fotos wurden aus größerer Distanz gemacht.«

»Aber es handelt sich ganz sicher um Hellmann?«

»Es gibt auch Fotos von seinem Wagen, mit Kennzeichen und allem Drum und Dran.«

»Das ist ja verrückt. Was haben die Techniker herausgefunden?«

Snorri zuckte die Schultern. »Nichts Aufsehenerregendes. Hellmann sitzt an einem Tisch und redet mit einer Frau. Sieht ziemlich intim aus. Und es gibt Fotos von den beiden auf der Straße und von ihm im Auto.«

»Ist ja nicht illegal, sich mit einer Frau in einem Café zu treffen.«

Plötzlich stellte Bjørn eine Verbindung her, doch alles sträubte sich in ihm, dieser Verbindung nachzugehen.

»Das hat für den Nitter-Fall doch wohl keine Bedeutung.«

»Ganz bestimmt nicht. Deshalb lässt man die Sache auch vorerst auf sich beruhen. Allerdings ist es interessant, dass eine bestimmte Datenmenge am selben Nachmittag vom Handy des Jungen auf ein Handy geschickt wurde, das unter dem Namen Hellmann registriert ist. Die Datenmenge entspricht exakt der der Fotos.«

»Verdammt.«

»Das kannst du laut sagen. Prost! Ist nämlich verdammt lecker, das Bier.«

Bjørn zögerte unbegreiflich lange, ehe er fragte: »Wer ist die Frau?«

»Das wissen wir nicht … es existiert keine Nahaufnahme ihres Gesichts.«

»Man lässt die Sache auf sich beruhen, obwohl man nicht weiß, wer die Frau ist?«

Erneutes Kopfschütteln. »Wir müssen äußerst behutsam vorgehen. Schließlich reden wir hier nicht von irgendjemandem. Hellmann hat jetzt schon ziemlich gute Karten, und wir wollen den Fall ja nicht endgültig verpfuschen. Offiziell verfolgen wir ihn weiter, dabei pfeifen es schon die Spatzen von den Dächern, dass es nur noch eine Frage der Zeit ist, bis unsere Wirtschaftsermittler zu Kreuze kriechen werden.«

Bjørn rieb sich über den Schädel. Am Morgen nach Anns Verschwinden hatte Hellmann seine Nummer gewählt. Hellmann war auf den Fotos, die Victor Munoz gemacht hatte. Victor hat ihm die Fotos geschickt, die ihn zusammen mit einer Frau in einem Café zeigen. Ann schrieb, dass sie in dem Café war. Victor hat die Aufnahmen mit ihrem Handy gemacht …

»Ich muss die Fotos sofort sehen.«

»Bjørn, das ist nicht dein Ernst.«

Bjørn lehnte sich über den Tisch. »Das ist mein voller und absoluter Ernst.«

Snorri schaute ihn an. »Wenn du jetzt denkst …«

Er drückte den Zigarettenstummel aus.

»Ich will dir einen guten Rat geben, Bjørn.«

»Wieso glaubst du, dass ich einen guten Rat brauche?« Bjørns Versuch misslang, eine lustige Bemerkung zu machen. »Erzähl mir lieber, warum du mir dieses Zeug gibst.«

Snorri warf einen betrübten Blick auf den winzigen Rest Bier in seinem Glas. »Weil du mein Freund bist. Weil ich dir helfen will. Ob dir das eine Hilfe ist, weiß ich nicht – bei uns auf dem Präsidium geht's rund.«

Mit geröteten Augen sah er Bjørn an. »Es heißt, dass die Führungsebene neu besetzt wird. Singsås wird wohl aufhören, aber du kommst als sein Nachfolger nicht infrage.«

Bjørn drehte das Bierglas in seiner Hand. Dass ihm die angestrebte Beförderung durch die Lappen ging, war keine Überraschung. Dennoch brauchte er ein bisschen Zeit, um die Nachricht zu verdauen.

»Und wer soll den Job übernehmen?«

»Anscheinend Guttormsen.«

»Guttormsen vom Dezernat für Gewaltverbrechen?«

»Sind bis jetzt alles nur Gerüchte.« Snorri blickte in sein Glas, doch Bjørn wusste, dass er stets die richtigen Informationen besaß.

»Und wer kriegt dann Guttormsens Job?«

»Da kommst du nie drauf.«

»Komm schon.«

»Ein Hauptkommissar namens Hans Magnus Viken beziehungsweise ›Seine Majestät Viken‹, wie mein Freund Helgarson ihn nannte, bevor sie ihn rausgeekelt haben. Da die Stelle intern ausgeschrieben wird, dürfte dieser Tipp bei den Buchmachern nur wenig Geld bringen.«

»Mann, Mann, Mann, was ist da nur los.« Bjørn schob sein Bierglas von sich.

»Das kannst du deinen Schwiegervater fragen, wenn der mal zu euch zum Abendessen kommt.«

Bjørn stand auf, konnte immer noch nicht glauben, was er eben gehört hatte.

»Mir gefällt ganz und gar nicht, was die da treiben«, sagte Snorri mit finsterem Blick. »Deshalb tue ich das wohl für dich. Wenn du irgendjemandem erzählst, woher du die Fotos hast, werde ich so enden wie du. Arbeitslos.«

Bjørn schüttelte den Kopf. »So weit ist es noch nicht.«

»Stimmt schon. Irgendeine Verwendung werden sie schon noch für dich haben. In der Poststelle oder Kantine, weiß der Teufel.«

Snorri schnalzte mit der Zunge.

»Ich habe mein Geld schon immer auf lahmende Pferde gesetzt. Das verstehe, wer will.«

* * *

Bjørn holte den Laptop aus seinem Arbeitszimmer und setzte sich an den Küchentisch. Während er ihn hochfuhr, blickte er hinaus auf die Einfahrt. Für einen Augenblick erwog er, den USB-Stick einfach wegzuwerfen.

Snorri schien sämtliches Material von Victor Munoz' PC kopiert zu haben. Auch ein paar Computerspiele und Norwegisch-Hausaufgaben waren darunter. Sonja Munoz hatte so stolz erzählt, dass er in der Schule gut mitkam, was sicher auch ihr Verdienst gewesen war.

Ganz unten befand sich ein Ordner mit hundertvierzig Bildern. Bjørn öffnete ihn. Die Fotos waren chronologisch geordnet. Die ersten stammten vom Juli 2013, die letzten von jenem Tag im November.

Ann stand neben einem Motorrad, einer Honda 750. Wie hatte er es als Vater nur zulassen können, dass sie auf solch einer Maschine mitfuhr, ohne Helm …

Als Letztes kamen die Fotos in dem Café. Eines von Ann, lächelnd am Tisch, einen Arm vorgestreckt, als wollte sie nicht fotografiert werden. Das nächste zeigte eine blonde Frau an einem weiter entfernten Tisch, von oben aufgenommen, es stimmte also, dass es in dem Café eine Galerie gab. Die Frau trug ein dunkelblaues Kostüm. Auf dem nächsten Bild saß ein Mann bei ihr am Tisch. Seine Hand auf ihrer. Danach derselbe Mann vor einem Auto. Daneben Victors Honda. Der Mann sprach in ein Handy, während die Frau ein paar Meter hinter ihm halb abgewandt stand. Eine Nahaufnahme, Hellmanns Gesicht im Tageslicht deutlich zu erkennen, der getrimmte Vollbart, der Ring im Ohr, der Pferdeschwanz, sogar das Kennzeichen seines Wagens.

Bjørn schaute sich alle Bilder noch einmal an. Nach dem vierten Durchgang vergrößerte er das letzte Bild. Es war sehr grobkörnig. Die blonde Frau mit dem blauen Kostüm. Ein Ohrring mit dunkelblauem Stein. Die Ohrringe hatte er vor ein paar Jahren auf dem Amsterdamer Flughafen Schiphol für sie gekauft.

Im Obergeschoss wurde eine Tür geöffnet. Vor über einer Stunde hatte er den Jungs Gute Nacht gesagt, was jedoch nicht hieß, dass Marco sofort schlief. Bestimmt sah er noch heimlich einen Film auf seinem Handy an. Bjørn nahm den Laptop mit ins Wohnzimmer, ließ sich aufs Sofa fallen und starrte aus dem Fenster in den Garten und auf das Wäldchen dahinter, die allmählich in der Dämmerung versanken. Wie oft hatte er schon so dagesessen und beobachtet, wie sich die Farbe der Kiefernstämme veränderte, von hellem Rot zu immer dunklerem Kupfer. Damit ist jetzt Schluss, dachte er, doch auch diesen Gedanken konnte er nicht festhalten. Er löste sich auf wie das Licht zwischen den Bäumen.

Siren kam um zehn nach elf. Er saß auf dem Sofa, bewegte sich nicht, sie blieb auf der Schwelle stehen.

»Sitzt du hier im Dunkeln?«

Sie kam zu ihm, beugte sich herunter, schnupperte. »Hast du getrunken?«

»Nicht genug.«

»Bjørn, was im Gerichtssaal passiert ist …« Sie schüttelte den Kopf. »Das geht vorbei.«

Er entgegnete nichts. Sie berührte ihn, strich mit den Fingern über die kahle Stelle auf seinem Scheitel, die sie als verlorenes Territorium bezeichnete.

»Setz dich«, sagte er, ohne ihr Platz zu machen.

Einen Augenblick blieb sie stehen, ehe sie eine Lampe anknipste und sich auf die äußerste Kante des Stuhls setzte.

»Ist was passiert?«

Er schaute zu Igor hinüber, der an der Wand lag, die krummen Pfoten unter dem Bauch. Seit ein paar Wochen war das wohl die Stellung, die ihm am wenigsten Schmerzen bereitete.

»Ich habe dir von dem erzählt, was Ann geschrieben hat. Von dem Café …«

Sie entgegnete nichts. Er klappte den Laptop auf, klickte die Fotos mit der Frau am Cafétisch an. Sie kniff die Augen zusammen, beugte sich vor.

»Ist das …?«

»Ein Café in Oslo, in der Nähe des Einkaufszentrums in Tøyen. Das Foto ist wenige Stunden vor Anns Verschwinden gemacht worden.«

Er klickte weiter, der Mann, seine Hand auf ihrer.

»Du erkennst ihn?«

Siren schwieg weiterhin. Er zeigte ihr ein Bild nach dem anderen. Die beiden vor dem Café auf der Straße. Das Auto des Mannes, das Nummernschild.

»Ann schreibt, dass sie dich an diesem Tag in einem Café gesehen und dich später angerufen hat, um mit dir darüber zu reden. Du hast gesagt, das wäre ihrer Fantasie entsprungen, und ich habe dir geglaubt.«

Ein paar Mal musste er tief durchatmen, ehe er weitersprach.

»Aber die Fotos hier sind keine Fantasie. Du sitzt in diesem Café. Hellmann kommt rein. Du bist mitverantwortlich, dass die Korruptionsvorwürfe gegen ihn aufgeklärt werden. Zwei Monate später durchsucht ihr seine Büros. Es wird nichts gefunden.«

»Bjørn, das ist …«

»Ich bin noch nicht fertig«, unterbrach er sie und hatte plötzlich das Gefühl, den Boden unter den Füßen zu verlieren. »Ich werde mich streng an die unbestreitbaren Fakten halten. Victor hat die Fotos von euch beiden gemacht. Wenn die an die Öffentlichkeit gelangen, kannst du dir vorstellen, was das für Folgen hat. Für dich und für Hellmann.«

Er lehnte sich zurück. Unentwegt starrte Siren auf den Bildschirm.

»Ich hab etwas Dummes getan«, begann sie, ohne ihn anzusehen, »und hab mich mit ihm getroffen.«

»Du hattest ein Verhältnis mit ihm«, brach es aus Bjørn heraus, der Gedanke war neu, überrumpelte ihn, vielleicht weil er sich in den letzten Stunden so hartnäckig dagegen gewehrt hatte. Verblüfft registrierte er, dass sie es nicht sofort leugnete.

»Verhältnis ist übertrieben«, sagte sie. »Wir haben uns ein paar Mal verabredet …«

Er sprang auf, beugte sich drohend über sie. »Was soll das heißen?«

Sie schüttelte den Kopf. »Das war wirklich sehr dumm von mir, Bjørn. Das Dümmste, was ich je getan habe.«

»Sag mal, hörst du eigentlich selbst, was du da sagst? Du hattest ein Verhältnis mit dem Hauptverdächtigen eines Falls, in dem du selbst ermittelst. Das ist doch Wahnsinn! Wann hat das angefangen?«

»Nach unserer Konferenz, auf der er einen Vortrag gehalten hat. Ich habe hinterher mit ihm geredet, am Abend … es ist einfach passiert.«

»Ach, hör doch auf!«, rief er. »Einfach passiert. So was könnte von Marco kommen, und der ist gerade elf geworden.«

Immer noch blickte sie auf den Bildschirm, als würde sie noch Schlimmeres erwarten.

»Ich war ein bisschen fasziniert von ihm.«

Plötzlich hatte Bjørn das Gefühl, das Zimmer wäre von einer zähen, klebrigen Substanz erfüllt, die das Atmen erschwerte.

»Der gehört zu den Typen, die niemals aufgeben. Vor dem Vertrag mit den Bohrinseln war er so gut wie pleite … Eigentlich haben wir zunächst gar nicht geglaubt, dass an den Vorwürfen gegen ihn was dran ist. Es gab einige Leute bei uns, die sich unbedingt profilieren wollten.«

»Na, wie gut, dass er einen Verbündeten auf eurer Seite hatte.«

Sie machte eine abwehrende Handbewegung. »Ich habe ihm niemals bei irgendwas geholfen, Bjørn. Du glaubst doch wohl nicht …«

»Was ich glaube, ist nicht wichtig.«

Aber es war das Wichtigste. Er schaute an ihr vorbei aus dem

Fenster. Der Wald wie eine dunkle Wand unter dem Septemberhimmel.

»Ich hätte ihn nicht treffen sollen. Es war nur ein paar Mal. Aber von unseren Ermittlungen habe ich nie ein Wort gesagt.«

»Und das soll dir jemand glauben?«

Sie antwortete nicht.

»Und der Abend, als du meinen Wagen genommen hast, um ihn zu treffen?«

Wieder antwortete sie nicht, doch er ließ nicht locker, wiederholte die Frage.

»Er hatte mich angerufen«, erklärte sie leise, »und wollte wissen, warum ich ihn nicht mehr treffe.«

Bjørn musste sich bewegen, tigerte hin und her. »Kein Wunder, dass du Panik gekriegt hast. Jemand hatte euch zusammen gesehen und Fotos von euch gemacht.«

»Ja.« Ihre Stimme war kaum hörbar. »Ich hab Panik gekriegt.«

Er öffnete die Terrassentür, stieß einen leisen Pfiff aus. Igor stand auf und humpelte zu ihm, folgte ihm in den Garten. Er zog ein Hinterbein nach, die Medikamente wirkten nicht mehr. Vor zwei Wochen war Bjørn das letzte Mal mit ihm beim Tierarzt gewesen, der ihn gebeten hatte, sich sehr genau zu überlegen, wie lange der Hund noch leiden solle. Jetzt ließ er ihn im Gras schnüffeln. Die größte Freude, die Igor noch geblieben war, der Geruch von feuchtem Gras.

Siren saß im Schneidersitz da, als er wieder ins Wohnzimmer kam, die Augen geschlossen. Erneut ließ er sich aufs Sofa fallen, dort, wo sich der Boden unter ihm aufgetan hatte. In der Tiefe brannte es so heftig in seiner Brust, dass es fast wohltuend war. Er wollte nirgendwo anders sein, nur noch tiefer hinabstürzen.

»Bisher haben wir über Tatsachen geredet. Jetzt müssen wir über das reden, was noch unklar ist«, begann er und registrierte seinen sachlichen Ton. Als wäre er bei einer morgendlichen Dienstbesprechung. »Ann ist mit Victor in einem Café. Sie entdecken dich und machen Fotos von dir und Hellmann. Victor nimmt mit dir wegen der Fotos Kontakt auf. Keine Ahnung, was der Junge wollte, dich vielleicht erpressen, je nachdem, wie er die Situation aufgefasst hat.«

Siren entgegnete nichts, saß regungslos und mit geschlossenen Augen da.

»Du nimmst mein Auto und triffst dich mit Hellmann. Kurz darauf wird Victor Munoz getötet und Ann entführt.«

Ruckartig setzte sie sich auf. »Bjørn, bitte! Glaub doch nicht …«

»Hör endlich auf, mir zu erzählen, was ich glauben soll!«, brüllte er, und seine Wut stieg mit solcher Kraft in ihm auf, dass er sich mit geballten Fäusten über den Kopf rieb, doch es half nicht. Er beugte sich vor, sah ihr in die Augen, die von einer Angst erfüllt waren, die er nie zuvor bei ihr gesehen hatte. Abermals hörte er eine Tür oben schlagen. Er stand auf und ging nach draußen. Igor hatte sich auf die Terrassenplatten gelegt, die immer noch ein wenig Wärme ausstrahlten. Der Hund barg die Pfoten unter dem Bauch und leckte sich das Hinterbein, als könnte das den Schmerz lindern. Als Bjørn ihm über das matte Fell strich, winselte Igor leise.

»Noch ein paar Tage, dann bist du erlöst.«

In diesem Moment wusste er, dass er eine Entscheidung getroffen hatte. »Nein, nicht ein paar Tage, nur noch eine Nacht, dann darfst du sterben.«

49)

Wo fahren wir hin?«, fragte Marco, als er endlich vor der Garage auftauchte.

»Überraschungsfahrt«, sagte Felix, was Bjørn einen Stich gab. Es war lange her, dass sie zu einer ihrer Überraschungsfahrten aufgebrochen waren. Die Jungen liebten das. Nichts im Voraus zu wissen. An einen unbekannten Ort entführt zu werden. Am Ende spielten sie dann irgendwo Minigolf oder Bowling oder fuhren Gokart. Das Problem war die rapide steigende Erwartungshaltung der Jungen, die irgendwann nicht mehr befriedigt werden konnte und in Enttäuschung umschlug.

»Das ist keine Überraschungsfahrt«, verkündete Bjørn.

»Und was dann? Wieso kommt Igor mit?«

Igor lag nicht in seiner Transportbox hinten im Wagen, sondern auf dem Vordersitz.

»Nehmt mal die Kopfhörer ab und legt die Handys beiseite, dann erkläre ich euch alles.«

Wie immer reagierten die Jungen unterschiedlich. Felix war traurig und in sich gekehrt, protestierte schweigend. Marco machte seinem Unverständnis lautstark Luft.

»Das meinst du nicht im Ernst.«

Er war elf Jahre alt und sprach zu seinem Vater wie ein Jugendlicher.

»Das ist mein voller Ernst.«

»Weiß Mama das?«

Marcos Trumpfkarte, die er sofort ausspielte. Siren ergriff oft die Partei ihres älteren Sohnes, Bjørns Ansicht nach zu häufig. Er hatte mit ihr darüber gesprochen. Sie gab es zu, sie tue das, damit Marco nicht merkte, dass sie den Jüngsten etwas bevorzuge.

»Mach dir keine Gedanken, was Mama weiß oder nicht weiß.«

»Aber Igor ist nicht krank.«

»Doch, er ist krank. Aber man sieht es nicht.«

»Also ich komme auf keinen Fall mit.«

Marco wollte die Tür öffnen, der Wagen rollte bereits.

»Ihr bleibt beide hier!«, gab Bjørn so heftig zurück, dass sofort Stille einkehrte.

Die Tierärztin war eine Frau in Bjørns Alter. Pferdeschwanz und verfärbte Zähne, was man heutzutage sehr selten sah.

»Ihr kommt ja in voller Besetzung«, sagte sie munter, besann sich jedoch nach einem Blick in die Patientenakte. »Nun, das ist ein besonderer Tag heute. Ein trauriger Anlass.«

Bjørn nickte kurz und hoffte, dass sie sich nicht wie eine Pfarrerin verhielt.

Sie wandte sich an die Jungen. »Ich finde es sehr schön, dass ihr mitkommen wolltet.«

Marco wollte etwas entgegnen, doch als er den Blick seines Vaters sah, ließ er es bleiben.

»Es wird auch nicht wehtun«, fuhr die Tierärztin fort. »Jedenfalls nicht körperlich.«

Bjørn versuchte, nicht zu ergründen, was sie damit meinte, und löste schweigend das Halsband.

Igor humpelte ein paar Schritte. War schon oft in dieser Praxis gewesen und verband mit ihr die Linderung seiner Schmerzen, Trost und Hundekekse. Aber vielleicht ahnte er auch, was geschehen sollte.

Bjørn ging in die Hocke und schaute in die braunen Augen. Du weißt, wie viel du mir bedeutest.

Igor legte den Kopf auf sein Knie.

Du weißt, wie schwer das für mich ist.

»Wollt ihr ihn streicheln?«, fragte die Tierärztin.

Die Jungen antworteten nicht, saßen auf den Stühlen und starrten auf ihre Handys.

Okay, dachte Bjørn, als er Igor auf den Tisch hob. Jedenfalls haben die Jungs etwas, worauf sie ihren Blick richten können.

»Nehmt eure Käppis ab«, sagte er, ohne genau zu wissen, warum.

Marco starrte ihn trotzig an, Felix gehorchte.

»Dann brauchen wir wohl nicht länger zu warten«, sagte die Tierärztin mit professioneller Empathie. In diesem Moment hätte Bjørn sie davon abhalten, hätte Igor vom Tisch heben und ins Auto tragen können. Denn am liebsten hätte er die Sache abermals hinausgezögert, Igor nicht erlaubt, zu verschwinden.

»Nein«, sagte er mit zu scharfer Stimme. »Wir haben schon zu lange gewartet.«

Die Tierärztin zog eine Spritze auf. »Zuerst bekommt er ein Schlafmittel.«

Ein Ruck ging durch den Körper des Hundes, sein Blick verschleierte sich.

»Dann diese hier.«

Eine etwas größere Spritze. Ein Stich in den Bauch. Die tödliche Injektion.

Verstohlen blickte Bjørn zu seinen Söhnen hinüber, die jetzt alles genau mitverfolgten. Sie machten große Augen.

Weitere Zuckungen. Die Tierärztin legte die Hand auf die Schnauze, dann auf den Bauch. Nickte Bjørn zu.

Er umfasste den Hundekopf. Das Fell zwischen den Augen war so weich wie das eines Welpen.

Am Nachmittag war Eishockeytraining, und das war auch gut so. Alles am Laufen halten, als wäre nichts geschehen. Einfach weitermachen, um den Tag irgendwie zu überstehen.

Da der neue Assistenztrainer auf Schneehuhnjagd war, leitete Bjørn das Training allein. Aufwärmen über die ganze Länge des Spielfelds, erst in gemächlichem Tempo, dann immer schneller. Schließlich sollten sie sich mit Volldampf gegen die Bande werfen. Fünfzehn Zehn- und Elfjährige flitzten über das Eis und krachten gegen die Bande, dass es in der ganzen Halle zu hören war. Vielleicht ließen sich damit ja die Ratten unter der Tribüne vertreiben, obwohl sie sicher einiges gewohnt waren.

In der letzten halben Stunde spielten sie über das gesamte Feld. Er teilte sie in zwei Mannschaften ein, Marco und Felix in getrennten Teams, obwohl ihm einfiel, dass dies heute vielleicht keine so kluge Entscheidung war.

Marco kämpfte mit harten Bandagen, selbst für seine Verhältnisse. Er ging seinen Bruder hart an, versuchte, ihn gegen die Bande zu drücken. Geschickt entzog Felix sich ihm, wie man das als kleiner und schwächerer Junge lernte. Doch schließlich erwischte Marco seinen Bruder an der blauen Linie, rammte ihm seine Hüfte in die Seite, sodass Felix in die Luft geschleudert wurde und krachend auf dem Eis landete. Bjørn wollte schon abpfeifen, um Marco daran zu erinnern, dass sie nur trainierten, ließ es aber bleiben. Felix musste lernen, dass nicht jedes Mal, wenn er im Leben auf Widerstand stieß, jemand in eine Pfeife blies, um ihm zu helfen.

»Komm schon! Steh auf und mach weiter!«

Eine Handvoll Eltern auf der Tribüne. Und ein Stück weiter oben ein Mann ganz allein. Mantel und Käppi. Bjørn erkannte ihn nicht gleich und musste drei, vier Mal hinschauen.

Er pfiff das Spiel ab, schickte die Jungs zum Duschen, zog die Kufenschoner über und stieg die Tribüne bis zur zwölften Reihe hinauf.

»Macht Spaß, den Jungs zuzugucken«, sagte Halfdan.

Bjørn antwortete nicht.

»Du nimmst sie ja ganz schön ran.«

»Das vertragen sie schon.«

Halfdan steckte die Hände in die Taschen. »Boxer trainieren ja auch mit Sparringspartnern aus einer höheren Gewichtsklasse. So härtet man sich ab. Aber natürlich muss man auch manchmal Schläge einstecken, von denen man sich nicht wieder erholt.«

»Was meinst du damit?«

»Setz dich, Bjørn. Wir müssen reden.«

Bjørn zögerte.

»Du findest Ort und Zeitpunkt wahrscheinlich verkehrt.«

»Genau.«

»Wir hätten das auch anders machen können, aber du weißt, was auf dem Spiel steht.«

Schließlich nahm er Platz. »Tue ich das?«

Halfdan legte den Kopf auf die Seite, seit einiger Zeit quälten ihn heftige Nackenschmerzen.

»Die Sache war eigentlich schon in trockenen Tüchern«, sagte er, »doch jetzt ist wieder alles offen. Hast du mal dran gedacht, was passiert, wenn Nitter freigesprochen wird?«

Diesen Gedanken hatte er bis jetzt verdrängt. Stell dich ihm, Bjørn Lindbekk. Deine Tochter wurde entführt, hat irreparable Schäden davongetragen. Und du hast die Ermittlungen so verpfuscht, dass der Täter plötzlich ein ausgezeichnetes Blatt in der Hand hält.

»Deshalb bist du doch wohl nicht hier.«

Halfdan sah ihn eindringlich an, als suche er die Bestätigung für das, was er schon lange gewusst hatte. Kontrolle durch Blickkontakt, dachte Bjørn. Das hatte bei ihm schon immer funktioniert und seinen Schwiegervater dorthin gebracht, wo er jetzt war. Verbunden mit harter Arbeit und einer Portion Geschicklichkeit. Papa hat's einfach drauf, wie Siren zu sagen pflegte, und zwar mit einem unüberhörbaren Unterton: Hast du's auch drauf, oder habe ich mich in dir getäuscht?

»Du willst über *sie* reden, nicht wahr?«

Halfdan richtete sich auf. »Lass mich mit den Fotos beginnen, die du ihr gezeigt hast. Du hast dir also Zugang zu Beweismaterial verschafft.«

Sofort wollte Bjørn aufstehen, nahm sich aber zusammen.

»Darum geht es also? Dass ich eine wichtige Spur entdeckt habe, die den Ermittlern rätselhafterweise entgangen ist?«

»Das kannst du nicht beurteilen.«

»Du willst wissen, woher ich die Fotos habe? Vergiss es.«

Halfdan schüttelte den Kopf. »Wir wissen, wo du sie herhast. Es ist höchste Zeit, dass du die ermittelnden Beamten nicht länger unterschätzt.«

Bjørn bemühte sich, ruhig und zusammenhängend zu denken.

»Für meine Quelle sollte das keine Folgen haben.«

»Das zu entscheiden, liegt nicht in deiner Macht.«

Die erste Runde war nur zum Aufwärmen da, doch gleich würde der Kampf richtig beginnen. Halfdan glaubte, den Ausgang bereits zu kennen, doch gab es ein paar Dinge, die er garantiert nicht auf der Rechnung hatte. Bjørn spürte ein heftiges Zittern in der Brust, das nicht frei von Schadenfreude war.

»Die Fotos können den ganzen Nitter-Fall auf den Kopf stellen«, sagte Halfdan.

»Sonst wärst du ja auch nicht hier.« Er hatte Zeit gehabt, über die Personalrochade nachzudenken, die Snorri ihm gesteckt hatte. »Zehn Jahre lang hast du Viken diese Führungsposition vorenthalten, und jetzt soll er sie bekommen.«

Halfdan blickte sich um, ehe er antwortete.

»Das habe ich nicht gehört.« Er dämpfte die Stimme, wie er es immer tat, wenn seine Irritation wuchs. »Zum Glück sitzen wir hier in einer leeren Eishockeyhalle. Was du darüber denkst, ist deine Sache.«

»Soll ich mich etwa bei dir bedanken?«

Bjørn hörte, wie kindisch das klang. Der Protest eines Teenagers.

»Hör gut zu, Bjørn, ich werde dir jetzt zwei Fragen stellen: Glaubst du, dass Siren hinter dem Mord an zwei Jugendlichen steckt? Und glaubst du, dass sie deine Tochter entführt hat?«

Für den Bruchteil einer Sekunde hätte Bjørn am liebsten mit Ja geantwortet. Dann war die Gelegenheit verstrichen. Einfach weitermachen, den Tag überstehen, dann würde sich alles von allein regeln. Aber wo willst du hin, Bjørn Lindbekk?

»Wenn nicht Siren, dann steht vielleicht Hellmann dahinter.«

Halfdan schüttelte den Kopf. »Hellmann hat nichts zu verlieren, wenn die Sache bekannt wird. Ein Verhältnis mit einer verheirateten Polizistin vom Dezernat für Wirtschaftsverbrechen? Das würde nur sein Image stärken. Wenn hier jemand alles zu verlieren hat, dann Siren. Das war ihr sofort klar, als sie von den Ermittlungen gegen Hellmann erfuhr. Deshalb hat sie sich mit ihm in dem Café verabredet, um ihm klarzumachen, dass sie sich nicht mehr sehen können.«

Bjørn stieß ein Schnauben aus. »Sie hat ihn schon am Abend wiedergesehen. Ist mit meinem Auto zu ihm gefahren.«

»Sie war völlig mit den Nerven runter, brauchte ein bisschen Zeit für sich. Sie hat ihn angerufen und ihm von den Fotos deiner Tochter erzählt. An dem Abend hat sie ihn nicht getroffen, und auch danach nicht mehr. Die Sache ist endgültig vorbei.«

Bjørn ging darauf nicht ein. »Glaubst du etwa, Hellmann hätte keine weitere Erklärung verlangt, warum es plötzlich vorbei sein sollte? Der Mann ist kein Idiot. Der muss kapiert haben, dass die Wirtschaftsermittler gegen ihn vorgehen. So bekam er alle Zeit der Welt, belastendes Material zu entsorgen.«

»Siren hat einen Fehler gemacht, keine Frage«, erwiderte Halfdan. »Dir ist doch wohl klar, was passieren würde, wenn das alles ans Tageslicht käme. Nicht allein die Affäre, sondern vor allem, weil sie sich so unprofessionell verhalten und sich mit ihm verabredet hat, nachdem die Ermittlungen schon angelaufen waren.«

Ein enttäuschter Vater, der über seine ungehorsame Tochter sprach.

»Du kannst natürlich damit an die Öffentlichkeit gehen, aber das würde den Prozess gegen Nitter nur verkomplizieren. Damit würdest du Siren die Karriere verbauen. Und vermutlich wäre dann auch eure Ehe am Ende. Willst du das?«

Wenn dies wirklich ein Kampf war, war er längst entschieden. Bjørn verspürte einen fast unbezähmbaren Drang, etwas zu zerstören.

»Glaub nicht, dass ich dich nicht verstehe, Bjørn. Es war eine ungeheuer herausfordernde Zeit für dich. Doch im Nachhinein wirst du mit dem Gefühl darauf zurückblicken, dass du sie gemeistert hast.«

Halfdans Stimme war sanfter, fast fürsorglich geworden. »Und was deine berufliche Zukunft angeht, so brauchst du dir keine Sorgen zu machen. Es werden sich verschiedene Möglichkeiten auftun, da kannst du ganz sicher sein. Wenn du deine Karten richtig ausspielst.«

»Du hast dafür gesorgt, dass Viken die Sache mit Siren und Hellmann auf sich beruhen lässt«, fauchte Bjørn. »Das war der Preis für seine Beförderung.«

Halfdan warf ihm einen prüfenden Blick zu. »Dazu sage ich nichts. Aber eines solltest du nicht vergessen: Du hast eine Tochter, für die du alles tun würdest. Auch ich habe eine Tochter. Glaubst du, ich würde nicht so weit gehen wie du, wenn sie bedroht wird?«

50)

Jemand klopft. Nitter sagt nicht »Herein«. Er möchte in diesem engen, leeren Raum keinen Besuch empfangen.

Dennoch stören sie ihn. So behandeln sie ihn hier. Haben immer noch nicht kapiert, wer er ist.

Einer der Diener bleibt auf der Schwelle stehen, ein Pykniker mit hoher Stirn und viel zu enger Hose.

»Besuch für Sie, Nitter.«

Und wer taucht hinter ihm auf?

Der Herr Verteidiger persönlich, Rickard I. Pilgren, RIP. Er sieht aus wie ein Pfau, mit geschwellter Brust, den Kopf ein wenig zur Seite geneigt. Als würde er einen höfischen Tanz aus der Tudorzeit aufführen. *Rest in Peace. I rest my case.*

»Gut so«, sagt Nitter zum Diener, der mitten im Zimmer stehen blieb, als wäre er hier zu Hause.

»Das ist alles«, fügt Nitter hinzu.

Immer noch keine Reaktion.

»Lassen Sie mich mit Herrn Pilgren unter vier Augen sprechen.«

Der Diener wirft Rickard Iver Pilgren einen fragenden Blick zu. Auf ein Kopfnicken hin zieht er sich auf den Gang zurück, lässt die Tür jedoch halb geöffnet.

»Was verschafft mir die Ehre?«

Pilgren lächelt verhalten, verbeugt sich diesmal jedoch nicht, sondern legt eine Aktentasche auf den Tisch, öffnet sie klickend und zieht einen Din-A4-Umschlag heraus.

»Das möchte ich Ihnen persönlich überreichen, Herr Nitter.«

»Das Urteil?«

Pilgren plustert sich noch mehr auf und sieht jetzt mehr wie ein Hahn aus, der sich in die Brust wirft.

»Den Freispruch!«

Nitter nickt liebenswürdig. Hat schon darauf gewartet. In dem Moment, als er den Gerichtssaal betrat, hat er es gewusst. Ehe er der Richterin zum ersten Mal in die Augen sah und zu ihrem Innersten sprach.

»Genau«, sagt er.

»Sie scheinen nicht überrascht zu sein.«

»Nicht im Mindesten. Die Staatsanwaltschaft wird Berufung einlegen?«

»Damit müssen wir rechnen. Doch wenn keine neuen Beweismittel auftauchen, dürfte das Schwurgericht genauso entscheiden.«

R. I. Pilgren steht mitten im Raum. Dass so ein kleiner Mann so viel Platz beanspruchen kann. Wollen Sie mir nicht danken?, fragt sein Blick. Als hätte er mit seinen lächerlichen Posen und Tiraden etwas mit dem Ausgang des Prozesses zu tun gehabt.

»Es war mir ein Vergnügen«, sagt Nitter.

Doch um mit dem wachhabenden Oberarzt sprechen zu können, muss Nitter zeigen, dass er es ernst meint. Zum Schluss gibt der Pykniker nach und ruft an. Anderthalb Stunden dauert es, bis der Oberarzt sich endlich einfindet.

»Ich möchte die hohen Herren in aller Bescheidenheit um die Einschätzung der neuen Situation bitten«, flötet Nitter und achtet darauf, absolut entspannt zu klingen.

Der Oberarzt erwidert sein Lächeln. »Das kann ich gut verstehen. Sie sind lange hier gewesen.«

Das kann Nitter nicht leugnen.

Ein weiteres Mal führt sich der Oberarzt die Urteilsbegründung zu Gemüte.

»Wir haben ein solches Resultat ja nie für ausgeschlossen gehalten.«

»Gut.«

»Sondern stets alle Möglichkeiten in Betracht gezogen. Wir sind also vorbereitet.«

»Umso besser.«

»Die Kriterien für eine Zwangseinweisung sind aus psychologischer Sicht nicht mehr gegeben. Es gibt keinen Grund, anzunehmen, dass Sie für sich oder die Allgemeinheit eine Gefahr darstellen.«

»Natürlich nicht.«

»Die Frage ist, ob Sie noch ein wenig Bedenkzeit benötigen, ehe wir Sie entlassen.«

»Sie haben es ja selbst gesagt. Ich bin hier schon sehr lange.«

Der Oberarzt denkt kurz nach.

»Vielleicht könnten wir bis Montag warten. Dann haben alle Zeit, sich ein wenig vorzubereiten.«

»Ich glaube, mich erinnern zu können, dass Sie gerade gesagt haben, Sie wären schon vorbereitet. Ich für meinen Teil bin bereit.«

»Sie kommen in ein leeres Haus.«

»Machen Sie sich darüber keine Sorgen, mein Freund.«

Dieses Wort verfehlt seine Wirkung nicht. Denn nichts auf der Welt will der Arzt weniger sein als Frank Nitters Freund.

Er fügt hinzu: »Es gibt jemanden, der mich erwartet.«

»Wer?«, will der Oberarzt wissen, eine winzige Falle, die Nitter nur ein müdes Lächeln kostet.

»Ich habe die Meinen, wie Sie die Ihren haben. Ich muss mich um meine Hunde kümmern.«

»Wo sind die eigentlich gerade?«

»Ein Nachbar sieht nach ihnen. Doch am Wochenende ist er nicht da.«

Der Oberarzt denkt nach.

»Das Besuchsverbot besteht weiterhin. Sie sind nicht berechtigt, Ihren Sohn Morten zu sehen.«

»Natürlich nicht. Ich werde ihm keinen Besuch abstatten.«

Aber er kann ja mir einen Besuch abstatten, Herr Doktor Ein beachtenswerter Unterschied.

»Gut«, sagt der Arzt und steht auf. »Wir sehen, was wir tun können. Ich setze mich am Wochenende mit der Poliklinik in Verbindung, damit Sie dort im Laufe der Woche einen Termin bekommen.«

Er gehört zu denjenigen, die ihre Patienten stets mit neuen Terminen versorgen. Das ist seine Berufung, und wenn die Patienten zu einem Termin erscheinen, erhalten sie immer einen neuen.

»Wir müssen der Gemeindeärztin Bescheid sagen. Die hat damals Ihre Einlieferung angeordnet, und natürlich muss die Polizei informiert werden.«

»Informieren Sie, wen Sie möchten, guter Mann. Gerne die Polizei und die Poliklinik.«

Warum nicht auch die Feuerwehr und das Müttergenesungswerk, hätte er fast hinzugefügt. Lasst uns die Toten auf den Friedhöfen wecken, damit auch sie die frohe Botschaft hören. Denn jetzt werde ich sie holen.

Seit der Gerichtsverhandlung merkt er sich ihren Nachnamen. Fortun heißt sie.

Helene, die Trägerin des Lichts. Helene, die Glücksbringerin.

So soll es sein. So steht es geschrieben. Diesmal wird sie mit mir kommen. Niemand auf der Welt kann verhindern, dass sie ihrem Willen folgt. Ihrer inneren Stimme.

Die auf Frank Nitter hört.

Ich bin Ann

Version 22.6.1

Papa nimmt die vertrockneten Blumen weg, die auf der Platte vor dem Grabstein liegen, stellt neue in die Vase. Gibt mir das Feuerzeug. Ich soll die Kerzen anzünden.

»Hier sind wir oft zusammen gewesen, Ann. Jedes Jahr an Weihnachten.«

Ich nicke. An Weihnachten waren wir immer hier. Jetzt ist es Herbst, und er legt die Arme um mich.

»Weißt du, wenn ich hier bin, rede ich oft mit deinem Großvater.«

Das wusste ich nicht.

»Worüber?«

Er zuckt zusammen, ist es immer noch nicht gewohnt, meine Stimme zu hören.

»Ich frage ihn verschiedene Dinge. Manchmal antwortet er. Ich frage ihn zum Beispiel, wie es ist, hier zu liegen. Und Johnny antwortet, das wäre völlig in Ordnung. In den ersten Tagen war es ein bisschen kalt, sagte er mal, aber mit der Zeit gewöhnt man sich daran.«

Ich bin wieder da. Alle sagen das. Alles kommt mir irgendwie bekannt vor, aber ich erkenne so wenig wieder. Jemand hat den Stecker gezogen, sagt Dr. Henry, und ich muss ihn wieder reinstecken. So denkt Dr. Henry.

Mama hält mich fest und will mich gar nicht ins Haus lassen. Sie und Papa starren mich an, als hätten sie Angst, dass etwas geschieht, wenn ich über die Schwelle trete.

Hier wohne ich, schreibe ich auf dem Tablet.

»Natürlich wohnst du hier, Ann-Spatz.«

Wir sitzen am Tisch. Mama hat Essen gemacht. Spaghetti. Leicht zu essen, sagt sie. *Leicht zu machen*, schreibe ich. Da lächelt sie mich seltsam an. Sie hat nie gerne gekocht.

Mama steht auf, holt ihren Laptop, drückt ein paar Tasten.

»So sieht er aus, Ann.«

»May-Britt!«, sagt Papa laut, aber auch er will, dass ich mir das Foto angucke. Mama dreht den Bildschirm in meine Richtung, und ich sehe das Gesicht eines alten, bärtigen Mannes mit faltiger Haut. Seine Augen lächeln, sind wütend, ängstlich oder glücklich. Er trägt ein Käppi und steht vor einem Auto.

Mama und Papa gucken mich an. Ist er das?, fragen ihre Gesichter. Ist das der Teermann?

Die Tür zum Ann-Raum steht offen, und ich werfe einen Blick hinein.

»Hast du diesen Mann schon mal gesehen?«, fragt Mama schließlich.

Ich kann Ja oder Nein sagen. Alles ist richtig oder falsch.

Es gab zwei Keller. Der eine war warm und feucht. Der andere war kalt.

Papa liest, was ich schreibe, wirkt unentschlossen.

»Erinnerst du dich noch an etwas?«, fragt er. Und jetzt *will* ich mich erinnern. Ich will Papa helfen. Ihm bei allem helfen, was ihn quält.

Das ist so lange her.

»Neun Monate«, sagt Mama.

Eine Katze schrie und schrie und wollte zu mir. Das war in dem warmen Keller. Ich wollte schon immer eine Katze haben.

Im Bad schneidet mir Helene die Haare. Ihre Eltern sind im Kino. Sie haben große Angst, sie allein zu lassen. Vor allem ihre Mutter. Helene hat gesagt, dass sie bei Dagny übernachtet. Falls mich jemand fragt, muss ich also dasselbe sagen. So haben wir das auch früher gemacht. Uns gemeinsame Erklärungen ausgedacht.

Helene sagt, es gibt zwei Typen von Männern oder von Jungs, was eigentlich egal ist, denn die kommen schon so auf die Welt. Diejenigen, die sie dazu bringen, Dinge zu tun, die sie nicht tun sollte – wie Victor. Oder diejenigen, die ihr ein gutes und sicheres Gefühl vermitteln – wie Roman Warzinsky. So heißt er zwar nicht wirklich, aber ich darf seinen richtigen Namen nicht benutzen, wenn ich schreibe. Dr. Henry und Polizeipsychologin Adriana und Mama und Papa lesen das, jedenfalls einiges. Und was Helene tut, geht sie nichts an. Sie will sich wieder mit Roman Warzinsky treffen. Vielleicht bei ihm übernachten. Er weiß es noch nicht.

Kannst du mir die Haare färben?

Ich muss sie dazu bringen, noch ein bisschen zu bleiben. Erst in ein paar Stunden fährt Papa mich ins Krankenhaus.

»Hast du ein Haarfärbemittel?«

Wir können das von meiner Mutter nehmen.

Später sagt sie:

»Bist du sicher, dass du sie so dunkel haben willst?«

Ich bin mir sicher, aber Helene ist unsicher, meine Haut ist so weiß, doch als sie fertig ist, sagt sie:

»Wow! Sieht super aus!«

Ich will mich lieber nicht im Spiegel angucken.

Ich öffne die oberste Schublade meines Schreibtischs. Ganz hinten, unter einer Tüte Weingummi, finde ich sie. Genau dort hatte ich sie vor einer ganzen Weile versteckt.

»Ist die neu?«, fragt Helene.

Ich zeige auf Nicos Namen, eingraviert auf der Rückseite der TAG-Heuer-Uhr.

»Warum hast du die?«

Er hat sie mir gegeben, schreibe ich.

Was nicht stimmt. Ich habe sie genommen. Victor hat mich dazu aufgefordert. Um Nico zu testen. Helene hat recht. Victor hat einen dazu gebracht, Dinge zu tun, die man nicht tun sollte.

Ich werde sie zurückgeben.

Version 22.6.2

Nachdem Helene gefahren ist, liege ich auf dem Bett. Vielleicht schlafe ich. Denn ich stehe vor dem Ann-Raum. Höre einen Schrei, eine Katze, und plötzlich öffnet sich die Tür einen Spaltbreit. Ich spähe hindurch, bemerke, dass Ann in dem Raum ist. Sie ist es, die die Katzenlaute von sich gibt. Sie hat dunkle Haare, und ihr Gesicht sieht vollkommen unversehrt aus.

Ann, bist du das?

Sie hält sich die Hand vors Gesicht, als würde sie sich darin spiegeln.

Ich bin Ann.

Bist du allein hier?

Ich schaue durch die Finger. Dahinten ist eine Tür. Sie führt zu einer Umkleide. Daneben sitzt Victor, den Kopf im Nacken, und starrt mich unentwegt an.

Ich laufe die Treppe wieder hinauf, meine Beine bewegen sich nicht. Die riesigen Hände kommen von hinten, packen mich an den Haaren und ziehen mich zurück. Ziehen mich nach unten, immer weiter nach unten.

Mein Kopf gegen seine Jacke gedrückt. Er riecht nach Teer.

Ich kämpfe mich aus dem Bett. Stehe im Zimmer und schluchze.

Jemand stürzt ins Zimmer. Es ist Papa.

»Ann«, sagt er und hat genauso viel Angst wie ich. »Was ist? Hast du was geträumt?«

»Ich weiß, wer er ist«, rufe ich.

Er hält mich fest, schaltet das Deckenlicht an.

»Ich hab es die ganze Zeit gewusst.«

Doch sein Gesicht ist verschwunden. Im Schein der Lampe ist der Ann-Raum verschlossen.

Ich will dort nie mehr rein.

September 2016

51)

Helene schaute zu Anns Fenster hoch. Sie hatte ein schlechtes Gewissen. Nicht weil sie sich so früh auf den Weg machte. Ann musste sich ausruhen. Es war die Lüge, die sie quälte.

In Gedanken antwortete sie auf die Fragen ihrer Mutter.

Ja, ich fahre direkt zu Dagny.

Ja, ich habe den Piepser dabei.

Ja, mein Handy ist geladen.

Ja, ich rufe an, wenn ich da bin.

Das würde sie auf jeden Fall tun, auch wenn sie nicht zu Dagny fuhr. Wenn sie es unterließ, würde ihre Mutter sofort nervös werden und schlimmstenfalls alle möglichen Leute anrufen.

Sie schloss ihr Fahrrad auf. Als sie auf die Straße abbog, stand Streuner da. Sie hatte ihn lange nicht mehr gesehen. Er wohnte am Ende des Trollfaret, wollte vermutlich nach Hause. Doch als sie sich umdrehte, sah sie, dass er an der nächsten Kurve in ein Auto einstieg.

Sie radelte bergauf durch Hammerdal, am Friedhof und an der Müllkippe vorbei bis zu der letzten Ansammlung von Häusern. Das gelbe Haus lag ganz oben am Ende der Straße.

Runar war noch nicht da. Er hatte einen Schlüssel in der Garage versteckt. Als sie die Haustür aufschloss, erhielt sie eine Nachricht von ihm. *Fahr noch bei Peppes vorbei und bring eine Pizza mit. Bin in einer halben Stunde da.*

Die Katze lag unter der Küchenbank, stand auf, als sie reinkam. Helene ging in die Hocke.

»Miez, miez, miez.«

Die Katze schaute sie an, nicht mehr so feindselig wie früher, näherte sich ihr. Dann stieß sie einen dünnen Schrei aus, ging in einem Bogen um sie herum und flitzte aus der Tür.

Helene wollte sich mit der Katze anfreunden. Sie sollte auf ihrem Schoß sitzen, wenn Runar kam. Vielleicht fühlte auch er sich dann in ihrer Gegenwart sicher. Ein seltsamer Gedanke. Aber sie empfand es so. Er brauchte sie. Er war siebenunddreißig. Sie sechzehn. Einundzwanzig Jahre Unterschied. Einundzwanzigeinhalb, weil er kurz vor Weihnachten achtunddreißig wurde. Eine ganz besondere Freundin, nannte er sie.

Die Tür zum Schlafzimmer war angelehnt.

»Miez, miez«, lockte sie das Kätzchen wieder.

Sie stand im Halbdunkel und betrachtete das gemachte Bett. Meinte, ganz leicht seinen Geruch wahrzunehmen. Sie legte sich auf die kratzige sandfarbene Tagesdecke. Die würde sie gegen eine weichere in Weinrot austauschen, wenn es ihre Wohnung wäre. Vieles würde sich hier verändern. Die altmodische gelbe Tapete war an einer Stelle aufgeplatzt. In so einem Haus konnte man eigentlich nicht wohnen. Sie mochte alte Häuser nicht. Bevorzugte ein helles, modernes Haus mit großen Fenstern und Wohnküche.

Eine Nachricht von ihrer Mutter. Sie konnte sich nicht einmal im Kino entspannen, musste immer die totale Kontrolle haben.

Helene sah auf die Uhr, schickte eine Antwort. *Gucken einen Film. Melde mich später.*

Sie legte sich wieder aufs Bett, trat sich die Converse von den Füßen. In der Nachttischschublade hatte Runar einen kleinen Beutel. Darin lag eine Halskette mit einem Kreuz und einem Herz. Glaube und Liebe. Keine Hoffnung? Sie legte sie zurück. Kann ich deine Hoffnung sein?, fragte sie sich. Sagte es leise. Horchte, wie es klang. Ob man es aussprechen konnte. Nicht in einem normalen Gespräch, aber vielleicht in einem besonderen Augenblick. Vielleicht in diesem Zimmer.

Er hatte eine Freundin gehabt. Mit ihr hatte er bestimmt in diesem Bett gelegen.

Aus irgendeinem Grund vermutete sie, dass es eine Lehrerin gewesen war. Ja, sie war sich fast sicher. Einmal hatte sie ihn danach gefragt, aber er wollte nicht darüber reden. Sie wusste viel von ihm. Wer sein Vater war. Die Mutter hatte darunter gelitten, dass sie so wenig Geld hatten und sie ihn in die Obhut einer Pflegefamilie geben musste. Er hatte fünf Geschwister, von deren Existenz er erst als Erwachsener erfahren hatte. Zwei waren bereits gestorben, und einer lebte in Kanada. Nur über die Freundin wusste sie nach wie vor nichts.

Im Futter des Beutels entdeckte sie noch etwas anderes: zwei Schlüssel, einen großen und einen kleineren. Sie nahm sie heraus und betrachtete sie im Licht. Stand auf und trat, von einer plötzlichen Unruhe gepackt, auf den Flur hinaus. Ging durch das Haus. Auf dem Dachboden erblickte sie Langlaufskier und Stöcke. Alte Kleider in einer Kiste. Sie schienen älteren Leuten zu gehören. Schuhe aus dem letzten Jahrhundert. In einer Ecke ein paar gerahmte Bilder. Kornfelder. Eine kleine Brücke, die über einen Fluss führte. Sie ging wieder nach unten. Neben dem Wohnzimmer befand sich Runars Arbeitszimmer, in dem Runar Klausuren korrigierte und seinen Unterricht vorbereitete. Regale mit wenigen Büchern darin. Ein Fotodrucker, in dem noch ein

Foto steckte. Das von ihr, das er letztes Mal gemacht hatte. Sie stand auf der Treppe. Ein seltsames Lächeln, eigentlich gefiel es ihr nicht, die Zähne sahen viel zu groß aus. Sie riss es in Stücke, warf die Schnipsel in den Papierkorb.

Du bist ein unglaublich starkes Mädchen, Helene. Dir steht eine wunderbare Zukunft bevor.

Das sagte er jedes Mal zu ihr, wenn sie es hören wollte. Und manchmal fühlte sie sich auch wirklich stark. Das hieß, etwas für andere Menschen zu tun. Für Erdbebenopfer. Menschen, die an Ebola erkrankt waren. Kriegsflüchtlinge. Solche Sachen. An Orte reisen, an denen es keine Rolle spielte, welche Kleider man trug, welche Tasche man sich gekauft hatte, welches Make-up man benutzte. Auf solche Gedanken hatte er sie gebracht.

Draußen im Gang blieb sie vor einer dunkelbraunen Tür stehen. Der Kellertür. Sie drückte die Klinke herunter. Abgeschlossen. Womöglich passte der große Schlüssel im Beutel. Sie warf einen Blick aufs Handy. Fünfzehn Minuten seit seiner letzten Nachricht. Sie lief ins Schlafzimmer hinauf und holte den Beutel. Der große Schlüssel passte tatsächlich. Als sie die Tür leicht aufdrückte, strömte ihr kühle Kellerluft entgegen.

Sie schimpfte mit sich. Hatte kein Recht, hier herumzuschnüffeln. Sie machte die Tür wieder zu und schloss ab. Lief die Treppe hinauf und legte den Schlüsselbeutel an seinen Platz zurück. Im Wohnzimmer setzte sie sich auf das Sofa. Vielleicht hatte seine Freundin genau an diesem Platz gesessen, als sie ihm mitgeteilt hatte, dass sie ihn verlassen würde. So konnte es gewesen sein, sie auf dem Sofa, er am Fenster, mit dem Rücken zu ihr. Wegen der Freundin hielt Runar immer noch Abstand zu ihr. Er wich ihr jedes Mal aus, wenn sie sich näherkamen. Berührte ihre Lippen mit dem Finger, küsste sie jedoch nicht. Dennoch wollte er, dass sie zu ihm kam. Schickte ihr eine Flut von Nachrichten, auch nachts. Roman Warzinsky. Sie musste lachen, war jedoch nicht froh, fühlte sich nur umso ruheloser, stand auf, ging ins Schlafzimmer und zog erneut die Nachttischschublade auf.

Die Kellertreppe war steil. Wie in sehr alten Häusern, und das

Haus war bestimmt hundert Jahre alt. Unten war es dunkel. Sie fand einen Lichtschalter, drehte ihn. Es blinkte ein paar Mal, bis eine Neonröhre aufleuchtete, ihr kaltes blaues Licht aussandte. Auf einmal tauchte die Katze hinter ihr auf und lief an ihr vorbei. Sie folgte ihr. Durch die dünnen Socken fühlte sich der Kellerboden feucht und eiskalt an.

In einer Ecke lagen zwei Autoreifen übereinander. Daneben ein paar Gartenstühle. Ein Regal mit Konservendosen. Sie strich mit dem Finger darüber, wischte sich den Staub an der Hose ab. Ein Kühlschrank. Sie öffnete ihn. Ein paar Dosen Cola. Zuckerfreie Marmelade.

An der hinteren Wand eine kleine Tür. Die Katze kratzte daran. Sie war nicht abgeschlossen. Seine Dunkelkammer. Eine Lampe an der Decke. Sie zog an der Schnur, der kleine Raum erstrahlte in rotem Licht. Regale mit kleinen Flaschen. An der Rückwand ein Wasserhahn und ein Ausgussbecken. Ein schmaler Aktenschrank mit drei Schubladen. Es war warm, eine Elektroheizung war eingeschaltet. Darunter eine Schale, aus der die Katze etwas schleckte.

Hier entwickelte er also die Fotos, deren Motive erst nach und nach sichtbar wurden.

Zwei Schubladen des Aktenschranks waren leer. Die dritte abgeschlossen.

Ich spioniere hinter ihm her, dachte sie. Spürte dem Gedanken nach, hatte eigentlich kein schlechtes Gewissen. Es war ein Spiel. Er versteckte sich. Sie fand ihn. Das konnte sie zu ihm sagen, wenn er auftauchte. Ich habe in deinem Keller nach Spuren gesucht. Nach was für Spuren? Nach Spuren deines geheimen Lebens. Sie spürte, dass sie lächelte, und versuchte, das Lächeln künstlich in die Länge zu ziehen.

Noch bevor sie den dünnen kleinen Schlüssel ausprobiert hatte, wusste sie, dass er passte. Eine innere Stimme meldete sich zu Wort, dass es genug sei. Doch es war weder die Stimme ihres Vaters, der oft solche Dinge sagte, noch die ihrer Mutter, die ihr so ziemlich alles verbot. Es war eine andere, leisere Stimme, als spräche der Keller selbst zu ihr. Es reicht! Es reicht, dass du von der abgeschlossenen Schublade in einem abgeschlossenen Keller weißt. Und dass Runar die Schlüssel in einem gefütterten Beutel im Nachttisch versteckt. Du musst nicht alles wissen. Du hast deine Geheimnisse, er hat seine. So ist es am besten zwischen euch.

In der Schublade befanden sich kleine schwarze Tüten aus festem Plastik. Sie nahm eine heraus. Darin waren Fotos. Sie hielt einen kleinen Stapel in der Hand. Hielt ihn ins helle Licht, das vom Nebenraum hereindrang.

Victor.

Auf dem ersten Foto stand er lächelnd unter einem Baum, vielleicht ein wenig verlegen, ein Ausdruck, den sie von ihm nicht kannte.

Auf dem nächsten saß er im Wagen einer Achterbahn. Vielleicht in Liseberg. Der Turm im Hintergrund kam ihr bekannt vor.

Dann verschiedene Aufnahmen, die während einer Bergwanderung entstanden sein mussten. Er winkte in die Kamera, ein fröhlicher Junge.

Victor auf seinem Motorrad, der Wind blies seine langen Haare zur Seite. Vermutlich kurz bevor Helene ihn getroffen hatte. Oder kurz darauf?

Auf einem weiteren Foto saß er im T-Shirt auf einem Stuhl, von der Hüfte abwärts war er nackt.

Dahinter sah sie eine gestreifte Küchentapete. Tu das nicht, sagte sie. Wusste nicht, zu wem sie das sagte.

Hastig ergriff sie die nächste Tüte. Als enthielte sie etwas, das alles erklärte.

Weitere Fotos von Victor.

Auf dem Weg die Kellertreppe hinauf. Mit nacktem Oberkörper. Seine Haare waren noch länger und geflochten, er war jünger, die Aufnahmen mussten mehrere Jahre alt sein.

Dann wieder neuere Bilder. Victor und Nico vor einem riesigen Spiegel, nur mit Boxershorts bekleidet, Arm in Arm betrachteten sie sich im Spiegel.

Die nächsten Aufnahmen stammten aus dem Schlafzimmer im Obergeschoss. Sie erkannte ihn nicht gleich. Victor liegt auf der sandfarbenen Tagesdecke und schaut in die Kamera. Sein Blick ist seltsam, als hätte er Drogen genommen. Ein schmächtiger nackter Junge. Er ist geschminkt, seine Lippen sind knallrot. Er hat Angst.

In der Ferne ein Klingelton. Bestimmt ihr Handy, das oben auf dem Küchentisch lag. Ihre Mutter, die immer noch nichts von ihr gehört hatte. Schnell legte sie die Fotos in die Tüte zurück, ein paar fielen zu Boden.

Ehe Helene sie aufheben konnte, wurde oben eine Tür geöffnet. Sie erstarrte. Die Katze flitzte lautlos die Stufen hinauf. Im Erdgeschoss eine brummende Stimme. Sie stopfte alles wieder in die Schublade, schob sie zu, fummelte mit dem Schlüssel.

»Sie muss doch hier sein, lässt ihr Telefon nicht einfach liegen.«

Das Licht wurde ausgeschaltet. Schritte auf der Treppe, kamen nach unten. Ein Lichtkegel wanderte durch den Raum. Eine Stimme rief leise nach ihr.

Seine Stimme.

52)

Ann wollte nicht zurück ins Krankenhaus. Sie saß auf der Bettkante, zitterte immer noch. May-Britt hielt sie im Arm.

»Vielleicht dürfen wir sie nicht so unter Druck setzen, Bjørn.«

Er schüttelte den Kopf.

»Sie kann nicht hierbleiben.«

»Warum nicht? Das ist doch ihr Zuhause.«

Natürlich war es ihr Zuhause. Doch es musste stets jemand bei ihr sein, jemand vor ihrer Tür sitzen.

»Glaubst du, dass sie in Gefahr ist?«

Er hatte keine Lust, das zu diskutieren, wenn Ann dabei war.

»Vielleicht kannst du hierbleiben«, schlug May-Britt vor, »und unten auf dem Sofa schlafen.«

Das war das Letzte, was er wollte. All die Erinnerungen. Wenn er jetzt auch noch hier übernachtete …

Dennoch trat er auf den Flur und rief Siren an und erklärte ihr die Situation.

Am anderen Ende wurde es still. Dann sagte sie:

»Dazu bin ich nicht bereit, Bjørn.«

Wozu bereit, wollte er fragen, bekam aber keinen Laut heraus.

»Ich habe einen Fehler gemacht. Den größten Fehler meines Lebens. Ich habe dich verletzt.« Ihre Stimme klang kläglich. »Ich habe unsere Ehe aufs Spiel gesetzt. Ich war eine schlechte Ehefrau. Eine schlechte Mutter. Als Stiefmutter habe ich sowieso versagt.«

Die Gedanken kollidierten in seinem Kopf. Johnny Lindbekks Stimme: Vergiss nicht, was du ihr schuldig bist, Bjørn.

»Kannst du mir nicht sagen, was du denkst?«

Er setzte sich auf den Hocker neben den Spiegel, strich sich mit der Hand durch die ungekämmten Haare. »Es spielt doch keine Rolle, was ich sage.«

»Aber für mich. Es bedeutet alles für mich.«

Es klang seltsam, die Wörter schienen für ihre Stimme einige Nummern zu groß.

Gerade hatte er aufgelegt, als sein Handy vibrierte. Unbekannte Nummer.

Er hatte schon ein paar Mal zuvor mit Helenes Mutter gesprochen. Ein westnorwegischer Dialekt, den er nicht genau zuordnen konnte. Sogn oder Møre vielleicht. Darin war er nicht besonders gut.

»Helene ist vor einer Stunde aufgebrochen«, beantwortete er ihre Frage.

»Das kann nicht sein!«, rief sie voller Angst.

»Sie wollte bestimmt zu einer Freundin«, mutmaßte Bjørn.

»Zu Dagny? Aber da ist sie nicht!«

»Vielleicht ist sie auf dem Heimweg.«

»Das haben wir nicht verabredet. Außerdem geht sie nicht ran.«

»Warten Sie«, sagte Bjørn. »Ich werde mal Ann fragen. Ich rufe in einer Minute zurück.«

Ann lag wieder im Bett, als er ins Zimmer kam. May-Britt hatte sie gut zugedeckt.

»Übernachtest du?«, fragte sie.

Er überhörte die Frage. »Ann, wo ist Helene hingefahren?«

Er gab ihr das iPad.

»Dagny«, antwortete sie mit brüchiger Stimme.

»Dort ist sie nicht. Kann sie woanders sein?«

Ann schaute an die Decke. Er setzte sich auf die Bettkante.

»Ihre Mutter glaubt, dass sie bei dir ist. Sie hat Angst, dass etwas passiert sein könnte.«

Ann nahm das iPad zur Hand.

Kann es nicht sagen.

Bjørn sagte, so ruhig er konnte: »Du musst es mir sagen, Ann, bitte. Helene zuliebe.«

Sie dachte lange nach, ehe sie schrieb:

Macht euch keine Sorgen. Sie ist bei Runar.

»Welcher Runar? Euer ehemaliger Lehrer?«

»Ja.«

»Was macht Helene da?«

Bitte! Ich hab versprochen, nichts zu verraten.

Helenes Mutter kam Bjørn zuvor und rief abermals an. Er zog seine Jacke an und fragte:

»Hat Helene Kontakt zu Runar Isaksen?«

»Zu ihrem früheren Lehrer?«

»Ja.«

»Was hat das damit zu tun? Gibt es etwas, das ich nicht weiß?«

Von vielem ahnst du bestimmt nicht einmal etwas, dachte Bjørn. »Ann meinte, dass sie bei ihm sein könnte …«

»Aber das darf doch nicht …«

Er schloss die Haustür hinter sich.

»Ich werde das überprüfen«, beruhigte er sie und gab darauf acht, dass seine Stimme nichts von dem verriet, was sich in ihm zu regen begann.

* * *

Helene wachte davon auf, dass sie schreien wollte. Ihr Mund war zugeklebt. Ihre Hände mit Klebeband auf dem Rücken fixiert. Sie lag mit der Wange auf einem roten Polster, es stank nach Erbrochenem. Als sie den Kopf drehte, sah sie die Rückseite eines Fahrersitzes vor sich.

Das Auto stand. Sie versuchte, sich aufzurichten, um hinauszusehen.

Die Wagentür wurde geöffnet. Der Lappen tauchte wieder auf, wurde ihr auf die Nase gedrückt, er roch nach Nagellackentferner, fraß sich in sie hinein, öffnete alle Poren und Tore, die Tür zur Finsternis.

»Dir wird nichts geschehen, ich werde dich gut behandeln.«

Erneut schlug sie die Augen auf, ihr Gesicht auf einen Sitz gepresst. Ihr Magen verkrampfte sich, entspannte sich kurz und zog sich wieder zusammen. Doch sie spürte ihren Körper nicht mehr, also schlief sie vielleicht.

Ihr Körper schlief nicht. Ihr Körper befand sich woanders. Er lag in einem Auto, das zu einem Ort fuhr, der nicht mehr existierte.

* * *

Das gelbe Haus stand ein wenig abgelegen, fast unmittelbar am Waldrand. Bjørn parkte an der Straße davor und eilte zum Haus hinauf. Vor der offenen Garage erblickte er ein Auto. Einen Nissan Leaf. In der Hecke gegenüber der Garage blitzte im Abendlicht etwas auf. Er bog die Zweige zur Seite.

Ein Mädchenfahrrad, in aller Eile gegen den Zaun geworfen.

Mit zwei Sprüngen erklomm er die Außentreppe und drückte auf die Klingel. Keine Reaktion. Versuchte es an der Tür. Abgeschlossen. Hämmerte mit der Faust dagegen.

Er wartete kurz, ehe er um das Haus herumging. Im ersten Stock brannte Licht, sonst war alles dunkel.

An einem Apfelbaum im Garten blieb er stehen. Als er noch einmal nach oben blickte, bemerkte er eine Bewegung hinter dem Vorhang, ein Schatten, von hinten beleuchtet.

Er fluchte lautstark, rannte zum Auto zurück und nahm den großen Schraubenschlüssel aus dem Kofferraum. Auf dem Kiesweg schoss ihm durch den Kopf, was alles gegen ihn verwendet werden konnte, er hatte einen Tatverdächtigen verprügelt, sich in laufende Ermittlungen eingemischt, Zeugen beeinflusst … und jetzt also der zweite Einbruch. Ehe er weiter darüber nachdenken konnte, sprang er abermals die Stufen hinauf. Doch als er mit dem Schraubenschlüssel das kleine Fenster in der Haustür einschlagen wollte, wurde sie plötzlich geöffnet.

Vor ihm stand Runar Isaksen.

»Hallo, Bjørn«, sagte er.

Bjørn steckte das Werkzeug in die hintere Hosentasche.

»Helene. Ich will mit ihr reden.«

»Helene wer?«

»Schluss mit dem Unsinn!«, knurrte er. »Ich weiß, dass sie hier ist.«

»Können Sie mir bitte mal sagen, wovon Sie reden«, sagte Runar und zwang sich, ruhig zu bleiben.

»Lassen Sie mich ins Haus.«

»Das passt gerade ganz schlecht.«

Bjørn ergriff die Klinke und machte die Tür weit auf.

»Helene!«, rief er.

Ein beißender Geruch nach verbranntem Plastik erfüllte den Flur.

»Hey, was soll denn das?«, protestierte Runar.

Bjørn schob ihn zur Seite, ging hinein.

»Was verbrennen Sie?«

Runar antwortete nicht, stellte sich vor eine halb offene Tür, hinter der offenbar eine Treppe in den Keller führte. Er machte sie zu.

»Ist sie da unten?«

»Sie können nicht einfach in mein Haus eindringen!«

»Sie haben ein Verhältnis mit einer Ihrer Schülerinnen.«

Runar sah ihn an. »Sie ist nicht meine Schülerin. Und wir haben auch kein Verhältnis. Wir reden miteinander, das ist alles. Sie hat eine schlimme Zeit durchgemacht, und ich versuche, ihr zu helfen. Ist das etwa verboten?«

Seine Stimme klang fest. »Wollen Sie sich rächen, weil ich das über Ihren Stiefvater gesagt habe?«

»Halten Sie den Mund!«, blaffte Bjørn ihn an, doch Runar ignorierte ihn.

»Alle haben gelogen«, wiederholte er, »das wissen Sie genauso gut wie ich.«

Bjørn kämpfte mit einer unbändigen Wut, wusste nicht, woher sie kam.

»Polizeibeamte aus Lillestrøm können in wenigen Minuten hier sein«, entgegnete er verbissen.

Nichts am Blick des Lehrers verriet, dass diese Drohung auch nur die kleinste Wirkung zeigte.

»Die können gerne mein Haus durchsuchen, wenn Ihnen so viel daran liegt.«

»Ihr Fahrrad liegt versteckt hinter einem Busch bei der Garage«, schleuderte ihm Bjørn entgegen und hätte diesen Lügner am liebsten am Kragen gepackt. Auch was Johnny Lindbekk anging, hatte er gelogen und lächerliche Dinge behauptet. Und jetzt log er ihm erneut mitten ins Gesicht.

»Okay«, sagte Runar plötzlich. »Sie haben auch viel durchgemacht. Ich verstehe das.« Er machte eine einladende Geste. »Sehen Sie sich nur um, wenn Sie mögen. Fühlen Sie sich ganz wie zu Hause.«

Die Andeutung eines Lächelns umspielte seine Lippen.

Als Bjørn wenige Minuten später aus dem Keller heraufkam, stand der Lehrer immer noch vor der Haustür und hatte sich eine Zigarette angezündet.

»Haben Sie gefunden, wonach Sie gesucht haben?«, fragte er und betrachtete die Glut oder vielleicht auch seine Fingernägel.

»In Ihrem Holzofen liegen Reste verbrannter Fotos und geschmolzene Negative.«

Runar klopfte die Asche am Geländer ab.

»Ich wüsste nicht, was Sie das angeht.«

Immer noch dieser Drang, den Lehrer am Kragen zu packen und gegen die Wand zu drücken, ihn endlich zum Reden zu bringen.

Bjørn machte auf dem Absatz kehrt, ging wieder ins Haus. In der Küche lagen zwei große Pizzakartons auf der Arbeitsplatte.

Als er ins Wohnzimmer kam, sprang ein Kätzchen vom Sofa und kroch darunter.

»Helene?«, fragte er wieder, erhielt aber keine Antwort. Dennoch ging er hinauf in den ersten Stock und öffnete die Tür zu einem Schlafzimmer. Blieb stehen und entdeckte etwas, das auf dem Boden lag.

Er raste die Treppe hinunter. Immer noch stand der Lehrer da und rauchte. Bjørn packte ihn mit einer Hand am Hemdkragen und hielt ihm mit der anderen die Chucks vor die Nase.

»Schuhgröße achtunddreißig«, stieß er mit zusammengebissenen Zähnen hervor.

Der Lehrer riss sich los, starrte auf die Schuhe, schien plötzlich nervös zu werden.

»Wo haben Sie die gefunden?«

»Die lagen neben Ihrem Bett. Wo Helene gerade gelegen hat.«

»Aber das kann nicht sein«, murmelte der Lehrer, ließ die Kippe fallen und zerquetschte sie mit der Schuhsohle.

»Vielleicht erzählen Sie mal zur Abwechslung die Wahrheit.«

Runar blickte sich um. »Sie war vorhin hier. Bevor ich nach Hause gekommen bin.«

»Und ist auf Socken von hier verschwunden?«

Der Lehrer schüttelte den Kopf. »Vielleicht ist jemand hier gewesen …«

Bjørn zog sein Handy aus der Tasche, fand die Nummer des Polizeireviers in Lillestrøm.

»Ich hab ein Auto gesehen«, sagte Runar rasch, der herablassende Ton war aus seiner Stimme verschwunden, »als ich zurückkam. Es sah so aus, als wäre es von meiner Einfahrt auf die Straße abgebogen. Ich glaube sogar, dass ich denjenigen auf dem Beifahrersitz erkannt …«

»Das können Sie der Polizei erzählen«, schnitt ihm Bjørn das Wort ab.

»Ich glaube, es war Morten Brennås. Aber ich bin mir nicht sicher.«

In diesem Moment klingelte Bjørns Handy, mal wieder eine unbekannte Nummer.

»Hier ist Millie«, sagte eine Stimme, nachdem er sich gemeldet hatte. »Erinnern Sie sich an mich?«

Er hätte ihr fast ein paar Worte entgegengeschleudert, die er seit der Schulzeit nicht mehr benutzt hatte.

»Natürlich erinnere ich mich an Sie«, antwortete er so beherrscht wie möglich.

»Ich vergesse nie Leute, die mich wegen Dingen anklagen, die ich nicht getan habe.«

Der Lehrer hörte jedes Wort mit, was Bjørn egal war.

»Es tut mir leid«, entgegnete Millie, »sie haben mich dazu gezwungen. Aber das ist nicht der Grund, warum ich …«

Sie zögerte, atmete hastig und unregelmäßig. Er hatte jetzt keine Zeit, wollte schon auflegen.

»Es ist wegen Morten. Er hat mich angerufen.«

»Aha?«

»Frank ist wieder draußen. Frank Nitter.«

»Unmöglich!«, rief Bjørn.

Aber früher oder später musste es passieren. Mit dem Bösen zu leben, die Seinen zu schützen. Dieser Gedanke war ihm durch den Kopf gegangen, als er in den letzten Nächten wach gelegen hatte.

»Er hat Morten im Auto mitgenommen. Und ein Mädchen. Ich weiß nicht, wer …«

Bjørn stand der Mund offen.

»Deswegen rufe ich ja an … weil Sie jemand sind, dem man trauen kann. Sie sind nicht so wie die anderen Polizisten.«

»Was haben Sie gesagt, ein Mädchen?«

»Ja, ein Mädchen ist bei ihnen. Helene.«

»Nein!«, brüllte Bjørn, fuhr herum und sprang die Stufen hinunter, rannte über den Kiesweg zur Garage, registrierte, dass das Tor jetzt geschlossen war. Er warf einen Blick über die Schulter. Der Lehrer stand immer noch vor dem Haus und hatte sich eine neue Zigarette angezündet. »Mit dir bin ich noch nicht fertig«, murmelte er, obwohl er eigentlich keinen Wert darauf legte, diesen Typen je wiederzusehen.

»Ich glaube, sie sind auf dem Hof«, sagte Millie in sein Ohr. »Morten hat Angst. Der hatte vor seinem Vater schon immer einen Riesenschiss. So wie alle.«

»Wann?« Bjørn verschluckte den Rest der Frage.

»Ist nicht lange her. Vielleicht fünfzehn, zwanzig Minuten. Morten hat noch was gesagt …«

Bjørn riss die Autotür auf, ließ den Motor an, ehe er sich hineinsetzte.

»Was?«

Ein paar unverständliche Worte am anderen Ende. Als würde sie Tabletten zerkauen.

»Dass er jetzt weiß, wo seine Mutter ist, es immer gewusst hat. Ich hab gedacht, dass Sie das vielleicht auch wissen wollen.«

Sofort schaltete Bjørn das Headset ein und rief Halfdan an.

»Nitter«, sagte er, nachdem sein Schwiegervater sich gemeldet hatte. »Jemand hat mir gerade erzählt, dass er wieder auf freiem Fuß ist.«

»Das wüssten wir, wenn es so wäre. Wer hat das behauptet?«

Bjørn gab kurz wieder, was Millie Johnson ihm gesagt hatte.

»Er hat das Mädchen in seiner Gewalt, Helene Fortun, die Letzte von den vier Jugendlichen.«

Halfdan hielt kurz inne. »Gib mir zwei Minuten.«

Bjørn erreichte den Riksveien, bog ab und jagte mit Vollgas in Richtung Norden. Hatte Hammerdal kaum hinter sich gelassen, als Halfdan wieder am Apparat war.

»Verdammt, Bjørn, du hast recht. Sie haben ihn gestern Nachmittag entlassen. Es gab keine gesetzliche Grundlage mehr, ihn gegen seinen Willen festzuhalten.«

»Und niemand hat euch informiert?«

»Das Krankenhaus hat angeblich wie üblich die Behörden verständigt, den Amtsarzt und den Polizeidirektor von Romerike.«

»Am Freitagnachmittag? Nachdem alle schon zu Hause waren? Was denken die sich eigentlich?«

»Wer hier was versäumt hat, darum müssen wir uns später kümmern. Aber der Mann wurde freigesprochen, wie du weißt. Also gibt es auch keine Rechtsgrundlage für eine Zwangseinweisung.«

Und wir alle wissen, wem wir das zu verdanken haben, schwang in seiner Stimme mit.

»Schickt sofort jemanden nach Hammerdal«, sagte Bjørn. »Ann ist allein bei May-Britt zu Hause.«

»Das tun wir. Auch zu Nitters Hof. Und du?«

Ungeduldig schlug Bjørn auf das Lenkrad, während er darauf wartete, einen Sattelzug überholen zu können.

»Ich bin auf dem Weg dorthin.«

* * *

Helene öffnete die Augen. Das Auto stand wieder. Jetzt saß er hinter dem Steuer, der Motor lief. Die langen hellbraunen Haare im Abendlicht, grau an den Wurzeln. Die Gerüche kamen von überall her. Schimmelige Polsterbezüge. Verschmortes Plastik. Durchfall. Und alter Schweiß, von dem man sich fernhalten musste. Sie konnte sich nicht fernhalten.

»Ich will lieber zu Fuß gehen.«

Es war Streuner, der das sagte.

Der Mann auf dem Vordersitz. »Setz dich wieder rein, Junge.«

Seine Stimme klang nicht streng, eher so wie im Gerichtssaal. Sanft und tief, gedankenvoll.

»Hast du mit jemandem geredet?«

»Ich war pinkeln.«

»Das hab ich gesehen, aber danach habe ich nicht gefragt. Hast du mit jemandem telefoniert?«

»Mit wem?«

»Das sollst du *mir* sagen.«

Das Geräusch eines heftigen Schlags. Streuner schrie. Helene kniff die Augen zusammen.

»Hab mit niemandem geredet … ehrlich.«

Der nächste Schlag. Streuner stöhnte. Das Auto fuhr ruckartig wieder an, fuhr langsam, dann plötzlich schneller. Ihr Körper musste sich übergeben. Der Mund war zugeklebt, und es schoss ihr in einem Schwall aus der Nase.

In der Ferne Streuners Stimme. »Ihr geht's nicht gut, du musst sie freilassen.«

Er wurde unterbrochen von grobem, abgehacktem Gelächter. Dann wieder die sanfte dunkle Stimme, als käme sie von einem anderen Ort als das Lachen. »Du willst doch, dass sie mit uns nach Hause kommt. Du willst sie haben, stimmt's, Junge?«

Streuner sagte etwas, das in der Musik unterging. Alte Tanzmusik.

»Wir wollen tanzen!«, rief die dunkle Stimme. »Heute Abend werden wir tanzen, Samenkorn!«

* * *

Es ist September. Auf den gelben Feldern wiegt sich reifes Korn. Die kleinen Ähren nicken ihm zu, als er vorbeifährt. Sie nicken anerkennend. Sie nicken, weil es jetzt geschehen wird und sie es wissen.

Bis zur Tagundnachtgleiche dauert es noch. Aber das hier kann nicht warten. Warten die Rehe im Wald? Warten die Kröten im Teich? Wartet der Herbst? Wartet etwa die Erde? Oder die Galaxien?

Nichts wartet mehr, Frank. Alles geschieht jetzt, die ganze Zeit. Alles ist früher schon passiert und wird auch in Zukunft passieren. Warum also warten?

Solche Gedanken lösen sich von Zeit und Raum und verbinden das Leben mit allem, was jemals war und stets neu entsteht. Es ist das Mädchen auf dem Rücksitz, das ihn auf solche Gedanken bringt. Das hübsche Mädchen. Die Trägerin des Lichts. Die Glücksbringerin. Wie sie dort liegt, lässt sie ihn die Ewigkeit spüren, und in seinem Kopf, im Kopf von Frank Nitter, entsteht eine neue Zeit. So langsam, dass er unantastbar wird. So schnell, dass es schon vollbracht ist. Wenn er die Augen schließt, sieht er es herannahen. Die Trägerin des Lichts hängt dort zusammen mit ihr, die einst fortgehen wollte. Weshalb sie nun für ewig bleiben muss. Und das Samenkorn, das alles gesehen hat und dennoch nichts weiß. Solche Bilder gehen Nitter durch den Kopf. Sie schaffen Ordnung, halten alles zusammen, unerschütterlich wie die Welt vor der Schöpfung. Wie seine eigenen Hände, die sich um dieses Mädchen schließen.

Er stellt den CD-Player an. Der Tango ist nicht seine Musik. Der Tango ist dunkle Nacht, die erschöpfende Begierde der Städte, Bars und Cafés, angefüllt mit dem Bösen. Er hat diese Orte ein für alle Mal hinter sich gelassen. Doch dieses Lied ist anders. Es ist der Anfang, die Reinigung, am Anfang steht der Tanz. Danach wird er das hübsche Mädchen in die feuchte Erde legen und sie wieder emporholen, wenn die Rehe am Waldrand stehen und ihm zuschauen. Dann wird er sie aus der Erde holen und reintanzen.

Jetzt ist es nicht mehr weit, er summt die Musik mit. 10. September. Niemand hat gewusst, dass es dieser Tag sein würde. Die Heiligung geschieht, wenn Nitter bereit ist. Niemand kann sie erzwingen, wenn die Zeit noch nicht reif ist.

Das Samenkorn sitzt zu seiner Rechten. Auch das Samenkorn soll in die Erde. Im Herbst wird gesät, im Frühjahr geerntet.

So soll es sein.

Frank Nitter, der Gebieter der Jahreszeiten.

* * *

Als Bjørn an Harestua vorbeifuhr, läutete sein Handy, und er setzte das Headset auf.

Halfdan: »Kannst du mich auf den neusten Stand bringen, Bjørn?«

Immer noch dieser Unterton: Weißt du auch wirklich, was du tust?

»Ich sagte doch, dass Nitter sie in seiner Gewalt hat, Helene Fortun.«

Schon wieder ein Lkw vor ihm, er wechselte die Spur, schaltete die Warnblinkanlage ein, drückte das Gaspedal noch weiter nach unten, hundertvierzig Stundenkilometer. Die breite Straße war schnurgerade.

»Du stützt dich allein auf das, was Millie Johnson behauptet hat?«

Ein Auto kam ihm entgegen, leuchtete mit den Scheinwerfern auf. Bjørn hatte den Lkw fast überholt, drückte auf die Hupe.

»Mit ihrer Vertrauenswürdigkeit ist es ja nicht weit her.«

Er schaffte es in letzter Sekunde auf die rechte Fahrbahn, ehe das entgegenkommende Fahrzeug an ihm vorbeibrauste.

»Was sie gesagt hat, stimmt mit der Beobachtung von Helenes Lehrer überein. Der hat Nitters jüngeren Sohn in einem Auto gesehen.«

Mehr schlecht als recht erklärte er die Zusammenhänge.

»Helene ist seit mehreren Stunden verschwunden«, fügte er mit mühsam beherrschter Stimme hinzu. »Nitters Sohn hat Millie Johnson darüber informiert und ihr auch erzählt, wo Nitter die Reste seiner Mutter versteckt hat.«

Er spürte Halfdans Skepsis. Er hatte ja auch allen Grund dazu, an ihm zu zweifeln. Die kurze Stille war angefüllt mit all dem Ungesagten, und Bjørn hätte fast aufgelegt. »Ich hab Lillestrøm alarmiert«, sagte er stattdessen. »Sie schicken Leute.«

Dennoch dauerte es einen Moment, ehe Halfdan erwiderte: »Wie groß ist dein Vorsprung?«

»Vierzig Minuten, vielleicht fünfundvierzig.«

»Halte an, Bjørn, und warte auf sie.«

Vor einer Kurve bremste er kurz ab, gab sofort wieder Gas. Der nächste Lkw vor ihm.

»Das habe ich nicht vor.«

»Bjørn, diese ganze verdammte Angelegenheit …« Seine Stimme entspannte sich unversehens. »Niemand macht dir einen Vorwurf.«

Solltet ihr aber, hätte er entgegnen können. Von Anfang an hatte er alles verpfuscht.

»Es geht jetzt um Helene«, war alles, was er herausbrachte.

Kurze Pause. Dann Halfdan: »Wir schicken auch noch eine Sondereinheit los. Die brauchen nicht länger als eine Dreiviertelstunde.«

»Gut.«

»Und Bjørn, du darfst kein Risiko eingehen. Denk an Siren und die Jungs … und Ann.«

* * *

Der Raum hatte keine Form. Weder oben noch unten. Bilder vermischten sich. Sie schwamm, so schnell sie konnte, ging unter, schwamm weiter. Die Zeit wurde gestoppt. Dunkelheit. Der ätzende medizinische Geruch durchdrang sie. Und der Geruch von Erde und faulem Holz. Ihre eigenen Ausscheidungen. Sie kam wieder an die Oberfläche. Sie glaubte, dass sie die Augen offen hatte. Zwinkerte heftig, um sich zu vergewissern. Hob den Blick. Licht sickerte durch die Planken. Sie wand sich hin und her. Das grobe Holz scheuerte an der Haut. Sie hatte nichts an, das löste etwas in ihr aus, lief über, als wären ihre Lungen mit Wasser gefüllt. Sie hustete und schnappte nach Luft, konnte nicht richtig atmen.

Schräg über ihrem Kopf fing ein Hund an zu bellen. Dann noch einer. Eine Stimme sprach zu ihnen in einer Sprache, die sie nicht verstand. Es war die Stimme aus dem Auto. Aus dem Gerichtssaal. Sie kannte seinen Namen, traute sich nicht, ihn zu denken. Traute sich nicht, daran zu denken, wo sie sich befand. Einfach daliegen und die drei Lichtstreifen betrachten.

Etwas zwickte sie in den kleinen Zeh. Sie schrie.

Du darfst nicht schreien, dachte sie. Wenn du schreist, kommt er. Doch sie konnte nicht aufhören.

Schritte auf den Planken über ihr, zwei Lichtstreifen verschwanden. Ein Hund knurrte. Dann jaulte er kurz auf und verstummte.

Etwas wurde zwischen die Planken gesteckt, dann öffnete sich eine Falltür. Licht stürzte auf sie ein wie aus einem Brunnen. Er türmte sich über ihr auf.

»Hast du geschrien, meine Kleine?«

Sie spürte, wie sich ihr Mund öffnete. Sie brachte keinen Ton heraus. Neben ihm erschien ein Hundekopf. Dann noch zwei. Drei große Hundeköpfe schauten auf sie herunter.

»Sator, weg!«, knurrte er. Sie verschwanden auf der Stelle.

Er stützte sich ab, ließ sich durch die Öffnung zu ihr nach unten.

»Herzlich willkommen bei uns.«

Die Stimme so ruhig wie zuvor. Sie hielt sich daran fest. Jemand, der so freundlich sprach, konnte nichts Böses tun.

Sie starrte ihm ins Gesicht. Die Haut war weiß geschminkt, der Mund tiefrot. Auf den Wangen ein bisschen Rouge.

»Du darfst nicht so schreien«, sagte er. »Das erschreckt den Jungen. Dann denkt er, dass es dir nicht gut geht.«

Sie schüttelte den Kopf. Vielleicht um zu sagen, dass es ihr nicht gut ging. Oder dass sie nicht mehr schreien würde.

Sein Körper verdeckte das Licht. Er schaltete eine Lampe an, ließ seinen Blick über ihren Körper wandern, studierte sie sorgsam.

»Eijeijei, hat sich das hübsche Mädchen eingesaut. Das geht nicht, weißt du, wir wollen doch feiern.«

Er setzte sich auf einen Schemel, hängte die Lampe an einen Haken an der Decke. Der Raum war eng, einen halben Meter von ihr entfernt stand ein Stuhl an der Wand. Es lag etwas darauf, das aussah wie der Kopf einer Puppe, dünne Haare im Nacken, faltige Lederhaut, zwei leere Augenhöhlen, die sie anstarrten.

Da fing sie erneut an zu schreien.

Er beugte sich zu ihr.

»Pst, meine Kleine, ganz ruhig, du darfst das Samenkorn nicht erschrecken. Er macht sich bereit. Wir sollten ihn jetzt nicht stören.«

Er richtete sich auf, stand gebückt da. Scharrende Hundepfoten über ihr.

»Jetzt dauert es nicht mehr lange«, sagte er mit leiser Stimme, als wollte er ein kleines Kind trösten.

Sein Mund verzog sich zu einem Lächeln, ein Eckzahn fehlte. »Bald wirst du frei sein.«

Sie zitterte, konnte sich nicht rühren. Auf einmal packte er ihre Haare und zog sie nach oben.

»Hab keine Angst vor dem Schmerz. Bald wirst du alle Qualen hinter dir haben.«

Er bückte sich, fasste sie unter den Knien, hob sie durch die Luke und stellte sie auf die Planken.

»Komm mit mir, Trägerin des Lichts.«

Zusammengekrümmt stand sie da.

»Du kannst selber gehen, das schaffst du.«

Sie versuchte, sich aufzurichten.

»Geh.« Er zeigte mit einem Beil auf den Hundezwinger.

Ihre Beine trugen sie nicht, sie sackte zusammen. Sofort war er bei ihr, legte ihr den Arm um die Hüfte.

»So, halt dich an mir fest. Wir haben es nicht weit, es sind nur ein paar Schritte.«

Ihre nackten Füße waren taub, sie spürte die Erde unter ihren Sohlen nicht. Die Hunde kamen und schnüffelten in ihrem Schritt. Nitter jagte sie mit unverständlichen Worten weg.

Das Beil steckte er in den Schaft seines Stiefels, fasste sie unter der Achsel.

»Beeil dich, meine Kleine. Sie wartet schon.«

Er schleifte sie über den Hof, er mit langen, sie mit kurzen Schritten, die Hunde hechelten hinter ihnen her.

Er schob sie vor sich her, die Brücke zur Scheune hinauf.

»Nein!«, rief sie. »Nicht dorthin, bitte!«

Er tätschelte ihr den Kopf, seine Stimme wieder sanft:

»Hör mir zu, Helene, Trägerin des Lichts. Lausche dem Innersten in dir. Das ist es, was du willst.«

In der Scheune war es hell. Dicke Kerzen, in einem Kreis aufgestellt. Ein Haken hing über der Mitte des Kreises.

»Das Licht«, sagte er mit tiefer singender Stimme. »Hab keine Angst. Sie wird dich gut behandeln.«

Helene öffnete den Mund. Die Geräusche, die herauskamen, waren keine Worte.

»Ich hole eine Waschschüssel. Mach dich bereit.« Er zwinkerte ihr zu. »Der Junge hat recht. Du bist die Hübscheste von allen. Es ist eine Wonne, dich anzusehen.«

Sie warf ihm einen verstohlenen Blick zu. Haarige nackte Beine in Gummistiefeln.

Erst jetzt nahm sie die Bluse wahr, die er trug. Beide Ärmel waren an den Schultern aufgetrennt. Es war ihre Bluse.

Das hübscheste Mädchen von allen. Fast ist es schade um sie. Was für ein wunderschöner Körper. Aber ist das nicht das innerste Wesen des Lebens, das Perfekte in seine Einzelteile zu zerlegen, die für sich genommen nichts Besonderes sind? Darauf sollte der Pfarrer mal eine Antwort geben. Der Pfarrer, der sich nicht schmutzig machen wollte und dessen Gedanken doch voller Schmutz waren.

Sie hat Angst. Hat ihren Stuhlgang nicht kontrollieren können. Aber macht sie das weniger schön, Pfaffe? Nein, sage ich, nur irdischer. Und in der Scheune wird sie alles wiedererkennen, sich an alles erinnern und wissen, was ihr bevorsteht. Gönne ihr diese letzten Minuten im heiligen Raum, Frank. Sei gnädig mit der Zeit, die zur Neige geht.

Bleibt nur noch Folgendes zu tun: die Lautsprecher aufstellen. *Tomo y obligo*, singt er. Die letzten Handgriffe in der Scheune. Die Waschschüssel – er verweilt bei dem Gedanken, den weißen Körper reinzuwaschen. Vielleicht sollte er das dem Jungen überlassen, aber ist das richtig? Wenn es Frank Nitter will, dann geschieht es auf die richtige Art, dann wird es Gesetz.

Frank Nitter, der Gesetzgeber.

»Morten!«, ruft er. Erhält keine Antwort. Das Samenkorn hat alles gesehen, was es zu sehen gibt. Trotzdem ist er noch nicht bereit.

Der Hund. Das als Erstes. Es wird Blut fließen, doch es darf nicht mit ihrem Blut vermischt werden. Auch das ist Gesetz.

Er schließt sie erneut in der Krypta ein, verscheucht Sator, der an ihrer Nacktheit schnüffelt. Der Hund legt die Ohren an, aber als er die Tür des Zwingers hinter sich schließt, springt Sator am Zaun hoch, steckt seine Schnauze durch, spitzt die Ohren und hängt die lange Zunge heraus.

Tenet genauso. Arepo hält sich im Hintergrund, der Klügste von ihnen. Das entscheidet über die Reihenfolge.

Er geht zum Auto, öffnet den Kofferraum, nimmt das Seil und das Messer heraus.

* * *

Bjørn schlitterte über den Kies, drosselte auf dem Hügel das Tempo, vor ihm öffnete sich die Ebene. Auf der anderen Seite der Waldrand. Im abnehmenden Tageslicht erkannte er die Umrisse der Scheune und der Wohngebäude.

Etwas loderte dort drüben, eine unruhige Flamme.

Plötzlich tauchte eine Gestalt vor ihm auf. Er trat hart auf die Bremse, und der Wagen rutschte auf die Gestalt am Wegesrand zu. Sie blieb stehen, beugte sich über die Kühlerhaube.

Nitters Sohn.

Bjørn riss die Tür auf, lief um den Wagen herum. Der Junge erschrak und rannte über das Feld.

»Warte!«, rief Bjørn. »Ich muss mit dir reden.«

Der Junge drehte sich um, wich rückwärts weiter zurück.

»Er bringt sie um!«, rief er. »Es ist zu spät, kapieren Sie das nicht? Er bringt sie um!«

Bjørn blieb einen Augenblick wie angewurzelt stehen. Dann warf er sich wieder ins Auto.

Neben einem Holzstapel an der Zufahrt zum Hof bremste er. Bog vom Hauptweg ab und parkte den Wagen. Er nahm eine Taschenlampe mit, lief zwischen den Bäumen hindurch. In der Ferne war leise Musik zu hören. Das Echo wurde irgendwo hinter ihm zurückgeworfen.

Im Zwielicht sprang er über einen Graben, darin zerborstene Bewässerungsrohre, setzte seinen Weg auf der Rückseite der Scheune fort. Die Hunde hatten längst seine Witterung aufgenommen und schlugen an.

Hinter der Scheune blieb er stehen und riskierte einen Blick. Mitten auf dem Hofplatz brannte ein Feuer.

Die Musik kam aus dem Wohngebäude. Tanzmusik, irgendein Tango, eine männliche Stimme sang auf Spanisch. Die Musikanlage war voll aufgedreht, vermutlich standen die Lautsprecher in den offenen Fenstern.

Bjørn lief weiter, war vom Haus aus zu sehen.

Das Scheunentor stand halb offen.

»Ich bin zu spät«, murmelte er und sprang auf die Brücke der Scheune.

Drinnen alles voller Kerzen, in einem Kreis aufgestellt. Über der Mitte des Kreises, in anderthalb Metern Höhe, baumelte ein Haken.

Bjørn richtete den Lichtkegel in die dunklen Ecken. Neben dem Silo ein Traktor, die Leiter, die nach oben zur Kammer führte, wie beim letzten Mal. Er erschrak, als die Musik plötzlich abbrach, blieb wie gebannt stehen. Immer noch niemand auf dem Hofplatz.

»Helene!«, rief er. Keine Antwort. Er machte ein paar Schritte in die Scheune hinein, ging zu dem Kreis mit den brennenden Kerzen. In der Mitte lag etwas, das wie ein Stück frisch geschnittenes Fleisch aussah. Eine dunkelrote Flüssigkeit hatte sich auf den alten Holzplanken ausgebreitet. Er ging in die Hocke, richtete den Lichtstrahl auf den kleinen blutigen Klumpen. Erst jetzt erkannte er, was es war. So frisch aus der Brust entfernt, dass es immer noch zu schlagen schien.

Er murmelte etwas in sich hinein, wusste selbst nicht, was es war.

Als er auf den Hofplatz trat, preschten die Hunde mit aufgestellten Ohren und hochgestellten Ruten auf ihn zu. Der erste sprang ihn an, schlug seine Zähne in Bjørns Oberschenkel, sie bohrten sich in Muskeln und Sehnen, bissen sich fest. Bjørn hob die Lampe, hämmerte sie dem Hund mit aller Kraft zwischen die Augen, doch der Kiefer löste sich nicht von seinem Bein. Brüllend warf er sich herum, bekam einen Hinterlauf zu fassen, verdrehte ihn. Mit einem lauten Knacken brach er direkt unter der Kniekehle wie ein trockener Ast. Die Zähne gaben nach, das Heulen des Hundes hallte durch die Abenddämmerung, er humpelte ein paar Schritte davon, blieb stehen und schnappte aus der Entfernung nach ihm. Der andere Hund schlich um ihn herum, senkte den Kopf mit triefenden Lefzen. Rückwärts wich Bjørn zum Zwinger zurück, wo vier, fünf stählerne Zaunpfähle lagen. Er hob einen auf, schwang ihn über dem Kopf und schlug mit voller Wucht zu, als der nächste Angriff kam. Er traf den Rücken des Tieres, das aufjaulte und ein paar Meter zurückwich.

Während der Hund sich sammelte, um abermals zum Angriff überzugehen, sprang Bjørn in den Zwinger und schloss die Tür hinter sich. Die beiden Biester verbissen sich im Zaun, zwei gierige Rachen.

Er humpelte zum Hundehaus hinüber. Ein Gitter vor der Öffnung, er nahm es weg.

Drinnen konnte er gerade so aufrecht stehen. Als er einen Schritt nach vorn machte, trat er in eine zähe Masse. Ein weiterer Hund. Er lag auf dem Boden, eine breite Blutspur erstreckte sich bis zur Türöffnung. Mit der Schuhspitze drehte er das Tier auf die Seite. Der gesamte Bauch war aufgeschnitten.

»Helene!«, rief er erneut, bückte sich, leuchtete an den Fußbodenbrettern entlang.

In diesem Moment nahm er aus dem Augenwinkel etwas wahr. Ein Schatten am Gitter. Bjørn warf sich zur Seite, wurde an der Brust getroffen, ein rasender Schmerz durchzuckte seinen Körper, explodierte in seinem Kopf. Mühevoll richtete er sich auf. Womöglich endete es so. Womöglich hatte er keine Chance mehr. Aus dem Halbdunkel der nächste Schlag gegen seinen Kopf. Und noch einer.

Das Bellen der Hunde kam aus immer größerer Ferne.

Nitter schleudert den Zaunpfahl weg, packt die schlaffen Beine, schleift den Körper aus dem Hundehaus. Stößt mit dem Fuß den Hund zur Seite, der im Weg liegt und ihn mit toten Augen anstarrt. Kein Fünkchen Leben mehr darin.

Er erkennt den Mann wieder. Hat ihn erwartet. Denn auch das stand geschrieben. Dass der Vater des schmächtigen Mädchens kommen würde, der Vater eines der drei Bastarde aus Hammerdal. Er blickt zum ockergelben Abendhimmel empor.

Was würde der Pfarrer jetzt sagen? Wenn sich das, wovon er nicht die geringste Ahnung hat, in der kleinsten Kleinigkeit offenbart? Vielleicht war in dem leeren Pfaffenschädel ja doch Platz für einen echten Gedanken. Vielleicht sogar für eine Ode an die Freiheit? Denn ohne Freiheit kein Leben. Kommst du noch mit, Pfaffe, oder ist dir das zu hoch? Und wenn niemand mehr willens ist, das Böse auf sich zu nehmen und zum Leben zu erwecken, dann stirbt die Freiheit wie ein Tier ohne Sauerstoff. Stranguliert. Und die Liebe, von der du predigst, verkommt zur hohlen Phrase, entleert von jeglichem Sinn. Ebenso hätte er den Mond anrülpsen können. Glaubst du etwa, dass der Mond dich hört? So, jetzt ist es klar, und du und ich sind geschiedene Leute.

»Morten!«, ruft Nitter. Der Junge hat schon viel zu lange auf sich warten lassen. Er ist ja nicht mehr vier Jahre alt, sondern fünfzehn. Mit fünfzehn versteckt man sich nicht mehr unter der Küchenbank. Es ist Zeit zu säen.

»Morten!«, ruft er erneut, marschiert über den Hofplatz, dicht gefolgt von den knurrenden und winselnden Hunden. Sator zieht einen Hinterlauf nach, kann sich kaum noch auf den Beinen halten. Das ewige Jammern der Hunde geht ihm gewaltig auf die

Nerven, und er tritt nach ihnen. Eilt zum Haus, geht von Zimmer zu Zimmer. Ein letztes Mal ruft er nach dem Jungen. Dann lässt er es gut sein. Das Samenkorn kommt erst, wenn es muss. Es schmerzt, wenn junge Knospen brechen. Und dieser Schmerz wird größer sein als jeder andere. Darum zögert das Samenkorn, kapselt sich ab, will weder etwas sehen noch etwas hören. Will die Zeit anhalten.

Nur der Schöpfer kann die Zeit anhalten. Und alles aufs Neue in Gang setzen.

Für ein paar kostbare Sekunden verharrt er draußen auf der Treppe. Das Licht versinkt hinter den Hügeln. Bleibt dort hängen und brodelt wie damals. Es sind ein paar Wolken aufgezogen, doch er kann sie vertreiben, wenn sie ihm im Weg sind. Falls dazu noch Zeit bleibt. Denn sie nähern sich schon, die Jäger. Der Vater des schmächtigen Mädchens hat sie angekündigt. Jetzt steht der letzte Kampf aus. Danach wird er unverwundbar sein. Unerreichbar. Und die Jäger kehren mit leeren Händen und leeren Augen nach Hause zurück, dem Tode nah.

Bleibt ihm nur noch, alles zu beseitigen, was sich ihm entgegenstellen will. Er spürt es im ganzen Körper, die Jahreszeiten jagen einander, alles kommt wieder zurück, ein ums andere Mal, die Fülle der Zeit.

Eine Frage der Zeit und eine Frage des Lichts.

Er steckt das Beil in den Stiefelschaft, nimmt das Jagdmesser zur Hand, schnappt sich das Seil, geht zum Zwinger zurück.

Frank Nitter, Schöpfer all dessen, was kommen wird.

* * *

Es ist nicht kalt, Bjørn. Nur in den ersten Tagen. Dann gewöhnt man sich daran.

Musik in der Ferne. *La-la-la-la-la-la-la.* Er muss sich übergeben. Singt dennoch weiter. *La-la-la-la life goes on.* Igor steht neben ihm und schaut ihn an. Will etwas von ihm. Er versucht, sich daran zu erinnern, wie er hierhergekommen ist. Die Musik hat sich verändert. Nicht mehr *obladi*, sondern eine spanisch singende Stimme. Und jetzt lacht Johnny Lindbekk. In der Hölle sprechen sie kein Spanisch mehr, Bjørn.

Aber diese knisternde Stimme und die Tangogitarre müssen doch irgendwo herkommen.

Helene …

Er versuchte, sich aufzusetzen. Es pochte in seinem Schädel. Irgendwie verstand er, dass es sein Blut war, das pochte. Es wurde vom Herzen durch den Körper gepumpt. Zu den Armen und Beinen, schließlich zum Gehirn. Mit einem Mal kam er zu sich. Er war die ganze Zeit wach gewesen. An einem anderen Ort.

Etwas war mit Helene.

Dunkelheit umfing ihn. Es durfte nicht dunkler werden. Er zwang sich auf alle viere. Von seinem Hinterkopf lief ihm das Blut auf beiden Seiten den Hals hinunter und tropfte auf die trockene Erde.

Er spürte keinen Schmerz. Nur einen summenden Laut in seinem Kopf, vermischt mit einem Meer flüsternder Stimmen.

Du musst Helene finden.

Der Tango dröhnte wieder aus den Lautsprechern, auf dem Hofplatz schlugen die Flammen hoch. Aber vielleicht verstärkte das Zwielicht auch den Feuerschein. Die Hunde streunten irgendwo herum. Und am Rande des Lichtkreises eine Gestalt.

Nitter.

Für ein paar Sekunden vom flackernden Feuer erhellt. Er trug Gummistiefel, aber keine Hose, hatte sich eine winzige Bluse über den Oberkörper gezwängt, sein Bauch quoll darunter hervor. Das Gesicht war über und über mit Make-up beschmiert.

Er wiegte sich in den Hüften, als er zum Zwinger spazierte, fast wirkte es so, als tanzte er zu der Musik. Er öffnete die Tür, die Hunde folgten ihm hechelnd.

Das Beil im Stiefelschaft, ging er zum Hundehaus, über dem Arm hatte er etwas, das wie ein Seil aussah.

Als Bjørn auf die Beine kam, waren die Hunde schon zur Stelle. Nitter rief etwas, aber Bjørn beachtete sie nicht, sah nur den riesigen halb nackten Körper am Gitter zum Hundehaus, die großen aufgerissenen Augen. Fassungslos starrte Nitter ein Gespenst an, das auf ihn zukam. Er griff nach dem Beil, als Bjørns Fuß seinen Bauch traf. Der lange teigige Körper krümmte sich auf dem Boden zusammen. Bjørn trat noch einmal zu. Hätte so lange weitertreten können, bis der fette Wanst nachgab und aufplatzte.

Die Hunde umkreisten ihn. Bjørn riss das Beil an sich, sein Blick flackerte zwischen den Hundeaugen und Nitters Körper auf dem Boden hin und her, seinem grauweißen Hals.

Ich tue es, schoss es ihm durch den Kopf. Er hob das Beil.

Plötzlich fegten zwei Autoscheinwerfer über den Hof, gefolgt von einem weiteren Paar. Das blaue Warnlicht, das in der Dämmerung rotierte, ließ Nitters geschminktes Gesicht aberwitzig aufleuchten.

Er grinste ihn an.

»Ja, tue es«, sagte er leise. »Tue es, solange du noch kannst.«

Es dauerte ein paar Minuten, bis die Hunde unter Kontrolle gebracht worden waren. Zwei Beamte banden sie mit dem Seil an einem Zaun fest.

Nachdem er gesagt hatte, wer er war, hielt sich Bjørn keuchend am Gitter zum Hundehaus fest. Sie zogen Nitter hoch, der sogleich wieder wie ein Mehlsack in sich zusammensank. Das Blut auf seinem Bauch und seiner Brust war zu einem kreisförmigen Muster verschmiert.

Ein weiteres Auto erreichte den Hof. Susanne Haugestad. Beim Anblick der hochgewachsenen Hauptkommissarin aus Lillestrøm kam Bjørn wieder zu sich. Er rief ihr etwas zu, als sie den Zwinger betrat. Die Hunde begannen zu wüten und zerrten an den Stricken, wollten sich losreißen.

Bjørn wandte sich zum Hundehaus.

»Sie bluten!«, rief sie aus und wollte ihn aufhalten.

»Ich weiß, wo sie ist«, sagte er.

Am Gitter hob er die Taschenlampe auf, leuchtete über den Boden.

»Helene!«, rief er.

Vielleicht hörte er etwas trotz des Hundegebells. Mit der Hand strich er an den Fußbodenbrettern entlang. Die Schmerzen kehrten zurück, er ignorierte sie.

»Einen Schraubenzieher«, sagte er, »oder ein Messer. Irgendwas, womit man die Bretter aufhebeln kann.«

Er zeigte mit der Taschenlampe auf die Stelle, die er meinte. Haugestad blickte ihm über die Schulter, drehte sich um und rief ins Dunkel, dass sie etwas zum Aufhebeln bräuchten.

Ein Beamter zwängte einen Schraubenzieher zwischen die Planken, probierte es an verschiedenen Stellen. Benutzte mit der anderen Hand ein Messer.

»Woher wissen Sie, dass etwas darunter ist?«

»Der Junge«, stöhnte Bjørn mit zusammengebissenen Zähnen. »Nitters Sohn. Er hat immer gewusst, wo die Leiche seiner Mutter versteckt ist.«

Plötzlich gab eine Planke nach und wurde entfernt. Die beiden Nachbarplanken lockerten sich, ein Scharnier quietschte. In diesem Moment war von draußen ein Heulen zu hören, nicht von den Hunden, sondern von einem größeren Tier, verletzt und rasend. Bjørn ging in die Hocke, richtete die Taschenlampe auf den Raum unter ihm. Ein Stuhl mit Armlehnen. Auf dem roten Sitzkissen eine Ansammlung von Knochen. Am Stuhlrücken lehnte ein braunschwarzer Kopf mit ein paar abstehenden Haaren im Nacken. Er murmelte etwas Unverständliches, beugte sich weiter vor, leuchtete ins Innerste der kleinen Kammer.

Sie saß an der Wand, die Arme um die Knie geschlungen, nackt, die Augen geschlossen, Gesicht und Schultern mit Blut beschmiert.

»Helene.«

Sie öffnete die Augen und blickte zu ihm hinauf.

»Kannst du aufstehen?«

Sie bewegte die Lippen. Er verstand nicht, was sie sagte.

Der Beamte legte Bjørn die Hand auf die Schulter. »Lassen Sie mich das machen.«

Bjørn beachtete ihn nicht, stützte sich mit beiden Händen ab und ließ sich nach unten. Der Schmerz in Kopf und Nacken war so stark, dass er vor ihr auf die Knie sank.

»Ist er tot?«, flüsterte sie in sein Ohr.

In diesem Augenblick dachte er: Ich hätte es tun sollen.

Er legte die Arme um sie. »Er ist nicht tot.«

Fügte hinzu: »Du bist in Sicherheit. Es kann dir nichts mehr passieren.«

Was sollte er denn sonst sagen? Doch vielleicht versprach er mehr, als er halten konnte.

Der Schrei der Katze

Ich habe noch nie gerne geschrieben. Hätte es nicht getan, wenn ich nicht dazu aufgefordert worden wäre. Jetzt sagt Dr. Henry nicht mehr, dass ich aufschreiben soll, was ich erlebe.

Warum tue ich es trotzdem?

Während wir fort waren, hat es geschneit. Als das Flugzeug durch die Wolkendecke stößt, sehe ich unten weiße Flecken zwischen den Bäumen. Papa beugt sich über mich, guckt aus dem Fenster, streckt seinen Zeigefinger aus. Hammerdal liegt ein Stück entfernt, aber ich glaube, ich kann bereits den Turm der Fabrik erkennen.

Als sie mich operiert haben, war er die ganze Zeit im Krankenhaus. Und er wird mich auch nach Neujahr begleiten, wenn ich wieder dorthin muss. Ein neues Gesicht bekomme ich nicht gerade, aber in dem Krankenhaus in Hamburg können sie so etwas besser als irgendwo sonst auf der Welt. Mein Mund wird sehr hübsch, sagen sie. Sie haben etwas an der Innenseite der Wange entfernt und formen daraus neue Lippen. Aus Monster-Ann wird halbwegs ein Mensch. Das ist schön. Kinder zu erschrecken, macht nämlich keinen Spaß.

Aber wieder wie ein Mensch auszusehen, ist unheimlich teuer.

Nicolais Familie hat eine Stiftung gegründet, die alle Operationen bezahlt.

Warum machen sie das?

Es hat wohl mit Nicolai zu tun. Dass sie niemals die Möglichkeit hatten, das Geld für ihn zu verwenden. Stattdessen wollen sie jetzt etwas Gutes für mich tun. Das hat jedenfalls Papa gesagt, als ich ihn gefragt habe.

Ich freue mich, dass Leute, die mich kaum kennen, wollen, dass es mir gut geht. Immer wenn ich traurig bin, denke ich daran. Dass es Menschen gibt, die Gutes tun. Denn es gibt ja auch Leute, die das Gegenteil wollen und ihr ganzes Leben darauf verwenden, anderen so viel Leid wie möglich zuzufügen.

Nachdem wir gelandet und wieder in unser Auto gestiegen sind, sage ich zu Papa:

»Du hast versprochen, dass wir darüber reden, wenn wir nach Hause kommen.«

Er schaut nach rechts und nach links und fährt vom Parkplatz. Dabei benutzt er nur den einen Arm. Der andere ist steif und ziemlich unbrauchbar geworden.

»Worüber reden?«

»Das weißt du genau.«

Er sieht mich an.

»Über alles, was passiert ist …«

»Ann …«

Ich habe davon in den Zeitungen gelesen und mit Dr. Henry, mit Adriana, der Polizeipsychologin, und mit Papa darüber geredet. Aber alle wollen mich schonen und ersparen mir das Schlimmste. Sogar Helene. Sie ist die beste Freundin, die ich jemals haben werde. Und da können wir doch wohl über alles reden, oder? Ihr Psychologe sagt, dass sie nicht alles allen erzählen soll. Bin ich *alle?*

Ich will wissen, was ihr passiert ist, weil ich ihr dann besser helfen kann. Denn ich will Helene helfen. Niemand kann ihr besser helfen als ich. Da gibt sie mir recht.

»Du willst mich schonen, oder? Darum sagst du nichts.«

»Stimmt schon«, gibt Papa zu.

»Aber du verstehst nicht, dass ich sowieso die ganze Zeit darüber nachdenke, und so sind es meine Fantasien, die entscheiden, was ich denke, und dann wird es noch viel schlimmer als die Wirklichkeit.«

»Okay, das verstehe ich.«

Er schweigt eine Weile und fragt dann:

»Also, was willst du wissen?«

»Alles, was du von dem Mann weißt, der mich gefangen gehalten hat.«

Der Mann ist Frank Nitter. Der Mörder. Den haben sie inzwischen in einer psychiatrischen Klinik eingesperrt. Der ist total unzurechnungsfähig. Ein Wahnsinniger. Das sagt auch Papa. Alles ist wegen eines Wahnsinnigen passiert.

Aber mit dieser Antwort bin ich nicht zufrieden.

Denn wenn die Ärzte meinen, dass er nicht mehr verrückt ist, lassen sie ihn frei. Das schreiben jedenfalls die Zeitungen. Doch Papa sagt, dass das nicht geschehen darf. Dass Frank Nitter nie wieder auf freien Fuß kommen darf, weil er dann dasselbe tut, was er schon mit seiner Frau getan hat. Und was er mit Helene tun wollte. Wenn Papa nicht gewesen wäre. Er kam Nitter im allerletzten Moment in die Quere. Schreiben die Zeitungen. Aber ich will, dass er es mir selbst erzählt. Und diesmal lasse ich mich nicht abspeisen.

»Frag einfach, was dich interessiert.«

Ich nehme mir ein Kaugummi. Denn ich kann wieder richtig gut kauen. Tut fast gar nicht mehr weh. Nur wenn ich was sehr Hartes im Mund habe. Aber ich muss ja nicht unbedingt auf einem harten Knochen herumnagen.

»Hat er Helene in einen Keller eingesperrt?«

»Es war ein kleiner Raum.«

»Wie klein?«

»Vielleicht zwei mal zwei Meter.«

»In seinem Haus?«

Er schüttelt den Kopf. »Neben dem Zwinger war noch ein extra

Raum für die Hunde, und darunter hatte er einen Hohlraum gegraben.«

»Hast du da die Leiche gefunden? Zusammen mit Helene?«

Er schaut in den Spiegel.

»Ja. Er hat irgendwann die Leiche seiner Frau ausgegraben und sie dorthin gebracht. Hat dort einen eigenen Raum für sie geschaffen.«

Am liebsten würde ich laut schreien oder weinen. Helene gefesselt in einem winzigen unterirdischen Raum neben einer stinkenden Leiche.

»Es war nicht mehr viel von ihr übrig«, sagt Papa, als ich ihm erzähle, wie ich mir das vorstelle. »Eigentlich nur Knochen. Es ist ja auch schon elf Jahre her, dass er sie umgebracht hat. Und ihr Kopf …«

Er hält inne.

»Der Kopf seiner Frau?«

»Du musst doch nicht alle Details wissen, Ann.«

»Jetzt komm, du hast versprochen, dass du mir alles erzählen wirst.«

Er zögert.

»Er hat etwas getan, um den Kopf zu bewahren.«

»Zu bewahren?«

»Er muss ihn in Formalin gelegt haben. Oder in eine andere Flüssigkeit, damit die Körperteile sich nicht auflösen.«

Ich schließe die Augen, sehe alles vor mir. Helene und ein Haufen Knochen. Und ein abgetrennter Schrumpfkopf.

»Und Helene war nackt?«

»Ja«, antwortet Papa, »sie war nackt.«

Er spricht, so ruhig er kann, doch seine Stimme zittert ein bisschen.

»Und Frank Nitter hatte sie mit Blut eingeschmiert?«

Er atmet tief durch.

»Er hat einen der Hunde geopfert und ihm das Herz herausgeschnitten.«

Plötzlich bekomme ich Angst, denn womöglich war es derselbe Raum, in dem er mich gefangen gehalten hat, vielleicht wollte er auch mich mit Hundeblut einschmieren …

»War es kalt dort?«

»Ja, schon.«

Für eine Weile bin ich nicht in der Lage, etwas zu sagen. Mein Hals beginnt wieder zu schmerzen.

»Denkst du daran, dass es auch dir hätte passieren können?«, fragt Papa.

Er weiß oft, was ich denke.

»Woher wissen sie, dass er mich eingesperrt hat?«

»Sie haben Spuren im Auto gefunden, von dir und Victor.«

»Dann sind wir also in seinem Auto gewesen?«

»Wahrscheinlich.«

»Aber nicht sicher?«

Er seufzt. Das macht er erst in letzter Zeit. Ich hab ihn darauf aufmerksam gemacht, als wir im Krankenhaus waren. Ich bin fast fünfzig, hat er geantwortet. Als gäbe das Leuten das Recht, herumzuseufzen.

»Wenn du unbedingt darüber nachdenken musst, Ann, dann halte dich am besten an das, was wir sicher wissen. Nitter wollte sich rächen, richtig? Er hat Victor getötet. Du warst dabei, er hat dich mitgenommen und eingesperrt, vielleicht in den Keller seines Wohnhauses. Dann hat er Nicolai getötet und ihm eine Überdosis Heroin gespritzt. Das ist so furchtbar, dass ich kaum darüber sprechen kann. Aber vielleicht hast du recht. Vielleicht muss das alles mal raus, damit man es irgendwann hinter sich lassen kann.«

Was mir gerade durch den Kopf geht, muss ich ihm einfach sagen.

»Es hat damit angefangen, dass wir Streuner eingesperrt haben.«

Papa dreht sich zu mir und schüttelt den Kopf. »So etwas darfst du nicht denken, Ann.« Er hört sich fast zornig an. »Das mit Streuner war sehr dumm. Eine Gedankenlosigkeit, aber es war nicht wirklich boshaft von euch, nicht auf diese Weise …«

Er schlägt mit der Hand auf das Lenkrad. »Frank Nitter ist durch und durch böse. Er zerstört andere Menschen.«

»Aber ich hab's geschafft«, sage ich. »Und Helene hat's geschafft. Also sind wir doch stärker als er.«

»Das genau meine ich ja«, sagt er. »Wir sind stärker als das Böse.«

Ich lege eine Liste über das Gute und über das Böse an.

Sie soll zeigen, dass Papa recht hat. Dass das Gute stärker ist. Auf der Liste über das Böse steht erst mal nur ein Name: Nitter. Die andere Liste ist viel länger, und ich habe gerade erst angefangen. Papa und Mama natürlich. Und dann meine beiden Brüder. Ich hab sie beide lieb. Besonders Felix. Ich glaube, wir sind uns ziemlich ähnlich. Marco ist taff. Der wird mal andere beschützen. Schätze mal, dass er Polizist wird, wie Papa. Das hab ich neulich zu ihm gesagt, und er war absolut meiner Meinung.

Auch Helene steht auf der Liste der guten Dinge. Mit Großbuchstaben.

Und die Familie Meyer, die Nicolai verloren hat, aber dafür bezahlt, dass es mir gut geht.

Dr. Henry, obwohl es ja sein Job ist, anderen zu helfen.

Igor konnte nicht länger mit den Schmerzen leben, sagt Papa und will nicht mehr darüber reden. Igor kommt auch auf die Liste.

Siren? Sie hat sich verändert. Will plötzlich eine Art Freundin sein. Als ich da war, hat sie mich gefragt, wie ich die Klamotten finde, die sie sich gekauft hat. Und ob ich im Sommer auf die Hütte mitkommen will. Mein Gott, das ist doch noch ein halbes Jahr hin. Und als Papa mich hinterher nach Hause fuhr, sagte er, dass Siren und er etwas regeln müssten.

»Ist dir das Haus jetzt auch zu klein geworden?«, habe ich ihn gefragt, aber da hat er mich nur komisch angeschaut.

Ich werde sie niemals richtig mögen. Und sie wird mich niemals richtig mögen. Aber es ist okay, dass sie es versucht.

Siren steht auf keiner der beiden Listen.

* * *

»Ich hab da gesessen und gefroren«, sagt Helene. »Aber nicht, wie man friert, wenn man zu dünne Sachen anhat. Das war eine andere Art Kälte. Ich weiß nicht, ob man das erklären kann.«

Da denke ich wieder an den kalten Raum. Nachdem ich in dem warmen Keller gewesen war. Und an denjenigen, der im Dunkeln zu mir kam, mir eine Schale mit etwas zu essen hingestellt und den Eimer geleert hat, den ich als Toilette benutzt habe. Und jemand hat mir eine Spritze in den Arm gejagt.

Ist das wirklich wahr? Dr. Henry sagt, dass ich mir immer noch Sachen ausdenke, wenn ich mich nicht erinnern kann. Es haben sich noch nicht alle Nervenenden wiedergefunden. Vielleicht wird das bei einigen nie geschehen. Aber ich kann Angst empfinden, und Traurigkeit. Und deshalb bin ich auch fast wieder gesund, sagt er.

»Wie hat sich seine Stimme angehört?«, frage ich.

»Meinst du …?«

»Nitter? Wie war seine Stimme?«

Helene sieht mich auf einmal angsterfüllt an. Vielleicht hat ihr Psychologe recht, und es ist besser, wenn sie nicht mit mir darüber redet.

»Komm her.«

Sie rutscht auf dem Bett ein Stück zur Seite, damit ich mich neben sie setzen kann. Ich schmiege mich an sie.

Das ist das Schönste, einfach so neben Helene zu sitzen, ohne was zu sagen.

Am zweitschönsten ist es, so dazusitzen und zu reden.

»Seine Stimme klang nett«, sagt sie. »Als würde er zu einem Kind sprechen, das ihm etwas bedeutet.«

»Echt?«

Wenn ich an Frank Nitter denke, stelle ich mir vor, dass er eine sehr unangenehme Stimme hat. So wie der Teufel, der zu den Menschen spricht, entweder gemein und böse oder zuckersüß und einschleimend.

»Er hat ständig gesagt, dass er mich retten will.«

»Vor was retten?«

»Ich weiß nicht genau … vor dem Bösen in der Welt oder so. Vor dem Bösen in Hammerdal. Irgend so was.«

»Hast du das geglaubt?«

Sie schüttelt den Kopf. »Aber *er* schien daran zu glauben. Und manchmal hat er mir fast leidgetan.«

Sie legt den Kopf auf meine Schulter. »Es gibt eine neue Gerichtsverhandlung.«

»Ich weiß.«

»Ich muss alles erzählen. Sie sagen, dass ein Video von mir gezeigt wird, damit ich nicht in einem Raum mit ihm sein muss.«

Das haben sie auch zu mir gesagt.

»Aber ich weiß nicht, ob ich das will«, fährt Helene fort. »Vielleicht ist es besser, wenn ich mit im Gerichtssaal bin.«

Ich schweige, obwohl ich es nicht verstehe. Natürlich will ich, dass Helene sich von mir verstanden fühlt.

»Es macht mir nicht so viel aus, ihn zu sehen«, erklärt sie. »Aber ich ertrage den Gedanken nicht, dass *er mich* sieht.«

Von Helene gehe ich nach Hause. Zu gehen ist gut für mich. Für die Beine, für den Rücken, sogar fürs Gesicht. Und für meine Gedanken. Sagt Dr. Henry.

Es ist November. Es wird langsam dunkel. Autos fahren vorbei und verschwinden wieder. Eines biegt in Richtung Sägewerk ab, bleibt mit eingeschaltetem Blinker an der Einfahrt stehen. Der Wagen ist hellgrau. Die Fahrertür öffnet sich, ein Mann steigt aus.

Ich habe keine Angst. In meinem Körper geht eine Veränderung vor sich, alles geschieht etwas schneller. Mir fällt ein, dass ich Papa hätte anrufen sollen. Deshalb halte ich mein Handy in der Hand, als der Mann mir etwas zuruft. Nicht, weil ich Angst habe.

»Ann?«

Das ist mein Name. Ich bin Ann.

Und jetzt erkenne ich ihn. Zuerst die Stimme, dann die Gestalt. Er ist groß, hat breite Schultern. Helle Haare und helle Augen. Er heißt Runar. Er war mein Lehrer. Bevor alles geschah.

Ich gehe zu dem Auto.

»Ich dachte mir doch, dass du es bist. Trotz der gefärbten Haare. Steht dir gut.«

Wie kann man im vorbeifahrenden Auto und im Halbdunkel erkennen, dass ich es bin? Mit solchen Fragen sollte ich mich nicht plagen. Ich muss den Leuten vertrauen. Darüber werde ich nächstes Mal mit Dr. Henry reden.

»Wie haben Sie mich erkannt? Leuchte ich etwa im Dunkeln oder so?«

Er lacht und sieht mich genau an. Bei so schummrigem Licht jage ich nicht einmal Kleinkindern Angst ein.

»Ich denke so oft an dich.«

»Danke.«

Vielleicht muss man sich dafür nicht bedanken. Denken kostet ja nichts.

»Soll ich dich nach Hause fahren?«

»Zu Fuß zu gehen tut mir gut, sagt mein Arzt.«

»Verstehe.«

Schweigend stehen wir da und lauschen dem Blinker, ticke-tacke, ticke-tacke, ticke-tacke. Nach einer Weile sagt er: »Und wie geht es Helene?«

Ich weiß nicht, was ich darauf antworten soll. Wenn ich Helene frage, was mit Roman Warzinsky gelaufen ist, wechselt sie sofort das Thema.

»Ganz gut. Ich war gerade bei ihr.«

Plötzlich dieses Gefühl, dass er weiß, wo ich herkomme.

»Hat sie etwas davon gesagt, dass …?«

Er beugt sich durch die offene Scheibe aus dem Auto, stellt den Motor ab.

»Hat sie erzählt, dass sie bei mir war?«

»Ja«, sage ich.

Und er: »Ich will mich nicht aufdrängen, nach allem, was passiert ist. Hab ein paar Nachrichten geschickt.«

Darauf ich: »Eine Zeit lang hab ich gedacht, dass ihr ein Paar seid.«

So etwas platzt einfach aus mir heraus. Auch darüber muss ich mit Dr. Henry sprechen.

»Wie kommst du denn da drauf?«

Ich zucke die Schultern und halte die Klappe.

»Ihr ging es sehr, sehr schlecht«, erklärt er und blickt sich um. »Die anderen in der Klasse wollten nichts mehr mit ihr zu tun haben. Da tat es ihr gut, mit jemandem reden zu können. Aber wir beide ein Paar? Ich bitte dich, Ann. Ich war doch ihr Lehrer. Und dein Lehrer. Zwanzig Jahre älter. Hat sie erzählt, dass ich ein paar Fotos von ihr gemacht habe?«

»Glaub nicht.«

»Ich mache das in meiner Freizeit, hab mein eigenes kleines Fotostudio zu Hause. Hab auch ein paar Fotos von Victor gemacht.«

Und ich: »Haben Sie ihn gekannt?«

»Ich war sein Betreuer vor vielen Jahren. Wenn du Fotos von jemandem machst, kannst du das Positive in ihm zum Ausdruck bringen, kannst ihn mit deinen eigenen Augen sehen. Kannst Menschen, die es sehr schwer haben, zeigen, wie toll sie eigentlich sind.«

»Hat Victor das gebraucht?«

»Nicht nur er.« Runar nickt und redet eifrig weiter: »Aber vielleicht hat Helene da was missverstanden. Darüber würde ich gerne mit ihr reden, wenn sie sich erholt hat. Findest du es komisch, dass wir uns darüber unterhalten?«

»*Ich* rede gar nicht darüber«, bricht es aus mir heraus.

Er lächelt und sieht plötzlich traurig aus.

»Victor hat euch mit Drogen versorgt, stimmt's? Dich und Nico.«

Na ja, versorgt. So würde ich das nicht ausdrücken.

»Er wollte Nicolai abhängig machen«, sagt Runar. »Und ich glaube, dich auch. Ich habe alles versucht, um ihn davon abzubringen. Aber er hatte ein bestimmtes Ziel.«

Ich verstehe nicht ganz, was er mir sagen will und warum er mir gefolgt ist. Denn das hat er getan.

»Das mit Victor ist eine lange Geschichte, Ann. Die begann vor fast vierzig Jahren.«

»Hä?«

»Sie hat auch mit dir zu tun, mit deiner Familie. Und mit der Familie von Nicolai. Und meiner Familie. Und dem Großvater von Victor.« Er streckt mir seine Hand entgegen. »Bist du sicher, dass ich dich nicht nach Hause fahren soll? Es liegt sowieso auf dem Weg. Ich will mit Morten ins Bowlingcenter, will ihn gerade abholen.«

Ich schüttele den Kopf und wende mich halb ab. Meine Beine haben sich schon in Bewegung gesetzt.

»Vielleicht darf ich dir die Geschichte eines Tages erzählen«, sagt Runar, der unser Lehrer war und zwanzig Jahre älter ist als wir. »Die Geschichte unserer Familien. Du bist ein kluges Mädchen. Du verstehst bestimmt, dass nicht alles so ist, wie die Leute uns glauben machen.«

* * *

Es ist Sonntagvormittag. Mama sitzt mit Ohrstöpseln am Wohnzimmertisch und tippt auf ihrer Tastatur. Im Gegensatz zu mir schreibt sie für ihr Leben gern. Was sie früher geschrieben hat, wollte niemand haben, doch jetzt hat sie mit etwas Neuem angefangen. Sie will, dass ich es als Erste lese. Es soll eine ganze Serie über ein Mädchen werden, das fliehen muss, weil seine Stiefmutter es töten will, und dann kommt es in ein anderes Land, wo es als Dienstmädchen bei einer reichen Familie arbeitet, deren Sohn sich in sie verliebt.

Als sie mich sieht, nimmt sie die Ohrstöpsel heraus und kommt zu mir in die Küche. Ihre Haare sind ungewaschen, und auf ihrer Bluse direkt über der Brust ist ein Rotweinfleck. Sie schlingt die Arme um mich. Riecht nicht besonders gut.

»Ich muss noch mal los«, sage ich und winde mich aus ihren Armen.

»Wo willst du hin?«

»Zu Nicos Eltern. Ich will mich bei ihnen bedanken. Außerdem hab ich noch was, das Nico gehört hat. Seine Uhr.«

»Warum hast du die?«

Ich zucke die Schultern. »Victor hat sie mir gegeben, damit ich sie Nico zurückgebe. Aber dann sind all die Sachen passiert.«

Mama geht ins Wohnzimmer, zieht eine Schublade auf.

»Ich hab was aufgehoben.«

Sie legt einen Zeitungsausschnitt vor mir auf den Tisch. Todesanzeigen. Ganz unten seine. *Unser unvergesslicher Sohn … unser liebster Junge … Nicolai Laurens Meyer …*

Mama blickt zu mir auf, hat Tränen in den Augen. Und ich muss auch weinen.

»Ich kann nicht verstehen, dass er tot ist«, sage ich.

»Ja, so etwas ist schwer zu begreifen.«

»Ich habe es gesehen.«

Jetzt ist es heraus.

Mama bekommt diesen ängstlichen Blick. »Daran kannst du dich doch wohl nicht erinnern.«

»Ich bin eine Treppe hinuntergegangen. Das muss in der Fabrik gewesen sein. Im Keller.«

»Aber du bist nicht reingegangen.«

Ich blicke aus dem Fenster. Mein Spiegelbild in der Scheibe, oben im Himmel. Der graue Fleck hinter dem Gesicht ist die Tür zum Ann-Raum. Bilder gleiten dort drin vorbei, teils kaum zu erkennen. Victor sitzt an eine Wand gelehnt, die Beine unter ihm seltsam abgeknickt, und starrt mich an. Nein, er starrt mich nicht an, sondern durch mich hindurch.

Mama streicht mir die Haare nach hinten.

»Wie schön, dass du Nicolais Familie besuchen willst«, sagt sie. »Ich habe sehr viel daran gedacht, wie es ihnen geht. Vielleicht sollte ich mitkommen.«

Ich schüttele den Kopf, ihre Hand löst sich aus meinen Haaren. Ich will allein hingehen.

Sie steht im Fenster und sieht mir nach. Wie in jener Nacht. Mama will, dass ich vergesse. Ihr habe ich zwei Narben zu verdanken. Ich hab sie lieb. Ich will, dass sich jemand um sie kümmert.

Ich nehme den Pfad, der am Fluss entlangführt. Inzwischen ist er asphaltiert worden, ein Fahrradweg. Aber die Brücke ist immer noch da, auch das Tor mit dem Betreten-verboten-Schild. Vor mehr als dreihundertsechzig Tagen bin ich am Abend zu der Fabrik gegangen. Alle Jahreszeiten sind vorübergezogen, ohne dass ich etwas davon mitbekommen habe. Es gibt eine fünfte Jahreszeit. Ich habe sie erlebt. In ihr kann man weder leben noch sterben.

Neben der Haustür ist ein neues Schild.

Hier wohnen Johan Christian und Nora Meyer.

Und darunter: *Matilde.*

Erst jetzt erinnere ich mich daran, dass Nicolai eine Schwester hatte. Ein Mädchen, das kaum wächst, nicht sprechen kann und ihr ganzes Leben lang wie ein Kleinkind sein wird. Sie nennen sie Tille.

Ich läute, und ein tiefer Ton erklingt im Inneren des Hauses, wie eine Kirchenglocke, drei Schläge. Ich habe ein mulmiges Gefühl. Und als niemand öffnet, stoße ich erleichtert die Luft aus. Ich hätte auch eine Nachricht schicken oder anrufen können, doch jetzt stehe ich hier und spüre, dass die Schmerzen in meinem Rücken und in den Hüften zunehmen. Seit ich aus dem Krankenhaus entlassen wurde, bin ich nicht mehr so weit gelaufen. »Sie sollten mich jetzt sehen, Dr. Spencer«, sage ich laut. Manchmal hilft es mir, mit ihm zu reden.

Als ich mich umdrehe und gehen will, öffnet sich die Tür. Ich zucke heftig zusammen. Nicos Vater steht vor mir. Im ersten Moment erkenne ich ihn nicht wieder. Seine schlaffen Wangen sind unrasiert, die Augen eingesunken, ein müder Blick. Ein absolut peinlicher Moment. Ich hätte nicht hierherkommen sollen. Aber nun kann ich mich nicht einfach umdrehen und aus dem Staub machen. Erst wenn ich es gesagt habe. Nicolais Uhr habe ich zu Hause vergessen.

»Ich bin Ann …«

Es passiert etwas mit seinen Augen. Sie weiten sich.

»Du bist das!«, bricht es aus ihm heraus. Ihm klappt die Kinnlade runter. Er trägt einen grauen Pullover und eine ausgebeulte Trainingshose.

»Ich wollte nur sagen, dass es mir so leidtut mit Nico. Und ich bin so froh, dass Sie mir helfen.«

Gesagt. Jetzt kann ich wieder gehen.

Er zwinkert, als hätte er immer noch nicht begriffen, wer ich bin. Ich muss ihn geweckt haben.

»Bist du extra gekommen, um mir das zu sagen? Das ist aber sehr nett von dir.«

Er steht einfach da und sieht mich an, und ich verstehe, dass ich mir etwas einfallen lassen muss, um das Gespräch zu beenden.

»Ich bin zu Fuß gegangen. Das ist wichtig für mich, mein Training.« Ich schwinge meine Arme, um zu demonstrieren, was ich mit Training meine.

»Bist du allein?«, fragt er und blickt an mir vorbei. »Komm doch rein.«

»Das geht nicht«, sage ich. »Wollte nur kurz vorbeigucken.«

Doch er hält die Tür auf eine Art auf, dass ich einfach hineingehen muss, und im nächsten Moment stehe ich in der Eingangshalle. Ich habe das Gefühl, ihre Stimmen zu hören. Victor und Nico. Genau hier haben wir gestanden. Waren high und haben über alles gelacht. Und Nicos Vater hat davon nichts mitgekriegt. Auch der Onkel war da, Klaus Vincent. Der mal mit Mama zusammen war.

»Was für eine Überraschung«, sagt Nicos Vater, in seine Stimme ist ein bisschen Leben gekommen, als wäre auch sie endlich wach geworden. »Oder vielleicht ist es ja doch keine Überraschung. Wer weiß.«

»Wissen Sie nicht, ob Sie überrascht sind?«

Er lacht verhalten, richtet sich auf. »Doch, doch, ich bin schon überrascht.«

»Ich habe etwas dabei«, sage ich, »das mir Nico geliehen hat, eine Uhr. Die war bestimmt teuer. Ich wollte sie ihm wiedergeben.«

Er wirft mir einen seltsamen Blick zu.

»Aber ich hab sie wohl vergessen. Nächstes Mal denke ich dran.«

Er nickt. »Nächstes Mal. Ich hab gehört, dass es dir viel besser geht. Ich weiß ja, dass du mit Bjørn in Hamburg warst. Aber dass du schon allein so weite Strecken zurücklegst, wusste ich nicht.«

»So weit ist es ja auch wieder nicht.«

»Ich bin jedenfalls sehr erleichtert – möchtest du etwas trinken? Du wirst bestimmt Durst haben nach dem langen Spaziergang.«

Ich schüttele entschieden den Kopf. Kann nicht hierbleiben. Kann mich nicht in einen Stuhl setzen, mir etwas zu trinken bringen lassen und dieser Stimme zuhören. Denn mit dieser Stimme ist irgendwas …

Plötzlich höre ich den Schrei.

Er kommt aus dem Inneren des Hauses. Ein Stockwerk über uns. Ein schwacher, lang gezogener Klagelaut. Doch so schreit keine Katze.

»Warte mal kurz«, sagt er und eilt die Treppe hinauf. »Bin gleich wieder da.«

Ich höre, dass er oben eine Tür öffnet. Der Schrei wird lauter. Die tröstende Stimme von Nicos Vater.

Ich stehe wie festgenagelt an ein und derselben Stelle in der Eingangshalle, muss die Augen zusammenkneifen.

Nichts, was in meinem Körper passiert, kann ich steuern. Das Herz hat sich losgerissen und treibt umher, und wenn es nicht bald wieder seinen festen Platz einnimmt, wird es die Wand aufreißen und herausfallen. Auf einmal vernehme ich Schritte. Sie bleiben vor der Tür zu einem Raum stehen, in dem ich mich befinde. Dann wird sie geöffnet, und jemand kommt herein. Ein Licht geht an und schweift umher.

Der warme Keller.

Ich will, dass das Licht wieder verschwindet. Lieber mit der Dunkelheit verschmelzen und in ihr verschwinden. Wenn es ganz dunkel ist, kann es nicht mehr dunkler werden.

Immer noch Stimmen im Obergeschoss. Nicos Vater und die Stimme einer Frau. Sie streiten sich. Eine Tür knallt zu.

Er kommt die Treppe herunter. Hat eine Jacke angezogen. Ich stehe immer noch bewegungslos da. Vielleicht werde ich mich nie mehr bewegen können.

»Das war Tille«, erklärt er. »Sie schreit immer, wenn jemand im Haus ist … also jemand, den sie nicht kennt.«

Er bleibt stehen und sieht mich an. Betrachtet mein Gesicht. Sieht, was ich denke. Sieht in meinen Augen, an was ich mich erinnere.

Schließlich gelingt es mir, den Blick abzuwenden.

»Ich muss jetzt gehen.«

»Ich fahre dich«, sagt er.

Erneut ein Schrei von oben, so dünn wie ein Bindfaden. So schreit die Katze, die ich nie bekommen habe, wenn sie rauswill.

Ich war in dem warmen Keller.

Er beugt sich über mich, so nah, dass er hört, was ich denke.

Ihr Schrei. Es war Tille, die ich gehört habe.

Er nickt langsam.

Ich bin hier gewesen. In der ersten Nacht.

Er sagt nichts. Horcht und horcht. Sein Blick saugt die Gedanken aus mir heraus, in den Raum, der zwischen uns ist.

Danach war ich in einem anderen Keller. Dort war es kalt.

Er rührt sich nicht vom Fleck. Also kann ich auch nicht anders.

»Unsere Hütte hat einen Keller.«

Ich bin mir nicht sicher, ob er das wirklich sagt oder meine Gedanken sich das zusammenreimen.

»Natürlich war es kalt. Da konntest du nicht bleiben.«

Er geht zu einem Schrank neben dem großen Spiegel, nimmt ein Paar Schuhe heraus, schlüpft hinein.

»Dreizehn Tage lang bist du dort gewesen. Jeder Tag die Hölle. Falls dich das tröstet.«

Er spricht sie tatsächlich aus, Nicos Vater. Die Worte kommen aus seinem Mund.

»Mit dir zu reden, Ann … deine Stimme zu hören. Ich bin wirklich erleichtert. Muss einen Schlussstrich ziehen.«

Er nimmt mich am Arm. Nicht fest.

»Komm mal mit.« Durch eine Tür auf der rechten Seite. Ich bin früher schon hier gewesen. Nicos Zimmer liegt geradeaus. Und eine Treppe tiefer das Schwimmbecken, in dem er und Victor geschwommen sind. Eine weitere Tür. Nicos Vater öffnet sie.

Ein dunkler Raum. Etwas in der Mitte, ein Öltank. Er strahlt Wärme aus.

Nein, sage ich, nicht da rein.

Doch er fasst mich nicht an, und ich bleibe in der offenen Tür stehen.

»Ich will, dass du es weißt, Ann. Nicolai wusste es auch. Er konnte es nicht ertragen.«

Nitter, sage ich. *Nitter hat Nico getötet.*

Ich weiß nicht, ob ich das sage oder denke oder ob mir das jemand zuruft.

»Am letzten Abend seines Lebens hat Nico einen Brief geschrieben. Wahrscheinlich, bevor er zur Fabrik gefahren ist.«

Er dreht sich zu mir um.

»Nur fünf Zeilen. Er hat ihn unter mein Kopfkissen gelegt. Ich fand ihn am nächsten Tag. Fünf Zeilen, in denen er um Verzeihung bittet. Er wusste, was mit Victor Munoz passiert war. Er hat gesehen, dass wir dich hierhergebracht haben. Er dachte, ich hätte dich auch umgebracht, Ann. Auch dafür hat er die Schuld auf sich genommen.«

Er umfasst meinen Arm, jetzt etwas fester.

»Er kam aus Italien zurück und erfuhr, dass du immer noch verschwunden warst. Damit konnte Nicolai nicht weiterleben.«

Nicos Vater führt mich zur Eingangshalle zurück, öffnet die Tür zum grauen Licht auf dem Vorplatz. Es schneit, doch nur ganz leicht. Nicht genug, um den Hügel weiß zu färben.

»Es war mutig von dir, hierherzukommen, Ann.«

Deshalb bin ich nicht hier. Ich wusste es nicht. Bis zu diesem Moment.

»Ich fahre dich nach Hause.«

Er geht nach draußen. Hält meinen Arm nicht mehr fest. Ist auch nicht nötig, denn in dem Haus kann ich nicht bleiben.

Als ich mich noch einmal umdrehe, erblicke ich sie am Fenster.

Nicos Mutter mit den langen braunen Haaren. Und neben ihr ein blasses, blondes Mädchen mit winzigem Gesicht. Sie hat den Mund geöffnet, als würde sie immer noch schreien oder wegwollen.

»Du brauchst keine Angst zu haben«, sagt Nicos Vater. Er geht zur Garage, drückt auf einen Schlüssel, das Tor gleitet nach oben, das schwarze Auto gibt ein Klicken von sich, die Scheinwerfer leuchten auf.

»Aber ich muss dein Handy haben.«

Meine Hände sind taub. Ich schaffe es nicht, mein Handy aus der Tasche zu ziehen, und er fischt es heraus, betrachtet es kurz und steckt es in seine Jackentasche.

»Sicherheitshalber. Du bekommst es zurück, wenn wir da sind.«

Er zeigt auf den Beifahrersitz, schlägt hinter mir die Tür zu.

Der süßliche Geruch der Polstersitze. Das leise Summen des Motors.

Das Auto.

Ich sage es im Stillen, er hört es trotzdem.

»Es war dieses Auto.«

Plötzlich scheint er zu lachen, lautlos.

»Ich wollte dich nach Hause fahren. Dann ist alles schrecklich schiefgegangen. Aber jetzt geschieht dir nichts.«

Ich schließe die Augen, spüre, dass der Wagen durch das offene Tor rollt.

Er hatte dieselbe Jacke an. Sie war glatt und roch nach Öl.

»Dasselbe Modell. Die alte musste ich verbrennen.«

Langsam fährt er den Hügel hinunter. Wenn ich nichts mehr sage, fährt er mich nach Hause und setzt mich ab.

Sie waren dort nicht allein.

Er schüttelt den Kopf, vernimmt immer noch, was ich denke.

»Ich habe einen Bruder. Du bist ihm mal begegnet. Ich musste ihn anrufen und bitten, zur Fabrik zu kommen.«

Plötzlich bremst er ab, bleibt ein paar Sekunden vor der Zufahrt stehen und biegt dann ein.

Nein, nicht dorthin.

Doch der Wagen rollt zwischen den Bäumen hindurch und hält vor dem Tor zur Fabrik an. »Du sollst nicht vergessen, sondern dich erinnern. Das ist mir jetzt klar. Und ich werde dir dabei helfen.«

Er bleibt sitzen und starrt vor sich hin. Eine dünne Schicht Schnee bildet sich auf der Scheibe.

Dann steigt er aus und öffnet mir die Tür.

»Ich helfe dir, dich zu erinnern, Ann.«

Ich bewege mich nicht.

»Es wird nichts passieren. Kannst du mir vertrauen?«

Er zieht mich hoch, derselbe Geruch, Öl, Teer, ein wenig verbrannt. Er schiebt mich vor sich her, auf das Loch im Zaun zu.

Ich bleibe vor dem Tor stehen. Wie damals. Ich will da nicht rein.

»Die Dunkelheit ist nicht gefährlich, Ann. Sie ist nur dunkel.«

Vor der Treppe hängt immer noch eine Kette wie an jenem Abend. Ich muss darunter hindurchkriechen.

Nicos Vater öffnet die Tür zur Lagerhalle, macht eine Geste, dass ich vor ihm die Wendeltreppe hinuntergehen soll.

Victor, sage ich ins Dunkel, aber man hört nichts, die Halle ist zu groß.

»Wir müssen nach unten, Ann. Du zuerst.«

Blaugraues Licht fällt durch die Fenster unter der Decke auf der anderen Seite des riesigen Raumes. Doch ich sehe nicht viel. Er schaltet eine Taschenlampe ein, leuchtet die Wendeltreppe hinab. Unten nimmt er mich wieder am Arm, führt mich an den aufeinandergestapelten Paletten vorbei, an Müll und Gerümpel, bis zur Kellertür.

»Victor?«, sage ich so laut, wie ich mich traue.

»Warum musstest du hierherkommen, Ann? Warum ausgerechnet in diesem Moment? Ich wollte nicht, dass dir etwas zustößt. Du bist ein tolles Mädchen. Ein Mädchen, das alle mögen. Und plötzlich stehst du auf der Treppe und rufst seinen Namen.«

Victor schreit. Und dann der andere Laut, ein Schlag, etwas zerbricht.

»Erinnerst du dich?«

Die Kellertreppe macht in der Mitte einen Knick.

Es war dunkel. Ich hab die Lampe meines Handys benutzt.

Ein paar Meter von der untersten Stufe entfernt: eine Türöffnung zum Nebenraum.

Victor ist dort.

Er lehnt mit dem Rücken an einem Garderobenschrank, die Beine eigentümlich verdreht. Sein Blick geht durch mich hindurch, er bewegt sich nicht.

Ich drehe mich um und laufe, stolpere auf der untersten Stufe, werde festgehalten, mein Gesicht wird gegen eine Jacke gedrückt, die nach Öl und Qualm riecht.

»Die hab ich angezogen, wenn ich was am Auto repariert habe. Und im Garten.«

Sie sind es, der mich festhält. Sie sind es, der mit mir spricht. Ich schreie, doch kein Laut ist zu vernehmen, nicht mal ein Röcheln, als ich nach Luft schnappe. Meine Kehle ist wie zugeschnürt.

»Ich konnte dich nicht laufen lassen. Dann wäre alles aus gewesen.«

Ich war in dem Raum eingesperrt, in dem auch Victor war. Tot.

»Dort habe ich dich eingesperrt, bis Klaus kam.«

Ich habe gehört, wie Sie mit ihm geredet haben. Sie haben ins Handy geschrien, dass Sie Victor getötet haben.

»Klaus hat mir geholfen. Er weiß immer, was zu tun ist. Aufräumen. Spuren beseitigen. Finger abschneiden …«

Nicos Vater hört sich immer fröhlicher an, angefüllt mit diesem lautlosen Lachen.

»Klaus hat das Klebeband um deinen Kopf gewickelt, damit du uns nicht sehen kannst. Aber du hast alles gehört. Auch meine Stimme. Irgendwann hab ich gedacht, dass du dich an alles erinnern wirst, nur nicht daran, was in dem Keller passiert ist. An solche Dinge glaubt man plötzlich, wenn man feige genug ist.«

Sie haben mir eine Spritze in den Arm gejagt.

»Das war Klaus. Der kann so was. Ich war zu gar nichts in der Lage.«

Sie haben mich festgehalten.

Ein Stich in den Arm. Danach die Wärme im ganzen Körper.

Papa, ich sterbe.

Dann wurde alles still.

Nicolais Vater leuchtete umher.

»Ich hab das Zeug in Nicolais Zimmer gefunden. Die Spritzen und den Stauschlauch. Und ein Tütchen mit weißem Pulver. Er wollte mir erst nicht sagen, woher er es hatte, aber dann habe ich es aus ihm herausbekommen. Ich war verzweifelt, verstehst du das? Mein Junge war dabei, ein Fixer zu werden.«

Ich wusste nicht, dass Nico angefangen hatte, sich etwas zu spritzen. Versuche, es seinem Vater zu sagen: Davon habe ich nichts geahnt, ehrlich.

Aber warum sollte er mir glauben?

»Ich hab die Spritzen und das Pulver genommen, wollte zu diesem Victor nach Hause fahren.« Er sieht mich im Schein seiner Taschenlampe an, denn ich bin es, der er das alles erzählt. »Es war schon fast Mitternacht, aber ich musste sofort mit ihm reden, musste seinen Eltern das Drogenbesteck zeigen, die Polizei informieren …«

Er setzt sich auf die Treppe, versperrt mir den Weg.

»Du musst dir das jetzt bis zum Ende anhören, Ann. Denn damit kann ich dir helfen, dich zu erinnern.«

Ich friere, und ich muss pinkeln.

»Nicolai wollte mich daran hindern. Sagte, dass Victor nicht zu Hause ist. Doch ich habe ihn dazu gebracht, mir zu sagen, wo er ist.«

Erneut richtet er die Taschenlampe auf mich.

»Nicolai hat Victor aus der Hand gefressen und alles getan, was er ihm gesagt hat. Victor wollte ihn drogenabhängig machen, aber das weißt du ja. Ein kleiner verdammter Psychopath, und dich hat er auch eingespannt für seine Spielchen.«

Er steht auf, kommt auf mich zu.

»Willst du wissen, was Victor gesagt hat, als ich ihn hier gefunden habe?«

Ich will es nicht wissen. Ich will nur noch weg.

»Dass er aus Nicolai einen richtigen Junkie macht und ich keine Chance hätte, das zu verhindern.«

»Können Sie mich nach Hause fahren?«, bringe ich heraus.

»Vor vielen Jahren ist hier mal ein Unglück geschehen. Victors Großvater hat sich nicht an die Vorschriften gehalten, und ein Arbeitskollege von ihm ist in einen Behälter mit Asphalt gefallen.«

Er beugt sich über mich.

»Leute wie wir waren Feinde für ihn. Rafael Munoz hat unsere Familie zeit seines Lebens gehasst. Er war ein kranker alter Mann, konnte gegen uns nichts ausrichten. Im Gegensatz zu Victor. Er konnte uns das nehmen, was uns das Wertvollste im Leben war.«

Er macht eine rasche Handbewegung.

»Ich schlug mit der Taschenlampe nach ihm. Nur um ihn zum Schweigen zu bringen. Damit er aus unserem Leben verschwindet. Doch er reagierte nicht und grinste mich weiter an, und da hab ich ein zweites Mal zugeschlagen und dann noch mal. Er fiel nach hinten und prallte mit dem Kopf gegen den Spind. Nicht eine Sekunde habe ich daran gedacht, ihn zu töten. Verstehst du?«

Er starrt mich an und will, dass ich antworte, aber das traue ich mich nicht. Er macht ein paar Schritte und leuchtet in den Umkleideraum.

»Und wenn Victor Munoz jetzt hier wäre … ich würde genau dasselbe tun.«

Plötzlich ruft er ins Dunkel. Ich bekomme Angst. So fühlt es sich an, wenn man Angst vor dem Tod hat. Der Ruf hallt durch den Fabrikkeller, bis er ihn ganz ausfüllt.

Lange bleibt er stehen und keucht wie ein verwundetes Tier. Ich habe immer noch Angst. Trotzdem gehe ich zu ihm und zupfe an seinem Jackenärmel. Er dreht sich um. Tränen laufen über sein Gesicht.

Wieder im Auto, sagt er:

»Ich musste dich von hier wegbringen, dich verstecken, bis wir alle Spuren beseitigt hatten. Darum musstest du die erste Nacht im Heizkeller verbringen.«

Der warme Raum.

»Ich wollte dich freilassen, aber Klaus war dagegen. Er sagte, wir könnten dich unmöglich am Leben lassen. Entweder du oder wir. Unsere Familie oder deine. So hat er das gesehen. Klaus ist hart. Das genaue Gegenteil von mir. Doch er hat nie jemanden umgebracht.«

»Ich war lange verschwunden.«

»Klaus hat mich unter Druck gesetzt. Ich sollte dich endgültig loswerden. Aber dazu war ich außerstande. Konnte nicht einmal daran denken. Also hab ich dich mit auf die Hütte genommen.«

Der kalte Raum.

»Ich bin so oft wie möglich hingefahren, um nach dir zu schauen.«

»Mir wurden mehrere Spritzen gegeben.«

»Ich wollte, dass du schläfst, Ann, und vergisst. Ich wollte dich sofort freilassen, nachdem wir die Beweisstücke platziert hatten. Doch Klaus hat ewig gebraucht, um Nitter und sein Auto zu finden. Hat die Sache immer wieder rausgeschoben. Und dann ist das mit Nicolai passiert.«

Er startet den Motor, fährt jedoch nicht los.

»Nicolai hat begriffen, dass ich Victor getötet habe, und dachte, ich hätte auch dich getötet. Damit konnte er nicht weiterleben. Ich habe ihm versichert, dass es dir gut geht, dass du bald wieder zu Hause sein würdest, aber er hat mir nicht geglaubt. Warum hätte er das auch tun sollen?«

Regungslos sitzt er da, mit gebeugtem Kopf.

»Können wir jetzt fahren?«

»Ich hätte dich vor eurem Haus absetzen sollen. Das Letzte, was ich wollte, war, dass dir noch mehr Schaden zugefügt wird. Und dann hast du dich während der Fahrt aus dem Wagen gestürzt. Mit gefesselten Händen und verbundenen Augen.«

Womöglich stimmt das, was er sagt.

»Das Auto, das hinter uns kam … das war die Hölle, das *ist* die Hölle. Aber nun bist du zu mir gekommen.«

Er richtet sich auf, sieht mir in die Augen.

»Du willst das natürlich alles deinem Vater erzählen. Du bist ein braves Mädchen, Ann, und willst, dass alles so ist, wie es sein soll.«

Ich weiß nicht, was ich will.

»Nitter hat versucht, Helene zu töten«, sage ich.

»Nitter ist ein Dämon.«

»Sie haben etwas in seinem Auto gefunden. Sie können beweisen, dass er Victor mitgenommen hat. Und mich.«

Endlich setzt er vom Fabriktor zurück.

»Nicolai ist bedroht worden«, sagt er. »Die Söhne von Nitter haben ihm Nachrichten geschickt und gedroht, ihm Finger abzuschneiden. Victor Munoz und du, ihr habt auch solche Nachrichten bekommen.«

Das Auto hält wieder an. Für eine Weile sitzen wir schweigend bei laufendem Motor da. Vielleicht hat er es sich anders überlegt, denke ich. Vielleicht fährt er mich doch nicht nach Hause.

»Solche Beweisstücke zu platzieren, ist keine Kunst«, sagt er schließlich. »Hinten in einem Fahrzeug oder wo auch immer.«

»Haben Sie das dort hingelegt? Oder Ihr Bruder?«

»Deshalb musstest du so lange in dem Keller bleiben. Du durftest nicht nach Hause, ehe wir die Beweise in Nitters Auto gelegt hatten. Klaus hat getobt, als er begriff, dass ich dich am Leben gelassen habe. Er hasst deinen Vater von ganzem Herzen. Ich weiß nicht, warum. Er hätte dich im Keller sterben lassen, ohne Gewissenbisse zu haben.«

Ehe er weiterfährt, sagt er:

»Die Gemeinde hat gerade entschieden, was mit dem Fabrikgelände passieren soll. Hast du das schon mitgekriegt?«

Er sieht mich an.

»Mehrere große Investoren haben sich zusammengeschlossen. Sie wollen dort das größte Einkaufszentrum in Nordeuropa bauen. Außerdem ein paar Hundert Wohnungen und eine Bibliothek. Vielleicht auch einen Konzertsaal. Aber in erster Linie ein Einkaufszentrum. Das soll Leute von weit her anlocken, den ganzen Ort voranbringen.«

Wieder dieses kaum hörbare Lachen. Nicht das Lachen eines fröhlichen Menschen.

»Du meinst, ich sollte mich selbst anzeigen?«

Ich habe keine Zeit, zu antworten, denn er fügt hinzu:

»Wenn du wüsstest, Ann, wie oft ich daran gedacht habe, der Polizei alles zu erzählen.«

Er biegt auf den Riksveien ab, passt nicht auf, ein Auto kommt uns entgegen, bremst und hupt wild. Ich will nicht sterben, denke ich. Ich will aussteigen.

»Doch wenn ich mich selbst anzeige, wird Nitter nicht wegen Mordes verurteilt. Dann wird er früher entlassen und seine Untaten fortsetzen. Willst du das?«

»Ich weiß es nicht«, bringe ich heraus.

»Jede Nacht sühne ich für das, was ich getan habe. Wälze mich von einer auf die andere Seite, bis ein neuer schrecklicher Tag beginnt.«

Er sitzt vornübergebeugt da, fährt unglaublich langsam.

»Du sollst dich erinnern, Ann. Bjørn sagt, das ist wichtig, damit du wieder ganz du selbst werden kannst.«

»Weiß Papa …?«

Er schüttelt den Kopf.

»Niemand sonst weiß etwas davon, nur du und ich. Und mein Bruder. Niemand kann uns etwas nachweisen. Es gibt keine Spur von dir, weder im Keller unseres Hauses noch in der Hütte. Hier im Auto würde man bestimmt Haar- und Hautpartikel finden, aber die könnten auch von der Fahrt jetzt stammen. Klaus hat Victor Munoz in einem anderen Auto transportiert. Das Auto gibt es nicht mehr.«

Er starrt durch die Windschutzscheibe. »Ich habe dir die Wahrheit gesagt. Und niemand wird dir jemals glauben, wenn du sie erzählst.«

Den Rest des Weges bis zum Trollfaret schweigen wir.

Als er vor unserem Haus anhält, steht Papa draußen auf den Stufen, geht oder kommt gerade.

Nicos Vater lässt mich aussteigen, fährt die Scheibe herunter und ruft:

»Du hast eine tolle Tochter, Bjørn. Sie hat uns besucht, um sich zu bedanken.«

Er lacht erneut, diesmal laut und künstlich. Papa findet das auch, ich sehe es seinem Gesicht an.

»Sie kann mich jederzeit gerne besuchen. Ich freue mich immer, wenn ich mit ihr reden kann.«

Dann setzt er zurück, wendet und fährt langsam den Hügel hinunter.

Ich sitze auf meinem Bett und schreibe auf dem iPad. In einem Müllsack neben der Tür sind alle meine alten Kuscheltiere. Die kennen mich besser als jeder andere. Ich denke daran, was Nicos Vater gesagt hat, dass niemand mir glauben wird, wenn ich erzählen würde, was wirklich in der Fabrik passiert ist.

Ich weiß, warum ich weiterschreiben werde.

Nach dem Finale

Am frühen Vormittag des 26. Juni 1978, einen Tag nach dem Unglück, wurde Johnny Lindbekk in das Büro von Direktor Meyer gerufen. Johnny Lindbekk war für die besagte Schicht verantwortlich gewesen. Er musste also eine ausführliche Erklärung abgeben.

In der hellen Sommernacht hatte er wach gelegen und sich überlegt, was er sagen würde. Er musste sich nur an die Wahrheit halten. Und die Wahrheit war, dass der Asphaltbehälter völlig unzureichend gesichert war. Die Wahrheit war, dass der Zigeuner die gefährliche Arbeit ohne die Absicherung durch einen zweiten Mann verrichtet hatte. Die Wahrheit war, dass sie Schnaps getrunken hatten. Die Wahrheit war, dass Munoz im Umkleideraum gesessen und sich geweigert hatte, an seinen Arbeitsplatz zurückzukehren. Die Wahrheit war, dass sie auf einem mitgebrachten Fernseher das WM-Finale gesehen hatten. Die Wahrheit war, dass der Ball in der vierzehnten Sekunde der Nachspielzeit den Pfosten getroffen hatte. Drei Zentimeter hatten zu einem Tor gefehlt. Wäre es gefallen, wäre das Unglück nicht passiert. Sollte er all das dem Direktor erzählen?

Auf Krücken humpelte er über den Platz zwischen den Dachpappen, dem Plastik und dem Verwaltungsgebäude. Auf der Rampe hinter ihm standen Arbeiter in kleinen Grüppchen zusammen, rauchten Blå Mix und Eventyr Blanding. Die Gespräche klangen anders heute, und das Lachen wirkte angestrengt. Manche riefen ihm etwas zu, als er die vier Stufen des weißen Holzhauses hinaufstieg. Ob er wisse, dass er wie ein alter Mann aussehe? Er tat so, als hätte er nichts gehört.

Direktor Nicolai Laurens Meyer saß hinter seinem rotbraunen Schreibtisch aus Walnussholz. Johnny Lindbekk blieb an der Tür stehen. Es dauerte eine Weile, bis der Direktor das Dokument durchgelesen hatte, das er in Händen hielt. Dann spähte er über den Rand seiner Brille hinweg.

Es war lange her, dass Johnny Lindbekk im Büro des Direktors gewesen war. Nachdem er vor drei Jahren zum Sprecher der Arbeiter gewählt worden war, wurde er in größeren Abständen herbestellt. Im Gegensatz zu seinem Vater war der Direktor ein moderner Industrieleiter. Es war kein Geheimnis, dass er der Sozialdemokratischen Partei angehörte und sowohl zum Gemeinderat als auch zur Regierung beste Kontakte hatte. Außerdem war er ein guter Freund des Geschäftsführers von Statoil, Finn Lied, der heute viel einflussreicher war als zu seiner Zeit als Industrieminister.

Der Direktor wies auf das Ledersofa am Fenster, ging um den Schreibtisch herum. Er nahm Johnny Lindbekk die Krücken ab, lehnte sie gegen die Wand und setzte sich gegenüber von ihm auf einen Stuhl.

»Wie geht es Ihrem Bein?«, wollte er wissen.

»Der Knöchel ist nur verstaucht«, antwortete Johnny Lindbekk, »nicht der Rede wert.« Was er angesichts des Vorfalls am gestrigen Abend absolut ernst meinte. Erst am Morgen war er in die Notaufnahme in Lillestrøm gegangen, wo sie festgestellt hatten, dass nichts gebrochen war. Er war ein wenig enttäuscht, weil ein Gips ein sichtbares Zeichen gewesen wäre, dass er alles darangesetzt hatte, das Unglück zu verhindern.

»Und wie geht es Wenche?«, fragte der Direktor, der aufrichtig interessiert zu sein schien, selbst heute. Er erkundigte sich immer nach ihr und Johnny Lindbekks kleiner Familie. Früher einmal hatte Wenche das Büro geputzt, in dem sie jetzt saßen. Da sie der Direktor anscheinend für unglaublich tüchtig gehalten hatte, war sie später auch für die Sauberkeit bei ihm zu Hause zuständig gewesen, für das ganze noble Anwesen auf dem höchsten Punkt von Granåsen. Viele Jahre waren seitdem vergangen, bestimmt zehn, doch immer noch diese Frage, wenn Johnny Lindbekk in das Büro des Direktors gerufen wurde.

»Ihr geht es gut«, antwortete er, obwohl das Gegenteil der Fall war. Immer häufiger packte Wenche eine innere Unruhe, vor allem im Sommer, als vertrage sie das Licht nicht mehr. Sie hatte angefangen, sich am Abend ein paar Gläschen zu gönnen, damit sie schlafen konnte. Dann kam auch tagsüber einiges dazu, und plötzlich gab es kein Halten mehr. Doch darüber wollte Johnny Lindbekk mit dem Direktor nicht reden.

»Und was macht der Junge?«

»Dem geht's auch gut.« Was schon eher der Wahrheit entsprach. Bjørn kam im Allgemeinen gut zurecht, ließ das meiste an sich abprallen. Nur das Trinken der Mutter machte ihm sehr zu schaffen, obwohl er nie etwas sagte.

»Wie ich höre, kümmern Sie sich sehr um ihn. Das freut mich wirklich.«

Ein seltsamer Satz, selbst aus dem Mund von Direktor Meyer. Für den Bruchteil einer Sekunde schoss ein Gedanke durch den Kopf von Johnny Lindbekk, doch er schob ihn gleich wieder beiseite. Man sollte aufpassen, mit was für Gedanken man sich beschäftigte, und jetzt hatte er weiß Gott andere Dinge im Sinn.

»Tja, die Jungs werden hier mal alles übernehmen«, stellte der Direktor mit einem Blick aus dem Fenster fest. Er selbst hatte zwei Söhne in Bjørns Alter. »Denken Sie auch manchmal daran, Herr Lindbekk? Wie alles werden wird, wenn wir mal alt sind?«

Das kam schon vor. Mit der Zukunft beschäftigte sich Johnny Lindbekk. Vielleicht nicht mit dem, was in dreißig oder fünfzig Jahren wäre, worauf der Direktor anspielte, sondern mit den nächsten Jahren, die schwer genug werden würden. Von den nächsten Monaten ganz zu schweigen, falls Wenche so weitermachte wie im Sommer.

Der Direktor lehnte sich auf seinem Stuhl zurück. »Sie wissen ja, dass mein jüngster Sohn am besten dazu geeignet wäre, die Geschäfte einmal fortzuführen.« Er zeigte hinter sich, wo die Fabrik lag. »Der Ältere ist von einem anderen Schlag, äußerst sensibel und zu anderem auserkoren … was auch immer das sein mag. Nun, man wird sehen.«

Johnny Lindbekk saß in seiner Arbeitskleidung auf dem Ledersofa und dachte daran, dass er Asphaltflecken an den Hosenbeinen hatte. Er blickte aus dem Fenster zum Hammerdal-Fluss hinüber, der unmittelbar vor dem kleinen Wasserfall eine Biegung machte. Dahinter konnte er Rußdorf erahnen und das Hochhaus von Rabben, wo sie seit letztem Jahr im achten Stock wohnten.

»Ich denke oft daran«, fuhr der Direktor fort und zog eine Pfeife aus der Tasche. Wie der Schreibtisch war auch sie aus Walnussholz, ein edles Stück. »Dass wir einmal die Resultate dessen sehen werden, was wir getan haben, Herr Lindbekk, wie unsere Söhne und deren Kinder einst die Früchte unserer Arbeit ernten werden. Gibt es für uns Atheisten etwas Größeres im Leben?«

Die Sache mit dem Atheismus hatte der Direktor längst mit Johnny Lindbekk geklärt. Er konnte einen normalen Arbeiter unvermutet in ein Gespräch über das Jenseits verwickeln und Johnny Lindbekk erst recht. Die Fabrik hatte schwere Jahre hinter sich. Und es war nicht schwierig, den Erklärungen des Direktors zu folgen, was geschehen würde, wenn sie keine Überschüsse mehr erwirtschafteten. Dann würde es mit dem ganzen Ort den Bach runtergehen und das Tal in mittelalterlicher Finsternis versinken, wahrscheinlich für immer.

Doch dann hatte sich die Möglichkeit aufgetan, Manna vom Himmel regnen zu lassen. Ein Vertrag mit der nationalen Baubehörde.

»In ein paar Jahren wird Hammerdal Leute von weit her anziehen, auch aus der Stadt«, prophezeite der Direktor. »Wenn wir den Vertrag realisieren können. Dann wird der Ort aufblühen wie nie zuvor. Und die neuen Bewohner kommen nicht nur hierher, um in der Fabrik zu arbeiten. So sehe ich das. Für Jugendliche wird es großartig sein, hier aufzuwachsen. Darauf müssen wir setzen. Wenn uns das nicht gelingt, ist alles verloren, was wir beide durch unserer Hände Arbeit aufgebaut haben.«

Es folgte ein kleiner Exkurs über die Zukunft im Allgemeinen, über künftige Generationen, über Norwegen im nächsten Jahrhundert, das neue Jahrtausend. Und die Verantwortung, die ihnen beiden daraus erwuchs.

»Ich trage mich mit diesen Plänen schon eine Weile, Herr

Lindbekk. Und Sie sind einer der Ersten, denen ich davon erzähle. Ich will in unserem Ort auf die Jugend setzen, denn nichts ist wichtiger, als der Jugend eine lebenswerte Zukunft zu bieten, finden Sie nicht?«

War das der geeignete Tag für große Visionen, angesichts eines makabren Todesfalls?

Offenbar schon.

»Ich plane, in eine große Halle zu investieren. Sport, gerne Eishockey. Wie würde es Ihnen gefallen, eine Mannschaft von hier zu trainieren? Junge Kerle wie unsere eigenen Jungs?«

»Eine Eishockeyhalle?«

»Vielleicht in Kombination mit einem Hallenbad. Für Sportvereine und die allgemeine Bevölkerung.«

Johnny Lindbekk kratzte sich am Kopf. Wer konnte zu so was schon Nein sagen?

»Wir wollen ganz ehrlich zueinander sein, Herr Lindbekk. Ich habe immer großes Vertrauen zu Ihnen gehabt, was die tägliche Arbeit und das Verhältnis zu den Mitarbeitern angeht. Und mein Vertrauen wurde nicht enttäuscht. Sie wissen dies zwar noch nicht, doch wenn Torfinn am Jahresende in Pension geht, können Sie seine Nachfolge als Vorsitzender antreten.«

Johnny Lindbekks verstauchter Fuß zuckte.

»Sie meinen …?«

»Genau das meine ich.«

»Aber es könnte da ein paar Probleme …«

»Die Rechtschreibung ist für diesen Job nicht entscheidend. Auch nicht das Lesen. Sie bekommen alle Hilfe, die Sie brauchen.«

Johnny Lindbekk war immer noch unruhig, und jetzt mischte sich diese Unruhe mit Verwirrung.

»Sie werden später noch befragt«, fuhr der Direktor fort. »Doch wir wollen nicht, dass Sie oder Ihre Arbeitskollegen unnötigen Belastungen ausgesetzt werden. Sie haben schon genug mitgemacht.«

Dem konnte man schwerlich widersprechen.

»Die Sache ist die, dass sich die Arbeitsschutzbehörde für den Fall interessieren könnte. Wenn wir unser Blatt nicht richtig ausspielen, stehen die hier ruck, zuck auf der Matte. Wir haben nichts zu verbergen. Auf der anderen Seite könnten unangenehme Fragen über die noch nicht umgesetzten Maßnahmen in der Dachpappenabteilung gestellt werden. Sie wissen, was ich meine.«

Johnny Lindbekk nickte, auch wenn ihm noch nicht ganz klar war, worauf der Direktor hinauswollte.

»Nach meiner vorläufigen Schlussfolgerung haben wir es hier mit einem Fall von Unachtsamkeit zu tun. Der Mann hat eiserne Regeln missachtet und die Vorgaben, die Sie als Leiter der Schicht gemacht haben, in den Wind geschlagen.«

Johnny Lindbekk spürte, wie sich seine Augenbrauen zusammenzogen. Es war an der Zeit zu protestieren. Er sah die Bilder des gestrigen Abends vor sich. Das bleiche Gesicht, das im Asphaltbehälter trieb; das Öl, das sich in die Haut hineinfraß, in das Weiße der Augen lief …

Er strich sich die Haare aus der Stirn, strich damit zugleich die Bilder weg, doch sie waren sofort wieder da.

»Er hat allein gearbeitet, obwohl Sie auf einen zweiten Mann zur Absicherung bestanden haben. Und vor allem hat er während der Arbeitszeit getrunken.«

Jetzt schossen Johnny Lindbekks Augenbrauen nach oben und zitterten.

»Im Krankenhaus ist es ihnen irgendwie gelungen, dem Unglücklichen Blut abzunehmen, ehe er gestorben ist. Vielleicht auch hinterher, ich weiß es nicht. Jedenfalls hatte er so viel Promille im Blut, dass sich der Unfall dadurch erklären lässt.«

»Aber …«

Der Direktor hob die Hand. »Warten Sie. Ich habe mit Bergmann gesprochen, um seine Version des Vorfalls zu hören. Er ist gewillt, auszusagen, dass der Verstorbene während der Arbeit Schnaps getrunken hat.«

Keine Überraschung, dass Bergmann sich kaufen ließ.

»Der Zigeuner hat seit Jahren keine Flasche mehr angerührt«, erwiderte Johnny Lindbekk. »Das wissen alle.«

Der Direktor stopfte seine Pfeife, griff nach einer Zigarettenschachtel, South State. Bot Johnny Lindbekk eine an und gab ihnen beiden Feuer mit dem silbernen Feuerzeug, in das das Logo der Firma und die Fabrik in Miniatur eingraviert waren.

»Alle werden irgendwann rückfällig, Herr Lindbekk. Früher oder später. *Das* wissen alle.«

Ja, alle wurden rückfällig. Auch der Zigeuner wäre irgendwann rückfällig geworden. Genau wie Wenche.

»Mit diesem Chilenen gestaltet es sich schwieriger«, fuhr der Direktor fort. »Der scheint ja überaus starrsinnig zu sein. Reden Sie mit ihm, Herr Lindbekk. Ich habe gehört, dass er Ihnen vertraut.«

Johnny Lindbekk nahm einen tiefen Zug. Vor fünf Jahren hatte er das Rauchen aufgegeben, es schmeckte immer noch großartig. Alle wurden irgendwann rückfällig.

»Wir sollen also lügen, wenn wir befragt werden?«

Der Direktor schaute ihn lange an.

»Ich will nicht um den heißen Brei herumreden. Das kann ich nicht ausstehen. Ebenso wenig wie Sie. Das schätze ich an Ihnen. Also lautet die Antwort ja, wir werden lügen.«

Er wandte den Blick nicht ab. Zwinkerte kein einziges Mal.

Ein Gedanke ging Bjørn Lindbekk durch den Kopf: »Und die Witwe des Zigeuners? Seine Familie? Die Versicherung und das alles …?«

»Überlassen Sie das mir. Wir kümmern uns um unsere Leute. Das haben wir in dieser Firma immer getan.«

Der Direktor legte die Pfeife hin, richtete sich auf und sah Johnny Lindbekk erneut in die Augen.

»Ich sehe keine andere Möglichkeit. Wenn nicht, muss die ganze Wahrheit auf den Tisch. Entweder – oder. Und die Wahrheit ist die, dass während der gestrigen Schicht mehrere Arbeiter Alkohol getrunken haben. Die Wahrheit ist, dass ein Fernsehapparat aufgestellt und die Maschinen angehalten wurden. Die Wahrheit ist, dass der verantwortliche Schichtleiter seine Pflichten versäumt hat. Wir sprechen hier von drei Kündigungsgründen, obwohl einer völlig ausreichen würde.«

Ein Blitzen in den eisblauen Augen, als würde er sich amüsieren. Dann verhärtete sich der Blick wieder, wie stets, wenn es um Lohnverhandlungen und Arbeitsverhältnisse ging.

»Der Mann ist tot, ganz gleich, wie es passiert ist. Daran lässt sich nichts mehr ändern. Aber es geht um die Zukunft des Unternehmens, Herr Lindbekk. Nicht nur um meine oder Ihre Zukunft. Wir reden hier von der Zukunft des Ortes, einer ganzen Region. Oder glauben Sie etwa, die nationale Baubehörde würde einen Vertrag mit einem Unternehmen abschließen, das sich wegen eines Verstoßes gegen die Sicherheitsvorschriften verantworten muss? Und das unter einer sozialdemokratischen Regierung? Glauben Sie, die Regierung will sich eine zweite Kings-Bay-Affäre einhandeln? Vielleicht in kleinerem Format, aber mit denselben Konsequenzen.«

Johnny Lindbekk behielt den Rauch so lange wie möglich im Mund. Schließlich wandte er den Kopf ab und ließ ihn in Richtung Fenster entweichen. Beobachtete, wie der Fluss und das Hochhaus in Rabben hinter dem grauen Rauch verschwanden.

»Nun ja, Herr Lindbekk, vielleicht ist es nicht an uns, die Regierung zu retten. Doch jetzt wissen Sie, was auf dem Spiel steht. Und bevor Sie aus dieser Tür gehen, müssen wir zu einer gemeinsamen Lösung kommen.«

Er bekam drei Tage Urlaub. Konnte die drei Tage zu Hause gut gebrauchen. Auf Krücken humpelte er über die Fußgängerbrücke und den Weg am Fluss entlang. Nach Rabben waren es mehrere Kilometer. Zeit zum Nachdenken. Zu spät zum Nachdenken. Das, was in Gang gesetzt worden war, würde seine Wirkung entfalten, ohne dass er noch etwas daran ändern konnte. Kings Bay, dachte er und schüttelte den Kopf. Eishockeyhalle und Hallenbad. Johnny Lindbekk, Vorsitzender von Hammerdal Bruk. Kinder, die das ernten, was ihre Eltern gesät hatten. Die Worte des

Direktors. Der Junge, dessen er, Johnny Lindbekk, sich annehmen würde, auch wenn es nicht sein eigener war. Der Junge, an dem der Direktor so ein unbegreifliches Interesse hatte. Und Wenche, einst das hübscheste Mädchen, dem er je begegnet war. Immer noch war er nicht in der Lage zu bereuen, dass er sich mit ihr zusammengetan hatte. Vielleicht gehöre ich zu den Leuten, die niemals etwas bereuen, dachte er, blieb stehen und ließ seinen Blick über den Fluss schweifen, bis zur Fabrik und den hoch aufragenden Backsteingebäuden.

Man kann aufhören, an etwas zu denken. Aber kann man auch aufhören, gewisse Bilder vor Augen zu haben? Flüssiger Asphalt, der in einen offenen Mund läuft, sodass der Schrei zu einem erstickten Röcheln wird. Das aufgeplatzte Gesicht im Asphaltbehälter. Das Weiße der Augen, das sich schwarz färbt.

Nach und nach verblassen die Bilder, wie Farbfotos, wenn sie lange genug in der Sonne liegen.

Doch der Anblick der Augen verschwindet niemals. Er wird ihn für den Rest seines Lebens verfolgen, bis zu dem Tag, fast sechsundzwanzig Jahre später, als er auf die Intensivstation des Akershus-Universitätskrankenhauses verlegt wird. Ein paar Worte kann er noch zu seinem Stiefsohn sagen, etwas über Wahrheit und Lüge, ehe man ihn an ein Beatmungsgerät anschließt, das wenige Stunden später wieder abgeschaltet wird.

Johnny Lindbekk hat den Direktor um gut sieben Monate überlebt.

Mein herzlicher Dank für die Hilfe bei der Recherche geht an:

Asbjørn Ringstad, der alles über die Produktion von Dachpappen weiß.

Eirik Jensen, der wohlwollend alle Fragen zu polizeilichen Ermittlungen und Spezialeinsätzen geklärt hat.

Hanne Kristin Rohde und Tom Kristensen, gute Autorenkollegen, die mir bereitwillig ihr Wissen über die Osloer Polizei und das Thema Wirtschaftskriminalität zur Verfügung gestellt haben.

Meinen guten Freund und Kollegen Chris Tvedt, der das Leben in einem Gerichtssaal aus dem Effeff kennt.

Und nicht zuletzt meiner lieben Helen, die auch diesmal ungezählte Arbeitsstunden darauf verwendet hat, um verschiedenste Informationen einzuholen.